Für meine Subversiven - die wunderbaren Autorinnen Monika Detering und Jutta Mülich. Mädels, Ihr seid spitze!

Und in Erinnerung an Luigi Brogna. Ciao, Lui, leb wohl.

Für Rose!

Mögen die Geister Tamess Dich durch das Abenteuer leiten!

♥-lich
Silke Porch

Silke Porath

Tales of Tamar

Arbanor
Die Legende des Drachenkönigs

Roman

nordmann-verlag

1. Auflage: September 2008

(eine limitierte Sonderedition erschien April 2008)

Copyright ©2008 Eternity Entertainment Software, Martin Wolf (Urheber)
Copyright ©2008 Silke Porath (Autor)
Copyright ©2008 nordmann-verlag (Herausgeber)

Lektorat: Monika Detering, Jutta Mülich, Wolfgang Kirschner und Falk Krause, Daniel Werner (nordmann-verlag)
Umschlaggestaltung und Karte: Yves Sudholt
Satz und Layout: Jens Neubauer, Daniel Werner (nordmann-verlag)
Druck: Mails&More, Austria

Printed in Austria

ISBN: 9-783-941105-02-7

»Tales of Tamar«, die Welt Tamar, die Karte und das Spiel sind ©1994-2008 Eternity Entertainment Software, Martin Wolf Alle Rechte vorbehalten
Besuchen Sie uns auf www.tamar.net

www.nordmann-verlag.de

Der Preis des Buches versteht sich einschließlich der gesetzlichen Mehrwertsteuer.

Inhalt

Prolog 13
Erstes Signum 19
Zweites Signum 97
Drittes Signum 177
Viertes Signum 277
Fünftes Signum 355
Sechstes Signum 409
Siebentes Signum 469
Epilog 545

»Leicht aufzuritzen ist das Reich der Geister. Sie liegen wartend unter dünner Decke und leise hörend stürmen sie herauf.«

Friedrich Schiller

»O beatissime lector, lava manus tuas et sic librum adprehende, leniter folia turna, longe a littera digito pone. Quia qui nescit scribere, putat hoc esse nullum laborem. O quam gravis est scriptura: oculos gravat, renes frangit, simul et omnia membra contristat. Tria digita scribunt, totus corpus laborat.«

»O glücklichster Leser, wasche Deine Hände und fasse das Buch an, drehe die Blätter sanft, halte die Finger weit ab von den Buchstaben. Der, der nicht weiß zu schreiben, glaubt nicht, dass dies eine Arbeit sei. O wie schwer ist das Schreiben: es trübt die Augen, quetscht die Nieren und bringt zugleich allen Gliedern Qual. Drei Finger schreiben, der ganze Körper leidet. . . «

Notiz eines Schreibers aus dem 8. Jahrhundert

1 - ETERNIA
2 - PARA & NOIA

EXEVOR

ELERION

WETTERSTEINE

Die Länder Camars
zu Zeiten Arbanors

Prolog

»Die Saat von Hass und Gier zerstört die Welt.«

Der Schmerz durchfuhr Pergalb wie ein Dolchstich, als er langsam die Hand hob. Der alte Mann stöhnte. Langsam tastete er über seine Brust. Pergalb schrie auf, als er seine Rippen berührte. Links, direkt über dem Herzen, hackte der Schmerz in seinen Leib, als bohrte ein gieriger Greifvogel seinen Schnabel in sein Innerstes. Tausend Flammen brannten in seiner Brust.

Die Pein lockerte ihren eisigen Griff, als der Chronist Tamars sich auf die Ellbogen stützte. In seinem Kopf dröhnte es, als tanzten hundert Zwerge darin einen dämonischen Tanz. Der alte Mann kniff die Augen zusammen. Über ihm erstreckte sich ein mächtiges Felsgewölbe. In dem Lichtstrahl, der von oben durch eine Felsspalte fiel, wirbelten Staubkaskaden.

Pergalb hustete. Sofort krallte sich der Schmerz wieder in seine Brust. Er schrie auf. Das Echo warf seine Stimme wieder und wieder zurück, bis es schließlich still wurde in der Höhle. Pergalb hörte nur noch das Rasseln seines eigenen Atems. Ihn schauderte, als er sah, wie tief er gefallen war. Drei, wenn nicht vier groß gewachsene Männer wären nötig, um ohne Leiter oder Seil das Felsdach zu erreichen.

»Ruhe, du musst zur Ruhe kommen«, flüsterte er, als könne er mit der Kraft der eigenen Stimme das Rasen seines Herzens beenden. Vorsichtig und unerträglich langsam, gelang es ihm schließlich, sich aufzurappeln. Mit zitternden Knien stand er im schwachen Lichtschein. »Die Rippen sind nicht gebrochen«, sagte er laut. Und das Echo antwortete ihm mit seiner eigenen Stimme, die in den Tiefen der Höhle verebbte. Pergalb schüttelte den Kopf. Langsam kehrte die Erinnerung zurück.

Feuersteine, natürlich, er wollte Feuersteine holen bei der alten Aya. Die Kräuterfrau schlug die Steine selbst und bei ihr bekam man die besten weit und breit. Vor sieben Nächten hatte es einen Erdrutsch gegeben und der Weg zur Waldhütte war mit Felsbrocken und Steinen verschüttet. Der Pfad war nicht zu passieren für einen, dem die Gicht in den alten Knochen steckte. Pergalb war deshalb dem Ufer des Wehrs gefolgt. Er erinnerte sich, dass der große See blau und glatt wie ein Spiegel dalag. Leise plätschernd brachen sich die kleinen Wellen am flachen Ufer. Der schmale Kiesstrand ging über in eine weite Wiese mit satt grünem feuchtem Gras. Pergalb hatte sich gefühlt, als schwebe er über die Ebene, bei jedem Schritt sanken seine Füße wohlig ein in die weiche Erde. Die Jasmin-büsche dufteten betörend und die Sonne wärmte seine Haut.

Pergalb hatte die Kapuze seines Umhangs vom Kopf gestreift. Der Wind strich durch sein schlohweißes Haar und kitzelte ihn im Nacken. Pergalbs Lächeln brachte die Furchen um seinen Mund zum Tanzen.

Wie oft war er als junger Mann hier gewesen. Damals konnte ihn nichts aufhalten, seine Muskeln waren kräftig und sein Ziel ein großes: hier, irgendwo in den Bergen rund um den Wehir, musste sie sein, die Höhle des Geheimbundes. Generationen von Gelehrten hatten nach jenem Ort gesucht, an dem die Vorväter jene legendären Schriften aufbewahrt hatten, in denen die Geschichte des Volkes aufgezeichnet war. Unzählige Expeditionen hatte Pergalb zusammengestellt. Wochen und Monate war er vom großen Wehir aus durch das Land gezogen. Doch als seine Kraft mit den Jahren schwand, begrub er die Hoffnung, dieses Geheimnis seines Volkes zu seinen Lebzeiten zu lüften. Ihm würde nichts anderes bleiben, als zu glauben. Daran, dass es die Schriften noch gab. Und daran, dass sie ihren Inhalt eines Tages dem Volk Tamars offenbaren würden.

Pergalb seufzte und strich sich über die Augen. Die Schatten der Vergangenheit schwebten über seinem Kopf. Ein Schritt und noch einer, die Sonne blendete ihn, er strauchelte, schrie auf, strampelte mit den Beinen. Da war kein Widerstand. Da war - nichts.

Pergalb erinnerte sich an die plötzliche Kälte. Die Dunkelheit. Und den dumpfen Schlag, als sein Fall zu Ende war.

Pergalbs Knie zitterten noch immer, als er sich langsam umwandte. Was er sah, ließ seinen Atem stocken: Er stand inmitten eines gewaltigen Felsendomes. Dort, wo das Loch in der Decke klaffte, war die Felskammer schmal. Doch hinter ihm erstreckte der steinerne Dom sich in die Dunkelheit. Die Höhle weitete sich. Wurde breiter. Der Gelehrte lächelte, als er sich selbst dabei ertappte, wie er die Tönungen und Farben der Dunkelheit beschrieb, um sie später in seinem Studierzimmer mit der Schreibfeder auf Pergament zu bannen. Helles Grau, wie ein Kieselstein, der im dunklen Flussbett liegt, ging nahtlos über in ein leuchtendes Schwarz, durchzogen von braunen Schimmern, die der Fels in die Schwärze warf. Dort, wo Pergalbs Blick endete, klebte pappiges undurchdringliches Schwarz.

Vorsichtig, um nicht noch einmal in ein Loch zu fallen, tapste Pergalb vom Lichtschein weg.

»Ich bin hier hinein gekommen, also komme ich auch heraus«, rief er. Seine Stimme prallte an den kalten Wänden ab, wurde zurück geschleudert und drang als schepperndes Echo an seine Ohren.

Er streckte die Hände vor. Wenn er gegen eine Wand liefe, dort hinten in der klebrigen Schwärze, so würde er sich nicht den Kopf stoßen. Für den Bruchteil einer Sekunde tauchte das Bild des Bettlers vor seinem Auge auf, der sich mit ausgestreckten Armen seinen Weg durch die Gasse vor der Burg suchte. Immer liefen Kinder hinter dem Blinden her, freche Bengel, die sich daran ergötzten, der zerlumpten Gestalt ein Bein zu stellen oder einen Stock zwischen die Beine zu werfen. Und die dann kreischend und johlend davonliefen, wenn er ihnen den Kopf zuwandte und sie in seine schneeweißen, nutzlosen Augäpfel sahen.

Pergalb schauderte. Schweiß tropfte von seiner Stirn. Im Gehen wollte er sich mit dem Ärmel seines Umhangs über die Augen wischen, als ein scharfer Schmerz seinen linken Fuß durchfuhr. Es polterte, Pergalb ruderte mit den Armen. Er schwankte, fing sich aber. Der Alte fluchte leise, als der brennende Schmerz von seinem Zeh weiter in den Fuß schoss.

Pergalb beugte sich nach unten. Vorsichtig ertastete er mit den Fingerspitzen die Stelle, an der sein Fuß auf Widerstand gestoßen war. Holz lag feucht und rau unter seinen Händen, er spürte die Vertiefungen der Maserung. Pergalb sog zischend die Luft ein, als seine Finger eine Erhebung spürten. Er fühlte eine metallene

Schließe auf dem Holz, dann Nägel, er tastete weiter. Und stieß an den Seiten auf die Griffe der Truhe. Keuchend und mit gebeugtem Rücken zog er die Truhe in den Teil des Felsendomes, der von dem schwachen Lichtschein erhellt war.

Als er endlich die Stelle erreichte, an der er hinab gefallen war, schlug ihm sein Herz bis zum Hals. Das schwere Holz war an den Seiten rußig schwarz. Morsche Holzsplitter brachen ab, als Pergalb über das verbrannte Holz strich. Welches Feuer auch immer an der Truhe genagt hatte – die Flammen hatten sich nicht durch das Holz gefressen. Pergalb ahnte, dass das, was in der Truhe verborgen war, keinen Schaden genommen hatte.

Hastig fuhr er mit den Händen über die Truhe und ruckte an der Schließe. Leise quietschend klappten die Metallbügel auseinander. Pergalb kniete sich hin. Er atmete tief ein und schlug dann den Deckel der Kiste zurück.

Der Alte starrte minutenlang in die Truhe. Kein Laut war zu hören außer seinem rasselnden Atem. Erst, als die Feuchtigkeit seine Beinkleider durchdrang und seine von der Gicht gekrümmten Finger schmerzten, weil er sie so fest um das rußige Holz klammerte, kam er zu sich. Und dann brach es aus ihm heraus.

Das Lachen kroch seine Kehle hinauf und vertrieb die Tränen, die ihm im selben Moment in die Augen schossen. Die Haare in seinem Nacken stellten sich auf. Pergalb lachte. Rau und kehlig klatschte das Gelächter an die Felswand.

Dann, als er nur noch leise gluckste und die Tränen in den Furchen seines Gesichts zu trocknen begannen, streckte Pergalb die Hand aus. Zärtlich, als liege ein neu geborener Säugling in der Truhe, strich er mit den Fingerspitzen über die oberste der braunen Pergamentrollen. Ihn durchzuckte ein heißer Blitz, als seine Hände das kühle Siegel berührten. Im schwachen Lichtstrahl schimmerte blutrot das wächserne Zeichen Arbanors, des legendären Königs von Tamar.

Mit einem Mal war Pergalb ganz ruhig. Das Stechen in seiner Brust schien aus seinem Körper zu fliegen. Seine Hände zitterten nicht mehr und ihm war, als habe er noch nie so klar gesehen. Behutsam nahm er die Pergamentrolle aus der Truhe. Hier, in dem mächtigen Felsendom, kniete der alte Chronist vor jenen Schriftrollen, die aus der Zeit des mächtigen Königs Arbanor stammten. So viele Jahre hatte er gesucht. Auf jeder seiner Reisen, die ihn in die entlegensten Winkel der Welt brachten, hatte er Ausschau gehalten nach einem Zeichen. Einem Hinweis darauf, wo die Schriften verborgen sein könnten, von denen ihm schon sein Großvater erzählt hatte. In so vielen Nächten war er verzagt, glaubte die Überlieferungen des Geheimbundes für immer verschollen. Die Schriften, in denen sich das Wissen der Welt fand, galten als Mysterium und viele, in schwachen Momenten auch Pergalb, hatten ihre Existenz verleugnet.

Pergalb räusperte sich. Strich eine Strähne seines langen, dünnen Haares aus der Stirn. Atmete tief ein. Das wächserne Siegel knirschte leise, als der Alte es aufbrach. Knisternd entrollte sich das Pergament. Pergalb stockte der Atem. Vor seinen Augen tat sich das Wissen der Väter auf – das Vermächtnis Arbanors.

Pergalb rückte näher zum Lichtstrahl. Mit seinen Fingern, deren Glieder von der
Gicht geschwollen waren, zerrte er ungeduldig an seinem Umhang. Er spürte keine Kälte mehr und keinen Durst. Eilig rollte er den Umhang zusammen und setzte sich auf das Stoffbündel. Der Chronist atmete tief ein. Die fein geschwungenen Buchstaben reihten sich in exakten Linien auf das Pergament. Pergalb seufzte. Dann begann er zu lesen. . .

Erstes Signum

»Und wenn Ihr den Blick nach Westen wendet, wo die Sonne am Ende des Tages mit ihrem Feuerschweif die Erde berührt, dann werdet Ihr Nebel aufsteigen sehen. Sieben Nebelsäulen werden den Himmel verdunkeln. Eine jede von ihnen kündet vom Untergang des Reiches.«

Aus den Chroniken des Geheimbundes

Der Nebel lag wie Brei über der Burg. Dichte graue Schwaden hüllten die Zinnen ein und waberten durch den tiefen Graben, der die Festung umgab. Masa eilte über den Hof. Selbst hier, hinter den mächtigen Mauern, hatte sich der Nebel niedergesetzt. Die Hebamme fluchte, als das heiße Wasser aus den beiden Eimern schwappte, die sie eiligvon der Küche in die Gemächer von Suava trug. Dampfend klatschte ein großer Teil des eben über der Feuerstelle erhitzten Nasses auf die quadratischen Steine. Masa taumelte, in den Holzschuhen fand sie auf dem feuchten Boden kaum Halt. Die Herrin wand sich seit dem letzten Morgen unter heftigen Krämpfen. Doch das Kind wollte nicht kommen.

»Kein Kind kommt, wenn der Nebel drückt«, murmelte die Alte. Sie hatte vielen Kindern auf die Welt geholfen. Winzig kleinen, die nur so herausflutschten ebenso, wie fetten roten Brocken, welche ihre Mütter zerrissen. Masa ahnte, dass die junge Frau noch länger würde schwitzen und keuchen müssen. Als sie das letzte Mal den prallen Bauch der Schwangeren abgetastet hatte, waren ihre Finger gegen das Rückgrat des Ungeborenen gestoßen. Das Kind saß falsch herum und noch viel zu hoch, als dass mit einer raschen Geburt hätte gerechnet werden können.

Masa stapfte über das glitschige Pflaster. Als sie eben um die Ecke des Hauptgebäudes gehen wollte, das sich wie ein grauer Klotz in den Wehrhof fügte, schoss Ningun um die Ecke. Masa lächelte. Die flusigen grauen Haare standen dem alten Magier wirr ums Haupt. Auf der Mitte des Schädels lichtete sich das Haar und gab den Blick frei auf die immer noch rosige Haut.

»Odem noctem, Nebel, Nebel der sieben Zeichen«, murmelte der Alte. In seinen Händen hielt er ein dickes Buch, dessen lederner Einband an vielen Stellen abgewetzt war.

»Ningun, guten Morgen!«, rief Masa fröhlich. Der Angesprochene zuckte zusammen und kam ins Schlingern, als er seinen Schritt bremsen wollte.

»Vorsicht, die Steine sind rutschig«, mahnte Masa. Doch Ningun taumelte schon und stützte sich an der grauen Steinmauer ab. Das Buch glitt ihm aus den Händen und klatschte auf den Boden. Masa stellte das Wasser ab und eilte zu Ningun. Der schüttelte den Kopf und bückte sich mühsam nach dem Buch. Als sei es ein kleines Kind wiegte er den schweren Band in seinen Armen und wischte mit dem Zipfel seines Umhangs beinahe zärtlich über den brüchigen Einband.

»Heute ist es soweit? Arbadils Kind will in die Welt?« Ningun hatte das Trappeln der Holzpantinen gehört, das in der Nacht ohne Unterlass aus den Schlafgemächern der Königin gedrungen war. Der alte Magier, der seit Arbadils Geburt am Hofe diente, war aus seinem leichten Schlaf hochgeschreckt. Seit Tagen plagten den Alten wirre Gedanken, immer wieder zog sich sein Magen zusammen, als wüssten Ninguns Eingeweide von dessen dunklen Vorahnungen. Es schwirrte und brummte in seinem Kopf, doch die Gedanken ließen sich nicht fassen, irrten wie in dichtem Nebel durch sein Gehirn. Mit Ungeduld trat Ningun Stunde um Stunde an das Fenster seiner Kammer, die im westlichen Wehrturm lag. Mit zusammengekniffenen Augen suchte er wieder und wieder den Horizont ab. Doch noch kündigte nichts die baldige Rückkehr Arbadils an. Der König hatte sich vor sieben Wochen aufgemacht, um die Lords in den östlichen Gebieten aufzusuchen.

Der älteste von ihnen war im vergangenen Winter ausgezehrt und vom Fieber zerfressen gestorben und die Lords mussten nun einen Nachfolger aus den eigenen Reihen bestimmen. Arbadil war klug genug, den Lords selbst die Entscheidung zu überlassen. Doch wusste er auch, dass seine Anwesenheit bei den Wahlen, die sich über Tage und Wochen hinziehen konnten, die Gemüter in Schach hielt.

»Ja, es ist so weit, aber Suava muss kämpfen, noch kann es dauern.« Masa schüttelte den Kopf. Dann stemmte sie die feisten Arme in die Hüften.

»Dieses Kind ist sicher stark, aber es hat seinen eigenen Willen und. . . « Masa schauderte. Ninguns graue Augen schienen sie zu durchleuchten.

»Und was? Was denkst du, Masa, das du nicht aussprechen willst?« Erstaunt sah die Amme den schmächtigen Magier an. Schon oft hatte Masa diesen Blick von König Arbadils Vertrautem gesehen, mit dem dieser die Menschen scheinbar bis auf den innersten Kern erfassen konnte. Ningun schien manchmal die Antworten bereits zu kennen, lange bevor die Frage gestellt wurde.

»Das Kind liegt falsch«, versuchte die Frau, den Alten abzuwimmeln. »Es wird eine schwere Geburt, Frauengeschichten eben.«

»Das ist nicht alles, Masa.« Ningun hielt ihrem unwirschen Blick stand. Masa seufzte. Sie wusste, der Magier würde nicht eher Ruhe geben, ehe sie aussprach, was er längst ahnte.

»Die Zeichen für das Kind stehen nicht gut.« Masa deutete mit dem Kopf über die Mauern der Burg. Grauer Nebel waberte über die Zinnen. Die trübe Suppe lag seit Tagen in dem Tal, das sich zu den Bergen im Westen hin erstreckte. Ningun nickte.

»Es mag nur Nebel sein, gute Masa«, versuchte er die Amme zu beruhigen.

»Du schauderst doch selbst«, flüsterte Masa. Entsetzt riss sie die Augen auf. Gänsehaut kroch über ihre nackten Arme. Einen Moment starrte der Magier auf die prallen Ellen der Amme. Dann kicherte er.

»Masa, ach Masa, kümmere dich darum, dass Arbadils Kind gesund zur Welt kommt, mit einer Haut wie ein gerupftes Huhn wirst du die arme Suava nur erschrecken.«

»Das hab ich gern, mir erst Angst und Bange machen und sich dann auf meine Kosten den Tag erhellen.« Masa schnaubte. Beinahe wäre sie über einen hoch stehenden Pflasterstein gestolpert, als sie kopfschüttelnd und leise vor sich hin schimpfend davonstapfte. Mit den Holzpantinen stieß sie die Tür auf, die einen Augenblick später krachend hinter ihr ins Schloss fiel.

Ningun zuckte mit den Schultern. Kaum hatte Masa den Hof verlassen, blieb ihm das Kichern in der Kehle stecken. Sie hatte Recht. Er hatte Zeichen gesehen, von denen die Amme nicht einmal etwas ahnen konnte. Doch was nützte es, wenn er die Frauen beunruhigte? Arbadil war nicht in der Burg und die schwachen Weiber hatten genug damit zu tun, den Spross des Königs gesund auf diese Welt zu bringen. Vorsichtig tastete Ningun nach dem ledernen Beutel, der an einer kurzen Schnur an seinem Gürtel hing. Mit den Fingern knetete er das weiche Leder und spürte in dessen Inneren die blanken Knochen einer Schlange, die er in seinen ersten Jahren als Magier mit bloßen Händen getötet hatte. Seit dem begleiteten ihn die Wirbel des Tieres, das ihn im Todeskampf züngelnd in den Handballen gebissen hatte, und waren ihm Orakel und Glücksbringer zugleich.

Die Schlange hatte ihre Begegnung mit dem Magier nicht überlebt. Ningun hatte dem lähmenden Gift der Natter widerstanden, indem er einen bitteren Kräutertrank in seine Kehle spülte. Und als das Fieber und die Krämpfe nach Stunden nachließen, hatte er dem

Tier die schillernde Haut abgezogen und die Wirbel aus dem weißen Fleisch geschält.

Ningun schüttelte sich. Gestern Nacht hatte er das Orakel der Natter befragt. Klackernd waren die Knochen über den Tisch gerollt. Und sieben von ihnen bildeten eine liegende Säule, die vor seinen Augen zu tanzen schien und sich über dem groben Holz der Tischplatte erhob, bis er wütend mit der Faust auf das Brett schlug und die Schlangenknochen unwirsch in den Beutel zurückstopfte.

Als Masa endlich die Stufen zu den Gemächern der Königin erklommen hatte, war die Amme schweißgebadet. Sie stöhnte, denn sie ahnte, dass sie in den kommenden Stunden noch oft diese Treppe würde nehmen müssen.

Masa durchquerte eilig den mit Wandbehängen aus schwerer Seide ausgestatteten Salon. Für die bunten Szenen auf den Teppichen, die Arbadil mal auf einem edlen Schlachtross, mal mit einem stattlichen Schwert in der Hand zeigten, hatte die Hebamme keinen Blick. Die weichen Polster in den Fensternischen, auf denen sich an anderen Tagen Zofen und Damen des Hofes räkelten, um Königin Suava die Zeit mit Neckereien und Spielen zu vertreiben, waren jetzt leer. Nur die leinenen Stoffe vor den Maueröffnungen bauschten sich im Wind, der kühl und neblig die Landschaft umfing.

Masa schimpfte leise, als ein großer Schwall Wasser aus dem Eimer schwappte und auf den Boden vor Suavas Kleidertruhe klatschte. Die Kammerfrau hatte das lederne Schuhwerk der Königin achtlos mitten in den Weg geworfen und die Hebamme wäre beinahe darüber gestolpert. Kopfschüttelnd durchquerte sie die Kleiderkammer, bevor sie mit den Holzpantinen an die Tür zum Schlafgemach der Königin klopfte.

»Ja, ja, ich komme ja schon«, schnurrte von drinnen die blecherne Stimme Kajas. Masa hörte schlurfende Schritte, dann wurde das mit Blumenornamenten verzierte Portal aufgerissen.

»Ach, du bist es«, brummte die Kammerfrau. Masa keuchte ob der Last der Eimer, doch das knochige Weib, dessen schwarze Haare wie Staubflusen vom kleinen Kopf abstanden, wandte sich ab. Es schien unter ihrer Würde, der Hebamme zu helfen oder gar die Tür ganz zu öffnen. Unwirsch trat Masa mit den Pantinen gegen das Holz, so dass die Tür aufflog und gegen die Wand krachte.

»Mach keinen Lärm, sie ist gerade eingeschlafen«, flüsterte Kaja. Um ihre Worte zu unterstreichen hielt sie den Zeigefinger vor die Lippen und kniff die Augen zusammen. Masa schnaubte. Kaja war mit Suava an den Hof gekommen, als diese, damals noch ein junges Mädchen, dem stolzen Arbadil zur Frau gegeben wurde. Als Kammerfrau der Königin übernahm das Weiblein sofort das Regiment über die Dienerinnen. Keine mochte Kaja, denn ihre Regeln waren streng und ihren winzigen schwarzen Äuglein entging nichts. Kaja rühmte sich, eine Seherin zu sein – doch Masa ahnte, dass es mit den Fähigkeiten der Alten nicht weit her sein konnte.

»Wenn Kaja eine wahre Seherin wäre, so müsste sie nicht als Kammerfrau arbeiten, sie ist nichts weiter als ein Kräuterweib, das mit Orakelsteinen umzugehen weiß«, hatte Masa einmal zur Köchin gesagt.

»Doch wenn es ernst wird, dann sieht die Alte gar nichts.« Und von dieser Meinung würde nichts und niemand die gute Masa abbringen können.

Leise, um die schlummernde Suava nicht zu wecken, schlurfte Masa mit den Wassereimern zum Kamin. In der Ecke des Gemachs prasselten die Flammen und verbreiteten wohlige Wärme. Die Stoffe vor den Maueröffnungen waren zugezogen und, anders als jene leichten im Salon, hielten sie die Kälte, den Nebel und das Licht dank ihrer festen Fäden draußen. Vorsichtig hob Masa den ersten Eimer an und ließ das Wasser langsam, so dass es nicht zu viel Lärm machte, in den Kupferkessel fließen, der an einer eisernen Stange über dem Feuer hing.

Als sie den leeren Eimer vorsichtig auf den Steinboden stellte, hörte sie hinter sich das leise Stöhnen der Gebärenden. Sofort wandte Masa sich um und eilte zu Suavas Bettstatt. Kaja, die am Fußende stand, murmelte unverständliches Zeug. Masa vermutete, dass die Kammerfrau irgendwelche nutzlosen Zaubersprüche flüsterte.

»Ich bin hier, Suava, schschsch«, flüsterte Masa, als sie der Königin zärtlich die verschwitzen Locken aus der bleichen Stirn strich. Suava öffnete die Augen und als Masa den Schmerz im Blick der Königin sah, zuckte sie unwillkürlich zurück. Die schöne Frau hatte dunkle Ringe um die Augen, die tief in den Höhlen lagen. Ihre Wangen waren eingefallen und glänzten fiebrig. Suavas Lippen waren aufgesprungen und Masa presste rasch etwas Wasser aus dem Tuch, das in der kleinen Schüssel neben dem Bett schwamm, auf den Mund der Königin.

»Es zerreißt mich«, flüsterte Suava so leise, dass nur Masa sie hören konnte. Kaja am Fußende des Bettes stand mit gekrümmtem Buckel da und murmelte wirres Zeug.

»Nein, hab keine Angst, es ist ein starkes Kind, aber du bist auch eine starke Frau.« Masa spürte, dass ihre Stimme eine Spur zu fröhlich klang und sie sah in Suavas Augen, dass diese die Angst der Hebamme spürte.

»Denke an Arbadil«, flüsterte Masa der Schwangeren leise ins Ohr, als sie die Kissen unter Suavas Haaren etwas zurecht rückte. Das goldene Haar der Königin, das sonst von samtenen Bändern in komplizierten Flechtwerken auf dem Kopf gehalten wurde, ergoss sich wie ein Wasserfall auf die Kissen. Die winzigen Locken wirkten wie tausende und abertausende Strudel, in denen sich das Licht der untergehenden Sonne brach. Suava schimpfte jeden Morgen aufs Neue über ihre schweren Locken, durch die der Kamm aus

Elfenbein nur mit Mühe zu ziehen war. Doch insgeheim war sie stolz auf den Goldkranz, der ihr Haupt umspielte. Als Suava in der Nacht der Hochzeit zum ersten Mal als Ehefrau vor dem König stand und die Bänder löste, war Arbadil der Mund offen geblieben vor Staunen und Stolz auf diese schöne Frau, deren Haar wie eine Quelle des Lichts auf ihre Schultern fiel und die nackten Brüste bedeckte.

»Dein Mann wird stolz auf dich sein, wenn du ihm dieses Kind geboren hast.« Masas Worte klangen aufmunternd, doch Suava spürte die Unsicherheit, die im Flüstern der Hebamme mitschwang.

»Wenn Arbadil nur schon hier wäre.« Suavas Augenlider flatterten, als der Schmerz einer Wehe ihr in die Muskeln fuhr. Aber sie schrie nicht, nur ein leises Stöhnen kam über die vollen Lippen.

»Er ist schon so lange fort, seit Tagen hat uns keine Nachricht mehr erreicht«, keuchte Suava, als der Schmerz nachließ und ihr Leib sich entkrampfte. Langsam hob sie den Kopf. Masa griff der Königin unter die Schultern und stützte sie. Mit einem Kopfnicken befahl sie Kaja, ihr gegenüber an das Kopfende des Bettes zu treten. Die Seherin ließ die Hände sinken, die sie zur Bekräftigung ihrer Beschwörungsformeln vor der Brust gekreuzt hatte.

»Was murmelst du nur, Kaja?«, fragte Suava, als die beiden Dienerinnen die Königin mit vereinten Kräften aufrichteten. Suava streckte die langen Beine mit den schlanken Fesseln von sich. Rasch bedeckte Masa die Beine der Königin mit einem leichten Tuch, damit Suava nicht fröre. Der gewaltige Bauch lag nun auf den glatten Schenkeln und schien Suava nach vorne zu ziehen. Rasch stopften die Frauen der Königin einige Kissen hinter den Rücken. Suava ließ sich matt hinein sinken. Halb sitzend, halb liegend, blickte sie von einer Frau zur anderen.

»Oder habt ihr etwas vernommen von meinem Gatten und wollt es mir nicht sagen? Bewahrt ihr ein Geheimnis? Sprecht, ich kann alles ertragen, nur das Warten nicht mehr!« Die grünen Augen blitzten auf und erinnerten Masa einmal mehr an die Triebe von jungem Efeu, auf das nach einem kräftigen Regenguss die ersten Sonnenstrahlen fielen.

Kaja schüttelte stumm den Kopf und trat rückwärts vom Bett zurück. Nach drei Schritten stieß sie gegen die schmale Holzbank, die unter das Fenster geschoben war und ließ sich darauf fallen.

»Meine Königin, ihr müsst eure Kraft bewahren für dieses Kind«, murmelte die Kammerfrau und senkte die Augen.

»Ich bin nur eine Seherin, die ein Orakel befragt. Und die Steine haben mir nichts über Arbadil, unseren König, geehrt und gelobt sei er, verraten.«

»Ach Kaja.« Seufzend wandte Suava sich ab von der Kammerfrau. Sie kannte die Alte lange genug um zu wissen, dass Kaja nichts mehr sagen würde. Die Kammerfrau war in den Diensten Suavas, seit diese ein kleines Mädchen war. Und vom ersten Tag an hatte die spröde Dienerin getan, was sie für richtig hielt. Gewiss, die Regeln des Hofes waren für Kaja Grenzen, die sie niemals überschritt. Doch was hinter der zerfurchten Stirn vorgehen mochte, das wussten allein die Götter.

Suava wandte sich um und legte Masa, die sich eben nach einem Tuch bückte, das auf den Boden gefallen war, die Hand auf die Schulter. Die Berührung der schlanken Finger ließ die Hebamme mitten in der Bewegung innehalten. Einen winzigen Moment lang nur, doch lange genug, dass Suava das Erschrecken der Dienerin bemerkte.

»Hab doch keine Angst, Masa«, sagte Suava. Die klare Stimme war fest und bestimmt. Masa richtete sich langsam auf. In den Händen drückte sie das feuchte Tuch, aus dem kleine Tropfen auf den steinernen Boden rannen.

»Was ist mit Arbadil?« Die Efeuaugen fingen Masas Blick ein und die Hebamme schauderte. Diesen Augen konnte sie nicht widerstehen. Nervös knetete sie das Tuch in den Händen. Suava stöhnte, als eine Wehe ihren Leib erfasste. Für einen Moment vergaß Masa alles und konzentrierte sich auf die Frau, die in Wehen vor ihr lag. Masa warf das Tuch achtlos auf den Boden und legte ihre schwieligen Hände über den Bauch. Sie spürte, wie die Muskeln sich zusammenzogen, das Kind pressten. Doch noch immer lag die Wirbelsäule des Ungeborenen direkt unter dem nach außen gewölbten Nabel seiner Mutter. Die Muskeln zogen sich noch einmal zusammen, fester und enger dieses Mal, Suava keuchte, und Masa konnte den Kopf des Kindes tasten, der genau unter dem Herzen der Schwangeren lag.

»Das Kind liegt falsch herum in deinem Leib«, sagte Masa, als Suava sich wieder entspannte und keuchend in die Kissen zurükkfiel.

»So kann es nicht geboren werden.« Masa stockte, als sie die weit aufgerissenen Efeuaugen sah.

»Hab keine Angst, Suava, alles wird gut werden.« Sie zwang sich zu einem Lächeln. Doch die Königin bemerkte, dass Masa sich zu fürchten schien vor dem, was noch kommen würde. Und sie hatte Recht – zu viele Kinder hatte die Hebamme schon blau und leblos aus den Leibern ihrer Mütter ziehen müssen. Zu viele Ungeborene hatte sie schon im Bauch der Mutter zerschneiden müssen, blind, tastend in den Eingeweiden der Frau, die stählerne Schere gegen die winzigen Glieder drückend, um die Mutter zu retten vor einem Kind, das sie zerreißen würde. Masa schauderte, als sie an die blutenden Arme dachte, abgerissen von den winzigen Leibern, die dünnen Beinchen. . .

Suava räusperte sich und unterbrach die düsteren Gedanken der Hebamme. »Was wird geschehen?« Die Schwangere sprach ruhig und bestimmt.

»Wir müssen das Kind in deinem Leib drehen.« Masa strich sich eine Strähne aus der verschwitzten Stirn. »Der Kopf muss zuerst den Leib verlassen, denn kommen zunächst die Beine, kann eines hängen bleiben, das Kind kann sich verkanten in deinem Becken und. . . « Masa sprach nicht weiter, der entsetzte Blick der Gebärenden ließ ihr Herz einen Schlag lang aussetzen. Masa war eine erfahrene Hebamme, doch selten hatte sie eine so zarte Frau entbunden wie Suava. Und selten war ihr eine Frau so lieb geworden wie die Königin. Wenn sie eine Tochter gehabt hätte, so hätte sie sich eine gewünscht wie Suava. Doch dieser Wunsch war ihr verwehrt worden. Masa schluckte trocken, dann strich sie Suava über die blasse Wange. Es war nur eine flüchtige Geste, doch Suava beruhigte sich.

»Gut, so werden wir das Kind drehen, was muss ich tun?« Die Königin reckte trotzig das Kinn vor und blickte die Hebamme entschlossen an.

»Ich bin die Königin, mich wird nichts und niemand zerreißen und schon gar nicht ein Kind, das gezeugt wurde in tiefer Liebe zu Arbadil, meinem Mann, unserem König.« Suava sprach leise und mehr zu sich, doch Masa schauderte, als sie den Mut der jungen Frau bemerkte. Selbst Kaja auf der Bank hob für einen Augenblick den Kopf und setzte mit den unverständlichen Beschwörungsformeln einen Lidschlag lang aus.

»Es wird weh tun, Suava«, sagte Masa. Erneut legte sie die Hände auf den prallen Bauch. Mit den Fingern fuhr sie die Silhouette des Ungeborenen nach und erklärte der Königin, wie das Kind in ihrem Leib lag.

»Wenn die nächste Wehe kommt, werde ich beginnen, erschrick nicht,« erklärte Masa. Suava lächelte und wollte etwas erwidern. Doch in dem Moment, als sie den Mund öffnete, zogen die Muskeln sich in einem neuerlichen Krampf zusammen.

»Halt sie fest«, rief Masa. Die Seherin sprang auf und hastete zum Bett. Kaja legte ihre knorrigen Hände auf die Schultern der Königin und drückte sie in die Kissen. Suava wand sich, wollte sich aufbäumen. Doch das schmale Weiblein mit dem buckligen Körper hatte mehr Kraft, als man ahnen konnte.

Masa drückte mit den flachen Händen in den Leib der Schwangeren. Unter den harten Muskeln konnte sie kaum den Kopf des Säuglings spüren, doch ihre Erfahrung hatte sie gelehrt, wo der Schädel zu packen war. Fest und mit zitternden Armen presste sie gegen den Kopf des Ungeborenen. Suava hechelte, doch sie schrie nicht.

Dann war die Wehe vorüber. Suava sank in die Kissen und Masa lockerte ihren Griff um den Schädel.

»Du hast mir nicht zu viel versprochen, alte Masa, es tut weh«, stöhnte die Königin. Doch ein kleines Lächeln umspielte ihre Lippen.

»Ich habe keine Angst, du bist eine wunderbare Hebamme.« Selbst jetzt, da sie selbst Hilfe brauchte, hatte die Königin aufmunternde Worte für die Frau, die ihr in der schwierigsten Stunde ihres Lebens beistehen sollte.

»Doch ich sorge mich um den Vater dieses Kindes.« Die Efeuaugen verdunkelten sich und Suavas Blick wanderte zum Fenster, vor dem sich die schweren Tücher leicht bauschten.

»Warum ist es so dunkel hier? Mein Kind will ans Licht, also lasst doch Licht herein.« Masa blickte stumm zu Kaja. Die Seherin starrte auf den Boden. Suava sah von einer Frau zur anderen. Kaja, die betreten irgendetwas vor sich hin murmelte und Masa, die nervös auf der Unterlippe kaute.

»Jetzt ist es aber genug. Sagt mir, was vor sich geht.« Unmut schwang in Suavas Stimme mit. Kaja rührte sich als erste. Sie sah kaum hin, als sie die schweren Tücher zur Seite zog. Als der Blick durch die Maueröffnung frei war, schlug Suava die Hand vor den Mund und konnte nur mit Mühe einen Schrei unterdrücken. Entsetzt riss sie die Augen auf. Alle Farbe wich aus dem Gesicht der Königin, als ein kühler Lufthauch durch ihr verschwitztes Haar strich und sie den Nebel sah, der wie grauer Brei vor dem Fenster stand.

»Nein, nicht heute«, hauchte Suava. Ihre Hände zitterten. Rasch ließ Kaja den Vorhang vor das Fenster gleiten.

»Das ist sicher nur ein gewöhnlicher Nebel, Suava«, sagte Masa. Doch die Worte kamen nur lahm und schleppend aus ihrem

Mund. Erschöpft setzte sie sich auf das Bett der Königin. Suava fröstelte. Eilig ging Kaja zur Truhe am Fußende des Bettes und zog ein schweres Bärenfell heraus, das sie der Königin überwarf. Suava klammerte sich an das weiche braune Fell, als könne der tote Bär ihr die Kraft zurückgeben, welche die Angst ihr nahm.

»Das ist der Nebel Ankous.« Suava schloss die Augen. »Arbadil ist in Gefahr«, dachte sie. Sie erinnerte sich an die Geschichten, die sie schon als Kind hatten zittern lassen. Damals war Ankou nur eine Gestalt wie aus einer Fabel, eine dunkle Macht, mit der die Erwachsenen die Kinder erschrecken konnten.

»Ankou holt dich«, sagten sie, wenn die Kleinen ungezogen waren. »Warte, was Ankou mit dir macht«, hieß es, wenn sie etwas angestellt hatte.

Doch im Lauf der Jahre waren die Erzählungen der Großväter zur Wahrheit geworden. Je älter Suava wurde, desto mehr erfuhr sie von Ankou, dem Bösen, der die Welt zerstören wollte.

Niemand wusste, wie er aussah, doch wussten alle, dass mit seinem Erscheinen die Sonne aufhören würde zu scheinen, dass das Leben kein Leben mehr wäre, wenn das Böse die Welt in eisigen Krallen hielt.

Nur alle tausend Jahre einmal hatte Ankou die Kraft, um sich aufzulehnen gegen die Herrscher der Welt. Nur einmal in tausend Jahren war seine Macht groß genug, um in die Welt zu kommen und einen Angriff zu starten gegen das Gute, gegen die Menschen. Suava versuchte, sich zu erinnern, was Arbadil ihr erzählt hatte von den Berichten des Geheimbundes. Arbadil hatte versucht, sie zu beruhigen, seit der letzten Ankunft Ankous waren keine tausend Jahre vergangen.

»Zu unseren Lebzeiten wird es nicht geschehen«, hatte ihr Gatte gesagt. Doch Suava war der Zweifel in seiner Stimme nicht entgangen. Die Aufzeichnungen des Geheimbundes waren nicht vollständig und so war es keinem Gelehrten je gelungen, die genauen Daten zu nennen, wann Ankou in seinem dämonischen Reich genügend Kraft gesammelt haben würde, um seinen Angriff auf Tamar zu beginnen.

Suava holte tief Atem, als sie spürte, wie eine Wehe langsam heranrollte. Sie sah, wie aus weiter Entfernung, dass Masa die Hände auf ihren Bauch legte und wie die Arme der Hebamme zitterten, als sie mit ganzer Kraft gegen den schwangeren Leib drückte. Doch Suava spürte keinen Schmerz, denn ihre Gedanken versuchten sich zu erinnern, was sie von Arbadil wusste.

»Sieben Zeichen werden es sein, die von der Ankunft Ankous künden«, hatte Arbadil gesagt. Suava starrte auf ihren Leib, der sich verkrampfte. Nebel. Arbadil hatte von Nebel berichtet und von Rauchsäulen am Horizont. Sieben Rauchsäulen.

»Zieh den Vorhang noch einmal auf, Kaja«, murmelte Suava, als der Schmerz den Griff um ihren Leib lockerte. Kaja tat, wie die Königin sie geheißen hatte. Kaum hatte die Seherin den schweren Stoff zur Seite gezogen, strömte feuchte Luft in die Kammer, strich über das Bett der Schwangeren und brachte die Flammen im Kamin zum Flackern. Suava stützte sich mühsam auf die Ellenbogen. Masa, die stumm den Kopf schüttelte und Kaja mit einem vorwurfsvollen Blick bedachte, half der Königin, sich aufzurichten.

»Wie dicht der Nebel ist«, flüsterte Suava. Ein Schauder durchlief ihren Körper. Masa bemerkte die Gänsehaut auf den blassen Gliedern und zog schnell die Decke über den Bauch. Die Haut der Königin sah aus wie milchweiße Seide.

»Das Wetter ist seit Tagen schlecht«, versuchte Masa zu beruhigen. »Der Frühling hat noch zu wenig Kraft, um die Geister des Winters zu vertreiben.«

»Das ist kein Nebel, wie ich ihn kenne, Masa.« Suava schüttelte den Kopf.

»Ich muss Suava Recht geben, etwas liegt in der Luft, das schwerer wiegt als ein harmloser grauer Schleier.« Masa schnaubte, als Kaja diese Worte sprach. Wie konnte die Alte die

Schwangere nur derart beunruhigen, spürte sie denn nicht, dass Suava ihre ganze Kraft brauchen würde, um das Kind des Königs zu gebären?

»Wie sieht es im Osten aus?« Mit fester Stimme richtete die Königin die Frage an ihre Dienerinnen. »Eine einzige Nebelwand, oder...« Auch ohne, dass sie weiter sprach, wusste Masa, was Suava dachte.

»Antwortet mir, ich befehle es euch«, presste Suava hervor. Die Muskeln zogen sich erneut zusammen und raubten der Königin den Atem. Doch der efeugrüne Blick lag fest und klar auf Masa gerichtet, die eben die Hände um den schwangeren Bauch legte.

»Ningun sagt, dass er eine Nebelsäule gesehen hat, oder vielleicht gesehen hat, er weiß es nicht genau«, sagte Masa schließlich. »Er sagt, es sah aus wie ein Baum ohne Äste, ein gewaltiger Stamm wie der einer Pappel, kerzengerade und grau wie aus Stein gehauen, aber er weiß nicht, was es war.« Masa stockte. Der Schädel des Ungeborenen rutschte unter dem Druck ihrer Hände zur Seite und der Bauch der Königin war nun nach rechts und links grotesk ausgebeult.

Suava stöhnte. Der Schmerz nahm ihr den Atem. Die Gedanken flogen durch ihren Kopf. Eine Nebelsäule. Der Magier hatte eine Nebelsäule gesehen im Osten. Und Arbadil sollte aus den östlichen Gefilden kommen... Suava wollte schreien, doch ihre Stimme war nur ein leises Krächzen.

»Ist die Nebelsäule noch zu sehen?«, wollte sie rufen, doch kaum hatte sie Luft geholt, erfasste sie eine neue Wehe. Wieder stemmte die Hebamme sich gegen den Leib der Königin. Suava spürte, wie Kajas Arme zitterten, als diese sich mit dem ganzen Gewicht des schmächtigen Körpers gegen den ihren warf.

»Jetzt, jetzt!«, rief Masa. Die zu einem Knoten zusammengerafften Haare hatten sich gelöst und fielen der Hebamme in grauen Strähnen über die Schultern. Suava spürte, wie etwas gegen ihren Magen drückte, dann gegen ihre Blase und gleich darauf krallte sich ein dumpfer Schmerz in ihren Bauch und ihren Rücken. Ein Schmerz, den sie noch nie gespürt hatte und von dem sie dachte, er würde nie enden.

»Du schaffst das, Suava, gut machst du das.« Masas Kopf tauchte hinab zu Suavas Beinen. Die Königin quiekte leise, als ein flammendes Brennen ihren Schoß durchfuhr.

»Es zerreißt mich«, wollte sie schreien, doch nichts kam aus ihrer Kehle außer einem ängstlichen Wimmern.

Die Flammen loderten in ihrem Leib, fraßen sie auf. Suava stöhnte. Masa zerrte irgendetwas zwischen ihren Beinen hervor, Suava stöhnte und dann zerriss der Schrei des Kindes die Stille. Kraftlos ließ Suava sich in die Kissen zurückfallen. Kaja lockerte den Griff um ihre Schultern und trat schweigend vom Bett zurück.

»Sei willkommen, Sohn des Arbadil.« Masa lachte und weinte auf einmal, als sie das mit Blut verschmierte Kind mit beiden Händen vom Laken hob. Der Junge weinte nun lauter und Tränen rannen der alten Hebamme in ihren lachenden Mund.

»Du hast einen gesunden Sohn, Suava.« Geräuschvoll zog Masa die Nase hoch. Dann legte sie das Kind in die Arme der Königin.

Einen Augenblick starrte Suava schweigend und mit weit aufgerissenen Augen auf das winzige Bündel. Das Kind ruderte mit den Händen, an denen noch das Blut der Mutter klebte.

»Er sucht seinen Vater«, flüsterte Suava, als Masa rasch eine wollene Decke um Mutter und Kind schlug.

»Wie schön er ist.« Mit zitternden Fingern strich die Königin dem Jungen über die mandelförmigen Augen und die winzige Nase. Schon jetzt war zu erkennen, dass das Kind seinem Vater bis in alle Gesichtszüge glich. Das kantige entschlossene Kinn. Die kämpferischen Mandelaugen. Die Ohren, die ein wenig vom Kopf abstanden, als wolle Arbadil mehr hören als andere. Und die Nase, die fein geschwungene Nase – Suava lächelte. In ihren Armen lag das Abbild ihres Mannes, des Königs.

Während Masa und Kaja um das Bett herum hantierten, die Nabelschnur durchtrennten und die Schwangere mit warmem Wasser aus dem Kupferkessel wuschen, wanderte Suavas Blick immer wieder zu den Vorhängen, die sich vor dem Fenster bauschten.

»Arbadil, dein Sohn wartet auf dich!«

Das kalte Wasser vertrieb Arbadils Müdigkeit. Der König kniete an dem kleinen Bach, der aus den östlichen Bergen kam. Noch führte der Flusslauf wenig Wasser, doch wenn bald die Sonne mehr Kraft haben würde, um den Schnee auf den Bergkuppen zum Schmelzen zu bringen, dann würde der kleine Lauf anschwellen zu einem reißenden Fluss. Noch einmal tauchte Arbadil seine Hände in das eisige Wasser. Die Handflächen formte er zu einem Kelch. Gierig trank er das klare Wasser. Dann wischte er sich mit dem Handrücken über den Mund und das kantige Kinn und stand auf. Langsam ließ er den Blick über die Männer gleiten, die einer nach dem anderen erwachten und sich von den Decken erhoben, die sie um die erkalteten Feuer auf dem Waldboden verteilt hatten. Ein Soldat gähnte beherzt und reckte die Arme in die Höhe. Arbadil lächelte, als er den jungen Burschen einen Moment beobachtete. Der Bart des Jungen verlangte nach Pflege, nach dem gewetzten Messer eines kundigen Barbiers. Doch der König und der kleine Tross aus hundert Mannen hatte sich keine Rast gegönnt auf dem zwei Wochen dauernden Heimweg aus den Ostgebieten.

Lächelnd strich Arbadil über die eigenen Wangen. Die schwarzen Stoppeln kratzten leise an der Haut.

»Die Männer haben gute Arbeit geleistet«, vernahm Arbadil eine Stimme hinter sich. Lächelnd wandte er sich um und seine Augen blitzten auf, als er in das noch verschlafene Gesicht Ertzains blickte.

»Guten Morgen, mein Freund«, sagte Arbadil und klopfte dem Lord auf die Schulter. Beide Männer waren beinahe gleich groß und gleich alt. Arbadil überragte seinen Freund um drei Zentimeter. Und er war drei Tage älter als der blonde Ertzain. Dessen Mutter war im Wochenbett gestorben und die Jungen waren beide von derselben Amme genährt worden. In manchen Augenblicken war es Arbadil, als hätten sie mit derselben Milch auch dieselben Gedanken und Werte aufgesogen.

»Noch ist die Arbeit nicht zu Ende, wir haben einen langen Marsch vor uns, wenn wir heute Albages und die Burg erreichen wollen.« Ertzain verdrehte die vom Schlaf verquollenen Augen. Doch er grinste dabei.

»Natürlich, immer hat Arbadil es eilig, immer voran und voran«, stöhnte der Lord mit gespieltem Ernst.

»Mein Weib erwartet unser erstes Kind, da muss ich doch. . . «, wollte Arbadil aufbrausen, doch Ertzain zwinkerte mit den Augen und kniete sich an den Wasserlauf. Arbadil schüttelte lächelnd den Kopf. Kein Tag war vergangen während ihrer Reise zu den Lords der östlichen Ländereien, an denen der Freund ihn nicht geneckt hätte wegen der Geburt des Thronfolgers.

»Wenn es nun ein Mädchen wird, mein König. . . «, hatte Ertzain oft mit ironischer Stimme gesagt. Arbadil hatte ihn jedes Mal in die Seite geboxt und leise gelächelt. Nein, ein Sohn würde ihm geboren werden. Niemals hatte eine Königin Tamars ein Mädchen als Erstgeborenes zur Welt gebracht. Arbadil spürte und wusste, dass die Traditionen und Geschichte seiner Ahnen auch sein Schicksal und das seines Nachfolgers bestimmten. Das gab ihm Kraft und Sicherheit.

Und die, das ahnte er, würde auch notwendig sein für seinen Sohn, den er bei seiner Rückkehr gesund in die Arme zu schließen hoffte. Denn die Lords in den Ostgebieten hatten bestätigt, was seit Monaten in Tamar jeden Magier und jedes Marktweib, jeden Heerführer und jeden Fischfänger beschäftigte: die Zeit schien gekommen, da Ankou genügend Kraft gesammelt haben würde, um einen neuen Angriff auf die Welt zu wagen.

Arbadil schüttelte sich. Dann stapfte er über den mit Tau bedeckten Waldboden zu der Feuerstelle, an der Gorrion eben seine

Decke zusammenrollte, die ihm als Bett gedient hatte. Der Spatz, wie Arbadil seinen kleinwüchsigen Leibdiener heimlich nannte, wuselte zwischen den erwachenden Soldaten hin und her und erteilte mit seiner hohen Stimme Befehle. Arbadil grinste. Dann blieb er stehen und warf einen Blick über die Schulter.

Eben erhob sich Ertzain. Auch er wischte sich mit dem Handrücken über das bärtige Kinn. Wasser tropfte auf das speckige Wams des Lords.

»Nun kannst du es zugeben, Freund, dass auch du es eilig hast, nach Hause zu kommen und deine Söhne zu sehen.« Ertzain rülpste geräuschvoll und klopfte sich auf die Brust.

»Mein König, ich habe zwei Söhne, also doppelten Grund, um eilig meine Burg zu erreichen und zu sehen, ob die Jungen gut gedeihen.«

Arbadil grinste. Noch war er zu müde, um seinem Freund eine schlagfertige Antwort zu geben, doch spätestens, nachdem er das heiße Malzgebräu getrunken hätte, das Gorrion eben auf einem frisch entfachten Feuer zubereitete, würde ihm ein Scherz einfallen zu den Zwillingen, die Ertzains Gattin Gruesa wenige Tage vor dem Aufbruch in die Ostgebiete geboren hatte.

Es war eine schwere Geburt, so viel hatten die Weiber den Männern verraten. Suava, die sich mit der stillen Gruesa wie mit einer Schwester verbunden fühlte, war bei der Niederkunft im Haus Ertzains gewesen, um mit den Seherinnen zu beten für eine leichte Niederkunft der Freundin. Sie hatte Arbadil von den Geschehnissen berichtet und sich dabei immer wieder über den eigenen schwangeren Bauch gestrichen.

Die Jungen, erzählte Suava ihrem Gatten, hätten das Weib beinahe in Stücke gerissen und der erste der Knaben, dem sein Vater den Namen Alguien gegeben hatte, sei wie ein Blitz im Wintergewitter aus dem Leib der Mutter geschossen. Dass ein zweites Kind in Gruesas Leib gewachsen war, hatten die Frauen wohl erst nach einer halben Stunde bemerkt, als anstelle einer Nachgeburt ein zweiter Knabe beinahe gemächlich aus dem Bauch gerutscht war. Ertzain, der eben einen Humpen Wein zum Mund führte, um die Geburt seines ersten Sohnes zu begießen, hatte den Krug fallen lassen, als die Hebamme mit einem zweiten Kind auf dem Arm aus der Kammer getreten war,

»Ich habe doch noch keinen Schluck getrunken, so dass ich die Welt im Doppelspiegel sehen könnte!«, hatte der frischgebackene Vater erstaunt ausgerufen. Doch dann, wenige Augenblicke später, war ihm klar, dass die Göttin des Schicksals ihn mit doppeltem Glück bedacht hatte. Und so nannte er den zweiten Sohn Honrado, nach dem alten Lehrer, der ihm und Arbadil einst die abenteuerlichsten Geschichten von den Drachen und Zwergen erzählt hatte. Atemlos hatten die Heranwachsenden damals den Geschichten der Altvorderen gelauscht und ebenso glücklich und atemlos schloss Ertzain nun seinen zweiten Sohn in die Arme.

»Klapp den Mund zu, sonst baut sich noch ein Vogel ein Nest zwischen deinen Zähnen«, rief Arbadil und lachte. Er wusste genau, dass Ertzain sich danach verzehrte, heimzukehren zu Gruesa und den kleinen Söhnen. Und dass der groß gewachsene und vor Kraft strotzende Lord zu Wachs wurde, wenn er an seine schöne Frau und das gemütliche Heim dachte, das nur wenige Minuten mit dem Pferd entfernt lag von der Burg des Königs.

Bald waren alle Soldaten erwacht. Die Stimmen der Männer erfüllten den morgendlich stillen Wald. Sie alle waren nervös und freuten sich darauf, nach einer langen Reise wieder nach Hause zu kommen. Das Lager war schnell abgebrochen und die Männer schwangen sich auf die Pferde.

Arbadil ritt an der Spitze des Trosses, wie er es stets tat. Seinem Blick trauten die Männer und sie wussten, dass der König die Gefahren spüren konnte, lange bevor die ersten Zeichen sichtbar wurden oder bevor eine Horde Orks erwachte in den Höhlen unter der Erde, über die die Hufe der Pferde trabten.

Direkt hinter Arbadil lenkte Ertzain sein Ross. Ihm folgten die drei Männer, welche die Flaggen Tamars mit Stangen in den

Halterungen an den Sätteln stecken hatten. Die Soldaten reihten sich in den Tross ein und lagen schon bald ein gutes Stück vor den Wagen, in denen Gorrion den Proviant hatte verstauen lassen. Die Pferde fielen in einen gemächlichen Trab. Die Männer schwiegen, als sie durch den kühlen Wald ritten. Eine Stunde lang, vielleicht auch zwei, waren sie von dichten Bäumen umgeben. Das Sonnenlicht schien keinen Weg durch das Blattwerk zu finden, das sich nach dem langen Winter hellgrün aus den Ästen zu schälen begann. Kaum einer hatte einen Blick für die knorrigen Bäume, die sich nun langsam lichteten und die kleiner waren als jene in der Mitte des großen Waldes, der zwischen den Ostgebieten und der Burg lag.

Arbadil schauderte. Seine Sinne waren auf das Äußerste gespannt. Der König kannte diese Unruhe, dieses Kribbeln in seinem Magen, das sich einem Ameisenstaat gleich durch seine Blutbahnen über den ganzen Körper erstreckte und seine Hände schweißnass werden ließ, das selbst seine Zehen zum Pulsieren brachte. Seine Kopfhaut kribbelte unter dem bronzefarbenen Helm und das Herz schlug heftig gegen den ehernen Brustpanzer.

Arbadil spürte, dass etwas vor sich ging. Sanft zügelte er das Pferd und verlangsamte den Trab. Das massige braune Ross schnaubte und warf den Kopf hin und her, als sein Reiter noch einmal am Zaumzeug ruckte. Das Pferd fiel in den Schritt. Der Fähnrich, welcher direkt hinter dem König ritt, hob die Hand zum Zeichen, dass der Tross anhalten sollte. Die Soldaten reagierten sofort und brachten die Pferde binnen weniger Augenblicke zum Stehen. Keiner der Männer sprach ein Wort. Doch aus den Blicken, die sie sich über die Köpfe der Rösser hinweg zuwarfen, sprach Verwunderung. Niemand hatte etwas bemerkt und hätte sagen können, was den König in diesem Moment bewegte. Jene, die in den vorderen Reihen ritten, konnten Arbadil sehen, der mit hoch gezogenen Schultern auf seinem Pferd saß. Der König wirkte angespannt, als er nun langsam aus dem Sattel glitt. Sofort war einer der

Soldaten neben ihm. Stumm drückte Arbadil dem Burschen die Zügel in die Hand. Dann ging er mit langsamen Schritten davon in Richtung Westen.

Das Moos unter Arbadils Füßen war weich. Beinahe meinte er, darin zu versinken. Vorsichtig tastete er mit den Füßen den Grund ab, bevor er den nächsten Schritt tat. Sah er eine vom Regen glatt polierte Baumwurzel aus dem Moos ragen, so hob er die Füße und machte einen großen Schritt darüber.

»Ich lasse mich nicht täuschen« murmelte er leise vor sich hin. Der Klang seiner Stimme beruhigte ihn und leise sprach er weiter, als könnte er damit das Kribbeln in seinem Magen beruhigen.

»Ich weiß, dass nichts ist, wie es scheint«, sinnierte der König. »Was aussieht wie eine harmlose Luftwurzel, das kann der Schwanz eines Ungeheuers sein, das, verborgen unter Laub und Erde, auf Beute wartet.« Arbadils Nackenhaare stellten sich auf. Einen Augenblick blieb er stehen und schloss die Augen. Sein Blick wanderte nach innen. Nein, er spürte keine Drachen, Orks oder Nachtelben, er hätte nicht sagen können, warum, doch er wusste, dass ihm und seinen Gefährten keine Gefahr drohte von diesen Wesen oder anderen Gestalten, die sich in den Wäldern verbargen.

Arbadil holte tief Luft, dann folge er weiter dem Pfad, der sich durch den lichter werdenden Wald schlängelte. Aus seinem Mund stieben kleine Nebelwolken mit jedem Mal, da er den Atem ausstieß. Ihn fröstelte, als er endlich aus dem Wald trat.

Und dann stockte dem König der Atem. Direkt vor ihm fiel der Felsen schroff ab. Eine gewaltige Schlucht tat sich vor Arbadil auf. Langsam ging er die letzten Schritte, bis er direkt am Abgrund stand.

»Das ist nicht möglich«, rief Arbadil und riss die Augen auf. Seine Hand schnellte zum Schwert, doch in dem Moment, als er den kunstvoll geschmiedeten Griff umfasste wusste er, wie albern und nutzlos diese Geste war: die ganze Schlucht war gefüllt mit dichtem grauen Nebel, der wie kochender Brei träge jede Felsspalte füllte. Arbadil konnte nur ahnen, wo die Schlucht begann, wo sie endete und wo der tiefste Punkt war.

»Nicht jetzt, Ankou, noch kannst du nicht genug Kraft haben!« Arbadil erschrak, als er sich selbst brüllen hörte. Doch die Worte kamen ohne sein Zutun mitten aus seinem Herzen, sie flogen über den Nebel hinweg und verhallten ohne Echo in der dunstigen Brühe.

»Ich werde das nicht zulassen, Ankou!« Arbadil zitterte am ganzen Körper. Der König reckte die Arme in den Himmel und ballte die Hände zu Fäusten. Wütend drohte er dem Himmel über sich, der beinahe so grau war wie der Schleier, der die Schlucht erfüllte.

Als Arbadils Worte verklungen waren, geriet der Nebel in Bewegung. Erst war es nicht mehr als ein schwaches Wabern, doch dann schlugen die Wellen von der Mitte der Schlucht aus immer weitere Kreise. Eine Woge nach der anderen schien den Nebel zum Kochen zu bringen. Arbadil ließ die Arme sinken. Erschrocken trat er drei Schritte nach hinten.

Im selben Augenblick, als Arbadil ein Gurgeln aus den Tiefen der Schlucht zu hören meinte, geriet er ins Straucheln. Irgendetwas war hinter ihm, schmerzhaft schlug es gegen seine Kniekehlen. Hilflos ruderte der König mit den Armen. Aus der Schlucht drang rauer Husten, ein Röcheln zu ihm. Arbadil strauchelte, griff hinter sich ins Leere und dann knallte er, mit dem Rücken zuerst, auf den Boden.

Das Quieken klang, als habe ein Wildschwein einen Jagdpfeil abbekommen. Arbadil fuchtelte mit den Händen um sich. Der Helm war ihm ins Gesicht gerutscht und bedeckte seine Augen. Blind tapste er unter sich. Dann bekam er es zu fassen. Das Quieken wurde lauter, als Arbadils Hände sich in warmes, weiches Fleisch krallten.

Es zappelte und Arbadil, dem der Helm auf die Nase drückte, hatte Mühe, dass es ihm nicht aus den Händen glitt. Doch der

König war ein geübter Jäger und nach wenigen Augenblicken hatte er es geschafft, sich mit dem Unterarm den Helm vom Kopf zu stoßen. Der Kopfschutz rollte über den Boden, kullerte auf die Schlucht zu. Einmal und noch einmal hörte Arbadil, wie der Helm gegen die steil abfallenden Felsen schlug. Dann verschwand der Kopfschutz des Königs im grauen Nebelnichts.

Arbadil keuchte, als er seine Beute, die sich wild in seinen Händen wand, schließlich unter seinem Rücken hervor beförderte. Das erste, was er sah, war ein paar dreckiger brauner nackter Füße, so klein wie seine Hand. Die Beinchen zappelten wie die Füße eines Käfers, der hilflos auf dem Rücken gelandet war. Der schmutzig graue Bart verdeckte das Gesicht. Arbadil stieg ein widerlicher Geruch nach Schwefel und Mist in die Nase.

Der König nieste.

»Lass mich sofort los«, quiekte der Winzling. »Mir wird schlecht, das ganze Blut läuft mir in den Kopf.« Die puppenhaften Füße zappelten im eisernen Griff des Königs.

Verwundert starrte Arbadil auf das Wesen, das da kopfüber in seinen Händen hing. Der pralle Bauch sah aus wie ein schmutzig gewordener Schneeball und das struppige Haar pappte am Kopf.

»Ach, und wenn ich dich loslasse, dann beißt du mir in die Finger und ich werde schreiend davonlaufen?« Dem Kerlchen entging die Ironie, die in der Stimme des Königs lag.

»Ich werde dir schon zeigen, was ich mit einem mache, der mir auf die Füße tritt«, keifte das Wesen. Arbadil grinste. Und dann brach es aus ihm heraus: der König lachte. Er lachte aus voller Brust, bis sein Bauch schmerzte und die Tränen ihm über die Wangen liefen.

»Das ist nicht komisch, du Untier, ich werd's dir schon zeigen«, quiekte der Knirps.

»Ich habe meine Mittel!« Echte Wut schwang in dem dünnen Stimmchen mit. Arbadil kicherte. Dann drehte er den Zwerg um. Noch immer umschlossen die Hände des Königs den winzigen Körper.

»Grins nicht so blöd«, blökte der Gnom. Seine sandfarbenen Haare standen ihm wirr vom Kopf ab. Die winzigen schwarzen Knopfaugen sprühten vor Wut. Ärgerlich wackelte er mit den spitzen Ohren, die so grün waren, wie Arbadil es noch nie bei einem Zwerg gesehen hatte. Die Farbe erinnerte ihn ein wenig an das Efeugrün im Blick Suavas. Allein der Gedanke an seine Frau schien den König milde zu stimmen, und so stellte Arbadil das Kerlchen auf den Boden. Seine Hände aber umfassten noch immer den winzigen Leib.

»Du bist doch Arbadil?« Der Kleine legte den Kopf schief und musterte den König mit neugierigen Augen.

»Was bin ich für ein Glückspilz, ich bringe den König zu Fall.« Nun war es an dem Kurzen, mit Ironie zu sprechen. Traurig ließ er die Schultern sinken. Ein großer Teil der grünen Farbe wich aus seinen spitzen Ohren, als er betreten den Kopf senkte.

»Bitte tu mir nichts«, hauchte das Zwerglein nach einer Weile. »Ich hab es nicht mit Absicht getan.« Arbadil schwieg. Nachdenklich starrte er seine Beute an.

»Siehst du die Schlucht?«, fragte er schließlich und drehte den Gnom um, so dass dieser genau auf die neblige Suppe blicken konnte.

»Oh nein, oh bitte nicht, wirf mich nicht hinunter«, kreischte der Kurze. Der Winzling zitterte am ganzen Körper. »Ich will nicht sterben, bitte, du bist doch ein gerechter Herrscher, oh nein, nicht wegen einer kleinen Unachtsamkeit, nein, ich bin noch zu jung, bitte, hab Gnade«, winselte er.

»Also hör mal, denkst du wirklich, ich würde dich wegen einer Lappalie töten?« Entrüstet rappelte Arbadil sich hoch. Das Wesen behielt er auf dem Arm und trat gemeinsam mit ihm wieder zwei Schritte auf die Schlucht zu. Arbadil stockte der Atem. Der eben noch gleichförmige Brei hatte sich in eine zähe, brodelnde Masse verwandelt. In der Mitte ragte eine Nebelsäule in die Höhe.

»Das muss bis zur Burg hin zu sehen sein«, flüsterte der König.

Das Kerlchen auf seinem Arm riss die Augen auf. Dann klammerte er sich an Arbadils Handgelenk fest und versteckte den Kopf in der Armbeuge des Königs.
»Ankou«, quietschte das Wesen.
»Wie lange ist der Nebel schon da?«, fragte Arbadil. »Du hast deine Behausung doch hier irgendwo, du musst es wissen.« Der Winzling zitterte am ganzen Leib. Stockend begann er zu sprechen.
»Drei Tage, mein König, am ersten Tag sah es aus, als sei es ein üblicher Frühlingsnebel, doch auch die Sonne, die schon warm schien, konnte die Schwaden nicht aus der Luft vertreiben.« Der Kleine stockte. Arbadil klopfte ihm aufmunternd auf die schmalen Schultern
»Am zweiten Tag war es wie am ersten, nur noch grauer und kälter. Und heute... seht selbst, mein König.«
Arbadil starrte auf die Nebelsäule, die sich mehr und mehr auftürmte, als wolle sie bis in den Himmel hinein wachsen.
»Das kann nicht sein«, flüsterte der König. Der Knirps schrekkte hoch, als er die Gänsehaut auf Arbadils Armen bemerkte. Ängstlich hob er den Kopf und blinzelte in die Schlucht.
»Das kann nicht sein«, sagte nun auch er mit leiser Stimme. Neben der ersten Säule wuchs eine zweite aus dem Nebelbrei. Und daneben eine dritte, eine vierte. Nach wenigen Minuten erfüllten sieben Nebelsäulen beinahe die ganze Schlucht. Nach oben schienen sie sich zu verjüngen. Doch dort, wo ihre Spitzen den Himmel berühren müssten, wölbte sich, Pilzen gleich, ein Nebeldach. Alles Licht schien von dem Grau verschluckt zu werden. Die Farben des Waldes, das Blau von Arbadils Umhang, ja selbst die grünen Ohren des Kurzen – alles verschwamm zu einer dunklen Masse, als bräche mitten am Tage die Dämmerung über das Land.
Die Zeichen waren eindeutig. Arbadil war nicht fähig, sich zu rühren. Wie gerne wäre er zurück gerannt in den Wald, zu seinen Männern, die in sicherer Entfernung auf seine Befehle warteten. Doch Arbadil war es, als habe jemand die Muskeln aus seinen

Beinen genommen. So sehr er sich auch konzentrierte, es gelang im nicht, seine Füße zu heben. Der König fühlte sich, als sei er zu Stein geworden.

Er konnte nicht sagen, wie lange die Starre andauerte. Sprachlos starrte er auf die sieben grauen Säulen, die sich in den Himmel reckten.

Dann, Arbadil kam es wie eine Ewigkeit vor, wurden die Säulen von einem Windstoss erfasst. Sie gerieten ins Schwanken, einzelne Nebelfetzen lösten sich, schwebten wie kleine graue Schiffe durch die Luft und segelten über die Schlucht davon. Die Säulen wurden dünner, blasser. Eiskalter Wind pfiff aus der Schlucht nach oben und nahm dem König den Atem. Eine Böe erfasste ihn, drückte ihn zurück. Endlich gehorchten ihm seine Beine wieder und in dem Moment, als die Säulen wie einstürzende Gebäude in sich zusammen fielen, stolperte Arbadil mit dem Wesen auf dem Arm in den Wald zurück.

Nach einigen Metern blieb Arbadil schwer schnaufend stehen. Der Winzling klammerte sich an seinem Arm fest.

»Ankou«, keuchte der König. Das Kerlchen wimmerte leise.

»Die Alten haben es gesagt, bald sei seine Zeit gekommen, doch keiner glaubte daran, dass er zu meinen Lebzeiten Kraft genug haben würde, um seine Macht zu erproben.« Arbadil sprach mehr zu sich selbst als zu dem zitternden Knirps auf seinem Arm. Der König schien den Winzling erst zu bemerken, als dieser leise hustete.

»Lasst mich gehen, Hoheit«, flehte der Zwerg. Die spitzen, hellgrünen Ohren schienen beinahe durchsichtig zu sein. Arbadil holte tief Luft.

»Dich gehen lassen? Ich wäre ein dummer Mann, wenn ich das täte.« Der König hob seine Beute direkt vor sein Gesicht. »Ihr Burschen seid schwer zu fassen, und da stolpere ich mal über einen von euch und soll ihn dann laufen lassen? Nein, mein Freund, das wäre töricht.« Obwohl ihn das eben gesehene noch bis in die letzte Faser seines Körpers beschäftigte, blitzte schon wieder der gewohnte Schalk aus Arbadils Augen.

»Hast du nicht selbst gesagt, Zwerg, dass Strafe sein muss?«

»Ich? Ich soll das gesagt haben?« Entrüstet stemmte der Winzling die dürren Ärmchen in die mit struppigen Haaren bedeckte Hüfte.

»Nun, ob du es gesagt hast oder nicht, Strafe wird sein.« Der Kurze senkte betreten den Kopf.

»Ich werde dich mitnehmen, mein Sohn ist dabei, in diese Welt zu kommen und er kann einen Spielkameraden gebrauchen.« Arbadil grinste. Das Wesen stöhnte leise.

»So fein wirst du es nicht noch einmal treffen«, neckte Arbadil seinen Fang. Mit dem Zwerg auf dem Arm marschierte er eilig den Pfad zurück, an dessen Ende seine Truppe auf ihn wartete. Das Kerlchen protestierte leise und murmelte unverständliches Zeug vor sich hin. Arbadil lächelte. Doch hinter dem Lächeln kroch die Sorge in ihm hoch. Was er gesehen hatte, das konnten nur die sieben Nebelsäulen sein, von denen in den Schriften des Geheimbundes berichtet wurde. Seit Generationen waren weise Männer damit beschäftigt, die Geschehnisse des Reiches zu protokollieren, die Erkenntnisse der Magister zu notieren und das Wissen des Volkes auf Schriftrollen zu bündeln. In den Schriften ballte sich das Wissen ganz Tamars – und nun war es an ihm, Arbadil, die Ankunft Ankous seinem Volk zu berichten.

Arbadil wusste nicht, wie viel Zeit zwischen den sieben Zeichen, welche die Ankunft Ankous ankündigten, liegen würde. Doch er war sicher, dass sein Sohn, der für ihn bis jetzt nur eine süße Vorstellung, ein ungeborener künftiger König war, kein einfaches Schicksal vor sich hatte, wenn Ankou tatsächlich genügend Kraft sammeln könnte, um seine widerliche schwarze Macht zu versuchen.

Arbadil seufzte. Dann hielt er sich die Nase zu. »Du wirst erst einmal baden müssen, mein Freund, du riechst, als hättest du dich in einem gewaltigen Misthaufen gewälzt.«

»Wasser?« Entsetzt riss der Winzling die Knopfaugen auf. »Oh bitte, kein Wasser«, flehte er. Arbadil grinste. Der Kleine wäre genau das richtige Geschenk, das er seinem Sohn zur Geburt machen könnte. Einen besseren Kameraden würde der Junge nicht bekommen können. Und Arbadil wollte alles daran setzten, damit sein Sohn eine glückliche Kindheit hätte. Sein Leben stand unter einem schweren Stern – da konnte jeder kleine Spaß wertvoll sein.

»Wie heißt du eigentlich, Zwerg?«

»Duende, mein König, nenn mich Duende nach dem Geschlecht derer, aus dem ich komme. Und bitte, ein Zwerg bin ich nicht.« Theatralisch neigte der Gnom den Kopf und fuchtelte mit den Armen. Selbst für einen Winzling wie ihn war es nicht einfach, eine Verbeugung zu machen, wenn man in den Armen eines groß gewachsenen Mannes feststeckte.

»Duende. Das ist ein guter Name.« Arbadil lächelte. »Und den wird mein Sohn sich leicht merken können.« Duende stöhnte und verdrehte die Augen.

»Benimm dich, sonst setze ich dich in einen Vogelkäfig.« Betreten senkte Duende die Augen.

»Und falls es dich interessiert, Duende, der Name deines Herrn wird Arbanor sein.«

Als Arbadil die Stelle erreichte, an der die Männer auf ihn warteten, war Duende auf seinem Arm eingeschlafen. Arbadil lächelte, als er um die Biegung trat. Kein Laut war zu hören, nur ein Pferd schnaubte leise und scharrte mit den Hufen im Moos. Das Kerlchen schnarchte leise und ein winziger Speichelfaden versank in dem struppigen Bart. Arbadils Gedanken drehten sich im Kreis, wieder und wieder stieg das Bild des undurchdringlichen Nebels vor seinem geistigen Auge auf. Die sieben Säulen, die sich in den Himmel geschraubt hatten. Das Wabern des grauen Breis in der gewaltigen Schlucht. Doch er schüttelte den Gedanken daran ab. Ankous Kraft konnte noch nicht ausreichen, um sofort anzugreifen. In den Schriften des Geheimbundes war verzeichnet, dass es mehr brauchte, als Nebelsäulen, um die ganze Macht des Bösen wirksam werden zu lassen.

Arbadil hatte einen Moment mit dem Gedanken gespielt, mit seinen Männern zur Schlucht zu reiten. Ankou sollte sehen, dass er nicht wehrlos war, dass ihm ein Heer gut ausgebildeter und starker Soldaten zur Seite stand. Doch dann verwarf er den Gedanken sofort wieder – wie lächerlich musste es wirken, wenn ein König mit nicht mehr als hundert Soldaten dem Bösen entgegen trat? Nein, Arbadil musste besser vorbereitet sein. Und er musste die Waffen schärfen und Ankou zeigen, dass Tamar bestens gerüstet war. Erst im vergangenen Winter hatten die Schmiede sieben Steinschleudern geschaffen, die so groß waren, dass ein Pferd allein sie nicht ziehen konnte, und die so weit reichten, wie keine andere Waffe im ganzen Reich.

Arbadil seufzte. Ankou hatte das Spiel begonnen. Doch er, Arbadil, war noch nicht bereit, um in die erste Runde zu gehen – zuerst musste er seinen Sohn sehen, den Suava bereits zur Welt gebracht haben musste. Arbadil spürte beinahe körperlich, dass sein Fleisch und Blut – der künftige Herrscher des Reiches – geboren war.

Duende auf seinem Arm schmatzte leise im Schlaf. Als Arbadil hinter den Bäumen hervortrat, sprang Gorrion vom Wagen. Ertzain hob die Hand zum Gruß, doch bevor einer der Männer etwas sagen konnte, legte Arbadil den Finger auf die Lippen.

»Scht, er schläft«, flüsterte der König. Ertzain hielt inne und auch Gorrion blieb stehen. Verwundert blickte Ertzain seinen Freund an. Arbadil trat vorsichtig auf und sein Gang war langsamer, fast so, als lauerten hinter dem König dunkle Wesen in den Büschen. Ob Arbadil gefangen genommen war? Ob der König Räubern als Geisel diente, um den Tross zu überfallen? Ertzains Nasenflügel bebten. Mit einem aufgeregten Arbadil hätte er gerechnet, auch mit einem König, dem die Sorge ins Gesicht geschrieben stand und der dennoch mit gestrafften Schultern und wie ein starker Mann zu seinen Soldaten zurückkehrte, um ihnen zu berichten, was er gesehen hatte.

»Das muss ein Hinterhalt sein«, dachte Ertzain. Seine Hand zitterte, als er den Griff seines Schwertes umklammerte.

Die Soldaten kniffen die Augen zusammen und starrten auf Arbadil. Langsam trat der König näher. Ertzain zog beinahe unmerklich an seinem Schwert. Die schwere Waffe glitt ein Stück aus der Scheide. Doch dann stockte der Lord. Riss die Augen auf. Starrte auf Arbadil - und brach einen Moment später in schallendes Gelächter aus.

Die Soldaten, die ganz hinten in den Reihen standen, reckten neugierig die Hälse, als das Lachen Ertzains den Wald erfüllte. Keuchend und glucksend polterte es aus seinem Mund, prallte an den mächtigen Baumstämmen ab und rollte schließlich über den bemoosten Grund.

»Scht«, machte Arbadil noch einmal. Doch Duende hob schon den verfilzten Kopf und öffnete verwirrt die winzigen Knopfaugen. Unwillig brummte der Knirps und wischte sich den Schlaf aus den Augen. Als er Ertzain sah, der sich vor Lachen den Bauch hielt, reckte der Kleine trotzig das Kinn in die Höhe.

»Der ist ja noch kleiner als ich«, giggelte nun auch Gorrion los. Sein praller Bauch wackelte unter der Schürze, welche ihn als Koch und Proviantmeister auswies.

»Einen tollen Fang habt Ihr gemacht, Majestät«, keuchte Ertzain. Tränen rollten aus seinen Augen und kullerten über die vom Lachen geröteten Wangen.

»Ein Duende, welch würdiger Gegner für den König.«

Arbadil sah irritiert von Ertzain zu Duende und dann zu den Soldaten. Ein junger Kerl presste sich die Faust in den Mund, um nicht lauthals loszubrüllen. Ein anderer biss in den Stoff seines Ärmels und blies die Backen auf.

Und dann brach es auch aus Arbadil heraus. Der König lachte, bis ihn der Bauch schmerzte und der Kopf dröhnte. Da stand er, der mächtige Herrscher, in seinem Brustpanzer und ohne Helm, die Haare zerzaust und in seinen Armen hielt er ein winziges Kerlchen. Dieses Bild würde noch lange Zeit an den Lagerfeuern und in den Tavernen des Dorfes Albages die Männer erheitern!

»Gorrion, pack den Kleinen hinten auf den Wagen«, keuchte Arbadil schließlich und streckte den zappelnden Duende seinem Diener hin. »Der Kerl stinkt wie eine ganze Horde Wildschweine.« Angewidert rümpfte Gorrion die Nase und griff mit spitzen Fingern nach dem um sich tretenden Duende.

»Was für ein schlechter Tag, oh, warum ich, warum muss mir das passieren«, jammerte Duende.

Arbadil grinste. »Strafe muss sein, mein Freund«, erinnerte er ihn. Duende verdrehte die Augen und verstummte schließlich, als Gorrion ihn in einen leeren Proviantkasten setzte.

»Lass dir nicht einfallen, herauszuspringen und dich davonzumachen«, drohte Arbadil.

»Ich finde dich auch ein zweiten Mal.« Duende knispelte an seinem Bart.

»Ich kann nicht mehr zurück zu den Meinen, das wisst ihr ganz genau«, lamentierte der Gnom. »Wenn mich einmal ein Mensch berührt hat bin ich für alle Zeiten unrein, kein anderer aus dem Volk der Duendes wird mich je wieder in seine Behausung lassen.« Unglücklich wiegte das Kerlchen den Kopf hin und her.

»Dir wird es an nichts fehlen, mein Freund«, sagte Arbadil und tätschelte Duende beruhigend die Schulter. Duende seufzte tief und zuckte mit den Schultern.

Endlich setzte der Tross sich wieder in Bewegung. Ertzain lenkte sein Pferd neben das Arbadils, nachdem der König ihn mit einem Wink zu sich gebeten hatte. Die Pferde fielen wieder in einen leichten Trab und der Waldboden bebte unter den schweren Hufen.

Leise schilderte der König seinem Lord, was sich in der Schlucht zugetragen hatte. Ertzain hörte seinem König schweigend zu und seine Miene verfinsterte sich.

»Es ist ein Zeichen Ankous, Ihr habt Recht«, sagte er schließlich, als der König seine Schilderung beendet hatte. »Doch scheint er zu wenig Kraft zu haben für einen Schlag
gegen uns.«

»Ja, Ertzain, ich erinnere mich an die Schriften des Geheimbundes. Von sieben Nebelsäulen ist dort die Rede, aber auch davon, dass der Himmel sich verdunkelt.« Ertzain nickte stumm. Sein Pferd schnaubte.

»Die Nebelsäulen waren gewaltig«, erklärte Arbadil. »Aber sie waren noch nicht gewaltig genug, um der Sonne alle Kraft zu nehmen und um das Licht zur Gänze zu löschen.«

»Seid Ihr sicher, dass alles genau so eintreten muss, wie der Geheimbund es geschrieben hat? Ich meine, kann es nicht sein, dass die Alten sich geirrt haben, dass im Lauf der Jahre vieles vergessen wurde, was geschah und dass die Chronisten nicht alles notiert haben?« Ertzain wiegte den Kopf hin und her.

Arbadil, dessen schwarzes Haar in der Sonne glänzte, die nun durch das Blätterdach des Waldes drang, brummte. Der König genoss es, dass der Wind in sein Haar fuhr und ihm den Nacken streichelte. Er war Duende nicht böse, dass der Helm in die Schlucht gefallen war.

Arbadil wusste, dass sie in wenigen Stunden Albages erreicht haben würden. Von dort war es nur noch ein kurzer Ritt bis zur Burg Guarda Oscura. Der Stammsitz derer aus dem Geschlechte Arbadils lag auf einem Hügel über dem Dorf und Arbadil war sicher, dass in den Tagen seiner Abwesenheit nichts die Sicherheit und Ruhe in seiner Heimat hatte stören können. Dass ihm keine

Gefahr drohte und dass er den kurzen Moment, da er wie ein normaler Mann und nicht wie ein König im Kriegsornat reiten konnte, auskosten würde. Daran sollte auch Ankou nichts ändern.

»Nirgendwo in den Chroniken steht, ob die Säulen einmal auftauchen oder mehrmals«, sinnierte der König. »Und ich erinnere mich nicht daran, gelesen zu haben, dass die Nebelsäulen nur einmal erscheinen.«

»Wie also deutest du das Zeichen, mein Freund?« Arbadil lächelte. Ertzain hatte sich in all den Jahren, seit Arbadil gekrönt wurde, nicht daran gewöhnen können, ihn stets mit der höflichen Formel anzusprechen. Immer dann, wenn Ertzains Gefühle und Gedanken in Aufruhr waren, duzte er den Freund. Arbadil hatte nichts dagegen. Für ihn war der Lord mehr als ein Kind, das gemeinsam mit ihm erzogen worden war. Für ihn war Ertzain der Bruder, den er nie hatte.

»Ich weiß es nicht, Ertzain«, antwortete Arbadil ehrlich. »Der Nebel hat mich benommen gemacht. Mich überkam bei seinem Anblick ein Schaudern, nicht wirklich Angst, aber auch kein angenehmes Gefühl.«

Ertzain nickte. Er verstand, was der Freund empfunden haben musste, als er die brodelnde Nebelsuppe erblickte.

»Aber sieh doch, Arbadil, alles ist klar und sonnig«, rief Ertzain erleichtert, als sie das Ende des Waldes erreichten. Arbadil hatte einen anderen Weg gewählt als den entlang der Schlucht. Jener Pfad am Abgrund wäre zwar kürzer gewesen, doch Arbadil wollte den zum großen Teil jungen und unerfahrenen Soldaten den Anblick des Nebels nicht zumuten. Es würde ihm nichts nutzen, wenn sie unvorbereitet auf das Schauspiel trafen und dann in den Tavernen Schauermärchen erzählten. Arbadil wusste, dass gerade die jungen Soldaten ihre Erlebnisse gerne zu Märchen ausschmückten. Bevor er nicht mit seinen Beratern gesprochen hatte, wollte der König jedes Aufsehen und jede Panik vermeiden. Ein verängstigtes Volk würde ihm gegen Ankou nichts nützen. Was

Arbadil brauchte, das waren besonnene Köpfe und das waren Truppen, die wohl vorbereitet waren auf die Kämpfe, die ihnen allen vielleicht schon bald bevorstanden.

Vor den Reitern erstreckte sich eine saftige grüne Wiese, die sanft anstieg. Arbadil erkannte einen grauen Schleier, der sich an den Horizont zu schmiegen schien. Doch hätte er nicht mit eigenen Augen den gewaltigen Nebel gesehen, er hätte das Flirren für eine Erscheinung der tiefer stehenden Sonne gehalten. Keiner der Soldaten schenkte dem nebligen Wabern Beachtung, sie alle starrten geradeaus nach Süden. Hinter einem kleinen Hain stiegen dünne Rauchsäulen aus den Kaminen der Hütten gemächlich in den Himmel. Eine Schafherde trabte blökend auseinander, als die Reiter den Pferden die Sporen gaben und auf Albages zupreschten. Keinen hielt es mehr, ein jeder wollte nach Hause zu seinem Weib, zu seinen Eltern. Arbadil hob den Arm. Die Soldaten zügelten die Pferde und kamen auf einer Koppel zum Stehen.

Der Ochse schnaubte verwundert, als er die Soldatenschar auf seiner Weide bemerkte. Doch dann wandte das stattliche Vieh den Männern sein beachtliches Hinterteil zu und trottete zum Bach, der sich über die Wiese schlängelte.

»Unsere Reise ist zu Ende, Männer«, begann Arbadil zu sprechen. Sofort verstummten die aufgeregten Gespräche der jungen Burschen, die schon von den Mädchen träumten, die sie mit ihrem Sold heute Nacht zu Wein und Braten einladen würden. Und zu mehr. . .

»Für viele von euch war es die erste Reise in der königlichen Garde«, sprach Arbadil weiter. »Und ich bin stolz auf euch, wir haben korrekt und schnell gearbeitet und unsere Wege ohne Probleme zurückgelegt.«

Endlich schloss der Proviantkarren zu den Männern auf. Arbadil lächelte, als er Duende entdeckte, der seinen struppigen Kopf neugierig über den Rand seiner Kiste reckte.

»Tamar lebt in einer friedvollen Zeit, und das ist gut so«, sagte Arbadil. »In den Ostgebieten gibt es einige Lords, die von Zeit zu

Zeit an Aufstände denken, die versuchen, mit ihren Truppen auf Albages und Guarda Oscura zu ziehen.« Wissend nickten die Soldaten.

»Es kann sein, dass sie eines Tages genug Kraft haben werden, um uns in einen Krieg zu zwingen. Es mag aber auch sein, dass all dies niemals geschehen wird. Doch sollte Tamar Unbill drohen, so bin ich ganz ruhig.« Ertzain nickte wohlwollend, als er bemerkte, wie fest Arbadils Stimme war.

»Ahendis, unser Reich in der Welt, die wir Tamar nennen, war und ist stark und mit euch habe ich Soldaten, wie ein König sie sich nur wünschen kann.«

Anerkennend neigte Arbadil das Haupt und legte die rechte Hand auf sein Herz. Die Männer starrten den König an, der sich vor ihnen verneigte; vor ihnen, die doch nichts weiter getan hatten, als ihm Geleit zu geben auf einer Reise, die ohne Zwischenfälle verlaufen war.

»Bravo«, rief plötzlich einer der jungen Burschen und klopfte sich mit der Faust auf das Panzerhemd. Metallisch dröhnte der Panzer, als er wieder und wieder dagegen polterte. Der nächste Soldat tat es ihm nach, und dann noch einer und schließlich schallte das Poltern von hundert Fäusten auf hundert Brustpanzer über die Wiese.

Lächelnd blickte der König über die Köpfe der Soldaten. Schließlich hob er die Hand und gebot den Männern Einhalt.

»Gebt den Rössern die Sporen und seht zu, dass ihr zwei freie Tage genießt.« Lachend gab der König den Männern das Zeichen zum Aufbruch. Die Soldaten brachen in Jubel aus. Der Ochse wandte den massigen Kopf um und starrte aus gleichgültigen Augen auf die Szene.

»Hoch lebe Arbadil, hoch lebe der König«, jubelten die Männer. Dann bebte die Erde, als die Pferde davon stieben. Ertzain und Arbadil ritten rechts und links von Gorrions Karren. Duende in seiner Kiste wurde mächtig durchgeschüttelt, als die hölzernen

Räder über die Wiese holperten und über einen Maulwurfhaufen nach dem anderen polterten. Der Knirps fluchte leise und gab erst Ruhe, als der Karren über das Kopfsteinpflaster rollte, mit welchem die Straße nach Albages belegt war.

Das Dorf war umgeben von einer doppelten Wehrmauer. Die äußere Mauer war nur halb so hoch wie jene, die aus grauen Steinblöcken gehauen dahinter aufgetürmt war. Im Zwischenraum waren Holzschuppen aufgebaut, in denen Munition und Waffen lagerten. So hatten die Soldaten, deren Kaserne nur einen Steinwurf weit entfernt und ebenfalls hinter einer doppelten Wehrmauer verborgen neben dem Dorf lag, stets schnellen Zugriff auf die Waffen, welche Albages gegen Feinde verteidigen würden. Arbadils Blick wanderte empor zu den vier Türmen, die die kleine Stadt zu allen Himmelsrichtungen hin zu bewachen schienen. Die Öffnungen, aus denen heißes Öl oder flüssiger Teer auf die Angreifer geschüttet werden konnten, glänzten in der untergehenden Sonne. Wahrscheinlich hatten die Wachhabenden sie vor wenigen Minuten mit Wasser gereinigt, wie sie das jeden Nachmittag taten.

Beinahe kreisrund umschlang das Steingebilde die Häuser des Dorfes. Beide Tore waren weit geöffnet und Arbadil hörte das Lachen und freudige Rufen der Weiber, die ihre Männer begrüßten. Die Wachposten am vorderen Tor salutierten, als der König und sein Lord vorbei ritten.

Auf Höhe des östlichen Turmes gabelte sich der Weg. Arbadil zügelte sein Pferd und sprang aus dem Sattel. Ertzain tat es dem Freund gleich. Hinter ihnen ratterte Gorrion mit seinem Karren heran. Einen Moment lang blickten die Männer sich schweigend in die Augen. Dann trat Arbadil einen Schritt auf seinen Freund zu und schloss ihn in die Arme. Ertzain klopfe dem König freundschaftlich auf die Schultern.

Als sie sich wieder voneinander lösten, knuffte Arbadil den Freund auf den Oberarm.

»Schwing dich auf dein Pferd, Ertzain, und sieh nach, was Gruesa und deine Jungen gemacht haben in den zwei Wochen, in denen der Herr des Hauses nicht zugegen war.«

Ertzain grinste. »Alguien und Honrado werden meinem armen Weib die Ohren voll geschrien haben.« Der Lord grinste und Arbadil sah den Stolz, der in den Augen seines Freundes aufblitzte. Nicht nur, dass Gruesa eine wunderschöne Frau war – nun hatte sie ihm gleich zwei Söhne auf einmal geschenkt!

»Verschwinde schon, wir sehen uns morgen früh und werden alles besprechen.« Die letzten Worte sprach Arbadil mit Nachdruck. Ertzain verstand und nickte stumm. In diesem Moment erreichte Gorrion mit dem Karren die Männer. Ertzain tippte an den Helm und Gorrion winkte ihm zum Abschied zu. Dann schwang der Lord sich auf sein Pferd und gab dem Tier die Sporen. Wenige Augenblicke später war er um die Mauer herum verschwunden.

»Na los, meine Herren, ich würde meinen Sohn gerne heute noch sehen«, scherzte Arbadil und saß auf. Sein Pferd schnaubte, als er ihm die Hacken in die Seite stieß.

»Und du benimmst dich, Duende, aber zuerst wirst du in den Zuber müssen.« Arbadil lachte, als das Kerlchen sich die Haare raufte.

»Strafe muss sein«, grinste der König. Gorrion auf dem Kutschbock kicherte immer noch, als die drei schließlich die Zugbrücke passierten, die den Graben von Guarda Oscura überspannte.

Wie von Zauberhand bewegt öffnete sich das schwere hölzerne Tor. Die ehernen Verzierungen, welche das Wappen Ahendis' zeigten, glänzten in der tief stehenden Sonne. Wieder einmal dachte Arbadil, dass der Drache, halb Schlange, halb gestacheltes Untier, ihm zublinzelte. Doch der König wusste, dass es nur das Licht war, das sich in den Augen aus blutroten Rubinen brach, als die Torflügel zurück schwangen. Die Hufe des schweren Pferdes polterten über die blank polierten Bretter der Zugbrücke und Arbadil spürte das Holz vibrieren, als Gorrion den Karren über die Brücke lenkte.

»Seid gegrüßt, Hoheit«, riefen die beiden Soldaten, welche das Tor zur Innenseite hin flankierten. Die Burschen knallten die Hellebarden auf den Boden und hoben die linke Hand zum Gruß, als der König mit einem Kopfnicken an ihnen vorbei ritt. Zu Beginn ihres Dienstes hatten sie sich noch lustig darüber gemacht, dass Arbadil in der Burg einund ausging, als sei er ein simpler Handwerker oder Müller, der frisches Mehl für die Küche lieferte. Doch längst hatten sie sich daran gewöhnt, dass die Fanfaren nur dann erschallten, wenn Arbadil Lords aus weit entfernten Gebieten Eternias - der Insel der Herrscher - erwartete oder Kapitäne, welche von den Reisen zu den Inseln Exevor, Para und Noia oder Lejano zurückkehrten, um dem König (der selbst dann und wann nach Elerion reiste) die Beutestücke zu präsentieren. Arbadil legte keinen Wert auf das große Hofzeremoniell. »Meine Männer sollen kämpfen, nicht mit den Flaggen winken«, sagte er im Scherz, was er sehr ernst meinte. Dem nachdenklichen König war es beinahe peinlich, wenn seine Untertanen vor ihm paradierten oder auf die Knie fielen. Sicher, Arbadil war damit aufgewachsen – dennoch war ihm unwohl, wenn Männer, die stark waren wie ein Bär, sich vor ihm in den Schmutz warfen.

Direkt hinter dem Burgtor gabelte sich der gepflasterte Weg. Nach links führte er um das Hauptgebäude herum und zu den Toren, die in die Waffenkammern und Vorratslager führten. Nach rechts stieg das Pflaster steil an und beschrieb eine scharfe Kurve, die in einen schmalen Gang führte. Arbadil zerrte an den Zügeln.

Das Pferd schnaubte und blähte die Nüstern. Als der Gaul seine vertraute Umgebung witterte, wieherte er laut und warf den Kopf nach hinten.

Arbadil tätschelte den Hals des Pferdes und sprang aus dem Sattel. In dem Moment kam der Stallbursche um die Ecke gehetzt. Das Hemd des stämmigen Kerls hing halb aus seiner Hose und in seinen Haaren hingen Strohhalme. Im Laufen stopfte er sich das Hemd in die grobe Hose, deren lederne Flicken an den Knien abgewetzt waren.

»Seid gegrüßt, König Arbadil«, keuchte der Stallbursche und bremste in dem Moment, da er sich zu einem ungelenken Diener verbeugte.

»Das Pferd hat Durst und braucht guten Hafer nach dem langen Ritt«, erklärte Arbadil knapp.

»Jawohl, Majestät, zu Diensten.« Der Bursche griff nach den Zügeln, die Arbadil ihm hinhielt und wollte eben das Ross wegführen, als Arbadil ihm die Hand auf die Schulter legte. Der Knabe zuckte zusammen und seine Ohren wurden feuerrot.

»Ich habe nichts gegen einen guten Schlaf«, flüsterte der König dem Jungen ins Ohr.

»Aber um eine Strafpredigt von Afeitar zu vermeiden, solltest du dir das Stroh aus den Haaren ziehen.« Erschrocken griff der Junge sich an den Kopf. Mit zitternden Fingern ziepte er die trockenen Halme vom Kopf. Dankbar schaute er den König an. Jeder in der Burg wusste, wie aufbrausend Afeitar sein konnte. Der königliche Rittmeister und Ausbilder der Leibgarde war zwar ein exzellenter Ritter, der in vielen Schlachten gedient hatte. Doch mit Menschen umgehen konnte er nicht und immer wieder humpelten Stallburschen oder junge Wächter über den Burghof, die die Schläge Afeitars zu spüren bekommen hatten.

»Danke, Majestät, tausend Dank«, murmelte der Bursche und trottete mit dem schnaubenden Pferd davon. Arbadil wandte sich um. Gorrion hob eben den mürrisch dreinblickenden Duende aus dessen Reisekiste. Die Ohren des Kerlchens leuchteten wie frisches Moos, als er sich neugierig umblickte. Arbadil grinste. Nach einem ausgiebigen Bad würde der Kleine eine lustige Überraschung sein für seinen Sohn.

»Auf geht's, meine Herren, mein Sohn erwartet mich«, rief Arbadil fröhlich.

»Majestät, der Zwerg stinkt, als habe eine ganze Wildschweinherde sich über ihm entleert und ihn anschließend in einem Schwefelbad aufbewahrt«, knurrte Gorrion, der den schnaubenden Duende mit weit ausgestreckten Armen von sich hielt, als die drei sich an den Aufstieg durch den Hauptgang machten.

»Ich stinke nicht, du Wicht«, knurrte Duende, dessen Ohren noch einen Ton dunkler wurden und nun wie sommersatte Tannen glänzten.

»Dir wird das Keifen schon vergehen.« Gorrion spie die Worte förmlich aus. Und richtig – kaum hatte Duende das erste Verlies gesehen, das in die Wand des Ganges gehauen war, wich fast alles Grün aus den Ohren des Zwerges. Hinter den Gittern, die an vielen Stellen schon Rost angesetzt hatten, hockte ein Koloss aus Fell. Die langen Klauen brachten die Gitterstäbe zum Dröhnen, als das Vieh seine Pranken nach dem König und seinen Gefährten hieb.

»Was ist das?«, kreischte Duende und klammerte sich an Gorrions Arm fest. »Welche Monster habt ihr hier verborgen?« Der Zwerg zitterte am ganzen Leib und als nach der Biegung ein weiteres Verlies zu sehen war, vergrub Duende die Augen in Gorrions Armbeuge.

Das schallende Lachen Arbadils hallte durch den Gang. »Da haben wir Untiere wie dich eingesperrt, die den König zu Fall brachten«, polterte er. Duende, der das Grinsen nicht sehen konnte, jammerte leise.

»Wer weiß, vielleicht ist bei einem dieser Drachen ein Plätzchen frei für dich?« Gorrion hätte beinahe laut losgelacht, als der stinkende Wichtel laut die Nase hochzog. Duendes spitze Ohren wackelten.

»Ich bin ein guter Wichtel«, presste er hervor. Das Vieh im ersten Verließ schnaubte, als die drei außer Sicht waren. Doch der Schrei des Untieres hallte in dem Gang wider und übertönte Arbadils leises Lachen. Irgendwann würde er Duende verraten, dass in den Verließen nur Tanzbären saßen, welche den Lords und Damen zur Belustigung dienten, wenn sie nach den ausgiebigen Festmahlen träge geworden waren. Irgendwann, sobald Duende sich eingewöhnt hatte und seinem Sohn ein guter Spielkamerad geworden war.

Am Ende des Ganges brandete Applaus auf, als die Schritte Arbadils näher kamen. Ningun, der die Rückkehr der Soldaten von seinem Turmfenster aus beobachtet hatte, hatte in aller Eile die Knechte und Mägde zusammen gescheucht, damit sie ihrem Herrn einen würdigen Empfang bereiteten. Und so standen sie nun in Reih und Glied im Burghof. Als Arbadil im Torbogen erschien, jubelte die fette Köchin.

»Ein Hoch auf unseren Herrn«, rief sie.

»Hoch! Hoch! Arbadil lebe hoch«, stimmten die Knechte ein.

»Lang lebe König Arbadil.« Ningun hatte Mühe, gegen den Lärm anzubrüllen, doch die feste Stimme des Magiers schien sich über die Rufe der Diener zu erheben und den ganzen Hof auszufüllen.

Arbadil blieb stehen. Lächelnd blickte er von einem zum anderen. Ningun, der jetzt auf seinen Herrn zutrat und vor ihm auf die Knie sank, bemerkte die leichte Röte, die des Königs Wangen überzog.

»Wie schön, dich zu sehen, Ningun.« Arbadil bedeutete dem Magier, sich zu erheben. In diesem Moment kam auch Gorrion durch den Torbogen. Der keifende und zappelnde Duende auf seinem Arm verstummte und erstarrte, als er die jubelnden Menschen sah.

Mit einem Schlag war es mucksmäuschenstill. So still, dass das sanfte Rauschen des Wassers im Burggraben im Hof zu hören war.

Auf einmal waren die Diener wie erstarrt. Mit großen Augen musterten sie die seltsame Gestalt, die sich an Gorrions grobem Hemd festklammerte. Duendes Ohren leuchteten tief grün.

»Nimm das weg, nimm das sofort weg«, kreischte plötzlich die Köchin. Mit ausgestrecktem Finger zeigte sie auf Duende. Der Busen der Dicken zitterte, als ein kalter Schauder sie erfasste.

»Aber das ist doch nur. . .«, wollte Gorrion sagen, doch die Köchin drängte sich durch die Reihen der Diener und stolperte über den Hof davon, so schnell sie ihre strammen Waden trugen.

»Das ist ein waschechter Duende«, ergänzte Ningun den Satz.

»Bin ich nicht«, fiepte das Männlein auf Gorrions Arm. Trotzig reckte Duende das Kinn vor, doch die hoch gezogenen Schultern straften seine eigenen Worte Lügen.

»Ich bin ein Waldwichtel.« Duende war bemüht, mit fester Stimme zu sprechen. Doch Ninguns Kopfschütteln verunsicherte ihn. Seine Ohren wurden an den Spitzen blass.

»Du bist ein Duende, aber einer mit einem Geheimnis, sonst könntest du das Sonnenlicht nicht ertragen.« Traurig senkte der Wichtel den Kopf. Sein struppiges Haar stand in alle Richtungen ab.

»Außerdem stinkst du wie eine Wanne voller Unrat.« Der Magier rümpfte die Nase.

»Was mag das Geheimnis des Winzlings sein?« Neugierig starrte Arbadil von Ningun zu Gorrion und wieder zurück. Die Diener rückten Stück um Stück näher, bis sie einen dichten Kreis um ihren Herrn und das seltsame Fundstück gebildet hatten.

»Das muss er uns schon selbst verraten«, sagte Ningun. »Ich weiß nur, dass Duendes Nachtelben sind, die in den südlichen Welten leben. Ein Duende, sagt man, hängt an seinem Haus und nichts, kein Besen, kein kalter Wasserstrahl und schon gar kein Zauber, kann sie von dem Ort vertreiben, an dem sie sich eingenistet haben.«

Arbadil nickte. »Wie aber kommt dann unser Duende bis zur großen Schlucht?« Der Wichtel auf Gorrions Arm seufzte.

Langsam hob er den Kopf. »Ich bin vom Karren gefallen.« Seine Stimme zitterte und geräuschvoll zog er die Nase hoch.

»Meine Leute haben ihr Haus verlassen. Seit Wochen hatte die Sonne keinen Strahl mehr auf die Erde geschickt, alles war voll dichtem Nebel.« Duende wischte sich mit dem Ärmel seiner vor Dreck strotzenden Kutte über die Augen. Zwei winzige Tränen kullerten über seine Wangen und hinterließen eine nasse Spur in dem mit grauem Matsch verklebten Gesicht.

»Es ist derselbe Nebel, der in der Schlucht saß.« Die letzten Worte waren nur ein Flüstern. Dennoch hatten alle gehört, was Duende sagte. Ein Raunen ging durch die Reihen der Diener. Arbadil rückte näher an Gorrion heran, um den zwei Fuß hohen Elben besser verstehen zu können.

»Duendes gehen nie wieder fort, wenn sie sich erst einmal eine nette Familie ausgesucht haben.« Mit dem Nicken seines winzigen Kopfes bekräftigte der Kleine seine Worte.

»Ja, aber ob die Familie das auch so schön findet, wage ich zu bezweifeln.« Spott lag in Ninguns Stimme.

»Ich bin sehr fleißig!« Pampig blickte Duende den Magier an. »Ich putze und schrubbe und ich repariere Schuhe wie kein zweiter.«

»Aha«, sagte Arbadil. Ein Lächeln huschte über das Gesicht des Königs.

»Und was muss dein Herr tun, damit du arbeitest, anstatt ihn Nacht für Nacht mit eiskalten Fingern aus dem Schlaf zu kitzeln?« Ningun blickte Duende streng an. Der hielt dem Blick des Magiers stand. Seine Ohren wurden eine Spur grüner, als ein breites Grinsen über sein Gesicht kroch. Schmatzend leckte er sich mit der rosa Zunge über die Lippen.

»Ein Schälchen Milch wäre fein.« Duende kniepte die Augen zusammen. Beinahe flehend sah er Arbadil an. »Ein mächtiger König wie Ihr hat doch bestimmt ein Schälchen Milch und ein Löffelchen Honig für einen lieben Duende?«

Der König stutzte. Dann warf er den Kopf in den Nacken und lachte schallend.

»Wenn es weiter nichts ist, das sollst du haben.« Duende grinste. »Nach dem Bade, mein Kleiner, erst danach.« Die Diener lachten. Unglücklich schüttelte Duende den Kopf, als Gorrion sich umwandte, um mit ihm zum Badehaus zu gehen.

»Ich hole Wasser, viel heißes Wasser«, gackerte eine der Mägde und hastete in die Küche, wo ein Kupferkessel voll warmem Wasser über einer Feuerstelle hing.

»Der Nebel heißt nichts Gutes«, flüsterte Ningun, als er neben Arbadil über den Hof ging. Der König nickte.

»Ich habe dir zu berichten, was ich in der großen Schlucht gesehen habe.« Arbadil sprach leise, denn noch immer waren viele Diener im Hof. Sie genossen die freien Minuten und scherzten und lachten über den stinkenden Duende, der offensichtlich in diesem Moment von Gorrion in den Zuber getaucht wurde. Das schrille Quieken des Winzlings schallte über den Hof. Arbadil ließ sich seine Sorgen nicht anmerken, als er an den Mägden und Knechten vorbei durch den Hof schritt. Der König wollte sie nicht unnötig beunruhigen, ehe er nicht den Rat Ninguns gehört hatte.

»Doch zuerst, mein Freund, begleite mich zu meinem Sohn.« Ningun strahlte.

»Masa sagt, er ist ein Prachtkerl.« Stolz reckte der Magier die Brust, als sei er selbst der Vater des künftigen Königs.

Helles Lachen erfüllte den langen Flur, der zu Suavas Gemächern führte. Neben jeder Fensternische stand ein Soldat. In den Hellebarden der Wachhabenden spiegelte sich das flackernde Licht der Fackeln, die in ehernen Haltern an den Wänden steckten.

»Die Hofdamen sind seit einigen Stunden hier«, sagte Ningun. Er hatte die Stimme gesenkt, als befürchte er eine heilige Ruhe zu stören. Ehrfurcht stieg dem Magier bis ins Herz, würde er doch einer der ersten sein, die den künftigen König sahen. Ningun war sich der Bedeutung des Augenblicks bewusst, den er gleich erleben sollte.

»Dann werden wir den Damen eine würdige Begrüßung bereiten.« Arbadil grinste, doch hinter dem listigen Blitzen seiner Augen konnte er die Aufregung nicht verbergen, die ihn ergriffen hatte. Nervös strich der Regent sich eine widerspenstige Strähne seiner dicken schwarzen Haare aus der Stirn. Die Soldaten knallten die Hellebarden auf den Boden, als der König und sein Magier vor der Tür zur Kammer der Königin ankamen. Direkt neben der Pforte standen rechts und links von den mit Efeu aus grüner Seide umrankten Holzpfeilern ebenfalls zwei Soldaten. Wie es der Brauch war, kreuzten sie die glänzenden Waffen vor der Türe. Arbadil und Ningun blieben stehen.

»Der König begehrt Einlass in die Kammer seiner Gemahlin.« Ungeduld schwang in Arbadils Stimme mit. Er selbst war es, der am Hof den größten Wert auf einige der Sitten und Gebräuche der Altvorderen legte. Doch heute waren ihm die strengen Zeremonien zu langatmig.

»Seid gegrüßt, großer Arbadil«, riefen die Soldaten. Der Gleichklang ihrer Stimmen hallte durch den langen Flur und wurde unterbrochen vom Stakkato der hölzernen Stäbe, als die Wachhabenden die Hellebarden drei Mal fest auf den Boden stießen.

»Öffnet die Tür und gehorcht meinem Befehl«, sagte Arbadil ungeduldig. Schweiß trat ihm auf die Stirn und Ningun lächelte. Mochte Arbadil der große König Tamars sein – in diesem Moment war auch er nur ein Vater, der zum ersten Mal seinen Sohn in die Arme schließen wollte.

»So tretet ein in die Gemächer der Königin Suava.« Noch einmal schlugen die Soldaten die Hellebarden auf den Boden. Dann zogen sie die Waffen zurück. Der kleinere von ihnen griff hinter sich und stieß die schwere Tür auf.

Sofort verstummte das Getuschel und Kichern Die Hofdamen hielten in den Bewegungen inne, erstarrten für einen Moment und sanken dann vor Arbadil in die Knie. Zwölf Häupter zählte Arbadil, als er an den Frauen vorbei schritt, die mit gesenkten Köpfen verharrten.

»Seid gegrüßt, edles Weibsvolk«, sagte Arbadil schließlich. Bei den ersten Worten des Königs erhoben sich die Frauen. Die schweren Kleider raschelten und die leichten Schleier, die sie nach der neuen Mode lose um den Kopf geschlungen trugen, flatterten um die Köpfe.

»Verzeiht, meine Damen, dass ich nicht bei euch bleibe um zu plaudern.« Arbadil lächelte. »Doch mein Begehr ist ein kleinerer Mensch, wie ihr verstehen werdet.«

»Großer König Arbadil, ihr habt einen wunderbaren Sohn.« Die alte Branka war die einzige, welche das Wort an Arbadil richtete, die anderen Damen senkten stumm die Köpfe, wohl, um die erröteten Wangen vor dem König zu verbergen. Branka war die Älteste unter ihnen. Und die Dickste – das Leben am Hofe, die guten Speisen, das süße Nichtstun hatte sich in prallen Fettringen um ihren Leib gelegt.

»Jahresringe sind das«, hatte schon Arbadils Vater gescherzt, dessen Gattin Branka bereits die Gewänder gerichtet und die schweren Haare zu kunstvollen Frisuren aufgetürmt hatte. Und seit Suava in die Königinnengemächer eingezogen war und sich von der stillen Kaja einkleiden ließ, hatte Branka noch an Umfang zugelegt.

»Danke, Branka, für deine guten Wünsche!« Arbadil hastete an den Frauen vorbei. Ningun zögerte. Dann wandte er sich um.

»Gute Frauen, nehmt mit meiner Gesellschaft vorlieb«, sagte er. »Diesen Weg soll unser König alleine gehen.« Der Magier lächelte, als Arbadil hastig die Tür zur Schlafkammer seiner

Gemahlin aufstieß. Gierig biss Ningun in die süßen Spezereien, die Branka ihm auf einem bronzenen Tablett reichte.

»Lieber Arbadil!« Suava strahlte, als der groß gewachsene König in ihr Gemach trat. Die Freude, ihn wieder zu sehen, ließ sie zittern.
»Sei gegrüßt, mein König und geliebter Ehemann.«
»Suava.« Arbadil eilte zu dem mit weichen Tüchern bedeckten Bett, in dem seine Gemahlin ruhte. Kaum etwas in dem ebenmäßigen Gesicht verriet ihm, welche Strapazen der Geburt sein Weib hinter sich hatte. Als sie durch Ningun von Arbadils Rückkehr erfuhr, hatte Suava sich von Masa und Kaja schmücken und waschen lassen. Ihre helle Haut roch nach frisch erblühten Rosen, deren Duft in der Salbe eingefangen war, mit welcher die Hebamme den nun wieder flachen, aber vom Tragen des Kindes schlaffen Leib eingerieben hatte. Ihr Haar war geflochten zu zwei lockeren Zöpfen, die von grünen Bändern gehalten wurden. Die Wangen der Königin waren überzogen von einem hellen Rot, das an die Färbung des Himmels bei Sonnenaufgang erinnerte. Einzig die dunklen Schatten um die Augen verrieten dem König, dass seine Gemahlin müde war.
»Meine Königin, geliebte Frau!« Zärtlich strich Arbadil über Suavas Haar. Der frische Duft schien seine Nase zu liebkosen und für einen Moment schloss der König die Augen.
»Wie gut, dich gesund zu sehen«, flüsterte er schließlich.
»Aber Arbadil, ich war doch nie krank«, protestierte Suava. Das Lächeln in ihrem Gesicht strafte den strengen Ton Lügen. Arbadil griff nach den Händen seiner Frau. Fest umschloss er die schlanken Finger. Dann senkte er den Kopf und küsste jede Hand.

»Tapfere Königin«, murmelte er leise. Einen Moment verharrte er mit gesenktem Haupt. Doch als das leise Krähen des Neugeborenen durch die Kammer drang, sprang Arbadil auf.

»Das ist mein Sohn!«, rief er. Suava kicherte, als sie die Verblüffung im Gesicht ihres Gatten sah.

»Das ist dein Sohn, mein König.«

Jetzt erst bemerkte Arbadil den aus sommergoldenen Weiden geflochtenen Korb, welcher mit Tüchern bedeckt auf der größten Truhe neben dem Kaminfeuer stand. Langsam trat er näher. Kaja und Masa, welche neben dem Feuer ausgeharrt hatten, fielen in die Knie.

»Seid gegrüßt, König Arbadil«, murmelten die Frauen.

»Masa, Kaja, hoch mit euch und reicht mir meinen Sohn.« Arbadil lachte, als die Weiber sich umständlich aufrappelten. Kaja nickte dem König stumm zu, während Masa sich über den Korb beugte und darin nestelte. Schließlich hob sie ein winziges Bündel hervor. Arbadil erkannte nichts außer weißen Leinen, die fest wie ein Kokon geschnürt waren.

»Hier ist er, der Prinz von Ahendis.« Stolz schwang mit in den Worten Masas, als sie Arbadil das Bündel entgegenstreckte. »Er hat seiner Mutter eine Menge Arbeit gemacht, doch er ist ein kräftiger und gesunder Bursche.« Arbadil nickte stumm.

»Ihr müsst ihn schon halten, mein König.« Masa grinste, als Arbadil nervös von einem Bein aufs andere trat. »Von alleine kann er noch nicht zu seinem Vater kommen.«

Unbeholfen streckte der König beide Arme aus. Masa trat mit dem Bündel zu ihm und legte es dem groß gewachsenen Mann vorsichtig in die Arme.

Arbadil stockte der Atem. In seinem Hals formte sich ein dicker Kloß. Sein Herz pochte und es war ihm egal, dass dicke Tränen aus seinen Augen schossen und auf das frisch gestärkte Leinen tropften. In seinen Armen lag sein Sohn, sein eigen Fleisch und Blut. Der künftige Herrscher von Ahendis und ganz Tamar.

Das Kind gluckste leise. Die Augen hatte der Prinz geschlossen, doch schien ein Lächeln den winzigen Mund zu umspielen. Arbadil starrte minutenlang auf das Kind. Er bemerkte nicht, wie Masa und Kaja leise die Kammer verließen. Der König war gefangen im Anblick seines Sohnes. Das runde Gesicht mit den schwarzen Haaren, welche unter den Tüchern hervorlugten, schien ihm schon jetzt jenen entschlossenen Ausdruck zu haben, der einen wahren König ausmachte.

»Arbadil, was ist denn?« Suavas Frage schreckte den König auf. Erst jetzt bemerkte er, dass er hemmungslos geschluchzt hatte. Vorsichtig, um das Kind nicht zu erschrecken, das leicht wie eine Feder in seinen Armen lag, wandte er sich um zu seiner Gemahlin.

»Wie stolz er aussieht, Suava, und wie winzig er ist.« Geräuschvoll zog Arbadil die Nase hoch. Suava kicherte.

»Er ist das Abbild seines Vaters«, sagte sie. »Und er wird ein guter König sein.«

»Mein Sohn wird der beste König sein, den Ahendis jemals hatte.« Stolz reckte Arbadil das Kinn und trat mit dem Kind auf den Arm ans Fenster. Dann zog er die schweren Stoffe ein kleines Stück zur Seite, gerade so viel, dass er hinausspähen konnte. Vor der Burg waberte Nebel. Die Häuser von Albages lagen verborgen unter einer grauen Suppe.

»Das ist dein Reich, mein Sohn«, flüsterte Arbadil. »Die Menschen warten auf einen König, der stark genug ist, die Reiche Tamars vereint gegen Ankou zu führen.« Eine tiefe Falte grub sich von der Nasenwurzel zur Stirn, als Arbadil auf den Nebel starrte. Dort, wo er die Mühle vermutete, begann der Nebel zu wabern, wie er es bereits in der großen Schlucht gesehen hatte. Langsam schraubte sich eine Nebelsäule in den Himmel.

»Ankou, dein Meister ist geboren«, rief Arbadil. Suava auf ihrer Bettstatt erstarrte, als sie die Nebelsäule erblickte, neben der nun noch eine und noch eine in den Himmel stiegen.

»Was hat das zu bedeuten, mein König?« Angst lag in Suavas Stimme. Doch Arbadil schüttelte nur trotzig den Kopf.

»Nichts, Suava, was dich beunruhigen müsste.« Dann hielt er das winzige Bündel Mensch hoch. Der Nebel verwandelte sich von hellem Grau in eine dunkle Masse, als nacheinander weitere Säulen in den Himmel wuchsen. Dort, wo Arbadils Blick endete, wo die Nebelsäulen an den Himmel zu stoßen schienen, breiteten sie sich nach allen Seiten hin aus. Minuten später war das Firmament überzogen von einem dunklen Schleier. Das Feuer im Kamin warf gespenstische Schatten in die Kammer, welche nur beinahe wie in der Abenddämmerung dalag.

»Ankou, wir haben keine Angst«, brüllte Arbadil in dem Moment, als der aufgeregte Ningun die Tür zur Kammer aufstieß. Der Magier zitterte am ganzen Leib und Suava war viel zu überrascht und ängstlich, als dass sie sich hätte daran stören können, dass Ningun ohne Aufforderung in ihr Schlafgemach stürzte.

»Arbadil, was hat das zu bedeuten?« Ninguns Stimme zitterte.

»Ankou streckt seine Finger aus nach dieser Welt.« Arbadil knirschte mit den Zähnen. Der König konnte seine Wut kaum im Zaum halten. In ihm brodelte ein Feuer und hätte er nicht seinen winzigen Sohn auf den Armen gehalten, er hätte wütend die Fäuste geballt und gen Himmel gereckt. Ein Fluch lag ihm auf den Lippen. Doch in dem Augenblick, als Arbadil Luft holte, um seine Verwünschungen gegen Ankou hinauszubrüllen, nieste das Kind herzhaft. Arbadil hielt inne und starrte verwundert von seinem Sohn auf die Nebelsäulen. Dort, wo eben noch eine graue Brühe waberte, brach ein Sonnenstrahl durch den Himmel und die Nebelwand zog sich langsam zur Erde hin zurück.

Suava schauderte und drückte sich fest in die Kissen. Ningun trat neben Arbadil ans Fenster. Abwechselnd starrte er zu dem gewaltigen Schauspiel draußen und zu dem winzigen Kind auf des Königs Armen. Dann, als die ersten Dächer des Dorfes aus dem Nebel auftauchten, fand der Magier seine Sprache wieder.

»Ankou wird einen schweren Gegner haben.« Kein Zweifel lag in Ninguns Stimme, als er das Kind auf Arbadils Armen ansah.

»Der künftige König hat genug Kraft, um es mit Ankou aufzunehmen.«

»Mögest du Recht haben«, murmelte Arbadil. Dann straffte er die Schultern und wandte sich um.

»Arbanor.« Mit fester Stimme sprach er den Namen seines Sohnes aus. »Er wird Arbanor heißen.« Suava lächelte. Noch immer zitterte sie am ganzen Leib, doch als die Sonne ihre Kammer erhellte, beruhigte sich allmählich ihr Herzschlag.

»Ein guter Name«, sagte sie. Arbanor schmatzte. Dann riss der winzige Kerl den Mund auf und begann, aus Leibeskräften zu brüllen.

»Meine Herren, Prinz Arbanor wünscht zu speisen«, sagte Suava und streckte die Arme aus. Rasch trat der König an das Bett. Zärtlich legte er den brüllenden Prinzen in die Arme seiner Gemahlin.

»Ich wünsche meinem Sohn einen guten Appetit.« Arbadil lachte. Dann schob er den verdutzten Ningun vor sich her aus dem Raum.

»Lass es dir schmecken, Arbanor.« Kaum hatten die Männer die Tür hinter sich geschlossen, saugte Arbanor sich an Suavas Brust fest. Gierig und stark begann er zu trinken.

Arbadil blieb wenig Zeit, sich an der steinernen Schüssel das Gesicht zu waschen und ein neues Wams anzulegen. Kaum hatte er den Besuch bei Suava und dem Neugeborenen beendet und war in seine eigenen Gemächer gegangen, polterten schon die ersten Fuhrwerke aus dem Dorf in den Burghof. Verstörte Bauern und verwirrte Kaufleute stürmten auf den Hügel zu Guarda Oscura.

»Wir müssen mit dem König sprechen..« Peon standen Schweißperlen auf der Stirn. Zusammen mit fast fünfzig Männern aus Albages hatte sich der Dorfsprecher in aller Eile zur Burg aufgemacht. Als er vor wenigen Stunden die Ankunft Arbadils und der Soldaten sah, hatte er kaum aufgeblickt von seiner Arbeit auf dem Feld. Es war die Zeit, das Korn in den schweren Boden zu bringen und Peon hatte es sich von Anfang an zur Gewohnheit gemacht, diese Arbeit zu beaufsichtigen. Eine Missernte oder ein geringer Ertrag konnte verheerende Folgen haben für ihn und seine Familie. Denn selbst er, der den größten Hof besaß und die meisten Rinder, war nicht gefeit gegen Hunger und lange kalte Winter.

Als der Nebel wie aus dem Nichts über das Feld geströmt war und schließlich so dicht wurde, dass er seinen Knecht, der neben ihm den Ochsenkarren antrieb, nicht mehr erkennen konnte, war Peon halb blind durch die graue Suppe zum Dorf gestapft. Die Stimmen der aufgeregten Menschen drangen nur gedämpft durch die Gassen, als der Bauer sich an den Wänden der Hütten und Steinhäuser entlang in Richtung des Hauptplatzes bewegte. Langsam wurde das Stimmengewirr lauter. Auf dem Platz drängten sich die Leute von Albages. Kinder weinten und ihre Mütter drückten sie an die zitternden Busen. Die Soldaten waren aus den Kaschemmen auf den Platz gerannt. Manch einer von ihnen schwankte nach dem tiefen Blick in die Bierkrüge oder hatte sein Hemd nur notdürftig in die Hose gesteckt. Die Dirnen hielten sich abseits und standen dicht gedrängt am Rande des Platzes.

Selbst die Weiber des Beginenhofes waren gekommen. Der Hof lag ein wenig außerhalb des Dorfes und war nur mit einer niedrigen Steinmauer geschützt. Die Hebammen und Witwen mischten sich unter die Dorfweiber und selbst die Kräuterfrauen hatten sich aus ihren Behausungen gewagt, um durch die dicke Nebelsuppe zum Dorfplatz zu kommen.

Peon schob sich an den aufgeregten Menschen vorbei zum Brunnen, der in der Mitte des Platzes stand. Mit einem Satz sprang er die drei Steinstufen hinauf und kletterte behände auf die breite Umrandung. Mit einer Hand hielt er sich am Holzgestänge fest, mit der anderen versuchte er, die wild durcheinander rufende Menge zum Schweigen zu bringen. Nur die Männer, die nahe am Brunnen standen, konnten ihn sehen, und so dauerte es einige Minuten, bis einer dem anderen und wieder dem anderen sagen konnte, dass da vorne, irgendwo im Grau, der Dorfsprecher stand.

Peon atmete tief durch. Dass selbst die Weiber des Beginenhofes ins Dorf gekommen waren, die sonst unter sich blieben und nach eigenen Regeln in ihrer Welt ohne Männer lebten, ließ ihn ahnen, wie ängstlich die Leute sein mussten. Schließlich erhob er die Stimme. Peon brüllte gegen den Nebel an, der seine Worte zu verschlucken schien.

»Leute, hört her«, rief er, »behaltet einen kühlen Kopf, es macht keinen Sinn, in Panik zu geraten.« Der Bauer hatte Mühe, seiner Stimme einen festen Klang zu geben, denn er selbst spürte die Angst, die in ihm hoch kroch und stärker wurde in dem Maß, in dem sich der Nebel verdichtete.

»Was ist das, Peon? Sag es uns.« Von irgendwoher drang die schrille Stimme eines Weibes zu ihm.

»Ich weiß es nicht«, musste der Bauer zugeben. »Es ist Nebel.« Mehr fiel ihm nicht ein. Einige Männer lachten höhnisch auf.

»Nebel nennst du das? Nur Nebel?«

»Seid still, Leute!« Peon hatte Mühe, gegen den aufbrandenden Lärm hunderter Stimmen anzubrüllen. »Es ist kein Nebel, wie wir ihn kennen. Lasst uns zu Arbadil gehen. Der König ist heute zurückgekehrt. Wer begleitet mich?«

Rasch hatten sich vier Dutzend Männer nach vorne gedrängt. Peon blickte in die verwirrten Gesichter der Bauern und Handwerker. Aus allen Augen sprach Sorge und Angst.

»Geht in eure Häuser und schließt die Türen, Weibsvolk«, sagte Peon. »Bleibt dort, bis wir wieder zurück sind.« Seine Stimme war fest und die Frauen spürten, dass der Dorfsprecher keinen Widerspruch dulden würde. Schweigend machten sie sich auf den Heimweg. Durch den Nebel drang gedämpft das Klappern hunderter Paar Holzschuhe auf dem Pflaster und wenig später verebbte das leise Gemurmel und Plärren der Kinder.

Eilig machten sich die Männer auf den Weg zu Guarda Oscura. Je weiter sie über den geschlungenen Weg nach oben zur Burg stiegen, desto trüber wurde das Licht. Als sie schließlich das erste Tor erreichten schien es ihnen, als würde mitten am Tage die Dämmerung hereinbrechen. Die Männer erstarrten und keiner wagte, ein Wort zu sprechen. Minutenlang verharrten sie, als habe jemand oder etwas sie zu Steinsäulen werden lassen. Die Bauern wagten kaum zu atmen und Peon fröstelte. Ihn schwindelte, als der Nebel alles Licht zu verschlucken schien. Eben wollte er sich auf den Boden kauern, da brach ein Sonnenstrahl durch den Nebel Vor ihm lag das Tor zu Arbadils Burg. Peon schlug mit beiden Fäusten gegen die Pforte.

Arbadil saß in diesem Moment auf der schmalen Bank in Ninguns Kammer. Das Feuer im Kamin flackerte müde. Der Magier machte sich an einer schweren Eichentruhe zu schaffen, welche hinter einem Vorhang verborgen in einer Nische neben der Bettstatt stand.

»Ich werde das magische Pulver befragen.« Ningun wühlte mit fahrigen Händen in der Truhe. Adlerfedern lagen darin und knorrige Äste, deren Rinde glatt und abgeschliffen war. Die Runensteine klackerten leise in dem ledernen Beutel aneinander, als Ningun ganz unten aus der Truhe eine mit rund geschliffenen Granatsteinen besetzte Silberdose holte.

»Frag das Pulver!« sagte Arbadil schleppend. Müde ließ der König den Kopf hängen. Seine Schenkel schmerzten nach dem langen Ritt und er spürte jeden einzelnen Knochen in seinem Körper. Die Aussicht, bald seinen Sohn in die Arme schließen zu dürfen, hatte ihn wach gehalten und angetrieben. Doch als er nun neben dem warmen Feuer saß, kroch die Müdigkeit durch seinen Körper. Am liebsten hätte er sich in seine Gemächer zurückgezogen, sich in einen Zuber mit heißem Badewasser gesetzt und anschließend seinen schmerzenden Körper auf das weiche Lammfell gebettet, welches die Diener auf seinem Bett ausbreiteten.

»Ich ahne die Antwort, doch ich will sicher gehen.« Mühsam rappelte der Magier sich hoch und trug die Silberdose zu dem schweren Eichentisch, der das Zimmer dominierte. Auf der einen Seite des Tisches stapelten sich die Schriftrollen, welche der Magier als letztes studiert hatte. Eine abgebrochene Schreibfeder lag neben dem Tintenkelch, ein frischer Gänsekiel steckte im Fässchen. Rasch räumte Ningun einen leeren Weinkrug und den Becher zur Seite. Mit der Handfläche strich er die Brotkrumen vom Tisch. Dann stellte er die Silberdose vorsichtig auf den Tisch. Arbadil auf seinem Platz am Kamin seufzte, als der Magier umständlich den Deckel abschraubte und diesen andächtig neben das granatbesetzte Gefäß auf den Tisch legte. Nur mit Mühe konnte der König ein herzhaftes Gähnen unterdrücken.

»Majestät, ich brauche die Hilfe eines zweiten Mannes.« Ningun blickte nicht auf, als er in einer Lade unter dem Tisch kramte, doch seine Stimme schien keinen Widerspruch zu dulden. Der König erhob sich und ging mit schlurfenden Schritten zum Tisch. Endlich hatte der Magier gefunden, wonach er gesucht hatte.

»Ich weiß, ich weiß, ich sollte besser Ordnung halten«, knurrte er. »Ihr wärt nicht der erste, der das sagt, aber wie kann ich eine Magd in diese Räume lassen, die voller magischer Dinge sind? Das Mädchen würde nur Schaden anrichten und manchen Gegenstand für Unrat halten, den es auf dem großen Misthaufen hinter der Burgmauer zu entsorgen gilt.«

Arbadil grinste. In der Tat hätte eine ordentliche Hand den Gemächern des Magiers gut getan. Zwischen den Talglichtern hatte eine fette Spinne ihr Netz gewoben. Träge saß das Tier am Rand der Leuchte und wartete darauf, dass zum Fenster eine Mücke herein flog, um ihr als Abendessen zu dienen. Die Bettstatt des Magiers war zerwühlt und aus der Truhe, in welcher Ningun seine Gewänder aufbewahrte, quollen die zerknautschten Stoffe hervor.

»Ich störe mich nicht an der Art, wie du wohnen willst.« Arbadil zuckte mit den Schultern.

»Dein Auftrag ist ein weit wichtigerer, als der, sauber zu machen.« Erleichtert grinste der Magier den König an. Dann hauchte er auf den goldenen Löffel und begann, ihn mit dem Zipfel seines weiten Umhangs zu polieren. Ningun rieb so lange an dem glänzenden Metall, bis kein Staubkorn mehr das Antlitz eines längst verstorbenen Magiers bedeckte, welches ein Silberschmied in feinster Ziselierarbeit in den schweren Griff geschlagen hatte. Die Augen des Bildnisses waren zwei leuchtend blaue Saphire.

Schließlich hatte der Magier die Säuberung des Löffels beendet. Vorsichtig legte er ihn vor der Silberdose auf den Tisch. Dann kramte er noch einmal in der Lade. Etwas schepperte. Arbadil beugte sich neugierig über den Tisch, doch kaum hätte er einen Blick in die geheime Lade werden können, da stieß Ningun sie mit einem kräftigen Schlag zu, drehte den Schlüssel und ließ ihn rasch in eine Tasche an der Innenseite seines Umhangs gleiten.

Wieder polierte Ningun einen magischen Gegenstand. Dieses Mal war es ein flacher Teller, kaum größer als die beiden Handflächen des Magiers zusammen. Als er den goldenen Teller auf den Tisch stellte, erkannte Arbadil die doppelköpfige Schlange, welche vom Silberschmied in den Rand des Metallgefäßes getrieben worden war. Die feinen Schuppen des Tieres hatte der Handwerker jede einzeln in das Metall geschlagen. Die vier Augen wurden geziert von vier leuchtenden Smaragden.

»Seid Ihr bereit, Majestät?«

Arbadil nickte müde. Was auch immer Ningun vorhatte, er sollte damit beginnen. Der König sehnte sich nach Ruhe und danach, seine müden Muskeln in einem heißen Badezuber zu entspannen. Arbadils Haut juckte unter dem Wams, der König hatte ein reinigendes Bad mehr als nötig nach der langen Reise.

»Ich bin bereit, Ningun«, sagte er schließlich. Ningun schloss die Augen und begann, seinen Oberkörper vor und zurück zu wiegen. Dabei summte er eine kehlige Melodie. Schon oft hatte Arbadil diese Laute gehört, doch noch nie war er dem Magier so nah gewesen bei einer seiner Sitzungen. Fasziniert beobachtete er, wie Ningun sich schneller und schneller wiegte. Das flusige Haar des Magiers flog um seinen Kopf. Ningun hatte die Augen geschlossen und durch seine fest zusammengepressten Lippen drang die gurgelnde, dumpfe Melodie. Als er nach langen Minuten endlich die Augen öffnete, erschrak Arbadil. Nur noch das Weiße der Augäpfel war zu sehen. Ninguns Pupillen waren so weit nach oben gedreht, dass der Magier in sein eigenes Inneres zu blicken schien.

Dennoch fuhr seine Hand sicher zu dem Platz, an den er den magischen Löffel gelegt hatte. Arbadil staunte – er war es seit Jahren gewöhnt, dass Ninguns Hände zitterten. Von Winter zu Winter mehr. Doch nun waren seine Finger vollkommen ruhig. Langsam führte der Magier den Löffel zur Silberdose, tauchte ihn hinein und hob einen Schwung des blau flirrenden Pulvers heraus. Drei Mal kreiste er mit dem Löffel über dem Schlangenteller.

»Ein Mann reinen Herzens muss seinen Atem geben, um das Pulver zur Schlange zu bringen.« Ninguns Stimme drang krächzend aus seiner Kehle. Es dauerte einen Moment, bis Arbadil begriff. Dann beugte er sich über den Löffel, holte tief Luft und schloss die Augen. Mit einem kräftigen Schnaufen blies er auf den Löffel. Das Pulver wurde aufgewirbelt und rieselte in winzigen hauchdünnen Kaskaden auf die Schlangenplatte.

Als die blaue Staubwolke sich gelegt hatte, zog Ningun zischend die Luft ein. Arbadil riss die Augen im selben Moment auf, da die Trance von Ningun abfiel. Einen Moment lang starrten die Männer sich in die Augen. Dann blickten beide auf den Teller. Feiner blauer Staub hatte sich über den ganzen Tisch verteilt und lag glitzernd und flirrend auf Ninguns Umhang und in seinen Haaren. Der Magier beugte sich über den Teller.

»Was siehst du?« Ungeduldig scharrte Arbadil mit den Füßen. Seine Müdigkeit war mit einem Schlag verflogen.

»Es ist ein Zeichen.« Ningun deutete mit seinem zitternden Zeigefinger auf den Teller. Arbadil, der nichts erkennen konnte außer blauem Staub, kniff die Augen zusammen. Ninguns Finger mit dem abgebrochenen Nagel kreiste über dem Schlangenkörper.

»Der Körper der Schlange hat sich nicht gewehrt gegen den Staub. Doch kein Korn liegt auf den beiden Köpfen.« Staunend beugte Arbadil den Kopf weiter über den Teller.

Tatsächlich, die beiden Köpfe des Tieres glänzten und die steinernen Augen schienen ihn anzublitzen.

»Was hat das zu bedeuten, Ningun?« Der Magier antwortete nicht. Arbadil fröstelte und schlang die Arme um seinen Körper.

»Es wächst.« Ningun kniff die Augen zusammen. »Es sammelt Kraft.«

»Was wächst? Was sammelt Kraft?« Unwirsch fuhr der König seinen Magier an. Der legte den Kopf zur Seite und sah Arbadil von unten herauf an.

»Du ahnst es doch selbst, Arbadil«, antwortete Ningun. Der flirrende Staub blitzte blau zwischen den strähnigen Haaren.

»Ankou.« Arbadil klopfte mit den flachen Händen gegen seine Oberarme. Eine eisige Kälte umklammerte seine Muskeln. Der König zitterte am ganzen Leib und klapperte mit den Zähnen.

»Ja, Ankou sammelt Kraft. Aber noch ist er zu schwach, um sich eines Wesens zu bemächtigen, in dessen Gestalt er den Kampf um die Herrschaft über Tamar aufnehmen könnte.«

Die Worte Ninguns konnten Arbadil nicht wirklich beruhigen. Schlotternd und mit klappernden Zähnen starrte er abwechselnd auf Ninguns faltiges Gesicht und auf den mit blauem Staub überzogenen Teller.

»Das ist doch noch nicht alles, was du gesehen hast, Ningun.« Seine Stimme, die wie eine Frage klingen sollte, klang mehr nach einem Befehl.

»Ich werde dir alles sagen, wenn du es willst.« Ningun ging zum Bett und zog eine der zerwühlten Decken herunter. Wortlos reichte er sie dem König. Arbadil schlang den groben Wollstoff um seine Schultern und ging mit schlotternden Knien zu der Truhe neben dem Kamin. Seufzend setzte er sich nieder.

»Du wirst dich fragen, warum du mit einem Mal so frierst?«

»Ich bin müde und vielleicht werde ich krank.«

»Nein, Arbadil, das ist es nicht. Gleich wird es besser werden, wenn du begriffen hast, dass du frierst, weil eine kalte Zeit vor Tamar liegt.«

»Magier, bitte, ich bin nicht in der Stimmung für deine Rätsel, sprich klare und deutliche Worte.« Arbadil raffte die Decke fester um seine Schultern.

»Ankou sammelt Kraft, um die Herrschaft über Tamar zu gewinnen.«

»Das sagtest du bereits.« Gereizt schüttelte Arbadil mit dem Kopf. Ningun beugte sich wieder über den Schlangenteller.

»Das magische Pulver hat Ankous Schwingungen eingefangen, welche mit dem Nebel aufgestiegen sind. Und es hat deine Kraft eingefangen mit dem Atem, den du gegen es geblasen hast.« Ningun wiegte den Kopf hin und her.

»Lass es mich so erklären, mein König«, sagte er schließlich. »Ankou sucht nach einem Wesen, dessen Körper ihm dienen kann, um die Kämpfe gegen die Herrscher Tamars zu bestehen. Doch noch hat Ankou keine Seele ausgemacht, die ihm Einlass bieten könnte in ihren Körper. Er sucht, er muss stärker werden.«

»Ningun, ich bitte dich, ich erfriere, fasse dich kurz.«

»Der Nebel ist das erste Zeichen. Stell es dir so vor, Ankou holt Luft, saugt sich voll. Das kann Monate dauern oder Jahre, niemand weiß das so genau. Doch jetzt ist der Moment gekommen, da ihn nichts mehr hält in seinem finsteren Reich. Tausend Jahre sind beinahe vergangen, seit er seinen letzten Kampf verloren hat. Ankou hat seine Wunden geleckt. Nun steht er langsam auf und bereitet sich vor auf den nächsten Schlag gegen Tamar.«

»Und was meinst du, wie lange er brauchen wird, um zuzuschlagen?« Arbadil knetete seine Finger, die sich anfühlten, als habe er sie zu lange in das eisige Wasser eines Gebirgsbaches gehalten.

»Ich weiß es nicht auf den Tag genau«, antwortete Ningun. »Doch du wirst nicht der Herrscher sein, der den Kampf gegen Ankou bestehen muss.« Eine eiskalte Hand schien sich in Arbadils Brust zu bohren und sein Herz zu zerquetschen.

»Arbanor«, flüsterte er tonlos. »Ankou fordert meinen Sohn heraus?« Ningun nickte.

»Das ist das Erbe, welches der Prinz zu tragen hat.«

»Und er wird den Kampf aufnehmen.« Arbadil schnaubte. »Noch nie hat Ankou einen König Tamars besiegt. Und es wird ihm auch dieses Mal nicht gelingen.« Der König schlug mit der Faust gegen die Steine des Kamins. Die Haut riss auf und als das Blut aus der kleinen Schürfwunde trat, ließ das Zittern seiner Muskeln langsam nach. Arbadil spürte, wie die Wärme zurückkehrte in seinen Körper. Einen Augenblick später riss er sich die Decke von den Schultern und sprang auf.

»Was auch immer geschehen wird, Arbanor soll vorbereitet sein.« Ningun lächelte, als er vorsichtig den Schlangenteller anhob und das flirrende Pulver in die Silberdose zurückscheffelte. Mit dem Ärmel wischte er den Teller sauber, dann schraubte er den edelsteinbesetzten Deckel auf das magische Gefäß.

»Dann geht hinaus in den Hof, dort warten die Bauern aus Albages darauf, dass ihnen ein starker König die Angst nimmt«, sagte Ningun.

»Nicht ich werde die Männer besänftigen, Arbanor wird es tun.« Mit festen Schritten durchmaß der König die Kammer des

Magiers. Eilig ging er zum Gemach der Königin. Suava musste den Jungen längst gestillt haben und nun war der Moment gekommen, da die Menschen aus Albages zum ersten Mal ihren künftigen Herrscher sehen sollten.

Niemals würde Peon diesen Moment vergessen. Die Männer des Dorfes hatten sich eng gedrängt in der Ecke der Küche und Waschkammer zusammengerottet, als könne ihnen die gegenseitige Nähe Schutz bieten vor dem Unbekannten, das draußen vor den Mauern der Burg lauerte. Kaum einer wagte zu sprechen, seit Afeitar zu ihnen gesprochen hatte. Der königliche Rittmeister war bekannt für seine Strenge und auch jetzt, da die Männer voller Furcht und Angst den Weg in die Burg gesucht hatten, ließ Afeitar kein Zeichen von Mitgefühl spüren. Groß und stolz hatte der Rittmeister sich vor den Bauern aufgebaut und stumm, ohne eine Regung, die Fragen Peons angehört. Schließlich, als der Dorfsprecher nichts mehr zu sagen wusste, hatte der Rittmeister den Speichel in seinem Mund gesammelt und vor den Männern auf den Boden gespuckt. Braune Brühe troff vom mit Bartstoppeln übersäten Kinn Afeitars, als er das ausgelutschte Stück Eukalyptusrinde zwischen den Zähnen drehte.

»Unser König ist eben erst angekommen. Glaubt ihr wirklich, er hat nach seiner Reise nichts Besseres zu tun, als mit euch zu sprechen?«

»Bitte, Afeitar, wir wären nicht gekommen, wenn. . .« Mit einer barschen Handbewegung brachte der Rittmeister Peon zum Schweigen.

»Schon gut, ich werde sehen, was ich machen kann«, brummte Afeitar. Ohne einen Gruß machte er auf der Hacke kehrt und ließ die Männer allein im Hof. Aus der Küche drang der Gesang einer Magd und der Duft von Gebratenem in den Hof. Peon spürte, dass er hungrig war. Seine Zunge klebte am Gaumen. Keiner der Männer hatte daran gedacht, einen Wasserkrug mitzunehmen oder gar ein Stück Brot.

Eine Stunde verging, vielleicht auch zwei, in denen die Männer tatenlos im Hof warteten. Dann und wann kam eine Magd aus der Küche und goss schmutziges Wasser in die in den Stein gemeißelte Abflussrinne oder eilte zu dem kleinen Verschlag, in dem einige Hühner hockten. Die Tiere protestierten gackernd, als die Küchenfrau Eier aus dem Stroh klaubte und mit dem bis zum Rand gefüllten Korb wieder in der Küche verschwand.

Schließlich taten die Männer es den Hühnern gleich und setzten sich, wie das Federvieh, in einer Reihe auf den gemauerten Absatz unterhalb der inneren Befestigungsmauer. Peon schloss die Augen. Doch Ruhe konnte er nicht finden. Die Gedanken kreisten in seinem Kopf, als seien sie ein Schwarm wild gewordener Hummeln. Nervös knetete der Dorfsprecher die Hände. Einzig das leise Schnarchen des Burschen, der direkt neben ihm hockte, brachte für einen Moment ein leichtes Lächeln in das zerfurchte Gesicht des Bauern.

Mit einem Mal durchbrach ein schriller Schrei die Stille. Peon schreckte auf und der schlafende Bauer neben ihm zuckte zusammen. Leise stöhnend rieb der Bursche sich den Hinterkopf, mit dem er vor Schreck gegen die Steinmauer gestoßen war. Im hinteren Teil des Hofes krachte eine schmale Türe auf, als Masa mit der Holzpantine dagegen trat. In ihren Armen hielt die Hebamme ein zappelndes Etwas, dessen schrille Schreie im Hof widerhallten.

»Glotzt nicht so blöd«, herrschte Masa die Männer an. Sie hatte Mühe, das zappelnde Bündel mit ihren feisten Armen zu halten. Ein grünes Ohr blitzte auf und dann quiekte ein schrilles Stimmchen.

»Ja, glotzt nicht so, helft mir lieber!«

Peon riss die Augen auf. Unter Masas schwerem Busen lugten struppige Haare hervor. Ein winziges Ärmchen ruderte hilflos in der Luft und zwei magere Beinchen traten die Hebamme in den prallen Bauch.

»Hilfe, so helft mir doch!«, quietschte das Etwas, als Masa den Hof überquerte.

»Nun halt dein Maul, du stinkender Wicht«, zischte die Amme. »Gorrions Katzenwäsche reicht nicht aus, um dich hoffähig zu machen.« Im selben Moment zerrten drei Knechte aus dem Badehaus einen Zuber in den Hof.

Dampfend stieg der Dunst über dem heißen Wasser auf, als sie den Zuber über das Pflaster zogen. Wasser schwappte auf die Steine.

»Pfui noch eins«, rief Masa und warf das quiekende Wesen in hohem Bogen in den Zuber. Der schrille Schrei endete in einem Blubbern und Gurgeln, als der Zwerg ins Wasser klatschte. Rasch hatten die Männer einen Kreis um den Zuber gebildet. Als Duende hustend und prustend wieder auftauchte, blickte er in zwei Dutzend grinsende Gesichter.

»Das ist nicht witzig.« Der Winzling schnaubte und spie einen Schwall Wasser aus seinem Mund. Hilflos ruderte er mit den Armen.

»Was hast du denn da für einen merkwürdigen Fang gemacht, Masa?« Peon blinzelte der Hebamme verschwörerisch zu. »Wie ein Fisch sieht das nicht aus?«

»Ein Fisch würde niemals so stinken, selbst dann nicht, wenn er seit Tagen in der warmen Sonne liegt und vor sich hinmodert.« Masa strich sich angewidert über den Busen und hob ihre Schürze an. Mit gerümpfter Nase schnupperte sie am Stoff.

»Und nun rieche auch ich, als hätte ich ein Bad in Schwefel und Gülle hinter mir.« Peon lachte laut auf. Masa fischte mit der Hand in der Tasche ihrer Schürze und zog eine hölzerne Bürste hervor. Die Borsten aus Schweinshaar bogen sich in alle Richtungen.

»Nun, zumindest wirst du die älteste Bürste des ganzen Königreichs benutzen.« Der Dorfsprecher kicherte. Duende starrte auf das Putzgerät, das Masa drohend über dem Zuber kreisen ließ.

»Nicht, nicht bürsten, oh nein«, quiekte Duende. Seine spitzen Ohren leuchteten grell grün. Der Winzling zappelte wie wild mit den Beinen und tauchte mit dem Kopf unter. Prustend und nach Luft schnappend tauchte er wieder auf. Mit angstvoll geweiteten Augen starrte er auf die Bürste.

»So kommst du mir nicht in die königlichen Gemächer.« Masas Stimme duldete keinen Widerspruch. Mit geübtem Griff schnappte sie sich den zappelnden Duende. Mit einer Hand hielt sie den stinkenden Waldbewohner unter der Achsel fest und mit der anderen schrubbte sie den verkrusteten Körper. Duendes schrille Schreie hallten im Burghof wider. Er zappelte, was seine dürren Ärmchen hergaben. Wasser spritzte hoch und benetzte die Kittel der Bauern. Doch Masa ließ sich nicht beeindrucken vom Widerstand Duendes. Wieder und wieder tauchte sie die Wurzelbürste in das Wasser, welches sich langsam braun färbte. Schließlich kam unter der Kruste die rosa Haut des Winzlings zum Vorschein.

»Wie hübsch er aussieht«, spottete Peon. »Diese Farbe von grünem Blattwerk und dazu die leichte Röte frisch erknospender Rosen.« Die Männer lachten schallend, als Duende dem Dorfsprecher einen bitterbösen Blick zuwarf. In das Lachen mischte sich eine Stimme, die dunkler war und tiefer als die anderen. Wie auf ein geheimes Zeichen hin wandten die Männer die Köpfe.

»Mein König«, flüsterte Peon und sank in die Knie. Die Burschen taten es ihm gleich. Einzig Masa, die mit dem zappelnden Duende kämpfte, beschränkte sich auf ein Kopfnicken.

»Mein Herr, mein Herr«, prustete Duende. Die Augen des Zwerges blitzten auf, als er Arbadil erblickte.

»Sei gegrüßt, Peon.« Die ruhige Stimme des Königs brachte die Herzen der Männer zum Schwingen. Mit einem Mal schien eine große Ruhe den Hof zu bedecken und die Sorgen, welche die

Männer zur Burg geführt hatten, schienen ihnen nur noch halb so groß.

»Ihr kommt, weil dieser Nebel das Land bedeckt?«

»Ja, mein König«, murmelte Peon. Die Worte, welche er sich in den Stunden des Wartens zurecht gelegt hatte, waren mit einem Mal wie weggefegt aus seinem Kopf. Seine Zunge klebte am trokkenen Gaumen. Mutlos hielt er den Kopf gesenkt.

»Ich habe mich mit Ningun beraten, der das Orakel befragt hat.« Arbadil ließ seinen Blick schweifen über die gebeugten Rücken der Männer, welche vor ihm knieten. Ein Bursche hatte Strohhalme im Haar, so eilig waren sie aufgebrochen von ihrer Arbeit.

»Wir wissen nicht, was sich zusammenbrauen mag im Reich. Doch was es auch sei, eine starke Hand wird uns schützen.« Arbadil zog sachte das Tuch vom Gesicht des Kindes, das in seinen Armen schlummerte. Als ein schwacher Sonnenstrahl den Säugling streifte, schlug der Junge die Augen auf. Geblendet von der plötzlichen Helligkeit begann das Kind mit einem lauten Schrei zu protestieren. Peon und die Männer hoben die Köpfe.

Dem Dorfsprecher stockte der Atem: vor ihm stand, stolz und aufrecht, sein König. In den azurblauen Umhang gehüllt hielt er ein winziges Kind auf den Armen.

»Arbanor wird die Völker Tamars führen, wenn seine Stunde gekommen ist.« Zärtlich blickte der König auf das Kind, das sich nun langsam beruhigte.

»Mein Sohn wird ein Erbe antreten, welches schwer wiegt. Doch er ist stark, stark genug, um Tamar in eine glückliche und friedvolle Zukunft zu führen.« Die Worte des Königs hallten im Burghof wider und selbst Duende in seinem Zuber hielt inne, als er die feste Stimme hörte.

»Wünscht dem künftigen König ein langes Leben, schenkt meinem Sohn Arbanor das Vertrauen, das einem König von Ahendis gebührt.«

»Das mache ich«, quiekte Duende aus dem Zuber. Peon lächelte. Dann rappelte er sich hoch und trat in einer ungelenken Verneigung vor den König und den kleinen Prinzen.

»Sei willkommen, Arbanor, Prinz von Ahendis.« Peon wusste nicht, welches die richtigen Worte waren. Doch Arbadil spürte, welche Freude und Wärme in den wenigen Worten des Dorfsprechers lagen. Zufrieden lächelte der König. Dann schlug er den Umhang vollends zurück und hielt das Kind in die Höhe. Nun konnten alle Männer den kleinen Arbanor sehen. Gemeinsam brachen sie in lauten Jubel aus und die glücklichen Rufe der Männer schienen die letzten Nebelschaden niederzudrücken, die noch durch den Burggraben zogen.

Drei Tage später machte sich erneut ein Zug auf vom Dorf Albages in die Burg Guarda Oscura. Dieses Mal aber war beinahe das ganze Dorf auf den Beinen. Frauen in prächtigen Kleidern, frisch gewaschene Kinder, die Mädchen trugen das Haar zu geflochtenen Kränzen aufgesteckt und die jungen Frauen hatten frische Blumen auf dem Dorfanger gepflückt, um sich die Haare zu schmücken. Die Burschen hatten sich in ihr feinstes Wams geworfen und selbst die Alten, welche den Weg zur Burg nicht mehr aus eigener Kraft schafften und im Karren reisen mussten, hatten sich zurecht gemacht wie sonst nur an hohen Festtagen. Einzig die Frauen des Beginenhofes blieben in ihren Hütten. Ihnen bedeutete es nichts, der offiziellen Namensgebung des Prinzen beizuwohnen. Viel lieber mischten sie Tinkturen und befragten ihre Orakel, um das Schicksal des künftigen Königs zu bestimmen. So taten sie es seit Jahrhunderten und so würden sie es auch heute tun – in dem sicheren Wissen, dass mit der Hebamme Masa eine von ihnen nah genug beim künftigen König war, um die schützende Hand einer weisen Frau über das noch junge Leben zu halten.

Und Masa wachte über den kleinen Arbanor, als sei der Prinz ihr eigenes Kind. Schon früh am Morgen des Namensgebungstages hatte sie sich in der Küche zu schaffen gemacht. Die erste Magd, welche mit der Aufgabe betraut war, im Morgengrauen das Feuer anzufachen, hatte sie schweigend und mit vom Schlaf geröteten Augen dabei beobachtet, wie sie in einem steinernen Mörser allerhand Kräuter zerstieß und anschließend reines Butterfett dazugab. Der Duft von Kamille und Fenchel erfüllte den düsteren Raum.

»Was machst du zu dieser nachtschlafenen Stunde, Masa?« Das Mädchen fragte mehr aus Höflichkeit, denn aus echtem Interesse. Doch die Amme, die ihre Kunst bei den Weibern des Beginenhofes gelernt hatte, war hell wach und begann zu plaudern.

»Setz einen großen Kessel heißes Wasser auf, am besten zwei. Ich mische diesen Rosmarin hier mit etwas Öl.« Masa kramte aus dem kleinen Korb, welcher auf dem Tisch stand, ein dürres Zweiglein und schnupperte daran.

»Das Öl werde ich in Suavas Bad mischen, ihr Kreislauf braucht Stärkung nach den Anstrengungen der Geburt. So wird unsere Königin den Tag gekräftigt überstehen.« Die Magd brummte etwas Unverständliches und griff nach zwei Eimern. Mit schlurfenden Schritten machte sie sich auf den Weg zum Brunnen im Hof.

Als sie wenige Minuten später zurück kam und das Wasser in den Kupferkessel über dem Feuer schüttete, band Masa eben einen kleinen Stoffbeutel zusammen.

»Wenn das Wasser kocht, dann gieß einen guten Schluck über diesen Beutel«, befahl sie der Magd. »Warte ein paar Minuten und bringe den Tee dann hinauf in die Gemächer der Königin.«

»Was ist das wieder für ein Wundergebräu?« Die Magd schüttelte den Kopf. Doch Masa lächelte.

»Kind, kennst du kein Johanniskraut? Suavas Gedanken bedürfen der Aufhellung und ich weiß kein Kraut, das rascher die Stimmung hebt.« Mit diesen Worten schnappte die Hebamme die kleine Schale, in welche sie die Paste gefüllt hatte.

»Jetzt bekommt unser Prinz erst einmal seine Salbe, denn der junge Herr soll strahlen an seinem Ehrentag.« Die Magd grinste, als Masa mit klappernden Holzschuhen den Hof überquerte. Über den Burgzinnen kroch die Sonne rot in den Himmel und kleine Wolken, die aussahen wie junge Schäfchen, schienen über den blauen Himmel zu hüpfen.

Der frische Duft von Rosenwasser erfüllte die Kammer der Königin, seit Gruesa in den ersten Stunden des anbrechenden Tages bei ihrer Freundin zu Besuch weilte. Die Frau Ertzains war in die Burg geeilt, nachdem sie der Amme ihre beiden Söhne übergeben hatte. Die Zwillinge hatten einen gesunden Hunger und störten die Nachtruhe im Hause des Kriegsherrn Ertzain mehr als einmal. Schlief der eine selig, so begann Honrado zu schreien und nach der Brust der Amme zu verlangen. Hatte der seinen Hunger gestillt und döste friedlich in den Armen seiner Mutter, zu deren Füßen die Amme auf einem auf dem Boden ausgelegten Fell ruhte, so begann Alguien zu krähen. Gruesa hatte seit der Geburt der Söhne kaum drei Stunden am Stück geschlafen und dunkle Schatten lagen unter den hellwachen Augen der jungen Frau. Das Rosenwasser aber belebte ihre Sinne und die Aussicht, der königlichen Freundin an diesem Tage zur Seite zu sein, vertrieb die Müdigkeit und ließ ihre rehbraunen Augen leuchten.

»Du hast zwei wunderbare Söhne, liebe Freundin!« Suava strahlte, als Gruesa ihr mit dem groben Kamm aus Elfenbein die vom Schlaf zerzausten Locken kämmte. Die lachsfarbenen Röschen, die später die Frisur der Königin zieren würden, verströmten einen zarten Duft und mischten sich mit Gruesas Parfum.

»Oh, wunderbar mögen sie sein für alle, die nicht im selben Rhythmus wachen müssen, wie die Burschen es tun.« Gruesa schüttelte lächelnd den Kopf. Dann beugte sie sich näher über Suavas Haar. Die Talgfunzel warf nicht genug Licht in die Kammer, um die feinen Haare gut zu sehen und die Frau befürchtete, die zarte Königin zu ziepen, wenn sie allzu hastig durch die Haare fuhr und der Kamm sich an einem feinen Knötchen verfing.

»Ich freue mich auf den Tag, da unsere Söhne gemeinsam spielen und toben.« Suavas Blick glitt in die Ferne und schien aus dem Fenster zu hüpfen. Ihre Lider flackerten, als sie weiter sprach.

»Honrado, Alguien und Arbanor.« Langsam und mit Bedacht sprach sie jeden einzelnen Namen aus. »Gruesa, klingt das für dich nicht auch wie ein Gespann, das zur Freundschaft geboren wurde?«

»Arbanor, Honrado und Alguien.« Gruesa wiederholte die Namen. Auch in ihrem Gesicht war nun der verträumte Ausdruck zu sehen, den beide Frauen so oft hatten, wenn sie die langen Nachmittage gemeinsam verbrachten und, gebeugt über eine Stickarbeit, ihren Träumen nachgingen.

»Ja, Suava, sie werden gute Freunde sein.«

»Sie haben unser Blut, deines und meines, liebe Freundin.« Suava wandte sich zu Gruesa um und blickte ihr mit einem strahlenden Lächeln ins Gesicht. »Dass wir uns gefunden haben, hier in Guarda Oscura, ist so wertvoll für mich. . . « Suava sprach nicht weiter, doch Gruesa wusste auch so, was die Königin ihr sagen wollte. Beide Frauen kamen aus weit entfernten Gebieten. Beide waren ihren Ehemännern gefolgt. Gruesa dem stolzen Ertzain und Suava war nicht nur Ehefrau geworden, sondern zugleich Herrscherin über das Reich Ahendis. Die ersten Wochen waren schwer gewesen für die jungen Frauen, deren Herzen sich noch nicht verabschiedet hatten von ihren Familien und die auch noch nicht angekommen waren in dem neuen Leben. In diesen Wochen hatten die Frauen mehr als einmal miteinander geweint und sich mit Geschichten ihrer Familien, ihrer Eltern und Geschwister zum Lachen gebracht. Die beiden Fremden wurden zu Freundinnen und dass sie beinahe zur selben Zeit, nur einen Mond getrennt, die Leibesfrucht zu spüren begannen, erschien ihnen als ein Zeichen, welches nur eine tiefe Freundschaft hervorbringen kann.

»Und, das darfst du nicht vergessen, alle drei haben das Blut ihrer Väter.« Suava straffte die Schultern. Hinter der hohen Stirn lag ein hellwacher Geist verborgen, der Geist einer Königin. »Honrado und Alguien tragen das Erbe eines tapferen Mannes, sie sind die Söhne eines wahren Kriegers. Und mein Sohn, er trägt das Erbe seines Vaters. Doch was Arbanors Schicksal sein wird. . .« Suava verstummte. Beruhigend legte Gruesa die Hand auf die Schulter der Freundin.

»Meine Königin, niemand weiß das, doch Arbanor wird ein König sein, welcher das Reich in eine gute Zukunft zu führen vermag. Bitte, vergiss doch wenigstens heute an diesem Festtag die Zeichen.«

»Ich kann es nicht, Gruesa, es macht mir Angst«, sagte Suava, der das Zittern in Gruesas Worten wohl aufgefallen war. Sie wusste, dass auch die Freundin besorgt war wegen der Dinge, die man sich über den Nebel erzählte. Denn wenn es stimmte, dass Ankou Kräfte sammelte für einen Schlag gegen Tamar, dann würden auch die Zwillinge seine dämonische Kraft zu spüren bekommen. Das Schicksal der drei Kinder hing zusammen, seit ihre Mütter den Samen empfangen hatten, aus dem sie hervorgegangen waren.

Lange sahen sich die Frauen schweigend an. Als Masa leise in die Kammer trat, den gerade erwachenden Arbanor auf dem Arm, wandten sie sich wieder der Frisur der Königin zu. Geduldig hielt Suava still, bis Gruesa ihr schweres Haar in einem straffen Kranz um den Kopf gelegt hatte. Als die Freundin die letzten Rosen ins Harr flocht und einige Strähnen an der Stirn zurechtzupfte, begann der Prinz lauthals zu brüllen. Masa, die den Kleinen am warmen Feuer gewiegt hatte, lachte.

»Hoheit verlangen eine Mahlzeit.« Masa kicherte. Dann legte sie Suava das Kind in die Arme.

»Wie glücklich du sein musst, beste Freundin, dass du deinem Kind genug Nahrung geben kannst.« Traurig blickte Gruesa an sich herunter. Ihre flachen Brüste zeichneten sich kaum ab unter der gestärkten Bluse und nicht einmal das straff gebundene Mieder konnte den Busen wirklich heben.

»Aber Gruesa, sei nicht dumm, wie will eine Frau alleine zwei starke Söhne säugen?«

Missbilligend schüttelte Suava den Kopf. »Wer weiß, wie lange ich diesem gierigen Kerl genug Milch geben kann? Masa, du wirst beizeiten nach einer Amme im Beginenhof schauen, die den Prinzen zufrieden stellen kann.«

Wenig später drang das Klingen von Schalmeien aus dem Hof. In die Paukenschläge und die Fanfarenstöße mischte sich das Getrappel unzähliger Hufe. Langsam, aber stetig schwoll der Lärm an. Hunderte von Stimmen erfüllten den Hof, als sich die Menschen aus Albages einfanden, um die Namensgebung ihres künftigen Herrschers zu feiern.

Seit dem Vorabend drehten junge Knechte unablässig die schweren Spieße, an denen auf über zwei Dutzend Feuerstellen Ferkel brieten. Die ganze Nacht hindurch hatten die Mägde und Küchenfrauen Kartoffeln gekocht und Brote gebacken. Der Duft der Speisen legte sich fettig und verlockend über den Burghof und die ersten Gäste leckten sich hungrig über die Lippen. Auf Karren rollten die Diener ein Fass ums andere in den Hof. In einer langen Reihe stellten sie die Weinfässer entlang der inneren Mauer auf. Neben dem ersten Fass hatten die Mägde hunderte hölzerner Kelche aufgebaut, in welche die Bürger von Albages bald den tiefdunklen süßen Wein von den südlichen Hängen Eternias füllen würden. Der Wein, so sagte man, habe die Seele Tamars in sich. Die Sonne und den Wind finde man in dem schweren Tropfen ebenso wieder wie das Salz des Meeres und die Süße der verlokkenden Beeren und Früchte, welche auf dem fruchtbaren Boden wuchsen. Arbadil sorgte dafür, dass sein Weinkeller stets gut gefüllt war mit den besten Tropfen, welche die Winzer aus den prallen saftigen Trauben hervorbrachten. Und die Bauern und Handwerker bemerkten mit Freude, dass ihnen heute statt dünnem Bier das beste Getränk des Königreiches kredenzt würde.

Von der Fensternische in der vorderen Kleiderkammer aus konnten Suava und Gruesa beinahe den ganzen Hof überblicken. Amüsiert sahen sie dabei zu, wie die Menschen aus dem Dorf nach und nach den ganzen Hof in Beschlag nahmen. Die ersten, die ankamen, standen noch unschlüssig herum. Doch bald nach ihnen stürmte eine Horde Kinder über das Pflaster. Unbändig neugierig krochen sie in jeden Winkel, sprangen auf die den Hof umgebende Mauer und blickten durch die Burgzinnen nach unten ins Tal. Die Jungen löcherten die Knechte mit Fragen, wann sie endlich ein Stück vom saftigen Schweinefleisch bekommen würden und die Mädchen standen kichernd beisammen und halfen sich gegenseitig, die lose gewordenen Zöpfe zu richten.

»Was für ein herrlicher Tag!« Keine der beiden Frauen hatte bemerkt, dass Arbadil in die Kammer getreten war.

»Guten Morgen, meine Damen«, dröhnte der König. Gruesa knickste und verharrte am Boden, als Arbadil Suava sachte auf die Wangen küsste.

»Meine Königin, ihr seid die Zierde des Reiches.« Arbadil trat einen Schritt zurück und musterte die zarte Erscheinung seiner

Frau. Das rötliche Haar lag wie ein Strahlenkranz um Suavas Haupt und das Leuchten ihrer Augen schien sich in den Juwelen zu spiegeln, welche sie um den Hals trug. Das lange Kleid aus schwerem Samt hatte die Farbe saftigen Mooses und der durchscheinende Schleier aus grüner Seide fiel wie ein sanfter Wasserfall über die blassen Schultern.

»Wie kann ich einfaches Weib neben euch bestehen, Majestät?« Suava lächelte und eine heiße Welle durchfuhr ihren ganzen Körper. Arbadil hatte ein golden durchwirktes Wams angelegt und seine muskulösen Beine steckten in nachtblauen Hosen. Der schwere Umhang, welcher mit einer goldenen Schnalle gehalten wurde, betonte seine breiten Schultern. Arbadils Haar glänzte im Licht der Sonne, das durch die Maueröffnung fiel.

»Und dabei sind wir nicht einmal die Hauptpersonen heute, nicht wahr, Gruesa?« Die Angesprochene erhob sich und küsste den schweren Siegelring an Arbadils rechter Hand. Das in Gold geprägte Wappen Ahendis' lag kühl und schwer an ihren Lippen.

»Ich fürchte, König Arbadil, heute werdet ihr einem kleineren Wesen den Vortritt lassen müssen.« Mit gespieltem Spott antwortete Gruesa. Der König und seine Gemahlin lachten auf.

»So lange es kein Duende ist.« Suava kicherte. Sie hatte den Winzling am gestrigen Tage zum ersten Mal gesehen und herzhaft gelacht über das Wesen, das sich mit trotzig gerecktem Kinn von Arbadil in die Kammer der Königin tragen ließ. Suava hatte keine formvollendete Ansprache des Waldbewohners erwartet. Doch dass Duende beim Anblick der Wiege, in der Arbanor friedlich schlummerte, in glückseliges Glucksen ausbrechen würde, hatte sie zutiefst überrascht.

»Seht nur, seht, er hat meine Ohren.« Arbadil hatte Mühe, den zappelnden Duende nicht fallen zu lassen. Hastig stellte der König den Zwerg auf den Boden und sofort hastete Duende zu Arbanors Bettstatt.

»Da, dieser Knick, aber ja doch, nur grün sind sie nicht, aber das macht nichts, das macht gar nichts!« Wie ein Derwisch hüpfte

Duende vor der Wiege auf und ab. Arbadil grinste und Suava konnte sich nur mit Mühe beherrschen, um nicht lauthals loszuprusten.

»Und wenn er auch ein Mensch ist, er hat Duendes Ohren, oh ja, die hat er.« Zur Bekräftigung stampfte der Zwerg mit dem nakkten Fuß auf den Boden. Der kleine Prinz greinte im Schlaf. Sofort hielt Duende inne und beugte sich über das Bettchen. Zärtlich strich er dem Prinzen über die Wange. Arbanor seufzte und ein Lächeln schien über sein Gesicht zu huschen.

»Seht ihr, Hoheiten, er mag mich«, flüsterte Duende. Suava lächelte, als sie nun an die erste Begegnung Duendes mit ihrem Sohn dachte. Das Wesen, welches Arbadil bei der großen Schlucht gefangen genommen hatte, würde dem jungen König ein treuer Begleiter sein. Wenn die Königin sich auch, halb im Scherz, fragte, wie oft sie sich würde anhören müssen, dass ihr Sohn, der künftige Herrscher, die spitz zulaufenden Ohren eines Duende habe.

»Dann wollen wir Arbanor zu seinem Volk bringen.« Arbadil riss seine Frau aus ihren Gedanken. Masa, die in der Kammer den Prinzen zurecht gemacht hatte, trat nun durch die Tür. Auf einem dunkelroten Kissen lag Arbanor. Von dem Prinzen war nicht viel mehr zu sehen als die winzigen Händchen und die rosigen Wangen. Der Körper des Kindes war gehüllt in feinste Spitzen, gefertigt von Masas Freundinnen aus den Beginenhöfen. Das Hemd, welches Arbanor unter dem Spitzenkleid trug, hatte bereits Arbadil getragen und vor ihm sein Vater und dessen Vater. Der tief blaue Stoff war weich, als sei er aus Federn gefertigt. Dennoch war er warm genug, um den kleinen Körper des Prinzen zu schützen gegen die Winde, die vom Tal her immer wieder durch die Burg pfiffen.

Arbadil streckte die Arme aus und Stolz erfüllte sein Herz, als Masa ihm seinen Sohn übergab. Mit Suava an der Seite machte er sich auf den Weg in den Burghof. Im Gang, der zu den Treppen führte, wartete Ertzain auf den kleinen Zug. Stumm nickte er seiner Frau zu und die erkannte in seinem Blick, dass im Hause Ertzains alles seine Ordnung hatte und die Kinder bestens versorgt wurden von der Amme und den Dienerinnen. Erleichtert grüßte Gruesa zurück, dann reihte sie sich hinter dem Königspaar ein. Kurz danach trat Ningun aus dem Schatten. Die Schlangenwirbel klackerten leise im Takt seiner Schritte, als seine Schenkel gegen den ledernen Beutel stießen, den er an seinem Gürtel trug.

In der unteren Halle hatten die Standartenträger Stellung genommen. Die Hellebarden waren blank geputzt und schienen mit den polierten Helmen der Soldaten zu wetteifern. Ertzain durchquerte die Halle mit raschen Schritten. Als das königliche Paar an den Soldaten vorbei schritt, stießen die Männer die Hellebarden zum Gruß auf den Boden. Dutzendfach hallte der Schlag an den Wänden wider. Arbanor öffnete die Augen. In diesem Moment stießen zwei Diener, welche rechts und links vom Tor standen, die Pforten auf.

»Hoch lebe König Arbadil«, rief Ertzain. Sofort verstummten alle Gespräche im Hof. Die Menschen fuhren herum. Einen Augenblick herrschte völlige Stille, dann rief der
erste der Bauern:

»Hoch, er lebe hoch!« Die anderen stimmten ein und unter dem ohrenbetäubenden Jubel des Volkes trat Arbadil mit seinem Sohn auf den Armen in den gleißenden Sonnenschein.

Die Dorfkinder zwängten sich zwischen den Leibern ihrer Väter und Onkeln hindurch und drängten nach vorne zu dem hölzernen Podest. Der nachtblaue Baldachin mit den goldenen Borten schien über der Bühne zu schweben, so kunstvoll hatten die Diener den schweren Stoff an den Stangen befestigt, welche die Konstruktion trugen. Angeführt von Ertzain erklomm die kleine Prozession das Podest. Die Soldaten stellten sich rechts und links in Zweierreihen auf.

Suava schluckte hart. In ihrem Hals drückte ein Kloß nach oben und die Königin spürte, wie die Tränen ihr in die Augen schossen. Die fein zurecht gemachten Kinder aus dem Dorf reckten die Hälse. Ein jeder wollte der erste sein, der den künftigen König zu

Gesicht bekam. Die Frauen standen jetzt auf Zehenspitzen und stießen die Männer mit den Ellbogen an, damit sie sie näher an das Podest heran ließen.

Schließlich trat Ertzain an den Rand des Podestes und hob beide Arme. Langsam ebbten die Jubelrufe ab.

»Ihre Hoheiten, König Arbadil und Königin Suava, sind erfreut, dem Volk den Prinzen zu zeigen«, rief der Lord. Seine Stimme schwang durch den Burghof, fest und klar. Selbst die Spieße, auf welchen die Spanferkel brieten, schienen sich langsamer zu drehen, als Ertzain rückwärts nach hinten ging und sich neben Gruesa stellte. Stolz nickte sie ihrem Gemahl zu, der in seiner prächtigen Uniform stark und jung und unschlagbar wirkte.

Gemeinsam traten Arbadil und Suava an den Rand des Podestes. Das Volk hielt den Atem an, als der König langsam das weiße Spitzentuch vom Körper seines Sohnes zog. Suava kam ihrem Gatten zu Hilfe und stützte das Kissen. Schließlich fiel die Spitze zu Boden und wie es der Brauch war schnappte das Mädchen, das dem Königspaar am nächsten stand, das Tuch. Stolz legte die Kleine sich den feinen Stoff auf den Kopf.

»Ich werde ein gutes Leben haben.« Das Kind quietschte vor Freude, als es die Spitze enger um die Schultern schlang. Applaus brandete auf und nur die Bauernmädchen, welche der Schleierfängerin am nächsten gestanden hatten, rümpften die sonnengebräunten Nasen. Jedes Mädchen träumte davon, den königlichen Schleier zu besitzen, verhieß er doch laut den Prophezeiungen der Alten ein langes und glückliches Leben, das Leben einer Königin vielleicht. Glücklich drehte sich das Mädel und zwängte sich durch die Menge zu seinen Eltern, die irgendwo zwischen den hunderten Bewohnern von Albages standen. Als die Mutter ihr Kind an den schwangeren Leib drückte, strahlte das Weib und ihr Mann brach in glückliches Lachen aus.

Arbadil nickte stumm. Sofort hörten die Leute auf zu klatschen. Dann übergab der König das Kissen, auf dem sein Sohn ruhte, seiner Frau. Für einen Moment strich Suavas zärtlicher Blick über das rosige Gesicht des Kleinen. Dann legten sich die starken Hände Arbadils um den schmalen Körper. Vorsichtig stützte der König den Kopf des Kindes, als er es sachte drehte und so weit in die Höhe hielt, dass das Volk seinen künftigen Herrscher von Angesicht zu Angesicht sehen konnte.

»Männer und Frauen von Albages, Volk von Ahendis, seht her«, rief Arbadil, »dies ist Arbanor, der künftige König des Reiches. Möge ihm ein langes und glückliches Leben beschieden sein..«

»Und möge er niemals Ankou begegnen«, fügte Suava im Stillen hinzu. Im Jubel der Menschen schien der erschrockene Schrei des Jungen unterzugehen. Doch Suava spürte, dass aus dem winzigen Menschenkind eine unbändige Kraft strömte, als ahne Arbanor, dass er von nun an das Schicksal Tamars bestimmen würde.

Zweites Signum

»Die Gefüge werden zerbrechen und die Mächte des Feuers brechen hervor. Kein Getier und keine Pflanze, kein Leben, werden ihren Flammen entgehen.«

Aus den Chroniken des Geheimbundes

Die Truhe ließ sich kein Stückchen bewegen. Arbanor lehnte mit seinem ganzen Gewicht gegen den hölzernen Kasten. Neben ihm kniete Honrado auf dem Boden. Die Arme des Jungen zitterten, als er sich mit aller Kraft gegen den Kasten stemmte. Sein Zwillingsbruder Alguien keuchte. Der Kehlkopf des schmächtigen Knaben trat hervor, als er stöhnend am ehernen Griff der Truhe zog. Aus den Augenwinkeln beobachtete Arbanor die Anstrengungen seiner Freunde. Honrado und Alguien waren nur wenige Tage älter als er. Die beiden waren für ihn wie Brüder, und immer wieder staunte er darüber, dass die Zwillinge so unterschiedlich waren. Honrado, der dickliche und gemütliche, strich sich eine blonde Locke aus der Stirn und ruckte stumm an der Truhe. Sein Bruder Alguien hatte die schmalen Lippen zusammengekniffen. Die Adern traten an den Schläfen hervor und seine dunkelbraunen Haare standen in alle Richtungen ab.

»Das macht keinen Sinn«, keuchte Arbanor und ließ sich auf seinen Hintern fallen. Der Brustkorb des Prinzen hob und senkte sich im schnellen Rhythmus, mit dem er die Luft ein sog und wieder ausatmete.

»Aber es muss gehen.« Alguien stemmte die Arme in die Hüften. Trotzig reckte der Knabe das Kinn. »Ningun schafft es doch auch und der ist ein alter Mann. . .«

». . . dessen Knochen dünn sind wie die eines Huhnes.« Grinsend vervollständigte sein Zwilling Honrado den Satz. Arbanor stöhnte leise. Er wusste, dass die beiden keine Ruhe geben würden, bis sie die Truhe geöffnet hatten. Ein Schauder lief dem Prinzen über den Rücken – was die drei taten, war verboten. Und wenn der alte Magier sie bei ihrem Tun entdeckte, würde eine Strafpredigt das Geringste sein, was die Jungen zu fürchten hatten.

»Wir müssen vorankommen, ewig kann Ningun nicht auf dem Markt bleiben.« Arbanor rappelte sich hoch.

»Wenn der Alte auf der Suche nach einem bestimmten Kraut ist, dann war er noch nie vor dem Abend zurück in der Burg.« Honrado versuchte so auszusehen, als sei er ganz ruhig. Doch die flatternden Lider des Jungen verrieten seine Nervosität. Ganz konnte er nicht glauben, was er selbst sagte. Ningun war immer für eine Überraschung gut und mehr als einmal hatte er die drei Freunde bei Streichen ertappt, auch wenn diese sich ganz sicher fühlten.

»Und wenn er einen Zauber kennt, der ihm den Blick in seine Gemächer ermöglicht, obwohl er viele Meilen weit weg ist?« Ängstlich riss Alguien die Augen auf. »Bei Ningun kann man nie wissen. . .«

Die letzten Worte des Jungen hingen wie eine Drohung in der dämmerigen Kammer. Arbanor seufzte. Er hatte große Lust, die Truhe für heute zu vergessen und hinaus in den Hof zu gehen. Afeitar hatte für die Knaben einen Kampfplatz eingerichtet und nur zu gerne wäre Arbanor mit dem Schwert in der Hand auf einen der mit Stroh gefüllten Säcke losgegangen, die die Stallburschen an dicken Masten auf dem mit Sägemehl bestreuten Platz aufgehängt hatten.

»Wir können auch gehen«, sagte Arbanor und klopfte sich den Staub von den pluderigen Ärmeln seines roten Hemdes.

»Du willst kneifen?« Alguiens Augen verengten sich zu zwei Schlitzen, als er seinen Freund fixierte. »Der künftige Herrscher kapituliert vor einer Truhe aus altem Holz?« Beißender Spott lag in der Stimme des Jungen.

»Ich kneife niemals«, zischte Arbanor. Suchend sah er sich im Raum um, dann rannte er zu dem schweren Tisch, der über und über mit Papieren und Gefäßen beladen war. Alguien grinste und boxte seinen Zwillingsbruder in die Seite. Wieder einmal war seine List aufgegangen – nenne den Prinzen einen Feigling und er tut genau das, was du willst. Honrado grinste zurück und ließ sich schwerfällig auf die Truhe sinken.

»Wir brauchen ein Werkzeug, irgendetwas, mit dem wir das Schloss öffnen können.« Unschlüssig hob Arbanor einen Mörser vom Tisch, schnupperte kurz an den bitteren Kräutern darin und stellte das Gefäß sorgsam zurück. Ningun durfte nicht bemerken, dass jemand in seinen Sachen gewühlt hatte.

»Vielleicht lässt sich die Schließe nur mit einem Zauber öffnen? Wer weiß, was in der Truhe verborgen liegt?«, murmelte der Prinz.

»Unsinn, Ningun hat doch ein einfaches Schloss nicht verzaubert.« Honrado lachte. »Wenn er das könnte, so wären die vielen Schlüssel, welche er an seinem Gürtel stets mit sich trägt, völlig überflüssig.«

»Du hast Recht, lass uns dies hier versuchen.« Triumphierend hielt Arbanor ein golden glänzendes Messer in die Höhe, welches er vorsichtig, um den Papierstapel nicht umzukippen, zwischen zwei Kladden hervorgezogen hatte. Um den Griff des kaum eine Hand langen Messers wand sich eine Schlange, deren zwei Köpfe die Schneide umschlangen und deren zwei Zungen sich auf der Mitte des Messerblattes kreuzten.

»Merkwürdige Dinge hat der alte Mann in seiner Kammer«, sagte Alguien. Er zog seinen Bruder am Arm, damit der den Deckel frei gab. Honrado und Alguien kabbelten sich und bemerkten nicht, dass mit einem Mal alle Farbe aus Arbanors Gesicht gewichen war. Das kleine Messer schien in seiner Hand zu glühen, die Hitze des Stahls fraß sich in sein Fleisch. Arbanor sog zischend die Luft ein, als das Metall schwerer und schwerer wurde und seinen Arm nach unten zu drücken schien. Mit beiden Händen umfasste der Prinz das Messer. Die Schlange schien zu vibrieren, kleine, aber kräftige Schwingungen brachten Arbanors Hände zum Zittern. Mit offenem Mund starrte der Junge auf die beiden Köpfe, die nun zu züngeln schienen. Schweißperlen traten dem Prinzen auf die Stirn, als die Hitze seine Hände durchschoss. Doch Arbanor war nicht fähig, das Messer aus der Hand zu legen. Seine Muskeln waren schwer, wie gelähmt.

»Nun mach schon, Arbanor.« Honrados Rufen durchschnitt die Luft. Im selben Moment hörte das Vibrieren auf und das Messer lag leicht und kühl in Arbanors Händen. Verwundert starrte Alguien den Freund an, der wie festgenagelt dastand und auf das Messer starrte.

»So toll ist das Ding nun auch wieder nicht, dass du es die ganze Zeit anstarren musst«, neckte er den Prinzen. Arbanor schüttelte stumm den Kopf. Sein Schädel wummerte und das Blut pulsierte klopfend in seinen Adern. Irgendwo in seinem Herzen wusste er, dass die Schlange mit den zwei Köpfen ihm schon einmal begegnet war. Oder eines Tages begegnen würde. Arbanor schluckte trocken und schüttelte sich.

»Ich komme ja schon«, sagte er schließlich. Seine Stimme klang fröhlich und fest wie immer und die Freunde, die sich nun den vorderen Platz an der Truhe mit kleinen Hieben streitig machten, bemerkten die Unsicherheit des Prinzen nicht.

»Macht schon Platz, so komme ich ja gar nicht dran.« Ärgerlich stieß er mit dem Fuß gegen die Truhe. Dann ging Arbanor in die Knie und machte sich mit dem goldenen Messer am eisernen Schloss zu schaffen. Die Scharniere, welche den Deckel der Truhe umspannten, hatten an einigen Stellen bereits Rost angesetzt und als Arbanor sich nun ganz nah zur Schlüsselöffnung bückte sah er, dass sich in dem kleinen Loch Staub gesammelt hatte.

»Ningun hat seit Jahren nicht in diese Truhe geschaut, wetten? Das Ding ist wahrscheinlich leer.« Alguien schnaubte

»Das werden wir gleich sehen.« Arbanor kaute auf der Unterlippe und kniff die Augen zusammen. Dann nahm er das Messer fest in die rechte Hand und führte die Spitze der Klinge in den schmalen Schlitz zwischen Deckel und Unterteil. Metall kratzte auf Metall, als er das Messer hin und her schob, um den Riegel des Schlosses zu erreichen. Honrado knispelte an seinem Daumen, sein Bruder tat es ihm gleich. Beide starrten auf den Prinzen, der sich nun weiter über die Truhe beugte und das Ohr gegen den Deckel presste. Durch das Ächzen des Holzes und das Knarren des Mechanismus, so hoffte er, würde er hören können, wann die Schneide den kleinen Stift berührte und das Schloss aufsprang. Keiner der Jungen sprach ein Wort. Minuten lang war nichts zu hören außer dem Atem der drei Freunde, dem Scharren des Messers und den kreischenden Rufen eines Krähenschwarms, der über den Burgzinnen seine Runden zog. Der Wind bauschte die Behänge vor den Fenstern auf, so dass die schweren Stoffe träge gegeneinander schlugen.

Arbanor führte das Messer mit großem Geschick und völlig ruhiger Hand, ganz so, als habe er nie etwas anderes getan. Der Junge richtete seine ganze Aufmerksamkeit auf die kühlen Schlangenköpfe, die sich um die Schneide wanden. Arbanor sah nur das Metall, er fühlte nichts, außer dem rauen Holz und dem Messer in seiner Hand. In seinen Adern rauschte das Blut, sein Atem war eins mit seinem Herzschlag. Der Prinz versank in seinem Tun. Das Schloss ächzte, der Bart im Inneren klickte und sprang zur Seite. Arbanors Herz machte einen Satz. Achtlos legte er das Messer neben sich auf den Steinboden. Honrado wäre beinahe mit dem Kopf gegen die Stirn des Freundes gestoßen, so schnell sprang der Junge um die Truhe herum und kniete neben Arbanor auf den Boden. Sein Zwilling tat es ihm gleich. Flankiert von den Brüdern stützte Arbanor sich auf den Deckel. Seine Augen blitzten, als er stolz das Kinn hob.

»Ich habe Euch doch gesagt, dass ich den Kasten knacken kann«, rief er.

»Mach schon auf, los doch«, drängte Alguien den Prinzen und knuffte Arbanor mit dem Ellbogen in die Seite. Der atmete tief durch und legte die Hände auf den Rand des Deckels.

»Und wenn ein Dämon in der Truhe sitzt? Es kann doch sein, dass Ningun den Kasten mit einem Zauber belegt hat? Womöglich hat er einen Geist gefangen?.« Honrado riss die Augen weit auf und sah unsicher von Arbanor zu Alguien. Die beiden grinsten.

»Was für ein Blödsinn, warum sollte Ningun einen Geist in seiner Kammer beherbergen? Noch dazu in einer Truhe, die vom Holzwurm zerfressen ist?«, entgegnete Arbanor.

»Der Magister mag manchmal ein wenig wirr sein, doch das glaube ich niemals.« Honrado schluckte trocken, als er den beißenden Spott in der Stimme des Prinzen erkannte. Arbanor hatte Respekt vor dem alten Magier, das schon, doch so manches Mal, wenn dem Prinzen die Unterweisungen in der Geschichte Tamars und die abschweifenden Reden Ninguns über die Heilkraft dieses Krautes und die Kraft jenes Pulvers zu lang wurden, hatte er hinter dem Rücken des Alten Grimassen geschnitten, die wenig mit dem Respekt eines Schülers gegenüber seinem Lehrer gemein hatten.

»Wir machen den Deckel gemeinsam auf.« Arbanors Stimme schien keinen Widerspruch zu erlauben. Seufzend legte Honrado die Hände zurück auf das Holz.

»Eins, zwei, drei, und jetzt«, rief Arbanor. Zusammen drückten die drei Freunde gegen den Deckel. Er war schwerer, als es den Anschein hatte und sie wunderten sich über die Kraft, mit der sie sich gegen die Truhe stemmen mussten, um die Schließe zu bewegen. Die Scharniere quietschten leise, als der Deckel sich langsam hob.

»Kein Geist darin!«, wollte Arbanor eben rufen, doch die Worte blieben in seiner Kehle stecken. Ein übler Gestank, den die Jungen so nicht einmal von der Latrine kannten, entströmte der Truhe. Schwefelgeruch und der Gestank von faulem Fleisch stiegen ihnen in die Nasen. Angewidert wandten sie die Gesichter ab. Arbanors Augen tränten, nur verschwommen konnte er erkennen, was er durch den Spalt zwischen Deckel und Truhenkasten sah.

»Das sind alte Bücher, nichts als Papier, vergilbte Schriftrollen«, keuchte er schließlich. Ein Hustenanfall hinderte ihn daran, weiter zu sprechen. Der Knabe wurde von einem Krampf in seinen Lungen geschüttelt. Schweiß trat ihm auf die Stirn. Arbanor presste die Hände vor Mund und Nase. Die Zwillinge keuchten und würgten und ließen den Deckel im selben Moment los, wie der Prinz. Krachend fiel der Deckel auf die Truhe zurück.

»Pfui, was für ein übler Gestank«, würgte Arbanor schließlich, als der Husten nachließ.

»Was in aller Welt hat Ningun nur in der Truhe versteckt?«, keuchte Honrado. Spucke tropfte aus seinem Mund. Sein Bruder kroch auf allen Vieren über den Boden in Richtung Fenster.

»Ich muss mich übergeben«, wollte der Junge sagen, doch der Schreck, der ihm in

die Glieder fuhr, verschloss ihm Magen und Mund: wie aus dem Nichts tauchte Ningun vor den Dreien auf. Drohend fiel der Schatten des Magiers auf die Freunde.

»Was in aller Dämonen Namen geht hier vor?« Ninguns Schrei hallte an den dicken Wänden des Gemaches wider.

Arbanor riss die Augen auf und den Mund. Doch kein Laut kam über seine Lippen. Honrado quiekte leise und versuchte, sich hinter dem Rücken seines Bruders zu verstecken.

»Ich erwarte eine Erklärung«, dröhnte Ningun. Betreten senkten die Knaben die Köpfe und starrten auf den Boden. »Ihr seid ohne meine Erlaubnis in meine Kammer eingedrungen und habt euch, wie ich sehe, an meinen Sachen zu schaffen gemacht.«

Ningun hatte die Arme hinter dem Rücken verschränkt und wippte mit den Füßen auf und ab.

»Ich, wir, wir haben...«, stammelte der Prinz schließlich. Honrado und Alguien drängten sich neben Arbanor und sahen den Magier aus großen Augen an.

»Wir wollten nichts Böses tun«, rief Arbanor und straffte die Schultern. Doch als Ningun einen Schritt auf die Drei zuging, verließ den Jungen der Mut und Arbanor senkte den Kopf.

»Der Farbe eurer Gesichter nach schließe ich, dass euch übel ist. Also hat mein Bann gewirkt. Dachte ich mir doch, dass ich das, was ich in meinen Gemächern aufbewahre, schützen muss gegen allzu neugierige Blicke.« Mit jedem Wort, das Ningun sprach, wurde seine Stimme leiser, bis er nur noch flüsterte.

»Ich hätte allerdings nicht gedacht, dass meine drei Schüler mein Vertrauen in dieser Art missbrauchen. Was ihr getan habt ist eines Mannes nicht würdig«, sagte Ningun und, an Arbanor gewandt: »Und eines Prinzen, der künftig die Geschicke des Reiches Ahendis und ganz Tamars leiten will, schon gar nicht.«

Die Röte schoss Arbanor ins Gesicht. Angestrengt starrte er auf seine Füße. Die Scham kroch durch seinen Leib, klomm seinen Hals empor und setzte sich als dumpfes Rauschen in seinem Kopf fest. Honrado zog laut die Nase hoch und Alguien scharrte nervös mit den Füßen.

»Verzeiht, Meister Ningun«, presste Arbanor endlich hervor. »Wir wollten nichts Böses tun.«

»Eure Neugier in allen Ehren, Majestät, doch solltet ihr euren Wissensdurst eher auf die Wissenschaften lenken. Ihr habt Defizite in der Handelskunde und was die Geschichte Tamars angeht, nun, ich denke, zwei zusätzliche Lektionen werden euch lehren, dass Neugier nicht immer ein lohnendes Geschäft ist. Ich erwarte euch heute nach dem Abendmahl in der vorderen Bibliothek. Und zwar pünktlich.« Ningun klatschte in die Hände und wie auf ein geheimes Zeichen hin stieben die drei Jungen an ihm vorbei und rannten aus dem Zimmer. Die Kinderschritte hallten im Gang wider und Ningun hörte, wie die Drei die Treppen hinunterpolterten, als sei ein Drache hinter ihnen her.

Grinsend kramte der Magier den Beutel aus der Tasche, den er auf dem Markt besorgt hatte. Neben einer Teemischung, welche ihm den Schlaf erleichtern sollte, hatte er im Beginenhof allerlei Kräutlein erstanden, welche den Geist zu weiten vermochten und die Sinne schärften. Sorgsam verstaute er die kleinen Beutel, in welche die Kräuter eingeschlagen waren, in tönernen Schalen, die er nebeneinander in ein mit unzähligen Krügen, Schüsseln und Säckchen gefülltes Regal stellte. Ningun kicherte, als er an die ertappten Jungen dachte. Es war kein leichtes, die Drei zu erziehen, immer wieder fielen den Jungen neue Streiche ein, mit denen sie den Lehrer auf Trab halten konnten. Und dass Arbanor, der von einem grenzenlosen Wissensdurst getrieben wurde, sich nicht damit zufrieden gab, dem Magier nur über die Schulter zu schauen und sein Wissen aus Büchern und Erzählungen zu erwerben, freute Ningun sogar. Er war den Jungen nicht böse, dass sie sich heimlich in seine Gemächer geschlichen hatten. Hätte Ningun vermeiden wollen, dass die Freunde Zutritt zu seiner Kammer erlangten, er hätte die Türe sorgsamer verschlossen oder sogar mit einem Bann belegt.

»Der Zauber ist mir wirklich gut gelungen«, murmelte er vor sich hin, als er vor das Fenster trat und die Behänge zur Seite schob. Noch immer lag Verwesungsgeruch in der Luft, doch die kühle Brise, welche vom Burghof hereinwehte, sollte den Gestank bald vertreiben. Feixend wandte der alte Magier sich zur Truhe um. Dass in dem alten hölzernen Kasten nichts weiter lag als eine alte Karte Eternias und einige Bücher, deren Weisheiten über den menschlichen Körper und die Kunde der Pflanzen längst überholt waren, würde er den Jungen nicht verraten. Sollten sie ruhig denken, dass ein Schatz in eben jener Truhe lagerte – so würden ihre Gedanken um dieses Möbelstück schweifen und sie kämen nicht auf die Idee, nach Dingen zu suchen, welche in der Hand von Kindern ungeahnten Schaden anrichten konnten.

Noch immer umspielte ein Lächeln den Mund des Magiers, das die unzähligen Falten um seine Lippen kräuselte, als Ningun sich seufzend bückte, um die Truhe an ihren angestammten Platz an der Wand zurückzuschieben. Die langen grauen Haare fielen ihm ins Gesicht und Ningun blies gegen die Strähnen, um seine Augen frei zu bekommen. Als er sich eben gegen die Truhe stemmen wollte, stockte er. Sein Blick fiel auf das Messer, welches Arbanor wenige Augenblicke zuvor mit dem Fuß unter die Truhe geschoben hatte. Die Klinge steckte beinahe zur Gänze unter der Truhe, doch dort, wo die Schlangenköpfe sich um den Schaft schlängelten, war das Messer zu dick, um unter den Kasten zu passen.

Ningun sog die Luft ein. Vorsichtig griff er nach dem goldenen Griff und nahm das Messer an sich. Sorgsam hielt er es in den geöffneten Handschalen. Seit Tagen hatte er das Messer gesucht. Bei Vollmond hatte er das Abbild Askarions aus der kleinen Lade genommen, in der er das seltene Stück aufbewahrte. Gemeinsam mit dem Bildnis Askarions, so hatte er gehofft, würde ihm ein Blick in die Zukunft Tamars gelingen. Allein mit den Schlangenknochen und den Runensteinen hatte der Magier nichts erreicht. In einer schlaflosen Nacht hatte er sich an Askarion erinnert, das Schwert der Elfen, welches von Menoriath, ihrem König, gehütet wurde. Vor vielen Jahren hatte Ningun von seinem Lehrmagister das Abbild des magischen Schwertes als Geschenk bekommen, als Anerkennung für Ninguns klugen Umgang mit den Steinen der Weisen. Für ihn war das kleine Messer nichts als ein sentimentales Geschenk – doch was wäre, wenn Askarion durch sein von Menschenhand geschaffenes kleines Ebenbild versucht hatte, Arbanor zu erreichen? Ningun fröstelte, als er das Messer in die mit Samt ausgeschlagene Lade packte und mit einem Knall den Deckel verschloss. Das Kästchen verstaute er hinter hohen Tonkrügen im obersten Fach des Regals. Doch Ningun ahnte, dass dies allein das

Schicksal Arbanors, das Schicksal Tamars, nicht wenden würde, wenn dem Prinzen beschieden war, eines Tages aus der Hand des Elfenkönigs das magische Schwert zu empfangen.

Das Knistern im Kamin erfüllte die Kammer der Königin mit wohliger Wärme. Suava saß, ein gegerbtes Bärenfell wärmend über den Schoß gebreitet, neben dem Feuer. Sanft strich sie mit den Fingern über die Stickarbeit, die bis auf die Muster am Rand fertig war – der in roten und grünen Farben schillernde Drache sollte ein Geschenk sein für Arbanor. Suava würde das Bild von Masa auf einen Beutel nähen lassen, in dem der Junge seine Murmeln oder anderes Spielzeug aufbewahren konnte.

»Was für ein unangenehmer Tag«, sagte Gruesa und legte der Freundin zur Begrüßung eine Hand auf die Schulter. Suava zuckte leicht zusammen, sie hatte nicht bemerkt, dass Ertzains Frau das Zimmer betreten hatte.

»Gruesa, schön, dich zu sehen.« Suava griff nach der Hand der Freundin und drückte sie herzlich. »Setz dich, ich lasse uns heißen Tee bringen, oder möchtest du lieber gewürzten Wein, um dich zu wärmen?« Suava deutete auf den zweiten Stuhl, der vor dem Kamin stand. Seufzend ließ Gruesa sich in die Polster sinken. Das Bärenfell, welches neben dem Sessel auf dem Boden gelegen hatte, schlang sie um ihre Beine.

»Ich denke, ein Schluck Wein wird gut tun«, antwortete Gruesa. Auf einen Wink Suavas hin löste sich ein Schatten aus der Nische neben der Türe. Kaja, die Kammerfrau, legte ihr Stickzeug zur Seite und eilte in die Küche, um für die Frauen heißen Wein mit kräftigen Kräutern bereiten zu lassen.

»Hast du gehört, liebste Freundin, welchen Scherz sich unsere Söhne erlaubt haben?« Gruesa verschränkte die Finger ineinander und knetete nervös ihre Hände. »Sie sind in Ninguns Kammer eingedrungen und haben versucht, eine Truhe aufzubrechen.« Missbilligend schüttelte sie den Kopf und schnalzte leise mit der Zunge.

»Ach, beste Freundin, ärgere dich nicht, du kennst unsere Söhne.« Suava lächelte und ihre grünen Augen blitzten, als sei Tau auf junges Moos gefallen. »Die drei haben ihre Abreibung von Ningun bereits bekommen, Arbanor hatte keinerlei Appetit am Abend, nicht einmal die Honigkuchen wollte er essen, denn noch immer hing ihm der üble Gestank in der Nase.« Die Königin kicherte bei der Erinnerung an ihren Sohn, der mit gesenktem Haupt seiner Mutter berichtet hatte. Das blasse Gesicht des Prinzen schien noch weißer zu werden, als seine Ohren vor Scham rot zu leuchten begannen. Suava hatte Mühe, streng zu bleiben und nicht lauthals aufzulachen, als der Knabe ihr von der Truhe erzählte und von dem widerlichen Gestank, der dem Kasten entströmt war.

Selbst Duende, der träge in dem kleinen Korb lag, der ihm in Suavas Kammer als Ruheplatz diente, hatte sich nur schwer zurückhalten können, um nicht in gackerndes Lachen auszubrechen. Der Zwerg hatte mit seinen grünen Ohren gewackelt und die Backen aufgeplustert, als der Prinz seiner Mutter gebeichtet hatte.

»Du hättest Duende fragen können, Meister Arbanor«, hatte der Zwerg gesagt, »ich bin klein genug, um in jeden Winkel zu passen und ich kenne die Kniffe des Magiers, ja, mit mir wäre das nicht passiert.« Duende hatte sich aufgeplustert, als sei er ein Rebhahn bei der Balz. Arbanors Grinsen kam von Herzen. Sanft hatte der Prinz den Winzling auf den Kopf getätschelt.

»Du riechst doch selbst, als wärst du mit einem Bann belegt«, hatte Arbanor Duende geneckt. Der Zwerg hatte geschimpft, doch dann waren die beiden hinaus in den Hof gelaufen und hatten sich mit einem Ballspiel die Zeit vertrieben, bis die Köchin das abendliche Mahl bereitet hatte.

»Ich denke manches Mal, dass die Jungen viel zu viel Freiheit genießen«, seufzte Gruesa nun. »Erst vergangene Woche haben Honrado und Alguien sich beim Mittagsmahl derart laut um die letzte Hühnerkeule gestritten, dass Ertzain auf den Tisch hauen musste, weil meine Ermahnungen nichts nützten.«

»Aber Gruesa, beste Freundin, das sind Jungen, sie sind nun einmal ungestüm und es ist natürlich und gesund, wenn sie ihre Kräfte messen«, beschwichtigte Suava. Die Königin wand gedankenverloren den roten Faden um ihren Finger. »Wer weiß, ob unsere Söhne nicht eines Tages eben diese Frechheit brauchen, um Ahendis zu verteidigen?« Eine Weile schwiegen die beiden Frauen und starrten auf den rot glühenden Scheit im Kamin.

»Ich denke jeden Tag an das Schicksal, das unseren Söhnen beschieden ist«, flüsterte Gruesa schließlich. »Ich wünsche ihnen Glück und Frieden, doch wenn ich Ertzains finstere Miene sehe, nachdem er aus der Burg zurückkehrt, dann ahne ich, dass das Reich nicht für ewig in dieser Stabilität bleiben kann.«

»Das sind auch meine Gedanken«, antwortete Suava leise. »Arbadil spricht wenig mit mir über die Lage in Ahendis, und es ist mir Recht so, denn von Politik verstehe ich nicht viel. Es liegt mir nicht, mich in die Ränkespiele und Machenschaften der Lords und Händler einzumischen. Sicher, ich habe meine Meinung, doch was ist die Meinung einer Frau? Ach Gruesa, wenn Arbadil bei mir ist, dann ist er nicht der König, welcher Tag für Tag mit den Generälen und Lords über die Geschicke unseres Volkes entscheidet. Die wenigen Stunden am Abend ist er Arbadil, mein Mann, nichts mehr, aber auch nichts weniger.« Suava lächelte versonnen und die Freundin legte ihr sanft eine Hand auf den Arm.

»Unsere Männer sind stark, Suava, und sie werden alles daran setzen, dass Arbanor, Honrado und Arbadil noch lange Zeit eine glückliche und sorgenfreie Kindheit haben werden.«

»Mögest du Recht haben, liebe Freundin«, sagte Suava. In diesem Moment öffnete sich die Tür zur Kammer der Königin. Masa balancierte zwei Becher auf einem Tablett, aus denen Dampf aufstieg. »Die alte Kaja hockt in der Küche und starrt auf einen Haufen Hühnerknochen.« Die Amme verzog ärgerlich den Mund, als sie das Tablett auf einem kleinen Tisch abstellte und den Frauen den gewürzten Wein reichte. Sanft blies Suava den Dampf weg und wärmte ihre Hände an dem wohlig warmen Becher.

»Ach Masa, du weißt doch, wie Kaja ist, wann immer sie meint, eine Erscheinung zu haben, dann versinkt sie in sich selbst.«

»Blödsinn«, schnaubte die Amme und stemmte die feisten Arme in die runden Hüften. »Erscheinung, dass ich nicht lache, zu faul war sie, um die Stufen wieder hoch zu laufen und euch den Wein zu bringen. Nun sitzt sie in der Küche und wartet darauf, dass ein frisches Huhn für sie abfällt, das gierige faule Weib.« Masa brummte vor sich hin, während sie sich an der Gewandtruhe zu schaffen machte. Die schweren Kleider, welche die Königin gestern getragen hatte, lagen achtlos über einem Stuhl.

»Nicht einmal die Kleider kann sie aufräumen, und das nennt sich nun Kammerfrau, dass ich nicht lache«, zeterte Masa. Suava biss sich auf die Lippen, um nicht laut loszulachen.

Gruesa zwinkerte der Freundin zu und konzentrierte sich auf den feinen Dampf, der aus ihrem Becher aufstieg. Die Kabbeleien zwischen Kaja, die Suava schon gedient hatte, als diese noch ein kleines Mädchen war, das auf der Burg ihres Vaters aufwuchs, und Masa, die dem strammen Arbanor auf die Welt geholfen hatte, gehörten zum Leben auf Guarda Oscura, wie der Wechsel zwischen Tag und Nacht. Jede wollte die erste Dienerin der Königin sein – und keine konnte mit der Art der anderen wirklich umgehen. Kaja war es zu viel, wenn die stämmige Masa mit den bodenständigen Weisheiten aufwartete, die die Amme aus ihrer Zeit bei den Frauen des Beginenhofes mitgebracht hatte. Und Masa wiederum konnte Stunde um Stunde darüber schelten, dass Kaja sich eine Seherin nannte und sich, anstatt ihren Aufgaben als Kammerfrau nachzugehen, lieber mit Runen und Knochen beschäftigte.

»Masa, nun beruhige dich, du weißt doch, wie Kaja ist«, sagte Suava, wohl wissend, dass ihre Worte das Gemüt der treuen Masa nicht würden beruhigen können. Langsam trank die Königin von ihrem Wein und wartete auf den Weitergang der Schimpftirade.

»Hühnerknochen, ich bitte euch, meine Damen, was will Kaja in Hühnerknochen erkennen? Die Erde wird grollen, das hat sie gesagt, aber ich sage euch, das einzige, was grollt, das bin ich, wenn sie nicht endlich herkommt und die Kleider und Stoffe in Ordnung bringt, so wie es ihre Aufgabe ist.« Wütend knallte Masa den Deckel der Truhe zu. Im selben Augenblock pochte es an der Türe.

»Das wird Zeit, dass die gnädige Frau sich hierher bemüht«, zischte Masa. »Komm herein, Kaja, du klopfst doch sonst nicht an«, brüllte sie schließlich. Als die Tür aufschwang, wäre Masa beinahe der Tiegel mit Ringelblumensalbe aus der Hand geglitten, welchen sie eben auf dem Tisch zurechtrücken wollte. Im Türrahmen stand die massige Gestalt Afeitars. Der Rittmeister hatte einen pelzverbrämten Umhang um seine Schultern gelegt, so dass er noch breiter und massiger wirkte, als er es ohnehin schon war.

»Das ist aber eine nette Begrüßung«, polterte Afeitar mit seiner rauen Stimme los. »Ich wollte die Damen abholen, es ist Zeit für Euren Ausritt, Majestät.« Suava fuhr herum und hätte beinahe den nun nur noch lauwarmen Wein über ihrem Kleid verschüttet.

»Afeitar, ja richtig, es ist Zeit«, sagte sie. »Verzeih, wir haben wohl die Zeit vergessen.« Eilig stand die Königin auf. »Masa, bitte gib mir meinen Umhang und die Stiefel.«

Gruesa stellte den leeren Becher auf den Tisch und seufzte. Wie sie die Ausritte mit Suava und Afeitar hasste! So sanft ihre Freundin auch war – wenn die Königin auf dem Rücken eines Pferdes saß, dann schien die gesamte Energie des Himmels in die zarte Person zu schießen und Suava gab dem Ross die Sporen, so dass es nur so über die Wiesen flog. Kein Hindernis war ihr zu hoch, kein Sprung zu gewagt und so manches Mal hatte Gruesa entsetzt den Atem angehalten, wenn Suava wieder einmal eines ihrer waghalsigen Manöver ritt. Afeitar stand der Königin in nichts nach und so jagten sie mit den Pferden dahin, als gelte es, gegnerische Krieger einzuholen. Nur allzu oft blieb Gruesa alleine zurück und ritt in gemächlichem Trab dahin, bis die beiden sie wieder erreichten. Erst, wenn die Königin keuchend und verschwitzt, aber mit glücklichem Gesicht, vom Pferd stieg, konnte Gruesa die Anspannung von sich abschütteln.

»Ich warte im Hof, die Pferde sind bereits gesattelt«, polterte Afeitar. Sein Blick glitt über die schmale Gestalt Suavas, die sich nun von Masa in die weichen, mit Fell gefütterten Stiefel helfen ließ. Seine Augen blitzten auf und er leckte sich mit der Zunge über die schmalen Lippen, als dürste er nach warmem Wein.

»Ich komme gleich, Afeitar«, antwortete Suava. Mit einer galanten Verbeugung verließ der Rittmeister die Kammer.

»Ach Suava, liebe Freundin, wollt ihr wirklich ausreiten? Die Luft ist schneidend kalt und feucht, ihr werdet euch erkälten«, sagte Gruesa leise.

»Ach Gruesa, sag es frei heraus, ich habe keine Angst vor dem Wetter und du weißt, dass die Kälte mir nichts ausmacht, wenn ich erst im Sattel sitze.« Suava lächelte. »Wenn du uns nicht begleiten willst, dann ist es gut.«

Betreten senkte Gruesa den Kopf, doch als Suava ihr die Stickarbeit in die Hand drückte und sie bat, die Muster für die Umrandung zu vollenden, nickte Gruesa dankbar.

Wenig später schwang Suava sich in den Sattel. Das feste Leder knarrte, als sie die schmalen Schenkel um den Sattel schloss und Suava grinste. Jedes Mal, wenn sie den mit Rubinen und goldenen Blüten am Knauf besetzten Sattel bestieg, musste sie an das entsetzte Gesicht Arbadils denken, als dieser das Reitzeug zwischen den Kisten mit der Aussteuer seiner Braut erblickt hatte. Zuerst hatte der König gedacht, das mit weiblichen Attributen verzierte Stück sei ein Geschenk für ihn, doch als Suava ihm erklärte, dass der Sattel der ihrige sei und dass sie sehr wohl gedenke, wie ein Mann zu reiten und nicht in der einer Frau geziemenden Haltung auf dem Pferd sitzen wollte, hatte er schallend gelacht und sich auf die Schenkel geklopft. Erst als Suava ihm gezeigt hatte, dass sie eine der besten Reiterinnen war, die Tamar zu bieten hatte, war der anfängliche Spott staunender Bewunderung gewichen und Arbadil hatte schnell begriffen, dass er seiner jungen Frau mit edlen Rössern von den besten Züchtern des Landes die größte Freude bereiten konnte. Für heute hatte Afeitar den Schimmel satteln lassen.

»Gut gewählt, Rittmeister«, strahlte Suava und klopfte dem massigen Tier auf den Hals. Die Mähne des Pferdes war zu unzähligen Zöpfen geflochten, so dass das Spiel der kräftigen Muskeln zu erkennen war. Das Tier wieherte ungeduldig und blies die Nüstern auf.

»Dann los, Rittmeister«, rief Suava und rammte dem Schimmel die Fersen in den Leib. Das Tier schnaubte und dann setzte sich der kräftige Koloss in Bewegung. Den gepflasterten Gang zum unteren Tor nahm das Pferd noch im Schritt, doch kaum hatten die Königin und Afeitar das Tor passiert und die erste Biegung hinter sich gelassen, gab Suava die Zügel locker. Einige Meter trabte der Schimmel beinahe gemächlich, doch als Afeitar, der hinter Suava ritt, mit der Zunge schnalzte, stieb der Schimmel los. Afeitar drosch mit der Gerte auf seinen Rappen ein, um Suava nicht zu viel Vorsprung zu geben. Sein Blick haftete an den roten Locken, die im Wind flatterten und ihm zuzuwinken schienen. Wie gerne hätte Afeitar diese Locken berührt, seine Nase in den luftigen Haaren versenkt. Sein Herz klopfte im Rhythmus des Galopps und ihm schien, als gebe es kein Wesen mehr auf dieser Welt außer der schönen Frau auf dem Schimmel und ihm, Afeitar.

Rasch hatten die beiden die sanft ansteigende Wiese hinter sich gelassen. Auf der Kuppe des Hügels angekommen riss Suava die Zügel herum und lenkte das Pferd in Richtung des kleinen Wäldchens, welches sich zum südlichen Berggipfel hin erstreckte. Afeitar jubilierte innerlich – die Königin schlug den Weg zum Sprungparcour ein, an dessen Ende eine kleine Lichtung lag, in deren Mitte sich ein Weiher in den Moos bewachsenen Waldboden schmiegte. Afeitar krallte die Hände um die Zügel, bis die Knöchel weiß hervortraten. Das Blut rauschte in seinen Ohren und in den Lenden spürte er das Kribbeln, das ihm so wohl bekannt war.

Suava jubelte leise, als der Schimmel zu einem weiten Sprung über einen Baumstamm ansetzte. Die Knechte des Rittmeisters hatten den Sprungparcour auf ihr Geheiß hin eingerichtet. Mit Ochsenkarren hatten sie mächtige Eichenstämme in den Wald geschleppt und auf den Wegen platziert. Eigens angepflanzte Hecken schienen hier und da den Weg zu versperren, doch der Schimmel kannte den Pfad und lenkte seine Hufe so geschickt und offensichtlich wissend über den weichen Waldboden, dass Suava sich dem Tier beinahe blind anvertrauen konnte. Das Pferd wusste, wann es langsamer galoppieren und wann es zum Sprung ansetzen musste, so dass die Reiterin nur ganz sanfte Befehle mit den Schenkeln und Fersen geben musste. Suava lächelte und sog tief die frische würzige Luft des Waldes ein. Der Wind fuhr ihr in die Locken und bauschte den Umhang auf. Ihre Augen tränten und aus ihrer Nase troff ein kleines Rinnsal, doch die Königin spürte keine Kälte. Sie war völlig eins mit dem Wind, dem Wald und dem Rhythmus, in dem das Pferd dahinflog.

Mit einem kraftvollen Sprung setzte der Schimmel über den Wassergraben, den Suava am Ende des Pfades hatte errichten lassen. Mit sicherem Tritt landete das Ross auf dem festen trockenen Boden und die Reiterin lachte schallend, als sie hinter sich das Aufspritzen des Wassers hörte. Wieder einmal war es dem Rittmeister nicht gelungen, den Wassergraben zu nehmen. Mit einem lauten »Hoh« und einem kräftigen Zug an den Zügeln brachte Suava ihr Pferd am Rand des Weihers zum Stehen. Vom Fell des Tieres stieg Dampf auf und erst jetzt bemerkte die Königin, dass auch ihr

Schweißperlen auf der Stirn standen. Ihr Mund war trocken von der kalten Luft und sie leckte sich durstig über die Lippen. Als sie den salzigen Geschmack ihrer Tränen bemerkte, wischte sie sich verschämt mit dem Zipfel des Umhangs über das Gesicht und die Nase.

Schnaubend kam Afeitars Pferd neben ihrem zum Stehen. Der Rappe wieherte, als sein Reiter aus dem Sattel sprang. Afeitar gab dem Tier einen Klaps auf die dampfenden Schenkel. Sofort trabte der Rappe zum Weiher und versenkte sein Maul im Wasser. Schwer atmend von der Anstrengung des Rittes trat Afeitar neben Suavas Pferd. Stumm reichte er der Königin die Hand. Suava schlug ein und ließ sich, gestützt auf die kräftigen Arme des Rittmeisters, aus dem Sattel gleiten. Kaum fühlte das Ross, dass seine Reiterin abgestiegen war, trabte es ebenfalls zum Tümpel und begann gierig zu saufen.

»Ein exzellenter Ritt, Majestät.« Anerkennend verbeugte Afeitar sich vor Suava. Die Königin lächelte, als sie die lichter werdende Stelle am Hinterkopf des Rittmeisters sah. Afeitar war seit vielen Jahren im Dienste Arbadils. Er war ein Mann in den besten Jahren, doch sein Körper mit den breiten Schultern schien immer noch der eines Jünglings zu sein. Doch ganz waren die Zeichen der Zeit auch an Afeitar nicht vorbeigegangen.

»Und ihr, Afeitar, werdet eines Tages auch noch darauf kommen, wie man den Wassergraben nimmt, ohne sein Wams zu tauchen«, sagte Suava und deutete lächelnd auf die Wasserflecken, welche Afeitars Hemd dunkel färbten.

Dem Rittmeister fiel nichts ein, was er darauf erwidern sollte und so lächelte er nur und starrte auf die goldroten Locken, die Suavas Gesicht umspielten.

»Ich will sehen, ob ich ein paar späte Beeren finde für Arbanor«, sagte Suava, um der unangenehmen Stille zu entgehen. Afeitars Blick schien sie zu durchbohren, schien ihre Kleider zu durchdringen und wieder einmal dachte sie, dass ein Rittmeister so niemals die Gemahlin seines Königs ansehen sollte. Um ihre Worte zu bekräftigen zog Suava einen Leinenbeutel aus der Tasche ihres Kleides und schüttelte ihn auf.

»Dort hinten wachsen Beerenbüsche.« Brummend zeigte Afeitar auf ein Buschwerk hinter dem kleinen Weiher. Er hatte verstanden. Suava wollte allein sein. Missmutig sah er der Königin nach, die durch das hohe Gras um den Teich stapfte und sich hier und da bückte, um ein paar Beeren abzuzupfen und in den Beutel gleiten zu lassen. Afeitar ging zu seinem Pferd und kramte einen Kanten Brot heraus. Mit seinen starken Zähnen riss er ein Stück heraus und zermalmte es zwischen seinen Kiefern, als könne er so das Feuer löschen, welches in seiner Brust loderte.

Afeitar wusste nicht, wie viel Zeit vergangen war. Die Gäule hatten längst ihren Durst gelöscht und zupften nun Blätter von den Bäumen. Afeitar hatte sich auf einen flachen Felsen am Rande des Weihers gesetzt und kleine Kiesel ins Wasser geworfen. Am Ende des Weihers sprudelten Luftblasen auf der Wasseroberfläche und der Rittmeister griff nach einem faustgroßen Stein, um ihn auf den Forellenschwarm zu schleudern. In dem Moment, als der Stein aufs Wasser klatschte, durchschnitt ein Schrei die Stille des Waldes.

Sofort sprang Afeitar auf und hastete zu der Stelle, an der er Suava im Dickicht hatte verschwinden sehen. Im Laufen zückte er das Messer, das er in einem ledernen Schaft an seinem Gürtel trug. Schwer atmend erreichte er nach wenigen Augenblicken die Brombeerbüsche. Der Leinensack lag auf der Erde und einige saftige Beeren waren herausgekullert.

»Suava«, brüllte Afeitar und kniff die Augen zusammen.

»Hier unten, ich bin hier.« Die Stimme kam gedämpft hinter dem Busch hervor. Mit dem Messer hieb der Rittmeister auf einige Zweige ein und zwängte sich durch das Astwerk. Dann sah er den Zipfel von Suavas Umhang, der auf der Erde lag. Der Stoff warf eine Bahn über das Moos und verschwand schließlich hinter einer Wurzel.

»Hilf mir heraus«, rief Suava. Afeitar kniete sich auf die Erde und sah die Königin, die in einem mannstiefen Erdloch stand und die Hände nach ihm ausstreckte.

»Gebt mir die Hand, Majestät, ich ziehe euch herauf.« Afeitar warf sich auf den Boden und streckte beide Arme zu Suava hinunter. Als er die schmalen Hände der Königin umfasste, zuckte ein Blitz durch seinen Körper und das Herz schlug schneller

»Zieh mich herauf«, rief Suava abermals, bis Afeitar die Augen aufriss. Es war ein leichtes für den kräftigen Mann, die schlanke Frau über den Rand des Loches zu ziehen. Nach wenigen Augenblicken berührte Suavas Oberkörper den Waldboden.

»Du kannst mich loslassen«, sagte sie. »Den Rest schaffe ich alleine.« Doch Afeitar hielt ihre Hände fest umschlossen. In seinem Herzen schien ein Schwarm Schmetterlinge zu tanzen.

»Lass mich los«, befahl Suava. Afeitar schreckte auf. Als habe er einen heißen Stein berührt öffnete er die Hände und zuckte zurück. Suava rappelte sich über den Rand des Loches nach oben und schwang die Beine über den Rand. Endlich stand sie und klopfte sich die Erde vom Umhang.

»Wann begreifen die Erdwichtel endlich, dass sie ihre Höhlen verschließen müssen, wenn sie sie verlassen«, schimpfte sie vor sich hin. »Wie viele Menschen haben sich schon die Knochen gebrochen, nur weil die Wichtel zu träge sind, ihre alten Behausungen mit Erde zu füllen oder wenigstens mit ein paar starken Ästen abzudecken.« Missmutig schüttelte Suava den Kopf und klaubte sich ein Stück Moos aus dem Haar.

»Ist euch etwas geschehen?«, fragte Afeitar. Mühsam, als stecke bleierne Müdigkeit in seinen Knochen, rappelte der Rittmeister sich auf.

»Nein, mir ist nichts geschehen, aber die Beeren sind mir heruntergefallen.« Suchend ließ Suava den Blick über den Waldboden gleiten. Als sie den Beutel entdeckte, griff sie danach und ging in die Hocke, um die heraus gefallenen Beeren aufzuklauben. Afeitar kniete sich neben sie und sammelte Brombeeren vom Boden auf. Als er beide Hände gefüllt hatte und die Beeren in den Beutel gleiten lassen wollte, den Suava ihm hinhielt, berührten sich die Hände der beiden. Wieder durchzuckte eine heiße Flamme Afeitars Lenden. Das Feuer loderte in seinem Leib, kroch empor bis zu seinem Herzen und umfing seine Gedanken. Afeitar warf die Früchte in den Beutel und umfing mit den Händen Suavas Gesicht. Entsetzt riss die Königin die Augen auf, doch Afeitar sah nichts als das schillernde Grün der Iris, nichts, als die geweiteten Pupillen, die ihn aufsogen. Ehe Suava einen Laut von sich geben konnte, hatte der Rittmeister seine Lippen auf ihren Mund gepresst.

Der Schreck lähmte Suava, doch als Afeitar die Hände über ihren Rücken gleiten ließ, wurde sie mit einem Schlag hell wach. Blitzschnell öffnete sie die Zähne und biss Afeitar auf die Lippen. Der Rittmeister schrie. Suava sprang auf und lief, als sei Ankou persönlich hinter ihr her, zum Weiher. Schnell wie nie zuvor sprang sie in den Sattel und hieb dem Pferd mit den Fersen in den Bauch. Im gestreckten Galopp nahm sie den Wassergraben. Afeitar sah das rote Haar, das ihm zuzuwinken schien.

»Aber ich liebe dich doch, Suava, ich liebe dich!«, brüllte der Rittmeister. Dann sank er auf die Knie. Ein Gurgeln wie von einem waidwunden Tier stieg in seiner Kehle hoch und heiße Tränen rannen über Afeitars Wangen.

»Dein Weib hat ihren Rittmeister wieder einmal abgehängt.« Ertzain lachte laut auf und deutete aus dem Fenster. Arbadil trat neben den Freund. Als er sah, wie Suava auf dem Schimmel auf das Burgtor zuritt, als gelte es, die Sonne bei ihrem Lauf um die Erde einzuholen, grinste der König.

»Ja, meiner Frau ist so schnell keiner gewachsen.« Arbadil lachte. »Und das ist auch gut so, eine Königin darf niemals langsam sein.«

Freundschaftlich klopfte er Ertzain auf die Schulter. »Nun komm wieder, mein Freund, wir haben noch eine Menge Arbeit vor uns.« Seufzend folgte Ertzain dem König zu dem mächtigen Tisch, den die Diener nahe an den Kamin gerückt hatten. Auf der Platte hatten die Freunde eine Karte Eternias ausgebreitet, doch die Insel war nur der kleinste Fleck auf dem riesigen Pergament. Um die Ufer hatte Ertzain die bekannten Seewege markiert, welche die Schiffe genommen hatten. Östlich Eternias war eine Kette kleiner Inseln eingezeichnet und in den südlichen Gewässern waren mehrere große Inseln zu erkennen.

»Wir kennen die Inseln im Osten und auch der im Süden ist uns gut bekannt.« Nachdenklich stützte Arbadil sich mit den Händen auf der Tischplatte auf und beugte sich tief über die Karte.

»Unsere Schiffe haben die Küsten Nojas und des kleinen Eilandes Para erreicht, wir wissen, welche Rohstoffe es dort gibt. Nun aber, mein Freund, ist es an der Zeit, in den Norden zu reisen.« Ertzain nickte stumm und folgte mit dem Blick Arbadils Finger, der einen weiten Bogen um die nördlich von Eternia gelegene Insel Exevor beschrieb. Nur ein Teil der Insel war auf der Landkarte verzeichnet. Doch was nach den Eternia am nächsten gelegenen Ufern kam, das war nichts weiter als ein weißer Fleck.

»Die Expedition wird nicht einfach, es steht zu befürchten, dass die Schiffe im eisigen Wasser nicht vorankommen. Bei meiner letzten Reise habe ich Eisberge gesehen, die größer waren als der Ardiente.« Arbadil nickte. Ertzain hatte ihm berichtet von den mächtigen Eismassen, die den Gipfel des höchsten Berges von Ahendis beinahe um das doppelte überragten. Und der Ardiente war wahrlich ein mächtiger Berg, dessen Gipfel meist in den Wolken lag und der auch im Sommer noch mit Schnee bedeckt war.

»Ihr werdet zwar in den Norden reisen, doch bedenke, Ertzain, bei der letzten Expedition seid ihr im späten Sommer aufgebrochen. Niemand konnte damals ahnen, wie viele Wochen du unterwegs sein würdest«, führte der König aus und bekräftigte seine Überlegungen mit Fingerzeigen auf die Karte.

»Wir wussten damals noch nicht, dass die Eisgrenze so weit in den Süden reicht, aber dieses Mal werden wir gerüstet sein. Wenn die Schiffe jetzt, im Frühjahr, von Eternia aus in See stechen, so wird genug Zeit bleiben, um vor dem Winter Exevor erreicht und kartographiert zu haben.«

Ertzain brummte missmutig. Die Aussicht, Wochen und Monate von seinen Söhnen getrennt zu werden, machte ihn alles andere als froh. Ertzain hing an Honrado und Alguien – und er hing an Gruesa, die ihm mit ihrem sanften Wesen ein Heim bereitet hatte, wie ein Ritter es sich besser nicht wünschen konnte. Doch Ertzain wusste auch, dass er fahren musste. Arbadil mochte sein Freund sein, doch in erster Linie war er der König von Ahendis. Und er, Ertzain, war der Untertan, welcher die Befehle achten musste. Arbadil klopfte dem Freund ermutigend auf die Schulter.

»Ehe der Schnee fällt wirst du wieder hier sein«, sagte der König. Ertzain nickte stumm. Dann beugte er sich tief über die Landkarte. Seine Nasenspitze berührte beinahe das Pergament, als er leise murmelnd Berechnungen anstellte.

»Wir können die Reise abkürzen, wenn wir uns von Anfang an nach Nordosten halten«, sagte er schließlich und beschrieb mit dem Finger einen Halbkreis auf der Karte. »Die Winde stehen günstig in diesem Teil des Meeres und wir können die Strömung nutzen. Wenn wir dann an der südlichen Landzunge entlang segeln, kommen wir zu der Bucht, an der wir bei der letzten Reise an Land gingen.« Ertzains Blick schweifte ab, als er an die saftig grünen Wiesen dachte, welche sich bis zum Horizont der noch unbekannten Insel erstreckten. Das Eiland war flach, nur einige sanfte Hügel schmiegten sich an die Küste. Doch was die Männer bei der drei Tage dauernden Wanderung ins Landesinnere gesehen hatten, hatte

Ertzains Atem zum stocken gebracht und auch nun, bei der Erinnerung, begann sein Herz wild zu schlagen: schroffe Felsen taten sich vor den Soldaten auf, beinahe senkrecht ragten die massigen Felsentürme in den Himmel. Die Landschaft war zerklüftet, kein Halm und kein Blatt wuchs zwischen den bräunlichen Felsen. Doch die Höhlen, welche das Gebirgsmassiv durchzogen, hatten die Aufmerksamkeit der Expedition auf sich gezogen. In ihnen vermuteten die Männer Vorkommen von Erz und Schwefel.

»Wir werden bei dieser Reise die Höhlen genauer inspizieren, ich werde Anweisungen geben, genügend Taue zum Schutz der Soldaten auf die Schiffe zu laden«, sagte Ertzain schließlich. Bei der ersten Reise nach Exevor hatte kein Soldat gewagt, mehr als ein paar Schritte in die dunklen Höhlen zu gehen, die nach unten steil abfielen. Und Ertzain, der Oberbefehlshaber der Expedition, hatte zum Wohl seiner Männer auf waghalsige Experimente verzichtet.

»Wir werden mehr Schwerter brauchen, als wir uns heute ausmalen können.« Arbadil nickte bekräftigend. »Noch ist es nicht viel mehr als eine Ahnung, doch wenn Ankou sich tatsächlich rüstet, um gegen Tamar in den Kampf zu ziehen, dann werden wir mehr Waffen brauchen, viel mehr Waffen.« Arbadil ahnte, dass Schwerter allein nichts würden ausrichten können im Kampf gegen das Böse. Doch die Berichte Ertzains, der von schwefelhaltigem Gestank berichtete, der aus den Felsspalten stieg, deuteten darauf hin, dass das noch unerforschte Eiland Exevor reich war an Vorkommen dieses Stoffes, welcher für die Herstellung von neuartigen Waffen nützlich sein könnte.

»Ich habe die Lords in den westlichen Gebieten angewiesen, mehr Männer zum Salpeterabbau abzustellen«, erklärte der König. Bis zum Sommer nächsten Jahres werden die Speicher gefüllt sein und sie werden mit dem Bau der Werkstätten weit vorangekommen sein.« Arbadil deutete zum Fenster, in die Richtung, in der Albages lag. Außerhalb des Dorfes hatten die Bauern begonnen, große Hallen hochzuziehen. Mit Ochsengespannen schleppten sie mächtige Baumstämme aus den Wäldern heran. Zwischen die Balken zimmerten sie grob behauene Latten – und im Inneren der Hallen entstanden riesige Öfen aus Ton und Lehm, in welchen das erzhaltige Gestein geschmolzen werden sollte.

Arbadil hatte sich viel Kritik gefallen lassen müssen von den Lords: die meisten Erzgruben lagen in den Bergen, am Fuße des Ardiente. Doch der König ließ die Rohstoffe nicht länger in den dortigen Werkstätten verarbeiten. Stattdessen hatte er die Schmiede nach Albages befohlen. Der König wollte so oft wie möglich die Herstellung der Schwerter, welche tausenden von Soldaten übergeben werden sollten, überwachen. Die Lords allerdings murrten – vielen von ihnen leuchtete nicht ein, warum die schweren Erzgesteine quer durch das Land transportiert werden mussten, wenn das Erz doch genau so gut an Ort und Stelle hätte geschmolzen werden können.

»Die Männer kommen kaum nach mit dem Schmieden der Schwerter, dennoch müssen wir auch an die Entwicklung neuer Waffen denken«, sagte Arbadil in Gedanken. Unwillig schüttelte er den Kopf. »Doch das soll eure Sorge nicht sein, Ertzain, bis die Expedition Erfolg hatte und ihr die Vorkommen kartographiert habt, werden wir längst mit dem Bau der Werkstätten fertig sein.«

Einige Minuten starrten die Freunde stumm auf die Landkarte. Jeder hing seinen Gedanken nach – Ertzain fragte sich, was er entdecken würde, wenn er in die auf der Karte jetzt noch weißen Gebiete segelte. Und Arbadil dachte daran, dass irgendwo in den auf der Karte gemalten Ozeanen und Gebirgen Ankou alles daran setzte, um genug Kraft für einen Schlag gegen Tamar zu sammeln. Ein leises Klopfen riss die Männer aus ihren Gedanken. Auf Arbadils Geheiß hin öffnete sich die Türe und Ningun trat ein. In den Händen hielt der Magier ein rot lackiertes Kästchen, welches er sanft auf dem Tisch abstellte.

»Ich sehe, Ihr plant die Forschungsreise«, kommentierte der Alte.

»Ja, noch gibt es zu viele weiße Flecken auf der Karte«, antwortete Arbadil. Mit einer fahrigen Bewegung deutete er auf die Karte. Dann ging er zu einem schmalen Tisch an der Stirnseite des Raumes und goss aus einem Zinnkrug, welchen der Drachenkopf als Zeichen Ahendis' zierte, Wein in drei Becher.

»Trinkt einen Schluck, meine Kehle ist ganz trocken.« Auffordernd nickte er Ertzain und Ningun zu. Beide griffen einen Becher, prosteten dem König zu und tranken schweigend.

»Sieben Schiffe?«, sagte Ningun schließlich und blickte fragend von Arbadil zu Ertzain. »Im Hafen liegen sieben kriegsbereite Schiffe, meint Ihr nicht, dass das Ankou auf den Plan rufen wird? Sieht es nicht so aus, als sei dies keine gewöhnliche Kartographenreise, sondern ein Kriegszug?«

Verwundert sah der König seinen Magier an. Dann schüttelte er den Kopf. »Ich denke nicht, dass Ankou auf Schiffsbewegungen achten wird«, sagte er. »Zudem sind die sieben Segler jene mit den größten Fahrträumen. Wir werden nur wenige Waffen an Bord haben und nicht mehr als hundert Soldaten auf jedem Schiff. Diese Reise dient zur Erkundung der Ufer Exevors und«, die letzten Worte betonte Arbadil, »dem Heranschaffen von Erz und Schwefel für die Waffenkammern.«

Ningun nickte. »Es ist gut, dass Ihr die Erscheinung der Nebelsäulen noch nicht verdrängt habt, sondern an der Kraft und Stärke Tamars arbeitet«, sagte der Alte. »In den zehn Jahren seit Erscheinen der Nebelsäulen war es zwar ruhig im Reich, und einfältigere Geister haben den Nebel längst vergessen. Doch ich ahne, dass der Geheimbund Recht hat mit seiner Annahme, Ankou schöpfe Kraft. Mich würde es nicht wundern, wenn dieses langsame Erwachen des Bösen ein ganzes Menschenleben lang dauern würde – denn die Kraft, die Ankou brauchen wird, ist gewaltig.«

Arbadil kniff zornig die Augen zusammen. Ertzain rieb die Hände aneinander. »Wir werden bereit sein, was auch immer kommt und wann auch immer es kommt«, zischte Arbadil.

»Und es wird kommen«, flüsterte Ningun. Dann ging er zu dem Kästchen, welches er mitgebracht hatte. »Ich möchte Euch etwas zeigen«, sagte der Magier. Arbadil und Ertzain traten an den Tisch und beobachteten, wie Ningun umständlich einen winzigen Schlüssel aus dem umgehängten Beutel klaubte und mit zitternden Händen das Kästchen aufschloss. Mit seinen von der Gicht gekrümmten Fingern nestelte er am Deckel. Schließlich sprang das Kästchen mit einem leisen Knacken auf.

Sorgsam schlug der Magier den roten Samt zurück. Zum Vorschein kam eine Kristallkugel. Ertzain verzog das Gesicht.

»Ningun, bitte, keine billigen Magiertricks«, rief der General und grinste. »Von einem Heiler wie dir hätte ich besseres erwartet, als den Kokolores, den die Frauen im Beginenhof gegen ein paar Münzen feilbieten.« Ningun schnaubte wütend und blitzte Ertzain aus zusammengekniffenen Augen an. Doch als der Magier das Grinsen im Gesicht des Generals sah, entspannte er sich.

»Treib keinen Spott mit mir, Ertzain, deine Söhne tun dies Tag für Tag zur Genüge«, entgegnete Ningun schließlich.

»Meine Herren, für Neckereien ist hier nicht der Platz«, mischte sich Arbadil ein.

»Was hast du zu zeigen, Ningun?« Neugierig beugte sich der König über das Kästchen und besah sich die gläserne Kugel. Sie war kaum größer als seine Faust und vollkommen klar, kein Einschluss trübte den weißen Schein.

»Dieses Kästchen habe ich von meinem Lehrmeister bekommen, er hat es mir mit anderen Dingen seines Nachlasses vererbt. Ich muss zugeben, dass ich lange Jahre nicht an die Kugel gedacht habe«, erklärte Ningun.

»Du wirst sie nicht gefunden haben zwischen all den Büchern und Tiegelchen in deiner Kammer«, spottete Ertzain. Doch dieses Mal überhörte der Magier den Spott. Leise sprach Ningun weiter.

»Ich hätte auch nicht an das Kästchen gedacht, wenn ich nicht letzte Nacht von einem seltsamen Geräusch geweckt worden wäre.

Erst dachte ich, eine Maus oder ein anderes Tier mache sich an meinen Regalen zu schaffen. Doch das Klappern war zu regelmäßig, und als ich nachsah fand ich hinter Pergamentrollen verborgen dieses Kästchen.« Ningun schwieg einen Moment, bevor er weiter sprach.

»Ich habe viele Dinge in meinem Leben gesehen, mögliche und unmögliche, wahre und irreale. Aber ein Kästchen, das von selbst zu wackeln beginnt und auf dem Holzbrett auf und ab hüpft, beileibe nein! Ich habe an meinem Verstand gezweifelt.« Normalerweise wäre Ertzain ein spöttischer Kommentar eingefallen, doch das sorgenvolle Gesicht Ninguns hinderte ihn am Sprechen.

»Seht selbst«, sagte Ningun nun und hob vorsichtig die Kristallkugel aus dem Behältnis. Einen Moment lang glaubte Arbadil, die Kugel zittere, weil sie in den altersschwachen Händen das Magiers lag. Doch als Ningun den Kristall auf den Tisch legte, begann die Kugel sich zu drehen. Langsam erst, sie schien auf einem Punkt zu balancieren, sich um den eigenen Pol zu drehen, schneller zu werden. Mit weit aufgerissenen Augen starrten Arbadil und Ertzain auf die Kugel, die sich schneller und schneller drehte.

»Das könnt ihr kaum glauben, nicht wahr?«, flüsterte Ningun. »Aber das war noch nicht alles.« Langsam beugte er sich über den Tisch, bis er mit der Nasenspitze beinahe den kreiselnden Kristall berührte.

»Ankou«, hauchte der Magier. Kaum hatte er ausgesprochen kam der Kristall ins Schlingern. Einen Moment lang schien es, als würde die Kugel aufhören, sich zu drehen. Doch dann begann der Ball zu hüpfen. Erst hob die Kristallkugel sich nur ein Haar breit von der Tischplatte, doch dann wurde das Springen schneller und höher. Polternd sprang die Kristallkugel auf dem Tisch auf und ab.

»Vater, sieh nur, was Duende getan hat.« Die glasklare Stimme Arbanors schreckte die drei Männer auf, die fassungslos auf den kreiselnden und springenden Kristall starrten. Mit vor Staunen weit aufgeklapptem Mund fuhr Arbadil herum. Mitten im Raum stand sein Sohn. Wasser troff aus seinen Kleidern, die patschnass an dem sehnigen Jungenkörper klebten. Die nassen Haare standen dem Prinzen wirr vom Kopf ab.

»Der Zwerg hat mich in den Zuber gestoßen«, hauchte der Prinz und riss ungläubig die Augen auf. Langsam näherte er sich dem Tisch, auf dem der Kristall seinen wilden Tanz vollführte.

»Was ist das, Vater?«, fragte Arbadil. Arbanor schüttelte stumm den Kopf und legte seinem Sohn den Arm um die Schultern.

»Ankou will uns etwas sagen«, antwortete Ningun an des Königs Stelle, »und ich befürchte, das leise Dröhnen des Kristalls ist nur ein Abklatsch dessen, was uns erwarten wird.« Ertzain stieß leise zischend die Luft aus.

»Man könnte meinen, der Kristall sei die Welt, welche schlingert und poltert«, versuchte der General sich an einer Erklärung. Ungläubig kniff Arbanor die Augen zusammen.

»Du meinst, dieser wild gewordene Kristall hat etwas mit den Chroniken des Geheimbundes zu tun?«, fragte der Junge. Von Arbadil wusste der Prinz, dass es Aufzeichnungen gab, welche die Ankunft des Bösen beschrieben. Doch für den Jungen waren die Erzählungen seines Vaters bislang nichts als Geschichten, mit denen der König ihm die langen dunklen Abende vertrieb, welche sie gemeinsam mit Suava vor dem knisternden Kamin verbrachten.

Arbanor grinste, bis seine Zähne hell aufblitzten. »Das kann doch unmöglich der böse Ankou sein?« Der Junge kicherte. »Davor hab ich keine Angst«, sagte Arbanor. Zärtlich boxte der König seinem Sohn gegen den Arm. So aufgemuntert sperrte der Junge den Mund auf und brüllte:

»Ich hab keine Angst vor dir, Ankou, hörst du? Arbanor fürchtet dich nicht!« Kaum waren die Worte des Prinzen verklungen, polterte die Kugel noch heftiger auf den Tisch, Einmal, zweimal hob der gläserne Ball sich zwei Hand breit über den Tisch. Dann schien ein Wind die Kugel zu erfassen, im Flug driftete sie ab, schlug an der Tischkante auf und knallte mit einem lauten Schlag auf den Boden. Der Kristall zersprang in tausend Stücke. Ungläubig starrte der Magier auf die Scherben.

»Das war Ankou«, flüsterte er schließlich. Mit zitternden Händen klappte er den Deckel des rot lackierten Kästchens zu. Wortlos stürmte der Magier aus dem Raum.

Suava hatte kaum den inneren Hof erreicht, in dem die Reitställe untergebracht waren, als sie auch schon aus dem Sattel sprang. Sie gab dem Schimmel einen Klaps auf die Schenkel und das Tier, welches von dem rasanten Galopp hungrig war, trabte allein zu den Ställen. Die Burschen würden sein verschwitztes Fell mit Heu trocken reiben und ihm eine ordentliche Portion Hafer in den Trog schütten. Suava strich sich über die Haare und zog den Umhang fester um die Schultern. Dann wandte sie sich nach rechts und ging mit großen Schritten zum Brunnen, der beinahe den gesamten Küchenhof einnahm. Aus dem achteckigen Becken schöpfte sie mit den Händen Wasser und schüttete sich ein ums andere Mal das kühle nNss ins Gesicht. Wieder und wieder rieb sie mit den Handflächen über ihren Mund, spülte und gurgelte. Endlich meinte sie, den bitteren Geschmack von Afeitar fortgewischt zu haben.

Hastig trocknete sie das Gesicht mit dem Umhang. Erschöpft ließ Suava sich auf den Rand des Brunnens fallen und schloss die Augen. Das Geklapper der Schüsseln und Töpfe, die leisen Gesänge einer Magd und das rhythmische Stampfen eines Mörsers umfingen sie wie ein warmer Teppich. Suava spürte, wie ihr Herzschlag sich verlangsamte und ihr Atem ruhiger wurde. Sie war Afeitar nicht böse. Der Rest des Ekels, den sie während des rasanten Rittes abzuschütteln versucht hatte, war mit dem kalten Wasser in den Brunnen geflossen. Seit langem hatte die junge Frau bemerkt, dass der Rittmeister sie anders anblickte, als es sich für den Bediensteten der Königin geziemte. Ein wenig hatten ihr die schmachtenden Blicke des breitschultrigen Mannes sogar geschmeichelt. Denn Suava bewunderte Afeitar für dessen Kraft und Ausdauer, die er bei den gemeinsamen Ausritten zeigte – und für die stummen Signale, mit denen er den Pferden geheime Befehle zu geben schien. Keiner konnte die Rösser so gut führen wie Afeitar und Suava war stolz darauf, dass Arbadil ihr, einer Frau, gestattete, die Dienste des königlichen Rittmeisters für ihre privaten Reitstunden in Anspruch zu nehmen. Sie genoss die Freiheit, rasend schnell über die Wiesen zu galoppieren und sie schätzte die Gespräche mit Afeitar, wenn sie nach einem Schweiß treibenden Ritt eine kleine Pause einlegten. Der Mann wusste mehr über Pferde als irgendein anderer Mensch und Suava hing begierig an den Lippen des Hünen, dankbar, dass er sie in seine Geheimnisse einweihte und wie ein Freund sein Wissen mit ihr teilte.

Die Königin seufzte und rieb sich über die Augen. Sie war Frau genug um zu wissen, dass ein Streit oder gar ein Anzeigen von Afeitars Verfehlung niemandem nutzen würden. Am wenigsten ihr selbst. So viel gab es noch zu lernen, zu verstehen über die Seele der Pferde!

Ein schriller Schrei riss die Königin aus ihren Gedanken. Dem Schrei folgte lautes Poltern und das Bersten eines Gefäßes. Dann fluchte die dicke Köchin, die Tür zur Spülküche flog auf und eine heulende Magd stürmte an Suava vorbei. Das Mädchen riss die Tür zur Mehlkammer auf und knallte sie sofort wieder zu. Suava hörte, wie die Magd von innen den Riegel vorschob.

»Lass mich in Frieden, du Zwerg«, kam das schniefende Quieken des Mädchens hinter der Türe hervor. Suava hob neugierig den Kopf. Als die dicke Köchin mit wehendem Rock aus der Küche polterte, grinste Suava. Die Frau war von oben bis unten nass, die Bluse pappte an ihrem Körper und klebte am üppigen Busen. Unter den Armen trug sie ein zappelndes Etwas, das sie in hohem Bogen auf die Erde warf. Das Bündel quiekte, als es auf dem Hosenboden landete. Ohne aufzuschauen, machte die Köchin auf der Hacke kehrt und knallte die Tür zu. Suava lachte, als Duende sich mühsam aufrappelte und den schmerzenden Hintern rieb.

Der Zwerg fuhr herum und riss die Augen auf. Das Jammern blieb dem Kleinen im Halse stecken. Mit einer ungelenken Bewegung, welche verriet, dass sein Allerwertester schmerzte, verbeugte er sich vor Suava.

»Meine Königin, entschuldigt diesen Auftritt«, bemühte Duende sich zu sagen. »Ich wollte doch niemanden erschrecken, aber die Damen sind, nun, wie soll ich sagen, sie mögen es nicht, wenn ein anderer ihre Arbeit tut.« Die spitzen Ohren des Waldbewohners leuchteten tief grün und Suava lächelte bei dem Gedanken, dass auch das Hinterteil des Zwerges spätestens in zwei Tagen die Farbe blassen Mooses angenommen haben würde.

»Was hast du nur in der Spülküche zu suchen?« Suava bemühte sich, ernst zu schauen, als sie auf Duende herabblickte. »Dein Platz ist an der Seite meines Sohnes.«

»Oh, Herrin, ich weiß, ich weiß, aber Arbanor ist nicht da, er sitzt bei Magister Ningun und lässt sich in der Geschichte unterweisen und da dachte ich, ich mache mich an anderer Stelle nützlich.« Der Zwerg reckte das Kinn und Suava grinste, als sie seine wirr abstehenden Haare betrachtete.

»Duende, ich weiß, dass du zum Arbeiten geboren bist und dass es in deiner Natur liegt«, sagte die Königin. »Doch nicht in der Spülküche ist dein Platz. Wenn du dich nützlich machen willst, dann ordne Arbanors Pfeile, spitze seine Gänsekiele oder kümmere dich um die Zinnsoldaten des Prinzen.« Suava klatschte in die Hände und stand auf. Betreten senkte Duende den Kopf.

»Aber das habe ich doch schon alles erledigt und nun dachte ich, ehe mich die Langeweile zerfrisst, kann ich das Essgeschirr des Prinzen einmal selbst und wirklich ordentlich säubern.« Suava verdrehte die Augen und schüttelte den Kopf.

»Ich werde nicht schlau aus dir, Duende«, sagte sie. »Aber nun komm mit, der Unterricht wird bald zu Ende sein und Arbanor freut sich sicher auf eine Partie Tamarek mit dir.« Der Zwerg seufzte und trippelte hinter Suava her, die mit zügigen Schritten den Hof durchquerte und die Stufen zum Haupttrakt hinauf lief. Tamarek, ausgerechnet! Arbanor hatte großen Spaß an dem Brettspiel und schob die Steine in beinahe blinder Sicherheit so über das aufgemalte Feld, dass er in wenigen Spielzügen seinen Gegner manövrierunfähig machte. Nur ein einziges Mal in über zehn Jahren war es Duende gelungen, als Gewinner aus einer Partie Tamarek mit dem Prinzen hervorzugehen – und das auch nur deshalb, weil er vor dem Spiel die roten Steine des Prinzen um die entscheidenden sieben dezimiert hatte. Doch als Arbanor das Schummeln seines Spielgefährten bemerkte, war es aus mit der guten Laune des Prinzen, der damals kaum größer war als der Zwerg. Der Dreikäsehoch hatte sich auf dem Boden gewälzt und das Tamarek-Brett durch die Kammer geschleudert. Die blauen und roten Spielsteine flogen Duende wie Katapultgeschosse um die grünen Ohren und der Kurze hatte beinahe um sein Leben, mindestens aber um seine Unversehrtheit gefürchtet.

Als Suava und Duende die königlichen Gemächer erreichten, seufzte Duende wohlig auf. Masa hatte das Feuer im Kamin entfacht und der Duft von gesüßter Honigmilch lag in der Luft. Suava warf achtlos den schweren Umhang zu Boden und ließ sich in den Sessel am Kamin fallen. Sofort eilte die alte Kaja zu ihrer Herrin und band die geschnürten Stiefel auf.

»Gruesa lässt ausrichten, dass sie zu Hause nach dem Rechten sehen und gemeinsam mit Honrado und Alguien speisen möchte«, schnurrte die Kammerfrau, bevor sie sich mit den feuchten Stiefeln aus dem Gemach schlich, um das Schuhwerk der Königin mit einer schweren Wurzelbürste zu reinigen. Suava nickte träge. Ihr war es lieb so, dass die Freundin nicht da war. Gruesa hätte auf den ersten Blick gesehen, dass Suava verwirrt war. Die fragenden Blicke der Freundin hätte sie in diesem Moment nicht ertragen. Gruesa kannte sie, als sei Suava das Spiegelbild ihrer selbst und hätte sicher gleich bemerkt, dass sich ein Schatten auf Suavas Gemüt gelegt hatte. Die Königin schauderte, als sie an Afeitars Gesicht dachte, dicht an ihrem. Masa reichte ihr stumm einen Becher, aus dem süßer Dampf aufstieg.

»Du bist ganz verkühlt«, sagte die Amme tadelnd und legte Suava ein dickes Fell über die Schultern. »Eine Frau sollte bei diesem Wetter nicht durch den Wald reiten.« Suava lächelte Masa aufmunternd zu.

»Ach Masa, ich bin nur ein wenig müde, der Ritt war anstrengend«, versuchte sie, die fragenden Blicke der Amme zu befriedigen. Masa seufzte und griff nach dem Honigtopf, der auf dem kleinen Tisch stand. Mit einem großen Löffel fuhr sie hinein und versenkte den golden glänzenden Honig in Suavas Becher.

»Das will ich auch!«, rief Arbanor, der just in diesem Moment hereinstürmte. »Masa, gib mir einen großen Becher Milch und viel, viel Honig.« Schmatzend schleckte der Prinz sich über die Lippen und stürmte zu seiner Mutter.

»Ningun kann solch ein Langweiler sein«, stöhnte Arbanor und verdrehte die Augen. Dann ließ er sich auf das Bärenfell fallen, welches zu Suavas Füßen vor dem Kamin lag und streckte gierig die Hände nach der süßen Honigmilch aus, die Masa ihm in einen Becher gefüllt hatte.

»Aber, aber«, tadelte Suava sanft und strich dem Prinzen eine widerspenstige Haarsträhne aus der Stirn. »Wie redest du von deinem Lehrmeister? Die Geschichte Tamars ist nicht langweilig, mein Sohn.«

»Natürlich ist sie das nicht, Mutter, aber wenn Ningun erzählt, dann erscheinen mir die Schlachten um die Westgebiete wie das ödeste, was jemals geschehen ist und ich bitte dich, Mutter, muss ich mir wirklich drei Stunden lang anhören, aus welchem Material Askarion gefertigt sein könnte und in welchen Gebieten dieser Stahl und jenes Erz dafür abgebaut sein worden könnte?« Der Prinz verdrehte die Augen und schlürfte an der heißen Milch.

»Oh, ich denke schon, dass du das wissen solltest, Arbanor.« Suava sah ihren Sohn ernst an. »Askarion ist ein magisches Schwert, alle Könige Tamars wissen um seine Existenz.«

»Jaaaa«, seufzte Arbanor. »Mag sein dass es vielleicht irgendwo wer weiß ein Schwert dieser Art gibt. Aber so lange ich es nicht selbst in der Hand halte, glaube ich auch nicht daran, da kann Ningun von dem magischen Schwert erzählen, was er will.« Dröhnendes Lachen stoppte den Redefluss des Prinzen. Milch schwappte aus seinem Becher, als er aufsprang und zu seinem Vater rannte. Arbadil grinste.

»So, so, mein Sohn glaubt also nicht an magische Schwerter«, polterte der König und stemmte die Hände in die Hüften. »Es ist gut, dass du nur glaubst, was du siehst, Arbanor, aber lass dir gesagt sein, es gibt Dinge zwischen Himmel und Erde, die sind einfach so, wie sie sind.« Aufmunternd klopfte Arbadil seinem Sohn auf die Schulter.

»Ja schon, Vater«, antwortete der Junge. »Aber es ist so langweilig, wenn Ningun immer nur redet und redet und redet.« Arbanor streckte sich und ahmte die steife Haltung des Magiers ein, der mit gebeugtem Rücken über einem Buch auf seinem Pult zu stehen pflegte, um seinen Schülern daraus zu rezitieren. »Honrado gähnt ständig und Alguien bohrt sich in der Nase, wenn der Magister seine Vorträge hält, ach Vater, wie soll ich mich da konzentrieren? Und dann ist alles so. . . trocken. Das ist es, Vater, es ist langweilig, trocken. Staubtrocken wie die Felder von Albages im Sommer.«

Arbadil grinste. »Ich weiß, dass Ningun kein großer Erzähler ist, aber sein Wissen ist groß, keiner, nicht einmal ich, kennt die Geschichte Tamars besser als unser alter Magier.«

»Ich könnte doch den Prinzen unterrichten, ich bin ein kluger Mann«, kam auf einmal die hohe Stimme Duendes aus der Ecke. Der Zwerg hatte es sich auf dem samtenen Kissen bequem gemacht, welches Suava eigens für den Spielkameraden ihres Sohnes mit dem Wappendrachen Ahendis' bestickt hatte. Die weichen Daunen schmeichelten seinem schmerzenden Hinterteil, das er der aufgebrachten Spülköchin verdankte.

Arbadil fuhr herum. Einen Moment lang starrte er fassungslos auf Duende. Der Kleine brachte ihn noch immer zum Staunen und wie er sich jetzt zu seiner vollen Winzigkeit hoch rappelte, um seinem Herrn Arbanor in bedingungsloser Ergebenheit beizustehen, rührte den König sogar.

»Ja, Vater, das ist eine gute Idee, Duende kann mein Lehrer sein.« Arbanor strahlte. Vor seinem inneren Auge sah er sich schon den lieben langen Tag durch die Wälder streifen, den lustigen Duende an seiner Seite. Sie würden Fischen und Fallen zur Hasenjagd aufstellen und der Zwerg könnte ihm zeigen, welche Pilze seinen Hunger stillen und welche ihn töten konnten. . .

»So ein Unsinn«, polterte Arbadil. Der süße Traum des Prinzen zerplatzte wie eine Seifenblase. Duende senkte den Kopf. Seine Ohren leuchteten tief grün. »Ihr beide seht jetzt zu, dass ihr mit Masa ins Spielzimmer kommt. Eine Partie Tamarek wird euch schon ablenken, bis das Abendbrot serviert wird.« Arbanor senkte den Kopf und Duende seufzte leise, als er hinter dem Prinzen und der Amme her zum Spielzimmer schlurfte.

Als die Türe hinter den Dreien zuklappte, lachte Suava laut auf. Die ganze Zeit über hatte sie schon in das Taschentuch gekichert, doch nun konnte sich die Königin nicht mehr zurückhalten.

»Ach, mein lieber Arbadil, du machst unseren Sohn zum unglücklichsten Burschen im ganzen Königreich«, sagte sie und blinzelte ihrem Gatten zu. »Das arme Kind, nur Bücher, nichts als Bücher.« Arbadil kniete vor Suava nieder und nahm die zierliche Frau in die Arme. Einen Moment lang vergrub er sein Gesicht an ihrem schlanken Hals und sog tief den süßen Duft nach Rosen ein. Dann sah er auf, ließ sich in das dunkle Moosgrün ihrer blitzenden Augen fallen, vergaß Raum und Zeit und küsste die Königin lange und zärtlich. Suava schlang die Arme um Arbadils Hals und krallte die Finger in sein festes Haar.

Als sie sich endlich voneinander lösten, war Suavas Herz leicht wie eine Feder. Afeitars Gesicht war nichts weiter als eine blasse Nebelgestalt, die sich nun ganz auflöste. Glücklich lächelte die Königin ihren Mann an.

»Vielleicht werden es nicht länger nur Bücher sein, mit denen unser Sohn sich quälen muss.« Arbadil räusperte sich und griff dankbar nach dem Becher, in den Suava die nun nur noch lauwarme Milch schüttete.

»Was meinst du?« Fragend sah sie Arbadil an. Der ließ sich in den zweiten Sessel fallen und streckte die Beine lang aus, so dass das Feuer seine kalten Füße wärmte. Bedächtig trank der König von der gesüßten Milch, ehe er zu sprechen begann.

»Ich habe heute lange mit Ertzain gesprochen«, sagte Arbadil. »Es ging um die Expedition, die Schiffe müssen so früh wie möglich in Richtung Exevor auslaufen, um nicht wieder von den Eismassen überrascht oder gar eingeschlossen zu werden.« Suava nickte. Gruesa hatte ihr von den Vorbereitungen für Ertzains Reise berichtet, die auch den Haushalt des Lords in Aufruhr versetzte. Sie war es gewohnt, dass ihr Gemahl im Reich unterwegs war, um als Gesandter des Königs zu wirken. Doch eine Schiffsreise, zumal die erste mit großen Gefahren verbunden war, erforderte Gruesas besondere Sorgfalt bei den Vorbereitungen – welche Unterkleider würde Ertzain benötigen? Welche Kräuter sollte sie mischen lassen für ihn, welchen Tabak für seine geliebte Pfeife in Albages einkaufen?

»Auch Ningun kam zu dieser Unterredung dazu.« Eine steile Falte grub sich auf Arbadils Stirn ein, als er seiner Frau von der zersprungenen Kristallkugel berichtete. Suava sog erschrocken die

Luft ein und presste die Faust vor den Mund. Arbadil griff nach ihrer Hand und drückte sie beruhigend.

»Noch ist nichts klar, liebe Suava, ängstige dich nicht«, sagte Arbadil. Doch der Königin gelang es nicht, ihre Sorge zu verbergen. Lange blickte Arbadil in die ängstlichen Augen seiner Frau, die nun in hellem Grün loderten.

»Wir müssen vorbereitet sein, egal was kommt. Und wir werden vorbereitet sein.« Arbadil sprach mit fester Stimme. »Ich werde mit Arbanor in die Wälder aufbrechen. Der Junge ist alt genug, um hinaus zu gehen in sein Reich, um hinter die Grenzen Albages zu schauen.« Suava schauderte, doch sie nickte stumm. Ihr Herz zog sich zusammen und sie meinte, in ihrem Leib noch einmal das sanfte Treten des ungeborenen Arbanors zu spüren.

»Er ist doch noch so klein, mein Sohn, mein kleiner Sohn«, wollte sie rufen. Doch sie blieb stumm und schluckte den dicken Kloß hinunter, der sich in ihrer Kehle breit machte. Sie hatte immer gewusst, dass es eines Tages so weit kommen würde. Sie hatte dem Reich einen Prinzen geboren. Wenn Arbanor eines Tages Ahendis als König regieren sollte, so musste der Junge lernen, was nur sein Vater, der Herrscher, ihm beibringen konnte. Sie, die Mutter, hatte ihre Aufgabe erfüllt. Arbanor würde zum Mann werden, noch ehe Suava das enge Band zu ihrem Kind würde lösen können.

»Es ist an der Zeit, dass Arbanor die anderen Herrscher Tamars kennen lernt«, sagte Arbadil.

»Menoriath«, flüsterte Suava. Alle Farbe wich aus ihrem Gesicht. »Du willst ihn zu den Elfen bringen.«

»Ja, Suava, das will ich.« Sanft strich Arbadil über die blassen Wangen seiner Frau.

»Arbanor muss wissen, wem wir es verdanken, dass wir die Könige Ahendis' sind. Und Menoriath, der König der Elfen, muss unseren Sohn sehen. Eigentlich ist es noch zu früh, um den Jungen zu den Elfen zu bringen, Menoriath erwartet mich mit meinem Sohn, wenn dieser ein erwachsener Mann ist. Doch die Zeichen sind zu deutlich. Ich will und ich kann keine Zeit unnütz verrinnen lassen, wer weiß, wann Ankou Kraft genug hat, um uns anzugreifen.« Suava nickte traurig. Arbadil hatte Recht. Es war an der Zeit, dass Arbanor den Elfen begegnete. Würde Ankou tatsächlich seine dunkle Macht versuchen, dann könnten Arbadils Truppen allein wenig ausrichten. Vater und Sohn müssten Verbündete im Kampf gegen das Böse haben – und diese waren nicht unter den Menschen allein zu finden.

Jubelnd saß Arbanor auf dem Rappen. Die Mähne des sehnigen Pferdes flatterte im Wind, als der Prinz neben seinem Vater an der Spitze der Soldaten Richtung Süden ritt. Die Erde schien zu vibrieren von den dreihundert Rössern, welche im Galopp über die weitenWiesen preschten. Arbadil war mit nur einer Kompanie aufgebrochen – dreihundert Soldaten, so meinte der König, müssten ausreichen, um ihn und vor allem seinen Sohn vor möglichen Gefahren zu schützen. Ertzain hatte dem Freund zwar geraten, mit zwei Bataillonen zu reisen, doch der König hatte lachend abgewinkt. Zweitausend Soldaten? Menoriath würde den Menschenkönig für verrückt erklären, wenn dieser in friedlicher Mission ins Elfenreich kam und dabei einen Großteil der Streitmacht Ahendis' dabei hatte. Doch das war nicht der einzige Grund, weshalb Arbadil mit geringer Kampfstärke zum Elfenkönig aufbrach – in den sieben Kompanien, die mit Ertzain am Vortag Richtung Exevor aufgebrochen waren, befanden sich die fähigsten Kämpfer des Landes. Und Arbadil befürchtete, dass die jungen Rekruten, welche die Lords in die Kasernen nahe Albages geschickt hatten, noch nicht reif waren, um einen eventuellen Angriff von wilden Elfen, Orks oder auch nur

Strauchdieben zu bestehen. Der König wollte die mutigen, aber noch ungehobelten Bauernburschen nicht vor der Zeit fordern, wusste doch niemand, was Ankou als nächstes vorhatte.

»Achte auf die großen Wurzeln«, rief Arbadil seinem Sohn zu. »Manche kann ein Baum sein, aber du weißt nie, welches Tier sich hier auf die Lauer gelegt hat!« Arbadil ruckte an den Zügeln. Das Pferd fiel in leichten Trab. Fragend sah der Prinz seinen Vater an.

»Hier auf dem freien Feld ist es unwahrscheinlich, doch wenn wir in den Wald kommen, dann ist Vorsicht geboten. Es wird berichtet, dass in den Wäldern wilde Elfen leben, und die werden nicht gerne von Menschen gestört«, erklärte Arbadil. Sein Sohn riss die Augen weit auf.

»Aber Vater, wir haben doch so viele Soldaten bei uns, was sollen da ein paar Elfen schon ausrichten«, entgegnete der Prinz und reckte trotzig das Kinn. Dann gab er seinem Pferd die Sporen, so dass Arbadil Mühe hatte, dem Prinzen zu folgen. Als die Truppe schließlich den Waldrand erreichte, bremste er den stürmischen Ritt des Prinzen. Arbanor verdrehte die Augen. Zu gerne wäre er im gestreckten Galopp in den Wald geprescht und hätte den Rappen über die umgestürzten Baumstämme springen lassen.

»Wir schlagen das Lager auf«, rief Arbadil und sprang aus dem Sattel. Der Fahnenträger, welcher direkt hinter dem König ritt, hatte Mühe, sein Pferd zu zügeln. Der Bursche rutschte im Sattel nach links. Mit der rechten Hand umklammerte er den in einem Halfter befestigten Fahnenstab, doch der Schimmel stieg auf und der Soldat sauste aus dem Sattel. Mit einem dumpfen Schlag landete er auf dem Rücken. Arbanor lachte laut auf, als das Ross, noch immer mit der Fahne im Halfter, gemächlichen Schrittes zum Bachlauf stakste und mit gierigen Schlucken das eiskalte Bergwasser soff.

»Soldat zu sein ist lustig, Vater.« Arbanor kiekste, als er schwungvoll aus dem Sattel glitt und neben seinem Vater auf dem weichen Moos bewachsenen Waldboden zum Stehen kam. Arbadil klopfte seinem Sohn kameradschaftlich auf die Schulter – in den letzten Wochen hatte die Stimme des Prinzen ein ums andere Mal vom höchsten Tenor in tief brummenden Bass gewechselt. Arbanor kam in den Stimmbruch – der Prinz wurde langsam erwachsen.

»Mein Sohn, Soldat zu sein heißt aber auch, nicht zu lachen, wenn einem Kameraden ein Ungemach geschieht«, entgegnete der König. Mit einem Kopfnicken streckte er dem am Boden sitzenden Standartenträger die Hand hin. Der Soldat griff nach dem mit Eisen beschlagenen Handschuh und ließ sich vom König aufhelfen.

»Danke, mein Herr«, murmelte der Bursche, ehe er sich zu seinem Pferd trollte. Im Gehen wischte der Knabe, der kaum älter als der Prinz war, über den matschigen Hosenboden.

»Verzeih, Vater«, sagte Arbanor leise und senkte den Kopf.

»Schon gut, Junge, nun lass uns nachsehen, wie es deinem Freund ergangen ist.« Arbadil deutete auf den Proviantwagen, der eben über die Hügelkuppe rollte. Wenig später hatte Gorrion den Tross erreicht. Kaum hatte der Wagen angehalten, sprang der Diener vom Kutschbock und machte sich an den Kisten und Tiegeln zu schaffen, welche unter den Planen verborgen waren. Aus einer Kiste drang leises Schnarchen.

»Wach auf, du Faulpelz, wir schlagen das Lager auf«, rief Arbanor und riss den Deckel der Kiste auf. Duende brummte unwillig und kniepte die Knopfaugen zusammen. Seine Haare standen wild ab. Mit einem herzhaften Gähnen reckte sich der Zwerg und rappelte sich vom samtenen Kissen auf.

»Ein wenig Appetit hätte ich schon«, sagte Duende schlaftrunken und ließ sich von Arbanor vom Wagen heben. Der Prinz kicherte, als er die Wange seines Gefährten sah – dort, wo der kleine Kopf des Zwerges auf dem von Suava gefertigten Kissen geruht hatte, hatte sich der Abdruck des gestickten Drachen in die dünne Haut gegraben.

Knapp eine Stunde später senkte sich die Sonne über dem Hügel. Aus dem Wald kroch langsam, beinahe gemächlich, kühler

Bodennebel hoch und tauchte die Bäume in abendliche Trübe. Das Feuer knisterte und Arbanor leckte genüsslich schmatzend die letzten Reste der nahrhaften Bohnensuppe vom Holzlöffel ab. Arbadil lächelte, als er seinen Blick über das Lager streifen ließ. Die Soldaten hatten dutzende kleiner Feuer entfacht und ihre Decken zwischen den Bäumen ausgebreitet. Das kleine Reisezelt des Königs, welches kaum zwei erwachsenen Männern Platz bot, schien beinahe fehl am Platz. Arbadil schlief lieber inmitten seiner Männer, doch mit dem Prinzen an seiner Seite wollte er auf diesen – wenn auch eher unnützen – Schutz nicht verzichten. Arbanor hatte noch niemals außerhalb des Schlosses eine Nacht verbracht. Gerne hätte der König seinen Sohn mitten zwischen die Soldaten zur Nachtruhe gebettet, doch er musste Suava beim Abschied versprechen, Arbanor so gut wie möglich zu schützen. Und sei es nur mit dem Reisezelt, dessen Stoffbahnen allenfalls geeignet waren, leichten Nieselregen vom Prinzen abzuhalten.

Kaum hatte Arbanor den letzten Brotkrümel verschlungen, stupste der Prinz Duende in die Seite. Verschwörerisch blinzelten die ungleichen Kameraden sich zu und sprangen auf. Seite an Seite liefen sie den kleinen Bach entlang und verschwanden im Gehölz. Arbadil blickte den beiden zufrieden nach – nur einer wie Duende, der im Wald geboren und der bis zu seinem Tod mit den Bäumen verwurzelt sein würde, konnte seinem Sohn beibringen, was Menschen nicht einmal ahnten. Arbadil seufzte und lehnte sich gegen den Sattel, welchen er nachts wie alle Soldaten als Kopfkissen nutzte. Aus dem Augenwinkel beobachtete er, wie Gorrion die Holzschüsseln einsammelte und mit ihnen zum Bach ging.

Der König lächelte, als seine Gedanken zum heutigen Morgen zurück glitten. Noch nie war es ihm schwerer gefallen als heute, sich aus Suavas Umarmung zu lösen. Nackt schmiegten sich Arbadil und seine Frau unter der dicken, aus vielen Fellen junger Kaninchen zusammengenähten Decke aneinander. Suavas feste Brüste berührten seine muskulöse Brust. Mit den Fingerspitzen strich die König langsam über die Narbe, welche sich unterhalb des Schulterblattes bis fast an seinen Bauchnabel in die Haut gegraben hatte.

»Bring keine weitere Verwundung mit aus dem Elfenreich«, hatte Suava geflüstert und luftleichte Küsse auf die aufgeworfene Haut geblasen. Arbadil hatte gelacht und seiner Frau die sonnenroten Haare aus dem Gesicht gestrichen. Die weichen Locken waren durch seine Finger gelitten, als seien sie aus Seide. Moosgrüne Augen hatten ihn mit ihrem Strahlen gefangen genommen, Küsse wie Milch und Honig hatten ihn erschaudern lassen. Sanft, als hätten sie alle Zeit der Welt, hatten Suava und Arbadil sich geliebt. Als sie sich schließlich satt und zufrieden voneinander lösten, hatte Suava die Hände auf ihren Leib gelegt.

»Vielleicht haben wir jetzt unsere kleine Prinzessin gezeugt.« Suavas Lächeln hatte Arbadil während des ganzen Tages im Herzen begleitet und immer, wenn er seinen Sohn betrachtete, der ungestüm und glücklich an der Spitze der Soldaten ritt, meinte er ein kleines Mädchen mit Seidenhaaren und grünen Augen zu sehen, das seinem Bruder hinterher winkte und sich mit den schmalen Fingern die Tränen aus den Augen wischte, wie Suava es heute Morgen getan hatte.

Arbanor hatte seine Mutter mit den Armen umschlungen und so fest gedrückt, bis die Königin lachend nach Luft schnappte. »Du erdrückst mich, mein starker Sohn«, hatte Suava gerufen und Arbadils Gesicht zwischen die Hände genommen. Der Junge hatte tapfer die Tränen hinuntergeschluckt. Noch nie war er von seiner Mutter getrennt gewesen und nun schien es ihm, als würde er sie eine Ewigkeit lang nicht mehr sehen. Erst als Arbadil seinen Sohn fortgezogen und in den Sattel des Rappen gesetzt hatte, konnte der Junge sich von seiner Mutter lösen. Hastig, denn die Soldaten hatten sich bereits formiert, hatte der König die dicken Tränen weggeküsst, welche über Suavas Wangen gerollt waren.

»Leb wohl, Geliebter«, hatte sie geflüstert. Dann waren sie los geritten und als Arbadil sich hinter der Stadtmauer von Albages noch einmal zur Burg umgedreht hatte, war ihm, als stünde eine Frauengestalt mit wehendem Haar zwischen den Zinnen.

»Schlafmütze, wach auf.« Arbanor stieß seinem Vater die Faust gegen die Brust. Arbadil schreckte hoch und wäre beinahe mit dem Kopf gegen den knorrigen Ast gestoßen, den sein Sohn ihm wie eine Trophäe vor die Nase hielt. Der König blinzelte in die Dunkelheit. Nur noch wenige Soldaten unterhielten sich flüsternd miteinander. Hier und da schnarchte ein Bursche. Ein Pferd schnaubte, als Duende zwischen den Rössern hindurch zum Proviantwagen schlenderte.

»Sieh mal, Vater, was ich gefunden habe«, sagte Arbanor und ließ sich neben seinen Vater auf die Decke plumpsen.

»Einen Ast, von einer Eiche nehme ich an.« Arbadil gähnte herzhaft und zog mit den Zähnen den Korken heraus, mit dem der Weinkrug verschlossen war.

»Das ist kein Ast«, entgegnete Arbanor und reckte das Kinn. »Duende sagt, das ist ein Drachenpopel.« Arbadil stockte einen Moment, dann lachte und hustete er zugleich. Prustend blies er den Wein in feinen Tröpfchen heraus. Der Prinz wischte sich mit dem Ärmel über das Gesicht.

»Du brauchst gar nicht zu lachen, Vater, Duende sagt, überall hier im Wald leben Drachen und jetzt im Frühsommer haben viele von ihnen Schnupfen und niesen solche Popel heraus.« Arbanor umklammerte den Ast und kniff die Augen zusammen, bis sein Vater sich beruhigt hatte.

»Hast du schon an diesem... diesem Ding da gerochen?«, fragte Arbadil schließlich. Arbanor schüttelte den Kopf, doch dann rieb er mit der Handfläche über die knorrige Rinde und schnupperte.

»Das riecht nach Holz«, sagte der Prinz schließlich kleinlaut. »Und ich falle auf den Zwerg herein.« Ärgerlich schleuderte Arbanor den Ast ins Feuer. Gierig griffen die Flammen nach dem Holz. Zischend stieg eine kleine Glutfontäne in den dunklen Himmel.

»Sei nicht böse auf Duende, er wollte sicher nur einen Scherz machen.« Der König tätschelte die Schulter seines Sohnes. Seufzend lehnte dieser sich gegen den Sattel, ehe er sich die Felldecke über die Beine zog..

»Was weißt du über Drachen, Arbanor, Meister Ningun hat euch doch sicher schon darin unterrichtet?« Arbadil beugte sich näher zu seinem Sohn. Flüsternd unterhielten die beiden sich.

»Ach ja, doch, natürlich hat er Honrado, Alguien und mir schon einen Vortrag über Drachen gehalten.« Genervt verdrehte Arbanor die Augen und imitierte Ningun. Mit sonorer Stimme betete er das Gelernte herunter: »Es gibt fünf verschiedene Arten von Drachen. Goldene Drachen sind rechtschaffen und gut, grüne Drachen leben in den Wäldern und stehen den Elfen nahe, die blauen Drachen leben in den Bergen, wo sie von Zwergen zu Hilfe gerufen werden können, die schwarzen Drachen treten immer nur in Rudeln auf und werden auch Todesdrachen genannt und dann gibt es noch die roten Drachen, deren Atem ein einziger Feuerschwall ist.«

»Das ist richtig, mein Sohn, und was weißt du noch?«

»Meister Ningun hat uns gelehrt, dass alle Drachen fliegen können, dass sie aber keine Meere überqueren können.« Gelangweilt stocherte Arbanor mit einem kleinen Stöckchen in der Glut. »Ach, das und anderes Zeug aus den Büchern eben.«

»Ich fürchte, Meister Ningun ist zwar ein gebildeter Mann, aber kein sehr amüsanter Lehrer.« Aufmunternd stupste Arbadil seinen Sohn gegen die Schulter. »Sein Unterricht ist sicher nicht immer spannend.« Arbanor nickte kräftig.

»Vielleicht kann dein alter Vater dir ja auch noch etwas beibringen. Hat Ningun dir von den roten Drachenbrüdern erzählt?«

»Nein, was ist mit ihnen?« Neugierig setzte der Prinz sich auf. Die züngelnden Flammen spiegelten sich in seinen weit aufgerissenen Augen.

»Nun, das war vor mehr als hundert Wintern. In den Bergen im Westen lebten zwei rote Drachen. Sie waren die letzten ihres

Rudels, und sie waren wilde Burschen.« Arbadil lachte innerlich, als er die runden Augen seines Sohnes sah. Mit großen Gesten untermalte der König seine Erzählung.

»Eines Tages muss es den beiden langweilig geworden sein, immer nur durch die Berge zu streifen und dann und wann einen kleinen Flug zu unternehmen. Man erzählt sich, dass es erst nur zwei winzige Punkte am Horizont waren, die auf das Dorf Raguse zuflogen. Als die Leute endlich erkennen konnten, was da durch die Luft auf sie zu kam, war es zu spät. In wildem Sturzflug schossen die roten Brüder herab und spien Flammen auf das Dach der Kathedrale.«

Arbanor riss den Mund auf. Ein kleiner Speichelfaden tropfte auf sein Kinn, das trotz der kindlichen Züge bereits energisch hervorstach. »Und die Kathedrale brannte?«

»Ja, mein Sohn, das Dach fing sofort Feuer, dichter Rauch stieg auf, als die Drachen mit kräftigem Flügelschlag höher und höher in den Himmel stiegen und die Leute von Raguse schleppten jeden Eimer, jeden Bottich und jeden Kübel heran, um den Flammen Einhalt zu gebieten. Männer und Frauen, die Alten und selbst die Kinder, die gerade erst laufen konnten, strömten zur Kathedrale, um den Brand zu löschen. Bald waren alle Menschen des Dorfes versammelt. In den Balken des Daches loderten die Flammen und so konnte keiner von ihnen sehen, dass die roten Brüder auf einmal, als kämen sie aus dem Nichts, herab schossen. Ihr heißer Odem brach als flammendes Inferno über den Häuptern der Menschen zusammen und die Brüder machten sich einen Spaß daraus, lahme Weiblein und krabbelnde Kinder zu entzünden, als wären die Menschen lebendige Fackeln.«

Arbanor nagte an seinen Fingerknöcheln und rutschte unmerklich ein Stück näher zu seinem Vater.

»Aber wie kann man gegen solche Ungeheuer angehen?« Der Prinz legte den Kopf schief und dachte einen Moment lang nach. »Das kann man sich doch nicht bieten lassen, dass Drachen solche Massaker anrichten, Vater!«

Arbadil lachte kurz auf. Dann sah er seinen Sohn lange und ernst an. »Das erste, was man braucht, hast du schon. Mut braucht man, mehr Mut, als ein einzelner Mann sich vorstellen kann, den Mut eines Königs.« Arbanor nickte begeistert.

»Und man braucht ein gutes Schwert, das ramme ich dem Drachen ins Herz, so und so und so!«, rief er und fuchtelte mit seinem Schlagarm in der Luft.

»Das ist nicht schlecht, doch bedenke, mein Sohn, ein Drache ist nicht dumm, in seinem schuppigen Haupt verbirgt sich ein wacher Geist. Er wird immer einen Weg finden, um seinem Gegner einen Schritt voraus zu sein und«, Arbadil machte eine kurze Pause, »ehe du das Schwert auch nur ziehen kannst, hat der Drache Feuer gespieen, das Leder deines Hemdes brennt sich in deine Haut und deine Rüstung schmilzt in der Hitze der Flammen.«

Arbanor schüttelte sich kaum merklich. Dann dachte er nach und strahlte schließlich: »Mich allein kann ein Drache vielleicht besiegen, nicht aber tausend und tausend und noch einmal tausend Mann unseres Heeres.« Der Prinz nickte bekräftigend und lehnte sich zufrieden gegen seinen Sattel. Wohlig streckte er die Beine aus und zog die Decke fester um seine Beine.

»Außerdem sagt Meister Ningun, dass in diesen Wäldern allenfalls grüne Drachen leben und die haben eine gute Gesinnung. Mach dir also keine Sorgen, Vater.« Arbanor gähnte herzhaft und dann fielen dem Jungen die Augen zu.

Nach drei weiteren Tagesmärschen durch den immer dichter werdenden Wald war Arbanor so erschöpft, wie nie zuvor. Der Prinz spürte jeden Knochen seines Körpers. Sein Hintern schmerzte und obwohl Arbanor ein geübter und geschickter Reiter war, hatte sich sein Sitzfleisch wund gescheuert. Arbadil hatte das leise Jammern seines Sohnes mit einer unwirschen Handbewegung weggefegt und dem Jungen erklärt, dass ein Sattel, welcher einen Soldaten ein Leben lang begleiten sollte, nur unter Schmerzen wirklich gut eingeritten werden könne. Doch jeden Abend, wenn die Soldaten das Lager aufschlugen, schlich Duende sich mit einem Tiegel zu Arbanor. Gorrion hatte für den Prinzen eine heilende Salbe aus Arnika und Kamille im Gepäck, denn der Diener wusste, dass viele junge Soldaten sich nach Tagen im Sattel den Hintern aufgescheuert hatten. Neben dem Proviant sorgte Gorrion deshalb dafür, dass allerlei Heilmittelchen gegen Blasen, wunde Hintern und aufgeschürfte Knie auf den Wagen geladen wurden.

Arbanor wäre am liebsten vor Scham im Boden versunken, doch Duende duldete keinen Widerspruch und so schlugen sich die beiden jeden Abend ins Gebüsch, der Prinz ließ die Hosen herunter und der Zwerg verteilte mit geschickten Fingern die gelbe Paste auf der nässenden Haut.

Als der Weg endlich nicht mehr steil anstieg, sondern in eine baumbewachsene Hochebene überging, ließ Arbadil die Soldaten am vierten Tag ihrer Reise bereits zur Mittagszeit rasten. Nur mit dem Prinzen an seiner Seite ging der König nach einem Mahl aus kalten Kartoffeln und gedörrtem Fleisch zu Fuß in den Wald.

Schweigend bestaunte der Prinz die knorrigen Bäume, deren Stämme größer waren als manches Kaufmannshaus in Albages. Die Wipfel ragten hoch hinauf und durch das dichte Blätterdach fiel ein diffuses Licht. An vielen Stämmen rankte sich Efeu empor, dessen Blätter jedes einzelne größer waren als Arbanors Kopf. Mit sicherem Tritt ging der König voran. Hier und da gab Arbadil seinem Sohn durch ein Brummen zu verstehen, dass dieser über eine der weit auslaufenden Wurzeln steigen oder sich nicht das Gesicht an den Dornenranken zerkratzen solle. Gern hätte der Junge nach den verlockend rot leuchtenden Beeren gegriffen, die beinahe so groß wie ein Apfel waren. Doch Arbadil zog das Tempo an. Keuchend stapfte der Junge seinem Vater hinterher und wäre beinahe gegen den breiten Rücken des Königs geprallt, als dieser unvermittelt stehen blieb. Arbanor erschrak und lugte vorsichtig hinter dem Rücken seines Vaters hervor: vor den beiden stand ein junger Elfensoldat. Das grüne Wams verschmolz mit den Farben des

Waldes. Den Bogen hatte der Soldat sich mit einem ledernen Riemen locker über die Schulter gehängt.

»Seid willkommen in Menoriaths Reich«, sagte der Elf schließlich. Die klare Stimme des Soldaten erinnerte Arbanor an die Vögel, die sich wie zu einem Konzert auf die Zinnen der Burg zu setzen pflegten. Freundlich lächelte der Soldat die Reisenden an und machte eine kurze Verbeugung. Arbanor entspannte sich und trat neben seinen Vater. Seite an Seite folgten sie dem Elfen, der mit federnden Schritten über den Waldboden zu schweben schien. Nach wenigen Metern lichtete sich das Blätterdach und vor den dreien tauchte eine Lichtung auf. Gleißend hell schien die Sonne auf die Hundertschaft Elfen, die sich auf der Lichtung aufgestellt hatte.

Arbanor war geblendet und kniff die Augen zusammen. Aus der Masse der Soldaten löste sich eine Gestalt, die einen halben Kopf größer gewachsen war als die übrigen und ging mit langsamen Schritten auf die Menschen zu. Arbadil nickte stumm und fiel in die Knie. Einen Moment lang war der Prinz wie versteinert, noch nie hatte er seinen Vater vor einem Fremden knien sehen. Doch als die Gestalt näher kam, tat der Prinz es seinem Vater gleich und sank neben Arbadil auf den Waldboden.

»Willkommen im Reich der Elfen.« Arbanor wagte kaum zu blinzeln. Dennoch schaute er unter den gesenkten Lidern hervor. Zunächst konnte er nicht mehr sehen als ein Paar dunkelbrauner Stiefel aus weichem Wildleder, die mit Bändern an den starken Waden gehalten wurden. Langsam ließ der Prinz den Blick nach oben gleiten. Die Beine des Elfen steckten in einer waldgrünen Hose, über der ein mit einem breiten Ledergürtel gehaltenes Hemd im sanften Wind flatterte. Das Hemd hatte die Farbe frischer Champignons, die sich im Frühjahr auf modrigen Baumstämmen gegen die Sonne reckten.

»Ich freue mich, dich wieder einmal zu sehen, wie lange ist es her, Arbadil?« Der König hob den Kopf und Arbanor tat es ihm gleich. Nun konnte er direkt in das lächelnde Gesicht des Elfenkönigs sehen. Dunkelbraune Locken, die ihn an die knorrige Rinde der Pappeln am Dorfteich von Albages erinnerten, fielen Menoriath locker auf die Schultern. An den Schläfen ringelten sich weiße Strähnen, die das hohe Alter des Elfen verrieten. Die gerade Nase dominierte das schmale Gesicht. Arbanor fragte sich, ob alle Elfen eine so helle Haut hatten wie ihr König – sein Gesicht strahlte beinahe schneeweiß, ohne jedoch ungesund auszusehen. Eine sanfte Röte überzog die Wangen. Die eisblauen Augen waren umgeben von unzähligen Fältchen, als der Elfenkönig nun lachend die Hand ausstreckte, um Arbadil aufzuhelfen.

Einen Moment lang standen die Männer sich stumm gegenüber. Dann packte Menoriath den Herrscher Ahendis an den Schultern. Arbanor staunte – der Elfenkönig überragte seinen Vater um mehr als einen Kopf und gegenüber dem drahtigen Menoriath schien Arbadil klein und beinahe dick.

»Willkommen bei Menoriath, mein Freund«, strahlte der Elfenkönig, als die Männer sich aus der freundschaftlichen Umarmung lösten.

»Du hast einen Gast mitgebracht?« Nun beugte Menoriath sich zu Arbanor hinab, der noch immer am Boden kniete. Der Prinz hatte nicht gewagt, sich zu erheben. Die Soldaten, die im Gleichschritt näher rückten, flößten dem Prinzen Respekt ein, mit den Pfeilköchern auf ihren Rücken und den Bögen, welche die Elfen locker um die Schultern gehängt hatten. Nun sah Arbanor, dass jeder von ihnen von innen heraus zu strahlen, beinahe zu leuchten schien und dass sie alle eine Haut hatten, deren Farbe frischer Milch glich, die von einem Sonnenstrahl beschienen wurde.

»Das ist Arbanor, mein Sohn, Prinz von Ahendis«, sagte Arbadil mit nicht zu überhörendem Stolz. »Es ist an der Zeit, dass auch er unsere engsten Verbündeten und längsten Freunde kennen lernt.«

Verlegen senkte Arbanor den Kopf, doch als Menoriath ihn sanft an der Schulter berührte, fiel alle Befangenheit von ihm ab.

Aus großen Augen sah der Prinz den mächtigen Menoriath an und schlug mit der ganzen Kraft seiner noch knabenhaften Hand ein, als der Elfenkönig ihm die Hand entgegenstreckte.

»Du bist deinem Vater wie aus dem Gesicht geschnitten.« Die eisblauen Augen Menoriaths blitzten, als sein Blick über Arbanors Gesicht glitt. Der Elfenkönig schien sich jedes Detail einprägen zu wollen. Lange blickte er den Prinzen stumm an und Arbanor trat von einem Bein auf das andere. Endlich wandte Menoriath sich ab.

»Ein guter Junge, mein Freund«, sagte er. Dann bat er mit einer weiten Armbewegung den König Tamars und dessen Sohn, ihm zu folgen. Mit raschen Schritten durchmaß Menoriath das Spalier, welches die Elfen bildeten. Arbanor folgte seinem Vater und schielte aufgeregt nach allen Seiten. Nie hätte er sich träumen lassen, eines Tages den Elfen so nahe zu kommen, dass er nur die Hand auszustrecken brauchte, um sie zu berühren. Meister Ningun hatte ihm und seinen Freunden allerlei erzählt von den furchtlosen und tapferen Soldaten König Menoriaths, welche in ihrem einige Tagesmärsche von Guarda Oscura entfernten Waldreich in den Bergen lebten. Er hatte den Jungen von legendären Schlachten berichtet und von schwarzen Drachen, welche hunderte Elfen in den Tod gerissen hatten, ehe die mächtige Armee Menoriaths die Bestien zur Strecke brachte. Ehrfurchtsvoll starrte der Junge auf die muskulösen Körper der Elfen und hoffte, dass er niemals gegen einen dieser Soldaten würde kämpfen müssen.

Hinter der Lichtung schloss sich das dichte Blätterdach über ihnen. Der schmale Weg war flankiert von mächtigen Baumstämmen und sowohl Arbadil, als auch der Prinz hatten Mühe, mit Menoriath Schritt zu halten, der den steilen Pfad geradezu hinauf zu fliegen schien. Arbanor kniff die Augen zusammen. Je weiter sie den Berg hinauf stiegen, desto breiter wurden die Baumstämme und umso dichter das Blätterdach. Eine ständige Dämmerung schien in dem Wald zu herrschen und das Rauschen der wagenradgroßen Blätter klang wie das Schlagen hunderter Vogelflügel. Als

Menoriath endlich stehen blieb, keuchten Vater und Sohn vor Anstrengung.

»Ich sehe schon, ihr Menschen seid viel zu faul und verlasst euch allzu sehr auf die Kraft eurer Pferde.« Menoriath lachte schallend, als er dem verschwitzten Arbadil auf die Schulter klopfte. »Würdet ihr uns öfter besuchen, dann wäre euer Körper in besserer Verfassung.« Arbadil grinste schief und japste nach Luft. Doch Menoriath ließ den beiden keine Zeit, um sich auszuruhen. Mit den Fingern deutete er nach oben.

»Ich werde euch in der kleinen Halle eine Erfrischung reichen lassen«, sagte der Elfenkönig und ging um den Baumstamm weg. Ungläubig starrte Arbanor nach oben. Zwischen den Ästen, die beinahe so breit waren wie die Straße nach Albages, erkannte er in der Höhe eine hölzerne Plattform. Ningun hatte ihm wohl Zeichnungen gezeigt, welche in den Chroniken Tamars die Behausungen der Elfen darstellten. Doch als der Prinz nun wahrhaftig einen der Bäume sah, die breiter waren als der innere Hof Guarda Oscuras, stockte ihm der Atem. Arbanor starrte nach oben und erst als Arbadil ihn sanft am Hemdsärmel zog, setzte der Prinz sich in Bewegung. Menoriath war unterdessen um den Baum herum verschwunden. Der König und sein Sohn beeilten sich, um ihm durch das dämmerige Licht zwischen den mächtigen Wurzeln zu folgen. Auf der Rückseite des Baumes hatten geschickte Elfen eine Treppe in die Rinde geschlagen, ohne die Lebensadern des Baumriesen zu verletzen. Abermals sperrte Arbanor den Mund so weit auf, dass ein Spatz darin hätte ein Nest bauen können – jede einzelne Stufe war verziert mit feinen Schnitzereien. Winzige Rehe und dicke Bären räkelten sich auf den Stufen und je höher die drei stiegen, desto besser konnte der Prinz die Verzierungen erkennen. Denn hier oben war das Licht besser. Dennoch klammerte Arbanor sich am Geländer fest. Die Blätter wehten im Wind und der Prinz setzte vorsichtig einen Fuß vor den anderen.

»Das ist ja wie auf einem Schiff, Vater«, flüsterte Arbanor dem vor ihm gehenden König zu.

»Daran wirst du dich schnell gewöhnen«, kam lachend die Antwort von Menoriath, der behände wie ein Gamsbock über die steilen Stufen nach oben stieg. Als die drei eine Plattform erreichten, atmete Arbanor erleichtert auf. Dicke Holzplanken verwehrten ihm den Blick nach unten. Arbanor war sich in diesem Moment sicher, dass er sich gar nicht an das Gehen auf den Ästen gewöhnen wollte, wo er jeden Augenblick ausgleiten und in die Tiefe stürzen konnte.

Zwei Elfensoldaten flankierten eine mit prachtvollen Schnitzereien bewehrte Türe. Als sie Menoriath erblickten, salutierten die jungen Elfen. Wie von Zauberhand glitt die Türe auf und gab den Blick frei in einen Saal, welcher Arbanor an ein hölzernes Abbild des kleineren Kaminzimmers zu Hause erinnerte.

»Lebt Menoriath etwa hier?« Arbanor hoffte, dass der Elfenkönig ihn nicht hören konnte, als er nun seinen Vater neugierig am Ärmel zog. Arbadil schüttelte den Kopf.

»Nein, mein Sohn, dies hier ist ein Außenposten«, antwortete der König.

»Der Aufstieg in unser eigentliches Reich wäre für euch Menschen ein wenig zu mühsam«, fügte Menoriath hinzu und lachte. »Ich erinnere mich an den Tag, als dein Vater zum ersten Mal hier war, Arbanor. Er stellte die gleichen Fragen und machte das gleiche Gesicht mit diesen großen Augen.« Aufmunternd zwinkerte der Elfenkönig dem Prinzen zu. Dann ließ er sich auf ein breites Kissen fallen und bat seine Gäste mit einem Fingerzeig, ebenfalls Platz zu nehmen. Das Kissen knirschte leise, als der Prinz sich neben seinen Vater hockte. Der würzige Geruch von Moos stieg auf. Neugierig sah Arbanor sich in dem Raum um. Bis auf ein Dutzend Kissen, welche im Kreis auf dem Boden lagen, und einem Tablett mit Früchten, Bechern und einem Krug, an dem Wassertropfen abperlten, war der Saal leer.

Aus dem Schatten trat ein Elf, der eine lederne Schürze umgebunden hatte, und goss ihnen die Becher voll. Eine Weile tranken sie. Arbanor ließ das kühle Wasser durch seine Kehle rinnen und als Menoriath seinen sehnsuchtsvollen Blick bemerkte, reichte er dem Jungen die Obstschale. Hungrig griff Arbanor nach einem Apfel und biss gierig in das süße Fruchtfleisch.

»Ich freue mich wirklich, dich und deinen Sohn zu sehen«, setzte Menoriath schließlich zum Sprechen an. »Allzu lange Zeit ist vergangen seit unserem letzten Treffen und es ist schade, immer nur über Boten vom Schicksal meines Freundes zu hören. Dass aus dem jungen Prinzen Arbadil ein Ehemann und Vater geworden ist, hat mich sehr gefreut.«

»Wie es mich erfreut hat, von der Geburt deines Sohnes Unir zu hören«, entgegnete Arbadil und prostete dem Elfenkönig mit dem Tonbecher zu. »Doch du hast Recht, Menoriath, nur in Briefen und durch Boten allein kann man nicht alles besprechen und schon gar nicht jedes Problem lösen.«

»Ich ahne, worauf du hinaus willst. Ankou. Auch unter den Elfen herrscht große Unruhe, seit wir vor einigen Jahren die mächtigen Nebelschwaden aufsteigen sahen. Ich habe meine Weisen und meine besten Soldaten befragt. Sie kommen zu dem Schluss, dass das Böse seinen Weg zurück in diese Welt sucht.« Menoriath setzte sich kerzengerade auf seinem Kissen auf.

»So sehe ich es auch, die Zeichen lassen keinen anderen Schluss zu. Du kennst die Chroniken Tamars, Menoriath, und weißt darum, dass ein unmittelbarer Schlag Ankous nicht zu befürchten steht. Noch nicht«, sagte Arbadil. Zwischen seinen Augen bildete sich eine steile Falte. Besorgt sah der König von Menoriath zu Arbanor und wieder zurück.

»Es wird vielleicht länger als ein Menschenleben dauern, ehe Ankou genügend Kraft gesammelt hat. Ich für meinen Teil bin vorbereitet, unsere Truppen stehen bereit und Ertzain, den du von deinem letzten Besuch kennst, ist unterwegs nach Exevor, wo wir große Erzvorkommen vermuten. Ahendis wird gerüstet sein.«

»Das ist gut, Arbadil, sehr gut. Auch wir Elfen haben unsere Pläne«, sagte Menoriath. Auf seinen Fingerzeig hin kam der Diener wieder aus dem Schatten hervor und langte nach einer Lade, die Arbanor bislang verborgen geblieben war. Mit drei Schriftrollen unter dem Arm ging er zu seinem König. Menoriath breitete das Papier in der Mitte des Kissenkreises aus. Arbanor erkannte lange Tabellen und Zahlenkolonnen. Die Könige beugten sich über die Kriegsauflistungen und waren bald in ein technisches Gespräch über den Vorteil von Wurfgeschossen gegenüber Pfeil und Bogen vertieft.

Eine Weile hörte Arbanor den Königen zu. Ihm entging nicht, dass Menoriath ihn immer wieder mit unverhohlener Neugier musterte. Die eisblauen Augen schienen in sein Innerstes vorzudringen und es zum Schwingen zu bringen. Eine wohlige Wärme durchströmte den Jungen und als Menoriath ihm aufmunternd zulächelte, entspannte Arbanor sich. Sein Vater gestikulierte mit ausholenden Bewegungen und beschrieb dem Elfenkönig
den Aufbau der riesigen Steinschleudern, die mit einem ausgeklügelten Mechanismus ganze Felsbrocken dreihundert Ellen weit schießen konnten. Menoriath hörte aufmerksam zu und gab Arbadil Tipps, wie er die Reichweite der Waffen mit wenigen Umbauten erhöhen konnte.

Ein Rascheln ließ Arbanor herumfahren. Beinahe hätte er laut aufgeschrien, als er direkt in das Gesicht eines Elfenjungen blickte. Der Knabe blitzte ihn aus den selben eisblauen Augen an, wie Menoriath sie hatte. Hellbraune lockige Haare flogen um das feine Gesicht.

»Komm mit, das ist zum Weinen langweilig hier«, wisperte der Junge und zerrte Arbanor am Arm. Ratlos blickte sich der Prinz zu seinem Vater um, doch der war mit Menoriath in eine Zeichnung von einer schlagkräftigen Ballista vertieft, deren starke verdrehte Sehnen ungeahnte Schleuderkraft erzeugen sollten. Keiner der Könige bemerkte, wie die Jungen aus dem Saal schlichen.

Obwohl nur wenig Licht durch das Blätterdach drang, kniff Arbanor geblendet die Augen zusammen, als er neben den Elfen auf die Plattform trat. Der Junge flitzte zum Rand der Brüstung, schwang sich darüber und verschwand in der Tiefe. Arbanor zog zischend die Luft ein. Vorsichtig trat er zum Geländer und schaute nach unten. Drei Äste tiefer saß der Elf rittlings auf einem Ast, der so breit war wie der Rücken eines Ackergaules. Fröhlich winkte er ihm zu.

»Komm schon, dir passiert nichts, wenn du einmal begriffen hast, dass die Bäume dich immer tragen, dann wirst du keine Angst mehr haben.« Der Elf kicherte, als Arbanor vorsichtig das linke Bein über das Geländer schwang. Seine Hände umklammerten das mit filigranen Schnitzereien verzierte Geländer, als er sich langsam nach unten gleiten ließ. Einen Moment lang baumelten seine Beine in der Luft und der Prinz wollte sich schon wieder nach oben ziehen, um nicht in die scheinbar endlose Tiefe zu stürzen. Doch dann berührte er mit den Fußspitzen den nächsten Ast. Langsam, als hätte jemand die Zeit angehalten, ließ Arbanor sich nach unten gleiten. Endlich stand er unterhalb der Plattform. Das Astwerk schaukelte und mit ausgebreiteten Armen balancierte der Prinz zur nächsten Astgabel. Ächzend ließ er sich gegen den mächtigen Stamm sinken. Das Kichern von unten stachelte seinen Ehrgeiz an und, nun ein wenig sicherer, kletterte Arbanor die nächsten Äste hinunter, bis er rittlings dem Elfenjungen gegenüber saß.

»Das war gar nicht schlecht für den Anfang, bald wirst du vergessen, dass du auf einem Baum bist und dann schwankst du auch nicht mehr wie ein betrunkener Gnom.« Der Elf lachte schallend, bis seine spitz zulaufenden Ohren wackelten. Arbanors Ohren indessen leuchteten flammend rot.

»Schäme dich nicht, ich bin auf festem Boden so tapsig, wie du hier im Gipfel eines Baumes«, sagte der Junge und streckte Arbanor die Hand hin. »Ich bin Unir«, stellte er sich ihm vor. »Menoriath ist mein Vater.«

»Freut mich, deine Bekanntschaft zu machen«, entgegnete Arbanor und schlug ein. Die schmale Hand des Elfen war kühl, und als Unir ihm zuzwinkerte, fiel auch der letzte Rest Anspannung von Arbanor ab.

»Solch einen Baum möchte ich auch haben«, seufzte der Prinz und ließ den Blick über die starken Äste schweifen.

»Ein Elfennest wächst aber nicht in der Nähe von Menschen, die Wurzeln verkümmern in der Erde, denn wo Menschen gehen, da ziehen sie mit ihren Füßen Energie und Kraft aus dem Boden.« Unir nickte mit wichtiger Miene.

»Wer sagt denn so etwas?« Entrüstet sah Arbanor seinen neuen Freund an.

»Der alte Fich, mein Lehrer.« Unir verdrehte die Augen und äffte den Magister nach.

»Stell dir vor, er erzählt Dinge, die er nur aus den Aufzeichnungen kennt und verlangt aber von mir, dass ich mir alles merke und am besten auswendig herunterbeten kann.«

»Genau wie bei mir«, staunte Arbanor. »Meister Ningun erzählt so trocken, dass man meint, aus seinem Mund müsste jeden Augenblick eine Staubwolke kommen. Stunde um Stunde liest er vor und ich habe so viel damit zu tun, nicht sofort in tiefen Schlaf zu fallen, dass ich gar nicht aufpassen kann.«

Die Jungen lachten, bis ihnen die Bäuche schmerzten, als sie sich gegenseitig die Eigenarten und Sprechweisen ihrer Lehrer vormachten. Arbanor vergaß, dass er auf einem Baum saß, der höher war als irgend einer in der Nähe seiner Heimat und als Unir nach einer Weile aufsprang und über die Äste nach unten hüpfte, kletterte der Prinz ihm ohne Angst nach.

»Komm, ich muss dir was zeigen«, rief Unir und stieb den Berg hinauf. Arbanor rannte, so schnell er konnte, um den Elfen nicht aus dem Blick zu verlieren. Der Sohn des Elfenkönigs umrundete die dicken Baumstämme, schlug hier einen Haken, wandte sich dort nach links, dann wieder nach rechts. Arbanors Lungen pumpten, als seien sie einer der mannshohen Blasebalge in der Schmiede unten im Dorf. Zwischen seinen Rippen begann es zu stechen und der Prinz stolperte die letzten Meter zu Unir, der sich bäuchlings auf die Erde geworfen hatte. Arbanor taumelte, als er ihn endlich erreichte. Der Elfenjunge gab ihm ein Handzeichen und hätte er nicht ein leises »Halt!« gezischt, wäre Arbanor wohl über die Felsen in die Tiefe gestürzt.

Atemlos ließ der Prinz sich neben Unir auf den Boden fallen und robbte zum Rand der Felsen. Geblendet kniff Arbanor die Augen zusammen – vor ihm tat sich eine unendlich weite Fläche auf. Ein breiter Fluss durchzog die Hochebene. Am Horizont mündete er in einen See, auf dem drei Boote träge in der Mittagssonne schaukelten. Gestalten, die von oben wie Spielzeug aussahen, zerrten ein viertes Boot ans Ufer und machten sich dann im Inneren des Kahns zu schaffen.

»Das will ich auch einmal machen«, sagte Unir und lachte. Arbanor grinste, als die nach oben spitz zulaufenden Ohren des Elfenjungen vor Erregung rot zu glühen begannen. »Ich will eines Tages auf dem See arbeiten.« Unir strahlte und zeigte mit der Hand zu dem Boot, aus dem jetzt ein schwerer Gegenstand gewuchtet wurde, jedenfalls waren ein halbes Dutzend Elfen nötig, um das Ding, das beinahe so groß war wie der Kahn, ans Ufer zu wuchten.

»Siehst du, im Netz blitzen die Körper von ein paar kleinen Fischen«, erklärte Unir seinem Freund. »Nun werden die Männer das Netz auf der Wiese ausbreiten und die darin verhakten Algen in der Sonne trocknen lassen.« Fragend sah Arbanor den Elfenjungen an.

»Wie, Algen? Und die Fische?«

»Die Fische?« Unir schüttelte den Kopf. Dann lächelte er und Arbanor meinte, Mitleid in Unirs Augen aufblitzen zu sehen. »Ich vergaß für einen Moment, dass du ein Mensch bist, entschuldige. Natürlich werfen wir die Netze nicht nach Fischen aus. Warum sollten wir Tiere töten, nur um unsere Bäuche zu füllen?« Unir rollte sich auf die Seite und stütze seinen Kopf mit der offenen Handfläche. Arbanor tat es ihm nach und so lagen die beiden

Jungen am Waldrand über den Felsen und sahen sich direkt in die Augen.

»Unir, bitte binde mir keinen Bären auf, Algen schmecken scheußlich«, sagte Arbanor und nickte gewichtig. »Meine Masa bringt manchmal welche mit, wenn sie meint, dieses oder jenes grüne Zeugs aus dem Meer würde eine Wunde schneller heilen oder den Stich einer Mücke weniger dick anschwellen lassen. Ich sage dir, das Zeug stinkt erbärmlich, wie toter Fisch.«

»Eure Algen vielleicht, Elfen-Algen stinken nicht.« Beleidigt verzog Unir den Mund zu einer Schnute. Doch das listige Blitzen in seinen Augen verriet, dass er nicht wirklich böse war. »Das sind keine Algen, wie du sie kennst, Arbanor. Die Blätter der Gewächse, welche in diesem See – und übrigens nur in diesem hier – gedeihen, werden getrocknet und wenn die Köchinnen sie in den würzigen Sud werfen, werden sie weich und zart, die mit den großen Zacken an den Rändern mag ich am liebsten, sie schmecken sehr süß.« Unir leckte sich über die Lippen. Arbanor aber schüttelte sich – grün gezackte Blätter? Vor solcherlei Gewächsen warnte Meister Ningun ihn meistens, wenn sie gemeinsam über
die Felder streiften und er den Jungen dieses und jenes Kraut am Wegesrand erklärte. Dann und wann bat der Magister, Honrado oder Alguien sollten sich ein Blatt in den Mund stecken und es kosten, und seinen Geschmack beschreiben. Meist verzogen die Zwillinge angeekelt das Gesicht, bis Arbanor schallend lachte und auf Ninguns Geheiß hin ganze Büschel der bitteren Medizinblätter in einen Korb packte.

»Das muss ja ein schrecklich gesundes Süppchen sein, was ihr esst«, scherzte Arbanor. Unir seufzte.

»Nun gut, ich gebe zu, nicht immer schmeckt das, was aus dem großen Küchenbaum geliefert wird. Unsere erste Köchin ist schon alt und nicht immer greift sie in den Bottich mit den richtigen Gewürzen.« Die Jungen lachten.

»Aber wenn sie die Netze über den Grund des Sees ziehen, dann bleiben Fische darin hängen«, sagte Arbanor und deutete auf die Gestalten, die nun einen immensen grün schimmernden Teppich auf dem bräunlichen Gras ausbreiteten.

»Doch, natürlich, das bleibt nicht aus«, erklärte Unir. »Aber wir helfen den Tieren wieder aus dem Netz und werfen sie in den See zurück. Einige Male durfte ich schon mit dem Boot hinaus fahren und ich habe selbst so einen Karpfen befreit.« Mit den Händen deutete Unir die Größe des Fisches an. Arbanor riss die Augen auf. Von solch einem großen Fisch, wie Unir ihn darstellte, würden sieben Soldaten satt werden und er und Duende noch dazu.

»Du schwindelst«, sagte Arbanor schließlich und knuffte den Elfenjungen in die Seite.

»Gut, ja, ein wenig kleiner war er vielleicht«, gab Unir zu. »Aber eines ist nicht geschwindelt – am liebsten würde ich auf dem See arbeiten.« Die beiden sahen sich lang und ernst an und zwischen ihnen schwebte die Erkenntnis, dass beiden ein Schicksal vorbestimmt war, das herzlich wenig zu tun hatte mit den Träumen eines ganz normalen Jungen, der sich nach Abenteuern und Handwerk sehnte.

Mit einem kräftigen Niesen beendete Arbanor das stumme Gespräch. Die Pollen der gelben Blüten, die sich unter dem dichten Farn am Waldrand gegen die Sonne reckten, waren von einer Böe aufgewirbelt worden und als puderige gelbe Wolke zu den Jungen geflogen. Mit dem Ärmel wischte der Prinz sich über die Nase.

»Du siehst mit diesem gelben Staub auf den Haaren aus, als hätte ein Zuckerbäcker dich in der Mache gehabt.«

»Jetzt wo du es sagst, Unir, Hunger hätte ich langsam. Sag, gibt es hier irgendwo einen Happen zu essen? Algen müssen es nicht sein. . . « Unir nickte und stand auf. Mit schnellen Schritten verschwanden die beiden im Wald. Der Elfenjunge führte seinen Freund weiter und weiter den Berg hinauf und, wie es Arbanor schien, so tief in den Wald, dass sie wohl niemals wieder herausfinden würden. Arbanors Magen knurrte und seine Zunge pappte am trockenen Gaumen.

»Ist es noch weit?«, japste der Prinz. Arbanor strauchelte und stütze sich an einer Holzmauer ab. Als er nach oben blickte sah er, dass diese Mauer ein einziger, mächtiger Baum war.

»Noch ein paar Schritte, dann sind wir da«, antwortete Unir und folgte der Biegung, die der Baumstamm beschrieb. Als Arbanor um die Ecke bog, lief ihm auf der Stelle das Wasser im Mund zusammen – ein würziger Duft stieg aus dem Kessel, welcher über einem sachte flackernden Feuer in der Mitte des Platzes hing. Zwei Frauen in Leinenkutten beugten sich über den Kessel. Eine von ihnen hielt einen mächtigen Löffel in der Hand, die andere gab aus einer kleinen Tonschüssel rote Körnchen in den Topf. Scheinbar war sie zufrieden, den das helle Gesicht, welches von langen silbern glänzenden Locken umrahmt wurde, strahlte.

»Bekommen wir einen Napf Suppe?«, rief Unir und stürmte über den Platz. Die Köchinnen nickten und bückten sich nach einer schweren Truhe. Mit geübten Bewegungen füllten sie zwei Holzschalen mit dem würzigen Eintopf und reichten sie den Jungen. Die beiden konnten kaum ihren Dank stammeln, schon hatten sie sich an den Schüsseln festgesaugt und tranken gierig den heißen Sud. Scharfe Kräuter kitzelten Arbanor am Gaumen und zwischen seinen Zähnen fühlte er butterweiche Stücke, die süß waren, sobald er darauf biss. Die Köchinnen lächelten und gingen dann mit einigen schmutzigen Löffeln und Tiegeln davon.

»Die sind ja nicht sehr gesprächig«, schmatzte Arbanor. »Bei uns zu Hause sind die Mägde und Dienerinnen den lieben langen Tag am tratschen, dass einem die Ohren klingeln, wenn man länger als nötig in der Küche verweilt.«

»Oh, sie würden sicher gerne sprechen, wenn sie es denn könnten«, erwiderte Unir lächelnd. Als er das erschrockene Gesicht seines Freundes sah, tätschelte er beruhigend dessen Schulter.

»Du kannst es ja nicht wissen, Arbanor, aber die beiden gehören zum Stamm der Ukisen. Ihre Zungen sind verkümmert, doch mit den Augen und ihren Gebärden können sie mit allen Tieren des

Waldes sprechen. Und die wiederum teilen uns mit, was diese Ukisen-Elfen uns zu sagen haben.« Unir grinste, als er das verständnislose Gesicht seines Freundes sah.

»Ich denke, ihnen fehlt nichts, denn sie kennen keine andere Sprache als jene der Tiere.«

»Aber was sollte ein Tier euch sagen wollen?«

»Diese Frage kann auch nur ein Mensch stellen«, rief Unir und schöpfte sich noch einen Schwung Suppe nach. »Die Rehe zum Beispiel fühlen, wann ein Unwetter kommt, ein Bär kann uns zu den besten Früchten führen und zeigt uns den Honig, welchen uns die Waldbienen überlassen. Und ein Fuchs, zum Beispiel, kennt richtig gute Witze.«

Arbanor verdrehte die Augen. »Wenn du mich auf den Arm nehmen willst, gut, tu das, aber gib mir auch noch einen Teller. Diese Suppe schmeckt wirklich hervorragend und diese weichen Bohnen erst. . . « Arbanor leckte sich mit der Zunge über die Lippen und schmatzte vernehmlich.

Grinsend reichte Unir seinem Freund einen gut gefüllten Napf. »Das sind keine Bohnen, die dir so gut munden, das sind jene Larven, welche die Termiten für uns mit Süßholzrinde gefüllt haben.«

Angewidert spie Arbanor das, was er sich eben noch mit großem Appetit in den Mund geschoben hatte, in hohem Bogen auf den Waldboden.

»Ob ich dir jetzt die Wahrheit gesagt habe, das musst du selbst herausfinden«, rief Unir und stieb davon. Arbanor folgte ihm mit einem wilden Schrei.

Etwa zur selben Stunde wischte Honrado sich den Matsch aus seinem Gesicht. Alguien hatte ihn eben mit einem kräftigen Tritt in die Pfütze vor den Reitställen befördert.

»Ich habe dir nichts getan«, greinte der blonde Junge und streckte seinem Bruder die Zunge heraus.

»Das ist mir egal, warte, bis Arbanor wieder da ist und dann werden wir ja sehen, wer mit dem Rappen reiten darf.« Das schmale Gesicht unter den schwarzen Haaren lief rot an, als Alguien seinen Bruder anbrüllte.

Mit einem lauten Quietschen in den Angeln flog just in dem Moment, als Honrado zu einem Faustschlag ausholen wollte, die Tür zum Hauptstall auf.

»Keiner wird sich auf den Rappen setzen, nicht einmal ein Pony werde ich für euch satteln lassen, wenn ihr nicht augenblicklich mit diesem Geschrei aufhört.« Afeitars Stimme hallte im Burghof. Ein Stallbursche tauchte hinter dem Rittmeister auf und grinste die Zwillinge über den mächtigen Sattel, den er zum Zeughaus trug, an – endlich einmal war nicht er es, der den unberechenbaren Zorn Afeitars zu spüren bekam.

»Und du glotz nicht so blöde, polier lieber den Sattel, sonst poliere ich dir den Hintern«, herrschte Afeitar den Burschen an. Mit gesenktem Kopf trollte sich der Knabe.

»Die Reitstunde findet heute nicht statt«, bellte Afeitar Honrado und Alguien an und knallte die Stalltüre zu. Drinnen wieherte ein Pferd, dann polterte etwas laut gegen die Holzwand.

»Ich glaube, wir gehen besser«, flüsterte Honrado und zog seinen Bruder über den Hof davon. Wirklich enttäuscht waren die beiden nicht, dass sie heute nicht ausreiten würden – Afeitar war seit einigen Wochen der am übelsten gelaunte Mensch in der ganzen Burg Guarda Oscura. Aus dem ohnehin schroffen Rittmeister war ein Grantler und Schreihals geworden wie ihn sich selbst jene Stallburschen, die seit langen Jahren unter seiner Fuchtel dienten, nicht hätten vorstellen können. Die Zwillinge rannten durch den inneren Hof und hielten nach einer neuen Beschäftigung Ausschau. Als sie Meister Ningun mit einem dicken Buch auf dem Schoß in der Rosenlaube sitzen sahen, bogen sie schnell ab. Auf Lektionen in Kräuterkunde hatten die Brüder in dieser geschenkten freien Stunde beileibe keine Lust. Stattdessen rannten sie zu den Hühnerställen, um Eier zu stibitzen. Nichts zerschellte so wunderbar, wenn man es in hohem Bogen von den Zinnen schleuderte!

Wie sollten die Zwillinge auch ahnen, dass Afeitar am liebsten gelacht hätte! Der Rittmeister fühlte sich, als könne er die Welt aus den Angeln heben – endlich, endlich hatte er Suava in seinen Armen gehalten! Noch immer schien ihr süßer Geruch ihn zu umwehen, wann immer er an das sonnengoldene Haar dachte, stieg sanfter Rosenduft in seine Nase und er meinte, ihre weichen Lippen auf seinen zu spüren.

Afeitar hätte am liebsten die ganze Welt umarmt – doch er verstand auch die Königin. Seine Königin. Natürlich konnte sie nicht länger in seinen Armen bleiben als diesen kurzen Augenblick. Noch regierte Arbadil über ihr und sein, Afeitars, Schicksal.

»Wie klug von dir, geliebte Suava, dich nicht ganz hinzugeben, noch nicht ganz die meinige zu werden«, flüsterte er und zog mit geübten Handgriffen die Stahlbürste durch die lange Mähne eines stattlichen Schimmels. Der Gaul blähte die Nüstern und schien dem Rittmeister zuzunicken.

»Du verstehst mich, ihr alle versteht mich«, wisperte Afeitar den Pferden zu. »Nur ihr könnt begreifen, warum ich meine Liebe hinter Missmut verstecken muss, warum meine schlechte Laune der einzige Schutz für Suava ist. . .« Afeitars Augen glänzen fiebrig, als er in die nächste Box ging, um eine trächtige Stute mit eigens aus den Südgebieten herangeschafftem Hafer zu füttern.

Hätte Suava geahnt, was in Afeitars Herzen vorging, sie hätte wohl kaum die Ruhe gefunden, um mit Gruesa an ihrer Seite einen Streifzug durch Albages zu machen. Den Frauen wurde die Zeit lang, seit ihre Männer aufgebrochen waren – der eine in das Reich Menoriaths und der andere über das Meer in den Norden. Als Masa die beiden am Morgen mit den Worten: »Ihr vertrocknet noch in diesem Zimmer!« aus der Kammer gescheucht hatte und Kaja der Königin vorgejammert hatte, wie wenig Spitze und Brokat nur noch vorrätig sei und dass es dringend an der Zeit wäre, sich um die neuen Kleider für Suava zu kümmern, hatten die Freundinnen beschlossen, einmal wieder nach Albages zu gehen. Ausgestattet mit einer langen Einkaufsliste und den strengen Zurechtweisungen der Kammerfrau, dass eine Königin nicht für sie, die unwürdige Kaja, bei den Händlern einkaufen sollte, waren Gruesa und Suava nun seit zwei Stunden im Dorf unterwegs.

»Wie schön diese Stoffe sind!«, rief Suava begeistert aus und rannte beinahe auf die Auslagen vor einem winzigen Laden zu. Die vier Leibgardisten hatten Mühe, den Frauen zu folgen, vor denen sich die Menge wie durch Zauberhand teilte, als die Bewohner von Albages sich vor der Königin und ihrer Hofdame verneigten. Suava erwiderte die Grüße mit einem liebevollen Lächeln, welches scheinbar jedem einzelnen galt.

Kaum hatte die Königin die auf einem Holztisch aufgestapelten Stoffballen berührt, schoss ein kleines Kerlchen aus dem Laden. Der Schneider neigte seinen buckeligen Rücken noch tiefer, als er es ohnehin wegen seines Gebrechens die ganze Zeit tat.

»Eine gute Wahl, eine exzellente Wahl, Majestät«, sprudelte es aus dem Schneider hervor. »Dieser Stoff ist herrlich leicht und seht, hier spiegelt sich die Farbe des Himmels und wenn Ihr doch in den Laden kommen wollt, dort habe ich Seide, mit Goldfäden durchwirkt, und Spitze, so fein, wie ihr in ganz Tamar noch nie gesehen habt.«

Suava lachte und ließ sich gemeinsam mit Gruesa von dem knorrigen Männchen in den Laden führen. Als sie nach einer

Stunde wieder herauskamen, war die Börse der Königin um viele Stücke leichter und das Auftragsbuch des Schneiders prall gefüllt.

»Der Mann hat wunderbare Ideen, Kaja wäre niemals auf die Idee gekommen, ein Kleid zu fertigen, das statt eines Kragens eine Kapuze hat.«

»Ja, Gruesa, das ist eine wunderbare Idee, selbst dass der Stoff so leicht ist, dass er nicht nur wärmen, sondern auch im Sommer gegen die sengende Sonne schützen kann.« Suava strahlte. Sie freute sich darauf, der Freundin eines der Kleider zu schenken, für das der Schneider in der nächsten Woche zum Maß nehmen in die Burg kommen würde. Die Frauen waren beinahe von derselben Statur, so dass der Schneider nur die Maße der Königin brauchte. Gruesa würde nichts von Suavas Geschenk erfahren, ehe sie nicht das fertige Kleid in Empfang nehmen könnte.

»Dann zeige mir, was Kaja sonst noch notiert hat, wir werden das halbe Dorf aufkaufen«, sagte Suava lachend, während Gruesa die Liste der Kammerfrau aus der Tasche ihres Umhangs kramte.

»Ja, Masa war mit den Kamillenblüten, die sie so gern möchte, wirklich bescheiden. Kaja hat natürlich wie immer eine lange Latte an unbedingt notwendigen Dingen.« Gruesa lachte und Suava blinzelte der Freundin verschwörerisch zu.

»Wir müssen auf jeden Fall noch zum Bürstenmacher, zur Putzmacherin und zum Gerber. Und dann wünscht Kaja noch geriebene Minze.« Gruesa schüttelte den Kopf. Was auch immer Kaja damit wollte – sicher war es wieder einer jener billigen Hexentricks, die ohnehin nicht funktionierten.

»Nun, dann soll sie ihre Minze bekommen«, sagte Suava und winkte einem Bauern zu, der direkt vor ihnen den kleinen Platz neben der Schneidergasse überquerte. Der Mann stockte, wollte zunächst weitergehen, besann sich dann aber und neigte zur Begrüßung den Kopf.

»Majestät, wie schön, Euch einmal wieder in Albages zu sehen«, presste Peon hervor. Der Bauer war müde und seine Kehle ausgetrocknet vom Staub auf den Feldern. Der Ochse war heute kaum voranzutreiben gewesen und Peon freute sich bereits seit Stunden, seinen müden Gliedern in der Dorfschenke bitteres Bier und damit Lebenskraft einzuflößen. Auf eine Plauderei mit der Königin hatte er nun wirklich keine Lust.

»Peon, wie schön, dich zu sehen.« Suava streckte dem Bauern die Hand hin. Ungelenk deutete der Dorfsprecher einen Handkuss an.

»Was für starke Hände du hast, Peon«, sagte Suava und blickte auf die schwieligen Hornhäute an den mit Erde verschmierten Fingern. Hastig zog der Bauer die Hände zurück und verbarg sie hinter seinem Rücken.

»Wir arbeiten, so gut es geht, aber heute sind alle Ochsen wie versteinert, kaum einer kommt voran«, sagte Peon, nur um irgend etwas zu sagen. »So bockig wie heute waren die Viecher noch nie.«

»Du wirst es sicher gut machen, Peon, und die Ernte wird wie immer reichlich sein.«

Suava schenkte dem Bauern ein strahlendes Lächeln. »Ich möchte nicht zu viel von deiner
kostbaren Zeit stehlen, Meister Peon, doch bitte beantworte mir eine Frage.« Erstaunt sah der Dorfsprecher die Königin an. Suavas Augen strahlten so grün wie frisch gesprossener Weizen und ihr Haar, das sie zu einer kunstvoll geflochtenen Frisur aufgesteckt trug, erinnerte ihn an pralles Korn am Tag der Ernte. Suavas Schönheit weckte den Galan in ihm – und die Art, wie sie mit ihm sprach, verwirrte ihn.

»Was immer Ihr wünscht, Majestät«, beeilte der Dorfsprecher sich zu sagen.

»Ich suche nach der besten geriebenen Minze, die man in Albages bekommen kann.« Erstaunt sah Peon die Königin an. Mit allem hatte er gerechnet – nur nicht mit einer Frage, die Suava gut und gerne einem Marktweib hätte stellen können.

»Nun, also. . . ich denke, Ihr solltet zum Marktplatz gehen, der dritte Stand gegenüber des großen Brunnens wird von den Weibern der Beginenhöfe betrieben, dort findet Ihr sicher, was Ihr sucht«, stammelte der Dorfsprecher. Dankbar lächelnd verabschiedete sich Suava und wenige Augenblicke später waren die Leibgardisten mit den beiden Damen verschwunden. Peon schüttelte den Kopf.

»Als ob es für einen Bauern wichtig wäre, welche Minze besser ist als die andere«, murrte er und spie auf den Boden. Dann trollte er sich, denn sein Gaumen verlangte nun nicht nur nach Bier, sondern nach einem scharfen Schnaps obendrein.

In der Schenke herrschte immer Dämmerung. Die wenigen Talgfunzeln schafften es kaum, mit ihrem gelben Licht die stickige und mit dem Rauch aus einem Dutzend Pfeifen geschwängerte Luft zu durchdringen. Missmutig pflanzte der Dorfsprecher sich an den ihm angestammten Platz neben dem Kamin und bellte das Bedienmädchen unwirsch an. Heute konnten die prallen Brüste der Kleinen ihn nicht aufmuntern, die störrischen Ochsen hatten ihm den Tag verdorben. Grübelnd starrte Peon in den Bierkrug und so bemerkte er nicht, was draußen auf dem Marktplatz die Königin und mit ihr die Bewohner Albages' in Angst und Schrecken versetzte.

Suava beugte sich tief über den mit Tiegeln und Körben beladenen Tisch. An einem Gestänge hatten die Frauen des Beginenhofes – allesamt unverheiratete Heilerinnen, Hebammen und Kräuterfrauen – zu Sträußen gebundene Kamille, Lavendel und Thymian gehängt. Der würzige Duft zog die Freundinnen schon von weitem zu dem kleinen Stand. Begeistert schnupperten Gruesa und die Königin bald an diesem, bald an jenem Tiegelchen. Suava ließ sich von der jungen Amme, die wohl erst seit einigen Wochen im Beginenhof lebte, mit einem Spatel eine schneeweiße Salbe auf den Handrücken streichen, um den zarten Rosenduft zu testen. Als sie aufblickte, um Gruesa an ihrer Hand schnuppern zu lassen, erstarrte die Königin.

»Was um alles in der Welt ist das?« Mit weit aufgerissenen Augen deutete Suava über die Hausdächer, die sich zum Norden hin gegen die Stadtmauer duckten. Gruesa fuhr herum und stieß einen spitzen Schrei aus. Am Horizont waberte eine riesige graue Wolke, die sich nach oben hin wie ein Waldpilz verbreitete.

Der Oberste der Leibgarde stellte sich schützend vor die Frauen und starrte auf die riesige Wolke, welche höher und höher in den Himmel stieg und sich mehr und mehr verbreitete. Mit einem Schlag waren alle Gespräche zwischen den Händlern und Kunden verstummt und eine gespenstische Stille legte sich über den Marktplatz. Die junge Begine hielt noch immer den Spatel umklammert. Die Hand des Mädchens zitterte so stark, dass die Paste von dem Holzstäbchen geschleudert wurde und klatschend auf dem Pflaster landete.

»Der Ardiente bricht aus!« Der schrille Schrei eines alten Weibes zerriss die Stille. Mit einem Schlag brach ein Schreien und Weinen aus. Von einem Augenblick zum anderen verwandelte sich der beschauliche Marktflecken in ein Chaos. Die Menschen liefen wie kopflose Hühner durcheinander, Kinder plärrten und alte Männer irrten von einem Stand zum anderen.

»Kommt schnell, Majestät, rasch, wir müssen zur Burg, in Guarda Oscura werden wir sicher sein«, schrie der Leibgardist und schob die Königin und Gruesa über den Platz. Die Gardisten hatten Mühe, Suava einen Weg durch die aufgeregt durcheinander laufenden Menschen zu bahnen. Die Händler rafften ihre Waren zusammen und stürzten durch die Gassen. Ein Ochsenkarren versperrte den Leuten den Weg durch die Hauptgasse, weil das Tier wie festgenagelt, als sei es ein massiver Tisch, auf dem Pflaster stand. Suava zwängte sich an dem Fuhrwerk vorbei. Hilfe suchend griff sie nach Gruesas Hand. Als sie die Finger der Freundin umschloss, merkte sie, wie sehr Gruesa zitterte.

»Was geht da vor?«, brüllte die Königin dem Gardisten zu. Im Laufen versuchte der Soldat zu antworten.

»Ich nehme an, der Ardiente bricht aus, Majestät«, rief der Soldat. »Bevor ein Vulkan seine heiße Lava auf das Land spuckt, speit der Berg Asche und Rauch aus.«

»Und Arbadil und Arbanor sind nicht da«, murmelte Suava. Tränen raubten ihr die Sicht. Die Königin strauchelte und Gruesa konnte die Freundin gerade noch stützen, bevor sie auf das Pflaster fiel.

»Mein Mann! Mein Sohn!«, rief die Königin. »Jemand muss sie warnen, holt sie nach Hause.« Suavas Schreie zerschnitten die Luft und hallten in der schmalen Gasse wider. Gruesa, der die Sorge um Ertzain ins Gesicht geschrieben stand, war genau so blass wie ihre Freundin.

»Tut etwas, so tut doch etwas«, wimmerte Suava, als sie von den Gardisten in den vor dem Tor abgestellten Pferdewagen bugsiert wurde. Die beiden Schimmel schnaubten und erst, als der Kutscher mit der vollen Wucht der Peitsche auf die Pferde einschlug, setzen sie sich endlich in Bewegung.

Arbanor ahnte nichts von den Ängsten, die seine Mutter und mit ihr alle Bewohner von Albages in diesem Moment erfasst hatte. Geschützt unter dem mächtigen Blätterdach lehnte er neben Unir an einer haushohen Luftwurzel und ließ sich den frischen Honig aus einer erst am Morgen gebrochenen Wabe auf der Zunge zergehen. Die Beine weit von sich gestreckt, sahen die Jungen zu, wie zwei groß gewachsene Elfen einen Schwarzbären aus dem Dickicht führten. Der Bär trug ein ledernes Geschirr um den Leib, an dem mit klappernden Ketten ein schmaler Baumstamm befestigt war.

»Das gibt's doch nicht, ein Raubtier als Zugochse.« Arbanor staunte, als der kleine Tross wenige Meter von ihm entfernt zum Stehen kam. Die Elfenmänner machten sich am Zaumzeug des Tieres zu schaffen. Kaum hatten sie die Gurte gelöst, trottete der

Bär gemächlich davon und war schnell zwischen dem dichten Buschwerk verschwunden.

»Das ist kein Raubtier, Arbanor, viele Bären arbeiten für unsere Zimmerleute. Und sie werden dafür nicht schlecht entlohnt«, erklärte Unir dem verdutzten Prinzen.

»Wie bitte? Die Tiere werden von euch bezahlt?« Arbanor verschluckte sich beinahe am süßen Honig.

»Aber nein, natürlich bekommen sie kein Geld. Die Frauen der Zimmerleute schaffen für die Zugbären Körbe mit frischen Beeren aus dem Wald heran. Bären haben schlechte Augen, und, das erzähle aber bitte nicht weiter, sind richtige Faulpelze. Lieber schleppen sie ein paar Stunden lang Baumstämme durch den Wald, als den ganzen Tag nach Essbarem zu suchen.«

Arbanor nickte, doch in seinem Blick schwang Unglauben mit. Aber der Junge wurde abgelenkt von dem geschäftigen Treiben, das nun losbrach. Wie auf ein geheimes Zeichen hin strömten weitere Elfen herbei und der Prinz erkannte an den Schlapphüten und Werkzeuggürteln, die sie sich umgeschnallt hatten, dass das Dutzend Männer der Zimmermannszunft angehören musste.

»Das habe ich gerne, Hoheit liegt auf der faulen Haut und schaut uns beim Arbeiten zu«, scherzte der wohl älteste unter ihnen und zwinkerte den Jungen zu. »Wie wäre es, Prinz Unir, wenn du und dein Gast uns zur Hand gehen würdet?«

»Ja, ja doch«, sagte Unir gedehnt und stand langsam auf. So leise, dass nur Arbanor es hören konnte, fügte er hinzu: »Alter Sklaventreiber, dieser Zunftmeister.«

Schon kurze Zeit später hatte jeder der Jungen ein kleines Beil in der Hand. Arbanor versuchte, es dem Elfen gleich zu tun, der neben ihm die Rinde vom Stamm schälte. Doch statt einer glatten Fläche schlug der Prinz eine Kerbe nach der anderen in das harte Holz. Die Elfen lachten schallend, als Arbanor weit ausholte, mit voller Kraft das Beil in den Stamm trieb – und es anschließend nicht wieder herausziehen konnte.

»Das kommt davon, wenn man sein Leben in Häusern aus Stein verbringt«, giggelte ein junger Elfenbursche, der seine Haare zu einem langen Zopf gebunden hatte. »Warte, ich zeige dir, wie du das Beil führen musst.« So leicht, als ziehe er ein kleines Messer aus einem Stück frischer Butter, holte der Zimmermann das Werkzeug aus dem Stamm. Aufmerksam sah Arbanor zu, wie der Handwerker das Beil führte. Nach wenigen Schlägen gelang es ihm schließlich, die Rinde so abzuschlagen, dass der Stamm nicht mit behauen wurde.

»Das geht so leicht, als würdest du einen Apfel schälen, wenn du erst weißt, wie es geht«, flüsterte Unir, der bereits ein großes Stück Stamm freigelegt hatte. Wenig später lag das lange Holz glatt vor den Männern. Arbanor nahm die Frauen kaum wahr, die sich am Rande der kleinen Lichtung zu schaffen machten. Aus den Körben, welche sie mitgebracht hatten, stiegt ein würziger Duft und der eine oder andere Zimmermann ließ für einen Moment das Werkzeug liegen, eilte zu den Frauen und stärkte sich mit kühlem Wasser, das die Frauen mit Beerensaft gemischt hatten. Der Prinz sah, wie ein junger Elfenhandwerker die Arme um eine hoch gewachsene Frau legte und sie zärtlich küsste. Doch Arbanor war viel zu vertieft in die Arbeit, um wie sonst, wenn er Liebende sah, zu erröten oder verlegen zu grinsen.

»Sehe her, Menschensohn, das hier ist ein Stechbeitel«, erklärte der älteste Zimmermann.

»Die Klinge ist zu einem Hohlraum gebogen und der Stahl so hart, dass er durch das beste Holz dringen kann. Noch ist der Stamm zu grob, um die kleinen Schnitzmesser einzusetzen. Zuerst werden wir die grobe Form heraushauen.« Der Alte zeigte Arbanor, wie er mit dem hölzernen Hammer auf den Griff des Beitels klopfen musste, um auch ohne große Kraftanstrengung Vertiefungen in den Stamm zu arbeiten.

Die ersten Schläge gingen daneben. Die nächsten waren zögerlich. Doch bald hatte Arbanor eine ordentliche Kuhle in den Stamm geschlagen.

»Seht her, der junge Herr führt den Beitel, als habe er nie etwas anderes getan.« Aufmunternd klopfte der Meister Arbanor auf die Schulter. Der lächelte stolz und freute sich umso mehr, als Unir den Kopf hob und ihm unter den verschwitzten Locken zublinzelte.

»Es macht großen Spaß, mit Euch zu arbeiten, Meister.« Arbanor strahlte. »Aber sagt, was wird aus diesem Stamm, wenn die Arbeiten fertig sind?«

»Ich zeige es dir gerne, junger Mann, komm trink einen Schluck Beerensaft und stärke dich mit einem gebackenen Pilz.« Der Meister führte Arbanor zu den Körben, die die Frauen zurückgelassen hatten. Mit dem Becher in der einen und dem mit süßem Mehl überbackenen Pilz in der anderen Hand trottete Arbanor wenig später hinter dem Meister her um einen massigen Baumstamm. An der Rückseite des Baumes hatten die Elfen damit begonnen, eine breite Treppe in das Holz zu schlagen. Die Stufen, die sich wie eine Wendeltreppe zum Wipfel hinauf schraubten, boten bequem zwei Männern Platz.

»Siehst du das Geländer? Die Pfosten haben wir schon geschlagen, nun sollen Jagdszenen geschnitzt werden, die zur Sicherheit und Zierde an der Treppe angebracht werden.« Arbanor kniff die Augen zusammen.

»Und wozu dient dieser Baum? Welche Art Saal werdet ihr in seinem Wipfel bauen?«, fragte Arbanor mit vollem Mund. Hastig spülte der Prinz die letzten Pilzkrümel herunter. Arbanor rülpste leise, als der Zimmermann sich über die Augen wischte.

»Hier werden wir Pergamente aufbewahren, die in erster Linie Karten enthalten, die etwas mit Drachen zu tun haben. So genau weiß ich das auch nicht.« Wieder wischte der Alte sich über die Augen.

»Das kann nicht sein, dass jetzt schon die Dämmerung hereinbricht. Komm, wir gehen zurück.« Mit eiligen Schritten lief der Elfenmeister zurück zur Baustelle. Arbanor stolperte über eine Wurzel und konnte eben noch den Tonkrug auffangen, bevor er auf dem Waldboden zerbrach.

»Meister, was ist das? Warum wird es schon dunkel?«, rief Unir, als die beiden aus dem Dickicht traten.

»Vielleicht zieht ein Unwetter auf und die Wolken verdecken die Sonne?«, versuchte der Meister sich an einer Erklärung.

»Das kann nicht sein, die Luft ist so warm wie zuvor, kein Regenwind braust durch die Lüfte«, entgegnete der jung vermählte Elfe, der vorhin seine Frau geherzt hatte.

»Seid still!« Auf ein Handzeichen Unirs hin verstummte das Gerede der Handwerker. Der Elfenprinz trat in die Mitte der Lichtung und lauschte.

»Die Vögel haben aufgehört zu singen«, flüsterte Unir schließlich und riss die Augen auf. Arbanor spürte, wie eine eiskalte Hand nach seinem Nacken zu greifen schien. Gänsehaut kroch über seinen Rücken.

»Was geht hier vor, Unir?«, sagte er und blickte ängstlich zu seinem Freund. Der zuckte mit den Schultern und verharrte so steif und schweigend wie die anderen Elfen.

Das Rascheln im dichten Buschwerk brachte die Männer zur Besinnung. Äste knackten, dann bog sich ein Busch auseinander und ein Bote, den Bogen über die Schulter geworfen, stolperte nach Luft ringend auf die Lichtung.

»Der Vulkan bricht aus, der Ardiente spuckt Asche in den Himmel«, keuchte der Soldat. »Prinz Unir, Prinz Arbanor, folgt mir sofort, König Menoriath erwartet Euch unverzüglich. Und Ihr, Handwerker, seht zu, dass Ihr zu Euren Frauen und Kindern kommt. Beruhigt die Weiber und sorgt dafür, dass die Luken der Schlafkammern geschlossen sind, damit nicht alles voller Asche ist, wenn die Wolke bei uns ankommt.«

Menoriath und Arbadil saßen nebeneinander auf einem hölzernen Plateau, das den Elfen als Ausguck diente und groß genug war, um zwei Dutzend Soldaten Platz an der Brüstung zu bieten. Der Baum hatte scheinbar aufgehört zu schwanken. Kein Blatt rauschte. Als Unir und Arbanor verschwitzt die Plattform erklommen hatten, lächelten die Könige sich zu. Die schwere Asche, die sich langsam in einer mächtigen Wolke über das Land schob, tauchte alles in ein graues Licht. Doch die Knaben schienen von innen zu leuchten und die vom Laufen geröteten Wangen der beiden stachen regelrecht hervor.

»Ich sehe, ihr habt euch einen schönen Tag gemacht«, sagte Menoriath und deutete auf Unirs Hemd. Hastig klopfte dieser sich einige Holzspäne vom Wams.

»Entschuldige Vater, ich wollte unseren Gast herumführen«, beeilte Unir sich zu sagen, doch Menoriath unterbrach ihn.

»Das ist gut, Unir, doch kommt her und seht selbst.« Auf den Wink des Elfenkönigs hin traten die Jungen an das Geländer. Arbanor erkannte, dass es mit jenen filigranen Schnitzereien versehen war, die der Meister ihm eben erklärt hatte. Doch statt Drachen waren hunderte Eulen in das Holz gehauen. Die hölzernen Vögel hatten übergroße Augen und jede von ihnen hielt ein dickes Buch in der Hand.

»Wir nennen diese Plattform ‚Platz des Wissens und Sehens', denn von hier aus kann man weit sehen und viel lernen«, wisperte Unir. Dann stellte er sich neben Arbanor und ließ den Blick schweifen. Aus der Richtung, in der er den Ardiente vermutete, stieg Asche in den Himmel. Beinahe der ganze Horizont war verdeckt. Das Gebilde schien zu wabern.

»Vater, wo genau liegt Albages?« fragte Arbanor.

»In dieser Richtung, mein Sohn«, antwortete der König und deutete zum Horizont.

»Wie gut! Das ist eine ganz andere Richtung. Die Wolke kann das Dorf nicht erreichen «, rief Arbanor und entspannte sich.

»Nein, Euer Dorf ist nicht gefährdet vom Ascheregen. Unsere Späher beobachten die Wolke seit zwei Stunden und wie auch die Wetterweisen sind sie sicher, dass der Wind nicht so schnell und stark drehen kann, als dass die Asche in Gebiete kommt, in denen viele Menschen leben«, erklärte Menoriath.

»Es freut mich, Arbanor, dass du an die Menschen deines Volkes denkst«, fügte der König hinzu. Kaum merklich reckte Arbadil die Schultern, als der Elfenfreund seinen Sohn mit unverhohlenem Lob bedachte. Arbadil war stolz auf Arbanor, den kleinen tapferen Mann, der eines Tages die Geschicke des Reiches würde in den Händen halten, die nun zerschnitten waren vom ungeschickten Umgang mit den Schnitzwerkzeugen und braun vom Dreck, in dem die Buben gespielt hatten. Arbadil hatte zwar nie daran gezweifelt, dass er bei Menoriath willkommen war – doch galt es, einen jeden Menschenkönig auf ein Neues anzuerkennen. Denn der, den die Elfen für unwürdig befanden, der würde niemals Hilfe bekommen von den starken Waldgeschöpfen, wenn er einem Gegner Paroli bieten musste, der stärker war als sieben Heere zusammen.

»Arbanor, du weißt, was diese Asche bedeuten kann?« Menoriath beugte sich ein wenig zu dem Prinzen herunter. Arbadil erkannte, dass eine Prüfung begann und horchte angespannt.

»Der Vulkan bricht aus, Vater«, rief Unir.

»Das stimmt, mein Sohn, aber ich habe dich nicht gefragt. Unir, sei so gut und sieh nach deiner Mutter«, sagte Menoriath. Der Elfenprinz klappte den Mund zu einem stummen Protest auf, doch der strenge Blick seines Vaters ließ ihn stumm davon trotten.

»Ich werde Euren Sohn begleiten, Menoriath«, sagte Arbadil und stieg hinter Unir den Baum hinab. Hier war er nicht erwünscht, so gerne er auch seinem Sohn beigestanden hätte.

»Gut, Arbanor, und nun sage mir noch einmal, was dieser Ascheregen zu bedeuten hat.« Sachte strich Arbanor über die hölzernen Büchereulen. Das Holz war noch warm von der Sonne und schien unter seinen Händen zu vibrieren. Arbanor hatte keine Ahnung, was nun passieren würde, doch er war nicht beunruhigt oder nervös. Nur gespannt auf das, was ihm an diesem Tag noch geschehen würde.

»Wenn der Ardiente wirklich ausbricht und nicht nur ein wenig Asche hustet, Majestät, dann kann dies ein sicheres Zeichen dafür sein, dass Ankou wieder ein Stück mehr an Kraft gewonnen hat.«

Zustimmend nickte Menoriath. »Das ist richtig, Junge, und was weißt du noch?«

»Nun, Meister Ningun sagt, dass es einige Zeichen gibt, die Ankous Ankunft ankünden. Niemand weiß, wie viele Zeichen es sind, doch in den Schriften sind, so weit mein Lehrer dies erforschen konnte, sieben Zeichen genannt. Die Nebelsäulen, welche am Tag meiner Geburt in den Himmel wuchsen, werden ‚Das erste Signum' genannt. Doch was noch kommt, das weiß niemand.« Arbanor holte tief Luft und sah den Elfenkönig mit großen Augen an. Der Junge musste den Kopf recken, um den Blick des großen Mannes zu erwidern.

»Ich werde wohl derjenige sein, der es mit Ankou zu tun bekommt«, sagte Arbanor unbekümmert. »Aber ich habe keine Angst, und Unir sicher auch nicht, Ich glaube, wenn wir gemeinsam ein Geländer wie dieses schnitzen können, dann können wir es auch mit Ankou aufnehmen.« Menoriath lachte schallend ob der kindlichen Logik. Zufrieden legte er Arbanor die Hand auf die Schulter.

»Du hast Mut und du hast Zuversicht, Arbanor. Und ich spüre, dass du ein reines Herz hast. Du bist ein wahrer König.« Arbanors Herz setzte einen Schlag lang aus, als Menoriath sich zu ihm herab beugte und er nun direkt in die wasserblauen Augen des Elfenkönigs blickte. Eine warme Welle erfasste erst seinen Kopf, dann seine Glieder und loderte schließlich als heiße Flamme in seinem Körper.

»Nicht viele Menschen sind reinen Herzens, Arbanor, doch in deinen Augen sehe ich nichts als die Klarheit und Reinheit.

Bewahre deinen Mut und deine Ehrlichkeit und du kannst sicher sein, in den Elfen immer Freunde zu haben.« Beschwörend legte Menoriath dem Knaben die Hände auf die Schultern.

»Du bist ein wahrer König«, flüsterte der Elf. Arbanor taumelte, als die schmalen Finger über seine Augen strichen. Menoriath schien in sein Innerstes einzudringen, schien seine Gedanken in die Hand zu nehmen, zu prüfen und an einen anderen Platz wieder zurückzusetzen. Arbanor meinte, eine Hand zu spüren, welche sein wild schlagendes Herz mit kühlen Fingern umfasste, ihn sanft knetete und streichelte und schließlich gestärkt und ein wenig größer zurück an seinen Platz in seiner Brust setzte. Leise stöhnte der Prinz auf.

»Du bist ein wahrer König«, sagte Menoriath noch einmal. Dann ging ein Ruck durch Arbanors Körper und als er benommen die Augen wieder öffnete, sah er seinen Vater, der neben Unir am Rand der Plattform stand. Menoriath war ans Geländer getreten und hatte die Arme ausgebreitet.

»Ankou, komm, wenn du kannst, du wirst einen würdigen Gegner haben«, rief der Elfenkönig. Im selben Moment, als die dunkle Stimme über dem dichten Blätterdach des ewigen Waldes verhallt war, ging ein Rollen und Donnern los. Der mächtige Baum bebte bis tief in die Wurzeln und Arbanor klammerte sich am Büchereulen- Geländer fest. Ein Stampfen drang aus der Erde, ein Rollen, dann wieder ein Stampfen und dann gab es in der Ferne einen lauten Knall. Donner und Schläge wie von einschlagenden Wurfgeschossen erfüllten die Luft. Die Aschewolke wuchs noch größer an. In dem Moment, als sie den Himmel zu übersteigen schien, spritzte eine glutrote Fontäne aus der Erde.

»Ankou«, flüsterte Arbadil und trat neben seinen Sohn an die Brüstung. Unir zwängte sich zwischen Menoriath und seinen neuen Freund.

»Der Vulkan bricht aus«, schrie der Elfenjunge. Dann starrte er wie die anderen stumm auf die Lavafontäne, die in den Abendhimmel schoss.

Die Nacht senkte sich über das Land und als die Dunkelheit alle Umrisse verschluckt und mit einer samtenen Schwärze bedeckt hatte, leuchtete der Lavastrom wie eine bizarre Straße. Arbanor konnte nur ahnen, was sich am Fuß des Ardiente abspielte. Selbst von hier aus meinte er die Hitze des geschmolzenen Gesteins zu spüren und die Gier, mit der diese glühende Zunge alles verschlang, was in ihrem Weg lag.

»Ich habe keine Angst, Ankou«, rief Arbanor schließlich.

»Wir haben keine Angst, komm du nur«, schloss Unir sich ihm an. Menoriath und Arbadil nickten sich über die Köpfe der Jungen hinweg zu. Ankou hatte sein zweites Zeichen geschickt. Doch Menschen und Elfen würden vorbereitet sein, wenn der Tag seines Schlags gegen Tamar kam.

Drittes Signum

»Man wird nicht wissen, ob es Mensch ist oder Tier. Was die Gebärende aus ihrem Leib presst, wird Ekel hervorrufen und Abscheu. Weder wird man dessen Geschlecht benennen können, noch sein Wesen. Doch die Gliedmaßen werden Euch erinnern an jene schleimigen Wesen, welche in den Mooren hausen.«

Aus den Chroniken des Geheimbundes

Arbadils Gesicht war durchzogen von unzähligen Falten und Furchen. Die geschlossenen Augen des Königs lagen tief in den Höhlen und seine wächserne Haut schimmerte fahl im Schein der wenigen Kerzen, welche um seine Bettstatt herum in schweren eisernen Leuchtern steckten. Arbanor beugte sich über den Vater und küsste ihn ein letztes Mal auf die kalte Stirn. Sanft strich der Prinz über die eingefallene Wange des Leichnams. Ihm schien, als benetzten Tränen des toten Vaters seine Finger.

»Komm, Arbanor, es ist Zeit.« Sanft legte Masa die Hand auf die Schulter des Prinzen. Der zuckte zusammen und wandte sich langsam zu seiner Amme um. Masa musste den Kopf heben, um dem groß gewachsenen jungen Mann in die Augen zu blicken. Zwanzig Jahre zählte der Prinz – doch in seinen Augen sah Masa den Schmerz eines langen Menschenlebens.

»Einen Moment noch, Masa, ihr könnt Vater gleich einsalben. Ich brauche noch ein wenig Zeit.« Arbanor schluckte schwer, um gegen den Kloß in seinem Hals anzukämpfen. Masa nickte stumm und drückte ihm die Hand.

»Wenn du etwas brauchst, dann rufe mich. Ich warte vor der Türe«, flüsterte sie. Als die Amme die Tür öffnete, konnte Arbanor einen kurzen Blick in den Vorraum werfen. Die Fackeln warfen ein gespenstisches Licht auf die Höflinge, die sich in dem kleinen Saal drängten. Ningun war unter ihnen und Afeitar. Der Rittmeister stand neben Honrado und Alguien, die mit hängenden Schultern auf den Boden starrten. Der gleichmäßige Singsang der Mägde und Köchinnen legte sich wie ein grauer Schleier über die trauernde Dienerschaft. Die Angeln quietschten, als Masa die Türe hinter sich zuzog. Kurz flackerten die Kerzen auf, als ein Windstoß sie erfasste. Arbanor trat erneut an das Bett des Vaters.

Lange betrachtete der Prinz das wächserne Gesicht. Die grauen Haare fielen wie ein Schleier auf das Kissen. Des toten Königs Hände waren vor der Brust gekreuzt. Arbanor wandte sich um und schob die Umhänge und schweren Kettenhemden beiseite, welche an den Haken im hinteren Teil der Kammer hingen. Endlich fand er, wonach er suchte. Sachte, beinahe zärtlich, strich er über den mit einem goldenen Drachen verzierten Griff des Schwertes. Das Metall lag eiskalt in seinen Händen, als er das Schwert zum Bett des Vaters trug. Mit zitternden Händen legte er es längs auf die Brust des toten Königs und schloss sanft Arbadils kalte Hände um den Griff.

»Danke, Vater«, flüsterte Arbanor und fiel auf die Knie. Dann vergrub er den Kopf an der Schulter des Toten und schloss die Augen. Bilder stiegen in ihm auf, Geräusche und Gerüche aus längst vergangenen Tagen. Arbanors Herz begann zu rasen und seine Kehle war wie zugeschnürt. Doch seine Augen blieben trocken, denn der Prinz erinnerte sich an den letzten Wunsch seines Vaters.

»Weine nicht, mein Sohn, du musst jetzt stark sein. Für dich, für Tamar, für dein Volk«, hatte Arbadil mit schwacher Stimme gesagt. Dann hatten sich die Augen des Königs grotesk verdreht. Nur noch das Weiße war zu sehen. Arbadils Brust hatte sich so schnell gehoben und gesenkt, als sei er eben von einem schnellen Ritt zurückgekehrt. Das Rasseln aus seinen Lungen wurde zu einem lauten Pfeifen.

»Suava«, keuchte er so leise, dass nur sein Sohn die Worte verstehen konnte. Dann bäumte der König sich auf. Ein spitzer Schrei stieg aus seiner Kehle und gleich darauf ein Gurgeln, das an ein getroffenes Tier erinnerte. Arbadil klappte den Mund auf und sank im selben Augenblick auf die Kissen. Der König war tot.

Arbanor schüttelte sich, als er an die letzten Momente des Vaters dachte. Ihm war, als habe er das Herz des Königs zerspringen hören, dieses kranke Herz, das sich nach seiner Frau verzehrte und das aufgehört hatte zu leben in jenem Moment, als Arbadil seine tote Frau in den Armen gehalten hatte.

Arbanor erinnerte sich an jenen Tag, als sei es gestern gewesen und nicht bereits vor mehr als acht Jahren. Und noch jemand aus dem Hofstaat würde jenen Tag, der Arbadils Schicksal besiegelte, niemals vergessen – Afeitar.

Seit Afeitar die Gemächer im Haupthaus bezogen hatte, welche ihm als Nachfolger Ertzains zustanden, war kaum ein Tag vergangen, an dem der ehemalige Rittmeister sich nicht um eine Audienz in den Gemächern der Königin bemüht hatte. Anfangs hatte Suava ihn noch abweisen können mit dem Verweis, dass Gruesa, die seit dem Tode Ertzains mit den Zwillingen in der Burg lebte, es nicht ertragen würde, Afeitar an Ertzains Stelle zu sehen – denn der Rittmeister trug voller Stolz die goldene Brosche, welche ihn als engen Vertrauten des Königs auswies. Gruesa brach jedes Mal in Tränen aus, wenn sie Afeitar durch die Burg stolzieren sah. Denn Ertzain, ihr geliebter Mann, würde nie wieder seinen Fuß auf den Boden Tamars setzen. Er hatte beim Ausbruch des Ardiente sein Grab im kalten Ozean gefunden. Mächtige Gesteinsbrocken waren mit der glühenden Lava aus dem Krater geschleudert worden und als die

Wucht der Explosion aus den Tiefen der bebenden Erde eine ganze Felswand absprengte und ins Meer katapultierte, antwortete dies mit einer mächtigen Flutwelle, die bis an die Ufer Exevors schwappte. Doch zuvor hatte sich das Wasser zurückgezogen vom Strand und zwei der Kriegsschiffe, die bereits bis zum Rand mit Schwefelgestein beladen waren, kippten auf dem trockenen Sand um, als seien sie Spielzeuge. Die Männer hatten mit Seilen versucht, die riesigen Barkassen aufzurichten. Keiner hatte bemerkt, dass das Meer sich weiter und weiter zurückzog und als das donnernde Rauschen des mit Urgewalten hereindrängendenWassers sie aufschreckte, war es zu spät. Vor ihnen baute sich eine Wand auf, höher als Guarda Oscura und so breit wie der Horizont. Ertzain, so hatten die Überlebenden berichtet, hatte die mit rasender Geschwindigkeit auflaufende Wasserwand als einer der ersten auf die Truppen zurollen sehen. Alles hatte sie mit sich gerissen. Der markerschütternde Schrei wurde vom Tosen der Fluten übertönt. Einen jungen Soldaten konnte Ertzain noch packen und an die Oberfläche zerren, doch eine heftige Welle hatte sie schließlich doch beide fort getragen. Das letzte Mal wurde der Lord gesehen, als sein toter Körper leblos auf das offene Meer hinaus trieb. In seinen Händen, so erzählten die wenigen überlebenden Soldaten, habe er das Hemd des jungen Soldaten gehalten.

Gruesa schmerzte am meisten, dass sie den geliebten Mann nicht bestatten konnte. Suava und Arbadil sorgten zwar dafür, dass am Fuße der Burg ein Denkmal errichtet wurde, das Ertzain in Stein gehauen darstellte, doch für Gruesa und ihre Söhne war es nur ein schwacher Trost, an diesem Platz des toten Mannes und Vaters zu gedenken. Täglich brachte Gruesa frische Blumen und hielt stumme Zwiesprache mit dem steinernen Ertzain. Sie erzählte dem toten Gatten von den Söhnen, die er nicht würde aufwachsen sehen, von ihrem Umzug in die Burg und von den Fortschritten, die Honrado und Alguien in der Kampfkunst machten. Nie erwähnte sie Afeitar, den Arbadil zum Nachfolger Ertzains gemacht hatte

– und niemals sagte sie der Statue, dass ihr eigenes Herz so steinern und kalt war, wie dieses Abbild Ertzains.

Afeitar indessen arbeitete sich schnell ein in die Kriegsbelange, welche er mit Arbadil zu besprechen hatte. Der Rittmeister schien der geborene Kämpfer zu sein und mehr als einmal überraschte er den König mit klugen strategischen Überlegungen. Und da Arbadil ihn zu seinem Trainingspartner machte und mit Afeitar Reitduelle ausfocht vermisste der Rittmeister den Stallgeruch und die Nächte im weichen Stroh, mitten unter den Tieren, nur selten. Er gewöhnte sich rasch an die prachtvoll ausgestattete Kammer und das Bett mit der weichen Matratze. An den Diener, der ihm zur Seite stand und an die Mägde, die ihm, wann immer er danach verlangte, die besten Speisen aus der Burgküche brachten – und von denen jene mit den prallsten Brüsten und dem weichsten Schoß ihm auch sonst gerne und oft zu Diensten war.

Und doch hatte Afeitar jenen blinden Fleck in seinem Herzen, der nur von einer einzigen Frau zum Leben erweckt werden konnte. Wenn die Magd nachts bei ihm lag, so hatte er nur dieses eine Gesicht vor Augen. Die goldroten Locken. Den süßen Mund. Und den Rosenduft, der von Suavas seidenweicher Haut aufstieg. So klar war ihm dies alles vor Augen dass er wusste, eines Tages würde die Geliebte ihr Zögern aufgeben und sich ihm hingeben. Ihm, Afeitar, der sie mehr begehrte, als Arbadil es jemals könnte, und sei er auch der König des Reiches.

Mit jedem Tag, den Afeitar an der Seite des Königs verbrachte, mit diesem über Plänen brütete und gesüßten Wein trank, fühlte der ehemalige Rittmeister sich sicherer – und er spürte, dass sein Tag näher rückte mit jedem Mal, wenn die Sonne unterging und schließlich wieder die schwarze Nacht verdrängte.

»Heute ist der Tag.« Afeitar wachte im Morgengrauen auf. Ein kleiner Spatz hatte sich auf die Brüstung des Fensters gesetzt und streckte neugierig den Kopf in die Kammer. Das Gefieder des Vogels leuchtete in der aufgehenden Sonne wie Suavas Haar und die Baumwipfel, welche Afeitar am Horizont sah, waren vom selben Grün wie die alles überstrahlenden Augen seiner Königin. Unwirsch rüttelte er die Magd an der Schulter und stieß das nackte Mädchen aus seinem Bett.

»Geh an deine Arbeit, los, verschwinde«, brummte Afeitar. Seine Stimme zitterte ein wenig – sein Mund war trocken und klebrig vom Schlaf und sein Herz hämmerte in seiner Brust. Schweigend klaubte die Magd ihren Rock und die Bluse vom Boden auf. Dann ging sie zur Waschschüssel, welche neben dem Fenster stand. In dem Moment, als sie die Hände in das Wasser tauchte, flatterte der Spatz davon.

»Dummes Weib«, stöhnte Afeitar und ließ sich in die Kissen fallen. Regungslos sah er dem Mädchen dabei zu, wie es sich sein Gesicht wusch und in seine nach Bratfett und Küchendunst riechenden Kleider schlüpfte.

»Soll ich heute Abend kommen, Herr?« Die Frage des Mädchens hing einen Moment wie eine lästige Spinnwebe im Raum. Unschlüssig scharrte die Magd mit den Holzpantinen auf dem Boden.

»Wenn ich Lust habe, wirst du es früh genug wissen«, sagte Afeitar schließlich träge und schloss die Augen. »Jetzt geh an deine Arbeit und sag der Köchin, sie soll mir gebratene Eier bringen und heißen Tee, aber rasch.«

Das Mädchen nickte stumm. Als die schlurfenden Schritte nicht mehr zu hören waren, setzte Afeitar sich auf. Sein Blick glitt zum Fenster. Keine Wolke war am Himmel zu sehen, der sich wie ein strahlend blaues Zelt über die mit Tau bedeckten Wiesen spannte. Tief sog der königliche Berater die frische Luft ein. Dann sprang er aus dem Bett, goss frisches Wasser in die Schüssel und tauchte sein Gesicht in das kühle Nass. Prustend und schnaubend tauchte er wieder auf. Das Wasser troff von Haaren und Bart. Mit dem kleinen Finger knispelte er in seinem Ohr, um einen lästigen Wassertropfen herauszuschütteln. Da hörte er das leise Piepsen: auf dem Fenstersims saß wieder der kleine Spatz und sah Afeitar mit geneigtem Kopf zu.

»Du weißt es also auch, heute ist Suavas Tag«, flüsterte Afeitar. Der Spatz hüpfte ein wenig näher heran und pickte mit dem Schnabel in das Moos, welches sich zwischen den Mauersteinen abgesetzt hatte. Afeitars Hände begannen zu zittern und in seinem Magen schienen sich tausend Ameisen im Kreis zu drehen.

Mit einem Ruck riss er die Schüssel aus dem ehernen Ständer und goss sich das kalte Wasser in einem Schwall über den Kopf. Mit bloßen Händen rieb er seine Haut so lange, bis sie unter der behaarten Brust rot schimmerte. Der geliebte Rosenduft schien ihm in die Nase zu steigen. Der Spatz piepste leise und flatterte davon, als es an die Tür der Kammer klopfte. Eilig schlang Afeitar sich eine wollene Decke um den Leib.

»Komm herein«, rief er.

»Was für ein herrlicher Morgen«, zwitscherte Gorrion. Der kleinwüchsige Diener, welcher dem König seit Jahren treu ergeben war, sorgte seit Afeitars Umzug in die oberen Gemächer auch für dessen Wohl. Umständlich bugsierte Gorrion ein Tablett herein, auf dem eine Schüssel mit dampfendem Omelette und ein großer Becher mit würzigem Kräutertee standen.

»In der Tat, ein guter Tag«, antwortete Afeitar. Gorrion ließ sich seine Verwunderung nicht anmerken – ein Gespräch mit Afeitar, bevor dieser gefrühstückt und sich angekleidet hatte, war sonst nicht möglich. Der Berater des Königs brachte am frühen Morgen selten mehr als ein unwirsches Brummen über die Lippen und wenn Afeitar schlecht geschlafen hatte, dann überschüttete er Gorrion auf der Stelle mit Beschimpfungen und bemängelte dessen Arbeit.

Als habe er eine Woche lang nichts gegessen schlang Afeitar die Eier in sich hinein. Der würzige Tee vertrieb den bitteren Geschmack des Schlafes von seiner Zunge. Mit vollem Mund gab Afeitar Gorrion Anweisungen, welches Beinkleid und welches

Wams der Diener ihm zurechtlegen sollte. Stumm tat Gorrion seine Pflicht und nahm die Kleidungsstücke aus der großen Truhe. Als Afeitar laut rülpste und sich mit dem Handrücken über den Mund wischte, nahm der Diener das Tablett und wandte sich zum Gehen.

»Genieße diesen Tag, Gorrion«, rief Afeitar ihm hinterher. Verwundert schüttelte der Kleinwüchsige den Kopf, ehe er sich zu den Gemächern Arbadils aufmachte. Der König ließ sich gerne von seinem Diener einkleiden und bei der Bartpflege helfen. Gorrion freute sich auf die nette Plauderei, mit der jeder Morgen bei Arbadil begann und hatte das ungewöhnliche Verhalten Afeitars vergessen, sobald er in Arbadils Schlafkammer schlich und die schweren Vorhänge zur Seite zog.

Afeitar unterdessen schlüpfte rasch in Hemd und Hose. Verwundert bemerkte er, dass seine Hände zitterten, als er die Hornknöpfe schließen wollte. Der breite lederne Gürtel, den er um seinen Leib schlang, schien ihn durch sein Gewicht ein wenig auf den Boden zu drücken. Afeitar atmete tief ein und rollte mit den Schultern, um seinen Nacken zu entspannen. Da hörte er erneut das leise Piepsen – der Spatz flatterte vor dem Fenster, zog kleine Kreise und schien den Mann auffordern zu wollen, ihm zu folgen.

»Dann auf, Afeitar, die Sonne steht schon höher, der Tag ist da«, sagte er laut zu sich selbst und ging mit starken Schritten zur Tür und den schmalen Gang bis zur Treppe. Die Fackeln, welche die ganze Nacht gebrannt hatten, steckten nur noch als kurze verkohlte Klumpen in denWandhalterungen. Die beiden Hellebardenträger, die vor denWohntrakten Nachtwache gehalten hatten, grüßten den Rittmeister mit einem müden Nicken. Stumm ging er an ihnen vorbei.

Im Hof vor dem Wohntrakt knieten zwei junge Burschen auf den Steinen. Mit gekrümmten Messern schabten sie das Moos, welches sich zwischen den Steinen abgesetzt hatte, heraus. Als sie Afeitar kommen sahen, zuckten sie zusammen, als erwarteten sie einen seiner gefürchteten Ausbrüche. Doch der königliche Berater nickte den Jungen nur stumm zu. Verwundert sahen sie Afeitar nach, der mit beschwingten Schritten durch das obere Tor schritt und seinen Blick immer wieder zum Himmel wandte.

Afeitar hielt Ausschau nach dem kleinen Spatz. Das gleißende Morgenlicht blendete ihn. Schützend hob er die Hand vor die Augen. Endlich sah er über den Zinnen einen Schatten, der auf und ab flatterte und kleine Kreise durch die Luft zog. Afeitars Herz machte einen Sprung. Eilig durchmaß er den Küchenhof, wo die erste Köchin eben mit einer krummnasigen Magd einen großen Korb voller Kartoffeln aus dem Vorratsschuppen hievte.

Im Vorhof waren die Stallburschen damit beschäftigt, die schweren Brustpanzer an den Pferden festzuschnallen. Gleich würden der Prinz, Honrado und Alguien ihre tägliche
Reitstunde beginnen; die Lanzen lehnten an der Mauer und einer der Stallburschen zurrte mit geübten Bewegungen den mit Stroh gefüllten Torso fest, auf den die Jungen in scharfem Galopp würden einschlagen müssen. Der warme Geruch der nervös mit den Hufen scharrenden Gäule stieg Afeitar in die Nase und beruhigte seine Sinne ein wenig. Zwischen seinen Schenkeln meinte er, das glatte Leder eines festen Sattels zu spüren, den Wind in seinem Haar, gemischt mit dem Duft zarter Rosen, fliegendes Lockenhaar, der schmale Rücken Suavas, die ihm voranpreschte. . . Afeitar nickte den Burschen zu und stapfte die steinernen Stufen hinauf, welche zur Wehrmauer führten.

Zwischen den Zinnen auf der Westseite hatten die Soldaten bereits vor Wochen damit begonnen, Wurfgeschosse aufzustellen. Der Tau hatte sich auf die neben den großen Schleudern aufgestapelten eisernen Kugeln gelegt, so dass deren Stacheln im hellen Morgenlicht schimmerten. Afeitar ließ seinen Blick gleiten. Unter ihm lag Albages. Aus einigen Kaminen stiegen gemütliche Rauchwolken in den Himmel und fast meinte er, den Duft frisch gebackenen Brotes aus dem Backhaus bis zur Burg hinauf zu riechen. Auf den Feldern hinter dem Dorf trieben die Bauern ihre

Ochsen an. Ein Karren rumpelte über den staubigen Weg und Afeitar erkannte an dem Wimpel, der neben dem Mann auf dem Kutschbock wehte, dass dies Peon war. Der Dorfsprecher lenkte den Wagen zum Feld und schien Anweisungen zu brüllen.

Langsam schritt Afeitar über den breiten Wehrgang. Als er den nördlichen Wehrturm erreicht hatte, stockte sein Schritt. Auf der dritten Zinne hinter dem Turm hockte der kleine Spatz. Der Vogel schien ihm zuzunicken. Das Tier plusterte sein Gefieder auf, schüttelte sich und wandte sich hüpfend um. Mit dem Schnabel deutete der Spatz um die Ecke. Afeitar schluckte trocken. Er wusste nur zu genau, dass dies kein gewöhnlicher Vogel war. Sein Herz pochte so stark, dass er meinte, man müsse das Schlagen bis zum Marktplatz in Albages hinunter hören. Wie gelähmt starrte der königliche Berater auf den Vogel. Als dieser leise piepste, gab Afeitar sich einen Ruck und ging langsam weiter. Seine Knie waren so weich wie frisch geschlagene Butter.

Und dann sah er sie. Zwischen zwei Zinnen stand Suava. Der Wind spielte mit ihren Locken und bauschte das moosgrüne Kleid. Der rote Schal, welchen sie sich um die Schultern gelegt hatte, flatterte im Wind und schien Afeitar zuzuwinken. Langsam, als habe jemand die Zeit angehalten, ging der Mann weiter. Afeitars Fußsohlen prickelten bei jedem Schritt und nur mit Mühe konnte er sich bremsen, um nicht sofort zu Suava zu rennen. Hinter einem Vorsprung lehnte er sich gegen die Mauer und atmete tief durch.

Suava indessen bemerkte nicht, dass sie nicht mehr alleine auf den Zinnen stand. Ein feines Lächeln umspielte ihren Mund, als sie in den unteren Hof blickte. Eben stürmten ihr Sohn Arbanor und die Zwillinge Alguien und Honrado zum Reitplatz. Die Burschen hatten die Pferde bereits gesattelt und Alguien sprang mit einem Satz auf das rotbraune Pferd. Honrado und Arbanor aber blieben mitten auf dem mit Spänen bestreuten Feld stehen. Suava lehnte sich ein wenig weiter über die Brüstung – und richtig: mit hängenden Schultern, gekleidet in ein eigens für ihn geschneidertes ledernes Kampfhemd, schlurfte Duende zum Kampfplatz. Die kleine Lanze zog der Winzling hinter sich her.

Suava kicherte, als sie sah, wie ein Stallbursche einen großen gelben Hund in den Hof führte. Dem Tier war ein Sattel umgeschnallt worden. Gleichgültig trottete der Köter hinter dem Burschen drein, doch als Duende das Tier sah, stieß er einen spitzen Schrei
aus. Arbanor schnappte sich den Knirps und hob ihn in den Sattel des Hundes. Der Zwerg protestierte, doch der Prinz grinste und führte den alten gutmütigen Hund mit dem zeternden Zwerg auf dem Rücken um den Kampfplatz. Die Königin lächelte und strich sich die glänzenden Haare aus dem Gesicht. In diesem Moment setzte sich ein kleiner Spatz auf die Mauer direkt vor Suava.

»Na, mein kleiner Freund, willst du dir auch das Spektakel dort unten ansehen?«, flüsterte die Königin. Das Vögelchen legte den Kopf schief und hüpfte hin und her. Langsam streckte Suava die Hand aus. Einen Moment hielt der Spatz inne, ganz so, als überlege er, ob die feingliedrigen Finger ihm etwas Böses wollten. Doch dann machte er einen Satz und setzte sich in Suavas geöffnete Hand.

Afeitars Herz schien zu bersten, als er den Vogel in der Hand der schönen Frau sitzen sah. Ihm war, als ziehe eine unsichtbare Hand an seinem Körper. Ohne, dass er es selbst wollte oder steuern konnte, bewegten sich seine Beine. Afeitar trat aus dem Schatten des Mauervorsprungs und näherte sich mit zitternden Knien der Königin. Suava hörte tiefes Schnaufen und drehte sich um.

»Afeitar, hast du mich erschreckt«, rief sie. Der Spatz flatterte auf, zog einen Kreis über den Köpfen der beiden und ließ sich dann auf der nächsten Burgzinne nieder.

»Verzeiht, meine Königin, das war nicht meine Absicht.« Afeitars Stimme war rau, die Zunge schien ihm am Gaumen zu kleben. Nervös trat er von einem Bein auf das andere. Irritiert blickte die Königin den Mann an. Für einen Moment loderten die Bilder wieder auf – der Ritt zum See, sein Kuss, ihr Abscheu. Doch dann besann Suava sich und straffte die Schultern. Sie war die Königin und dies der Berater und engste Vertraute ihres Gemahls.

»Hast du gesehen, Rittmeister, dass nun auch Hunde dressiert werden?« Suava versuchte zu scherzen, doch ihr Lächeln war schmal. Afeitar trat neben sie und blickte über die Brüstung in den Hof. Was er sah, löste den Knoten in seiner Brust. Schallend lachte der ehemalige Rittmeister auf: zwischen den Jungen, die auf massigen Pferden saßen, hoppelte Duende auf einem blassgelben Köter über den Platz und klammerte sich an dem kleinen Sattel fest.

»Hätte ich geahnt, dass nun auch Duende zum Kämpfer ausgebildet wird, ich hätte mit König Arbadil einen ganz anderen Schlachtplan aufgestellt.«

»Nun, mein Gemahl wird erstaunt sein, welche Ritter für Tamar ausgebildet werden.« Noch immer klang Suavas Stimme nicht wirklich fröhlich, doch als sie sah, wie Arbanor seinem Schimmel die Sporen gab und mit einem kraftvollen Stoß seine Lanze in die Strohpuppe hieb, machte ihr Herz einen Sprung. Ja, das war er, ihr Sohn, Arbadils Nachfolger, der künftige König des Reiches. Stolz beobachtete die Königin, wie die Jungen wieder und wieder um den Platz galoppierten und die Lanzen hoben.

»Das Talent, ein Pferd so zu führen, dass es sein Bestes gibt, hat der Prinz von Ihnen geerbt, meine Königin.« Afeitar wandte sich zu Suava um. Sein Blick sog sich fest an den moosgrünen Augen, den luftigen Haaren. Süßer Rosenduft stieg ihm in die Nase und nur mit Mühe konnte er seine Hand unten halten, um Suava nicht über die Wange zu streichen.

Erschrocken sah die Königin, wie die Augen des Rittmeisters aufblitzten. Um den Mund des Mannes zuckte es. Suava trat einen Schritt zurück.

»Es wird Zeit für mich zu gehen, Gruesa erwartet mich und die alte Kaja muss wissen, was sie in dieser Woche zu erledigen hat«, stammelte Suava. Von der Zinne erklang ein leises Piepsen, dann schwang sich der Spatz in die Luft und flog um die Ecke. Suava drehte sich um und ging in dieselbe Richtung.

Afeitar folgte ihr. Der Wind bauschte den roten Schal auf, der ihm zuzuwinken schien. Wie gebannt starrte er auf den schmalen Rücken der Frau. Als Suava um die Ecke bog, schrie sie auf – dort, wo sie eben noch einen kleinen Spatz hatte landen sehen, hockte nun ein fetter schwarzer Vogel. Seine Flügel schienen die Luft zu peitschen, als er direkt auf sie zuflog. Mit einem scharfen Kreis umflog der Rabe Suavas Kopf. Die Königin duckte sich und beobachtete angewidert die Landung des unförmigen Tieres direkt vor ihren Füßen auf der Wehrmauer.

Wie angewurzelt blieb sie stehen. Auch Afeitar starrte den Raben an. Doch nur für einen Moment. Dann begann sein Herz zu rasen, seine Hände streckten sich wie von selbst nach Suava aus, umfingen sie von hinten. Mit zitternden Armen presste der Rittmeister die Königin an sich, vergrub seine Nase in ihrem Nacken. Tief sog er den Duft ein, und als der Rabe wie aufmunternd krächzte, saugten sich seine Lippen in die weiche weiße Haut der Königin.

»Afeitar, lass mich los«, rief Suava.

»Wehr dich nicht, meine Schöne, du willst es doch auch, ich weiß es, du willst mich, wie ich dich will.« Afeitar riss Suava herum und krallte seine Hände in ihre Schultern. Suavas Knie schienen nachzugeben, doch der feste Griff des Rittmeisters hielt sie aufrecht. Sein Gesicht war nun direkt vor ihrem, sein keuchender Atem blies sie an. Afeitars Augen waren nur noch zwei schwarze Höhlen, die sich ihrem Gesicht immer weiter näherten. Suava wollte den Rittmeister treten, doch ihre Beine gehorchten ihr nicht. Wie gelähmt stand sie da und als Afeitar seinen Mund auf ihren presste und mit seiner Zunge ihre Lippen öffnete, hatte sie nur noch die Kraft, leise zu stöhnen.

»Siehst du, du willst es«, keuchte Afeitar, als er für einen Augenblick von ihr abließ. Der Himmel schien sich über Suava zu drehen, das Blau wurde greller und greller, Afeitar presste sie an sich, zerrte an ihrem Kleid und riss ihre Bluse auf. Der Mann keuchte und stöhnte, presste sie an sich und Suava spürte, wie seine Männlichkeit hart und fordernd an ihrem Leib scheuerte. Ihr schwindelte, alles schien sich zu drehen, wie von weit her hörte sie das Krächzen eines Raben. Afeitars Hand, ein stechender Schmerz. Mit einem Mal spannten sich alle Muskeln in ihrem Körper, ein höhnisches Vogelkrächzen drang durch die Luft und dann, als habe sie alle Kraft des Lebens auf diesen Moment verwandt, stieß Suava den gierigen Mann von sich.

Afeitar keuchte. Suavas Augen waren so dunkel, wie der Waldboden bei Nacht. Sie stolperte rückwärts, verfing sich im Saum des Kleides, strauchelte, der Rabe krächzte. Die Königin ruderte mit den Armen, prallte an die kaum hüfthohe Mauer. Ihre Augen weiteten sich vor Schreck. Suava riss den Mund auf, griff ins Leere. Einen Augenblick später hörte Afeitar das dumpfe Aufklatschen des Körpers auf den Steinen im Küchenhof.

Ungläubig starrte er an die Stelle, an der eben noch seine Geliebte stand – doch zwischen den Zinnen hockte nur der kleine Spatz, legte den Kopf schief, hüpfte hin und her und schwang sich mit einem leisen Flügelschlag in die Luft.

Nie würde Arbanor den Schrei vergessen, als sein Vater in den Küchenhof gerannt kam und seine Frau mit grotesk verzerrten Gliedern auf den Steinen liegen sah. Das Blut rann aus einer klaffenden Schädelwunde, benetzte das Hemd des Königs, als er seine tote Frau an sich presste. Stumm und vor Schreck gelähmt standen die Mägde und Köchinnen da, keine wagte, sich zu bewegen und erst, als Arbanor in den Hof stürmte und Masa ihn an sich presste, damit der Junge das schreckliche Bild nicht sehen musste, begannen die Weiber zu heulen. Doch das Wimmern der Mägde wurde übertönt von den Schreien des Königs. Wie ein waidwundes Tier brüllte und schrie Afeitar, wieder und wieder wiegte er den schmalen Körper Suavas in den Armen und erst als Ningun seinem Herrn mit großem Geschick einen beruhigenden Trank einflößte, ließ der König vom Leichnam seiner Frau ab. Schluchzend, mit gebeugten Schultern und das Hemd getränkt vom warmen Blut Suavas, ließ Arbadil sich willenlos von Ningun wegführen. Arbanor erinnerte sich kaum mehr an die folgenden Tage und auch die Bestattung seiner Mutter war für ihn verschwommen.

Und nun, Jahre später, würde er, mittlerweile ein erwachsener Mann, der sich nicht mehr hinter dem Rockzipfel der Amme verstecken konnte, seinen Vater zu Grabe tragen. Noch einmal strich Arbanor über die wächserne Haut des Königs.

»Ich wünsche dir, Vater, dass du meine geliebte Mutter triffst, dort, wo du nun hingehst. Hab Dank, Vater, hab Dank.« Langsam rappelte Arbanor sich auf. Als er die Türe zum Vorraum öffnete, gab er den Dienern mit einem stummen Nicken zu verstehen, dass sie nun mit den Vorbereitungen des Trauerzuges beginnen konnten.

Sechs Schimmel, mit roten Decken auf den Rücken, welche mit dem goldenen Drachen Ahendis' bestickt waren, zogen den Wagen, auf dem unter einem Baldachin der Leichnam des Königs aufgebahrt war. Flankiert von acht Standartenträgern rollte der Leichenwagen durch das Burgtor. Direkt hinter dem Gefährt ritt Arbanor auf einem Rappen. Der Prinz hatte sein Kettenhemd angelegt und trug zum Zeichen seiner Trauer ein schmuckloses schwarzes Wams. Ihm folgten Alguien und Honrado, ebenfalls hoch zu Ross. Ningun, Gorrion und Duende, der sein tränennasses Gesicht in den kleinen Händen verborgen hielt, saßen in einer Kutsche. Die Leibstandarte und die Wappenträger folgten dem Zug zu Fuß, ihnen schlossen sich in einem weiteren Wagen Gruesa, einige Hofdamen und die Frauen der aus den West- und Ostgebieten angereisten Lords an. Diese wiederum folgten dem Trauerzug zu Fuß, um so dem großen König Arbadil die letzte Ehrerbietung zu erweisen.

Bleierne Stille lag über dem Zug, an dessen Ende sich Soldaten einreihten. Wie ein schweigender Lindwurm wand sich die Trauergesellschaft den Weg von der Burg hinunter nach Albages. Gemäß dem Brauch sollte der Leichnam des Königs ein letztes Mal durch das Dorf gefahren werden.

Arbanor starrte auf den Baldachin, der den Wagen mit dem Körper seines Vaters schmückte. Der rote Stoff flatterte träge im Wind und die Wimpel an den Seiten schienen von bleierner Trauer ergriffen, so schwer und träge hingen sie an den Seiten.

Als der Trauerzug die Straße zum Haupttor von Albages erreichte, straffte Arbanor die Schultern. Vor dem Tor hatten vier Wachposten Stellung bezogen. Schwarze Wimpel und Girlanden umrankten es. Die Bewohner des Dorfes standen dicht an dicht gedrängt rechts und links der Straße und als der Wagen mit dem Leichnam Arbadils durch das Tor rollte, reckten einige der Männer und Frauen die Köpfe, um einen letzten Blick auf den großen König zu erhaschen. Die meisten aber senkten den Kopf und Arbanor sah, dass viele von ihnen lautlos weinten. Alte Männer ließen ihren Tränen freien Lauf, Frauen bedeckten die Gesichter mit den Händen und schluchzten hemmungslos in ihre Kopftücher. Irgendwo kläffte ein Hund.

Die Dorfbewohner schlossen sich dem Trauerzug an, der sich langsam Richtung Markplatz bewegte. Dort hatten die Zimmerleute einen Katafalk aufgebaut. Der Leichenwagen machte vor der kleinen Bühne Halt. Die Hellebardenträger nahmen den hölzernen Sarg auf die Schultern und bestiegen mit langsamen Schritten das Podest. Unter dem vom Drachen gezierten Baldachin stellten sie den Sarkophag ab und verharrten regungslos, als wäre auch aus ihnen alles Leben gewichen. Arbanor ließ sich schwerfällig aus dem Sattel gleiten. Mit zitternden Knien erklomm er die Tribüne und stellte sich hinter den offenen Sarg des toten Königs. Als er nach dem Schwert tastete, das er in dem blank polierten Schaft um die Hüfte trug, sah er aus dem Augenwinkel, dass Honrado und Alguien ebenfalls die Bühne betraten. Wie froh war der Prinz, die Freunde neben sich zu wissen. Stumm nickte Arbanor Afeitar zu. In den letzten Tagen hatte der Berater mit Arbadil noch einmal dessen Testament überarbeitet und so erklärte Arbanor sich die tiefen schwarzen Schatten unter den Augen des ehemaligen Rittmeisters mit dessen Müdigkeit und Trauer.

Arbanor senkte den Kopf. Vor ihm lag, wächsern und bleich, der tote König. Das Schwert, welches sein Sohn ihm auf dem Totenbett auf die Brust gelegt hatte, glänzte in der Sonne. Masa und Gorrion hatten den Leichnam gewaschen und in die Paradeuniform gekleidet. Das lichte graue Haar schien wie ein Strahlenkranz um Arbadils Haupt zu liegen. Arbanor seufzte. Dann straffte er die Schultern und begann leise zu sprechen.

»Leute von Albages, edle Lords und Volk von Tamar, unser König hat uns verlassen. Die Zeit Arbadils des Ersten ist gestern Nacht zu Ende gegangen. Doch sein Leben und Wirken bleibt – ein Hoch auf meinen Vater, ein Hoch auf Arbadil, unseren großen König.«

Einen Augenblick herrschte gespenstische Stille. Dann erschallten die ersten Hochrufe, gemischt mit Tränen und Weinen. Arbanor ließ seinen Blick über die Menge gleiten. Nah aneinander gedrängt standen die Bauern und Marktweiber, die Müller, Handwerker und die Frauen des Beginenhofes auf dem Marktplatz. Viele hatten vom Weinen gerötete Augen, die Mütter pressten ihre Kinder fest an sich und so manches Weib lehnte sich Schutz und Stärkung suchend an seinen Mann. Als Arbanor die Hände hob, verstummte die Menge.

»Nehmt Abschied von König Arbadil, Leute von Albages«, sagte der Prinz. Dann straffte er die Schultern und trat einen Schritt zurück. Honrado legte ihm die Hand auf die Schulter und Alguien nickte ihm aufmunternd zu. Langsam setzten sich die Dorfbewohner in Bewegung. Ohne Drängeln, als hätten sie alle Zeit der Welt, reihten sie sich ein in die Schlange. An ihrer Spitze stand Peon. Als er die Tribüne erreichte, fiel der Dorfsprecher in die Knie. Tränen traten dem Bauern in die Augen, als er zum letzten Mal seinem König die Ehre erwies. Mit einem stummen Nicken und mit einem traurigen Blick, aus dem Dankbarkeit und Liebe sprachen, erhob er sich schließlich und ging schweigend davon. Nach und nach taten es ihm Dutzende und Hunderte Menschen nach. Manche Frau schluchzte laut auf, als sie vor dem Sarg niederkniete. Junge Burschen reckten neugierig die Köpfe, um einen Blick auf den Leichnam zu erhaschen. Greise wurden gestützt von ihren Söhnen, manche Familie kniete gemeinsam vor dem Sarg und murmelte einen stummen Dank. Kaum ein Laut war zu hören außer dem Scharren der Füße und dem Rascheln der Röcke, wenn die Weiber sich erhoben.

Mit einem Mal erfasste Arbanor eine dumpfe Ruhe. Zum ersten Mal an diesem Tag spürte er, wie die Kraft zurückkehrte. Sein Herz schlug kräftig und langsam in seiner Brust und mit jedem Bürger von Albages, der vor seinem toten Vater niederkniete, schien ein Stück mehr Kraft in die Adern des Prinzen zu fließen. Arbanor ließ seinen Blick über die Menge schweifen. In einiger Entfernung blieb sein Blick haften an einem weißen Spitzentuch, das eine junge Frau mit sichtlichem Stolz um ihr Haupt gewickelt hatte. Der Prinz stutzte. Da traf ihn die Erkenntnis wie ein Pfeil mitten in sein Herz – dieses Tuch musste jenes sein, welches seine Mutter Suava bei seiner eigenen Taufe einem Kind geschenkt hatte, wie es der Brauch war. Das Tauftuch eines Prinzen, so sagte man, beschere dem glücklichen Mädchen eine strahlende Zukunft – vielleicht die Zukunft einer Königin. Hinter dem Mädchen standen ein Weib mit gewaltigem Busen und ein Mann, dessen Brust das Zunftzeichen der Steinmetze zierte. Arbanor erinnerte sich, den Mann gelegentlich in der Burg gesehen zu haben, wenn dort die Handwerker und Steinbildhauer die Drachenfiguren über den Portalen ausbesserten. Der Blick des Mannes kreuzte sich mit dem des Prinzen. Stumm nickte Arbanor ihm zu – der Mann war Tasnar, der Zunftmeister der Steinbildhauer. Neben ihm stand sein Weib, Lopaz, und gab dem Mädchen mit dem Schleier auf dem Kopf einen Schubs. Die junge Frau stolperte vorwärts und ließ sich ungelenk vor dem Sarg auf die Knie fallen.

Arbanor nickte ihr stumm zu. Das dümmliche Lächeln unter dem weißen Spitzentuch verwirrte ihn. Schließlich knieten die Eltern neben ihrer Tochter nieder und jetzt, da der Vater seinen breiten Rücken zur Erde senkte, sah er sie: hinter den dreien senkte ein Mädchen von zarter Gestalt das Haupt. Die blonden Locken fielen wie ein goldener Wasserfall vor ihr Gesicht, als sie den Kopf senkte. Mit der Stirn berührte sie beinahe die Erde.

Arbanor merkte, wie seine Hände zu schwitzen begannen. Sein Herz, das bis dahin ruhig und gleichmäßig geschlagen hatte, machte einen Satz. Viel zu kurz kniete das Mädchen vor dem toten König – Arbanor hätte Stunde um Stunde auf diesen schmalen Rücken schauen mögen. Das weiche Haar löste in ihm eine Sehnsucht aus, die er bis dahin noch nie gekannt hatte. Nur mit Mühe hielt er sich zurück, fast wäre er hervorgesprungen, um das Gesicht der jungen Frau zu sehen. Als sie sich nach viel zu kurzer Zeit wieder erhob, trafen sich die Blicke des Prinzen und des Mädchens. Nur diese eine Sekunde genügte; das helle Blau ihrer Augen bohrte sich wie ein Pfeil in Arbanors Herz, ihr Blick zog ihn magisch an. Auch Alguien stockte der Atem. Zischend zog der Freund hinter Arbanor die Luft ein. Noch einmal stupste der Vater seine Tochter, welche das Tauftuch wie eine Trophäe zu tragen schien, damit diese dem Prinzen zunickte. Ihre Schwester senkte verlegen den Kopf und Arbanor lächelte, als er bemerkte, wie sanfte Röte ihre Wangen überzog.

Dann drängten von hinten Menschen nach und die Familie verschwand in der Menge. In Arbanors Brust schwirrte es, als habe sich ein Bienenstock dort eingenistet. Abwesend dankte er den Dorfbewohnern mit einem stummen Nicken für deren Ehrerbietung an den toten König.

Als die Sonne hoch am Himmel stand, hatte sich der Zug der Trauernden zerstreut. Manche waren zurückgekehrt in die Ställe, wo die Kühe gemolken oder auf die Felder getrieben werden mussten. Die meisten aber drängten sich noch immer in stummer Fassungslosigkeit auf dem Platz.

Als der Trauerzug mit dem Leichenwagen an der Spitze schließlich den Rückweg zur Burg einschlug, folgten hunderte Dorfbewohner schweigend dem Prinzen, den Dienern und den Soldaten. zur Burg. Auf der Plattform unterhalb der westlichen Wehrmauer kam der Trauerzug zum stehen. Arbanor ließ den Blick schweifen – von dem kleinen Plateau zu Füßen der dicken Burgmauern hatte er einen Blick bis zum Horizont. Der Prinz schluckte schwer, als er an die Stunden dachte, die er hier mit seinem Vater verbracht hatte. Damals saß er als kleiner Junge auf dem Schoß des Königs, der ihm mit weit ausholenden Gesten beschrieb, welche Lords wo regierten, welche Dörfer hinter dem Horizont lagen. Tränen trübten Arbanors Blick. Hastig wischte er sich über die Augen und ließ sich aus dem Sattel gleiten.

Der Wagen mit dem Leichnam des Königs stand inzwischen vor der Burgmauer. Bis zum Tod seiner Mutter hatte Arbanor nicht gewusst, dass sich hinter den Steinen eine Gruft befand. Arbeiter hatten in den frühen Morgenstunden jene Steine aus der Mauer gehoben, welche den Eingang verschlossen hielten. Nur wenige wussten ganz genau, wo der Eingang zur Gruft der Könige lag. Der Prinz schauderte, als er auf das schwarze Loch blickte, das sich nun in der massiven Burgmauer auftat. Im Inneren flackerten armdicke Kerzen und tauchten die steinernen Sarkophage in ein gespenstisches Licht.

Standartenträger postierten sich rechts und links vom Eingang. Demütig senkten sie die Köpfe, als der Leichnam des Königs vom Wagen gehoben wurde. Afeitar, Honrado und Alguien trugen den toten König, daneben her schritten Peon, ein Lord, den Arbanor noch nie gesehen hatte und, wie es der Brauch war, ein einfacher Soldat des Fußvolkes. Langsam, als könnten sie den Leichnam zerbrechen, griffen die Männer unter die schweren samtenen Tücher, auf denen Arbadil aufgebahrt lag. Mit Tränen in den Augen hoben sie den Leichnam vom Wagen und gingen unter dem Schluchzen der Dorfbewohner, der Mägde und Knechte langsam auf den Eingang der Grabstätte zu. Arbanor spürte den Kloß in seinem Hals, als er als erster durch die schmale Maueröffnung trat. Dumpfe Kühle empfing den Prinzen im Inneren der Grabstätte. Es dauerte einen Moment, bis seine Augen sich an das schummerige Licht gewöhnt hatten. Als er den steinernen Sarkophag sah, dessen schwerer marmorner Deckel geöffnet war, wollte er laut aufschreien. Direkt neben der letzten Ruhestätte Arbadils stand der mit Efeu und Rosen aus Stein verzierte Sarkophag Suavas.

»Mutter«, flüsterte Arbanor und spürte, wie seine Knie nachgaben. Am liebsten hätte er sich auf den Boden geworfen, hätte den Sarg der geliebten Mutter umarmt und hemmungslos geweint. Doch die schlurfenden Schritte der anderen kamen langsam näher. Mit unendlicher Kraft schluckte der Prinz die Tränen hinunter und trat an die Stirnseite des offenen Sarkophages.

Langsam, als habe jemand die Zeit angehalten, näherten sich die sechs Träger des Leichnams. Ihnen folgten Ningun und Duende, die Lords und deren Gemahlinnen sowie einige Soldaten und Generäle. Mehr als zwei Dutzend Menschen fanden keinen

Platz in der Grabkammer der Könige von Ahendis. Arbanor ließ den Blick schweifen. Neben dem Sarg seiner Mutter lag im flackernden Licht der Kerzen der Sarkophag seines Großvaters. Im hinteren Teil der Grabkammer reihten sich die mit prachtvollen Steinmetzarbeiten verzierten Särge der großen Könige Ahendis' neben die kleinen Särge jener Prinzen und Prinzessinnen, welche schon im Kindesalter gestorben waren. Marmorne Lilien und steinerne Blüten zierten die Sarkophage der Königinnen, welche neben Arbanors Ahnen beigesetzt wurden.

Minuten lang war nichts zu hören außer dem Atmen der kleinen Trauergemeinde. Arbanor schloss die Augen und ließ zu, dass eine Woge der Trauer seinen Körper durchströmte. Sein Herz verkrampfte sich, als würde eine eiskalte Hand den Muskel zusammen pressen. Der Prinz hob den Kopf. Mit einem stummen Nicken bedeutete er den Trägern, Arbadils sterbliche Hülle in den Sarkophag zu betten.

Als die Träger rechts und links neben dem steinernen Sarg standen, sah Arbanor, wie Honrados Arme zitterten. Tränen liefen seinem Freund über die Wangen. Alguiens Mundwinkel zitterten und Gorrion, der ehrliche treue Diener, ließ seinen Tränen freien Lauf. Langsam, als wäre Arbadils toter Körper ein neu geborener Säugling, betteten die Männer den Leichnam in sein steinernes Bett. Dann traten die sechs zurück und blieben mit gesenktem Haupt und bebenden Schultern neben dem Sarkophag stehen. Die Frau eines Lords schluchzte laut auf und klammerte sich an ihren Mann. Mit einem seidenen Taschentuch versuchte sie, ihr Schluchzen zu unterdrücken. Dann wandte das Weib sich ab und stürzte aus der Grabkammer.

Gespenstische Ruhe legte sich wie undurchdringlicher Nebel in die von gelblichn flackernden Kerzen nur schwach erhellte Gruft. Minutenlang verharrten die Trauernden in Schweigen. Arbanor war wie gelähmt. In seinem Kopf rauschte es, seine Augen brannten und seine Kehle war so trocken, als habe er tagelang nichts getrunken. Mit schier übermenschlicher Kraft gelang es dem Prinzen schließlich, sich umzuwenden und die schwere samtene Decke aufzuheben, welche neben dem Sarkophag sorgsam zusammengelegt auf dem Boden lag. Arbanor presste das karmesinrote Tuch an seine Brust und schritt um den offenen Sarg herum. Am Fußende blieb er stehen.

Noch einmal, ein letztes Mal, blickte er in das tote Gesicht seines Vaters. Eine heiße Welle der Liebe durchströmte ihn. Dankbar für alles, was dieser große König ihm und seinem Volk gegeben hatte, senkte der Prinz den Kopf. Dann nahm Arbanor das Tuch und breitete es zärtlich über den kalten Körper. Sorgsam, zog er den Samt glatt. In der Mitte des Stoffes prangte, gestickt aus goldenen Fäden, Ahendis' Drachen. Einen Moment hielt Arbanor inne.

»Danke, Vater«, murmelte er. Dann zog er langsam das Tuch über das wächserne Gesicht des Königs. »Leb wohl, Arbadil, König von Ahendis, großer Herrscher. Leb wohl, Vater.« Arbanors Stimme brach, als ihm die Tränen in die Augen schossen. Rückwärts trat er vom Sarkophag zurück und spürte dankbar, wie Honrado und Alguien ihm die Hände auf die Schultern legten.

Wieder verharrten die Trauernden in Schweigen. Arbanor spürte heiße Tränen über seine Wangen rinnen, sah sie auf den kalten Boden der Gruft tropfen. Doch er konnte seine Trauer nicht zurükkhalten. Flankiert von den Freunden, die ihm wie Brüder waren, war er in diesem Moment nicht der Prinz, nicht der künftige Herrscher des Reiches Ahendis. In diesem Augenblick war Arbanor ein Junge, der seinen Vater verloren hatte und der sich hier, am Grab seiner Eltern, einsam und schwach fühlte wie nie zuvor.

Durch einen Schleier aus Tränen nahm er kaum wahr, wie einige der mächtigeren Lords nun nach vorne traten und den marmornen Deckel anhoben. Mit einem dumpfen Geräusch verbrachten sie die schwere Steinplatte auf den Sarkophag. Als sie die Platte in Position schoben, scheuerte der Stein in einem rollenden Geräusch über den Sarg. Im selben Moment war es Arbanor, als reiße in seinem Herzen ein Muskel entzwei, als bohre ein eiskalter Finger in seiner Wunde aus Verlust und Trauer. Der Prinz schwankte, doch die starken Arme seiner Freunde hielten ihn fest. Einen Augenblick nur dauerte diese Schwäche, dann hatte Arbanor sich gefangen.

Afeitar trat vor den Prinzen und reichte ihm einen schweren Kranz, geflochten aus Ästen jener Bäume, die in den Wäldern des Elfenkönigs Menoriath wuchsen. Diese Geste des großen Königs, der als Zeichen seiner Verbundenheit das vielleicht Kostbarste schickte, was die Elfen besaßen, die Freiheit nämlich und Sicherheit des mächtigen Waldes in Form eines zur ewigen Rundung geflochtenen Kranzes, gab Arbanor ein wenig Stärke und Zuversicht zurück. Afeitar blickte dem Prinzen in die Augen. Arbanor sah, dass der Berater seines Vaters dunkle Schatten unter den geröteten Augen hatte. Wie konnte Arbanor auch ahnen, dass Afeitar in diesem Moment am liebsten zu Suavas Sarkophag gestürzt wäre, um sich mit seinem ganzen Leib auf die letzte Ruhestätte seiner Geliebten zu werfen!

Dankbar nickte Arbanor dem ehemaligen Rittmeister zu. Der senkte den Kopf und gab dem Prinzen den Weg frei zum Sarg Arbadils. Der Deckel des königlichen Grabes war glatt geschliffen. Einzig der Drachenkopf als Signum von Ahendis' Macht erhob sich als prachtvolle Arbeit eines Steinmetzen auf der Platte. Der Prinz legte den Kranz unterhalb des Drachenkopfes auf die Marmorplatte. Dann strich er ein letztes Mal über die Platte. Schweigend wandte Arbanor sich um. Mit einem Mal machte sich eine bleierne Müdigkeit in ihm breit. Er verbot sich selbst, noch einen Blick auf das Grab seiner Mutter zu werfen, denn er wusste, dann würde er sich nicht mehr beherrschen können. Schweigend, mit gesenktem Haupt, trat er aus der Gruft. Die gleißend helle Sonne blendete ihn und er nahm kaum wahr, dass viele hundert Menschen sich auf dem Plateau drängten.

Masa schlug die Hand vor den Mund, als sie das ausgezehrte blasse Gesicht ihres Zöglings sah. Schweigend teilte sich die

Menge, als der Prinz mit gesenktem Haupt zum Burgtor schritt. Bis zum Abend würde die Grabkammer geöffnet bleiben, so dass die Menschen Tamars Abschied nehmen konnten von ihrem großen König Arbadil. Bei Einbruch der Dunkelheit würden die Maurer das Loch wieder verschließen und erst dann wieder öffnen, wenn ein anderes Mitglied der Herrscherfamilie zu Grabe getragen würde.

Arbanor spürte, wie die Sonne seine Haut streichelte. Langsam hob er den Kopf und zuckte zusammen. Direkt vor ihm stand das Mädchen mit den traumhaften Augen. Einen Moment verfingen sich ihre Blicke. Arbanors Herz begann zu rasen, gleichzeitig durchströmte ihn eine ungeheure Ruhe, denn soviel Trost und Glück schien in diesen blauen Augen zu liegen. Arbanor wollte eintauchen in diesen Blick, sich fallen lassen. Das Lächeln des Mädchens schien ihn zu streicheln, schien eine Last von ihm zu nehmen. Eine Sekunde, vielleicht zwei, umschlangen die beiden sich mit Blicken. Dann drängte ein Weib, deren Haare unter einem groben Kopftuch versteckt waren, ein weiteres Mädchen mit einem Stoß in dessen Rücken nach vorne. Stolz reckte die junge Frau das Kinn. Arbanor erkannte den Taufschal, den sie wie eine Trophäe, wie das Symbol einer künftigen Königin um das Haar geschlungen hatte. Arbanor wandte sich ab. Er spürte den blauen Blick, der seinen Rücken zu streicheln schien, bis er um die Ecke gebogen war.

Die folgenden Tage und Wochen erlebte Arbanor in einer Mischung aus Traum und Wachen. Wenn er bei Afeitar in der Studierstube Arbadils saß und dieser eine Pergamentrolle nach der anderen aus den Regalen holte, um mit dem Prinzen die aktuellen

Ernteaufkommen oder die Fortschritte im Waffenbau zu besprechen, schien sich der bleierne Schleier der Trauer für einige Stunden von dem Prinzen zu lösen. Ruhig und geflissentlich erklärte der Berater ihm, welche Erzvorkommen beinahe erschöpft waren, wie der Bau der Flotten voran ging und welche Lords die Streitmächte mit Soldaten und Waffen unterstützen würden. Arbanor genoss die Stunden zwischen Plänen und Karten, zwischen Zahlenkolonnen und den trockenen Ausführungen Afeitars, brachten sie ihm doch die aktuellen Entwicklungen Tamars näher und lenkten ihn ab von der bleiernen Hand, welche sein Herz umschlossen hielt und die ihn doch bei jedem Schlag daran erinnerte, dass er nun nie wieder mit seinem Vater lachen konnte.

Zahllose Dorfbewohner machten dem Prinzen in den Nachmittagsstunden ihre Aufwartung und trugen ihm ihre Probleme vor: Jener habe sich unerlaubterweise ein Stück Acker von einem anderen abgezweigt, ein anderer habe sich die längst per Handschlag vereinbarten Schmiedeaufträge durch Unterbieten des Preises erschlichen. Arbanor versuchte, sich auf jeden Einzelnen von ihnen zu konzentrieren. Für einige Stunden lenkte ihn das Gespräch mit seinem Volk ab, für Jeden und jedes Problem schien der Prinz ein offenes Ohr zu haben und wenn er den Kopf senkte, scheinbar versunken im Nachdenken über die beste Lösung, dann ahnte keiner, wie allein Arbanor sich in diesen Stunden fühlte, wie sehr er seinen Vater, dessen Weitsicht und kluge Entscheidungen doch vermisste.

Die Tage zehrten an der Kraft des Prinzen. Am Abend nach seinem Mahl, welches die erste Köchin persönlich für ihn bereitete, schlurfte Arbanor müde in seine Gemächer. Auf seinen Schultern lag eine Last, die seinen Rücken krümmte. Mit hängenden Schultern trat er in seinen Salon. Das Knistern des Kaminfeuers zog ihn an und die Wärme, welche von den Kohlepfannen ausging, erinnerte ihn an die zärtlichen Umarmungen seiner Mutter.

»Mein Herr, Ihr seht müde aus«, rief Duende und sprang von dem kleinen Hocker, welchen er sich neben das Kaminfeuer geschoben hatte.

»Ich bin auch müde, Duende«, entgegnete Arbanor. Seufzend befreite er sich von Schwert und Lederhemd. Achtlos warf er beides auf den mit weichem Leder bezogenen Sessel, das Geschenk eines Lords, um die Trauer des Prinzen zu mildern und sicher auch ein Versuch, sich die Gunst des künftigen Königs zu sichern.

»Mir schwirrt der Kopf von all den Zahlen und Fragen und ich sehne mich nach einem gewürzten Wein und ein wenig Ruhe.« Arbanor seufzte und ließ sich in den Sessel unter einem der mächtigen Bogenfenster fallen. Als sein Blick auf das kleine Tischchen fiel, musste Arbanor wider Willen grinsen.

»Ich sehe, Duende, du hast das Tamarek-Spiel aufgebaut. Willst du es wirklich wagen, noch einmal gegen mich zu verlieren?« Die stumme Geste seines kleinen Freundes durchströmte den Prinzen mit solcher Wohltat, dass ihm war, als falle ein Großteil der täglichen Last von ihm ab.

»Nur weil ich klein bin heißt das nicht, dass mein Verstand nicht ausreichen könnte, Euch zu schlagen, und sei es auch nur im Spiel.« Duende grinste und kam mit einem dampfenden Becher zurück. Dankbar griff der Prinz nach dem gewürzten Wein und pustete in den Becher. Der würzige Duft stieg ihm in die Nase und als die ersten kleinen Schlucke heiß und süß seine Kehle hinunter rannen, als die wohlige Wärme des Weines seinen Magen füllte, seufzte Arbanor und lehnte sich bequem zurück.

»Nun denn, Duende, lass uns spielen. Dass du dir selbst die weißen Steine zugeteilt hast, bedeutet zwar, dass du die Partie eröffnen wirst – doch ich bin sicher, dass dir das nicht viel nützen wird.« Arbanor zwinkerte mit den Augen und dunkles Grün färbte die spitzen Ohren seines Gefährten.

»Wir werden sehen«, entgegnete Duende mit trotzig gerecktem Kinn. Hastig rollte er die Ärmel seines kleinen Hemdes nach oben und machte den ersten Zug. Arbanor nickte anerkennend.

»Eine weise Wahl, das Spiel so zu eröffnen«, sagte er. Mit auf die Hände gestütztem Kinn beugte der Prinz sich über das

Tamarek-Brett und wählte mit Bedacht seinen ersten Spielzug. Eine Weile schwiegen beide und nur das Klackern der Tamarek-Steine auf dem Spielbrett war zu hören. Duende schob seine Steine in mutigen Zügen über das Brett, schien hier ein Risiko einzugehen, dort wieder eine Falle für den Prinzen aufzubauen. Arbanor musste sich konzentrieren, um nicht einen Stein nach dem anderen an den Winzling zu verlieren.

Mit einem gewagten Zug versuchte Arbanor, mit den letzten drei ihm verbliebenen Steinen eine Zwickmühle aufzubauen. Duendes Ohren leuchteten hell grün, als er die List des Prinzen erkannte. Rasch stapelte er seine Spielfiguren auf den äußeren Feldern. Mit dem nächsten Zug rückte Arbanor näher und meinte schon, seinem Gegner einen Stein abringen zu können. Doch Duende, der sich konzentriert auf die Lippen biss, dachte lange nach. Dann endlich tat er den nächsten Spielzug und kreiste die Steine des Prinzen ein.

»Gewonnen«, rief Duende. Staunen lag in seinen kleinen Knopfaugen. »Ich habe tatsächlich gewonnen.« Aufgeregt hüpfte der Zwerg von seinem Schemel und sprang durch die Kammer. Beinahe wäre er gegen eine der Kohlepfannen gestoßen, als er wie ein kleiner Derwisch herumwirbelte. Arbanor lachte laut auf und lehnte sich zufrieden grinsend zurück.

»Nun, Duende, langsam wirst du zu einem veritablen Gegner im Tamarek-Spiel«, sagte Arbanor.

»Ich hoffe sehr, mein Herr, ihr habt mich nicht absichtlich gewinnen lassen?« Leichte Unsicherheit lag in der Stimme des Wichtes. Doch als Duende die ernsten Augen seines Herrn sah, wusste er, dass er dieses Mal wirklich der taktisch bessere Spieler war.

»Vielleicht war ich ein wenig unkonzentriert, ich bin müde und meine Gedanken schwirren durch meinen Kopf wie tausend Termiten. Afeitar erschlägt mich mit Zahlenkolonnen und Papieren, ständig ersuchen die Dorfbewohner um eine Audienz, dann wieder drängen Honrado und Alguien auf einen Ausritt. Wie hat mein Vater es nur geschafft, seine Zeit so einzuteilen, dass er nicht am Ende eines jeden Tages zusammengebrochen ist?« Müde wischte der Prinz sich über die Augen.

Duende trat zum Spieltisch und begann damit, die Steine einzusammeln und in der Holzschatulle zu verstauen. Dann ging er zu der Anrichte unter dem Fenster, goss warmen Wein in zwei Becher und stellte sie neben einen Teller mit süßem Gebäck auf den Spieltisch. Arbanor griff gierig nach dem klebrigen Gebäck. Eine Weile saßen die beiden sich schweigend gegenüber und naschten von den Leckereien. Duende überließ seinem Herrn den letzten Keks, den der Prinz sich in den Mund schob. Mit einem kräftigen Schluck aus den Bechern spülten die beiden das Naschwerk hinunter. Gleichzeitig rülpsten sie – der Prinz hinter vorgehaltener Hand, Duende laut und lang und voller Genuss.

»Im Spiel magst du Fortschritte gemacht haben, kleiner Freund, aber was deine Manieren angeht, so hast du noch zu lernen.« Arbanor grinste und wischte mit dem Handrücken die Krümel von seinem Kinn.

»Ich bitte um Verzeihung, aber ich bin nun mal ein Duende.«

»Sag, kleiner Freund, hast du nicht dann und wann Sehnsucht nach deinesgleichen? Zieht es dich nicht an manchen Tagen hinaus in den Wald? Sehnst du dich nicht manchmal nach deinem Volk?« Vehement schüttelte Duende den Kopf.

»Nein, mein Schicksal ist es, meinem Herrn zu dienen. Und so wie euer Vater ein guter Mensch war, so seid Ihr, Majestät, ein guter Herr für mich. Mein Leben gehört Euch.« Nach einer kurzen Pause fügte Duende leise hinzu: »Wenngleich ich mir manchmal ausmale, wie es wohl wäre, unter meinesgleichen zu leben, mit einer Frau an meiner Seite.« Bei den letzten Worten schien alles Grün aus den Ohren den Knirpses zu weichen. Traurig hingen die spitzen Ohren nach unten. Arbanor beugte sich über den Tisch und tätschelte Duende die Schulter. Der hob den Kopf und grinste unbeholfen.

»Euer Vater hat mich nicht in die Schlucht geworfen, ihm verdanke ich mein Leben. Und für dieses Geschenk bin ich bereit, zu dienen.« Arbanor lächelte, als er sah, wie sich die Ohren seines kleinen Freundes langsam wieder dunkelgrün färbten.

»Ich denke, ich weiß, was du meinst, wenn du von einer Frau an deiner Seite sprichst«, flüsterte Arbanor. Duende grinste, als er die leichte Röte bemerkte, die dem Prinzen ins Gesicht stieg.

»Das also ist es, was Euch so unkonzentriert hat spielen lassen, Herr.« Duende klatschte sich mit den Händen auf die Schenkel. »Ihr seid verliebt.« Arbanors Gesicht färbte sich dunkelrot. Verlegen verknotete er die Finger in seinem Schoß.

»Ich weiß es nicht, mein Freund, aber da gibt es dieses eine Gesicht, das mir nicht aus dem Kopf geht. Nachts taucht sie in meinen Träumen auf, ich sehe das goldene Haar, das mich zu locken scheint, ich will hineinstürzen in den blauen See ihrer Augen, will sie berühren, festhalten. Doch wenn ich aufwache, dann bin ich allein in meiner Kammer. Afeitar und die Schriftrollen warten und ich beginne jeden Tag damit, zu wissen, dass ich nicht einmal ihren Namen kenne.« Erschrocken hielt Arbanor inne. Die Worte waren ohne sein Zutun aus seinem Mund gepurzelt. Verschämt senkte er den Kopf. Doch als Duende nun ihm freundschaftlich gegen die Brust boxte, hob er den Kopf. Ernst sah sein kleiner Freund ihn an.

»Ich mag klein sein, doch meine Augen sind scharf und meine Sinne ebenfalls. Mir ist es nicht entgangen, welches schöne Mädchen Euer Herz geöffnet hat.« Erstaunt riss Arbanor die Augen auf.

»Verzeiht, wenn ich über meinen Bereich hinaus gehandelt habe. Doch das tiefe Band meiner Dienerschaft ließ mich fühlen, dass zwischen Euch und jenem Mädchen Funken sprühten, als Ihr Euch in die Augen saht.« Eine heiße Welle schoss durch Arbanors Körper und sein Herz schlug rasend schnell. Rasch griff er nach dem Becher und leerte ihn in einem Zug. Duende sprang auf und füllte das Gefäß mit dem mittlerweile abgekühlten Würzwein auf.

»Verzeiht meine Eigenmächtigkeit, doch es liegt in der Natur eines Duende, neugierig zu sein.« In den Augen des Kleinen blitzte es, als er dem Prinzen den frischen Becher reichte. »Und so habe ich Erkundigungen eingezogen.«

»Du hast was?« Mit offenem Mund starrte der Prinz seinen kleinen Diener an. »Dafür solltest du eigentlich bestraft werden, aber so rede, erzähle, was weißt du? Wenn du mir Gutes zu berichten hast, dann will ich von einer Strafe absehen.« Zitternd vor Neugier beugte der Prinz sich vor, um ja kein Wort Duendes zu verpassen.

Der lehnte sich erst einmal gemütlich in seinem Sessel zurück und ließ die Fingergelenke knacken. Dann räusperte er sich zwei Mal, holte tief Luft und klappte den Mund wieder zu.

»Hör auf zu grinsen, oder ich lasse dich zu den Hunden in den Zwinger sperren«, drohte Arbanor mit gespieltem Ernst. Duende lachte leise, dann endlich befreite er den Prinzen von dessen Neugier.

»Desea. Der Name des Mädchens lautet Desea.«

»Desea. Desea. Desea«, wiederholte Arbanor flüsternd. In seinen Augen flammten kleine Blitze, als er den Namen der Schönen auf der Zunge zergehen ließ, als sei er ein sahniges Bonbon.

»Was für ein schöner Name«, rief der Prinz und klatschte in die Hände. »Weißt du mehr? Erzähle.«

»Aber natürlich weiß ich mehr, mein Herr. Ein Duende gibt sich nicht mit Kleinigkeiten zufrieden.« Der Zwerg grinste schief, als Arbanor mit verschleiertem Blick an die Wand starrte und mit seinen Lippen stumm den Namen des Mädchens formte.

»Desea ist die Tochter von Tasnar, seines Zeichens Oberster der Steinmetzgilde und jener Handwerker, der das Grabmal für Ertzain schuf. Die Familie lebt seit sieben oder acht Generationen in Albages, so genau konnte mir das keiner auf dem Markt sagen. Die Waschweiber haben alles Mögliche im Kopf und wissen eine Menge, aber genaue Fakten behalten sie nicht in ihren dumpfen Hirnen.«

»Du weichst vom Thema ab, Duende, das Geschwätz der Marktweiber interessiert mich nicht«, tadelte Arbanor seinen kleinen Freund.

»Verzeiht, mein Herr, aber das muss auch mal gesagt werden. Informationen fallen schließlich nicht vom Himmel und wenn man nicht wie ein Mensch mit körperlicher Größe gesegnet ist, so braucht es manche List, um zu bekommen, was man will. Aber ich will nicht lamentieren, sondern weiter berichten.« Duende seufzte theatralisch und kratzte sich mit dem Zeigefinger, unter dessen Nagel brauner Schmutz klebte, genüsslich am grün schimmernden Ohr.

»Dieser Tasnar ist ein rechtschaffener Handwerker, einer, der sein Gewerbe versteht. Die Leute sagen, er brauche nur einen Stein zu sehen, schon erkenne er mit einem Blick, welche Figur sich im Marmor verbirgt. Seine Werkstatt ist prall gefüllt mit Pergamentrollen, auf denen die abenteuerlichsten Entwürfe zu sehen sind. Das jedenfalls behaupten seine Gehilfen. Nun, ich weiß, das wird Euch nicht interessieren. Also zurück zu Tasnars Familie: verheiratet ist er mit Lopaz. Deren Großeltern stammen, sagt man, aus den Hügeln im Norden, was auch erklärt, warum sowohl Lopaz, als auch die beiden Töchter schneeweiße Haut haben.« Arbanor durchlief ein Schauder, als er an die milchweiße Haut Deseas dachte. Wie gerne hätte er seine Nase in die kleine Kuhle an ihrem Hals gelegt, um ihren Duft in sich aufzusaugen!

»Bei den Beginenfrauen ging übrigens anfangs das Gerücht, Lopaz habe schlechtes Blut.« Arbanor horchte auf. Duende beugte sich vor und erzählte mit verschwörerischer Miene weiter.

»Die ersten Kinder hat sie allesamt verloren, sieben oder acht an der Zahl. Einige Monate konnte sie sie in ihrem Leib halten, doch dann, als der Bauch sich zu runden begann, brachte sie die Kinder vor der Zeit zur Welt. Alle waren tot. Und alle waren Jungen.«

»Aber das ist doch Gewäsch, Duende, wo hast du das nur aufgeschnappt?« Beleidigt reckte der Zwerg das Kinn.

»Gut, wenn es Euch nicht interessiert...« Besänftigend legte der Prinz ihm die Hand auf den dürren Arm.

»Entschuldige, ich bin zu neugierig, daher meine Ungeduld«, sagte Arbanor. Duende grunzte, ehe er fortfuhr.

»Masas Tante, welche zu jener Zeit im Beginenhof als Hebamme wirkte, ging dem Geheimnis nach. Denn wie Ihr Euch vorstellen könnt, Herr, waren der Steinmetz und sein Weib mehr als unglücklich über den Verlust so vieler Söhne. Bei einer neuerlichen Schwangerschaft also beobachtet die Amme das Weib genau, verabreichte ihr Kräuter zur Stärkung und verbat ihr vor allem, mit ihrem Mann zusammen in der Werkstatt schwere Steine zu schleppen. Tasnar murrte zwar, dass ihm mit seiner Frau ein kostenloser Gehilfe verloren ging, doch schließlich brachte die arme Lopaz ein gesundes Mädchen zur Welt. Die beiden nannten sie Tizia.«

»Das muss das Mädchen mit dem Schleier sein.« Arbanors Herz klopfte, als er an die Begegnung mit der Familie bei der Beerdigung Arbadils dachte.

»Richtig, das ist Tizia. Als Ihr, mein Herr, ein schreiendes Bündel im Arm Eurer Mutter wart und als ich, Euer Duende, Euch noch um einiges an Größe überragte, wurde der Schleier an Tizia gegeben. Es war am Tag Eurer Namensgebung. Das, was das Mädchen sich um das Haar wickelt, ist Euer Tauftuch.«

»Daher also die Blicke«, sinnierte Arbanor. »Der Brauch sagt, dass jenes Mädchen, welches das königliche Tauftuch ergattert, eines Tages selbst das Leben einer Königin führen wird. Ein dummer Aberglaube, wenn du mich fragst, aber mein Vater erzählte mir, wie viele Begehrlichkeiten ein solches Symbol bei den Bürgern wecken kann.«

»Oh ja, Ihr habt Recht. Ich erinnere mich noch genau an den stolzen Blick von Lopaz, als ihre Tochter beim Fest Eurer Namensgebung mit dem Schleier in der Hand zu den Eltern zurückstürmte. Niemals habe ich eine Schwangere gesehen, die solchen Triumph im Blick hatte, das kann selbst ein Duende mit meinem löchrigen Gedächtnis nicht vergessen.« Arbanor lachte leise, als Duende sich mit den knorrigen Fingerchen an die runzlige Stirn klopfte.

»Tizia war damals also schwanger?«, lenkte er schließlich das Gespräch zurück.

»Richtig, und das Kind unter ihrem Herzen war die von Euch begehrte Desea.« Duende seufzte, als er des träumerischen Blickes des Prinzen gewahr wurde. Die Liebe der Menschen, dachte der Knirps, ist eine komische Sache und mein Herr macht ein Gesicht wie der einfältigste unter den Tagelöhnern des Dorfes. Arbanor sah ihn an und sah doch durch ihn hindurch. Duende wackelte mit den Ohren, doch was seinen Herrn sonst wenigstens zum Lächeln brachte, schien dieser gar nicht wahrzunehmen.

»Gib mir einen Rat, Duende«, sagte Arbanor nach langem Schweigen. Die Kohle in den Pfannen war längst verglüht und langsam machte sich klamme Kälte in der Kammer breit. Duende hätte gerne einen Diener gerufen, damit der das Feuer für die Nacht erneut anheizte, doch der eindringliche Blick seines Herrn hielt ihn davon ab.

»Wenn dieser Tasnar nun meint, seine Tochter sei einer Königin würdig, allein weil diese ein simples Tuch aus dem Besitz unserer Familie ihr eigen nennt – wie wird er reagieren, wenn ich um die Hand seiner Tochter anhielte? Der anderen Tochter?« Arbanors Herz schlug Purzelbäume. Die Worte waren aus seinem Mund geglitten, ehe er selbst begreifen konnte, was er sagte. Duende wiegte den Kopf hin und her. Schließlich zuckte er mit den Schultern.

»Der Steinmetz ist ein rechtschaffener Mann, Herr. Es steht mir nicht zu, Euch einen Rat zu geben, aber ich denke, das Klügste wäre, die Sache in aller Ruhe anzugehen. Ein Antrag einfach so... nein, davon rate ich Euch ab. Tasnar könnte sich überrumpelt fühlen. Und Desea sicher auch. Ganz zu schweigen von ihrer Schwester, in deren Blick ich eine Begierde erkannt habe, welche nur einen Schluss zulässt.«

Arbanor nickte. »Es ist schwer, den Verstand zu nutzen, wenn das Herz den Takt vorgibt«, sinnierte der Prinz. Duende ihm gegenüber senkte den Kopf, damit sein Herr das Grinsen nicht sah. »Ich werde mich also zur Geduld zwingen.«

»Genau das solltet Ihr tun, Herr. Wenn ich Euch einen Vorschlag machen darf?«

»Sprich, jede Idee hilft.«

»Warum bittet Ihr den Steinmetz nicht zu Euch? Tasnar wäre der richtige Mann, um eine Büste des verstorbenen Königs anzufertigen.«

»Eine Büste? Duende, meinem Vater gebührt ein Denkmal, wie Tamar es noch nie gesehen hat! Aber deine Idee ist großartig. Lassen wir also den Steinmetz sein Werk verrichten.« Arbanor klatschte in die Hände und sprang auf. »Und jetzt lass uns schlafen gehen, ich werde schöner träumen als jemals zuvor.«

Viel Zeit, um sich den süßen Träumen hinzugeben, blieb Arbanor in den folgenden Wochen nicht. Afeitar erwies sich als strenger Lehrmeister, und der ehemalige Rittmeistergab keine Ruhe, bis Arbanor in die kleinste Kleinigkeit der laufenden Regierungsgeschäfte eingeweiht war. Wie schon als Reit- und Fechtlehrer erwies sich Afeitar auch in der Funktion des königlichen Beraters als harter und fordernder Lehrmeister. Arbanor war dem Mann dankbar, dass er ihn unerbittlich Tag für Tag in das Studierzimmer Arbadils bat, welches nun das seine war. Der Prinz ließ sich gerne ablenken von den Landkarten und Inventarlisten, von den Anfragen der Lords und den Bittbriefen der Dorfbewohner.

Gemeinsam stellten Arbanor und Afeitar Listen für die Ausstattung des Heeres auf, besprachen die Fortschritte der Truppen mit den Generälen und bald war es Arbanor, als habe er schon immer hinter dem mächtigen Eichenschreibtisch gesessen und sein Leben mit Regierungsangelegenheiten verbracht.

Stundenlang vermochte der Prinz, sich zu konzentrieren. Doch wenn seine Nackenmuskeln sich verspannten und der Kopfschmerz hinter seiner Stirn pochte, dann krochen die Erinnerungen in ihm hoch. Die Erinnerungen an den Vater, auf dessen Platz nun er, Arbanor, saß. Vor seinem geistigen Auge stiegen Bilder auf aus einer längst vergangenen Zeit. Suava, die im Lehnstuhl unter dem Fenster des Studierzimmers über einer Näharbeit saß, um dem Gatten nahe zu sein. Er selbst, der kleine Junge, der verschwitzt und schmutzig vom Spiel in das Studierzimmer stürmte, um dem Vater auf den Schoß zu hüpfen. Arbadil, der mit gebeugtem Rücken über den in schwerem gepunzten Leder eingebundenen Büchern saß, hoch konzentriert, bis der Sohn ihm die dürren Ärmchen um den Hals schlang und den König von seiner Arbeit ablenkte. In jenen Momenten der Erinnerung drohte die Trauer den Prinzen zu verschlingen wie ein gieriges Tier und er meinte, die Schatten seiner Eltern durch das Zimmer huschen zu sehen. Doch je mehr Tage und Wochen ins Land zogen, desto blasser wurden Suavas und Arbadils Gestalten und eines Tages war es Arbanor, als säße ein junges Mädchen mit goldenem Haar im Lehnstuhl. Die blauen Augen schienen die von flackernden Kerzen beleuchtete Studierstube zu erhellen und in ein magisches Licht zu tauchen. Arbanor wischte sich über die Augen, rieb sich die Müdigkeit aus dem Gesicht. Als er erneut zu dem Platz unter dem Fenster sah, war Desea verschwunden.

»Afeitar, lass uns Schluss machen für heute. Diese Waffenlisten laufen uns bis morgen nicht weg.«

»Majestät sind müde? Nun, ich muss zugeben, auch ich wäre über ein wenig erholsamen Schlaf nach einem guten Abendmahl nicht böse«, entgegnete Afeitar und ging zu dem Glockenzug, der neben der Türe baumelte. Drei Mal zog er daran – das Zeichen für die Mägde, auf das Läuten in der Küche hin ein Tablett mit Speisen und Getränken in das Studierzimmer zu bringen. Arbanor stand auf, stemmte die Hände in den Rücken und gähnte herzhaft, als er sich dehnte. Sein Nacken war steif und sein Sitzfleisch fühlte sich an, als habe er den ganzen Tag im Sattel verbracht. Müde schlappte er zu dem kleinen Tisch am anderen Ende des Zimmers und ließ sich auf einen der vier gepolsterten Stühle fallen. Das weiche Kissen tat seinem Hintern wohl.

Wenig später brachten zwei Mägde eine große Schüssel, aus der würziger Dampf aufstieg. Arbanor musste sich beherrschen, um den Eintopf aus Linsen, Rüben und Kartoffeln nicht direkt aus der Schüssel zu trinken. Afeitar grinste, als er sah, wie die Suppe vom Kinn des Prinzen tropfte, der sich gierig einen Löffel nach dem anderen in den Mund schob. Als die Wärme des Essens seinen Magen auskleidete und ihn wohlig durchströmte, hielt der Prinz für einen Moment inne.

»Was liegt an für den morgigen Tag, Afeitar?«, fragte Arbanor und wischte sich mit dem Handrücken über den Mund.

»Nun, das Übliche, nichts Besonderes. Majestät werden sich vielleicht wieder einmal bei einem Ausritt entspannen wollen?« Fast flehentlich richtete Afeitar seine Frage an den Prinzen. Dem ehemaligen Rittmeister fehlte es, nicht mehr tagtäglich die kräftigen Muskeln eines Pferdes zwischen seinen Schenkeln zu spüren und die jungen Mägde, welche er nachts bestieg, vermochten trotz aller Reize nicht annähernd jene Leidenschaft in ihm zu entfachen, die ein rasanter Galopp hoch zu Ross in ihm auslöste.

»Keine schlechte Idee, Afeitar, Honrado und Alguien könnten uns begleiten, vielleicht haben wir Glück und ein Hirschbock läuft uns vor die Armbrust.«

»Ich werde veranlassen, dass gleich nach dem Frühstück alles bereit ist. Allerdings werden wir nicht den ganzen Tag in den

Wäldern verbringen können. Für den Nachmittag ist der Steinmetz Tasnar mit seinen ersten Skizzen für das Monument König Arbadils bestellt.«

Ein heißer Blitz schoss Arbanor mitten ins Herz. Mit einem Mal war sein Hunger verflogen. Mit zitternden Händen legte er den Löffel in die Schüssel. Deseas Vater. . . Wie hatte er den Zunftmeister nur vergessen können?

Hastig beendete Arbanor das Abendmahl und wünschte Afeitar eine gute Nacht. Kaum mwar Arbanor in seinen Gemächern angelangt, schoss Duende wie ein Blitz von dem dichten Bärenfell hoch, auf dem er vor dem Kamin ein Nickerchen gehalten hatte. Als der Knirps das Leuchten in den Augen seines Herrn sah, konnte er sich ein Grinsen nicht verkneifen.

»Eine Partie Tamarek gefällig, Herr?«, fragte Duende, wohl ahnend, dass dem Prinzen nicht nach taktischen Spielen zumute war.

»Ach Duende, nein, ich bin müde, ich werde gleich schlafen gehen.« Der Kleine nickte und zwinkerte mit den Augen.

»Majestät können die süßen Träume nicht erwarten?« Arbanors Mund verzog sich zu einem schiefen Grinsen, ehe er seinen kleinen Freund gegen die Schulter knuffte.

»Sorg lieber dafür, dass der Kammerdiener mir eine Schüssel Waschwasser bringt.«

So sehr Arbanor es auch genoss, mit den Freunden durch den Wald zu preschen, den Schweiß des Rappen zu riechen und seine Armbrust gegen die aufgescheuchten Hasen zu richten – seine Gedanken kehrten nach nicht einmal einer Stunde zurück zur Burg.

Verwundert schüttelten die Zwillinge den Kopf, als der Prinz, lange bevor die Sonne den höchsten Stand erreicht hatte, zur Rückkehr mahnte. Die Stunden bis zum Nachmittag vergingen für Arbanor, als habe jemand klebrigen Brei in das Stundenglas geschüttet. Mechanisch blätterte er in den Inventarlisten, welche die Generäle der einzelnen Korps ihm zugestellt hatten. Dann wieder sprang er auf, umkreiste den Schreibtisch, setzte sich wieder hin und schob die Pergamente auf der schweren Eichenplatte hin und her.

Als der Lakai das Eintreffen des Steinmetzes meldete, war Arbanor bereits schweißgebadet. In seinem Magen flatterte es und nur mit Mühe gelang es ihm, die Schultern zu straffen und sich, wie es dem Regenten gebührte, aufrecht in dem wuchtigen Sessel niederzulassen.

Der da durch die Türe trat hatte keine Ahnung vom Gemütszustand des Prinzen. Im Gegenteil – Tasnars Hände, in denen er die zusammengerollten Skizzen hielt, zitterten. Würden die Zeichnungen dem Prinzen nicht zusagen, so wäre sein Ansehen als Zunftmeister beschädigt. Aber noch viel mehr beschäftigte den Steinmetz das Anliegen, welches er, gleichsam verborgen hinter den Zeichnungen, mit sich führte: das Schicksal seiner Tochter.

Mit gesenktem Haupt näherte der Zunftmeister sich dem Schreibtisch. Tasnar verbeugte sich so tief, dass sein Haupthaar die Tischplatte streifte.

»Sei gegrüßt, Steinmetz«, eröffnete Arbanor das Gespräch. Der Prinz musste sich drei Mal räuspern, ehe seine Stimme die gewohnte Stärke wiedergewann. »Wie ich sehe, habt Ihr Skizzen angefertigt?« Tasnar nickte heftig und hielt die Pergamentrollen in einer beinahe ungelenken Geste dem Prinzen entgegen. Arbanor erhob sich und deute auf eine kleine Sitzgruppe am anderen Ende des Studierzimmers. Umrahmt von vier Sesseln stand ein Tisch mit blanker Platte, auf dem Tasnar nun seine Zeichnungen ausbreitete.

Schweigend hörte Arbanor den Ausführungen Tasnars zu. Was er sah, ließ ihn mit offenem Mund staunen: niemals zuvor hatte er eine solch kühne Konstruktion gesehen. Auf einem quadratischen Sockel, der von drei breiten Stufen umrahmt wurde, erhob sich ein Obelisk. Doch anders, als die Monumente, die der Prinz kannte, war dieser Obelisk innen hohl – und aus seinem Inneren wuchs das Antlitz Arbadils, dessen starker Körper die vier Säulen zu tragen schien. Das Schwert der Figur war gegen den Himmel gereckt und schien genau auf den steinernen Drachen zu deuten, welcher sich scheinbar schwerelos eben von der Spitze des Monumentes erhob. Auf einer der mit roter Kreide gezeichneten Skizzen meinte Arbanor, den Vater von unten zu betrachten, aus demselben Blickwinkel, wie er den König als Kind wahrgenommen hatte. Als Tasnar das letzte Pergament auf dem Tisch ausbreitete, stieß der Prinz einen erstaunten Ruf aus – anders als die übrigen Skizzen hatte Tasnar hier ein wahres Gemälde geschaffen, mit bunten Farben, leuchtenden Marmorflächen und so lebensecht, als stehe Arbanor direkt vor dem Monument. Jetzt erst wurde ihm dessen gewaltige Größe bewusst.

»Das Denkmal soll vom Horizont aus zu erkennen sein, daher die enorme Größe«, sagte Tasnar leise, beinahe entschuldigend. »Natürlich weiß ich, dass ein solches Monument enorme Kosten und eine lange Bauzeit beanspruchen wird. Doch habe ich versucht, der Größe Arbadils gerecht zu werden. Wenn Majestät allerdings der Meinung sind, dass ich zu groß geplant habe. . . «

Arbanor ließ den Steinmetz nicht ausreden. Vor Begeisterung klopfte er dem Handwerker auf die Schulter, dass seine Handfläche auf dem ledernen Wams Tasnars nur so klatschte.

»Das ist großartig, im wahrsten Sinn, Meister Tasnar, eine kühne Idee, wie sie in Tamar noch niemals umgesetzt wurde«, rief der Prinz. »Aber sagt mir, wie wollt Ihr einen so großen Felsblock finden?«

Tasnar, sichtlich erleichtert ob der Begeisterung des künftigen Regenten, strahlte. »Das Monument kann nicht aus einem Block gefertigt werden. Doch beziehe ich meinen Marmor stets aus dem

Gebirge nahe dem Ardiente. Dort, wo noch kein Lavastrom die Erde verbrannt hat, schwingen sich Steinbrüche in den Berg, die den weißesten und klarsten Marmor in ganz Tamar verborgen halten. Von dort werde ich die benötigten Blöcke heranschaffen lassen und dann Stück für Stück, wie bei einem Puzzle, die einzelnen Teile errichten lassen.« Tasnar holte Luft und griff in die Tasche, die er um den Leib geschnallt trug. Hastig blätterte er in einem kleinen Notizheft. Arbanor erkannte zahlreiche Rotzeichnungen von Obelisken, Figuren und Brunnen, dazwischen immer wieder lange Zahlenkolonnen und Berechnungen.

»Ich habe das Ganze bereits statisch berechnet. Natürlich ist es kühn, ein solch schweres Monument zu errichten, doch die Steine werden auf sich selbst ruhen und sich so den notwendigen Halt geben. Einer hält den anderen«, erklärte der Meister und deutete mit den groben Fingern auf die Zahlenreihen.

»Einer hält den anderen. . . «, die Worte Tasnars hallten in Arbanors Kopf wider, in dem sich aus dem Dunkel der Schläfen hell und klar das Antlitz Deseas schälte. Der Prinz hatte Mühe, den weiteren Ausführungen des Steinmetzen zu folgen, der über den geeigneten Standplatz für das Monument sinnierte.

»Der Boden muss fest sein, um die gewaltige Masse zu tragen, die sich zwar auf dem breiten Sockel verteilt, doch der Obelisk könnte die Marmorplatten dennoch in den Boden stampfen. Ich habe mit den Bauern gesprochen, welche die Erde und den Boden am besten kennen. Peon und die seinen waren sich schließlich einig, dass der beste Platz für den Obelisken auf jenem Felsplateau wäre, das nach Norden hin zeigt, direkt unterhalb der Burgmauern.«

Die letzten Worte drangen wie durch einen dichten Schleier an Arbanors Ohren. Mechanisch nickte der Prinz. Tasnar wischte sich den Schweiß von der Stirn. Zwar war er der beste seiner Zunft, doch vor dem künftigen König zu stehen, mit ihm zu sprechen und dies auch noch unter vier Augen, in den Kammern seiner Majestät, das war für den braven Handwerker so ungewohnt, dass er nun, da er das sichere Terrain seiner Entwürfe verlassen musste, nervöser wurde, als er es beim Weg zur Burg vor etwas mehr als zwei Stunden war.

Mit gesenktem Kopf kramte der Steinmetz wieder in seiner Tasche und legte ein sorgsam gefaltetes Papier auf den Tisch.

»Darin aufgeschlüsselt sind die Summen, welche für den Bau des Obelisken notwendig wären. Zum einen sind das die Marmorblöcke, zum anderen werde ich weitere Gehilfen brauchen, denn mit meinen Gesellen allein kann uns dieses Bauwerk nicht gelingen.« Hastig wandte Tasnar sich zum Gehen. Der Schweiß trat ihm aus allen Poren und ließ ihn eine Verbeugung vor dem Prinzen vergessen.

»Aber halt, Meister Tasnar, gebt mir das Vergnügen und seid mein Gast«, rief Arbanor, als der Handwerker beinahe die Tür erreicht hatte. Rasch versperrte der Prinz ihm den Weg und bediente den Glockenzug. »Eure Pläne haben mich hungrig gemacht und ich speise nicht gerne alleine«, sagte Arbanor und bugsierte den verdutzten Tasnar zu der Sitzgruppe auf dem ausladenden Balkon. Von dort aus hatten die beiden einen Blick hinab auf Albages. Tasnar staunte – von dieser Warte aus hatte er sein Heimatdorf noch nie gesehen.

Während die Mägde eine kräftige Jause aus Schinken, Ziegenkäse und eingelegten Tomaten anrichteten, erklärte Tasnar dem jungen Prinzen, welches Dach zu welchem Haus gehörte. Allmählich gewann der Handwerker seine Sicherheit zurück und als Arbanor ihm schließlich mit dem kühlen Bier zuprostete war Tasnar froh, noch nicht gegangen zu sein.

»Und unter welchem Dach befindet sich Eure Werkstatt, Meister Tasnar?«, fragte der Prinz. Der Handwerker sprang auf und trat an die Brüstung. Mit der Hand deutete er auf einen Gebäudekomplex. Neben dem Haupthaus, wo die Familie lebte, duckten sich Baracken gegen den Boden. Darin, erklärte Tasnar, schliefen, aßen und vor allem arbeiteten seine Gehilfen.

»Für den Bau des Obelisken werdet Ihr Eure Werkstatt auslagern müssen«, platzte Arbanor heraus. Der Gedanke, dass, wenn Tasnar die Werkstätten am künftigen Standort des Denkmals einrichtete, dessen Tochter dem Vater vielleicht das tägliche Mahl bringen könnte, zauberte ein Flattern in seinen Magen. Arbanor spürte die beruhigende und zugleich beschwingende Wirkung des Bieres. Doch war es nicht der Alkohol, der schuld war an dem leichten Schwindel, welcher den Prinzen überkam.

»Dieser Gedanke kam mir bereits, wenn ich das sagen darf, doch wagte ich nicht, eher darüber nachzudenken, als dass Majestät mir den Auftrag für den Obelisken erteilen würde.« Ungelenk verbeugte der Steinmetz sich vor Arbanor.

»Gleich morgen werde ich Afeitar anweisen, die Ernennungsurkunde zum königlichen Steinmetz auszuarbeiten. Diese wird Euch den Erhalt des Auftrages ebenso bestätigen wie das Privileg, den Drachen Ahendis' und den Zusatz „Königlicher Steinmetz" für Euer Siegel und die Korrespondenzen zu nutzen.«

Tasnar verschluckte sich, als er die Worte des Prinzen vernahm. Ungläubig riss der Handwerker die Augen auf und rang nach Luft. Arbanor klopfte Tasnar auf die Schulter, bis dieser sich erholt hatte.

»Erstickt nicht, Meister Tasnar, bevor Ihr nicht den Obelisken fertig gestellt habt«, scherzte Arbanor, als Tasnar sich laut und lange räusperte. Noch machte ihm seine Lunge nicht zu schaffen, doch er wusste, dass auch er vom Übel seiner Zunft, der Staublunge, heimgesucht war. Mit allerlei Aufgüssen vermochte sein Weib Lopaz den Husten zwar zu lindern, doch als er jetzt keuchend und nach Luft schnappend vor dem Prinzen stand, wurde ihm – obgleich dieser Moment so einzigartig war für seine Karriere – seine Sterblichkeit bewusster denn je.

»Trinkt noch einen Schluck kühles Bier, Herr Steinmetz«, sagte Arbanor schließlich und reichte dem Handwerker einen Becher, über dessen Rand die weiße Schaumkrone schwappte. Gedankenverloren strich Tasnar mit dem Daumen über den Drachen, welcher das Trinkgefäß zierte. Jener Drachen, der ihn von nun an als den besten Steinmetz – den des Königs – von ganz Ahendis, ja ganz Tamar ausweisen würde.

»Ich sehe, mein Angebot macht Euch glücklich«, unterbrach Arbanor die Gedanken des Steinmetzen. »Doch kein Angebot ohne Gegenzug. . . « Arbanor zwinkerte und grinste schelmisch. Fragend sah Tasnar seinen Herrn an.

»Was immer in meiner Macht steht, Majestät.« Arbanors Kehle war mit einem Schlag wie ausgetrocknet. Hastig kippte er den Rest des Bieres hinunter. Das würzige Gebräu schaffte es aber kaum, seinen Magen zu beruhigen.

»Ich bitte Euch um das Kostbarste, was Ihr besitzt, Meister Tasnar«, flüsterte Arbanor schließlich. Aus großen Augen beobachtete der Steinmetz, wie aus dem künftigen Regenten binnen eines Wimpernschlags ein Knabe wurde, der mit gesenktem Haupt nervös von einem Bein auf das andere trat.

»Ich besitze keine Reichtümer, Herr, auch wenn meine Werkstatt nicht schlecht läuft und die Auftragsbücher stets gut gefüllt sind«, entgegnete Tasnar unsicher. Endlich hob Arbanor den Kopf. In seinen Augen schienen Blitze zu tanzen, als er den nächsten Satz aussprach:

»Ich bitte Euch, Tasnar, stellt mich Eurer Tochter vor.« Endlich war heraus, was den Prinzen seit Wochen umtrieb. Doch anstatt froh aufzuatmen klammerte sich die Nervosität noch fester um seine Eingeweide und brachten sein Herz zum Rasen. Tasnar stutzte und kratze sich mit den schwieligen Fingern hinter dem Ohr, bis ein Lächeln sein zerfurchtes Gesicht erhellte.

»Aber natürlich, der Schleier, das Zeichen, welches uns am Tag Eurer Namensgebung gesandt wurde!« Mit der flachen Hand klatschte Tasnar sich gegen die Stirn. »Tizia! Wie wird sie sich freuen, das Mädchen kennt kaum ein anderes Thema als das Leben auf der Burg, seine Zukunft als Gemahlin. . . .« Tasnar konnte sich gerade noch verkneifen, wie ein Waschweib alles auszuplaudern, was seine Älteste seit Monaten wieder und wieder beschäftigte und was von ihm und seiner Frau als kindische Träumerei abgetan wurde.

Das Kopfschütteln des Prinzen ließ Tasnar in seiner Rede inne halten. »Ich kenne die Mythen, die sich um jenen Schleier ranken, Meister Tasnar«, sagte Arbanor. Nun war er wieder der künftige Regent Tamars, der mit fester Stimme zu seinem Untertanen sprach. »Doch gilt mein Augenmerk, auch wenn es die Alten und Chronisten jenem Brauch zuschreiben, nicht Eurer Tochter Tizia. Gebt mir die Ehre, Eurer zweiten Tochter vorgestellt zu werden.« Die letzten Worte klangen Tasnar eher wie ein Befehl, denn wie eine Bitte.

»Aber Desea ist die Zweitgeborene, sie kann nicht eher einem Mann versprochen werden, ehe nicht die ältere Schwester unter der Haube ist«, wollte der Handwerker entgegnen. Doch der feste Blick des Prinzen und der Gedanke an den Drachen, der künftig das Wappen seiner Familie zieren sollte, ließen Tasnar schweigen. Seine Frau würde ihm die Leviten lesen, wenn er mit dieser Nachricht nach Hause kam, seit Jahren war Desea dem Sohn des Müllers versprochen und die Eheleute hatten alle Mühe gehabt, vor dem Bräutigam zu verbergen, dass Alguien sich im Dorf ganz unverhohlen nach Desea erkundigt hatte und drauf und dran war, als Freier im Hause des Steinmetz aufzutreten. Für Desea, die selbst daran glaubte, die ältere Schwester würde dereinst als Königin in die Burg einziehen, schien Alguien die beste Partie, die sie als einfache Handwerkstochter, noch dazu als Zweitgeborene, mit einer nicht allzu großen Mitgift machen konnte. Für das Mädchen musste es verlockender sein, Gemahlin eines Ritters zu werden mit zumindest einigen Dienstboten, als die Kinder des Müllers zu gebären und sich selbst um deren Aufzucht und dazu noch um den Haushalt und die schwere Arbeit in der Mühle zu kümmern.

Tasnar wusste um die brüderlichen Bande, welche den Prinzen mit den Zwillingen verbanden. Der Handwerker schluckte schwer, als er an Tizia dachte, die voller Stolz Tag für Tag den Spitzenschleier trug, seit sie ein kleines Mädchen war. Und nun genügte ein kurzer Satz des Regenten, um das Leben von Tasnars Familie komplett auf den Kopf zu stellen – mit einem Schlag wurde der Steinmetz zum königlichen Handwerker bestellt und konnte damit rechnen, aus allen Teilen des Landes große Aufträge zu bekommen von den Lords und deren Ministern – und mit einem Schlag waren die sorgsam ausgedachten Zukunftspläne für die beiden Töchter durcheinander gewirbelt, als sei ein heftiger Sturm durch die Wohnstube im Haus des Handwerkers gefegt.

»Ich werde alles daran setzen, den Wunsch Eurer Majestät zu erfüllen«, hörte Tasnar sich schließlich wie von selbst sagen. Ein breites Grinsen kroch in Arbanors Gesicht und seine Augen strahlten.

»Danke, Meister Tasnar, und nun lasst uns nach Wein rufen, um unseren Handel und Euren neuen Posten gebührend zu feiern.«

Die kommenden Wochen vergingen für Arbanor wie im Fluge. Alle in der Burg und im ganzen Land waren damit beschäftigt, die Krönungsfeierlichkeiten vorzubereiten. Afeitar nahm den Prinzen noch strenger zur Brust, um diesen auch in die verzwicktesten politischen Angelegenheiten einzuweihen. Doch so recht vermochte der Prinz sich nicht zu konzentrieren, wenn Afeitar ihm ein Pergament nach dem nächsten vorlegte. Aus den Küchen drang vom frühen Morgen bis zum späten Abend das Geklapper von Töpfen und Tiegeln, unterbrochen vom Schimpfen und Schreien

Silke Porath
Autorin

Ich bin Dein Lesezeichen
www.silke-porath.de

der Köchinnen, welche wohl befürchteten, die schwer schuftenden Mägde könnten die Speisen für die Gäste der Krönungsfeierlichkeiten versalzen, anbrennen lassen oder sonst irgendwie verderben. Tag für Tag füllten sich die kühlen Vorratskammern in den Kellern der Burg um einige Speisen mehr und selbst die Hühner hatten Mühe, so viele Eier zu legen, wie die Köchinnen benötigten.

In den Räumen des Schlosses huschten Mägde und Diener hin und her, ein großer Teil von ihnen war als Tagelöhner angeheuert worden. Das Personal allein hätte es nicht geschafft, alle Räume von Grund auf zu reinigen, jeden Leuchter zu polieren, all die Wände zu kalken und die schweren Teppiche einen nach dem anderen in den Hof zu schleppen und dort auszuklopfen.

Zu dem ständigen Werkeln und Wuseln im Inneren der Burg kam das Hämmern und Klopfen der Zimmerleute, welche damit begonnen hatten, die Werkstätten und Schlafhütten für den Bau des Obelisken zu errichten. Tasnar kam jeden Tag zweimal zur Burg, um sich vom Fortgang der Arbeiten zu überzeugen. Dann und wann gelang es Arbanor, vom Fenster aus einen Blick auf den Steinmetz zu erhaschen, der sich gleich am Tage nach Erhalt der Urkunde neues Briefpapier und ein imposantes Schild mit seinem Namen neben dem Abbild des Drachen anfertigen lassen hatte, das nun an der Burgmauer lehnte und welches jene Hütte zieren sollte, in welcher der Meister selbst seine Skizzen aufbewahrte. Bei jedem Gang zur Burg brachte der Steinmetz Werkzeuge mit. Hammer und Meißel, nur jene der besten Qualität, trug er so nach und nach zur Burg. Doch nie, wenn Arbanor aus dem Fenster sah, hatte Tasnar seine Tochter dabei. Arbanor wusste zwar, dass der Steinmetz Tag und Nacht arbeitete, um die Werkstätten schnell zu errichten, um fähige Gehilfen aufzutreiben und nicht zuletzt um die besten und erlesensten Marmorbrocken heranschaffen zu lassen. Doch schlich sich mehr als ein Dutzend Mal die Frage in den Kopf des Prinzen, ob der Steinmetz wohl den zweiten Teil ihrer Abmachung – Desea – vergessen hatte?

Arbanor konnte nicht ahnen, dass seit der Heimkehr Tasnars an jenem denkwürdigen Tag alle im Hause des Steinmetz Kopf standen. Lopaz hatte die Hände über dem Kopf zusammengeschlagen, als ihr Mann die Nachrichten erzählte. Tizia war heulend aus dem Zimmer gerannt und hatte sich drei Tage lang in ihrer Kammer eingeschlossen. Sie wollte weder essen, noch trinken und nur das Flehen der Mutter vor der Türe, hinter der lautes Schluchzen zu hören war, ließ die Erstgeborene schließlich den Schlüssel umdrehen. Schluchzend warf sie sich der Mutter in die Arme. Lopaz vermochte kaum, das Mädchen zu trösten und als Desea, die seit Tagen kaum ein Wort über die Lippen gebracht hatte, der Mutter zu Hilfe eilen und der Schwester ein Schnäuztuch reichen wollte, spie Tizia vor der Jüngeren auf den Boden.

Desea war wie angenagelt stehen geblieben, als Lopaz die weinende Schwester zum Bett führte und ihr mit einem Löffel Hühnerbrühe einflösste, welche sie mit Johanniskraut versetzt hatte. Das Mahl tat seine Wirkung und Tizia glitt bald darauf in einen tiefen Schlaf. Desea aber lief wie ein Geist durch das Haus, ließ die Schüsseln fallen, vergaß, die oberen Knöpfe ihrer Bluse zu schließen und wenn man sie ansprach, so antwortete sie abwesend und mechanisch. In ihrem Kopf rauschte es, ihr Herz brodelte und sie hatte alle Mühe, nicht in freudiges Singen auszubrechen, wann immer sie an die stolze Gestalt Arbanors dachte. Seit der Prinz ihr in die Augen geblickt hatte, war sein Bild eingebrannt in ihrem Herzen, bittersüß hatte sie sich wieder und wieder jenen Moment ins Gedächtnis gerufen, der nur ihnen beiden gehört hatte. Doch Desea wusste, dass dies in den Augen ihrer Schwester ein gestohlener Augenblick war, denn seit Tizia sprechen konnte tat sie aller Welt kund, dass sie eine künftige Königin war. Desea war damit aufgewachsen, der älteren Schwester den Vortritt zu lassen und hatte sich willenlos dem Wunsch des Vaters gefügt, sie möge, sobald Tizia unter der Haube sei, den Müllerssohn ehelichen. Ihr schien dies gerade recht für ein Mädchen ihres Standes und dass nun Alguien, der engste Freund des Prinzen, Interesse an ihr bekundet haben sollte, hatte Deseas Bild von der eigenen Zukunft erschüttert. Freilich, Alguien war ein reicher Mann, eng mit dem Königshaus verbunden und seine Gemahlin würde Privilegien haben, von denen sie nicht einmal zu träumen wagte. Doch in den Augen des Ritters sah Desea nur Kälte – da waren ihr die dummen und trägen Blicke des Müllers noch lieber.

Doch von alledem ahnte Arbanor nichts. Ihn hielten Afeitar und Ningun auf Trab. Der Magister hatte dafür gesorgt, dass in allen Räumen der Burg des Nachts reinigende Feuer brannten. Deren Geruch nach Kräutern, von denen Arbanor lieber nicht wissen wollte, welcher Natur sie waren, durchzog die Räume, klebte an den Mauern und kratzte in den Kehlen aller. Doch Ningun schwor auf diesen Ritus und nichts auf der Welt, nicht einmal das theatralische Husten Duendes, in das Arbanor listig grinsend einfiel, hielten den Magier davon ab, seine ganz persönliche Vorbereitung für die Krönungsfeierlichkeiten zu begehen.

»Menoriath und sein Sohn Unir werden Eure Gäste sein, Majestät«, erklärte Ningun mit festem Blick. »Wie Ihr wohl wisst, fühlen Elfen sich unwohl, wenn sie von Mauern umgeben sind. Der magische Rauch aber macht die Kammern rein und klar und so wird es keinem Gast schwer fallen, den Aufenthalt auf Guarda Oscura zu genießen und mit wachem Sinn und Verstand, unbelastet von der Vergangenheit, der Krönung beizuwohnen.« Arbanor seufzte. Gerne ließ er sich von Duende zu einer letzten Partie Tamarek überreden, ehe er seinen brummenden Schädel auf das Kissen bettete, um im Schlaf, wenigstens in diesen kurzen Stunden, Deseas Antlitz heraufzubeschwören.

Dass Ningun derweil ganz andere Dinge herauf beschwor, sagte der Magister niemandem. Wieder und wieder bemühte er seine Orakel, mischte Säfte und Tinkturen, blätterte in den Chroniken. In jenen Tagen vor der Krönung war Ningun der einzige im ganzen Reich, der auch nur einen Gedanken an Ankou verschwendete, der an die Nebelsäulen dachte und an die Steinmassen, welche der Vulkan ausgespuckt hatte. Ningun fürchtete, dass Ankou die Krönung Arbanors zum König von Ahendis als Anlass nehmen könnte, erneut seine Kraft zu stärken. Ratlos starrte er auf die Schlangenknochen, die vor ihm auf dem Tisch lagen. Noch schien die Kraft Ankous zu schwach, um ein drittes Signum zu senden – doch was Ningun in den Knochen lesen konnte, ließ bittere Galle in ihm aufsteigen. Inbrünstig hoffte der Magier, er möge sich irren um Arbanors Willen.

Ein strahlend blauer Himmel spannte sich am Tag der Krönung über das ganze Reich. Als hätten selbst die Wolken die Größe des Tages erkannt, hatten sie sich alle verzogen und räumten ihren Platz der Sonne, die die Himmelsbühne mit gleißendem Schein betrat, kaum dass die Nacht die letzten dunklen Tentakeln vom Land abgestreift hatte. Verwundert bemerkte Arbanor, dass die Morgendämmerung auszufallen schien. Der Prinz erwachte aus einem tiefen Schlaf, und ehe er sich aus dem Bett schwang und die Glieder reckte, schloss er noch einmal für einen Moment die Augen, um Desea, die Schöne aus seinem Traum, noch einmal im Geiste zu umarmen. Das Bild ihrer goldenen Locken gab ihm Kraft und er wusste, dass die blauen Augen ihm den Tag erhellen würden, da er die schwerste Bürde seines Lebens auf sich nehmen sollte als König von Ahendis.

Kaum hatte der Prinz sich das Gesicht in der Schüssel gewaschen, flog die Tür auf. Gefolgt von Ningun, seiner alten Amme Masa und dem aufgeregten Duende polterte Afeitar herein. Über den ausgestreckten Armen trug dieser den blutroten Umhang, welchen Arbanor heute umlegen würde. Kurz nach den vieren platzten Honrado und Alguien in die Kammer. Sie hatten sich bereits in volle Montur geworfen. Die Kettenhemden klirrten leise, als sie den Prinzen begrüßten.

»Was bin ich froh, dass nicht jeden Morgen ein solcher Auftrieb herrscht.« Arbanor versuchte zu scherzen, doch die Nervosität hatte sich auf seine Stimme gelegt, die mit einem Mal dünn und brüchig klang.

»Esst erst einmal, ich habe Euch einen starken Brei aus Gries und Honig bereiten lassen und heiße Milch, in der zwei Eidotter aufgeschlagen sind.« Zärtlich strich Masa ihrem ehemaligen Brustkind über den Arm, als sie das Tablett mit jenen Speisen, welche Arbanor als kleiner Junge geradezu verschlungen hatte, auf den Tisch stellte. Dankbar lächelte der seine Amme an und als die ersten Bissen des heißen Breis in seinem Magen landeten, fühlte er Ruhe und Stärke zurückkehren.

Die Getreuen des Prinzen taten alles, um ihm an diesem bedeutsamen Morgen so viel Ruhe wie möglich zu geben. Niemand sprach laut – selbst Duende und der oft überschwängliche Afeitar bewegten sich beinahe auf Zehenspitzen durch die Kammer – alle vermieden sie nach Kräften, sich die eigene Nervosität anmerken zu lassen. Doch je lauter das Stimmengewirr im Hof und vor der Burg wurde, je mehr Rufe und Schalmeienklänge der Gaukler in die Kammer drangen, desto ruhiger wurde Arbanor. Die Menschen aus Albages hatten sich aufgemacht zur Burg, um der Krönung beizuwohnen. Aus ganz Tamar strömten die, denen die Reise nicht zu beschwerlich war, nach Guarda Oscura, um dem König zu huldigen. Lords aus allen Teilen des Landes hatten sich in den besten Gasthäusern in Albages mit Mann und Maus eingemietet, Ritter und ihr Gefolge belegten sämtliche Kammern in der Burg und im Wohnsitz von Honrado und Alguien. Die Gäste wurden mit edelsten Speisen und allerlei Ablenkungen unterhalten. So wurde eigens für die Abende vor der Krönungsfeier eine Gauklergruppe engagiert, welche die Gäste mit einer Scharade rund um einen dummen Drachen und einen tollpatschigen Ritter unterhielt.

Während Afeitar dem Prinzen half, die schweren Hemden, Gürtel und den prachtvollen Umhang anzulegen und während Masa ihm das Haar, welches in schweren Locken bis auf seine Schultern fiel, zu einem Zopf flocht und eigenhändig die markanten Wangen Arbanors rasierte, glitten die Gedanken des künftigen Königs zurück zum Vorabend. Die Fanfarenstöße hatten ihn ans Fenster des Studierzimmers gelockt. Von dort aus konnte er gegen die eben untergehende Sonne zwei, drei Hundertschaften erkennen, die sich zu Fuß vom Horizont her näherten. Hastig riss Arbanor Afeitar das Fernrohr aus der Hand – richtig: die da kamen waren Menoriath und Unir. Wie Arbanor sich freute, den Elfenfreund nach so vielen Jahren wieder zu sehen!

Kaum hatten die Elfen die Burg erreicht, begaben sich der Prinz, Afeitar und Ningun in den Hof, um die hohen Gäste willkommen zu heißen. Noch ehe die Elfensoldaten Quartier in den eigens errichteten luftigen Zelten beziehen konnten, stürmte Duende zum Tor. Der Zwerg linste um die Ecke und machte gleich darauf einen Satz zurück: Menoriath und Unir, beide von schmaler Gestalt, schienen dennoch das gesamte Tor auszufüllen, durch das sie nun traten. Ergriffen, den Freund und dessen Vater, den großen Verbündeten Arbadils, zu sehen, fiel Arbanor auf die Knie. Afeitar und Ningun taten es dem Prinzen gleich und selbst Duende bückte seinen winzigen Körper gen Erde.

»Willkommen in Guarda Oscura«, murmelte der Prinz mit gesenktem Haupt. Ein heißer Schauder erfasste seinen Körper, als Menoriath ihm die Hand auf die Schulter legte und ihm bedeutete, sich zu erheben.

»Welche Freude, dich bei guter Gesundheit zu sehen, Arbanor!« Menoriath strahlte über das ganze Gesicht. Verwundert bemerkte Arbanor, dass der König der Elfen sich kaum verändert hatte seit ihrer letzten Begegnung. Einzig ein paar kleine Falten um die strahlenden Augen verrieten die Spuren der Zeit.

»Die Freude ist auf meiner Seite«, erwiderte Arbanor und wollte eben wieder auf die Knie sinken, als Unir ihn freundschaftlich gegen die Schulter boxte.

»Na da schau her, du überragst mich um einen ganzen Kopf, Menschenjunge.« Unir grinste und breitete die Arme aus. Dann drückte er den Freund fest an sich. Arbanor lachte, als die Erinnerungen an seine Spiele mit Unir, an die mächtigen Bäume und ihre gemeinsamen Schnitzversuche aufflammten, als sei dies nicht Jahre her, sondern eben erst geschehen.

»Noch musst du dich vor meinem alten Vater in den Schmutz werfen, Prinz Arbanor, aber morgen schon ist es an mir, mich vor einem König zu verneigen.« Unir zwinkerte und grinste. »Also tu mir den Gefallen und zeige du mir dein Reich an diesem Abend, da wir uns zum letzten Mal als Prinzen begegnen.« Menoriath lachte und klopfte den jungen Männern auf die Schulter.

»Noch bin ich der einzige König hier, meine Herren, und als solcher ist es an mir zu befehlen, dass wir zuallererst die Gastfreundschaft Arbanors prüfen wollen. Unser menschlicher Freund wirkt, als sei seine Kehle trocken wie ein Flussbett im Sommer.« Lachend und scherzend begaben sich die drei, gefolgt von Ningun und Afeitar, in die Burg. Duende selbst übernahm es, den königlichen Gästen die eigens für sie hergerichteten Kammern zu zeigen. Arbanor hatte sämtliche Vorhänge vor den Fenstern der im obersten Stock gelegenen Kammern entfernen lassen. Anstelle der schweren Holzbetten hatte er noch am Morgen Kisten voll weichen Mooses herbeischaffen lassen, das, bedeckt mit feinen Tüchern, den Elfen als Bettstatt dienen sollte. Außerdem hatte er die Mägde angewiesen, in den Zeugkammern der Burg nach den am filigransten mit Schnitzwerk verzierten Möbeln zu suchen, diese zu polieren und in die Kammern zu schaffen.

Menoriath ließ sich sofort nach dem gemeinsamen Mahl von Ningun in dessen Studierzimmer führen. Die heimliche Leidenschaft des Elfenkönigs galt allem, was auch nur mit einem Hauch von Magie besetzt war. Staunend beobachtete der König den Magister, wie dieser ihm dieses und jenes Orakel vorführte. Als Ningun ihm vom übel riechenden Bann erzählte, mit dem er einst eine wertlose Kiste belegt hatte, um den Prinzen und die Zwillinge mit einer Lektion zu erschrecken, hielt Menoriath sich vor Lachen den Bauch. Doch lange hielt die Fröhlichkeit im Studierzimmer des alten Magiers nicht an – Menoriath, der selbst des Orakeldeutens nach langen Jahren des Studiums mächtig war, erkannte sofort den Schatten, welcher auf Arbanors Zukunft lag – und damit auch auf der seines Sohnes Unir.

Von den Sorgen in Ninguns Kammer bekamen Arbanor und sein Gast Unir indessen überhaupt nichts mit. Als wäre es gestern gewesen, knüpften sie ihr vor vielen Jahren unterbrochenes Gespräch dort wieder an, wo sie aufgehört hatten. Nur war diesmal der Schauplatz ein anderer und die Rollen waren anders verteilt. Nun war es an Arbanor, dem Elfenprinzen seine Welt zu zeigen. Stolz führte Arbanor seinen Freund durch die Burg, zeigte ihm alle Räume von den Kellern über die Küche (wo die Mägde verzückt kicherten, als der hübsche Unir in die Runde lächelte) bis hin zu den Bädern und den Vorratskammern. Arbanor führte ihn in sein Studierzimmer, wo Unir ihn mit echtem Mitleid ansah (»Niemals könnte ich den ganzen Tag zwischen dicken Mauern, umgeben von so vielen Pergamenten und Büchern, verbringen wie du es musst, Arbanor.«) und schließlich landeten die beiden, kichernd wie kleine Jungen, auf dem obersten Wehrgang.

Zufrieden sog Unir die frische Nachtluft in seine Lungen und kletterte behände auf eine der Zinnen.

»Sieh dir diesen Sternenhimmel an, Arbanor, zum letzten Mal siehst du die Planeten als Prinz. Schon morgen Abend werden sich die Sterne vor dem neuen König von Ahendis verneigen.« Unir grinste, als er Arbanor die Hand reichte, damit dieser sich neben ihn auf die Zinnen hocken konnte. Die Männer ließen die Beine baumeln, wie sie es einst in den Wäldern von Menoriaths Reich getan hatten. Schulter an Schulter ließen die Prinzen den Blick gleiten über die gewaltige schwarze Kuppel über ihren Köpfen. Unir folgte mit den Augen dem Weg der Sterne, bis er dort angelangt war, wo seine Heimat war. Arbanor indessen versuchte, aus den winzigen Punkten ein Gesicht zusammenzusetzen. Ohne sein Zutun schienen sich die strahlenden Punkte neu zu formieren, bis ihm schließlich war, als leuchte Deseas Antlitz am nächtlichen Himmel. Arbanor seufzte.

»Bedrückt dich etwas, mein Freund?«, fragte Unir. Mit einem Schlag war er wieder dort, wo sein Körper saß, auf den Zinnen neben dem geschätzten Freund. »Sage nicht, du machst dir Gedanken um die Krönung morgen? Du wirst am wenigsten zu tun haben, glaube mir, alle anderen schuften seit Wochen und von dir wird nichts weiter erwartet, als im richtigen Augenblick niederzuknien.« Arbanor lachte leise. Wie hatte er in all den Jahren den verschmitzten Humor des Elfenprinzen vermisst!

»Nein, Unir, das ist es nicht. Dir brauche ich nicht zu erzählen, dass mir an manchen Tagen das Herz schwer wird angesichts meiner Aufgabe, die mir durch meine Geburt zugewachsen ist. Nein, die Krönung ist es nicht.«

»Dann kann es nur eine Frau sein«, rief Unir und klatschte in die Hände. »Natürlich, der glasige Blick deiner Augen, mir ist, als spiegle sich ein weibliches Antlitz in deinem Gesicht.« Der Elfenprinz grinste und klopfte seinem Freund auf den Schenkel. »Das muss aber ein Prachtweib sein, wenn du selbst am Vorabend des wichtigsten Tages deines Lebens dein Herz füllst mit ihr.«

»Oh, und was für ein prachtvolles Mädchen sie ist, du müsstest sie einmal sehen, nein, du wirst sie morgen sehen, ganz sicher wird sie mit ihren Eltern zur Krönung kommen. Ihr Haar ist golden wie die aufgehende Sonne und ihre Augen sind blauer und klarer als jeder Bergsee.«

Unir seufzte theatralisch und verdrehte die Augen. »Ja, ja, die Liebe...«

»Mach dich nicht lustig, sag mir lieber, wie es mit deinem Herzen steht?«

Noch einmal seufzte Unir. »Wie oft mir diese Frage gestellt wird! Es vergeht kaum ein Tag, an dem mein Vater mich nicht damit löchert, ob ich nun eine Elfin gefunden hätte, die ihm die erwünschten Enkel schenkt.«

»Und, hast du? Ich meine, unter all den wunderschönen Wesen muss es doch Dutzende geben, die dein Herz berühren?« Arbanor knuffte den Freund ermunternd in die Seite.

»Aber natürlich gibt es Mädchen, deren Reize süßer sind als der Nektar knospender Blüten. Aber meinst du wirklich, ich wolle mich jetzt schon binden? Mir steht der Sinn nicht nach der Ehe, da mag mein Vater drängeln wie er will, mir ist meine Freiheit lieber.« Trotzig reckte Unir das Kinn.

»Mein Freund, du wirst schon sehen, wenn die Richtige vor dir steht, dann ist dir deine Freiheit mit einem Schlag egal.«

»Das mag bei euch Menschen so sein. Doch ich als Elfenprinz habe damit keine Eile.« Unirs Zähne blitzten im Schein der untergehenden Sonne, als er von einem Ohr zum anderen grinste. »Im Gegensatz zu eurer Rasse bleibt uns Elfen die Manneskraft bis ins höchste Alter erhalten. . .« Weiter kam Unir nicht, denn Arbanor brach in schallendes Gelächter aus. Spielerisch drohte er dem Freund mit der Faust und wenig später jagten sie über die Wehrmauer, als seien sie zwei Knaben, die sich im Kampfspiel erprobten.

Arbanor versuchte, alle seine Sinne zu schärfen, um nichts an diesem Tag der Krönung an sich vorbeiziehen zu lassen. Doch trotz des ruhigen Frühstücks und der Gelassenheit, die Afeitar beim Ankleiden des Prinzen zu verbreiten suchte – was ihm nicht gelang, die zitternden Finger straften den ehemaligen Rittmeister beim Schließen der goldenen Spangen des Umhangs Lügen – schien sich ein Nebel auf Ohren, Augen und das Herz des Prinzen zu legen, als sich der Tross der engsten Vertrauten auf den Weg zum Tor machte.

Im Innenhof hatten die Diener und Mägde, die Stallburschen, Wachmannschaften und Zeugmeister Aufstellung genommen. Das leise Gemurmel verstummte, als sich wie von Zauberhand bewegt die Pforte zum königlichen Trakt öffnete. Eine junge Magd seufzte leise, als sie den groß gewachsenen Prinzen durch das Tor treten sah. Der rote Umhang reichte bis zum Boden und umrahmte Arbanors kräftige Gestalt. Seine Füße steckten in blitzenden schweren Stiefeln. Die weißen Strümpfe leuchteten blütenrein, die dunkle Hose ließ den Brustpanzer wie einen Stern am Nachthimmel strahlen. Als suche er Halt griff Arbanor nach dem Griff des Schwertes, das im Gürtel mit dem Bildnis des Drachens steckte. Verlegen lächelte der Prinz und nickte der Dienerschaft zu. Dabei rutschten ihm einige Strähnen des schwarzen Haares in die Stirn. Noch war sein Kopf nicht bedeckt, in weniger als ein paar Stunden würde er die Krone als Zeichen seiner Macht auf dem Haupte tragen.

Afeitar drängte sich an Arbanor vorbei durch das Tor und gebot den Dienern mit einer schroffen Handbewegung, eine Gasse frei zu machen für den Prinzen. Pantinen schlurften über den Boden, die schweren Leinenröcke der Köchinnen raschelten. Dann herrschte eine beinahe gespenstische Ruhe im Hof. Langsam schritt Arbanor die wenigen Stufen hinunter. Rechts und links hinter ihm folgten Honrado und Alguien, die Ningun in ihre Mitte genommen hatten. Nach und nach reihten sich, angeführt von Standartenträgern, die in der Burg beschäftigten Generäle in die Reihe ein. Am Ende des Zuges gingen Masa und Duende. Der Kleine murrte, dass er so weit von seinem Herrn entfernt gehen musste. Masa tadelte ihn mit einem scharfen Blick, dann hob sie ihn auf ihre kräftigen Arme.

»Du musst zwei Schritte tun, wenn ich nur einen gehe, und ein erschöpfter Duende ist das letzte, was ich heute brauchen kann«, zischte die Amme. Der Winzling zog die Nase hoch und wollte eben einen Kommentar geben, als kräftige Fanfarenstöße die Mauern der Burg zum Erzittern brachten. Neugierig reckte Duende den Kopf.

Die Spitze des Zuges hatte das nächste Tor erreicht. Ein Junge, keine zehn Jahre alt, fiel vor dem Prinzen in die Knie. Arbanor streichelte das Haupt des Knaben, der gleich darauf aufsprang und mit gleichmäßigen Schlägen auf der kleinen Trommel den Rhythmus vorgab, dem die Würdenträger nun mit langsamen Schritten folgten. Im letzten Hof, der die Gesellschaft vom großen Plateau trennte, stand ein prächtiger Schimmel, so groß und weiß, wie Duende noch kein Pferd gesehen hatte. Schwungvoll erklomm Arbanor den Sattel, welcher im selben Rot gegerbt war, wie es sich an dem samtenen Überwurf des Rosses wiederholte. Die Decke war bestickt mit hunderten goldener Drachen. Der Schimmel schnaubte und tänzelte unruhig hin und her. Arbanor hatte Mühe, das kräftige Tier zurückzuhalten, als die Soldaten langsam den hölzernen Riegel abzogen und mit feierlichen Mienen die Flügel des Tores öffneten.

Ohrenbetäubender Jubel schlug Arbanor entgegen. Das gleißende Sonnenlicht blendete ihn und es dauerte einige Augenblicke, ehe er das Meer von tausenden Köpfen erkennen konnte. Wie wilde Brandung tanzten die erhobenen Hände der Bürger über deren Köpfen. Die Weiber kreischten, die Männer jubelten und hielten ihre Kinder nach oben, damit ein jedes einen Blick auf den Prinzen werfen konnte, der sich am Ende des Tages als König von Tamar zur Ruhe begeben würde. Das Ross wieherte laut, als der Trommler die schmalen Schultern straffte. Arbanor sah, dass die Knie des Knaben zitterten, und auch er selbst spürte jene Ameisen, die durch seine Blutbahnen zu kriechen schienen. Der Prinz hoffte, niemand würde sehen, wie stark seine Hände in den ledernen Handschuhen zitterten, als er die Zügel lockerte. Trippelnd und tänzelnd folgte der Schimmel dem Rhythmus des Trommlers.

Auf dem großen Platz hatten die Zimmerleute eine Bühne errichtet, die von einem rubinroten Baldachin mit goldenen Troddeln eingefasst war. Die Werkstätten Tasnars schienen sich an die Mauern zu ducken, um durch das bescheidene Aussehen nicht die Feierlichkeit des Tages zu stören. Burschen aus Albages hatten die schweren Marmorbrocken, die der Steinmetz hatte liefern lassen, erklommen, um die beste Sicht auf die Bühne zu haben. Getragen von den Fanfarenstößen, den Blick auf den schmalen Rücken des Trommlers geheftet, erreichte Arbanor unter dem Jubel der Leute den Katafalk. Rasch schlüpfte Afeitar aus der Reihe und hastete neben den Schimmel. Mit geübtem Griff nahm er die Zügel des kraftstrotzenden Hengstes, während Arbanor schwungvoll aus dem Sattel glitt, und führte das Tier ein wenig abseits. Die letzten Meter, so war es der Brauch, würde der künftige König zu Fuß gehen. Arbanor war froh, dass der schwere Umhang seinen Körper umwogte wie dunkles Wasser. So konnte niemand sehen, dass seine Knie zitterten, als trage der Prinz eine Last auf den Schultern, die schwerer wog als die Marmorbrocken, aus denen das Monument für Arbadil entstehen sollte.

Alguien trat vor seinen Freund. Stumm und aufmunternd nickte er Arbanor zu. Dann öffnete er die goldene Spange, die den Umhang hielt. Abanor spürte Honrados Atem in seinem Nacken, als der zweite Freund den schweren Umhang von seinen Schultern streifte. Ein Soldat brachte einen unbehauenen hölzernen Hocker. Arbanor ließ sich auf das Gestell sinken, während Honrado und Alguien die schweren Stiefel aufknöpften und ihm von den nackten Füßen zogen. Als Arbanor sich wieder erhob, sanken seine Zehen in die vom Tau noch feuchte Erde ein. Der Prinz verlagerte das Gewicht von einem Bein auf das andere, spürte der Erde nach und wurde ruhiger mit jedem Atemzug. Ihm war, als spüre er jene unsichtbaren Wurzeln, die ihn mit diesem Land und mit diesen Menschen verbanden, die schweigend und ergriffen der Zeremonie zusahen. Keiner der Bürger wagte, den Vordermann anzurempeln, sie alle waren ergriffen, reckten die Hälse, und die Alten, die sich an Arbadils Krönung erinnerten, ließen den stummen Tränen freien Lauf.

Schließlich zog Arbanor das schwere Schwert aus der Scheide und legte es Alguien in die Hände. Honrado nickte dem Freund zu.

Arbanor erkannte ein aufmunterndes Lächeln im Gesicht des Zwillings und straffte die Schultern. Wieder füllten Fanfarenstöße die Luft und als Arbanor mit langsamen, bedächtigen Schritten das Podest erklomm, schien es den Leuten, als tauche die Sonne die Szene in ein silbernes Licht. Noch nach vielen Jahren würde man in Albages und den anderen Dörfern des Landes erzählen, dass Arbanor von der Sonne zu seiner Krönung getragen worden sei.

Der allerdings nahm die gleißenden Strahlen nicht wahr. In der Mitte des Podestes kniete der Prinz nieder, das Gesicht seinem Volk zugewandt und das Haupt gesenkt, als sei er der niedrigste aller Bittsteller. Die Hände hatte er gefaltet. Das harte Holz bohrte sich in seine Knie, doch Arbanor war dankbar über diesen Schmerz, der ihn daran hinderte, beim Gedanken an seinen Vater, den großen König Arbadil, in Tränen auszubrechen.

Plötzlich verstummten die Fanfaren und einige Augenblicke herrschte völlige Stille auf dem Plateau. Alle Blicke waren auf den Prinzen gerichtet, dessen dunkles Haar in der Sonne glänzte. Einige Frauen seufzten leise auf, als Ningun sich aus dem Tross löste, die Bühne erklomm, hinter den Prinzen trat und die Arme ausbreitete wie ein Adler, der seine Beute packen will. Sein graues Haar stand dem Magister in wirren Strähnen vom Kopf ab. Ningun hatte die Augen verdreht, so dass nur das Weiße zu sehen war. Sein Mund öffnete sich wie zu einem stummen Schrei und die Runzeln auf seiner Stirn gruben sich tief in die dünne Haut ein.

Ningun wiegte den Oberkörper hin und her. Arbanor konnte nur ahnen, was der Magier tat, wenn ihn der leichte Luftzug streifte, den die flatternden Ärmel Ninguns in die Luft schnitten. Der Prinz hielt das Haupt gesenkt und die Augen geschlossen. Wie gerne hätte er durch die halb geöffneten Lider geschielt, seinen Blick heimlich über das Meer aus Köpfen und Leibern gleiten lassen, um diesen einen Blick einzufangen, nach dem er sich verzehrte. Doch Arbanor biss sich auf die Zunge, bis es blutete, damit der Schmerz sein sehnendes Herz betäubte und sein Geist frei blieb für die

Zeremonie, welche mit den Beschwörungen des Magiers eingeleitet wurde. Arbanor schmeckte den metallenen Geschmack seines eigenen Blutes, das aus seiner Zunge quoll und seinen Rachen hinunter rann.

Als habe ihm jemand einen Schlag in den Rücken verpasst durchzuckte Arbanor auf einmal ein heißer Schmerz. Er wusste, dass Ningun ihn nicht berührt hatte, doch war es ihm, als strichen die knorrigen Hände des alten Zauberers über seinen Rücken, seinen Leib und seine Arme. Arbanors Muskeln begannen zu brennen und der Schweiß brach ihm aus, je lauter Ningun seine Beschwörungsformeln murmelte. Der Prinz schnappte nach Luft, als die Hitze seinen Schädel erreichte. Er wusste, dass Ningun die Hände nun direkt über seinen Kopf hielt wie ein schützendes Dach – und dass der Magier ihm durch diese unsichtbare Verbindung, welche sein Fleisch beinahe zum Kochen brachte, jene Energie zuführte, die ihn durch die kommenden Tage und Wochen tragen würde.

Mit einem schrillen Schrei beendete Ningun sein Reinigungszeremoniell. Ein Raunen ging durch das Volk, als der Magier, zitternd am ganzen Körper, die Arme sinken ließ. Honrado und Alguien führten den erschöpften Magister zu jenem Stuhl, der ihm im Hintergrund der Bühne zugedacht war. Arbanor spürte, wie der Schweiß von seiner Stirn auf die behauenen Bohlen tropfte. Sein Atem beruhigte sich langsam und eine Welle der Kraft flutete durch seinen Körper. Einzig sein Wille hielt ihn zurück, sofort aufzuspringen und einen lauten Schrei auszustoßen.

Erneut erklangen die Fanfaren. Das tuschelnde Volk verstummte und drängte sich noch dichter an die Bühne. Die Soldaten hatten Mühe, die Menge im Zaum zu halten. Von hinten drückten mehr und mehr Leute nach, ein jeder wollte sehen, was nun geschah.

Arbanor schauderte, als er die festen Schritte hörte, die sich ihm näherten. Noch ehe er die Augen öffnete spürte er, dass Menoriath nun direkt vor ihm stand.

»Arbanor, Prinz von Ahendis, Sohn des Arbadil und Nachfahre des Herrschergeschlechtes, ich bin gekommen, dich zu prüfen.« Die Stimme des Elfenkönigs schien sich wie ein schweres Band auf die Menge zu legen. Keiner wagte mehr, sich zu rühren, als der große Menoriath das Wort an Arbanor richtete. Nach dem Ritus der Urväter nahm der König der Elfen wie schon sein Vater und dessen Vater die Krönung des Menschenkönigs vor.

»So öffne nun die Augen, Arbanor, und zeige mir, ob die Kraft, welche du empfangen hast, von reiner Art ist.« Arbanor sog die Luft in die Lungen, bis sein Brustkorb zu platzen drohte. Dann stieß er den Atem langsam aus, hob das Kinn und streckte seinen Rücken. Schließlich öffnete er die Augen. Arbanor hatte Mühe, in der blendenden Sonne nicht zu blinzeln.

»Bist du reinen Gewissens, Arbanor?«

»Ja, Menoriath, das bin ich.«

»Und ist dein Herz rein und stark?«

»Ja, Menoriath, das ist es.«

»Bist du willens, das Volk von Ahendis von Stund an zu führen?«

»Das bin ich..«

»Und bist du bereit, dein Leben dem Schicksal des Landes und des Volkes unterzuordnen?«

Arbanor schauderte, als vor seinem inneren Auge Deseas Antlitz aufblitzte. Würde sie die Frau an seiner Seite, so beschlössen die folgenden Worte auch ihr Schicksal. Doch neben Desea tauchte ein weiteres Bild vor Arbanor auf: Arbadil, der seinem Sohn zärtlich, stolz und aufmunternd zunickte.

»Ja, ich bin bereit.« Klar und deutlich kamen die Worte aus Arbanors Mund.

»Bist du bereit, Arbanor, dich der Wahrheit und dem Guten zu verpflichten? Bist du bereit, mit all deiner Kraft und mit deinem Leben gegen das Böse ein zu stehen, um Tamar rein und friedlich zu halten?«

»Ich bin bereit, Menoriath.« Ein väterliches Lächeln umspielte Menoriaths Mund, als er auf den Prinzen herab blickte. Arbanor sah dem Elfenkönig direkt in die Augen.

»Bist du bereit, Arbanor, deine Söhne zu opfern auf den Schlachtfeldern, wenn das Wohlergehen deines Volkes in Gefahr ist?« Das kindliche Lachen seiner ungeborenen Kinder schien in Arbanors Ohren widerzuhallen, als er mit fester Stimme antwortete:

»Ich bin bereit, mein Leben gehört von Stund an Tamar. Als unwürdigster Diener stelle ich mich in die Dienste des Volkes.«

Ein Raunen schwappte wie eine Welle durch die Menge, als zwei Elfenkrieger aus dem Hintergrund hervortraten und sich hinter Menoriath aufstellten.

»So trage diese Krone als Zeichen deiner Macht und Bürde«, rief Menoriath, als er die goldene Drachenkrone nahm, die einer der Krieger auf einem samtenen Kissen trug. Das Königszeichen blitzte in der Sonne, als Menoriath es hoch über Arbanors Kopf hielt. Die aus Rubinen gefertigten Augen des Drachen, der sich um den Goldkranz schlang, leuchteten, als Menoriath die Krone langsam senkte und schließlich auf Arbanors bares Haupt setzte. Der Prinz spürte das Gewicht der Krone. Zwar hatte er sie oft auf dem Haupt seines Vaters gesehen, sich von ihrem tatsächlichen Gewicht aber keine Vorstellung machen können.

»Möge mein Amt weniger schwer sein als diese Krone«, dachte der Prinz.

»Und so nimm dieses Drachenschwert als Zeichen deiner Stärke und als Zeichen dafür, dass du dein Leben geben wirst, wenn Tamar dies verlangt. Möge das Schwert des Drachen siegreich sein gegen alle Feinde und möge es niemals sein Ziel verfehlen.«

Arbanor streckte beide Hände aus, damit Menoriath das Schwert hineinlegen konnte. Kalt und glatt lag der Stahl in Arbanors Händen. Die messerscharfe Schneide zu fühlen beruhigte den Prinzen und schien ihn mit einer Welle der Kraft zu durchfluten.

»Es lebe Arbanor, es lebe der König,« rief Menoriath und verbeugte sich vor Arbanor.

»Lang lebe der König, lang lebe Arbanor.« Wie ein Orkan brach der Jubel der Menge über den jungen König herein. Arbanor rappelte sich auf und wandte sich seinem Volk zu. Die Masse tobte. Hände reckten sich in die Luft, Frauen weinten vor Rührung und die Mannsbilder brüllten, bis ihnen die Stimme weg blieb. Stolz hob Arbanor das Schwert über seinen Kopf und lachte seinem Volk zu. Sein Herz machte einen Sprung, als er mitten in der Menge jene goldenen Locken erspähte, die er so gerne berührt hätte. Deseas Blick fand den seinen, mit den Augen liebkosten sie sich für einen Moment, ein Augenblick nur war es, doch Arbanor schossen die Tränen in die Augen, so stark und überwältigend war der Anblick dieses geliebten Antlitzes.

Nur wenige Tage später trat Afeitar das letzte Mal vor den neuen König. Mit knappen Worten erklärte er seinen Rücktritt vom Amt des Beraters. Er ließ keine der Erwiderungen Arbanors gelten und schon am nächsten Morgen war er verschwunden, als hätte er nie in Guarda Oscura gelebt.

In seinen Träumen hatte er in mancher Nacht ein Land besucht mit grünen Hügeln, weit bis zum Horizont. Afeitar wusste nicht, wo dieses Land sein mochte. Doch die Sehnsucht in seinem Herzen, nun die stärkste Stimme in seinem Inneren, trieb ihn an die Küste. Auf einer Galeone, die Gold ins Reich bringen sollte, heuerte er als Zimmermann an. Nicht gerade das, was er am besten konnte. Doch immerhin sein Fahrgeld in eine Zukunft.

Man erzählte sich, dass er nach Monaten auf See als einer der ersten von Bord gegangen sei. Der Smutje sah ihn als letzter -

Afeitar ging mit beschwingten Schritten den Pier entlang. Ließ die Dirnen und Pinten, die ihn locken wollten, unbeachtet und verschwand, als habe es ihn nie gegeben.

Desea beugte sich tief über den Brunnen. Die Strahlen der tief stehenden Sonne hatten zu dieser abendlichen Stunde bereits Mühe, über den Rand der Wasserstelle zu kriechen. Doch noch reichte das Licht, damit Desea ihr verschwommenes Antlitz im spiegelglatten Wasser sehen konnte. Die flammenden Locken umrahmten das helle Gesicht, als seien sie lebendig. Doch konnten sie nicht den Schatten daraus vertreiben. Lange blickte Desea in den Brunnen, bis ihr eigenes Bild schließlich zu flirren begann und vor ihr verschwamm, dunkler wurde und kantiger und schließlich zum Gesicht Arbanors wurde. Hier im kühlen tiefen Wasser fanden sie und der Prinz zusammen. Das Mädchen wischte sich hastig über die Augen.

»Das darf nicht sein«, sagte Desea laut, was sie nicht meinte. Drinnen in der Stube saß Tizia, die ältere Schwester. Wie immer hatte sie den Schleier locker um das Haar gebunden, als sei das Tuch eine Trophäe, eine Krone. Seit Wochen bestickten Lopaz und die Mädchen Leinentücher und Unterkleider, welche Stück für Stück in die Aussteuertruhe Tizias wanderten. Einzig Alguiens allabendliche Besuche unterbrachen die Frauen in ihren Handarbeiten und zeigten ihnen doch, wofür sie sich die zarten Finger an den spitzen Nadeln zerstachen – die Visiten des königlichen Freundes konnten einzig und allein dazu dienen, Tizia im Namen Arbanors auf die Probe zu stellen. Der Tag, an dem Arbanor selbst das bescheidene Heim des Steinmetzen besuchen und um die Hand der durch den Schleier ausgezeichneten Tizia anhalten würde, konnte nicht mehr fern sein.

Eine eiskalte Faust umklammerte Deseas Herz. Einen Moment setzten die Schläge aus. Ihr war, als sei ihr Innerstes gefüllt mit einem einzigen Eisblock. Bleischwere Sehnsucht trieb ihr die Tränen in die Augen.

»Hör auf zu träumen, dummes Huhn«, schalt sie sich selbst. Dann langte sie mit geübtem Griff nach dem Holzeimer und ließ ihn in den Brunnen hinab. Das vertraute Klatschen auf dem kühlen Quellwasser ging unter in Deseas ersticktem Schrei. Von hinten legte sich eine behandschuhte Hand auf ihren Mund. Desea erstarrte. Ihre Muskeln schienen wie gelähmt, als zwei starke Arme sie umfassten und vom Brunnen wegzerrten.

Desea versuchte, nach dem Mann zu treten, doch der wich ihr geschickt aus. Ihre Tritte landeten im Leeren. Als sei sie ein kleines Kätzchen hob der Kerl sie hoch. Im selben Augenblick wurde es dunkel. Der dichte Stoff einer Kapuze scheuerte auf Deseas Wangen und nahm ihr die Sicht. Noch immer presste der Mann seinen Handschuh auf ihren Mund. Sie spürte, wie er einige Schritte ging, sein Schuhwerk klapperte auf dem Pflaster des Brunnenplatzes, die Schritte hallten in der kleinen Gasse wider. Desea keuchte. Kalter Schweiß schoss ihr aus allen Poren und ihr Herz raste. Nur gedämpft nahm sie wahr, wie die Schritte des Kerls schneller wurden. Das Mädchen strampelte und ballte die Hände zu Fäusten, doch gegen den eisernen Griff ihres Peinigers kam sie nicht an. Sie spürte, wie sie höher gehoben wurde. Ihre Schulter krachte gegen hartes Holz, doch der Schmerz war nichts gegen die bittere Angst, die ihr die Kehle zuschnürte. Sie wollte schreien, sich das Tuch vom Kopf reißen. Doch die eiskalten Finger der Furcht legten sich wie eiserne Spangen um ihr Herz und ihren Verstand. Das Rattern der Wagenräder hörte sie nicht mehr, eine tiefe Ohnmacht hatte von Desea Besitz ergriffen.

Das erste, was Desea wahrnahm, war der warme Duft von Bienenwachs. Der Geruch stieg ihr in die Nase und das Mädchen meinte für einen Moment, sie sitze in der Stube ihrer Eltern. Doch schon im nächsten Augenblick glaubte sie, den Griff ihres Entführers zu spüren und der angenehme Duft des Bienenwachses mischte sich in ihrer Erinnerung mit dem herben Geruch nach Leder und Schweiß. Vorsichtig tastete Desea sich in Gedanken am eigenen Körper entlang. Sie saß aufrecht, ihr Kopf lehnte nach hinten. Unter sich spürte sie ein weiches Kissen und auf ihrem Schoß nahm sie den federleichten Druck einer Decke wahr. Sie wagte nicht, die Augen zu öffnen – sie hätte es in diesem Moment auch nicht gekonnt. Die erneut aufsteigende Angst legte sich wie flüssiges Blei auf ihre Muskeln.

Desea verharrte reglos. Eine kühle Stille umgab sie. Kein Geräusch drang an ihr Ohr außer dem aufgeregten Pochen ihres eigenen Herzens und dem surrenden Ton ihres Atems. Minutenlang – oder waren es Stunden? – verharrte Desea reglos. Sie lauschte, ob ihr irgendetwas verraten würde, wo sie sich befand. Nur nicht die Augen öffnen, nur nicht bewegen, dachte sie, vielleicht ist das alles nur ein Traum, vielleicht könnte sie wieder tiefer in den Schlaf gleiten und dann in ihrem eigenen Bett erwachen. . .

Als eine Hand ihre Wange streifte, schaffte sie es mit beinahe übermenschlicher Anstrengung, nicht zu zucken, nicht zu schreien. Desea saß da, die Augen geschlossen, reglos, als wäre sie eine Puppe.

»Fürchte dich nicht, alles ist gut.« Desea hörte den warmen Klang der Stimme. Balsam, der sich auf ihre Seele legte. Ihr Inneres wollte schreien. Doch sie konnte es nicht. War es möglich?

Spielte ihr Herz ihr einen bösen Streich? Diese Stimme klang genau wie die von Arbanor.

»Verzeih mir, Desea.« Das Mädchen schluckte trocken. Ihr Herz hörte die Stimme des Geliebten, nach dem sie sich sehnte. Doch sie ahnte, dass ihre Ohren dieses Trugbild schufen. Arbanor war Tizia versprochen durch einen uralten Brauch – und sie, Desea, hockte in einer dunklen Höhle, irgendwo im Nirgendwo.

Eine kühle Hand legte sich auf ihre. Mechanisch krallte Desea die Finger in die hölzerne Lehne.

»Alles ist gut, alles ist gut«, flüsterte die Stimme. Ohne es zu wollen entspannte sich Desea. Ließ sich gleiten auf dem Teppich, den die sanfte Stimme webte.

»Geliebte.« Es war nur ein Hauch, kaum zu hören. Doch er traf Desea mitten ins Herz. Sie riss die Augen auf und starrte direkt in sein lächelndes Gesicht.

»Arbanor!«

»Desea, liebe Desea, sprich nicht, bitte, höre mich erst an.« Arbanor schloss die Augen. Seine Hand umklammerte ihre. Gerne hätte Desea sein Gesicht in beide Hände genommen, hätte die steile Falte auf der Stirn geküsst, bis die Anspannung aus seinen Zügen verschwunden wäre. Eine heiße Welle durchströmte ihren Körper und ihr Herz begann, in einem neuen Takt zu schlagen. Gleichmäßig wie stets – doch leichter und ein wenig höher. Desea wusste, dass in diesem Moment ihrer beider Herzen den gemeinsamen Rhythmus gefunden hatten.

Arbanor seufzte lautlos, als er die Grübchen auf Deseas Wangen sah. Dieses Lächeln zog ihn in seinen Bann, machte ihn wissen, dass alles gut und richtig war. Die Anspannung der vergangenen Tage und Stunden fiel von ihm ab wie ein alter Harnisch. Der König fühlte sich leicht und frei und zu Hause. Angekommen.

»Ich bitte dich um Verzeihung, Desea, dass ich dir solch einen Schrecken eingejagt habe«, begann Arbanor schließlich. »Doch wie anders hätte ich mir helfen können? Alle Wege zu Dir, mein

Herz, schienen versperrt. Dein Vater wollte mich nicht einmal anhören, Tizia soll die Auserwählte sein, sie, das Mädchen mit dem Schleier. . . Honrado und Alguien und all die anderen beharren auf diesem Brauch unserer Väter, aber mein Herz. . .« Arbanor stockte.

»Ich weiß, ich weiß es doch«, flüsterte Desea. »Wie lange schon träume ich genau von diesem Moment.« Das Mädchen schlug die Augen nieder. Ihre Wangen brannten und Desea wusste, dass ihr Gesicht tief rot glühte.

»Gräme dich nicht, Desea, du spürst es doch auch, du weißt es – so, wie es ist, ist es gut. Es kann nicht anders sein. Du und ich...«

». . . du und ich, ja, Arbanor, ja. . .« Minuten lang saßen die beiden sich gegenüber. Sie schienen zu ertrinken in den Augen des anderen. Die Sehnsucht verwischte mit einem Handstreich, angekommen, sie waren angekommen.

Plötzlich sprang Arbanor auf. Einmal, zweimal durchschritt er die kleine Höhle. Dann drehte er sich abrupt zu Desea um und fiel vor ihr auf die Knie.

»Meine Königin«, rief er und neigte das Haupt. »Hier knie ich vor dir, mein Leben lege ich dir zu Füßen und mein Schicksal. Nichts ist etwas wert ohne dich, Geliebte. Desea, Sonne meines Herzens, Stern meiner Nächte, hier kniet der unwürdige König von Ahendis zu Füßen der schönsten Frau, deren ergebener Diener er sein will. Desea, hier an diesem Ort, an dem nur die Fledermäuse unsere Zeugen sind, frage ich dich – willst du meine Frau werden? Willst du meine Königin sein?«

Desea sprang auf. Sie schwankte, als das Blut in ihren Adern zu rauschen begann, als sei ein Sturzbach in ihrem Inneren losgebrochen. Arbanor hielt das Haupt gesenkt. Seine Schultern bebten und das Bild verschmolz im flackernden Kerzenschein mit dem Antlitz der Schwester, dem Gesicht des Vaters, dem sorgenvollen Blick der Mutter. Etwas schnürte Desea den Hals zu. Doch eine warme Woge streichelte ihr Herz und mit einem Mal wusste sie, dass sie nichts war ohne diesen Mann.

»Ja«, sagte sie und kniete vor Arbanor auf den Boden. Mit beiden Händen umschloss sie seinen Kopf. Der König hob das Haupt. »Ja, Arbanor, das will ich sein, deine Frau will ich sein, denn das bin ich längst. Schon am Tage meiner Geburt war mein Leben bestimmt für dich, mein Schicksal ist auch dein Schicksal.« Tränen rannen Desea über die Wangen, als Arbanor sie fest in die Arme schloss.

»Du bist meine Frau«, flüsterte er. Dann fanden seine Lippen ihren Mund. Langsam erst und zärtlich, bis sich ihre beiden Münder öffneten und zu einem verschmolzen.

»Lass uns nach draußen gehen.« Arbanor räusperte sich. Nur schwer konnte er sich von Desea lösen. Und auch sie hatte Mühe, aus der schweren Süße des Kusses aufzutauchen in diesen Tag, in die kleine Höhle, von der sie nicht einmal wusste, wo sie lag. Hand in Hand gingen beide zum Ausgang. Arbanor musste sich bücken, um durch den Spalt nach draußen zu gelangen. Desea kniff die Augen zusammen, als die tief stehende Sonne ihr direkt ins Gesicht strahlte.

Dem Mädchen stockte der Atem, als sie neben Arbanor am Rand der Felsen stand. Vor ihnen tat sich ein weites Tal auf. Die Bäume wirkten von hier oben wie Spielzeug. In dem breiten Strom schien sich die gelbe Sonne zu wärmen. Ihre Strahlen färbten das klare Wasser golden ein. Und, als habe der Feuerplanet einen irdischen Zwilling, schimmerte ein üppiger See mitten im Tal.

Sanfter Wind strich Desea über die Wangen. Ohne ihr Zutun fand ihre Hand die von Arbanor. Der König schloss die Finger um die ihren. Schweigend stand das Paar auf dem Hügel und ließ die Blicke über das Tal schweifen. Im nachmittäglichen Dunst fast verborgen waren weit hinten die Umrisse Guarda Oscuras zu erkennen. Winzig klein schmiegten sich Hütten und Häuser an den Horizont.

»Dort sitzt Tizia und weint sich die Augen aus«, flüsterte Desea und zeigte in Richtung Albages. Tränen stiegen ihr in die Augen, doch Arbanors sanfter Händedruck brachte ihr Herz wieder in einen ruhigen Rhythmus.

»Unsinn, Desea, sie ahnt doch längst, dass ihr Schicksal nicht das einer Königin ist.« Arbanor umfasste Deseas Schultern und drehte sie zu sich. Mit festem Blick sah er ihr in die Augen. »Jeder kennt sein Schicksal, tief im Herzen. Und auch deine Schwester ahnt längst, dass ein Traum nicht immer zur Wahrheit werden muss.« Desea schlug die Augen nieder. In ihrem Herz loderte eine Flamme, die sie zu verbrennen schien, doch gleichzeitig fröstelte sie.

»Desea, sieh mich an. Noch nie zuvor habe ich einen Menschen hierher mitgenommen. Diese Höhle, dieses Plateau – das war bislang mein Platz. Nur meiner, verstehst du? Doch von heute an will ich nie wieder alleine an diesen Ort kommen. So wie ich überhaupt nie wieder ohne dich sein kann und will.«

Arbanor straffte die Schultern. Jetzt war er nicht mehr der bangende Liebende, nun sprach der König aus ihm. Seine Worte schienen keinen Widerspruch zu dulden. Desea hätte auch nichts anderes tun können, als ihre Hand in Arbanors zu legen. Als habe sie nie etwas anderes gewollt, folgte sie dem Geliebten über einen schmalen Felspfad hinab ins Tal.

Nach wenigen Minuten hatten sie das Plateau hinter sich gelassen. Unten empfing sie ein baumbestandener Wall. Mit sicheren Schritten durchmaß Arbanor das Unterholz. Desea erkannte, dass ein kleiner Pfad auf den Waldboden getrampelt war, gerade breit genug für einen Menschen. Der weiche Boden schien zu vibrieren, als die beiden sich an den Bäumen vorbeischlängelten und hier einem Dornenbusch, dort einer mächtigen Wurzel auswichen.

Heftiges Rascheln und das Knacken von Ästen rissen Desea aus den Gedanken. Aus dem Unterholz drang ein leises Kichern zu den beiden. Einen Augenblick später sprang Duende auf den Trampelpfad. Desea schrie leise auf.

»Ich bitte um Verzeihung, wenn ich die Hoheiten erschreckt

habe.« Grinsend verbeugte der Gnom sich. Seine Ohren leuchteten im selben Grün, wie Desea es von Grashüpfern kannte.

»Oh Duende, ich gebe es auf, niemals werde ich dir Manieren beibringen.« Arbanor stöhnte gespielt auf und verdrehte die Augen.

»Moment, Mooooment«, rief der Zwerg und stemmte die Hände in die Hüften. »Wer von uns weiß nicht, was sich gehört? An Eurer Seite sehe ich die schönste Menschenfrau, die mir je begegnet ist, so schön, dass ich wünschte, in ihrer Gegenwart einer von Eurer Rasse zu sein. Und was macht Ihr, König von Ahendis? Stellt Eure Gefährtin nicht einmal Eurem Duende vor.«

Desea schlug sich die Hand vor den Mund, um nicht laut zu kichern. Arbanor klappte stumm den Mund auf und wieder zu. Da machte das Mädchen einen Schritt auf Duende zu, ging in die Knie und streckte ihm die Hand entgegen. Verdutzt schlug Duende seine winzige Hand in die ihre.

»Es freut mich, Dich kennen zu lernen, Duende«, sagte Desea. Der Gnom riss die Augen auf. Seine Ohren wechselten von hellem Grün in die Farbe dunklen Mooses. Jetzt war es an dem Kleinen, den Mund auf- und wieder zuzuklappen.

Arbanor lachte laut auf. »Ich sehe, es wird sich nichts ändern, Duende bleibt der heimliche Herr des Landes. Selbst meine Königin geht vor dem Waldschrat auf die Knie.« Duende schnaubte leise und warf den Kopf in den Nacken. »Macht Euch nur lustig über mich, Arbanor, bitte sehr, dann gehe ich eben gleich und Ihr könnt sehen, wie Ihr hier ohne mich vorankommt. Ich MUSS ja nicht Euer Trauzeuge sein, ich nicht. . . «

»Aber Duende, nun sei nicht verstimmt. Verzeih Arbanor seinen Übermut an diesem Tag«, lenkte Desea ein. Der Zwerg zog hörbar die Nase hoch.

»Ich bleibe, nun gut, ich bleibe. Aber für den da«, Duende zeigte mit dem krummen Finger auf Arbanor, »bestimmt nicht. Einer Königin kann ich keinen Wunsch abschlagen. Euch zum Gefallen, Desea, werde ich bleiben.« Mit diesen Worten drehte der Zwerg sich um und stapfte durch die Büsche davon. Desea kicherte und erhob sich. Arbanor nickte ihr anerkennend zu.

»Du weißt, wie man mit Kerlen wie ihm umzuspringen hat. Ich bin stolz darauf, Dir mein Geleit anzubieten«, sagte er und bot Desea den Arm an. Sie hakte sich bei ihm unter und Seite an Seite gingen sie das letzte Stück durch den Wald.

Mit einem Mal teilte sich das Buschwerk vor den beiden. Ungläubig riss Desea die Augen auf – mitten auf der kleinen Lichtung stand ein aus grobem Holz gezimmerter Tempel. Vier schmale Säulen aus behauenen Birkenstämmen stützten ein gewölbtes, aus Weidenzweigen kunstvoll geflochtenes Dach. Zwei schmale Öffnungen an den Seiten dienten als Lichtquelle. Ohne ein Wort zu sagen, ging Arbanor weiter und führte Desea die zwei Stufen zum überdachten Eingang hinauf. Die schmale Tür war mit Myrtenkränzen umrankt, in die tiefrote Rosenknospen geflochten waren. Auf der Schwelle des Waldtempels blieb Arbanor stehen und blickte Desea ernst an.

»Du weißt«, flüsterte er eindringlich »wenn du mit mir über diese Schwelle trittst, dann wirst du als meine Frau wieder heraus gehen. Dein Schicksal wird sich ändern. So gerne ich es wollte, liebste Desea, ich kann dir nicht versprechen, dass das Leben an der Seite des Königs von Ahendis stets leicht sein wird. Meine Feinde werden dann auch deine Feinde sein und mein Schicksal wird deines sein.« Ein schwaches Lächeln umspielte Deseas Lippen. Dann hob sie die Hand und legte Arbanor den Zeigefinger auf den Mund.

»Mein Schicksal ist längst zu deinem geworden, denn du bist mein Schicksal. Du bist mein Herz und meine Zukunft«, sagte sie. Dann griff sie nach Arbanors Hand und trat über die Schwelle.

Es dauerte einige Augenblicke, bis sich ihre Augen an das Halbdunkel gewöhnt hatten. Rauch stieg aus duftenden Schalen auf, in denen glimmende Borken lagen. An der Stirnseite des Tempels standen drei Gestalten. Eine löste sich von den anderen und trat langsam auf das Paar zu.

»Ich wusste, dass Ihr kommt.« Ningun neigte das Haupt so schwungvoll, dass die weißen Haare wie lange Nebelschwaden um seinen Kopf flogen. Sein langer Umhang schlackerte um seinen hageren Körper, als er die Arme in den Ärmeln ausbreitete, als wolle er das Paar umarmen.

Desea lächelte. »Er sieht aus, wie eine Fledermaus«, schoss es ihr durch den Kopf. Doch das Mädchen wusste um die Macht und das Können des Magiers und senkte den Kopf.

»Alles ist vorbereitet, Majestät«, sagte Ningun nun und wandte sich um. Aus dem Schatten hinter den armdicken und beinahe mannshohen Kerzen, welche zu beiden Seiten des hölzernen Altars standen, lösten sich die beiden anderen Gestalten. Desea erkannte Alguien und seinen Zwillingsbruder Honrado. Die Brüder verneigten sich vor dem Paar und Desea sah, wie Honrado die Röte ins Gesicht schoss.

»Verzeih mir, Desea, wenn ich dich erschreckt haben sollte, doch mein Herr und Freund Arbanor befahl mir, dich zu ihm zu bringen.«

»Du bist also mein Entführer«, sagte Desea. Honrados Ohren bekamen die Farbe reifer Brombeeren, doch als das Mädchen ihm lächelnd die Hand hinstreckte, entspannte sich sein breites Kreuz sichtbar. Freudig strahlend griff er die schmale Hand und hauchte beinahe ungelenk einen Kuss darauf.

»Ich muss dir dankbar sein, dass du mich hierher gebracht hast, Honrado«, sagte Desea. Alguien grunzte. Noch immer hielt er sein Haupt gesenkt und Desea konnte nicht sehen, ob er lächelte oder ob eine Grimasse sein Gesicht entstellte. Doch sie hatte keine Zeit, sich darüber Gedanken zu machen, denn schon winkte Ningun die beiden Brüder zum Altar. Die Zwillinge nahmen rechts und links Aufstellung. Hinter Arbanor und Desea knarzte die Tür und klappte leise ins Schloss. Duende schlüpfte an der Wand entlang und kletterte hinter einer der mächtigen Kerzen auf einen aus einem Baumstamm gehauenen Hocker.

Gemächlich und voller Würde schritten Arbanor und Desea nebeneinander zum Altar. Ihre Herzen klopften so sehr, dass beide meinten, man müsse das Echo bis nach Guarda Oscura hören. Arbanors Knie zitterten und unter seinen Achseln bildeten sich Schweißflecke. Desea fuhr sich mit der Zunge über die vor Aufregung staubtrockenen Lippen.

Schweigend standen sie nun vor Ningun. Der Magier hob mit beiden Händen eine flache Zinnschale empor, aus der grauer Rauch aufstieg, und begann, sie im Lauf der Sonne vor sich zu kreisen. Aus seiner Kehle drang ein leises Brummen.

Plötzlich sprang Duende von seinem Hocker herunter und sauste nach vorne. Ningun stockte mitten in der Bewegung und warf dem Zwerg einen Blick zu, der auf der Stelle heißes Wasser in Eisklumpen hätte verwandeln können. Duende grinste schief und drückte Desea ein Bund Margeriten in die Hand. An einer der Blumen hing noch die Wurzel, eine andere war unter der weißen Blütenspitze abgeknickt.

»Eine Braut ohne Strauß, das geht nicht«, flüsterte Duende und schüttelte den Kopf, als er Arbanor von unten herauf fixierte. Desea biss sich auf die Zunge, um nicht zu kichern.

»Und ein Zwerg, der die heilige Zeremonie der Eheschließung stört, das geht auch nicht«, fauchte Ningun. Arbanor seufzte und nickte dem Gnom zu. Mit hoch erhobenem Haupt stapfte Duende zurück und postierte sich erneut auf dem Hocker.

Ningun sog laut die Luft ein, dann nahm er die kreisende Bewegung wieder auf. Der Rauch aus der Zinnschale schien das Brautpaar zu umfangen wie ein duftender Schleier. Moosiger Geruch stieg Arbanor in die Nase, gemischt mit einem süßen Duft. Ninguns Murmeln wurde lauter, doch es traten nur unartikulierte Laute aus seinem Mund. Der Magier hielt die Augen geschlossen und wiegte sich in einem Rhythmus hin und her, den nur er alleine hören konnte.

Desea starrte abwechselnd auf den Magier und auf die Margeriten in ihrer Hand. Die schneeweißen Blüten umfingen die goldgelb leuchtenden Punkte, auf denen die Pollen saßen und von denen ein schwacher Duft aufstieg. Doch schon bald hatte der Rauch aus der Schale sie gänzlich umfangen. Desea unterdrückte ein Husten, der Rauch kratzte sie im Hals.

Endlich stellte Ningun die Schale zurück auf den Altar. Einen Moment verharrte der Magier schweigend, dann öffnete er die Augen. Arbanor war es, als dringe der Blick des alten Ningun mitten in sein Herz. Ihm schien, als könne der Magier sein Innerstes erkennen, als würde Ningun Dinge sehen in seinem Geist und seinem Herzen, die er, der König Ahendis, selbst nicht einmal kannte. Arbanor schauderte, dann glitt Ninguns Blick zu Desea. Das Mädchen unterdrückte einen Aufschrei, als Ninguns Blick den ihren traf, in ihr Innerstes eindrang und sich geübt an ihren Gedanken und Gefühlen entlang hangelte. Eine ungekannte Hitze erfasste ihren ganzen Körper und just in dem Moment, als sie meinte, der Atem würde ihr genommen, nickte Ningun und lächelte.

»Zwei reine Herzen verlangen nach der Vereinigung«, rief der Magier und drehte die Handflächen nach oben. Sein Blick wurde glasig, dann verdrehte er die Augen, bis nur noch das Weiße zu sehen war.

»Zwei Herzen wollen eines werden.« Ninguns Stimme schien wie aus Metall zu sein. Scheppernd durchdrangen seine Rufe die Stille des Waldes.

»Zwei Menschen wollen ihr Schicksal verbinden, auf dass es eines werde für alle Tage. Wo der eine hingeht, da soll von nun an das Herz des anderen sein. Und wenn der eine große Lasten zu tragen hat, so möge der andere ihn stützen und bei ihm sein, auch wenn Zeit und Raum die Menschen trennt. Das Band der Seelen schließe sich um Euch.« Ninguns Körper zuckte, sein Kopf rollte von links nach rechts. Mit einem Mal zog sich der Rauch, der durch den Tempel waberte, in die Zinnschale zurück, als würde er von dem Gefäß eingesogen. Eiskalter Wind spielte mit Deseas Locken, Arbanor begann zu keuchen und zu schwanken. Mehr und mehr

Rauch glitt zurück in das Gefäß und plötzlich schoss ein gleißender Blitz aus der Mitte der Schale hervor. Das Licht blieb mitten über dem Altar stehen. Desea riss die Augen auf und tastete nach Arbanors Hand. Der drückte sie beruhigend und fest und als sich aus dem kreisenden Lichtblitz zwei Drachenköpfe formten, die umeinander kreisten, sich trafen und zu einem einzigen verschmolzen, schoss eine Hitzewelle durch Arbanors und Deseas Körper. Die beiden rangen nach Luft, wollten einander umschlingen. Doch keiner war in der Lage, sich zu rühren. Ein lauter Knall erschütterte den Tempel. Der blitzende Drache schien in tausende gleißender Stücke zu zerbersten, welche in alle Richtungen davonflogen.

Dann war es still. Das Zirpen eines Vogels drang in den Tempel. Langsam wandte Arbanor sich Desea zu. Sein Blick streichelte ihr Gesicht und als er sich zu ihr beugte, um sie zu küssen, wusste Desea, dass sie nun zum ersten Mal in ihrem Leben ganz war. Ganz und lebendig.

»Bravo! Lang lebe unser König! Lang lebe Desea, die Königin.« Duende sprang von seinem Hocker herunter und sauste zu dem Paar hin. Aufgeregt zerrte er Arbanor am Wams, bis dieser sich seufzend von Desea löste. Duende streckte dem König die Hand hin.

»Lass mich der erste sein, der zu Eurer Hochzeit gratuliert, mein Freund.« Der Zwerg strahlte über das ganze Gesicht, als Arbanor lachend in die ausgestreckte Hand einschlug. Desea kniete sich nieder und drückte Duende einen zarten Kuss auf die Wange. Das Gesicht des Zwerges glühte dunkelgrün, als er nach Luft schnappte und rückwärts taumelte.

Arbanor lachte schallend, als Alguien und Honrado ihn in ihre Mitte nahmen und herzlich umarmten.

»Nun bist du also der erste von uns, der unter die Haube gekommen ist, ich gratuliere dir«, strahlte Honrado.

»Ja, nun ist Arbanor mit der schönen Desea vermählt.« Alguiens Mund lächelte, doch in seinen Augen sah Desea etwas aufflackern, das ihr Angst machte. Doch sie hatte keine Zeit, sich darüber Gedanken zu machen – schon trat Ningun hinter dem Altar hervor und baute sich vor Arbanor auf.

»Es mag eine Vermählung in aller Stille gewesen sein und ich ahne, dass ein großes Fest folgen wird, doch so ganz trocken wird mein Zögling seinen alten Meister sicher nicht nach Hause schikken.« Ningun grinste und griff in die tiefe Tasche seines Umhangs. Mit einem lauten Knall zog er den Korken aus der Flasche.

»Auf euer gemeinsames Leben«, rief Ningun und prostete der kleinen Gesellschaft zu.

Vorsichtig zog Tizia die Klinke zu sich hin. Mit einem leisen Knarren fiel die schwere Tür ins Schloss. Wie gerne hätte sie die Türe zugeknallt, dass ganz Guarda Oscura gewackelt hätte! Über ein Jahr war es nun her. Doch der Schrei, der das Haus ihrer Eltern erfüllt hatte, ihr Schrei, hallte noch immer in ihren Ohren wider. Tizia ballte die Hände zu Fäusten und schluckte die bittere Galle hinunter, die ihr in die Kehle stieg.

Hinter der Tür lag ihre Schwester. Ein aufgequollener, sich windender Körper. Desea erwartete ihr erstes Kind.

»Mein Kind hätte es sein sollen, meines«, murmelte Tizia stumm. Seit einigen Wochen wusste sie, dass auch ihr und Alguien bald ein Sohn oder eine Tochter geboren würde. Doch so sehr ihr Ehemann sich auch um sie bemühte – die Schmach, dass die Jüngere nun als Ehefrau an Arbanors Seite stand, konnte Tizia nicht verwinden. Ihr hätte es zugestanden, Königin zu werden – bei der Namensgebung des Prinzen war ihr, nur ihr und keinem anderen Mädchen, der Schleier zugeflogen.

Gewiss, das Leben an Alguiens Seite war kein schlechtes. Tizia genoss die Annehmlichkeiten im Hause des Ritters. Schnell hatte sie sich daran gewöhnt, eine eigene Zofe zu besitzen, Mägde zu haben und eine Köchin, die sich um das Wohl des Paares kümmerten. Und ja, sie hatte stolz gelächelt, als sie an Alguiens Seite vor den Altar getreten war.

Doch wie es in ihrem Inneren brodelte und stürmte – niemand ahnte, welche Giftbrühe in Tizias Herzen gärte. Durch die geschlossene Türe drang leise Deseas Stöhnen in den Vorraum. Die alte Masa, welche schon Arbanor auf die Welt geholt hatte, kümmerte sich um die Schwangere, legte ihr Umschläge auf Stirn und Leib. Es würde noch Stunden dauern, ehe das Kind sich so weit gesenkt hatte, dass mit der Geburt zu rechnen war. Müde schlurfte Tizia zu dem kleinen Tisch, welcher unter dem Fenster stand. Mit zitternden Händen goss sie sich Tee in einen Becher und trank mit gierigen Schlucken. Ihr Blick glitt aus dem Fenster. Die Bäume hoben sich wie schwarze Scherenschnitte vom Himmel ab. Am Horizont tauchte erstes Abendrot das Land in warmes Licht. Noch war es warm draußen, doch bald schon würde sich die Nacht über das Land senken und alles in eine schwarze Decke hüllen. Wie gerne hätte Tizia sich schlafen gelegt. Ihre Glieder schmerzten und zu Hause lockten weiche Kissen und warme Decken. Und der heiße Körper ihres Gatten. Tizia schluckte den Tee in großen Schlucken. Auch wenn Alguien nicht der Mann war, dem sie ihr Herz hatte schenken wollen – sie genoss dennoch die Stunden der Leidenschaft, wenn sein muskulöser Körper den ihrigen begehrte, wenn sie ihre Haut an seiner reiben konnte.

Das Stöhnen aus dem Nebenzimmer brachte Tizia zur Besinnung. Desea wimmerte leise. Durch die geschlossene Türe hörte Tizia das beruhigende Murmeln der Hebamme. Tizia seufzte. Erneut goss sie heißen Tee in den Becher. Am Horizont krochen dünne Nebelschwaden aus den Wiesen und waberten auf die Burg zu. Nicht mehr lange, dann würde die graue Suppe die Mauern erreichen und wie ein dichtes Gestrüpp über den Hof kriechen. Tizia lehnte sich weiter aus dem Fenster.

Auf den Stufen zum Brunnen hockte Duende und knispelte nervös an seinen Fingern. Die grasgrünen Ohren des Knirpses schienen nervös um seinen Kopf zu flattern, als wären sie Flügel. Plötzlich hob der Zwerg den Kopf. Tizia folgte seinem Blick und sah, wie Alguien und Honrado mit langsamen Schritten aus dem Nebengebäude, in dem die Waffenkammer untergebracht war, traten. Die beiden steckten die Köpfe zusammen. Honrado nickte stumm, als Alguien ihm wild gestikulierend etwas erklärte. Plötzlich blieben die beiden stehen und wandten sich um. Aus der Tür zum Arsenal trat Arbanor. Tizias Herz machte einen Sprung, als sie den König sah. Mit weit ausgestreckten Armen hielt er ein kreisrundes Schild vor der Brust, das im Schein der tief stehenden Sonne golden glänzte. Sie konnte von ihrem Fensterplatz aus nicht verstehen, was die Männer sprachen, doch die Anspannung in Arbanors Gesicht verriet ihr, dass er mit den Gedanken nicht bei den Waffen war. Wahrscheinlich dachte er an Desea, die sich seit Stunden unter den Wehen wand.

Dort unten im Hof hatte Tizia auch Alguien das Ja-Wort gegeben – an der Seite ihrer Schwester und des Königs. War es wirklich erst ein paar Monate her?

Tizia lächelte gequält, als sie an den Morgen der offiziellen Vermählung dachte. Am Vorabend war Desea noch einmal in das elterliche Haus zurückgekehrt. Seit der heimlichen Hochzeit hatte sie in einer Gästekammer der Burg gewohnt und Tizia war froh darum. So viel Wut und Hass hatte sich in ihrem Herzen aufgestaut, dass sie befürchtete, sie könne der Schwester die Augen auskratzen oder ihr das Kissen auf das schlafende Gesicht drücken, wenn Desea noch einmal mit ihr die Kammer teilen würde.

»Vater, Mutter.« Unschlüssig stand Desea im Türrahmen. Hinter ihr preschte die Kalesche davon. Desea trug nur ein kleines Bündel bei sich. Das Kleid, welches sie zur Hochzeit tragen würde, war längst von den Zofen gebracht worden. Deseas Herz klopfte so stark, dass sie meinte, die Eltern müssten es hören. »Dummes Ding«, schalt sie sich in Gedanken selbst. »Du bist eine verheiratete Frau, die sich eben vom besten aller Männer verabschiedet hat, um ihm ab morgen für immer zu folgen.« Doch die Worte verhallten in ihrem Inneren. Desea fühlte sich wie ein kleines Mädchen, das verbotenes Naschwerk stibitzt hatte. Sie senkte den Kopf.

Stumm standen die Eltern ihrer Tochter gegenüber. Desea lächelte, doch ihre Augen verrieten, dass sie ängstlich war. Schließlich räusperte Tasnar sich. Der Steinmetz hob ungelenk die Arme, ließ sie aber gleich darauf wieder sinken. Lopaz seufzte und machte einen tiefen Knicks.

»Aber Mutter, was tust du da?«, rief Desea erstaunt.

»Es gehört sich eben, sich vor einer Königin zu verneigen«, murmelte Lopaz.

»Mutter! Noch bin ich keine Königin. Seht mich doch an, ich bin es, Desea, eure Tochter, die Einlass begehrt in euer Haus.« Lopaz straffte die Schultern und lächelte schief.

»Dann steh nicht wie ein Ölgötze hier herum, sondern komm herein und mach die Tür zu«, brummte Tasnar, als sei nie etwas geschehen, als sei Desea tatsächlich eben erst vom Wasserholen zurückgekehrt. Tizia, die sich in eine Nische unter der schmalen Stiege gedrängt hatte, trat nun langsam aus dem Schatten. Stumm nickte sie der Schwester zu. Desea ließ ihr Bündel fallen und eilte auf die Ältere zu. Tränen schossen dem Mädchen in die Augen, als sie der Schwester gegenüber stand.

»Tizia«, flüsterte Desea. Ihre Stimme zitterte.

»Da bist du also.« Mehr fiel Tizia nicht ein. Dann wandte sie sich um und hastete in die Stube. Die Eltern gingen vor Desea in den mit dunklem Holz getäfelten Raum. Wie stets glitt Deseas Blick zuerst in die Ecke an der Stirnwand, in der auf einem kleinen Podest ein steinerner Ritter stand, der ein mit einem Drachen geziertes Schild und ein spitzes Schwert in den Händen hielt. Als

Kind hatte sie sich oft vorgestellt, die Skulptur, welche der Vater in seinen Lehrjahren gefertigt hatte, würde eines Tages vom Sockel steigen, zu Lebensgröße anwachsen und sie aus dem Haus führen, weg von der mürrischen Mutter und der zänkischen Schwester. Desea lächelte – nun war tatsächlich ein Ritter gekommen, der sie an der Hand genommen hatte.

»Es riecht phantastisch«, rief sie aus, als die Mutter den Deckel der Suppenschüssel hob. Desea hatte auf ihrem angestammten Stuhl an der Tafel Platz genommen. Ihr gegenüber saßen Lopaz und Tasnar, an ihrer rechten Seite rutschte Tizia auf dem harten Holzstuhl hin und her.

»Du magst Specksuppe doch so gerne.« Lopaz legte den Kopf ein wenig schief. Desea meinte, ein Lächeln im Gesicht der Mutter zu erkennen, doch diese senkte schnell den Kopf und begann, mit dem hölzernen Schöpflöffel die Schalen der Familie zu füllen. Bald darauf war die Stube erfüllt vom gleichmäßigen Schlürfen aus vier Mündern und dem dumpfen Kratzen der Löffel in den hölzernen Tellern. Heiß und würzig rann die Speckbrühe durch Deseas Kehle und eine wohlige Wärme breitete sich in ihrem Magen aus. Mit einem Mal war ihr, als sei sie nie fort gewesen. Da legte Tasnar den Löffel beiseite und fixierte seine jüngere Tochter mit zusammengekniffenen Augen.

»So verlassen mich nun beide Töchter an einem Tag«, sagte Tasnar schließlich und knetete die Hände. Desea starrte auf die mit Schwielen und Hornhaut bedeckten Finger des Vaters. Tizia hüstelte leise. Unmerklich rückte Desea ein Stück näher an die Schwester heran.

»Eure Mutter Lopaz und ich haben euch etwas zu sagen, Töchter«, fuhr Tasnar fort. Seine Frau legte nun den Löffel neben ihre Schale, faltete die Hände vor dem Bauch und starrte abwechselnd von einer zur anderen Tochter.

»Natürlich habe ich immer gewusst, dass der Tag kommt, an dem ich meine Mädchen ziehen lassen muss. An dem sie den

Schritt wagen in die Zukunft als Eheweib.« Tasnar räusperte sich und scharrte unter dem Tisch mit den groben Holzpantinen. Dann trank er einen großen Schluck Bier, stellte den Humpen mit einem Knall auf den Tisch und wischte sich mit dem Ärmel über den Mund.

»Es ist gut und richtig, dass Mädchen zu Frauen werden. Dass sie das Haus ihrer Eltern verlassen, um einem Mann ein gutes Weib zu sein und hoffentlich die Mutter vieler Kinder. Es ist aber nicht gut«, sagte Tasnar und hob die Stimme, »wenn zwei Schwestern, die beileibe beide eine gute Partie gemacht haben, sich mit Hass und Wut begegnen». Tizia zuckte zusammen und Desea zog den Kopf ein. Beide starrten auf die fast geleerten Schüsseln vor sich.

»Eure Mutter und ich dulden es nicht, dass auch nur ein einziger Funken Missgunst zwischen euch ist, wenn ihr morgen gemeinsam vor den Altar tretet, um die Frau von Arbanor beziehungsweise das Weib von Alguien zu werden. Ich habe euch nicht dazu erzogen, im Streit zu leben.« Tasnars Stimme war immer lauter geworden. Beruhigend legte ihm nun Lopaz die Hand auf den Arm.

»Was euer Vater euch sagen will ist dieses: Es mag sein, Tizia, dass du ein Leben lang dachtest, das Schicksal habe dir Arbanor als Gatten auserwählt. Ich gebe zu, auch ich und Tasnar dachten dies lange Zeit. Doch nun hat Arbanor, der gute König von Ahendis, sich anders entschieden. Desea soll sein Weib sein.« Einen Moment schwieg Lopaz, dann fuhr sie eindringlich fort. »Du, Desea, sagst, man habe dich vom Brunnen weg entführt. Weder ich noch dein Vater wissen, ob dies die ganze Wahrheit ist. Lange Tage haben wir darüber nachgedacht und sind zu dem Schluss gekommen, dass wir dir glauben wollen.« Desea riss den Kopf hoch und wollte eben etwas erwidern. Doch der feste Blick der Mutter gemahnte sie zu schweigen.

»Wir haben wohl bemerkt, dass König Arbanor sich um eine unserer Töchter bemühte, anders konnten wir die vielen Besuche des Ritters Alguien in unserem Hause nicht deuten«, sagte Tasnar nun. »Den Schleier vor Augen war uns immer klar, dass das Werben durch den Mittelsmann der Älteren von euch gelten müsse. Doch nun hat unser König seine Wahl getroffen und dich, Desea, zum Weib genommen.« Dem Mädchen schoss die Röte ins Gesicht, als sie an den Tag im Wald und die kleine Zeremonie im Tempel dachte.

»Es steht einem einfachen Steinmetz nicht zu, die Entscheidungen unseres Königs zu kommentieren. Geschweige denn gut oder schlecht zu nennen. Deshalb habe ich beschlossen, zu schweigen. Arbanor stammt aus einem großen Haus und ich weiß, dass er dieselbe Weisheit besitzt wie sein Vater Arbadil. Das Leben an seiner Seite wird nicht einfach, Desea.« Zärtlichkeit schwang in Tasnars Worten mit, als er sich nun direkt an seine jüngere Tochter wandte.

»Du wirst das Leben einer Königin führen. Du wirst alles haben, was du begehrst und die einfachen Sorgen des Alltags brauchen dich nicht mehr zu kümmern. Doch eines lasse dir von deinem Vater gesagt sein: In den vielen Momenten, die du dich allein gelassen fühlst, weil unser König in Tamar auf Reisen ist oder, möge es nie geschehen, wenn er als Feldherr in den Krieg zieht, denke stets daran, wessen Kind du bist. Unser Haus steht dir immer offen.«

Tränen schossen Desea in die Augen, als sie die Worte des Vaters hörte. Noch nie hatte Tasnar so liebevoll zu ihr gesprochen. Als Desea sah, wie Lopaz die Tränen aus den Augen rannen, konnte auch sie den Fluss nicht bremsen. Schluchzend erhob sie sich. Doch Tasnar bedeutete ihr mit einer Geste, sich wieder zu setzen. Dann wandte der Vater sich an Tizia.

»Mein Kind, ich weiß, dass dein Herz voll Gram ist. Doch denke daran, dass du und deine Schwester vom selben Fleisch und Blut seid. Euer Blut ist dicker als jedes Wasser, das in den Bergseen fließt. Am morgigen Tage wird Desea nicht mehr nur deine Schwester, sondern auch deine und unsere Königin sein. Das erhebt sie aber niemals über ihre Eltern und ihre Familie.« Tasnar zwinkerte mit den Augen und ein kleines Lächeln huschte über Deseas Gesicht. Tizia aber schwieg und starrte auf die Tischplatte.

»Du hast Alguiens Antrag angenommen, Tizia. Ich erwarte von dir, dass du dich ihm würdig erweist. Durch deine Heirat wirst du eins mit ihm. Und glaube mir, das Leben an der Seite eines Ritters, zumal noch eines der engsten Vertrauten unseres Königs, wird nicht das schlechteste sein.« Tizia nickte schwach. Tasnar griff zu seinem Humpen und prostete seinen Töchtern zu.

»Ich trinke auf eure Zukunft, Desea und Tizia«, rief er.

»Und auf viele Enkelkinder«, flüsterte Lopaz. Einen Moment lang herrschte eine gespenstische Ruhe in der Stube. Deseas Schultern zuckten und Tizia klammerte sich an der Tischkante fest. Lopaz senkte den roten Kopf. Dann brach aus den Frauen das Kichern heraus. Laut lachend erhob sich die Familie vom Tisch. Während Lopaz und Tasnar in ihre Schlafkammer hinaufstiegen, standen Tizia und Desea sich schweigend in der Stube gegenüber. Schließlich nickte die Ältere und ging aus dem Raum. Desea folgte ihr. Hintereinander stiegen sie die Treppe hinauf. Vor der gemeinsamen Kammer blieb Desea unschlüssig stehen.

»Wo soll ich schlafen?«, flüsterte sie. Tizias Rücken schien sich zu straffen.

»Mutter hat dein Bündel in unser Zimmer gebracht. Du wirst dir die Schlafstatt wie jeher mit mir teilen müssen.«

Schweigend kleideten sich die Schwestern aus und nacheinander traten sie an den Waschtisch, um sich das Gesicht zu reinigen. Hastig schlüpfte Desea in das feine Nachthemd. Der mit Spitzen besetzte Saum reichte bis zum Boden.

»Ein schönes Nachtkleid hast du«, sagte Tizia, die sich bereits unter ihre Decke gekuschelt hatte. Verlegen grinste Desea und schlüpfte neben der Schwester auf das Lager.

»Gefällt es dir? Ich werde die Zofen bitten, für dich ein ebensolches nähen zu lassen.«

»Das also ist es, was eine Königin ausmacht, ein Fingerzeig, und schon wird alles erledigt.« Tizia rümpfte die Nase und starrte an die Decke.

»Aber so war das doch nicht gemeint, nun sei doch nicht böse, ich wollte dir eine Freude machen.«

»Ach ja? Eine eben solche Freude, als ich durch einen Boten erfahren musste, dass meine jüngere Schwester sich heimlich mit dem König vermählt hat?« Tizias Worte klirrten wie Eisbrocken in der dunklen Schlafkammer.

»Aber Tizia. . . das geht doch nicht gegen dich. Arbanor und ich. . . wir. . . «, stammelte Desea. Ihre Schwester schnaubte und wickelte sich die Decke fester um die Schultern.

»Hast du auch nur einen Gedanken daran verschwendet, wie ich dastehe? Was glaubst du denn, wie die Marktweiber sich das Maul zerreißen! Ich, die Ältere, komme nach meiner jüngeren Schwester unter die Haube. Und dann schnappt sie mir auch noch den Mann weg, den mir das Schicksal durch den Schleier zugedacht hat. Keiner meiner Freundinnen kann ich mehr unter die Augen treten, ohne dass ein hämisches Grinsen über ihre frechen Gesichter geht. Alle tuscheln über mich, das ganze Dorf zerfetzt sich das Maul.« Tizia schrie jetzt beinahe und Desea hatte Angst, die Eltern könnten sie hören. Desea legte einen Finger auf die Lippen, doch ihre Schwester ließ sich nicht beirren und polterte weiter.

»Kannst du dir vorstellen, was man über mich redet? Ich müsse einen Makel haben, aus dem Mund stinken oder so erbärmlich blöde sein, dass der König mich verschmäht.« Dicke Tränen rollten ihr über die Wangen, als sie schluchzend erzählte, was sich die Marktweiber in Albages zuflüsterten. Desea schlug entsetzt die Hand vor den Mund. Nein, sie hatte tatsächlich nicht daran gedacht, was das Volk sagen würde. Seit jenem Tag im Tempel war ihr Herz ganz erfüllt von der Liebe zu Arbanor und von den vielen neuen Dingen, die Ningun und die alte Masa ihr beibrachten, damit sie lernte, sich wie eine Königin zu benehmen. Sicher, wenn sie nachts allein in der Gastkammer in ihrem Bett lag, dann flogen ihre Gedanken über die Burgzinnen hinweg ins Tal. Oft hatte sie sich gefragt, wie es Tizia ging, was die Eltern taten.

»Das habe ich nicht gewusst.« Mehr fiel Desea nicht ein. »Tizia, das tut mir so leid.« Nun zitterte auch ihre Stimme und das Schluchzen der Schwestern mischte sich zu einem einzigen traurigen Gesang.

Geräuschvoll zog Tizia die Nase hoch. »Wenn wir weiter so heulen, dann bekommt das Volk morgen wirklich etwas zum tratschen. Die zwei Schwestern mit Augen so rot und fett wie die von alten Fröschen!« Desea lächelte schwach.

»Tizia, bist du mir böse?«, fragte sie so leise, dass es kaum zu verstehen war. Die Schwester setzte sich im Bett auf und starrte in die Dunkelheit.

»Ja. Und nein. Du weißt, dass ich seit meiner Kindheit gedacht habe, eines Tages würde das Orakel des Schleiers sich lüften und ich würde als Königin in Guarda Oscura einziehen. Die vielen Besuche Alguiens in den vergangenen Monaten, Vaters Ernennung zum Hof-Steinmetz, all das, so dachte ich, sei ein Stück Weg hin zu meiner Heirat mit Arbanor.« Desea legte ihrer Schwester die Hand auf die Schulter.

»Aber Tizia, das dachte ich doch auch. Nie im Leben hätte ich geglaubt, dass Arbanor mich wählt. Du bist doch die Ältere und Schönere von uns.«

»Es ist nett, dass du das sagst.« Tizia rieb sich mit den Händen über das Gesicht. »Doch der König hat seine Wahl getroffen. Und ich habe Alguien die Ehe versprochen. Er ist ein schöner Mann, nicht unvermögend. Auch habe ich ihn als ehrlichen und zartfühlenden Menschen kennen gelernt.« Tizia sprach mehr zu sich selbst, als zu ihrer Schwester, ganz so, als wollte sie sich Mut machen für die Ehe mit dem Ritter.

»So haben vielleicht doch beide Schwestern ihr Glück gefunden?«, fragte Desea zaghaft. Tizia schwieg und presste die Lippen aufeinander. Desea schauderte. Dann schlug sie die Decke zurück und tappte im düsteren Zimmer nach ihrem Bündel.

»Ich möchte, dass du dieses morgen trägst«, flüsterte sie und legte ihrer Schwester ein kleines Bündel in den Schoß.

»Was ist das?«

»Es ist ein Zeichen meiner schwesterlichen Liebe.« Desea rutschte wieder unter die Decke und kniff die Augen zusammen, als Tizia das in Seide geschlagene Päckchen aufwickelte.

Tizia riss staunend den Mund auf, als die goldene Kette durch ihre Finger glitt. Ein Rubin, so groß wie die Faust eines Kindes, baumelte vor ihren Augen. Gehalten wurde der Stein von einem züngelnden Drachen.

»Du gehörst zum Geschlecht des Königs, Tizia«, flüsterte Desea. Sie gähnte und kuschelte sich in das Kissen.

»Ich werde stolz sein, neben meiner großen Schwester zum Altar zu gehen«, murmelte sie, schon halb schlafend.

Tizia starrte auf die schwere Kette, die kühl und glatt in ihren Händen lag.

Noch bevor die ersten Sonnenstrahlen über den Horizont krochen, stieß Lopaz leise die Tür zur Schlafkammer ihrer Töchter auf. Ein Lächeln huschte über ihr Gesicht: Rücken an Rücken lagen die Schwestern im Bett. Desea hatte sich die Decke vom Leib gestrampelt, Tizia war bis auf die Nasenspitze unter dem Leinen verborgen. Die langen Locken der Mädchen lagen ausgebreitet auf den Kissen und schienen wie ineinander verschlungen zu sein. Einen Moment lang fühlte Lopaz sich wieder jung und beinahe war sie versucht, die beiden mit einem lauten Händeklatschen aus dem Bett zu jagen, damit die Schwestern rechtzeitig im Schulhaus ankämen. Lächelnd schüttelte sie den Kopf – dort lagen nicht die kleinen Mädchen, dort schliefen zwei junge Frauen, die heute beide in den Stand der Ehe treten würden.

Lopaz ging zum Fenster und stieß die Läden auf. Die Scharniere quietschten leise, doch Tizia setzte sich mit einem Ruck auf und starrte die Mutter aus großen Augen an. Desea seufzte leise und gähnte dann herzhaft.

»Guten Morgen, meine Bräute«, rief Lopaz. »Aus den Federn mit euch beiden, wir müssen uns sputen, um euch würdig herauszuputzen. Rasch, die Schneiderin kommt bald mit den Kleidern, und ihr sollt noch etwas frühstücken. Dann erwarten wir auch schon die Zofen, welche sich um euren Haarschmuck kümmern sollen.« Aufgeregt hastete Lopaz im Zimmer umher, rückte dort den Stuhl gerade, zog hier an der Bettdecke. Keine ihrer Bewegungen machte Sinn und keine führte sie zu Ende.

»Ach Mutter, schon gut, wir stehen ja auf.« Tizia schwang die Beine über die Bettkante und zog in derselben Bewegung Desea die Decke weg. Die Jüngere protestierte leise, als die kühle Morgenluft durch das seidene Nachthemd drang. Dann kletterte auch sie aus dem Bett und folgte Mutter und Schwester hinab in die Küche. Erstaunt bemerkte Desea, dass das Feuer in der kleinen Herdstelle bereits hell loderte.

»Wie lange bist du denn schon wach, Mutter?«

»Frage mich lieber, ob ich überhaupt geschlafen habe. Tausend Gedanken schwirren in meinem Kopf. Es ist gut, dass wenigstens ihr beide Schlaf gefunden habt. Und euer Vater. Tasnar liegt noch immer in den Federn und schnarcht.« Lopaz lächelte schief, während sie drei Schüsseln auf den Tisch stellte.

Schweigend löffelten die Frauen ihre Grießsuppe. Draußen kroch die Morgensonne in die Gassen. Eine Weile lang war nur das Scharren der Löffel zu hören. Dann aber, wie auf ein geheimes Signal hin, ratterte eine Kalesche nach der anderen vorüber. Die Straßen von Albages füllten sich mit Menschen. Das Schlurfen der Schritte und Klappern der Pantinen drang in die Küche, begleitet vom aufgeregten Geschnatter der Weiber und vom hellen Lachen der Kinder.

Die Küchentüre flog auf. Tasnar, der beinahe den ganzen Türrahmen ausfüllte, stemmte die Hände in die Hüften. Sein Haar stand wirr vom Kopf ab und seine Augen waren rot verquollen und vom Schlaf verklebt.

»Das ist nicht zu glauben! Da muss mich das Volk mit seinem Lärm wecken, während die drei Damen gemütlich beim Frühstück sitzen.« Mit einer gespielten Handbewegung drohte er den Schwestern. »Die Menschen machen sich auf zur Burg, um die Heirat nicht zu verpassen. Und die Bräute, man glaubt es kaum, hocken in aller Ruhe in der Stube und schlagen sich die Bäuche voll.« Lopaz sprang auf, um für ihren Mann eine Schüssel zu holen. Tizia seufzte und legte den Löffel beiseite. Sie hatte kaum einen Bissen hinunter bekommen und nur lustlos in der Grießsuppe gerührt.

»Dass du jetzt essen kannst, Desea.« Kopfschüttelnd betrachtete Tizia die jüngere Schwester.

»Was nützt es mir, wenn mein Magen knurrt? Bis zum Festmahl sind es noch viele Stunden und es würde keinen guten Eindruck machen, wenn die Braut vor Hunger zusammenbricht.« Desea leckte sich über die Lippen.

»So ist es recht, mein Kind, iss und genieße dieses Mahl. Vielleicht ist es das letzte Mal, dass ihr beide hier im Hause eurer alten Eltern seid und dass wir vier gemeinsam
an einem Tisch. . . « Lopaz Stimme begann zu zittern. Verstohlen wischte sie sich über die Augen. Tasnar grunzte und beugte sich tiefer über seinen Napf. Brummend schluckte er den Kloß hinunter, der in seiner Kehle aufstieg.

»Ob das letzte Mal ist oder nicht, es geziemt sich ganz bestimmt nicht, dass die Bräute die letzten sind, die bei der Feier erscheinen«, knurrte er. »Also erhebt euch und lasst euch aufputzen, Weibsvolk.«

Deseas Herz begann zu rasen. Mit einem Mal war alle morgendliche Trägheit wie weggewischt. Beinahe wäre sie mit Tizia zusammengestoßen, als beide zur Tür hasteten, um sich die Hochzeitskleider anlegen zu lassen.

Zu dieser Stunde war Arbanor bereits fertig eingekleidet. Er hatte die ganze Nacht keine Ruhe gefunden. Masa hatte ihm zwar einen beruhigenden Kräutertrunk bereitet und auch Ningun hatte sein Bestes versucht, um ihn mit glimmenden Duftkegeln, die der Magier in den Ecken des Schlafgemaches verteilte, zum ersehnten Schlaf zu verhelfen. Den ganzen Tag über waren Arbanor, Alguien und Honrado in der Waffenkammer und auf dem Rittplatz beschäftigt gewesen. Arbanor wollte das Heer mit schlagkräftigen Waffen ausstatten und hatte zu diesem Zweck Schwerter, Äxte und Bögen von den besten Waffenschmieden Tamars geordert. Gemeinsam hatten die Freunde die Waffen erprobt und Arbanor war dankbar, als er am Abend müde und mit scherzenden Muskeln auf seine Bettstatt sinken konnte. Dass in den Gästekammern der Burg die Lords aus allen Landesteilen mit ihrem Gefolge Einzug hielten, war Arbanor an diesem Abend egal. Er wusste wohl, dass einige von ihnen ihm wichtige Mitteilungen über die Vorgänge in den weit entfernten Landesteilen zu machen hatten. Doch der König wusste auch, dass unter den Lords viele waren, die um seine Gunst buhlten, um sich den bestmöglichen Vorteil zu verschaffen und die privaten Säckel zu füllen und den persönlichen Ruhm zu vergrößern. Auf diese Popanze konnte Arbanor am Vortag der öffentlichen Vermählung getrost verzichten!

So müde Arbanor auch war, seine Gedanken kreisten um die Heirat. Und um Alguien. Der König wusste wohl, dass der Freund, der ihm wie ein Bruder war, Desea begehrte. Allzu oft hatte

Arbanor das Glimmen in den Augen des Freundes gesehen, wenn dieser von den Besuchen im Hause Tasnars zurückkehrte. Sicher, Tizia war eine schöne Frau und würde dem Ritter ein gutes Weib sein – doch Arbanor quälte sein Gewissen seit jenem Tag im Waldtempel.

Unruhig strich der König über sein mit einem goldenen Drachen besticktes Wams. Was er im Spiegel sah, gefiel ihm: die muskulösen Arme steckten in einem schneeweißen Hemd und die kräftigen Beine standen wie zwei Säulen in den blank polierten Stiefeln. Die königsrote Hose bildete einen kräftigen Kontrast zum aus moosgrünem Samt gewebten Wams. Der Stoff hatte dieselbe Farbe wie die Augen seiner Mutter. Arbanor seufzte. Wie schön wäre es gewesen, wenn Arbadil und Suava diesen Tag hätten erleben können!

Ein leises Klopfen riss Arbanor aus seinen Gedanken. Hinter dem strahlenden Honrado trat Alguien in die Kammer. Der Freund hatte sich in ein prachtvolles graues Wams gehüllt. Das blank polierte Schwert schien sich in den goldenen Stickereien zu spiegeln.

»Meine Herren, fein herausgeputzt habt ihr euch«, scherzte Honrado und griff nach einem Becher. Langsam goss er heißen Tee hinein. Dann griff er nach einem Stück Brot und biss herzhaft hinein.

»Dass du jetzt etwas essen kannst.« Kopfschüttelnd sah Alguien seinem Zwillingsbruder zu, der sich mit dem Ärmel über den Mund wischte.

»Natürlich kann ich meinen Magen verwöhnen, ich habe ja keinen Grund, nervös zu sein.« Honrado grinste schief. »Mich legt heute schließlich kein Weib an die Leine.« Er rülpste leise, dann wandte er sich zum Gehen.

»Dann lasse ich die Herren mal alleine und kümmere mich darum, dass den Lords und ihren Weibern beim Frühstück nicht langweilig wird. Sobald ich die Herrschaften zu den Plätzen auf der Tribüne begleitet habe, werde ich wieder nach euch sehen.«

Als Honrado gegangen war, standen sich Arbanor und Alguien schweigend gegenüber. Alguien hatte die Schultern hochgezogen. Die Nervosität stand ihm ins Gesicht geschrieben. Arbanor räusperte sich und ging einen Schritt auf den Freund zu.

»Nun ist es also soweit.« Mehr fiel dem König nicht ein. Alguien nickte.

»So werden wir heute beide zu Ehemännern.«

»Alguien, es ist vielleicht nicht der rechte Augenblick, aber ich muss mit dir reden.« Arbanor wies auf die Sessel in der Fensternische. Schweigend gingen die Freunde zu der kleinen Sitzgruppe. Alguien sah Arbanor neugierig an. Der König rutschte auf dem Polster hin und her, ehe er das Wort ergriff.

»Ich habe wohl bemerkt, dass du die Besuche im Hause Tasnars genossen hast.« Alguien wollte etwas erwidern, doch Arbanor brachte ihn mit einer Handbewegung zum Schweigen.

»Ich bin dir sehr dankbar dafür, dass du in meinem Namen die Brautwerbung übernommen hast, mein Freund. Du bist für mich wie ein Bruder, das weißt du. Keinem anderen außer dir und Honrado hätte ich diese Aufgabe übertragen können. Ihr beide kennt mich wie niemand sonst.«

»Worauf willst du hinaus?«, fiel Alguien dem König ins Wort. »Die Brautwerbung war doch erfolgreich, sonst säßen wir beide heute kaum hier.«

»Das ist es nicht, was ich meine, Alguien. Ich habe wohl bemerkt, dass du mehr als Freundschaft für Desea empfunden hast.« Alguien riss die Augen auf, doch Arbanor sprach unbeirrt weiter. »Natürlich gingen alle davon aus, dass sich das Orakel des Schleiers erfüllen und Tizia meine Gemahlin werden würde. Als König von Ahendis bin ich verpflichtet, allen Mächten zu gehorchen. Doch in diesem Fall habe ich mein Herz sprechen lassen. Auch ein Orakel kann irren und ich weiß es so bestimmt wie nichts zuvor, dass Desea die Frau ist, welche das Schicksal zur Königin bestimmt hat.« Alguien nickte stumm.

»Viele Nächte habe ich darüber wach gelegen, dass ich dir, meinem besten Freund, die Braut genommen haben könnte. Doch als du mir sagtest, dass du Deseas Schwester zum Altar führen willst, war ich so froh... längst hätte ich mit dir darüber sprechen müssen, Alguien. Bitte sage mir, ob es deine freie Wahl ist, Tizia zur Frau zu nehmen. Ich werde keine ruhige Minute haben, wenn du nicht aus freien Stücken dein Glück gesucht und gefunden hast. Ich könnte es nicht ertragen, wenn du dich aus falsch verstandener Treue dem Befehl des Königs unterworfen hättest...« Arbanor stockte. Die Worte wollten aus seiner Kehle sprudeln, doch Alguiens Blick brachte ihn zum Schweigen.

»Arbanor, du redest dummes Zeug. Du und Desea seid längst verheiratet. Sie ist die schönste Frau, die mir je begegnet ist, das will ich gerne zugeben. Und sie kann als Königin meiner Treue und Ergebenheit ebenso sicher sein, wie du, mein König und Freund.« Alguien erhob sich und trat auf Arbanor zu. Der stand ebenfalls auf.

»Tizia ist schon das rechte Weib für mich, ich bin alt genug, um das zu entscheiden.« Alguien grinste schief. »Und eigentlich müssten wir jetzt über etwas ganz anderes sprechen.«

»Und das wäre?« Die Erleichterung ließ Arbanor aufatmen.

»Nun, wir sollten Honrado ebenfalls unter die Haube bringen. Sonst ist er der einzige von uns dreien, der noch uneingeschränkt seine Freiheit genießen kann. Und du kannst dir sicher vorstellen, wie viele dumme Scherze wir uns von ihm anhören müssen. Nur ein Eheweib kann ihn zähmen.« Arbanor lachte laut auf. Dann schlang er die Arme um Alguien. Ihm war, als habe jemand einen Felsblock von seinem Herzen gerollt. Zu wissen, dass der Freund ihm nicht grollte, war das schönste Geschenk, das Arbanor am Tage seiner Hochzeit hätte bekommen können.

Als Desea in ihrem prächtigen Kleid, das über und über mit goldenen Fäden bestickt war, neben ihm stand, schien eine Welle des Glücks ihn zu ergreifen, die ihn durch den ganzen Tag trug. Lächelnd, die Hand seiner frisch angetrauten Gattin in der seinen, nahm er die Glückwünsche der Lords und des Volkes entgegen. Lächelnd genoss er das Mahl an der Seite seiner Königin und deren Schwester. Lächelnd lauschte er den Musikern und Gauklern, die sich im Hof drängten. Akrobaten verbogen ihre Körper, flinke Männlein wirbelten sieben, acht und mehr bunte Bälle auf einmal durch die Luft. Der Duft von gebratenen Schweinen und würzigem Wein legte sich über die ausgelassene Gesellschaft. Die Mägde tanzten mit den Burschen aus dem Dorf, die alten Weiber schauten wehmütig auf die blühende Schönheit der Bräute. Als die Dämmerung sich über Guarda Oscura legte, tauchten wie aus dem Nichts Feuerschlucker auf. Die Fackeln warfen flimmerndes Licht in den Hof und auf die Gesichter der Feiernden. Die Barden wechselten einander ohne Unterlass ab, und Arbanors Herz klopfte im Takt der Musik. Er war gefangen vom Rausch der Feier und tauchte ein in den liebevollen Blick Deseas. Der König schien zu ertrinken in den Augen seiner Frau und als weit nach Mitternacht die kühle Nachtluft begann, die Gäste frösteln zu lassen, führte er Desea in die Kammer, die sie sich von nun an und für immer teilen würden.

Die Gauklermusik verebbte in Tizias Gedanken. Der Schrei der Schwangeren holte sie zurück in die Realität. Die Tür zu Deseas Kammer flog auf. Masa streckte den roten Kopf hinaus. Die Haare pappten in nassen Strähnen an der Stirn der Hebamme.

»Tizia, komm, es ist so weit, das Kind kommt«, rief Masa. Eilig stellte Tizia den Becher auf den Tisch zurück und hastete zur Tür. Dampfende Luft empfing sie, als sie das Zimmer der Schwester betrat. Desea lag auf dem Bett, die Laken zerwühlt. Zwischen den

Schenkeln der Gebärenden hatte sich eine Lache dunklen Blutes gebildet. Alle Farbe war aus dem Gesicht der Schwester gewichen. Deseas Mund stand weit offen, die Augen hatte sie vor Angst weit aufgerissen. Tizia unterdrückte einen Schrei.

»Alles wird gut«, sagte sie mit zitternder Stimme und trat an das Bett der Schwester. In dem Moment erfasste eine Wehe den schlanken Körper. Desea bäumte sich auf. Ein gurgelndes Geräusch trat aus ihrer Kehle, als sie hilflos nach Tizias Hand griff. Dann krallte sie die Finger in das Fleisch der Schwester.

»Gut machst du das, sehr gut«, flüsterte Masa. Aufmunternd nickte sie Tizia zu, die mit zitternden Knien dastand, unfähig sich zu rühren. Als die Wehe verebbte und Desea kraftlos in die Kissen sank, strich Tizia sich über den Bauch, der sich langsam zu wölben begann. Mit einem Mal war ihr speiübel.

»Das möchte ich nicht erleben«, dachte sie entsetzt und starrte auf das Blut, das zwischen Deseas Schenkeln hervor floss.

»Gleich hast du es geschafft, gleich wirst du dein Kind im Arm halten.« Zärtlich strich Masa Desea über die schweißnasse Stirn. Im selben Moment gellte der Schrei der Schwangeren durch den Raum. Tizia schwankte, doch Masas strenger Blick hinderte sie daran, aus dem Raum zu rennen. Die Hebamme stützte Desea, die nun halb im Bett saß.

»Jetzt, gut so!«, rief Masa und bedeutete Tizia, die Schwester zu stützen. Sie selbst stemmte sich mit ganzer Kraft gegen die Schenkel der Schwangeren. Desea plusterte die Wangen auf, ihr Kopf verfärbte sich rot vor Anstrengung.

Ein lang gezogener Schrei aus Deseas Mund hallte im Raum wieder. Dann sank die Gebärende zurück in die Kissen. Zwischen ihren Schenkeln krähte ein dünnes Stimmchen. Tränen schossen Desea in die Augen.

»Was ist es? Gib mir mein Kind«, sagte sie. Tizias Blick glitt zu Masa. Die stand gebeugt über dem Säugling. Tizia ging einen Schritt näher. Entsetzt schlug sie die Hand vor den Mund.

»Dein Kind braucht Ruhe«, sagte Masa tonlos und mit trockener Stimme. Rasch griff sie nach einem Leinentuch, warf es über den winzigen Körper und hastete aus dem Raum.

»Wo gehst du hin? Ich will mein Kind sehen.« Ängstlich versuchte Desea, sich aufzurappeln. Doch nach der anstrengenden Geburt fehlte ihr die Kraft. Flehend sah sie die Schwester an, die mit zitternden Händen neben ihr stand.

»Tizia! Was ist los?« Die Angst schnürte Desea die Kehle zu. »Ich habe doch den leisen Schrei gehört. Es lebt doch, mein Kind ist doch am Leben.«

Tizia nickte schwach. »Ja, es lebt.« Dann sank sie in die Knie und nahm die Schwester in die Arme. »Ja, es lebt.«

»Dann muss ja alles gut sein«, flüsterte Desea. Im nächsten Augenblick fielen ihr die Augen zu und sie sank in einen gnädigen Schlaf.

»Bist du von Sinnen, Masa«, brüllte Arbanor, als er die Hebamme mit dem winzigen Bündel auf dem Arm über den Hof hetzen sah. »Wie kannst du meinen Sohn in diese Kälte hinaus tragen? Geh sofort hinein«, brüllte er und warf wütend die Streitaxt zu Boden. Die Adern an seinem Hals pochten nach dem anstrengenden Training, mit dem er versucht hatte, seine Nervosität zu bekämpfen.

Masa blieb unschlüssig stehen. Dann streckte sie das Bündel von sich.

»Ich kann es nicht zurück tragen«, sagte sie und senkte den Kopf. Mit wenigen Schritten war Arbanor bei der Hebamme und riss ihr den Säugling aus der Hand.

»Was ist in dich gefahren? Bist du von Sinnen?« Arbanor spürte, wie leicht das Kind war. Wie eine Feder schien es in seinen Armen zu liegen. Vorsichtig schob er das Laken zur Seite, welches dem Säugling über das Gesicht gerutscht war. Arbanor schwankte, als er sein Kind sah.

»Das kann nicht sein, das ist ein böser Traum«, flüsterte er und starrte voller Entsetzen auf das fleischige Gesicht des Neugeborenen. Dort, wo die Augen hätten sein müssen, saßen zwei rote Beulen mitten im Gesicht, die Nase wölbte sich grotesk über dem schiefen Mund. Arbanor schwankte.

»Gib es mir.« Arbanor hatte nicht bemerkt, dass Ningun in den Hof getreten war. Willenlos streckte er dem Magier das Bündel entgegen. Ninguns Augen wurden zu schmalen Schlitzen, als er auf den Säugling starrte.

»Es ist tot«, sagte er schließlich. Dann kniete er auf dem Pflaster nieder und legte das Bündel vor sich ab. Hastig wickelte er das Leinen ab. Arbanor stöhnte, als er den Leib des Kindes sah. Die Arme waren zwei kurze Stummel, an deren Enden keine Hände, sondern fleischige Knoten saßen. Der Bauch des Säuglings war aufgebläht. Rote Adern waren auf der blassen Haut zu sehen. Die Beine des Wesens waren zu einem einzigen Strang verwachsen.

»Das ist nicht wahr.« Arbanor ging in die Knie. Ihm war schlecht und er kämpfte gegen den Würgereiz.

»Das ist einfach nicht wahr«, schrie er schließlich. Die Worte hallten an der Mauer wider, prallten gegen die Zinnen und flogen hinab ins Tal. Wutverzerrt richtete der König das Gesicht in den Himmel.

»Ankou! Hör mich an«, brüllte Arbanor. Dann rappelte er sich auf und rannte zur Mauer. Mit hoch erhobenen Armen starrte er ins Tal. »Das lasse ich mir nicht gefallen! Ankou, hörst du, das wirst du mir büßen. Ich bin bereit für den Kampf.«

Masa schluchzte leise. Ningun hielt die Amme fest, als sie zu Arbanor gehen wollte.

»Lass ihn«, flüsterte der Magier. »Das ist nicht Arbanors Sohn. Dieses Wesen ist die Ausgeburt Ankous.«

Masa schlug die Hand vor den Mund. Eiskalter Wind fegte auf einmal durch den Hof und zerrte am Leinen, das den missgestalteten Körper dort am Boden bedeckte.

»Ich bin bereit, Ankou«, sagte Arbanor noch einmal. Dann wandte er sich um und ging, ohne einen Blick auf das missgestaltete Wesen zu werfen, über den Hof davon.

Viertes Signum

»Zuerst werden es nicht mehr als ein paar Halme sein. Dann aber wird alles Korn verdorren. Die Felder bringen nichts mehr ein. Selbst jenen, die gut gewirtschaftet haben, werden nichts als leere Kornkammern bleiben. Der Hunger aber treibt die Menschen und schürt Wut und Hass in den Herzen.«

Aus den Chroniken des Geheimbundes

Masa trug den Weidenkorb wie eine Trophäe. Das Wolltuch, das ihren krummen Rücken bedeckte, wehte wie eine rote Fahne, als sie mit eiligen Schritten den Beginenhof verließ. Der Duft getrockneter Kamille und würziger Lavendelgeruch umwehten die alte Amme. Seit Monaten war sie nicht mehr im Beginenhof gewesen. Verändert hatte sich kaum etwas, seit sie als junge Frau den Dienst am Hof angetreten hatte. Noch immer sahen die windschiefen Holzhütten, in denen die Frauen lebten, so aus wie in ihren Kindertagen. Masa lächelte, als sie an der Kate vorbeikam, in der sie mit ihrer Mutter gelebt hatte. Marle war zu den Beginen gekommen, als sie mit Masa schwanger war – wo anders hätte eine junge unverheiratete Frau auch hingehen können als zu ihresgleichen?

Deshalb war Masa bei den Beginen groß geworden. Von den Kräuterfrauen, Hebammen und Heilerinnen hatte sie ihr Handwerk gelernt. Sie lächelte, als sie daran dachte, wie sie bei der ersten

Geburt, bei der sie Marle assistieren durfte, einen Pakt mit sich selbst geschlossen hatte:

»Niemals will ich solche Schmerzen leiden wie diese arme Bäuerin«, hatte sie geflüstert, als die Schwangere mit Marles Hilfe ein halb totes Kind aus ihrem Leib presste. Masa war es ein Leichtes gewesen, ohne Mann zu leben – waren die doch für die Schmerzen und Leiden der Weiber verantwortlich.

Gleichwohl hatte sie wissbegierig alles aufgesogen, was sie wissen musste, um den Frauen die Geburt so leicht als möglich zu machen. Masa hatte hunderten Kindern auf die Welt geholfen. In ihrer Erinnerung verschmolzen sie alle zu einem einzigen Kind – nur eine Geburt hatte sich in ihr Herz gebrannt: den Tag, an dem König Arbanor zur Welt kam, würde sie nie vergessen.

Keuchend lenkte sie ihre Schritte den steilen Weg nach Guarda Oscura hinauf. Dort oben in der Burg erwartete Desea sie.

»Masa, hilf mir, damit mein unnützer Leib unserem König ein Kind gebären kann«, hatte Desea die Amme angefleht. Masa seufzte. Ihr stand es nicht an, die Königin von den Schmerzen einer Geburt fernzuhalten. Schließlich hatte auch sie die Trauer und Sehnsucht in Arbanors Augen gesehen, als sich auch Monate nach der Geburt des missgebildeten Kindes keine neue Schwangerschaft einstellen wollte.

Beim Brunnen im Küchenhof stellte Masa den Weidenkorb ab und streckte ihren schmerzenden Rücken. Aus dem Küchenfenster nickte ihr die Beiköchin zu. Fettiger Dampf drang aus der geöffneten Türe. Masa spürte, wie der Hunger sich meldete. Ihre Zunge klebte am Gaumen. In der Küche gäbe es sicher ein Glas Apfelsaft und einen Kanten Brot – doch irgend etwas hielt die Hebamme davon ab, sich auf ein Schwätzchen mit den Köchinnen in die Küche zu begeben. Masa war, als stießen unsichtbare Hände ihr in den Rücken, um sie vorwärts zu schieben. Sie schauderte. Dann hob sie den Korb hoch und hastete weiter.

Als der Lakai die schwere Türe zum Wohntrakt des Königspaares mit einem lauten Knall ins Schloss fallen ließ, umfing Masa eine kühle Stille. Ihre klappernden Holzpantinen, die eben noch ein stakkatoartiges Echo auf dem Hofpflaster erzeugt hatten, sanken in den dicken Teppichen ein. Das heisere Krächzen der beiden Krähen, die auf den Zinnen um eine tote Maus stritten, war hier drinnen kaum zu hören. Das Licht fiel gedämpft durch die Scheiben aus grünlichem Glas. Entlang der breiten Treppe, die in den oberen Stock führte, loderten im regelmäßigen Abstand Feuerschalen und erhellten den Aufgang.

Masa beeilte sich, nach oben zu kommen. Auf den letzten Stufen schlug sie das Tuch zurück, mit dem sie die Kräuter und Tinkturen im Korb bedeckt hatte. Sie tastete nach dem Tonfläschchen, das mit einem Korken verschlossen war.

»Masa, Masa, du hättest den Mägden gleich sagen sollen, dass sie heißes Wasser bereiten sollen. Jetzt musst du noch einmal hinunter in die Küche gehen, dummes Weib. . . «, schalt sie sich leise. Das Rosmarinöl, welches sie bei ihrer ehemaligen Nachbarin im Beginenhof für einen stolzen Preis erstanden hatte, würde Desea neue Lebensgeister einhauchen. Masa machte sich in Gedanken Notizen, wie lange die Königin im Badewasser sitzen müsste, damit das Kraut seine volle Wirkung entfalten könnte.

Nach dem Bad, so hoffte Masa, würde Desea ihrem Rat folgen und sich zur Ruhe betten. Das Lavendelkissen duftete verführerisch und versprach ruhige Träume.

»Ich werde dir helfen, Arbanor, dein Sohn soll geboren werden«, flüsterte Masa und lächelte. Desea würde keine Freude haben an der Flasche, die sie aus dem Dorf mitbrachte.

»Aber da muss sie durch, nichts hilft besser für eine innere Reinigung als der Saft von frischem Sellerie.«

Ohne anzuklopfen und mit den Gedanken ganz in der Zubereitung der Tees und Salben beschäftigt, drückte Masa die Klinke zu Deseas Gemächern herunter. Im Vorraum drückte diffuses Licht durch die Fenster. Das Naschwerk, welches die Köchinnen der Königin bereitet hatten, stand unangetastet auf dem kleinen Tisch in der Fensternische. Masa wandte sich der Tür zum Privatgemach der Königin zu.

Durch die schwere Holztüre drangen Stimmen in den Salon. Masa zögerte. Ihre Hand lag bereits auf der Klinke, doch nun ließ sie sie sinken und legte das Ohr gegen das verzierte Holz.

»Bist du von Sinnen? Was redest du da?« Deseas Stimme drang schrill durch die Tür.

»Ich bin nicht von Sinnen! Nie war ich klarer als in diesem Moment. Glaube mir, viele Tage und Nächte habe ich diesen Gedanken in meinem Herzen hin und her bewegt. Nun weiß ich, dass es richtig wäre«, entgegnete eine Männerstimme. Einen Moment lang herrschte Stille. Masa vernahm das Rascheln von Stoff und dann das sanfte Trippeln von Füßen.

»Desea, ich bitte dich, lauf nicht weg«, rief der Mann.

»Alguien, weißt du, was du sagst? Du willst dich mit mir vereinen, um einen Sohn zu zeugen?« Deseas Stimme überschlug sich. Masa stockte der Atem. Unfähig, sich zu rühren, verharrte sie an der Türe.

»Aber so einfach ist das doch nicht, Desea. Bitte setze dich und höre mich noch einmal an. Vielleicht habe ich meine Worte vorhin nicht gut genug gewählt.« Wieder raschelte Stoff, ein Stuhl wurde gerade gerückt. Dann ein zweiter. Masa hielt den Atem an.

»Ich mag deine Schwester sehr. Tizia ist mir ein gutes Weib. Sie ist schön. Sie ist klug. Und sie ist die Mutter meines Sohnes. Arrobar ist ein wunderschöner Knabe, stark und gesund.« Masa musste ihr Ohr noch fester gegen das Holz pressen, als der Ritter leise weiter sprach.

»Arbanor ist mir wie ein Bruder. Mit keinem Menschen fühle ich mich so verbunden, wie mit ihm. Selbst Honrado, der mir doch als Zwilling so viel näher stehen müsste, ist mir fremd geworden. Ich verstehe meinen leiblichen Bruder in so vielen Dingen nicht mehr, zu unterschiedlich scheint unser Wesen zu sein. Doch Arbanor und ich – zwischen uns ist ein Band, das mir so stark zu sein scheint, dass keine Magie es je zu trennen vermag.«

»Ich weiß, dass du alles für Arbanor tun würdest, Alguien. Allein deshalb und wegen meiner Liebe zu ihm höre ich dir noch einmal zu. Denn noch immer mag ich nicht glauben, was ich eben hörte«, entgegnete Desea. Masa atmete erleichtert auf. Die Stimme der Königin klang nun viel fester als vorhin.

»Das ist gut, Desea, denn ich will dich überzeugen, dass ich nichts Übles im Sinne habe. Also höre mich noch einmal in Ruhe an. Und dieses Mal will ich meine Worte mit mehr Bedacht wählen.« Der Ritter sprach ruhig und mit fester Stimme.

»Arbanor und ich sind Freunde, seit ich denken kann. Wir sind gemeinsam aufgewachsen. Wir hatten dieselben Lehrer. Und Arbadil war für mich wie ein Vater, nachdem Ertzain vom Meer verschlungen wurde. Mein Bruder Honrado und ich haben oft davon gesprochen, dass in unseren Herzen das Königshaus unsere wahre Familie ist.« Alguien schien einen Kloß hinunterzuschlukken, ehe er weiter sprach.

»Für meinen Zwillingsbruder wäre ich bereit, dasselbe zu tun. Und Arbanor ist für mich wie ein Bruder. Vielleicht sogar mehr als das. Seit Wochen sehe ich die Trauer in seinen und in deinen Augen. Seit euer Kind tot geboren wurde, seit Ankou seine Krallen noch ein Stück weiter nach Tamar ausgestreckt hat, scheint mir in Arbanors Herzen ein Loch entstanden zu sein. Es macht mich traurig, ihn so bedrückt zu sehen. Ich weiß es noch genau, keine zwei Jahre ist es her, als wir Abend für Abend am Feuer saßen und von der Zukunft träumten. Arbanor malte sich in den schillerndsten Farben seinen Sieg über Ankou aus – mit seinem Sohn an seiner Seite. Ich glaube, in Arbanors Herzen war der Thronfolger längst zum Leben erwacht.« Desea räusperte sich.

»Ich weiß, Alguien. Und glaube mir, auch ich sah mich mit meinem Sohn, gezeugt von Arbanors Samen, bereits in der Sonne sitzen. Schmetterlinge fangen und sein süßes Gesicht mit Küssen bedecken. . . « Masa fasste sich an den Busen. Die Worte Deseas schnürten ihr das Herz zusammen.

»Desea, ich bin ein Mann und mir steht es nicht an, mich in Frauengeschichten einzumischen. Doch ist es mir nicht entgangen, wie oft du Ningun zu dir gebeten hast. Ich ahne, dass du mit Hilfe von Masas Kräutern und Ninguns Magie dem Traum von einem Thronfolger nachhelfen willst. Du wirst sicher alles versuchen, was in deiner Macht steht.« Drinnen knirschte ein Stuhl, dann hörte Masa, wie Alguien mit großen Schritten den Raum durchmaß.

»Deine Schwester Tizia und ich sind mehr als glücklich, dass unser Sohn gesund ist. Dass wir ihn haben. Dein Neffe ist ein wunderbarer Junge. Und ich würde dir und Arbanor von Herzen gönnen, dass ihr ein Kind wie Arrobar hättet. Ich bin kein Arzt, Desea, von der Heilkunst verstehe ich nichts. Meine plumpen Gedanken mögest du mir verzeihen. Was ich mir in meiner Dummheit überlegt habe, ist folgendes: Tizia und ich haben einen starken Jungen. Arbanor und du aber sehnt euch nach einem Stammhalter. Der sich nicht einstellen will. Mir aber ist es bereits einmal gelungen, einen kräftigen Knaben zu zeugen. Warum nicht auch ein zweites Mal?« Masa hörte, wie Desea aufsprang und einen unterdrückten Schrei ausstieß. Der Rücken der Alten verspannte sich und die knorrigen Finger krallten sich um die Türklinke.

»Desea, lass mich mit dir den Sohn zeugen, nach dem du dich sehnst. Arbanor muss es niemals erfahren.« Alguien stockte.

Ein kurzes Klatschen drang durch die Tür. Mit einem Ruck riss Masa die schwere Pforte auf und stolperte ins Zimmer. Desea stand mit zu winzigen Schlitzen verengten Augen vor Alguien. Ihre rechte Hand schwebte in der Luft.

»Desea, ich bringe die Kräuter«, sagte Masa mit trockener Stimme. Langsam ließ die Königin die Hand sinken. Alguien wandte sich schweigend zur Tür. Auf seiner linken Wange waren die Fingerabdrücke einer schmalen Frauenhand zu sehen.

»Alguien wollte gerade gehen«, sagte Desea. Nur ein leichtes Zittern in ihrer Stimme verriet ihre Erregung. »Wir haben uns in dieser Angelegenheit nichts mehr zu sagen.«

Der Ritter senkte den Kopf zu einem stummen Gruß. Dann hastete er aus dem Zimmer.

»Mir scheint, als wolltest du alles in dich aufsaugen wie ein trockener Schwamm, den man in den Waschzuber taucht.« Arbanor lachte und knuffte Honrado in die Seite. Seit Tagen trafen sie sich jeden Nachmittag in der Waffenkammer, sobald der König seine morgendlichen Audienzen beendet hatte. Zwischen hunderten von Schilden, Schwertern und Knüppeln diskutierten die Freunde verschiedene Kampftaktiken, die von den Lords in Tamar gelehrt wurden. Stück um Stück prüften sie die Waffen, die Boten aus allen Landesteilen geschickt hatten, auf dass der König seine Truppen auf das vortrefflichste und mit den besten Streitwaffen ausrüsten könne. In ganz Ahendis arbeiteten die Schmiede nach den Vorgaben Arbanors an Hellebarden, Schwertern und Streitäxten, die nach und nach den Truppen geschickt wurden.

»Vielleicht bin ich ein Schwamm, mach dich nur lustig über mich.« Honrado grinste schief. »Aber wenn Ankou zuschlägt, wirst du dankbar sein, wenn es einen Mann gibt, der selbst im Schlaf noch die Waffen zu benennen mag, mit denen unser Heer den Kampf antreten wird.«

»Nun sei nicht beleidigt, ich weiß es zu schätzen, dass du dich um die Rüstung unserer Soldaten kümmerst.« Arbanor klopfte dem Freund beruhigend auf die Schulter. Der seufzte gespielt, ehe er den Deckel einer schweren Holztruhe aufklappte.

»Diese Lieferung erreichte uns heute aus den Ostgebieten. Die Lords haben alles zusammengepackt, was sie an Waffen zur Verfügung haben. Von jeder Gattung haben sie ein Stück geliefert.«

Die Männer beugten sich über die Kiste. Nach und nach holten sie Bögen, Armbrüste und Dolche heraus. Jedes Stück wogen sie in den Händen, legten es an oder fuhren damit durch die Luft. Honrado skizzierte anschließend jede einzelne Waffe, setzte kurze Bemerkungen hinter die Zeichnung und stapelte sie dann sorgsam in ein Regal. Von dort aus würden er, Arbanor und Alguien sich zum täglichen Training bedienen, um so die besten Streitkolben, Morgensterne oder Lanzen zu finden.

»Etwas Neues haben wir nun aber auch nicht bekommen«, sagte Arbanor. »Die Waffen unterscheiden sich nur in ihrer Qualität. Die einen sind besser gearbeitet, als die anderen und manche haben kunstvollere Verzierungen. Alles in allem aber scheint das Herr von Ahendis mit Handwaffen in den Kampf gegen Ankou ziehen zu müssen.«

»Du vergisst die Katapulte und Trebuchets«, ergänzte Honrado. »Jene Einheiten, die mit den schweren Katapulten ausgestattet sind, haben schon in der Vergangenheit mit großem Erfolg jene Städte befreit, die von aufmüpfigen Lords besetzt waren.«

»Sicher«, entgegnete der König. »Die Männer sind mutig, und die Waffen sind nicht die schlechtesten. Ich meine aber, dass unser Rüstzeug in einem Kampf gegen Ankou nichts als Spielzeug sein wird.« Arbanor presste die Lippen aufeinander. Seit dem Tod seines Kindes war eine Wut in ihm, die beinahe greifbar aus ihm heraus strömte. Honrado nickte. Dann ging ein Strahlen über sein Gesicht.

»Nun, ich kann dir heute vielleicht eine besondere Überraschung bieten.« Arbanor lächelte schief, als Honrado ihn anstupste und aus der Waffenkammer führte.

»Meister Ningun war fleißig«, sagte Honrado und zwinkerte Arbanor zu.

Arbanor machte einen Schritt rückwärts, als er in die Studierstube Ninguns trat. Der schwere Holztisch, auf dem der Magister seine Schriftrollen neben unzähligen Töpfen und Tiegeln stapelte, war schwarz verkohlt. Der beißende Geruch von Rauch hing in der Luft. Auf dem Boden vor dem Tisch hatte sich Ruß in die Steinplatten gebrannt.

»Ningun, was ist hier passiert?«

»Ich grüße Euch, Arbanor.« Der Magier lächelte hinter seinem weißen Bart. »Ein kleines Missgeschick.« Ningun zuckte mit den Schultern und bat den König und Honrado mit einer Handbewegung, näher an den Tisch zu treten. »Doch ein Missgeschick mit unerwartetem Ausgang.« Ninguns Augen blitzten, als er das skeptische Gesicht Arbanors sah. Der König rümpfte die Nase, als ihn der stechende Brandgeruch im Rachen kratzte.

»Honrado sagte mir, du seist fleißig gewesen, Meister Ningun. Wenn ich das hier sehe, glaube ich das gerne.« Spott schwang in Arbanors Stimme. Wie oft schon hatte er befürchtet, der Magier könne sich und damit die gesamte Burg bei seinen Experimenten in die Luft sprengen.

»Erlaubt mir, das Experiment zu wiederholen«, entgegnete Ningun. Ohne eine Antwort abzuwarten, schob er die Schriftrollen achtlos beiseite und reihte drei flache Schalen nebeneinander auf den Tisch. Aus Leinenbeuteln füllte er mit einem Silberlöffel Kristalle und Pulver in die Schalen.

»Tretet näher.« Ningun winkte Arbanor und Honrado an den Tisch. Neugierig beugte der König sich über die Schalen. In der ersten lagen gelbliche Kristalle, von denen ein übler Gestank ausging.

»Sind das verfaulte Eier, oder hast du die Fürze einer Ork-Bande eingefangen?« Arbanor rümpfte die Nase. Ningun lachte laut.

»Arbanor, das ist Schwefel. Eigentlich müsste dir diese Ingredienz noch bekannt sein, wenn du als Junge in meinem

Unterricht aufgepasst hast.« Gespielt schalt Ningun den König und wackelte mit seinem erhobenem Zeigefinger.

»Arbanor hat bestimmt aufgepasst, Meister Ningun, aber solch stark riechenden Schwefel habt Ihr uns nie gezeigt.« Honrado stemmte die Hände in die Hüften. Ningun lachte laut auf:

»Immer noch der alte Honrado, verteidigt Arbanor in jeder Lage.« Arbanor grinste, als sein Freund mit den Augen rollte. Dann griff der König nach der nächsten Schale.

»Ehe du hieran riechst oder gar den Finger hineinsteckst, lass mich erklären, was dies ist«, sagte Ningun und legte, wie zum Schutz, die Hand über das weißliche Pulver. »Dies wurde von jenen Lords geschickt, die im vergangenen Jahr eine Schiffs-expedition nach Para wagten. Vor der Insel nisten tausende und abertausende Möwen in den Felsspalten. Dieses Pulver hier ist der Kot, der fast meterdick die Felsen bedeckt.«

»Das wird ja immer besser«, dachte Arbanor. Aber er schwieg. Seine wissenschaftlichen Kenntnisse beruhten im Großen und Ganzen auf jenen Experimenten, die er als Schüler unter Meister Ninguns Anleitung gemacht hatte. Mehr als einmal lag er mit der Dosierung der Ingredienzien daneben und brachte die angerührten Pasten zum Schäumen.

»Vor einigen Monaten habe ich ein Schreiben an alle Lords senden lassen, damit sie uns nicht nur die besten Waffen senden, sondern jedweden Stoff, den sie nutzen oder neu finden«, setzte Honrado zu einer Erklärung an. »Mit Meister Ninguns Hilfe konnte ich die Angaben ein wenig präzisieren und jenes Pulver stammt aus einer der Lieferungen, mit welchen unser Magister seit Wochen arbeitet.« Arbanor nickte anerkennend und wandte sich dem dritten Schälchen zu.

»Lass mich raten, Ningun, hier hast du Bernstein in einer sehr hellen Farbe hineingelegt?«

»Beinahe, Majestät, gut erkannt. Dies ist aber ein sehr weiches Material«, sagte Ningun und Arbanor streckte die Hand aus, um mit dem Zeigefinger über die wie mattes, gelbliches Glas schimmerte Oberfläche des kleinen Würfels zu fahren.

»Baumharz, natürlich«, erkannte Arbanor. »Und was ist nun das große Geheimnis, auf das Honrado mich so neugierig gemacht hat?«

»Für sich genommen ist jeder Stoff nur ein simples Produkt. Schwefel stinkt, Salpetersalz ist wenig appetitlich und Baumharz wird bislang allenfalls genutzt, um auf günstige Weise die Sehnen der Bögen geschmeidig zu halten«, dozierte Ningun. Arbanor musste sich ein Lächeln verkneifen, als der alte Magister in den monotonen Singsang verfiel, der ihn bei seinem Lehrer schon als Kind amüsiert hatte.

»Alle drei Stoffe, das ist ein großer Vorteil, sind in schier unbegrenzten Mengen in Tamar vorhanden. Der Abbau ist nicht schwer und wir müssen nicht damit rechnen, dass die Elemente eines Tages zur Neige gehen.« Ningun griff nach einer Schriftrolle und breitete sie neben den Schalen auf dem Tisch aus. In der geschwungenen Schrift des Magiers waren allerlei Zeichen und Zahlen notiert. Arbanor streifte das Blatt nur kurz, ihm sagten die Notizen wenig. Honrado aber beugte sich so tief über die Schrift, als wolle er die Tinte in sich aufsaugen. Immer wieder nickte der Ritter, als Ningun seine wissenschaftlichen Erklärungen vortrug.

»Nun, was ich notiert hatte, ehe dieses Missgeschick geschah, ist somit ein für alle mal überholt«, seufzte der Magier schließlich und räumte die Schriftrolle zur Seite.

»Welches Missgeschick?«

»Nun, Majestät, als Honrado mir die Lieferung mit jenen Elementen gebracht hatte, machte ich mich sofort an die Arbeit. Die Neugier ist nun einmal eine meiner Schwächen. Ich begann also, die Stoffe zu wiegen, zu beschreiben und in Schalen auf dem Tisch aufzureihen. Dabei vergaß ich, wie so oft, die Zeit. Mit einem Mal war es stockdunkel in der Kammer.« Ningun machte eine Pause. Arbanor schüttelte unmerklich den Kopf. Wie oft hatte

Ningun schon ganze Nächte in seinem Laboratorium verbracht und damit die Bewohner des Schlosses in einen unruhigen Schlaf geschickt. Keiner konnte sicher sein, dass der Magister, wenn er übermüdet war, nicht die Zutaten verwechselte und eines Tages einen Zauber heraufbeschwor, der sie alle in Angst und Schrecken versetzen würde.

»Auch hatte ich nicht bemerkt, dass ein Unwetter aufgezogen war. Eine derart schwarze Nacht habe ich selten gesehen. Es war, als komme der Wind aus dem Nichts in meine Kammer. Ich eilte zum Fenster, um die Läden zu schließen. Als ich mich wieder umdrehte, bemerkte ich, dass ich vergessen hatte, eine Funzel zu entzünden. Das verglühte Feuer im Kamin leuchtete nur noch so schwach, als sei es der kleinste aller Sterne am Firmament.« Honrado und Arbanor wechselten, unbemerkt von Ningun, einen fragenden Blick.

»Ich tastete mich vorwärts, um eine Öllampe und einen Span zu holen. Mit einem Mal stieß ich gegen den Tisch. Es gab ein mächtiges Geschepper und Geklapper. Und dann loderten auf einmal die Flammen auf. Zuerst am Boden, nahe dem Kamin, dann loderten sie bis auf den Tisch.« Ningun sog die Luft ein und blickte von einem Zuhörer zum anderen.

»Und das, obwohl ich keinen Glutspan entzündet hatte! Die Flammen griffen nach meinen Notizen und ich schnappte mir den Wasserkrug, um Schlimmeres zu verhindern. Doch es war vergebens, das Feuer fraß das Wasser auf. Also schleppte ich die gefüllte Waschschüssel an und schüttete sie auf den Brand. Den Flammen aber schien das egal zu sein, sie loderten weiter.« Ningun schüttelte sich, als er in Gedanken zu jener Nacht zurückkehrte. Arbanor und Honrado starrten ihn an.

»Erst nach einigen Minuten wurden die Flammen kleiner und versiegten schließlich ganz.«

»Du meinst, es gibt ein Feuer, das gegen Wasser immun ist?«, sagte Arbanor nach einigen Augenblicken in die Stille hinein.

»Genau so ist es.« Ningun straffte die Schultern. »Was jegliches Naturgesetz verbietet – es ist möglich.« Dann griff der Magister zu drei Mörsern und tat in den einen Schwefel, in den anderen Salpetersalz und Baumharz in den dritten hinein. Schweigend zermahlte er die Ingredienzien mit dem Stößel, bis in allen drei Schälchen nur noch feines Pulver war.

»Es hat lange gedauert, bis ich die richtige Mischung hatte. Was mir einmal aus Zufall gelang, schien viele Tage lang nicht zu wiederholen. Und ich dachte selbst schon, meine Augen hätten mir einen Streich gespielt oder ein Zauber, den ich nicht gewollt hatte, hätte meinen Sinn getrübt. Doch ich sah ja die Spuren des Brandes«, murmelte Ningun und zeigte auf den rußgeschwärzten Boden.

»Ein Teil Baumharz, ein Teil Schwefel und sechs Teile Salpeter«, flüsterte der Magier wie zu sich selbst, als er die Pulver mit einem Löffel in eine große Metallschale umfüllte.

»Und dann noch einen guten Teil des pechschwarzen Goldes, welches die Erde Elerions in flachen Seen freigibt.« Honrado beugte sich über den Tisch und neigte den Kopf, ganz so, als wolle er kein Wort des Magiers überhören. Mit langsamen Bewegungen mischte Ningun die Zutaten, bis eine zähe Masse entstand.

»Bitte tretet zurück«, forderte Ningun die Männer auf. Arbanor und Honrado machten beide zwei Schritte nach hinten, ohne Ningun aus den Augen zu lassen. Der griff nach einem Holzspan, entzündete ihn am Kaminfeuer und hielt ihn über die Schale.

»Wenn ich den Span hinunter fallen lasse, dann nimm den Krug und schütte das Wasser über die Schale«, sagte Ningun zu Arbanor. Der König nickte und in diesem Augenblick fiel der Span in die Masse.

Ein gieriges Zischen stieg aus der Schale auf, gefolgt von einer hell lodernden Flamme, deren Hitze Arbanor entgegenschlug, als halte er sein Gesicht direkt in einen brennenden Kamin. Der König kniff die Augen zusammen und langte nach dem Krug. Ein großer

Schwall Wasser klatschte auf die Flammen, die größer und größer wurden. Honrado hastete zum Waschtisch und griff nach der Schale.

»Mach dir keine Mühe, Honrado, auch du wirst dieses Feuer nicht löschen«, sagte Ningun. Doch der Ritter war schon zurück am Tisch und kippte die Schüssel über den Flammen aus. Die zischten und prickelten, loderten aber hell und heiß weiter.

»Als wolle das Feuer uns auslachen«, murmelte Arbanor. Die Männer starrten auf die brennende Schale. Als die Flammen niedriger wurden und schließlich erloschen, herrschte einen Moment lang Stille. Dann hob Arbanor die Hände und applaudierte.

»Bravo, Ningun! Diese Entdeckung ist Gold wert«, strahlte der König. »Keiner kann dieses wilde Feuer löschen. Niemals habe ich von einer solchen Waffe gehört. Kein besseres Mittel kann es geben, um in den Kampf gegen Ankou zu ziehen.« Aus Arbanors Augen schienen Funken zu sprühen. Ningun lächelte. So fröhlich hatte er seinen König seit Monaten nicht gesehen.

»Nun ist es an dir, Honrado, aus dem wilden Feuer eine kriegsfähige Waffe zu entwickeln.« Arbanor klopfte dem Freund auf die Schulter. Honrado zuckte zusammen. Bis zu diesem Augenblick hatte er, ganz in sich versunken, auf die ausgebrannte Metallschale geblickt. Müde nickte er.

»Ich habe für die nächste Woche die Kapitäne der großen Schiffe zu mir gebeten. Mit ihnen und den Hauptmännern der Flotte will ich versuchen, dieses ‚wilde Feuer', wie du es nennst, als Seewaffe tauglich zu machen.« Arbanor nickte anerkennend.

»Unsere Schiffe können neue Waffen gebrauchen, mit den Schleudern sind sie viel zu träge.«

»Das auf der einen Seite, Arbanor, auf der anderen Seite denke ich auch daran, diese neue Waffe für den Landkrieg einzusetzen.«

»Aber ja doch, mit einem Katapult verschossen, kann das wilde Feuer ganze Felder auf einmal in Brand setzen.« Arbanor wirkte sehr zufrieden.

»Das ist die beste Nachricht seit Wochen. Macht euch so schnell als möglich an die Arbeit. Ningun, du orderst bei den Lords alles an Rohstoffen, was im Moment zu bekommen ist. Dann sorgst du dafür, dass sämtliches Material verarbeitet wird, und wenn du dazu die Getreidemühlen in den Dörfern nutzen musst. Und du, Honrado, holst dir Alguien zur Seite, um die Pläne für die Katapulte neu zu zeichnen.« Ningun und Honrado nickten.

»Wo steckt Alguien eigentlich?« Fragend sah Arbanor Honrado an. Der zuckte nur mit den Schultern. Seinen Zwillingsbruder hatte er den ganzen Tag noch nicht gesehen.

»Ich möchte wissen, was er in den vergangenen Wochen so Wichtiges zu tun hatte, dass er so wenig Zeit hat«, scherzte Arbanor. »Vielleicht kommt er seinen ehelichen Pflichten gegenüber Tizia einfach zu gut nach?« Arbanor zwinkerte, doch Honrado wandte sich um und ging aus dem Zimmer. Achselzuckend sah Arbanor ihm nach.

Tizia ließ den Stickrahmen fallen. Mit flinken Schritten war sie bei Arrobar und fing den Knirps gerade schnell genug auf, dass er nicht auf den Po plumpste. Desea lächelte, als der Junge gleich darauf erneut zu dem kleinen Hocker kroch, an dem er sich hochziehen wollte. Tizia stützte ihren Sohn und als es dem Buben endlich gelang, auf seinen prallen Beinchen zu stehen, lachte er fröhlich.

»Nun fehlt ja nicht mehr viel, und du kannst mit deinem Vater in den Krieg ziehen«, scherzte Tizia und strich Arrobar über die hellbraunen Locken. »Du wirst einmal ein großer Krieger.« Mit unverhohlenem Stolz im Blick sah sie zu ihrer Schwester hinüber, die den Stickrahmen in den Schoß gelegt hatte und die Szene mit versteinertem Gesicht beobachtete. Tizias Lächeln erstarrte.

»Nun versuch es noch einmal alleine«, sagte sie zu ihrem Sohn und gab ihm einen Klaps auf die von den Windeln ausgebeulte Hose. Dann ging sie zurück zur Fensternische und setzte sich neben Desea.

»Es ist wohl nicht so gut, wenn ich mit Arrobar so oft zu dir komme«, flüsterte Tizia. Desea zuckte zusammen und wandte den Blick von dem Kind ab, das sich hoch konzentriert mit seinem Kletterspiel beschäftigte.

»Aber nicht doch«, rief Desea. »Ich freue mich jedes Mal, wenn ich meinen Neffen sehen kann.« Zur Bekräftigung nickte die Königin so heftig, dass sich eine Haarsträhne aus der mit roten Bändern gehaltenen Frisur löste und ihr in die Stirn fiel. »Tizia, es ist für mich die reinste Freude, wenn Arrobars Lachen diese viel zu ruhigen Räume mit Leben füllt.« Desea legte der Schwester die Hand auf den Arm.

Sie spürte eine Welle der Zuneigung, die sie durchfloss wie ein Strom warmer Honigmilch. Die glücklichen Wochen nach der Hochzeit waren überschattet gewesen von dem schwelenden Streit zwischen den Schwestern. Desea hatte wohl gespürt, dass Tizia sich immer noch an ihre Stelle wünschte. Tizia ging, wann immer das möglich war, der Schwester aus dem Weg. Alle Einladungen der Königin schlug sie aus und erfand dabei immer neue Ausreden. Mal war es der neue Hausstand, der eingerichtet werden musste, dann wieder die erwartete Lieferung feinsten Leinens, das die Hausherrin unabkömmlich machte in Alguiens Gut. Doch Desea wusste wohl, dass die häuslichen Pflichten der jung Verheirateten nicht der wirkliche Grund waren, warum Tizia niemals zur Teestunde oder zum gemeinsamen Ausritt erschien.

Nach sieben Wochen hatte die Königin es nicht mehr ausgehalten. Sie ließ vom Rittmeister die zwei stärksten Rösser satteln. Den Schimmel bestieg sie selbst, den Rappen führte sie am Zügel neben sich her, als sie in raschem Trab zu Tizias neuem Zuhause ritt. Sie fand die Schwester in deren Kammer sitzend, den Blick starr aus dem Fenster gerichtet. Dieses Mal ließ Desea keine Ausrede gelten und zwang Tizia, ihr zu folgen. Die Schwestern ritten in schnellem Galopp über die Felder, bis die Pferde schweißgebadet waren und sie selbst völlig außer Atem. An einem Bachlauf machten die Frauen Halt. Hier, wo sie als kleine Mädchen auf der Schmetterlingswiese gelegen und sich gegenseitig ihre Träume erzählt hatten, war plötzlich alles wieder wie früher. Sie lachten und scherzten, bis Desea schließlich Tizias Hände ergriff. Sie flehte die Schwester um Verzeihung an und Tizia, die wusste, dass sie nicht das schlechteste Leben haben würde an Alguiens Seite, erwiderte schließlich die Umarmung der Schwester. Der schwelende Neid war Tizia kaum anzumerken.

»Ich bin froh für dich, dass du einen so wundervollen Sohn hast.« Desea lächelte, doch der Schleier, der sich über ihre Augen legte, verriet ihre Sehnsucht nach einem eigenen Kind.

»Du wirst auch Mutter werden, ganz bestimmt.« Behutsam strich Tizia der Schwester eine Locke aus der Stirn. Desea schluckte. Ihr war, als müsse sie sich übergeben, als sie in das freundliche Gesicht der Schwester blickte, das vor ihren Augen zu Alguiens verzerrtem Angesicht wurde. Desea stöhnte leise. Tizia, die nicht ahnen konnte, was die Königin so aufwühlte, griff nach ihrem Stickrahmen und strich über die winzigen Rosenblüten, auf denen sich ein Schmetterling ausbreiten sollte. Der erste Teil des blauen Flügels war beinahe fertig gestickt.

»Bist du glücklich?«, fragte Desea leise. Tizia musste sich vorbeugen, um das Flüstern der Schwester zu verstehen. »Ist Alguien dir ein guter Ehemann?« Desea blickte Tizia gerade heraus an. Diese errötete und schlug die Augen nieder, als sie – ebenso leise wie die Schwester – antwortete.

»Es fehlt mir an nichts. Alguiens Haushalt zu führen ist ein Leichtes, genügend Geld ist da. Und auch, wenn ich mir Stoffe ordere oder Haarbänder, so ist er stets großzügig.« Tizia warf einen prüfenden Blick auf Arrobar. Der Junge nahm keine Notiz von den Frauen. Der Hocker war ihm langweilig geworden und Arrobar war in die andere Ecke des Raumes gekrabbelt. Aus einem Weidenkorb zog er mit fröhlichem Glucksen ein Wollknäuel nach dem anderen und jubelte, wenn die Kugeln über den Boden rollten und ihn mit roten, blauen und grünen Fäden umsponnen.

»Auch zu Arrobar ist er gut. Alguien ist stolz auf ihn und kann es kaum erwarten, bis der Junge alt genug ist, um zum ersten Mal auf einem Pferd zu sitzen.«

»Tizia, das meinte ich nicht.« Eindringlich sah Desea ihre Schwester an.

»Du meinst. . .«

»Ja. Wie ist es zwischen euch, wenn ihr zusammen liegt?« Tizia schluckte und starrte auf den Stickrahmen. Ihre Ohren glühten, als sie schließlich leise antwortete.

»Es geht alles schnell. Nun, seit Arrobar geboren ist, schmerzt es nicht mehr. Aber jene Freude, von denen ich die Mägde erzählen höre, wenn sie sich unbeobachtet fühlen, kann ich nicht empfinden. Mir ist, als wäre ich für Alguien nichts weiter als eine Puppe. Dabei sehne ich mich nach Zärtlichkeit. . . manchmal ist mir, als begehre er nicht mich, sondern ein Weib, das nur in seiner Vorstellung existiert und dessen Busen er sich vorstellt, wenn er mich streichelt. . . « Erschrocken presste Tizia die Hand auf den Mund. Das hatte sie gar nicht sagen wollen. Doch der innere Druck war so groß, dass sie glaubte, sie würde bersten. Sie bemühte sich nach Kräften, Alguien zu lieben. Er behandelte sie mit allem Respekt. Nichts gab es, das sie sich nicht kaufen konnte. Jeden noch so kleinen Wunsch erfüllte er ihr. Und doch. . . etwas fehlte.

»Sprich nicht weiter, Tizia«, sagte Desea und legte ihr den Arm um die Schultern. Tizia schluckte, um nicht in Tränen auszubrechen.

»Alguien hat dich geheiratet. Aus freien Stücken. Er wollte dich und nur dich«, sagte Desea, mehr zu sich selbst als zu ihrer Schwester. Doch die Worte klangen wenig überzeugend.
»Ich hoffe, du bekommst in deiner Ehe jene Liebe, die ich so sehr suche.« Tizia nestelte ein spitzenbesetztes Taschentuch aus dem weiten Ärmel ihres Kleides und tupfte sich die Tränen ab.

Alguien stolperte in den Saal. Beinahe wäre er auf den polierten Holzdielen ausgerutscht, als er mit großen Schritten zu den langen Tischen hastete, die entlang der Wände aufgereiht und über und über mit Landkarten, Dokumenten und Seekarten bedeckt waren. König Arbanor und Honrado fuhren von den Karten hoch, die sie gerade lasen.

»Du kommst spät.« Arbanor nickte dem Ritter zu und grinste, als Alguien sich an einem Tisch festhielt, um nicht hinzufallen.

»Alter Rumtreiber, hat dein Weib dich wieder einmal nicht gehen lassen?« Honrado würdigte den Bruder keines Blickes, sondern beugte sich wieder über die Seekarte. Alguien zuckte mit den Schultern. Ein Weib hatte ihn aufgehalten, ja. Doch konnte er wohl kaum zu seiner Entschuldigung anbringen, dass er eben aus der Kammer der Königin kam. Desea hatte sich aufrichtig über das Naschwerk gefreut, welches er ihr gebracht hatte. Beinahe hätte Alguien sie noch einmal auf den noch zu zeugenden Sohn – seinen und Deseas – angesprochen. Doch die alte Masa hockte bei der Königin und ließ ihren Schützling keinen Moment aus den Augen. Diese alte Kräuterhexe!

»Alguien, gib mir deine Einschätzung«, sagte Arbanor und deutete auf die mit roter Tinte gezogenen Linien, die das Meer um Eternia in einzelne Abschnitte einteilten.

»Es gibt keine genauen Angaben über die wirkliche Anzahl von Seemeilen, die Eternia von anderen Festländern teilt. Geschweige denn wissen wir, in welche Richtung wir Expeditionen aussenden müssten.«

Fragend sah Alguien von Arbanor zu Honrado. Der erklärte seinem Bruder: »Ningun hat in den Aufzeichnungen seines verstorbenen Onkels, der im letzten Winter starb, Abschriften der Chronik des Geheimbundes entdeckt. Zumindest hatte dieser Onkel, der als Heiler im Norden lebte, diese Passagen so genannt. Ningun kannte ihn kaum, doch als einziger Verwandter erbte er den gesamten Besitz – was nicht viel war. Nur drei hölzerne Truhen, zwei davon bis zum Rand gefüllt mit längst verdorbenen Kräutern. In einer Kiste aber entdeckte Ningun einige Pergamente. Wenn du mich fragst – wenn dieser Onkel auch nur einen Tropfen Blut mit Ningun gemeinsam hat, dann sollten wir diesen Hirngespinsten keine Bedeutung beimessen.«

Arbanor lachte. »Ningun mag seine eigene Ansicht über Ordnung haben. Doch müssen wir alles prüfen und jeder Spur nachgehen, die uns den einen entscheidenden Vorteil im Kampf gegen Ankou bringen kann.« Arbanor deutete auf die unzähligen Karten und Schriftrollen auf den Tischen, an denen sonst die Ritter tafelten und die sich bei Festivitäten unter der Last üppiger Speisen bogen. Alguien schwieg und beugte sich über die Karten.

»Welche Angaben macht denn der geheimnisvolle Onkel in seinen Abschriften?« In Alguiens Stimme schwang Spott – wusste denn nicht jedes kleine Kind in Tamar, dass die Chroniken des Geheimbundes an einem geheimen Ort waren? So geheim, dass niemand ihn kannte?

»Nun, er schreibt, dass aus dem Westen Seelöwen über das Meer trieben, auf die Küste von Eternia zu. Unzählige Seelöwen bedeckten die Wasseroberfläche wie ein einziger silberner Schatten und hatten nichts mit denen gemein, die wir kennen. Sie waren kleiner, und statt der Schnauzen besaßen sie Schnäbel, in denen spitze Zähne wuchsen. Doch ehe die Tiere die Küste erreichten, wurden sie von einer Welle, höher als ein Berg, erfasst und vom Sog in die Tiefe gezogen.« Arbanor machte eine Pause, als er Alguiens erstauntes Gesicht sah. Dann fuhr er fort. »Der Geheimbund forschte nach. Ob es irgendwo auf Tamar derartige Tiere gibt. Doch nirgends, an keiner Küste und in keinem See, wurde etwas Ähnliches entdeckt. Die Schlussfolgerung der Weisen ist so einfach wie einleuchtend. . .«

». . . es muss im Westen ein Land geben, das keiner kennt«, beendete Honrado den Satz des Königs. Alguien sog zischend die Luft zwischen die Zähne. Dann stieß er einen lauten Pfiff aus. »Das würde bedeuten, dass wir eine neue Welt betreten, wenn unsere Schiffe weiter segeln, als jemals zuvor.«

Arbanor nickte. »Sollte diese Annahme stimmen, dann böte dies ungeahnte Möglichkeiten für uns. Aber auch ungeahnte Gefahren.« Bald darauf waren die drei Freunde in eine hitzige Diskussion vertieft. Sie warfen Fragen auf, suchten nach Antworten. Verwarfen diese, blätterten in weiteren Karten. Und bemerkten kaum, dass ihnen die Diener eine warme Suppe brachten, die sie abwesend und immer noch über die Seekarten gebeugt, hinunterschlürften.

Ein leises Knarren weckte Arbanor. Mit offenen Augen lag der König da und lauschte in die Dunkelheit. Neben sich hörte er Desea atmen. Sie hatte wie stets den Kopf in die Kuhle an seinem Hals gelegt und sich in seine Arme geschmiegt. Zärtlich strich Arbanor ihr über das Gesicht. Desea seufzte im Schlaf und drückte sich enger an ihn. Arbanor legte seinen Arm fester um den schmalen Körper seiner Frau und schloss die Augen.

Doch kaum hatte er seinen Kopf wieder auf das Kissen gelegt, vernahm er erneut das Knarren und Scharren. Arbanor riss die Augen auf, doch in der Dunkelheit konnte er nur Schemen erkennen. Dort hinten standen die Truhen, unter dem Fenster der Tisch. Vorsichtig, um Desea nicht zu wecken, zog er den Arm unter ihrem Kopf hervor und richtete sich auf. Das Geräusch wurde lauter. Als würden Krallen über den Boden scharren, dachte Arbanor.

Mit den nackten Füßen tastete er nach den Filzpantoffeln vor dem Bett und schlüpfte hinein. Mechanisch griff er nach dem Schwert, das an der Wand neben seiner Bettstatt hing. Der kühle Griff lag schwer in seiner Hand. Mit langsamen Schritten durchmaß er das Schlafgemach. Das Scharren wurde lauter und lauter. Arbanor ging zum Kamin, in dem verglimmende Glut letzte Wärme spendete. Mit einem Span zündete er eine Kerze an und leuchtete in den Raum.

In seinem Kopf dröhnte das Scharren mittlerweile so laut, als stünde eine Horde Orks in der Kammer. Doch die kleine Flamme der Kerze zeigte dem König nichts als die Möbel und die schlafende Desea. Arbanor schloss die linke Hand fester um das Schwert und ging zum Fenster. Schwungvoll stieß er die Läden auf und starrte in die Nacht.

Arbanor stockte der Atem. Ein Luftzug blies die Kerzenflamme aus. Im selben Moment trat der Mond hinter den Wolken hervor und ließ die Landschaft beinahe taghell erscheinen. Unten in Albages leuchtete aus keinem Fenster Licht – obwohl das Scharren und Knarren lauter und lauter wurde. Arbanor wunderte sich, warum keiner der Dorfbewohner von dem Lärm wach wurde. Sein Blick glitt weiter über die Stadtmauer hinweg zu den Feldern.

Nur mit Mühe konnte der König einen Schrei unterdrücken. Vor die helle Silhouette des Mondes schoben sich Schatten, beinahe so groß wie ein Späherschiff der Flotte. Dutzende dieser Wesen flogen aus nördlicher Richtung über Albages und setzten zur Landung auf den Kornfeldern an. Die Flügel der Biester glänzten silbern im Mondlicht. Arbanor kniff die Augen zusammen und sah, wie die fliegenden Tiere sich auf den Feldern niederließen, wo beinahe kein Fleck mehr war, auf dem sie landen konnten – ihre Artgenossen hatten die Äcker mit ihren gepanzerten Körpern bereits belegt. Nun konnte der König auch das Scharren zuordnen. Die Wesen hatten sechs Arme, an denen offensichtlich lange Krallen waren. Diese gruben sie mit Schwung in die Erde, so dass die ausgerissenen Halme, an denen bereits die ersten Ähren hingen, durch die Luft flogen. Der Mond schob sich weiter hinter den Wolken hervor und Arbanor erkannte, dass die Wesen einen beinahe dreieckigen Körper, ähnlich dem von Wanzen, hatten. Auf den Rückenpanzern, unter denen die Flügel gut geschützt waren, wölbten sich glänzende Schuppen und bildeten ein Muster aus Kreisen und Linien.

Arbanor ballte die Fäuste. Wie gebannt starrte er auf die Biester, die sich über die Felder hermachten. Der Lärm war ohrenbetäubend, das Scharren hallte von den Burgmauern wider und das Echo dröhnte in seinen Ohren. Doch noch immer rührte sich nichts in Albages und auch in der Burg schien niemand in seinem Schlaf gestört zu werden. Desea kuschelte sich tiefer in die Decken und seufzte leise. Arbanor wurde sich bewusst, dass nur er das Scharren und Kratzen der seltsamen Geschöpfe hören konnte.

»Vielleicht ist alles nur ein Traum«, sagte er leise zu sich selbst. »Es kann nur ein Traum sein.« Wie auf ein geheimes Zeichen hin hoben in diesem Moment alle der wanzenähnlichen Tiere die Köpfe und hielten im Scharren inne. Ihre Augen saßen an den Seiten der Köpfe und leuchteten blutrot. Arbanor blickte in ein Meer aus Wanzenköpfen, jeder so groß wie ein Ochse.

Ein donnerähnliches Geräusch durchschnitt die Nacht. Eines der Wesen legte seinen Kopf zurück und rülpste. Seine Kumpane hüpften auf ihren sechs Beinen auf und ab, so dass die Panzerflügel aneinander schlugen, als würden sie ihrem Artgenossen applaudieren.

»Du träumst nicht, Menschenkönig«, rief eins der Wesen. Dann reckte es den Kopf in den Himmel, bis sein spitz zulaufendes Hinterteil die durchwühlte Erde berührte. Mit den kräftigen Hinterbeinen stieß das merkwürdige Geschöpf sich nach oben, breitete im selben Moment die Flügel aus und erhob sich gen Himmel. Arbanor wusste nicht, was lauter war – das Schlagen der vielen Flügel, als die Herde sich nun wie auf ein geheimes Zeichen hin erhob, oder das metallisch klingende Lachen aus den Mäulern der Bestien.

»Du träumst nicht, du träumst nicht«, skandierten die Viecher, als sie sich in den Himmel erhoben und an der Mondsilhouette vorbei in Richtung Norden verschwanden.

Arbanor zitterte. Seine Hand umklammerte das Schwert. Als die Tür zur Kammer aufgerissen wurde, fuhr der König herum und stach mit geübten Bewegungen in die Luft, um den Eindringling abzuwehren.

»Sachte, sachte«, flüsterte Ningun und hob die Arme. »Wir sollten Desea nicht wecken.«

Arbanor ließ die Waffe sinken. In seinem Kopf hallte das Schlagen der metallischen Flügel nach und er war viel zu aufgewühlt, um Ningun für sein Eindringen in die private Schlafkammer zu rügen.

»Du hast sie also auch gehört«, flüsterte der Magier und trat neben Arbanor ans Fenster.

»Was war das, Ningun?«

»Das waren Warthogs. Ich kenne diese Viecher nur aus Aufzeichnungen. Auf Eternia hat keine Herde überlebt, als der

Geheimbund vor Dekaden seine Jäger aussandte, um den Wanzenviechern den Garaus zu machen. Die Jäger hatten eigens angefertigte Pfeilspitzen, die stark genug waren, um durch die Panzer zu dringen. Man sagt, dass nur das starke Gift auf den Pfeilspitzen die Tiere töten konnte. Ich dachte allerdings, sie seien längst ausgestorben.« Ningun kratze sich am Bart und schüttelte den Kopf.

»Offensichtlich sind sie das nicht. Irgendwo muss es einen Unterschlupf für diese Warthogs geben«, entgegnete Arbanor.

»Auf einer der Inseln, vielleicht.« Ningun starrte in die Dunkelheit. Noch immer erhellte der Mond die schlafende Landschaft. Arbanor stockte der Atem: als ein schwacher Wind aufkam, hörte er das leise Rascheln der Ähren. Ungläubig starrte er auf die Felder, auf denen eben noch die Warthogs ihr Unwesen getrieben hatten – doch statt der ausgerissenen Halme sah der König nun hoch aufgerichtete Ähren, ein Feld am anderen.

»Das kann nicht sein«, flüsterte er.

»Doch, Herr, das kann es«, antwortete Ningun und wiegte sorgenvoll den Kopf hin und her. »Diese Warthogs waren nicht nur hungrige Bestien. Sie scheinen bei Ankou einen sicheren Platz gefunden zu haben. . . «

». . . und dass er sie geschickt hat, ist ein Zeichen«, vollendete der König den Satz.

»Wir wollen hoffen, dass ich mich täusche, doch in den Schriften heißt es, dass die Warthogs nichts zurücklassen als verbrannte Erde, wo sie einmal mit ihren Wanzenkörpern gesessen haben.« Arbanor schauderte, als er die Bedeutung von Ningun Worten begriff.

»Heute Nacht können wir nichts mehr tun«, flüsterte der Magier schließlich und legte die Hand auf den Arm seines Schützlings. »Außer uns beiden scheint niemand den Überfall bemerkt zu haben. Es wird besser sein, wenn wir schweigen und diese Nacht für uns behalten.« Beschwörend sah Ningun seinen Herrn an. Arbanor nickte.

»Lass uns schlafen gehen und hoffen, dass dies ein Traum war«, sagte der König. Doch er selbst glaubte längst nicht mehr daran, dass die Warthogs nur in seinen Träumen existierten. Hellwach schlüpfte er zu Desea in das warme Bett. Sofort schmiegte seine Frau sich an ihn und wärmte seinen zitternden Körper. Doch Schlaf konnte der König in dieser Nacht keinen mehr finden.

Zur selben Zeit diskutierten auch die Bürger von Albages über Land. Jedoch nicht um jenes, das es erst zu entdecken galt. Sondern um das, von dem sie lebten und das seit Wochen ausgedörrt dalag. Seit Wochen schlichen die Bauern mit gesenkten Köpfen über die Felder. Mit ernsten Mienen betrachteten sie die mageren Halme, die aus den im warmen Frühjahr ausgesäten Körnern wuchsen. Die Ernte, das war allen klar, würde nicht allzu reichlich ausfallen – doch mit ein wenig Glück, so hofften sie, würde das Korn gerade ausreichen, um sie zu ernähren und über den Winter zu bringen.

Die Weiber im Dorf sorgten auf ihre Art vor. Wo auch immer ein winziger Fleck Erde in den Gemüsebeeten frei war, da pflanzten sie Kohl und Rüben. Zeitig begannen sie damit, mit Dörrfleisch und Pökelwaren die Vorratskeller zu füllen. Und so manche Frau drängte so lange, bis das Schwein vor der Zeit geschlachtet wurde, um nur ja genügend Speck für die harte Zeit zu haben. Doch die Tiere waren nach der viel zu kurzen Mastzeit mager und die dürren Schinken hingen von den Balken, an denen sie zum Räuchern aufgehängt waren.

In Albages bereitete man sich vor und manch einer war drauf und dran, den drohenden Hunger mit einer Handbewegung abzutun. Bis zu jenem Tag, als Peon in den »Weißen Felsen« platzte. In der Wirtsstube saßen die Bauern beinahe jeden Abend zusammen, um sich mit einem Becher kräftigen Bieres von den Strapazen der Feldarbeit zu erholen. An diesem Abend schwiegen die meisten der Anwesenden und starrten mit gesenkten Köpfen vor sich hin.

»Männer«, rief Peon, der plötzlich hereinkam. Ein kühler Luftzug schien ihn in die Schankstube zu spülen. Die Köpfe der Bauern fuhren herum. Drei Dutzend Männer starrten den Dorfsprecher an, der breitbeinig und mit zu Fäusten geballten Händen im Schankraum stand.

»Männer, wie könnt ihr hier herumsitzen, als hättet ihr das da draußen nicht gesehen?« Peon machte eine fahrige Handbewegung zu den Fenstern hin. »Das kann euch nicht entgangen sein!« Die Brust des Dorfsprechers bebte vor Erregung, als er jetzt die Stube durchschritt und sich vor der längsten der Tafeln aufbaute.

»Oder ist es euch egal, was mit dem Korn auf euren Feldern geschieht?« Mit blitzenden Augen fixierte der Bauer die anderen.

»Natürlich ist es uns nicht egal, oder siehst du einen von uns, der lacht und sich freut?«, knurrte ein junger Bauer, dessen langer Bart beinahe die grobe Tischplatte berührte. »Aber wenn du uns schon hier anbrüllst, dann kannst du uns vielleicht sagen, was um Tamars Frieden willen wir tun sollen? Sollen wir jeden Halm einzeln aufrichten, den wer oder was auch immer geknickt hat?« Zustimmend klopften einige mit den Fäusten auf den Tisch.

»Die Halme sind geknickt, das Korn nicht zu retten«, rief ein schmächtiger Alter aus dem hinteren Teil der Wirtsstube. Mit krummen Fingern umschloss er seinen Becher und starrte in die warme Bierbrühe. »Da ist nichts mehr zu machen.«

»Das weiß ich selbst, dass diese Ernte nicht zu retten ist«, entgegnete Peon unwirsch. »Doch verlasst ihr euch allen Ernstes auf eure Weiber und die angeblich so gut gefüllten Speisekammern?« Ein höhnisches Grinsen machte sich in Peons Gesicht breit und der Dorfsprecher entblößte seine gelben, schief stehenden Zähne. Fragend sahen die Männer ihn an.

»Ihr wisst es also noch nicht.« Peon stemmte die Hände in die Hüften. »Dann geht nach Hause und seht selbst, und ich sage euch, keiner von euch wird mehr die Ruhe finden, um Trübsal zu blasen und einen Bierhumpen nach dem anderen zu leeren.«

»Was ist geschehen? So rede doch in klaren Worten«, fuhr der junge bärtige Bauer den Dorfsprecher an. Unruhig rutschten die Männer auf den Hockern und Bänken hin und her, als Peon zu sprechen anhub.

»Auch in meinem Haus wurden die Schweine vor der Zeit geschlachtet. Mein Weib hat die Fässer mit Kraut und Gurken gut gefüllt, das Pökelfleisch liegt längst in der Salzlake und die Schinken, kleiner als in anderen Jahren, sind gut geräuchert. Auf ein Brot mehr oder weniger, so dachte auch ich, würde es nicht ankommen. Wir könnten auch ohne viel Mehl durch den Winter kommen.« Zustimmend nickten die Bauern, bei denen zu Hause es nicht anders aussah.

»Doch da habe ich mich geirrt. So wie ihr alle euch geirrt habt.« Peon machte eine unheilvolle Pause. Dann sprach er leise weiter. »Als mein Weib heute am Mittag mit der Köchin in die Vorratskammern ging, um eine Liste der Lebensmittel zu erstellen, kamen die Weiber schreiend und kreidebleich wieder heraus. Ich saß über den Büchern, wo mich nichts und niemand stören darf. Doch mein Weib stürmte in mein Kontor. Sie schrie und heulte. Warum? Das sah ich mit eigenen Augen, als ich ihr in die Speisekammer folgte – das Fleisch war über und über befallen mit winzigen Wanzen. Hunderte, nein: Tausende fraßen sich durch die Schinken, und aus dem Sauerkrautfass ergoss sich ein Strom grauer Wanzen, als ich den Deckel hob. . .«

Peons Worte gingen in dem plötzlichen Tumult unter. Die Bauern sprachen aufgeregt durcheinander, und Peon gelang es nur mit Mühe, die Männer zum Schweigen zu bringen.

»Das mag in deiner Wirtschaft zu Hause so sein, Peon«, griente der junge Bauer. Und sein Nebenmann, ein feister Kerl, fügte hinzu:

»Du wirst genug Gold auf der Seite haben, um deiner Familie Fleisch und Kraut bei uns zu kaufen.«

»Begreift ihr denn nicht? Glaubt ihr wirklich, dass diese Viecher nur in meine Vorratskammer eingefallen sind?« Peon schüttelte den Kopf. »Dann geht nach Hause. Seht selbst, dass es wohl keinen gibt, der nicht von dem Ungeziefer heimgesucht wurde. Sammelt eure Weiber ein, die sich flennend und kreischend am Marktplatz zusammengefunden haben. Und dann kommt wieder, ich wette mit euch um all meine Äcker, dass keiner von euch besser dran ist als ich.« Einen Moment herrschte betroffenes Schweigen in der Schankstube. Dann stemmte sich der Bärtige hoch.

»Gut, ich gehe, auf deine Äcker bin ich schon lange scharf«, grinste er. Mit polternden Schritten verließ er den Schankraum. Erst waren es nur zwei Bauern, die seinem Beispiel folgten, doch schon wenige Minuten später hatte sich der Schankraum geleert. Zurück blieben nur Peon und der ratlos dreinschauende Wirt.

»Keine Angst, Zibol, die kommen wieder, du wirst deine Zeche bekommen«, sagte Peon und ließ sich auf der Bank am Ofen nieder. Peon hatte Recht. Keine Stunde später stürmten die ersten Bauern zurück in den »Weißen Felsen.«

Lange saßen die Männer schweigend auf den Bänken und starrten in die Humpen. Dann und wann nahm einer einen Schluck, schüttelte den Kopf und starrte weiter vor sich hin. Peon ließ die Bauern in Ruhe. Er wusste, dass sie in den Köpfen erst ordnen mussten, was sie gesehen hatten. Schließlich, als alle wieder zurück waren, stand der Dorfsprecher auf.

»Ich habe es euch gesagt, Männer, es sieht nicht gut aus«, sagte er. »Mein Weib hat vorige Woche ein Gerücht aus dem Beginenhof mitgebracht, dem ich keinen Glauben schenken wollte. Eine der Kräuterfrauen sei aus den Ostgebieten zurückgekehrt und habe von ausgemergelten Kindern berichtet, von leeren Kornkammern und öden Feldern.« Ein Raunen ging durch die Reihen. Dann sprang ein junger Bursche auf.

»Das wird kein Gerücht sein! Warum sollte es in anderen Teilen Tamars anders aussehen als bei uns?«

»So sehe ich das auch.« Peon ballte die Fäuste, als er weiter sprach. »Wir können uns nicht darauf verlassen, dass unsere Freunde in anderen Dörfern uns helfen oder dass wir von Händlern Korn und Mehl kaufen können. Es wird nicht mehr lange dauern, dann hat niemand mehr etwas zu beißen.« Eine steile Falte grub sich in die Stirn des Dorfältesten. »Die Kornkammern werden leer sein, nicht einmal eine Maus wird sich satt essen können.«

»Das glaube ich nicht, Peon, eine Kammer ist bestens gefüllt.« Zibol trat hinter dem Tresen vor. Die mit Soße verschmierte Schürze spannte sich über dem prallen Bauch des Wirtes. »Oben auf der Burg haben sie bestimmt vorgesorgt. Bei Arbanor wird keiner Hunger leiden müssen.« Zibol leckte sich mit seiner rosa Zunge über die aufgeworfenen Lippen. Peon fuhr herum und starrte den Wirt an, als habe der ihm eben Freibier auf Lebenszeit versprochen.

»Zibol, alte Schnapsnase! Das ist das wahrste Wort seit Erfindung des Bieres. Arbanors Kellermeister sorgen stets dafür, dass mehr Lebensmittel auf der Burg sind als der Hofstaat essen kann.« Peon grinste und schlug dem Wirt auf die Schulter.

»Dann essen wir vom königlichen Teller«, knurrte Zibol und seufzte wohlig. Die Männer griffen zu ihren Humpen und knallten sie zum Zeichen des Beifalles auf die Tischplatten.

»Für jeden ein Bier auf Kosten des Weißen Felsen«, jubelte Zibol den Bauern zu.

Arbanor hatte Mühe, seine Beobachtungen jener Nacht für sich zu behalten. Wieder und wieder tauchten die monströsen Körper der Warthogs in seinen Träumen auf, wenn er endlich in einen unruhigen Schlaf gefallen war. Tagsüber gelang es dem König zwar, sich auf die dringendsten Regierungsgeschäfte zu konzentrieren und dann und wann verdrängten die Blicke auf Landkarten oder Zeichnungen neuer Waffen seine Befürchtungen. Doch die Sorge um das Wohl Tamars lastete auf ihm - und nicht einmal Ningun wagte, das Thema noch einmal anzusprechen. Arbanor ahnte, dass der Magier nichts wusste, was den Menschen helfen konnte und so schwieg Arbanor auch gegenüber dem einzigen Menschen, der wie er die Invasion der Warthogs gesehen hatte.

Verdrängen aber konnten weder Ningun noch Arbanor die Not, die sich ankündigte – ein Blick aus den Fenstern der Burg genügte, um zu sehen, dass die Felder dürr waren. Zwei Wochen waren vergangen – zwei Wochen, in denen Arbanor wieder und wieder stumme Schreie ausgestoßen und Ankou verflucht hatte. Doch niemand konnte die dunkle Ahnung des Königs wahrnehmen, mit großer Disziplin ging er seinen Geschäften nach. Und nicht einmal dann, wenn er allein mit Desea war, ließ er sich anmerken, dass ihn eine schreckliche Vision plagte – Arbanor ahnte, dass er mit seiner Beobachtung nur Unruhe schüren würde. Und das, soviel wusste der König, war das Letzte, was die Menschen nun brauchten. Arbanor hoffte auf kluge Köpfe – und ganz im Stillen auch darauf, dass Ankou zu schwach wäre, um eine wirkliche Not über Tamar zu schicken.

Während die Männer über langen Listen brüteten, trafen sich Tizia und Desea beinahe täglich. Tizia hatte es sich zur Angewohnheit gemacht, in den frühen Morgenstunden gemeinsam mit Alguien zur Burg zu kommen. Sie genoss die Stunden mit ihrer Schwester, die sich liebevoll um den kleinen Arrobar kümmerte.

»Sieh nur, er ist ein echter Kämpfer«, lachte Desea. Sie hockte auf dem Boden und ihr hölzernes Schwert krachte leise gegen den Spielzeugdegen des Jungen. Arrobar strahlte, als das Schwert seiner Tante zu Boden fiel. Der Kleine warf sich nach hinten und rollte vor Vergnügen auf dem weichen Lammfell hin und her.

»Du bist aber auch keine schlechte Kämpferin, Schwester.« Tizia sah von ihrer Stickarbeit auf. Desea beugte sich über Arrobar und kitzelte ihn so lange an seinem dicken Bäuchlein, bis der Junge die Ärmchen in die Luft streckte. Giggelnd wandte sich Desea zu ihrer Schwester um.

»Ich habe den Schreiner beauftragt, für Arrobar ein Holzpferd zu zimmern. Es wird Zeit, dass der junge Mann in den Sattel kommt.« Die Augen der Königin blitzen vor Vergnügen, als sie das erstaunte Gesicht der Schwester sah.

»Desea, du verwöhnst Arrobar«, schalt Tizia sie gespielt. »Er wird noch ein Ritter, dem Luxus mehr bedeutet als der Kampf.« Desea lachte laut auf. In diesem Moment schwang die Türe auf und Masa schlurfte herein. Seit sie allein für Deseas Wohlergehen zuständig war, schien die Last der Aufgaben ihre Schultern mehr und mehr zu beugen und die Königin wusste, dass die alte Amme sich mehr als einmal Kaja zurückgewünscht hätte – trotz aller Zwistigkeiten hatten die Frauen sich doch eingerichtet und die Arbeiten untereinander verteilt. Doch Kaja würde nicht mehr zur Burg zurückkehren und in stillen Stunden fragte Desea sich, wann sie von Masa Abschied nehmen musste.

Jetzt aber blitzten die Augen der Amme wie in früheren Zeiten, als sie so schwungvoll, wie die rheumatischen Glieder es eben noch zuließen, in die Stube trat.

»Alguien wünscht dich zu sprechen«, brummte Masa.

»Oh, möchte mein Gatte seinen Sohn sehen?« Tizia sprang auf und eilte zu Arrobar, um ihm die zerzausten Haare zu glätten.

»Nein, Alguien möchte mit der Königin sprechen«, brummte Masa. Desea zuckte zusammen und schickte einen unglücklichen Blick zu Masa. »Allein«, fügte die Amme hinzu und stemmte die Hände in die Hüften. Tizia richtete sich langsam auf und seufzte.

»Ach Desea, dann kümmere du dich um meinen Gatten. Ich gehe mit Arrobar hinaus in den Hof. Ein wenig Sonne wird ihm gut tun.« Tizia hob ihren Sohn hoch und ging zur Türe. »Komm, kleiner Mann, wir wollen sehen, ob du heute ein Huhn fangen kannst«, sagte sie. Arrobar jauchzte bei der Aussicht auf die wilde Jagd nach dem Federvieh im Küchenhof.

Kaum waren Tizia und Arrobar gegangen, stürmte Arbadil herein. Desea holte tief Luft und auch Masa straffte die gebeugten Schultern. Desea atmete tief und der Spalt zwischen ihren Brüsten hob und senkte sich in dem tief dunkelgrünen Samtkleid. Doch die Königin schwieg und ihr Gesicht verriet nichts von den Gedanken, die ihr beim Anblick Alguiens durch den Kopf schossen.

»Ich muss mit der Königin sprechen«, sagte Alguien und verbeugte sich tief vor Desea, die in einem der beiden Sessel in der Fensternische Platz genommen hatte.

»Das sagtest du bereits«, knurrte Masa und verschränkte die Arme vor dem immer noch großen wogenden Busen.

»Ich muss sie alleine sprechen«, brummte Alguien. Missmutig wandte er sich zu der Amme um.

»Ich habe kein Geheimnis vor Masa«, sagte Desea. Ihre Stimme zitterte und sie konnte nur mit Mühe die Hände ruhig gefaltet im Schoß halten. Um nichts in der Welt wollte sie, dass Masa den Raum verließ – zu tief saß noch immer der Schock über Alguiens Angebot, an Arbanors Statt einen Sohn mit ihr zu zeugen.

»Ich bin mir nicht sicher, ob das, was ich zu sagen habe, von einer Dienerin gehört werden soll«, entgegnete Alguien. Masa schnaubte und ging zwei Schritte auf den Ritter zu.

»Nun will ich dir mal eines sagen, bester Alguien«, hub die Amme an, und eine steile Falte bildete sich zwischen ihren Augen. »Ich kenne dich von Kindesbeinen an, ich bin es, die dir die schmutzigen Windeln gewechselt hat und die dich und deinen Bruder Honrado gefüttert und warm gehalten hat. Und nun willst du mich aus dem Zimmer schicken?« Masas Stimme brummte drohend. Desea stand auf und hob beschwichtigend die Hände.

»Ich bin sicher, Alguien meint das nicht so«, sagte die Königin, doch ein kleiner Zweifel schwang in ihren Worten mit. Alguien riss die Augen auf und starrte Masa an.

»Aber Masa, entschuldige, das war so nicht gemeint, ich wollte nicht...«, stammelte er.

»Ich bin noch nicht fertig«, rief die Amme und gebot dem Ritter mit einer harschen Handbewegung zu schweigen. Desea ließ sich in den Sessel fallen, als Masa weiter sprach.

»Was auch immer zwischen dir und unserer Königin vorgefallen sein mag, Alguien, das geht mich nun wirklich nichts an. Doch glaubt nicht, ich sei ein dummes Weib, nur weil ich eine stattliche Anzahl an Jahren zähle und weil mein Rücken sich krümmt unter der Last der Zeit. Mein Kopf ist völlig klar«, rief Masa und tippe sich mit dem Zeigefinger an die runzlige Stirn.

»Ich merke wohl, dass etwas zwischen dir und Desea steht. Seit Wochen schleichst du hier herum, Ritter Alguien, ziehst ein Gesicht, als ob du eine Kröte verschluckt hättest und Desea windet sich innerlich vor Schmerz, sobald du auch nur als Besucher angekündigt wirst.« Beide, Desea und Alguien, senkten die Köpfe, als sie Masas Worte hörten.

»So kann es nicht weitergehen. Ihr seid erwachsene Menschen und solltet euch daran erinnern, dass ihr nicht nur Desea und Alguien, nicht nur die Gemahlin und der beste Freund Arbanors seid. Nein, ihr seid die Königin von Ahendis und einer der wichtigsten Ritter des Reiches. Also reißt euch verdammt noch mal zusammen und benehmt euch wie erwachsene Menschen.«

Masa stemmte die Hände in die Hüften. Desea starrte vor sich hin und Alguien senkte betreten den Kopf. Beide fühlten sich wie Kinder, die beim unerlaubten Naschen von Keksen ertappt worden waren.

»Mein Alter wird es mir erlauben, euch einmal im Leben etwas zu befehlen«, knurrte Masa. Nur schwer konnte sie sich zurückhalten, um nicht laut auszusprechen, dass sie sehr wohl wusste, welche Mauer zwischen Desea und Alguien stand. »Also gebt einander die Hand und vertragt euch!« Masa gab Alguien einen Schubs, bis der direkt vor Desea stand. Die Königin seufzte, dann streckte sie dem Ritter ihre Hand entgegen.

»Masa hat Recht, begegnen wir uns wieder wie einst«, sagte sie. Alguien schlug ein und drückte Deseas Hand. Ein heißer Schauer lief ihm über den Rücken, als er ihre Haut an seiner spürte. Doch der Ritter ließ sich nichts anmerken. Alguien räusperte sich und ließ sich auf Deseas Nicken hin in dem ihr gegenüber stehenden Sessel nieder.

»Nun, da du so klare Worte gesprochen hast, Masa, solltest du uns einen heißen Tee bringen lassen«, sagte Desea. Aufmunternd sah sie die alte Amme an. Die knurrte etwas unverständliches, hantierte hinter der ersten Türe und war einen Augenschlag später mit einem Tablett wieder zurück. Rasch goss sie die dampfende Flüssigkeit aus der Kanne in zwei Becher und stellte sie polternd auf den mit Intarsien verzierten Tisch.

»So plump werdet ihr mich nicht los, ich spüre wohl, dass mich dieses Gespräch etwas angehen könnte«, knurrte die Alte.

»Vielleicht hast du gar nicht so Unrecht, Masa«, entgegnete Alguien. Der Ritter pustete in seinen Becher, so dass eine kleine Dampfwolke aufstieg. Dann trank er vorsichtig einen kleinen Schluck des herben Tees. Desea atmete auf. Zwar hatte sie Alguien eben die Hand gereicht, doch diese Geste genügte nicht, um die Worte, welche Alguien ihr gegenüber gesprochen hatte, ein für alle Mal aus ihrem Herzen zu verbannen. So war sie nicht traurig darüber, als Masa sich nun einen Holzstuhl holte und sich ihnen gegenüber an den Tisch setzte.

»Ich will gar nicht lange und mit beschönigenden Worten drumherum reden«, setzte Alguien schließlich zu sprechen an. »Auch wenn du Guarda Oscura selten verlässt, Desea, wird es dir nicht entgangen sein, dass die Felder alles andere als in gutem Fruchtstand sind.«

Desea nickte und ließ den Blick zum Fenster schweifen, von wo aus sich die Landschaft bis zum Horizont erstreckte. Natürlich war auch ihr aufgefallen, dass die Kornfelder, welche sonst um diese Zeit des Jahres im Wind hin und her wogten und deren Halme die prallen Fruchtstände kaum mehr tragen konnten, von der Burg aus mickrig und dünn aussahen.

»Die Ernte ist verdorben, das ist längst kein Geheimnis mehr. Die letzten Vorräte sind aufgebraucht, denn keiner der Bauern hat mit einem solch üblen Sommer gerechnet. Niemand weiß, wer oder was die Felder verwüstet hat, doch sobald der Winter kommt, werden die Menschen in Albages Hunger leiden, wie niemals zuvor seit Beginn der Aufzeichnungen durch den Geheimbund.«

Erschrocken schlug Desea die Hand vor den Mund. Sie dachte an Vater und Mutter, an die fetten Schinken, die würzigen Würste und vor allem an das noch dampfende Brot, welches die Mutter dick mit Butter bestrichen hatte, um es den Töchtern zum Abendmahl zu servieren.

»Aber es gibt doch Fleisch, Alguien«, sagte die Königin.

»Natürlich gibt es das, wenn die Tiere fett genug sind, dass aus dem Schwein ein guter Schinken wird. Doch nicht einmal das Vieh hat genug Futter. Und wenn du jetzt an die Hühner denkst und ihre Eier – die legen genau so wenig welche, wie die Kühe kaum mehr Milch geben. Das Heu ist auch verdorben und das bisschen Stroh, was die Bauern aus den vertrockneten Halmen machen können, reicht gerade mal, um die Ställe auszulegen.«

»Weiß Arbanor davon?«, fragte Desea. Ihre Hand zitterte, als sie nach dem Teebecher langte.

»Natürlich. Doch seit Wochen schweigt er. Wer weiß, was unseren König umtreibt. Weder ich noch mein Bruder Honrado, der viel mehr Zeit mit ihm verbringt als ich, werden schlau aus Arbanor.«

»Er wird wissen, was zu tun ist«, sagte Desea leise, als wolle sie sich selbst Mut zusprechen.

»Sicher. Doch alleine wird auch er wenig ausrichten können«, sagte Masa. Alguiens Kopf fuhr herum.

»Was weißt du von der Sache, Masa?«

»Mehr, als dir lieb ist«, sagte die Amme. »Die Weiber im Dorf sind aufgebracht. Ihr kennt sie nicht und Desea ist viel zu lange schon auf der Burg, um noch zu wissen, wie die Dinge in Albages liegen. Aber jedes Mal, wenn ich auf dem Markt oder im Beginenhof bin, werden die Gesichter der Frauen länger und ihre Zähne spitzer mit jeder Bemerkung, die sie machen. Keine weiß so recht, was der Winter bringen wird und wie sie ihre Kinder über die kalte Zeit bringen sollen.«

»Aber Albages hat doch fähige Händler. Wenn ich es bei meinen Studien des Rechtes von Ahendis, welche freilich noch ganz am Anfang sind, richtig verstanden habe, so besteht doch seit Dekaden ein Handelsabkommen zwischen Albages und anderen Dörfern, verteilt in alle Provinzen des Reiches.«

Alguien nickte, doch in seinen Augen spiegelte sich Sorge. »Sicher gibt es diese Abkommen. Nur mit diesen Verträgen ist es den Händlern gestattet, Waren von einem Landesteil in den anderen zu bringen. Das gilt für Spitzen und Stoffe genau so wie für Holzpfeifen, Gewürze und alle anderen Lebensmittel.«

»Also ist es doch ein leichtes, diese Händler über ihre Gildenmeister zusammenzurufen und nach der Ermittlung des Bedarfes ausreichend Korn und Dörrfleisch für die Menschen in Albages zu ordern. Ich werde mich bei Arbanor dafür verwenden, dass er aus seiner Privatschatulle einen großen Teil der Kosten übernimmt, so dass den Menschen keine unermesslich hohen Ausgaben drohen.«

Masa nickte anerkennend und auch Alguier konnte seine Verblüffung über die beinahe männlichen Gedankengänge der Königin kaum verbergen. Dennoch schüttelte der Ritter den Kopf.

»Die Überlegung ist brillant, Desea. Doch all das wird nichts nützen. Seit Tagen treffen immer mehr Boten in Guarda Oscura ein, die schlechte Nachrichten aus allen Gebieten senden. Überall auf Tamar scheint es dasselbe zu sein, was auch immer es war, dafür gesorgt zu haben, dass die Ernte miserabel wird. Kein Lord, der nicht wegen der drohenden Hungersnot eine Notiz an Arbanor sandte, kein Bote, der nicht ohne schlechte Nachrichten zu ihm kam.«

»Aber davon hat mir Arbanor nichts gesagt«, rief Desea.

»Ich nehme an, er will dich mit solchen Dingen schonen, du hast doch ganz andere Sorgen«, sagte Masa leise und legte Desea beruhigend die Hand auf die Schulter.

»Wie können meine winzigen Probleme vor denen des Volkes stehen? Arbanors Rücksichtnahme in allen Ehren, aber ich bin nicht nur seine Frau, ich bin auch die Königin dieses Reiches.«

»Und als eben jene solltet Ihr den Frauen des Dorfes einen Besuch abstatten. Ich will Euch verschonen mit all den Gerüchten, welche die Marktweiber verbreiten, doch ein Besuch der Landesmutter wird die Frauen beruhigen«, ergänzte Alguien.

»Ich danke dir, dass du mich ins Vertrauen gezogen hast«, sagte Desea. In diesem Moment spürte sie fast so etwas wie die Freundschaft, welche sie einst mit dem Ritter verbunden hatte. Rasch sprang sie auf.

»Masa, bring mir meinen Umhang und lass den kleinen Wagen anspannen. Noch ist es früh genug am Tage. Wir brechen sofort auf«, sagte Desea und hielt Alguien die Hand hin.

»Bitte sage Arbanor, dass ich bald zurück bin. Und richte Tizia aus, dass Arrobar und sie gern hier auf mich warten können.« Alguien verneigte sich und eilte davon. In wenigen Minuten musste er bei Arbanor sein, der ihn und Honrado zu einem vertraulichen Gespräch gebeten hatte. Worum es ging, wusste der Ritter längst – gemeinsam mit Ningun hatte er in den Archiven sämtliche Karten Tamars, in denen Anbaugebiete verzeichnet waren, in das Studierzimmer gebracht.

Die Kutsche rumpelte über das Kopfsteinpflaster. Desea schob den Samtvorhang zur Seite und blickte durch das Fenster. In einem

Hauseingang stand ein altes Weiblein vor einem wackeligen Holztisch, auf dem sie verschrumpelte Kartoffeln feilbot. Drüben beim Brunnen steckten ein halbes Dutzend Frauen die Köpfe zusammen. Und auf den Treppenstufen zur »Weißen Feder« lungerten zwei Knaben, deren Ärmchen wie dünnes Astwerk aus den überweiten Hemden ragten. Die Bäuche der Kinder waren aufgebläht und schienen so gar nicht zu ihren ausgezehrten Körpern zu passen. Desea schlug die Hand vor den Mund.

»Masa, warum hast du mir nicht viel früher gesagt, wie schlecht es um die Albages steht?«

Die Amme senkte den Kopf. »Ich wollte dich nicht beunruhigen, schließlich gilt dein ganzes Denken und Fühlen dem Thronfolger, den zu empfangen hoffst.«

»Masa, das eine hat doch mit dem anderen nichts zu tun«, seufzte Desea.

Die Kutsche rumpelte am Haus ihrer Eltern vorbei. Die Vorhänge in der Küche waren beiseite geschoben und die Königin konnte einen kurzen Blick nach Innen erhaschen. Mit gebeugtem Rücken stand eine grauhaarige Frau am Tisch.

»Wie alt Mutter geworden ist«, schoss es ihr durch den Kopf. Seit Wochen hatte sie die Eltern nicht gesehen, nur hin und wieder kamen Briefe. Lopaz plauderte über die Nachbarinnen und die neuen Kleider, die sie sich mit dem Geld ihrer Töchter nun kaufen konnte. Und sie beschrieb die Aufträge von Tasnar so genau, als wäre sie selbst der Steinmetz. Kein Wort aber hatte die Mutter über ihre Gefühle verloren – doch der kurze Blick auf sie hatte Desea genügt, um ihr alles zu sagen.

»Wir werden so schnell wie möglich meine Eltern besuchen«, sagte sie zu Masa. Die nickte und klopfte dann an das Holz. Der Kutscher wandte sich um.

»Bring uns zu den Beginen«, rief Masa und, zu Desea gewandt, sagte sie: »Dort werden wir an der richtigen Adresse sein.«

Wenig später passierte das Gefährt die Holzzäune des Beginenhofes. Kleine Hütten drängten sich um einen runden Platz, an dessen einem Ende Desea einen Brunnen sah. Aus vielen Kaminen stieg Rauch auf. Die meisten Türen waren geschlossen, doch als die Kutsche mit lautem Wiehern der beiden Rappen zum Stehen kam, öffnete ein Weib nach dem anderen die Tür ihrer Hütte. Still sahen sie zu, wie der Kutscher vom Bock sprang und den Pferden die Hafersäcke vor die Mäuler hing. Masa stieß die Kutschentüre auf und kletterte hinaus.

»Masa, schön, dich zu sehen«, rief eine Dicke und watschelte über den Hof.

»Gorda!« rief Masa und breitete die Arme aus. Die prallen Wangen der Frau glühten, als sie Masa in die Arme schloss.

»Was führt dich zu uns, liebe Masa?« Anstelle einer Antwort deutete die Amme auf die Kutsche. Der Kutscher hielt Desea den Arm hin, als die Königin hinauskletterte.

Gorda sperrte den Mund weit auf. Dann besann sie sich und verbeugte sich. Die Beginen taten es ihr nach. Langsam näherten sich die Weiber der kleinen Gesellschaft.

»Ich grüße Euch.« Desea neigte leicht den Kopf. Dann wandte sie sich zu Masa um. »Willst du mir deine Freundin nicht vorstellen?«

»Das ist Gorda, die beste aller Heilerinnen unter den Beginen«, sagte Masa. Desea streckte der Dicken die Hand hin. Gorda zögerte einen Moment, dann legte sie ihre pralle Hand in die der Königin.

»Es freut mich, dich kennen zu lernen«, sagte Desea. Wieder schoss der Frau die Röte in die Wangen.

»Gorda lebt seit ihrer Jugend bei den Beginen. Ihre Mutter war eine von uns, doch als sie mit Gorda schwanger ging, kurz vor der Niederkunft, besann sich ihr Vater und nahm die Tochter wieder auf dem Hof auf.«

»Kann Gorda das nicht selbst erzählen?«, fiel Desea der Amme mit gespieltem Tadel ins Wort.

»Doch, kann ich«, antwortete die Dicke und lächelte breit. »Mein Großvater holte meine Mutter zurück, trotz der Schande, die ein uneheliches Kind in seinen Augen bedeutete. Vielleicht war es ihm Recht, dass meine Mutter aus dem Kindbett nicht wieder aufstand. Er hat jedenfalls, so erzählten es meine Brüder, keine Träne an ihrem Grab vergossen. Dafür zog er mich auf, als wäre ich seine Tochter und nicht nur die Enkelin. Und dann geschah, was wohl in den Lebenslinien von einer wie mir vorgezeichnet ist.« Gorda schwieg einen Moment und erst, als Desea aufmunternd nickte und Masa ihr einen Schubs gegen die Schulter gab, sprach sie weiter.

»Mein Großvater nahm mich überall hin mit, sogar in die Schänken. In einer Nacht in der ›Weißen Feder‹ saß er mit einem Händler zusammen. Ich erinnere mich noch an seinen Bart und seine stinkenden Zähne. Als ich eine Notdurft verspürte und nach draußen ging, folgte mir der Kerl. Der Rest ist eine Geschichte, wie sie vielen von uns geschehen ist. Ich wurde schwanger und mein Großvater jagte mich vom Hof.« Gorda senkte den Blick, doch Desea streichelte ihr über die Arme.

Wie auf ein Stichwort hin sauste in dem Moment ein Mädchen, keine fünf Jahre alt, in groben Holzpantinen über den Hof, drängte sich durch die Weiber und presste sich an Gordas Schürze.

»Und das ist also das Vermächtnis des Händlers«, schlussfolgerte die Königin.

Gorda lächelte. »Ja, das ist Juela.« Das Kind lugte hinter der Schürze hervor.

»Wie hübsch sie ist«, sagte Desea und strich dem Mädchen über die rotblonden Locken.

»Aber ihr seid gewiss nicht gekommen, um euch meine nichtige Geschichte anzuhören«, sagte Gorda und nahm Juela auf den Arm. Dann wandte sie sich um. Masa und Desea folgten ihr zusammen mit den anderen Weibern und zwei Dutzend Kindern zur größten Hütte.

Im Versammlungsraum brannte im Kamin ein Feuer. Rasch wurden neue Scheite nachgelegt und bald loderten kräftige Flammen. In den Ecken des Raumes stiegen würzige Rauchsäulen aus kleinen Schalen auf. Der Duft erinnerte Desea an einen Waldspaziergang.. Als sie einen Schluck aus dem Becher nahm, den Gorda ihr hingestellt hatte, seufzte die Königin. Die Honigmilch ließ sie ruhig werden. Fast konnte Desea es genießen, hier unter den Beginenweibern zu sitzen. Gerne hätte sie den Alten zugehört, wenn diese ihre Geschichten erzählten. Doch die beobachtenden Blicke Gordas und ihrer Freundinnen erinnerten die Königin an den Grund ihres Kommens.

»Frauen, ich danke euch für diesen herzlichen Empfang. Habt Dank auch für die Milch, die ich mit großem Genuss trinke. Und dieser ist umso größer, da ich weiß, wie viel Wert Milch in diesen Tagen hat.« Desea hatte sich erhoben und die Weiber lauschten den Worten der schönen Frau.

»Guarda Oscura mag zwar hoch über Albages auf dem Berg thronen, doch bleibt uns nicht verborgen, welche Probleme die Menschen haben. Mein Herz blutet, wenn ich die dürren Felder sehe und meine Augen füllen sich mit Tränen, wenn ich an die Kinder denke, deren Mägen vor Hunger knurren und deren Ärmchen immer dünner werden.«

Deseas Blick wanderte zu Gorda, auf deren Schoß die kleine Juela saß und sich an die üppige Brust ihrer Mutter drückte.

»Ich bin gekommen, um euch die Hilfe des Königs anzubieten. Die gute Masa hat mich hergeführt und ich bin gerne gekommen«, sagte die Königin und ließ den Blick über die Gesichter der Weiber gleiten. »Ihr seid es, die das Wissen bewahren. Und ihr seid es, die mir sagen können, wie die Menschen leben und was unser König Arbanor tun kann, um die Not im Land zu mindern.« Desea nickte zum Zeichen, dass sie alles gesagt hatte. Fragend sah sie von einem Weib zum nächsten. Die Alten starrten die Königin mit großen Augen an. Die Jüngeren senkten die Blicke. Schließlich schob Gorda ihre schlafende Tochter sanft auf den Schoß ihrer Nebensitzerin und erhob sich.

»Königin Desea, es ist eine Ehre für uns, dass Ihr unseren Rat sucht«, begann die dicke Frau zu sprechen. Anfangs noch klangen ihre Worte unsicher, doch von Satz zu Satz wurde ihre Stimme immer klarer.

»Es ist gut, dass wir uns auf unseren König verlassen können. Lang lebe Arbanor!«, rief Gorda. Die Frauen stimmten in den Ruf ein. Desea nickte und als es wieder still in der Versammlungshütte war, straffte Gorda die Schultern und begann erneut zu sprechen.

»Die Vorratskammern in ganz Albages sind leer und mit jedem Tag, an dem der Wind kälter bläst, werden die Frauen ängstlicher. Keine weiß, wie sie ihre Familie über den Winter bringen soll. Sicher, die meisten kennen sich aus in der Lagerhaltung und kaum ein Weib gibt es in Albages, das nicht gut zu wirtschaften verstünde. In normalen Jahren ist es kein Problem, mit den Vorräten über den Winter zu kommen. Nicht nur das, die meisten Hausfrauen lagern mehr Dörrfleisch und Kraut in den Fässern, als ihre eigene Familie und ihre Angestellten essen können. Kaum ein Haus in Albages, das nicht einen besonderen Vorrat für Bettler und Wanderer bereithält, die des Weges kommen.« Gorda stemmte die Hände in die Hüften.

»Albages ist ein beliebter Rastplatz für all diese Gestalten. Nein, war es, denn seit Wochen ist auch bei uns nichts zu holen und im ganzen Land sieht es nicht anders aus. Überall im Reich leiden die Menschen Hunger und die, die es am härtesten trifft, sind die Kinder und Alten, die ohnehin schwach sind.« Eine alte Begine brummte zustimmend. Desea sah die knorrigen Finger der Alten, die dürren Hände, die viel zu schmalen Arme.

»Was aber tun die Menschen, um nicht am Hunger zugrunde zu gehen?« Deseas Frage war ehrlich gemeint, dennoch entging ihr nicht der Spott, der in den Augen zwei junger Frauen aufloderte. Doch Gorda antwortete mit ernstem Gesicht.

»Viel können sie nicht tun. Das wenige Korn, das sie aus den Ähren gewinnen konnten, langt nicht einmal für einen Sack Mehl. Und die meisten Bauern haben heuer gar nichts zur Mühle gebracht. Die paar Körner, die an den Halmen hingen, waren faul und nicht zu gebrauchen. Sicher, die meisten haben Hühner in den Gärten und nicht wenige stellen Kühe und Ziegen unter. Doch das Federvieh will keine Eier legen und die Milch ist dünn wie Wasser. Wie sollte es auch anders sein, wenn selbst das Vieh kaum etwas zu fressen hat? Ich will euch am Beispiel der Frau des Tuchhändlers berichten, wie es in den Küchen im Dorf aussieht«, sagte Gorda. Als die Königin zustimmend nickte, fuhr sie fort:

»Das Haus des Tuchhändlers ist eins der größten in Albages. Ihr kennt es sicher, es ist jenes am großen Platz, das sogar zwei Stockwerke hat. Unten im Laden lagern die Stoffe, Gemmen und Nadeln, oben wohnt die Familie.« Die Frauen lauschten gebannt, als ihre Freundin mit vielen Gesten und fester Stimme berichtete.

»Das halbe Haus des Tuchhändlers ist unterhöhlt. In einem kühlen Keller lagert seine Frau die Lebensmittel. Damit ist ihr Haushalt besser gestellt als viele andere im Dorf, denn nur wenige haben die Möglichkeit, ihre Schinken in kühlen Kellern aufzubewahren. Wie auch immer, selbst die Kinder dieses reichen Mannes sehen nun aus, als wären ihre Glieder aus dürren Ästen an die kleinen Leiber angesteckt worden. Längst ist das Korn aufgebraucht und sogar solch feine Damen wie die Frau des Tuchhändlers ziehen des Morgens auf die Wiesen. Mit Löwenzahn, Bucheckern und, wenn sie Glück haben, ein paar Pilzen und Beeren kommen sie heim. Doch die Weiber müssen Tag für Tag weiter wandern, um Essbares zu finden. Wie viele kommen mit leeren Körben zurück – und die wenigen, die Glück hatten, finden nicht viel mehr als Brennnesseln und ein paar schlappe Kamillenblüten. Ihr könnt Euch vorstellen, Majestät, dass die Suppe, welche sie daraus bereiten, nicht nahrhaft ist.«

Gorda verzog das Gesicht. »Und die Kinder werden von Tag zu Tag weniger. Das Kleinste des Tuchhändlers, ein gerade zwei Jahre alter Bub, ist seit mehr als zwei Wochen nicht aufgestanden, weil seine Beine ihn nicht mehr tragen können. Und nun ist zum Hunger auch noch ein Fieber gekommen. . .«

Gorda schluckte. Dann wischte sie mit den Händen durch die Luft. Sie hatte nichts mehr zu sagen. Langsam ging sie zu ihrem Platz zurück und drückte ihre Tochter an sich.

Schweigen breitete sich aus. Jede Frau hing ihren Gedanken nach und selbst die Königin, die mit großer Aufmerksamkeit dem Bericht gefolgt war, hielt den Kopf gesenkt. Das rasselnde Husten eines alten Weibes durchschnitt schließlich die Stille. Desea stand auf.

»Ich danke euch für eure Offenheit und eure Gastfreundschaft. Ich verspreche euch, König Arbanor wird helfen«, sagte sie. Dann nickte sie Masa zu. Die Amme stand auf und die Beginen taten es ihr nach. Als Desea und Masa zur Kutsche zurückgingen, blickten die Beginen ihnen schweigend nach. Gorda lächelte, als das Kind an ihrem Rock zupfte. Rasch nahm sie die kleine Juela auf den Arm. Das Kind winkte der Kalesche hinterher und Gorda spürte, dass sie eine winzige Hoffnung in sich trug.

Kaum ratterte die Kutsche durch das obere Burgtor, sprang die Königin aus dem Wagen.

»Willst du dich nicht wenigstens umziehen?«, rief Masa ihr hinterher, doch Desea winkte ab und hastete über den Hof. Kopfschüttelnd sah die Amme ihr nach, als sie an den Wachen vorbei ins Hauptgebäude stürmte. Atemlos erreichte Desea die schmale Tür, die sich hinter einer im Nebengang zu den Empfangsräumen in einer Nische aufgestellten Ritterrüstung befand. Desea schlüpfte zwischen dem Ritter aus Blech und der Steinmauer in die Nische. Mit zitternden Fingern tastete sie nach dem Griff und zog daran. Beinahe lautlos glitt die auf den ersten Blick aus Stein gemauerte

Wand zur Seite. Desea schlüpfte durch die enge Öffnung. Beinah verfing sich ihr Umhang in der Holztür, als sie in Arbanors Offizium hinter einem schweren Vorhang stand. Nicht Eingeweihte sahen nur das lebensgroße Gemälde eines aufbäumenden Hengstes, doch der Vorhang, der das Gemälde umrahmte, verdeckte die Geheimtür.

»Das ist Kokolores und das weißt du«, hörte Desea den König rufen. Arbanor schlug mit der Faust auf den Eichentisch, so dass ein Zinnkelch umkippte und klappernd auf den Steinboden fiel.

»Was heißt hier Kokolores, wir können mehr Kampfgeräte bauen und das in kürzerer Zeit«, erwiderte Alguien. Desea erkannte seine Stimme und auch die seines Zwillingsbruders Honrado, der sich nun in das Gespräch einmischte.

»Arbanor, Alguien, wem nützt es, wenn ihr gegeneinander in Rage geratet? Lassen wir uns doch Zeit mit der Entscheidung, warten wir, bis wir Nachricht von den Lords haben. Ohne konkrete Zahlen, wie viel Erz sie uns bis zum Frühjahr liefern können, machen die Planungen keinen Sinn.« Honrado sprach mit ruhiger Stimme. Desea hörte, wie Arbanor die Luft einsog. Alguien hustete. Wieder sprach der König: »Ich bleibe bei meiner Meinung, dass es keinen Sinn macht, hunderte Männer abzustellen, die Wochen und Monate nur mit dem Bau der Kampfmaschinen beschäftigt sind. Schön und gut, wenn diese Arbeit die Soldaten übernehmen, aber wir können und dürfen die Bauern und Handwerker nicht abziehen. Sie werden an ihren Plätzen gebraucht, umso mehr, da die diesjährige Ernte ein Fiasko ist. Das Volk kann keine zusätzlichen Aufgaben gebrauchen.«

»Du willst die Menschen schonen? Bitte, Arbanor, überlege dir, was du sagst. Wenn Ankou zuschlägt, werden wir jeden verfügbaren Mann benötigen«, sagte Alguien.

»Ich muss meinem Bruder Recht geben, im Falle eines Krieges muss aus jedem Bauern ein Soldat werden«, ergänzte Honrado.

»Im Falle eines Krieges, ja, dann kann und werde ich nicht auf die Hilfe des Volkes verzichten. Noch aber ist es nicht soweit«, sagte Arbanor barsch. »Ankou wetzt die Messer, aber scharf bekommen hat er sie noch nicht.« Wieder schlug Arbanor mit der Faust auf den Tisch. Einen Moment lag die Stille wie Blei im Raum. Dann räusperte sich Honrado.

»Wir haben noch in den Stallungen zu tun, Arbanor«, sagte er schließlich. »Aus dem Osten sind neue Mustersättel eingetroffen, die mit Schutzschilden ausgestattet sind, wir sollten sie noch heute in Augenschein nehmen, um sie möglicherweise rasch bei den Sattlern in Auftrag geben zu können.«

»Ich werde nachkommen, sobald ich diese Papiere durchgesehen habe«, antwortete der König. »Lasst den schwarzen Hengst mit einem dieser Panzer satteln, ich will ihn selbst reiten.«

Desea hörte, wie Alguien und Honrado zur Tür gingen. Nachdem das schwere Portal ins Schloss gefallen war, trat sie hinter dem Vorhang hervor. Arbanor hörte das Rascheln ihres Kleides und drehte sich um. Seine Augen strahlten, als er Desea sah. Er breitete die Arme aus und Desea war mit wenigen Schritten bei ihm. Sie schmiegte sich an ihn, legte das Ohr an jene Stelle, an der sie das Herz ihres Mannes am lautesten schlagen hörte, atmete den geliebten Geruch ihres Mannes ein und schloss die Augen.

Arbanor vergrub sein Gesicht in Deseas Haar. Ihm war, als bliebe die Zeit stehen. Ankou, Rüstungssättel und die Erzlieferungen – alles war in diesem Moment weit weg. Lange standen sie eng umschlungen. Schließlich hob Desea den Kopf. Zärtlich sah Arbanor ihr in die blitzenden Augen.

»Du kommst doch nicht nur, um dich in meine Arme zu werfen?«, scherzte er. Desea lächelte.

»Wie gut du mich kennst! Ich will dich nicht stören und dir nichts von deiner kostbaren Zeit stehlen, doch was ich zu sagen habe, duldet keinen Aufschub.« Eine sanfte Röte überzog Deseas Wangen.

»Nicht einmal bis zum Abend kann es warten?« Zärtlich strich Arbanor ihr eine Locke aus der Stirn, die sich beim schnellen Lauf aus der kunstvoll gesteckten Frisur gelöst hatte.

»Arbanor, ich komme eben aus dem Dorf«, platzte Desea heraus. »Ich war bei den Beginen und ich habe nichts Gutes gehört.« Die Worte sprudelten nur so aus ihr heraus als sie Arbanor schilderte, in welcher Lage die Menschen waren. Beinahe Wort für Wort wiederholte sie Gordas Erzählung und vergaß auch nicht, die kleine Juela zu erwähnen.

Desea war ganz außer Atem, als sie am Ende des Berichts angelangt war. Arbanor legte den Arm um Deseas Schulter. Gemeinsam traten sie ans Fenster und blickten ins Tal. Die Sonne schmiegte sich bereits an den Horizont und von Osten her kroch die Dämmerung über das Land.

»Ich habe geahnt, wie schlimm es steht. Doch dass es bereits so schlimm ist, wusste ich nicht.« Arbanor schluckte trocken.

»Wir müssen den Menschen helfen«, flüsterte Desea. Unten in Albages flammten die ersten trüben Talglichter in den Fenstern auf.

»Ich werde ihnen helfen, was für ein König wäre ich, wenn ich es nicht täte? Unsere Kornkammern sind gut gefüllt. Wir haben Vorräte, die eigentlich für Gäste gedacht sind und für den Fall, dass rund um die Burg das Heer Stellung beziehen muss. Nichts spricht im Moment dafür, dass wir viele Soldaten zu verköstigen haben.«

»So können doch die Menschen aus Albages und anderen Dörfern das Korn bekommen?«, fragte Desea.

»Sicher können sie das. Was sollen wir, die wir nicht am Hunger leiden, weil unsere Köchinnen uns Tag für Tag fette Speisen bereiten, das Getreide lagern? Wir werden schon unser Auskommen haben, aus welchen Quellen die Küchenweiber auch immer unser Essen beziehen.« Arbanor strich Desea über das Haar.

»Ich habe eine kluge Frau. Und dazu noch eine, die eine echte Landesmutter ist.« Stolz und doch ein wenig verlegen blickte Desea zu ihm auf. Sie wusste, dass Arbanor gleich am nächsten Tag dafür sorgen würde, dass Ochsenkarren um Ochsenkarren mit Säcken beladen und ins Dorf hinabgeschickt würde.

»Und ich habe einen guten Mann«, flüsterte sie und drückte Arbanor einen Kuss auf die Wange.

Mürrisch kratzte Alguien mit dem Daumennagel die Maserung des Holzes nach. Der Ritter hockte in der ›Weißen Feder‹, vor sich einen Humpen Bier. Die Stimmen der Bauern und Handwerker drangen nur gedämpft in sein Bewusstsein. Fast zwei Wochen waren vergangen, seit Ladung um Ladung die Getreidevorräte Arbanors hinaus ins Land gekarrt wurden. Jubelnd hatten die Menschen alle Wagen empfangen und sich zum ersten Mal seit langem satt essen können. Die Angst vor dem Hungertod war einer stillen Zuversicht gewichen und aus den Gesprächen, die Alguien bei seinen Besuchen in Albages aufschnappte, klang die Liebe zum König und das Vertrauen, dass Arbanor das Volk durch diese schwere Zeit würde leiten können.

Doch mit jedem Tag, da die Nächte länger und die Luft kälter wurde, hatte sich Alguiens Stimmung verschlechtert. Die Hoffnung, welche die Menschen von Innen zu wärmen schien, erreichte sein Herz nicht. Und auch jene Sorge, dass die Vorräte aus dem königlichen Speicher in wenigen Tagen aufgebraucht sein würden, drangen nur wie ein leichter Nebel in Alguiens Kopf. Seine Gedanken kreisten um jene Frauen, die, seit er sie zum ersten Mal erblickte, sein Leben verändert hatten.

»Zum Schlechten«, wie er jetzt vor sich hinbrummte. Alguien nahm einen tiefen Schluck. Bitter rann das Bier seine Kehle hinunter und schien der Galle, welche er seit dem frühen Morgen spukken könnte, gute Gesellschaft zu leisten. Mit einem Fingerzeig bedeutete er Zibol, ihm einen neuen Humpen zu bringen. Wortlos knallte der Wirt den Becher vor dem Ritter auf den Tisch und ritzte einen weiteren Strich neben Alguiens Namen auf das Brett.

»Ich werde meine Zeche schon zahlen, alter Geizhals«, schnauzte Alguien. Zibol zuckte zusammen und trollte sich hinter den Tresen. Sollte der hohe Herr sich doch am Gebräu und seinen Grübeleien verschlucken, dieser eingebildete Fatzke würde ihm noch die Stimmung in der Schänke und damit die Gäste vertreiben. Alguien zog die Nase hoch und starrte auf die Tischplatte. Die Maserung des Holzes, getränkt von Bierpfützen und gebeizt in langen Jahren von den schwitzenden Händen der Trinker, verschwamm vor seinen Augen, bis er nur noch die Gesichter Tizias und Deseas zu sehen schien.

Sein Herz klopfte schneller und die bittersüße Sehnsucht nach den Frauen mischte sich mit der galligen Wut, die ihm die Kehle hinauf kroch. Seit Wochen hatte er nicht mehr neben Tizia gelegen. Hatte er nach der Geburt Arrobars etwa nicht lange genug Rücksicht geübt? Wieder und wieder hatte Tizia ihn fortgeschickt, wenn er ihre Kammer betreten wollte. Und dann die mitleidig lächelnden Gesichter ihrer Damen, die ihn schon an der Türe zum Schlafgemach abpassten und ihn fortschickten mit den Worten, der Gnädigen sei nicht wohl.

Einige Tage, ja Wochen sogar, hatte er seine Wünsche ignoriert. Doch schließlich war auch er nur ein Mann. So hatte er Trost und Erleichterung bei den jungen Mägden gesucht. Mädchen, die gerade ihr Elternhaus verlassen hatten und bei ihm ihre erste Stellung antraten. Doch zwischen die giggelnden Gesichter der Mädchen hatte sich immer wieder das Antlitz der Königin geschoben. Ihr schmaler Leib, die feine Nase, der sinnliche Mund – Deseas Gesicht begleitete ihn, wann immer er bei einem Weib lag. Und wenn die Frauen willig ihre Schenkel öffneten, um ihn zu empfangen, nur dann konnte er für einen Moment vergessen, welch ein Hornochse er war.

Alguien wusste, dass er Desea niemals hätte anbieten dürfen, den Sohn zu zeugen, auf den sie so sehnlichst wartete. Was für ein Narr er war! Dabei schien ihm alles klar – er, der Freund und Bruder des Königs, würde für den Fortbestand des Herrschergeschlechtes sorgen. Waren er und Arbanor nicht wie Brüder?

Alguien schüttelte den Kopf und leerte den Bierkrug mit einem Zug. Der Schaum stand ihm in der Kehle und bahnte sich in einem lauten Rülpsen seinen Weg.

»Noch ein Bier, Zibol«, brummte Alguien. Der Wirt nahm einen der vorgefüllten Krüge und stellte ihn auf den Tisch. Dann ließ Zibol sich neben Alguien auf die Bank sinken.

»Was bedrückt dich, Ritter?« Neugierig beugte der fette Mann sich vor. Der sah ihn aus trüben Augen an. Nach einem kräftigen Schluck Bier begann Alguien zu sprechen. Wie von selbst sprudelten die Worte aus seinem Mund.

»Der da oben, unser König, er hat das beste und feinste von allen. Alles hat er, alles, und nichts davon gibt er ab.« Alguiens Blick verschwamm. Deseas lächelndes Gesicht schien durch den Raum zu schweben. »Das Beste hat er. Und wird es für sich behalten.« Alguien rülpste. Dann begann der Tisch zu schwanken, die mit rußigem Kalk verputzten Wände schienen auf ihn niederzustürzen. Zibol konnte eben noch den Bierkrug wegziehen, ehe Alguien mit dem Kopf auf die Tischplatte knallte.

Die Männer am Nebentisch verfielen in ein grölendes Gelächter, als sie den zusammengesunkenen Ritter sahen, der inzwischen laut schnarchte.

»Zibol, was hast du ihm nur gesagt, dass er gleich in Ohnmacht fällt?« Peon schlug sich mit den Händen auf die Schenkel, die in einer speckigen Lederhose steckten.

»Gar nichts hab ich gesagt, aber der da schon.« Schwerfällig erhob sich der dicke Wirt und trat an den Tisch, an dem der Dorfsprecher und seine treuesten Freunde saßen.

»Oben in der Burg soll es das Beste geben. Das beste von allem. Und der König will nichts abgeben.« Zibol nickte mit wichtiger Miene. Peon starrte ihn an. Der Dorfsprecher kratzte sich am bärtigen Kinn.

»Betrunkene reden viel«, stammelte Zibol, als er erkannte, dass die Männer mit einem Mal wacher schienen, als in den ganzen

Wochen vorher Seit Tagen hatte er wenig Bier verkauft und sein Geldbeutel war beinahe leer. Vorbei schienen die Tage, an denen die ›Weiße Feder‹ für Zibol eine Goldgrube war, weil alle Männer des Dorfes gern bei ihm tranken. Ein jeder drehte die letzten Silberstücke vier Mal um, ehe er sich ein Bier gönnte. Nun aber schien mit einem Schlag wieder der alte Geist in die Schankstube zurückgekehrt zu sein. Zibol kannte die Gesichter genau – in diesen Blicken lagen wieder Abenteuerlust und Hoffnung.

»Ich will gern mit euch sprechen«, sagte Zibol und nickte verschwörerisch. »Doch eine trockene Kehle kann nicht viele Worte machen.« Peon seufzte. Er hatte verstanden. Rasch kramte er ein paar Silberlinge aus dem Beutel, der an seinem Gürtel hing. »Los, bring den Männern Bier und dann rede«, sagte der Dorfsprecher.

Zibol eilte hinter den Tresen und kam bald darauf mit einem Dutzend prall gefüllter Humpen zurück. Die Männer stießen an, dann rückten sie auf den Bänken zusammen, damit der dicke Wirt sich zwischen sie setzen konnte.

»So, Zibol, du Halsabschneider, wehe dir, ich habe umsonst mein Geld investiert«, knurrte Peon. »Was also hat der Ritter gesagt?« Die Blicke der Männer wanderten zu Alguien, der zusammengesunken, den Kopf zwischen die Arme gebettet, immer noch am Tisch schnarchte.

»Wie ich schon sagte«, begann Zibol und sah mit wichtigtuerischem Blick in die Runde. »Ritter Alguien sprach davon, dass oben in Guarda Oscura das Beste wäre, das feinste. Und dass König Arbanor nichts davon abgeben wolle.«

»Und hat er dir auch gesagt, was das sein soll, was unser König angeblich niemandem geben will?« Peon fixierte Zibol mit zusammengekniffenen Augen. Der Wirt erkannte, dass der Dorfsprecher drauf und dran war, einen Streit vom Zaun zu brechen – mit dieser Information allein würde Peon sich nicht zufrieden geben.

»Ja, nein, doch. . . ja, also. . . «, stammelte Zibol.

»Du weißt es also nicht? Leierst mir aber das Silber aus der Tasche?« Peon knurrte wie ein Hund, der gleich zubeißen würde. Zibols Gesicht verfärbte sich rot und feine Schweißperlen ließen seine speckige Stirn noch mehr glänzen. Der Wirt wischte sich die feuchten Hände an der Schürze ab.

»Meister Peon, ich. . . doch. . . schon«, sagte Zibol gedehnt. Lauernd beugte der Dorfsprecher sich vor.

»Ich warne dich, Zibol, spuck es aus oder du wirst den nächsten Tag mit Schmerzen beginnen.«

»Schon gut,«, stotterte Zibol und hob beschwichtigend die Hände. »Ihr wisst, dass ich ein Ehrenmann bin und dass alles, was mir erzählt wird, bei mir gut aufgehoben ist.« Das hämische Lachen der Männer strafte seine Worte Lügen, doch Zibol ließ sich nicht beirren.

»Alguien scheint zutiefst enttäuscht zu sein«, fuhr Zibol mit einem Kopfnicken in Richtung des betrunkenen Ritters fort. »Mir allein hat er anvertraut, was sein Herz schwer werden lässt. Die Zeiten sind für keinen von uns einfach und auch ich habe Hunger.« Zibol fuhr sich mit beiden Händen über seinen Wanst, der in den vergangenen Wochen deutlich kleiner geworden war. Mit jedem Wort, das er sprach, wurde der Wirt sicherer.

»Niemand im ganzen Land kann sich in diesen Wochen satt essen. Wir alle leiden unter Hunger und Kälte und bis zum nächsten Frühjahr ist es noch lang. Und doch gibt es einen Mann in Tamar, der mehr hat als alle und der nichts abgeben will.«

Schweigen breitete sich in der Wirtsstube aus. Selbst die fahlgelben Flammen der Talgfunzeln schienen für Momente wie erstarrt zu sein. Dann klopfte Peon mit der Faust auf den Tisch.

»Aber natürlich! Die Kornkammern in der Burg müssen zum Bersten gefüllt sein! Nicht umsonst liefern wir Jahr für Jahr einen Teil unserer Ernte an den König. Die vielen Schinken, die Käselaibe und nicht zuletzt das Korn müssen da oben sein und die feinen Herrschaften schlagen sich die Bäuche voll.« Ein junger Bursche begann zu klatschen, als Peon aufsprang.

»Männer, welch eine Freude, einen betrunkenen Ritter in unseren Reihen zu haben! Der gute Mann hat uns die Lösung für unsere Sorgen mitgebracht.« Lachend deutete Peon auf Alguien, der sich unter dem plötzlichen Jubel zu regen begann, dann aber wieder mit dem vom Bier schweren Haupt auf den Tisch sank.

»Wenn König Arbanor seinem Volk nichts abgeben will, dann muss das Volk eben in die Burg gehen und sich seinen Teil holen«, rief Peon und reckte die Faust in die Luft. Die Männer taten es ihm nach. Bis zum Morgengrauen saßen sie in der ›Weißen Feder‹ und Zibol zapfte einen Krug Bier nach dem anderen.

Drei Nächte später machte sich ein Fackelzug auf den Weg nach Guarda Oscura. Zwei Dutzend Männer mit Fackeln in den Händen gingen hinter Peon her. Die anderen, die in den Büschen entlang des Weges kauerten, konnten die Wachen nicht sehen. Und sie ahnten auch nichts von den Sensen, Beilen und Schwertern, welche die Handwerker, Bauern und Händler in Albages zusammengetragen hatten. Als der Zug schweigend das untere Burgtor erreichte, schlugen die wachhabenden Soldaten die Hellebarden zusammen.

»Was wollt ihr um diese Zeit?«, herrschte der ältere der beiden Peon an.

»Ich bin es, Peon, der Dorfsprecher«, antwortete der und hielt sich die Fackel so vor das Gesicht, dass die Wachen ihn erkennen konnten. »Wir haben eine Nachricht für König Arbanor, die nicht warten kann.« Unsicher wechselten die Soldaten einen Blick. Dann griff der jüngere nach hinten und klopfte gegen das schwere Tor. Von innen wurde der Riegel aufgeschoben. Dass hinter den

Fackelträgern Dutzende grauer Gestalten durch das Tor drangen, sahen die Wachhabenden nicht mehr. Die frisch geschliffenen Fleischermesser hatten ihre Kehlen durchschnitten, als glitten sie durch Butter.

Tor um Tor drangen Peon und seine Männer in das Innere der Burg. An keiner Stelle trafen sie auf Widerstand. Und der Metzger, der direkt hinter Peon ging, arbeitete schnell und lautlos.

Schließlich erreichten sie den inneren Hof. Bereits vor dem letzten Tor hatten sie die Fackeln in den Brunnen geworfen, wo sie verglüht waren. Eingehüllt in die Dunkelheit huschten die Männer über den Hof. Peon wies ihnen schweigend den Weg zum Palas – als Dorfältester war er oft genug hier gewesen und kannte den Weg zu Arbanors Gemächern genau.

Schweigend huschten die Männer durch die Gänge. Wann immer sie eine Fackel sahen, wurde sie gelöscht. Schließlich schlängelten sich die Eindringlinge, einem Lindwurm gleich, die Stufen zum Wohnturm hinauf. Vor dem letzten Treppenabsatz gebot Peon den Männern hinter ihm mit einem Handzeichen, stehen zu bleiben. Zwei Wachhabende standen vor der Tür zu den Räumen des Königs. Die Soldaten unterhielten sich flüsternd. Peon lächelte. Die beiden ahnten nicht, dass das Geplänkel über ein verlorenes Tamarek- Spiel das letzte war, über das sie auf dieser Welt sprachen.

Zur selben Zeit beugte Arbanor sich konzentriert über einen mächtigen Folianten. Seite um Seite schlug der König das Pergament um. Er sah Zeichnungen von Kräutern und Pflanzen, die er noch nie gesehen hatte. Mit geübtem Federstrich hatte der Autor die Blätter und Wurzeln wiedergegeben. Bis in die kleinste Äderung waren die Büschel und Ästchen auf das Papier gebannt. Arbanor überflog, was in geschwungener Handschrift beinahe wie gemalt zu den einzelnen Kräutern erläutert wurde.

»Ihr habt Euch in aller Tiefe mit der Heilkunde befasst«, sagte Arbanor schließlich zufrieden und richtete sich auf. Anerkennend nickte er dem Mann zu, der neben Ningun stand und sich nervös die schmalen Hände knetete. Die schulterlangen Haare des Angesprochenen fielen in dichten Wellen in seine Stirn und berührten fast schon die Lider, die die stahlblauen Augen bedeckten, als der Bärtige den Kopf senkte. Arbanor hatte schon viel von diesem Mann gehört, welcher von weit her, von der Nordküste Elerions, gekommen war. Die Schiffsreise dorthin dauerte viele Wochen und allein Godefrieds Name erinnerte den König daran, dass dieser fast aus einer anderen Welt zu kommen schien.

»Ich habe dir nicht zu viel versprochen, Arbanor«, strahlte Ningun. »Meister Godefried von Meinhelm versteht seine Kunst.« Der alte Magister klopfte dem Bärtigen auf die Schulter. Godefried schaute mit gesenktem Haupt von Ningun zu Arbanor.

»Ihr unterrichtet also an der Universität zu Guothingen?« Arbanor griff zu Krug und Bechern und füllte Wein in die Gefäße. Dann reichte er seinem Lehrer und dem Heilkundigen den gewürzten Wein.

»Das ist richtig«, sagte von Meinhelm und räusperte sich. »Das heißt, nein, ich habe dort unterrichtet. Majestät, seit Hunger und Not in Tamar herrschen, sind mehr und mehr Studierende nach Hause zurückgekehrt. Viele hoffnungsvolle Talente haben die Studien vor der Zeit abgebrochen, um mit dem bislang erlernten Wissen denen in ihrer Heimat zu helfen. Ich musste die Jungen ziehen lassen, selbst wenn ihre Kenntnisse der Heilkunde nur lückenhaft waren.« Arbanor nickte, als er den Ausführungen des großen Mannes lauschte. Die dunkle Stimme des Heilers von Guothingen füllte Ninguns Kammer wie warme Milch und vertrieb für den

Moment des Königs Sorge um sein Volk und erfrischte seine Gedanken, die sich seit Wochen vom Morgen bis zum Abend um Soldaten, leere Kornspeicher und das vierte Signum Ankous drehten.

»Ningun hat mir viel von euch erzählt, Godefried.« Arbanor prostete dem Heiler zu und nahm einen tiefen Schluck aus dem Becher. Der würzige Wein brannte angenehm in seiner Kehle.

»Ich hoffe, nur das Beste?« Godefrieds stahlblaue Augen blitzten. Arbanor lachte laut. Der Heiler gefiel ihm – nicht nur, dass er ein Weiser auf seinem Gebiet zu sein schien, Arbanor fühlte sich wohl in der Gegenwart des Mannes, der kaum älter war als er selbst.

»Nun, Meister Godefried, was eure magischen Kenntnisse angeht, hat Ningun mir sehr anschaulich geschildert, was ihr könnt.«

»Arbanor untertreibt«, zischelte Ningun und grinste. »Mehr als einen Zauber habe ich ihm präsentiert, welche ich dir, bester Godefried, in unserer gemeinsamen Zeit in Gucthingen beigebracht habe. Ein Schüler Ninguns kann nichts anderes werden, als ein begnadeter Heiler und Kundiger aller Wissenschaften.« Mit gespielter Empörung reckte Ningun das Kinn nach oben, so dass sein grauer Bart wackelte.

»Es fällt mir nicht leicht, den alten Brummbart ziehen zu lassen«, sagte Arbanor und prostete Ningun zu. Der senkte den Kopf. Trotz seines Alters, das mehr Lenze zählte als mancher knorrige Baum in den Wäldern Eternias, war Ningun tief im Inneren der junge Mann geblieben, als der er einst an den Hof des Königs kam. Der alte Magier spürte, dass seine Zeit bald gekommen war. So sehr er sich danach sehnte, sich in die Stille und Einsamkeit der Berge zurückzuziehen – sein Herz hing mehr an dem jungen König und an der Burg, als er zugeben mochte. Verstohlen kniff Ningun die Augen zusammen, um die Tränen zu verbergen.

»Ningun ist für mich mehr, als nur ein Magier. Ihr wisst, Godefried, dass der alte Meister mich und die Zwillinge Honrado und Alguien erzogen hat?« Godefried nickte, als Ningun die Nase hoch zog.

»Seid froh, Heiler von Guothingen, dass diese Flegel nicht mehr der täglichen Aufsicht bedürfen.« Ningun schmunzelte und nahm einen großen Schluck. »Wenngleich eine starke Hand und vor allem ein kühler Kopf am Hofe nicht fehl am Platz sind.«

»Ich nehme an, bester Ningun, du spielst auch auf Ankou an?« In gespieltem Ernst hob Arbanor den Zeigefinger, als wolle er den Alten schelten.

Kaum hatte der König den Namen des Bösen ausgesprochen, wurde Godefrieds Miene ernst. Seine Augen wurden schmal, als er einen Schritt auf Arbanor zu machte.

»Erlaubt mir ein offenes Wort, Majestät«, sagte er und neigte das Haupt.

»Jedes, Godefried, ich erlaube es nicht nur, ich befehle dir Ehrlichkeit. Ich will offen sprechen – dass Ningun sein Amt nicht weiter bekleiden mag, betrübt mich. Dennoch freue ich mich, dass er selbst seinen Nachfolger bestimmt hat. Ich vertraue seiner Wahl und von diesem Tag, von dieser Stunde an mögest du, Meister von Guothingen, der Heiler und Magier des Königs von Tamar sein.« Arbanor hob den Becher und lächelte Godefried aufmunternd zu. »Also sprich, was immer über deine Lippen kommen will.« Der Magister verbeugte sich vor dem König. Seine Hände waren feucht und unter seinen Achseln bildeten sich Schweißflecken. Noch war der Mann, der sein bisheriges Leben in den Wäldern und in den Laboratorien der Heilerschulen verbracht hatte, es nicht gewohnt, vom Herrscher wie seinesgleichen behandelt zu werden. Godefried räusperte sich, ehe er zu sprechen begann.

»Ich fühle mich geehrt über das Vertrauen, das Ihr mir entgegenbringt. Und ich gelobe, dieses nicht zu enttäuschen. Alles, was in meiner Macht steht, will ich tun zum Wohle Tamars und zum Besten der königlichen Familie. Mein Wissen sei das Eure und meine bescheidenen Kräfte mögen dem Reich Ahendis zunutze gemacht werden.« Godefried hielt einen Moment inne. Arbanor nickte ihm aufmunternd zu. »Majestät, ich habe viele Briefe mit Ningun ausgetauscht, ehe ich seinem Ruf an den Hof gefolgt bin. So bin ich bestens im Bilde, was im Lande vor sich geht. Mir ist nicht entgangen, dass auch Ihr, Arbanor, voller Sorge seid. Das Volk hungert, überall auf meiner wochenlangen Reise zu Guarda Oscura sah ich ausgemergelte Gestalten, die sich auf den Wiesen zu schaffen machten, um dem Boden die letzten Wurzeln zu entreißen. Und ich sah an jenen Stützpunkten, die auf meinem Weg lagen, auch die Soldaten, die sich in den Kasernen offenbar auf einen baldigen Einsatz vorbereiten.« Arbanor wollte etwas sagen, doch Godefried hob beide Hände.

»Nein, Herr, Ihr seid mir keine Erklärungen und keine Rechenschaft über Eure Politik schuldig. Je weniger ich in die Regierungsgeschäfte eingebunden bin, desto besser für meine Arbeit.« Arbanor lächelte zufrieden. Dieser Godefried schien genau der Mann zu sein, den er gesucht hatte – klug, besonnen und ganz auf seine Arbeit konzentriert.

»Das alles, Majestät, kann nur mit der Ankunft Ankous in Zusammenhang stehen. Offenbar rechnet Ihr mit einem baldigen Schlag?«

»In der Tat, Godefried, ich muss davon ausgehen, dass dem Volk Tamars dunkle Zeiten bevorstehen. Deutet nicht alles darauf hin?«

»Ja, das tut es«, antwortete Godefried. »Ningun berichtete mir von den Rauchsäulen und dem Ausbruch des Vulkans. Auch Euren tot geborenen Sohn hat mein Freund und Lehrer mir nicht verschwiegen.« Godefried sah, wie ein Schatten über das Gesicht des Königs flog. Schnell sprach er weiter.

»Ich habe all jene Schriften des Geheimbundes studiert, welche uns an den Universitäten zur Verfügung standen. Die Pergamente sind nur in Auszügen zugänglich. Doch jene Folianten, welche ich zu Gesicht bekam, lassen keinen Zweifel – Ankou bereitet sich auf einen gewaltigen Schlag gegen Tamar und die Menschen vor. In den Schriften ist die Rede von sieben Signen. Vier davon haben wir erlebt – und ich befürchte, dass Ankou in seiner dunklen Welt bereits an den letzten drei zu Gange ist, welche seine Kraft endgültig stärken und zum Ausbruch bringen werden.«

»Ihr scheint mehr zu wissen, als Ihr preisgeben wollt, Godefried?« Arbanor deutete auf die Sessel in einer Fensternische. Hastig wischte Ningun einige Pergamente zu Boden, dann setzten die Männer sich.

»Ich verberge nichts vor Euch, mein König. Wie ich bereits sagte, längst nicht alle Schriften des Geheimbundes sind für uns zugänglich. Ich bin aber nach meinen Studien sicher, dass wir uns mitten im vierten Signum befinden. Diese Missernte und der Hunger, welcher an der Moral und am Glauben der Menschen zehrt, entsprechen genau den Darstellungen in den Schriften.« Godefried räusperte sich, dann zitierte er aus dem Kopf:

»Zuerst werden es nicht mehr als ein paar Halme sein. Dann aber wird alles Korn verdorren. Die Felder bringen nichts mehr ein. Selbst jenen, die gut gewirtschaftet haben, werden nichts als leere Kornkammern bleiben. Der Hunger aber treibt die Menschen und schürt Wut und Hass in den Herzen.«

»Das wissen wir bereits, Godefried.« Tadelnd blickte Ningun zu seinem ehemaligen Schüler hin.

»Was wird als nächstes geschehen?« Der junge Magister zuckte mit seinen kräftigen Schultern. »Ich weiß es nicht. Es scheint wie verhext – keine der Schriften, welche sich mit den anderen Signen befassen, lässt sich finden. Ich habe in sämtlichen Bibliotheken des Reiches geforscht, doch keiner meiner Kollegen kennt sie. Geschweige denn weiß einer von ihnen, wo sie sich befinden könnten.«

»Aber ist es nicht merkwürdig, dass immer dann, wenn eines der Zeichen eingetreten ist, der entsprechende Schriftteil auf wundersame Weise auftaucht?«, fragte Arbanor. »Das sind doch ein paar Zufälle zu viel.«

»Ich gebe Euch Recht, Majestät, das klingt merkwürdig. Doch habe ich von vielen Stellen gehört – und nebenbei gesagt, auch in einigen Büchern gelesen – dass es sieben Zeichen sind, die von der Ankunft des Bösen künden. Ankou sammelt nicht zum ersten Mal Kraft, um gegen die Menschen zu kämpfen. Alle erhaltenen Aufzeichnungen über seine vergangenen Angriffe sprechen dieselbe Sprache – man weiß, dass er Jahrzehnte braucht, um genügend Kraft zu sammeln. Und man weiß, dass er sieben Zeichen schickt, ehe er endgültig zuschlägt. Doch welche das sind? Das scheint von Mal zu Mal unterschiedlich zu sein.«

»Der Knabe hat also Phantasie?«, versuchte Ningun zu scherzen.

»So kann man das auch nennen«, erwiderte Godefried. »Ich gehe aber eher davon aus, dass auch Ankou lernt. Lernen will. Lernen muss. Bislang konnten die Menschen und allen voran die Könige des Geschlechts Arbanors, Ankou in die Knie zwingen. Allerdings müssen wir bedenken, dass Menoriath es war, der den letzten Kampf gegen Ankou austrug. Also wird Ankou neue Mittel und Wege suchen, um vielleicht dieses Mal als Sieger aus dem Kampf hervorzugehen.«

»Ich kann nicht verhehlen, dass ich froh bin, in diesem Kampf nicht mehr an vorderster Front zu stehen.« Ningun rümpfte die Nase und stand auf. Wie abwesend stopfte er einige Umhänge in eine große Truhe, die bereits zur Hälfte mit den Habseligkeiten des Magister gepackt war.

»Was also werden wir tun?« Arbanor lächelte, als er seinem alten Lehrer zusah, der mit gebeugtem Rücken seine Reisetruhe belud.

»Nun, eines scheint sicher zu sein – Ankou wird in eine andere Gestalt schlüpfen.«

»Welche Gestalt? Die eines Orks?«

»Das läge nahe, ein Biest wie ein Ork kommt dem Charakter Ankous schon sehr nahe. Aber nein, das glaube ich nicht. Ankou kann jede Gestalt annehmen, Jedes Lebewesen kann ihm mit seinem Körper Heimstatt sein, um seine todbringende Saat aufgehen zu lassen. Dass kann ein Ochse genau so gut wie ein Zwerg sein. Einzig die Elfen schließe ich aus – sie haben zu viel gute Kraft in sich, als dass Ankou in ihre Haut schlüpfen könnte.«

»Dann kann also auch ein Mensch. . . ?« Arbanor wagte nicht, die Frage ganz auszusprechen. Godefried nickte. Zwischen seinen Augen bildete sich eine Falte.

»Das ist es, was auch mich beschäftigt. Jeder Mensch kann von Ankou benutzt werden, und zum Werkzeug auserkoren sein. Jeder.« Godefried sagte nichts mehr, als er den nachdenklichen Blick des Königs sah.

»So werde ich also keinem mehr trauen können?«

»Majestät, so würde ich das nicht sagen. Ein Mensch kann zu Ankous Gestalt werden. Das heißt aber nicht, dass er es auch wird. Dennoch empfehle ich Euch, Augen und Ohren wach und offen zu halten. Niemand kann einschätzen, was das Böse zu tun gedenkt.« Arbanor nickte und blickte in den Becher, den er noch immer in der Hand hielt. Hastig trank er den letzten Schluck und stellte das Gefäß auf den Tisch, auf dem sich Dosen und Schatullen zu einem gefährlich schwankenden Turm stapelten.

»Godefried, hör mit deinen Unkenrufen auf und zeige lieber, was du mitgebracht hast.« Ningun schloss mit einem Knall den Truhendeckel.

»Du hast Recht, ich wollte Arbanor noch etwas zeigen, wenn ich darf?« Der König nickte und sah zu, wie der Heiler mit gezieltem Griff einige der Dosen aus dem Stapel zog, ohne dass das Gebilde in sich zusammen stürzte. Dann ging er zu dem Eichentisch, den Ningun bereits von den sonst dort liegenden Pergamentbergen befreit hatte. Arbanor folgte dem Heiler und sah Godefried zu, wie er aus einem kleinen Leinensack eine schlanke, spitz zulaufende Wurzel hervorzog.

»Das ist eine Breldiar-Wurzel. Ich habe sie auf meinem Weg hierher in den dunklen Wäldern gefunden«, erklärte Godefried.

»Das Wurzelwerk ist noch zu frisch, um verarbeitet zu werden, doch ich habe in diesem Tiegel bereits die fertige Mischung.« Der Magister griff zu einem kleinen Tongefäß, das mit einem Korken verschlossen war. In eine irdene Schale stäubte er einen kleinen Haufen weißes Pulver.

»Die Breldiar-Wurzel muss über einem Feuer geröstet werden, am besten in einer sternklaren Nacht, wenn der Vollmond das Land erhellt. Das hat einen ganz einfachen Grund«, sagte Godefried, als er sah, wie Ningun fragend die Augenbrauen hochzog. »In Vollmondnächsten regnet es meistens nicht und die Luft ist trocken genug, um ein gutes Pulver herzustellen. Nach dem Rösten wird die Wurzel in einem Mörser zerstoßen – und das Ergebnis ist eben dieses Pulver.« Aufmerksam sah Arbanor zu, als der Heilkundige geschäftig mit den Tiegeln und Töpfen hantierte.

»Breldiar ist, ebenso wie Pargen, sehr geeignet, um die Götter der Fruchtbarkeit milde zu stimmen. Anders gesagt: Ankous Versuch, die Menschen hungern zu lassen, könnte Einhalt geboten werden.« Ningun lachte laut und trat nun ebenfalls an jenen Tisch, der ihm viele Jahre als Platz für Experimente gedient hatte.

»Du magst ein angesehener Heilkundiger sein, Godefried, aber das ist ausgemachter Unsinn! Pargen ist ein gutes Kraut, um den Männern zu noch mehr Manneskraft zu verhelfen. Nicht mehr, aber auch nicht weniger.« Der alte Magister blinzelte Arbanor zu. Der König grinste, doch Godefried blieb ernst.

»Verzeih, Meister Ningun, wenn ich Dir widerspreche. Ich weiß, dass Pargen von Heilern gerne eingesetzt wird, wenn die Manneskraft zu erlöschen droht. Doch sicher musst auch du zugeben, dass du noch niemals von einem Mann gehört hast, der nach der Einnahme des Pargen-Pulvers wieder Lust wie ein Jüngling verspürte?« Ningun brummte Unverständliches.

»Wie dem auch sei, ich werde einen ersten Ritus mit Breldiar beginnen«, fuhr Godefried fort. Dann bat er Arbanor und Ningun, sich auf die großen Samtkissen zu setzen, welche er auf dem Boden ausgebreitet hatte. Ningun stöhnte, als er seine alten Knochen in die ungewohnte Sitzposition brachte. Fragend sah Arbanor seinen Lehrer an, doch der zuckte nur mit den Schultern.

»Diese jungen Leute...«, flüsterte Ningun. Arbanor grinste, als Godefried schließlich mit einer großen flachen Schale zu ihnen kam und sich setzte. Die Schale stellte er in die Mitte des Kissenkreises. Godefried langte hinter sich und zündete an der Ölfunzel einen Span an, hielt ihn über das weiße Pulver, in dessen Mitte ein harziger brauner Klumpen lag.

»Er arbeitet mit Weihrauch«, flüsterte Ningun dem König zu. Godefried hielt den Zeigefinger vor den Mund, als erste schwache Schwaden aus dem Weihrauch aufstiegen. Dann schloss der Heiler die Augen und ließ die Hände in kleinen Bewegungen über der Schale kreisen. Stumm starrten Arbanor und Ningun auf den Rauch, der in immer breiteren Schwaden aufstieg und sich unter den Bewegungen des Mannes aus Guothingen zu drehen begann, als schraube er sich auf einer unsichtbaren Treppe in die Luft.

Minuten lang schwiegen die drei Männer. Arbanor meinte, von draußen auf dem Hof das Geräusch von Schritten zu hören, doch er unterdrückte den Wunsch, zum Fenster zu gehen und nach dem Rechten zu sehen. Die Konzentration, mit der Godefried in immer neuen Bewegungen mit dem Rauch zu spielen schien, ließ ihn innehalten.

Schließlich kippte der Weihrauchklumpen in der Schale um und das weiße Breldiarpulver zischte. Bläulicher Rauch füllte Sekunden später die ganze Schale aus und schwappte, einer leuchtenden Welle gleich, über den Rand. Blitzschnell hatte der Qualm die Schale ausgefüllt und kroch über den Boden. Arbanor begann zu husten, als der Breldiarrauch seine Beine erreichte. Ein beißender Geruch stieg ihm in die Nase und brannte in seiner Kehle. Auch Ningun röchelte. Unter den harzigen Geruch des Weihrauchs mischte sich der Gestank von Schwefel. Arbanors Augen begannen zu brennen und er konnte nur noch verschwommen sehen, wie Godefried die Finger in einer Weise kreuzte und ineinander verschlang, die er noch nie zuvor gesehen hatte.

Ningun sprang als erster auf. Keuchend schleppte der alte Magister sich zur Türe. In Arbanors Hals stieg bittere Galle auf, während er stöhnend nach Luft rang. Ihm wurde übel und er hastete an Ningun vorbei zur Tür. In dem Moment, als er sich fragte, wie in aller Welt Godefried so ruhig neben der übel riechenden Schale sitzen konnte, riss der König die Türe auf. Und starrte in das wutverzerrte Gesicht Peons, der sich über den zuckenden Leib des Gardisten beugte.

Als Arbanors Schatten in den Gang vor dem Laboratorium fiel, wichen die Männer einen Schritt zurück. Er sah, wie die jungen Burschen, die hinter Peon standen, vor Schreck die Augen aufrissen. Im Halbdunkel erkannte er, dass einige der Schattenmänner kehrt machten und durch den Gang nach draußen huschten. Hinter ihm hustete Ningun und rieb sich die Augen.

Als der König sah, dass beide Wachhabenden am Boden lagen, griff er automatisch an seine Seite. Doch da, wo sonst das Schwert hing, war nichts. Also beugte sich Arbanor über den Dorfältesten und zog Peon an den Schultern von dem sterbenden Gardisten weg.

»Peon!«, brüllte Arbanor, als er in das vor Schreck kreidebleich gewordene Gesicht des Dorfsprechers blickte. Der Angesprochene atmete pfeifend die Luft ein. Schweiß rann über seine Stirn und in der Hand hielt er ein blutiges Messer. Arbanor drehte dem Mann den Arm nach hinten. Peon schrie, als der König mit seinem Stiefel gegen seine Faust trat. Klirrend fiel die Klinge auf den Boden.

Die Männer hinter Peon wichen zurück, als der König ihren Anführer schüttelte.

»Wache! Wache!«, brüllte Ningun, der sich hinter dem Tür-pfosten verschanzt hatte.

Godefried, aufgeschreckt vom Lärm, war ebenfalls in den Gang gerannt. Mit verschränkten Armen baute er sich hinter

Arbanor auf, der den hilflos keuchenden Peon im Schwitzkasten hielt. Arbanor spürte, wie sein Herz klopfte. Das Blut in seinen Ohren rauschte, als er versuchte, die Lage zu erfassen. Mit allem hätte er gerechnet – nur nicht damit, dass seine eigenen Leute ein Gemetzel in der Burg anrichten würden.

»Fang mich! Beiß mich! Kratz mich!« Wie aus dem Nichts tauchte eine kleine hüpfende Gestalt zwischen den Beinen der Männer auf. Duende trat hier gegen ein Schienbein, biss dort in eine Wade und wand sich geschickt und schnell wie ein Feldhase zwischen den Bauern und Handwerkern durch. Ein Bursche heulte auf, als der Winzling seine scharfen Zähne in seine von groben Strümpfen bedeckte Wade hieb. Dieser Schrei schien die Männer aus ihrer Starre zu wecken. Mit lautem Geheul stürzten sie sich nach vorne, drängten Arbanor und den noch immer in seinen Armen zappelnden Peon an die Wand.

Ningun und Godefried stemmten sich von innen gegen die Türe des Laboratoriums und schoben den schweren Riegel vor.

»Wir müssen den König hereinholen«, hörte Arbanor durch das Getöse seinen alten Lehrer Ningun rufen.

»Das können wir nicht, oder willst du sterben?«, kam Godefrieds atemlose Antwort. Arbanor dachte für einen Moment, dass er mit diesem Magister einen besonnenen Mann gewonnen hatte.

»Nicht mit mir«, brüllte Arbanor, als drei Burschen sich auf ihn stürzten. Aus dem Augenwinkel sah er, dass der Sohn des Müllers zu einem Faustschlag ausholte. Der König duckte sich, gerade noch rechtzeitig. Die Faust des jungen Mannes krachte gegen die Steinmauer. Sein Schmerzensschrei ging im Gebrüll Peons unter.

»Los, macht ihn fertig, Männer!«, quiekte der Dorfsprecher. Arbanor versuchte, dem Kerl die Luft abzudrücken, doch die beiden Burschen, die rechts und links an seinen Armen hingen, hinderten ihn. Arbanor schnaubte vor Wut, als es Peon gelang, sich aus der Umklammerung zu befreien und zwischen den Tobenden nach hinten zu schlüpfen. Arbanor trat nach links, und teilte nach rechts Hiebe aus. Er drehte sich, verlagerte sein Gewicht. Spürte, wie seine Faust auf einen Kiefer traf, wie die Zähne berstend nachgaben.

Ein Schlag traf ihn auf der Nase, dem König blieb für einen Moment die Luft weg. Tränen des Schmerzes traten in seine Augen und durch den Schleier erkannte er zwei hoch gewachsene Gestalten, die von hinten durch den Flur gerannt kamen. Im schwachen Licht der Fackeln blitzten zwei Schwertklingen auf.

»Du rechts, ich da drüben!«, hörte Arbanor Honrado rufen. Die Freunde waren gekommen, um ihm zu helfen. Neue Kraft durchströmte den König. Mit einem Schrei packte er einen dicken Mann am Schopf und drehte dessen Kopf mit voller Wucht nach hinten. Der Fette stöhnte, etwas knackte und dann sackte er zusammen.

Weitere Gardisten drängten sich in den Flur. Arbanor hörte das Klappern der Schwerter und Rüstungen.

»Ergebt euch!«, brüllte Alguien und hielt mit erhobenem Schwert vier Burschen in Schach. Die Männer des Dorfes erkannten schnell, dass sie den Bewaffneten nichts entgegenzusetzen hatten. Keuchend drängten sie sich an die Wand.

Arbanor klopfte seinen Rock ab und zog den verrutschten Wams glatt. Dann schritt er an den wie Vieh an der Wand kauernden Männern vorbei. Seine Miene war unbewegt, doch seine Hände und Knie zitterten. Es war nicht die Kraft, die der Kampf ihn gekostet hatte – es war die Wut über diesen offensichtlichen Verrat.

Arbanor sah, wie Peon sich hinter dem breiten Kreuz eines Zimmermanns an die Wand drückte. Der Dorfsprecher kniff auffordernd seine Augen zusammen.

»Du hast uns gar nichts zu sagen, Arbanor, König dieses hungernden Volkes«, wisperte Peon, als der Regent an ihm vorbei schritt. Arbanor fuhr herum, schob den Zimmermann beiseite und baute sich vor Peon auf. Der sah ihn an mit einem Blick, wie ihn giftige Schlangen haben in jenem Moment, da sie die Beute erspähen. Die Männer starrten sich an. Eine Minute, vielleicht länger. Keiner der Kerle aus dem Dorf wagte, sich zu regen. Die jungen Burschen zitterten und einem, fast noch ein Kind, rannen die Tränen über die Augen. Tränen der Angst. Honrado und Alguien reckten die Köpfe, um gegebenenfalls schnell neben ihrem Freund und König zu sein. Doch der sprach mit ruhiger Stimme.

»Was soll dieser Überfall? Gibt es eine Erklärung für den Aufstand?« Arbanor bemühte sich, Peon nicht mit der Faust ins Gesicht zu schlagen, als der sich die blutigen Lippen leckte und ihn spöttisch von unten herauf ansah.

»Oh, Majestät, natürlich gibt es einen Grund«, begann Peon. Seine Stimme bebte, als sein Hass mit jedem Wort mehr und mehr hervorbrach. »Seht euch die Männer an! Keine Muskeln haben sie, keine Kraft. Eure Soldaten sind gut genährt und so ist es kein Wunder, dass ihr uns wie Vieh zusammentreiben könnt.« Peon schrie die nächsten Worte.

»Eure Kornkammern sind voll und das Volk verhungert. Unsere Kinder sterben, während ihr auf der Burg die feinsten Speisen in eure gierigen Hälse steckt. Mörder seid ihr, Mörder.«

Peons Stimme überschlug sich. Alguien drängte nach vorn und holte zum Schlag gegen Peon aus. Doch Arbanor gebot ihm Einhalt.

»Niemand nennt mich einen Mörder«, sagte Arbanor. Dann drehte er sich um und ging an dem Haufen der Aufständischen vorbei.

Der dumpfe Schlag der Trommeln erfüllte seit dem Morgengrauen die Luft. Der immer gleiche Rhythmus lockte das Volk nach Guarda Oscura. Auf dem Platz vor dem Burggraben versammelten sich Frauen und Kinder und jene Männer aus Albages, die nicht Peons Hasstiraden gefolgt und auf die Burg gestürmt waren. Vor drei Tagen hatten Arbanor und seine Garde den Aufstand niedergeschlagen. Schwarze Rauchsäulen aus den Ostkaminen hatten dem Volk angezeigt, dass das Gericht tagte, um die Strafe für die Verräter festzusetzen. Noch ehe die Sonne den höchsten Punkt erreicht haben würde, würde Arbanor das Urteil gegen Peon und seine Spießgesellen verkünden und vollstrecken.

Ehe die Menschen auf den Richtplatz traten, reichte ein jeder Säcke, Schüsseln und Körbe zu den Mägden, die mit den Knechten und Stallburschen aus vollen Säcken Korn abfüllten. Peon hatte Recht gehabt – längst nicht alle Vorräte in der Burg waren erschöpft. Schon am Abend des Überfalls hatte Arbanor seinen Proviantmeister kommen lassen. Zusammen hatten sie eine Aufstellung gemacht, was zu entbehren war – die Menschen in Albages, wenigstens sie, müssten ein paar Tage nicht an den nagenden Hunger denken.

Wie hungrig das Volk war, sah Arbanor vom Fenster seiner Kammer aus. Desea legte ihm die Hand auf den Arm, als er einem zahnlosen Weiblein zusah, das sich das ungemahlene Korn an Ort und Stelle zwischen die trockenen Lippen schob.

»Es ist Zeit«, sagte Desea. Sie ahnte, wie schwer dem König die kommenden Stunden fallen würden – die ganze Nacht hatte Arbanor sich stöhnend auf dem Laken hin und her geworfen. Desea hatte nicht gewagt, ihn auf die Tage, welche er mit Godefried, Honrado und Arbanor verbrachte, anzusprechen. Sie wusste auch so, dass die Männer ein ums andere Mal den Überfall durchsprachen. Dass Arbanor, so gut es ihm möglich war, in langen Briefen und mit der Zahlung einer kleinen Entschädigung versuchte, die Familien der getöteten Wachmänner zu trösten. Und dass ihr Mann gemeinsam mit seinen Vertrauten das Urteil gegen die Aufständischen abwog. Desea spürte die Wut Arbanors und die Enttäuschung – aber auch den Willen, gerecht zu handeln und nach den

Vernehmungen Peons und seiner Gefährten ein angemessenes Urteil zu fällen.

»Du musst nicht mitkommen«, sagte Arbanor und nahm Desea in die Arme, Den zarten Körper an seinem zu spüren, tat ihm wohl. Arbanor legte seine Wange an Deseas Kopf und atmete den frischen Zitrusduft, der von einer weichen Wolke aus Rosenblütenwasser getragen wurde, ein. »Es wird kein schöner Anblick«, seufzte er. Desea löste sich aus der Umarmung.

»Es ist meine Pflicht, an deiner Seite zu sein«, sagte sie mit fester Stimme. Arbanor nickte, dann machte sich das Paar auf den Weg.

Alguien und Honrado führten den Tross des Königs an. Ihnen folgten sechs Leibgardisten, die die königliche Standarte auf den Richtplatz trugen. Das Volk wurde still, als das Königspaar auf den Platz trat. Die Menschen senkten das Haupt, als Arbanor und Desea, gefolgt von Godefried und Duende, vorbei schritten.

Am Rand des Platzes, unterhalb der Burgmauer, stand eine Tribüne. Arbanor und Desea nahmen unter dem schützenden Baldachin Platz. Die Ritter Honrado und Alguien standen hinter dem Königspaar. Godefried und Duende gesellten sich zu den Gardisten.

Als der Klang von Fanfaren die Luft zerschnitt, schien die Menschenmenge zu erstarren. Wie von Geisterhand bewegt, öffnete sich ein Holztor. Peon, Zibol und die anderen Verräter wurden von Soldaten auf den Platz geführt. Die Menschen bildeten eine Gasse und sahen schweigend zu, wie die Gefangenen mit Fesseln an Händen und Füßen vor den König geführt wurden.

Peon hatte seinen Kopf hoch erhoben und starrte Arbanor herausfordernd an. Den Stoß mit der Lanze, mit dem ein Soldat ihn zum Niederknien bewegen wollte, quittierte der Dorfsprecher mit verächtlichem Schnauben. Zibol ging ächzend in die Knie und die Burschen, Handwerker und Bauern taten es ihm nach. Einzig Peon stand trotzig vor seinem König und Richter.

Alguien trat nach vorne und entrollte ein Pergament. Mit klarer Stimme verlas er noch einmal die Anklageschrift, die die Männer um Peon bereits in der Verhandlung vor zwei Tagen gehört hatten. Arbanor hatte mit Bedacht eine nicht öffentliche Sitzung anberaumt – der Sturm einiger Bürger von Albages gegen die Burg sollte ohne heulende Weiber, zänkische Alte und greinende Kinder im Saal verhandelt werden.

Nacheinander verlas Alguien die Namen aller Angeklagten, zuerst aber die von Peon und Zibol. Als er schließlich die Vorkommnisse am Abend des Überfalls schilderte, ging ein Raunen durch das Volk. Viele Gerüchte hatten in Albages die Runde gemacht. Von mutigen Männern war ebenso die Rede, wie von feigen Verrätern. Doch als das Volk nun den Abend Minute für Minute in Alguiens Vortrag miterleben konnte, stockte den Menschen der Atem.

»Habt ihr zu den Vorwürfen noch etwas zu sagen?« Alguien ließ das Pergament sinken und blickte auf die Gefangenen. Ein Bursche, fast noch ein Kind, schluchzte laut. Der Knabe zitterte am ganzen Körper und Tränen rannen über seine Wangen. Mit gesenktem Haupt knieten die Männer vor der Tribüne. Ihren gebeugten Rücken waren Angst und Scham anzusehen.

»Es tut mir so leid«, schluchzte der Jüngling. Peon fiel ihm ins Wort.

»Halts Maul, Tölpel!«, brüllte er. Dann reckte er die mit Eisenketten gefesselten Hände in die Höhe und drehte sich mit dem Rücken zu Arbanor. Als die Menschen Peons vom Kampf geschwollenes Gesicht sahen, ging ein Raunen durch die Menge.

Die Frau des Dorfsprechers begann laut zu schluchzen und verbarg ihr Gesicht zwischen den Händen.

»Es ist nicht Recht, was hier geschieht! Leute, wir wollten nur holen, was uns zusteht! Der da, der sich unser König nennt, frisst aus vollen Fässern, während sein Volk hungert!« Peon drehte sich zur Tribüne und spuckte auf den Boden. Sein Weib stöhnte, dann wandte sie sich um und drängte sich an den Nachbarn vorbei. Sie hatte genau in die schwarzen Schlitze gesehen, hatte Peons wütende Augen gesehen. Derselbe Blick, den er hatte, wenn er betrunken aus der »Weißen Feder« kam. Die selben Augen, in denen sich Triumph spiegelte, wenn er, vom Alkohol benebelt, schwankend in die Kammer kam und sich mit Gewalt nahm, was sie ihm nicht geben wollte. Jene Augen, die vor Freude blitzten, wenn sie sich unter dem Schmerz seiner Schläge wand und versuchte, nicht zu weinen, damit die Kinder in der Stube sie nicht hörten.

»Ja, das ist er, unser König. Für euch habe ich das getan, ich wollte nur holen, was unseren hungernden Frauen und Kindern zusteht!« Peon spie erneut auf den Boden. Der Schlag des Soldaten zwang ihn in die Knie. Desea hörte, wie Arbanor neben ihr tief die Luft ein sog. Seine Hände umklammerten die Lehne des Sessels, bis die Knöchel weiß hervortraten.

»Ich sage es noch einmal: »Ein Mörder bist du, Arbanor von Ahendis.« Peon schüttelte sich vor Wut. Der Knabe, der neben ihm auf dem staubigen Boden kniete, schlug die Hände vor das Gesicht. Auch er zitterte am ganzen Leib – aus Angst. Angst um sein Leben.

»Es ist genug, Peon«, rief Alguien. Honrado trat nach vorn und gebot den nun wild durcheinander redenden Menschen Einhalt.

Als Arbanor sich zwischen die Ritter stellte, verstummten alle. Nicht einmal die Spatzen, die am Rand des Richtplatzes um die Kornsäcke flatterten, schienen einen Flügelschlag zu wagen.

»Ich habe dir vertraut, Peon. Als Sprecher des Dorfes warst du mir in der Burg stets willkommen. Seit ich denken kann, standen dir die Tore immer offen – das hat mich mein Vater gelehrt und ich habe es nicht anders gehalten. Ich frage dich noch einmal, hier vor den Einwohnern Albages als Zeugen, warum du mit Gewalt gegen mich aufbegehrt hast, anstatt wie ein Mann das kluge Gespräch zu suchen?«

Man hätte eine Sticknadel fallen hören können, so still war es auf dem Platz. Peon hob den Kopf und reckte trotzig das Kinn vor.

»Was ist männlich daran, wie ein Bittsteller zu kriechen, um das zu bekommen, was uns ohnehin zusteht?«

»Peon, du und deine Männer, ihr habt unschuldige Soldaten getötet, um in ein Gebäude einzudringen, das euch offen gestanden hätte. Söhne deiner Nachbarn!«, rief Arbanor. Der Tuchhändler weinte laut – gestern musste er seinen Sohn zu Grabe tragen.

»Du bist der Mörder, Peon!«, schrie in diesem Augenblick Zibol. Der Wirt stand mühsam auf, so schnell es die Ketten und sein praller Bauch zuließen.

»Herr, er war es, der uns geblendet hat mit seinen Worten und seinem Zorn.« Zibol zeigte mit dem Finger auf Peon. Der blitzte den Wirt an – und spie vor ihm auf den Boden. »Wir waren dumm, niemand kann unsere Schuld je wieder gut machen. Ich kann es nicht erklären, Majestät, aber ich bitte um Gnade.« Zibols Stimme kippte bei den letzten Worten. Tränen rannen über seine Augen.

Arbanor hob beide Arme. Angespannt blickte das Volk zu seinem König hinauf. Einzig Peon starrte in die Luft, als könne er dort eine unsichtbare Armee ausmachen, die nur in seinen wirren Gedanken existierte.

»Wir haben unser Urteil gefällt. Dies sollte eine letzte Gelegenheit sein für euch, Reue zu zeigen. Doch ich sehe keine Reue«, rief Arbanor und zeigte auf Peon. »Dein Herz ist schwarz, schwärzer als die Nacht. Kein Kerker wird dunkel genug sein, um dich zu läutern. Peon, Mann aus Albages, Verräter und Mörder meiner Soldaten, der du deinem König nach dem Leben getrachtet hast, höre dein Urteil an«, sagte Arbanor.

Peon hob den Kopf. »Du hast mir nichts zu befehlen, schäbiger Mörder, du und dein Weib, das nur fressen kann, was unseren

Frauen zusteht und deren Leib trotzdem so verdorrt ist, dass kein Spross aus ihm hervorgehen will«, zischte Peon. Arbanors Faust zitterte und nur mit Mühe konnte er an sich halten, um nicht hinunter zu springen und Peon an Ort und Stelle zu erschlagen.

Honrado legte Arbanor die Hand auf die Schulter. Dann nickte er Alguien zu, der ein zweites Pergament entrollte.

»Das Schwert sei dein Schicksal, Peon«, verlas Alguien das Urteil. »Dein Haupt soll fallen.« Ein Aufschrei ging durch die Menge. Die jungen Burschen schrien auf, als sie das Todesurteil ihres Anführers hörten. Das eigene Ende vor Augen, kippten zwei Jungen, kaum älter als siebzehn Jahre, ohnmächtig in den Staub. Der Schafhirte würgte und übergab sich, ehe er über seinen gefesselten Händen zusammenbrach.

»Das ist alles, was dir einfällt? Schwächling!« Peon richtete sich auf und grinste. Von hinten schlug ihm ein Soldat ins Kreuz. Der Delinquent schwankte, blieb aber stehen.

»Du sollst Gelegenheit erhalten, zu zeigen, dass du nicht das bist, was du mich schimpfst«, sagte Arbanor. Mit einem Mal war seine Stimme ganz ruhig. Als er nun bestimmte, wie Peon vor den Henker treten und sterben sollte, schlug Desea die Hand vor den Mund, um die Angst zu unterdrücken.

Der Wind strich über die dürren Felder, als die Gefangenen erneut aus dem Tor und auf den Richtplatz traten. Die Soldaten hatten ihnen die Fesseln abgenommen und ihnen gestattet, sich zu waschen. Einzig die zerlumpten und blutverschmierten Kleider erinnerten daran, dass die Männer Gefangene waren.

Die Verräter stellten sich, wie Arbanor es bestimmt hatte, Schulter an Schulter in einer Reihe auf. Die Burschen griffen nach den Händen der älteren, die neben ihnen standen. Allen schlotterten die Knie und Desea schossen Tränen in die Augen, als sie sah, dass ein sehr junger Mann sich vor Angst benässt hatte.

Als die Männer Aufstellung genommen hatten, traten nacheinander zwölf mit schwarzen Tüchern maskierte Männer aus dem Tor. Jeder hielt ein blitzendes Schwert in der Hand, das der Schmied in aller Eile so scharf geschliffen hatte, dass es einen Baum hätte durchtrennen können. In regelmäßigen Abständen stellten sich die Henker gegenüber den Gefangenen auf. Arbanor schluckte, als er das Entsetzen in den Augen der Männer sah. Doch er wusste, dass er so handeln musste, wollte er nicht eines Tages seinen Thron und damit das Erbe des Vaters verlieren.

Dumpfe Trommelschläge vibrierten über den Platz, als Peon von zwei kräftigen Soldaten aus dem Tor gezerrt wurde. Über seinen Augen lag eine schwarze Binde und der Delinquent stolperte. Unsanft schubsten die Soldaten Peon ein Stück vorwärts. Auf das Handzeichen Arbanors hin rissen sie Peon die Binde von den Augen. Der blinzelte und grinste, als er Arbanor sah. Wütend ballte der Verurteilte die Faust.

»Verflucht seist du, Arbanor, verflucht seid ihr alle, die ihr diesem Mörder nachfolgt, Tod komme über euch, Krankheit und Übel!«, brüllte Peon. Arbanor schüttelte den Kopf. Desea meinte, Mitleid in seiner Miene zu erkennen. Doch Arbanor straffte die Schultern und griff zum Schwert.

Dann trat er in die Reihe der Henker. Seine Hände umklammerten den Griff, der kühl in seiner Hand lag. Die Menschen hielten den Atem an. Gedämpft drang das Schluchzen der Gefangenen zu Desea auf die Tribüne. Die Königin schloss die Augen und krampfte ihre Hände um ein Seidentuch.

Die beiden Soldaten gaben Peon einen Schubs. Der rührte sich nicht. Da trat ihn der größere von ihnen in den Hintern.

»Renn! So renn doch und rette uns«, brüllte Zibol. »Jeder, an dem du vorbei kommst, ehe ein Schwert dein Haupt trifft, darf doch weiterleben.« Die Stimme des fetten Mannes überschlug sich. Zibol stand als letzter in der Reihe, war am weitesten vom Startpunkt entfernt.

Peon brüllte: »Mörder!«, stemmte den Oberkörper nach vorne und stürmte los. Einen Gefährten passierte er, noch einen und noch einen. Die Männer, an denen Peon vorbei rannte, atmeten auf – sie würden weiter leben. Doch der Wahnsinn, den sie in den Augen des seinem Tod entgegen rennenden Mannes gesehen hatten, ließ ihr Herz gefrieren. Voll Hass, mit Speichel vor dem Mund, hastete Peon vorwärts. Den Blick hatte er geradeaus zum Horizont gerichtet.

Noch einen Burschen ließ er hinter sich. Wieder einen Mann. Und noch einen. Jene Henker, an denen der Delinquent vorbei gerannt war, ließen das Schwert sinken. Keuchend erreichte Peon den Platz, an dem Arbanor stand. Die Blicke der beiden trafen sich. Arbanor stockte der Atem – Peon schien zu ihn zu belächeln, als er ihm einen giftigen Blick zuwarf.

Arbanor reckte blitzschnell die Arme in die Höhe und schwang das Schwert in Richtung des Läufers.

»Nein!«, brüllte Peon und verzog das Gesicht ängstlich. Dann stolperte er weiter.

Drei Männer standen noch in der Reihe, die Peon passieren musste. Der Verräter stolperte an einem gebeugten Bauern vorbei. Sein Schnauben schien die Luft zu durchschneiden. Der letzte Henker schwang die Arme nach oben. Holte aus, beide Hände fest um den Griff des Schwertes geklammert. Mit einem Schrei ließ der Mann die Klinge in Peons Laufrichtung sausen. Sirrend glitt das Metall durch die Luft. Peon machte einen Schritt an dem Bauern vorbei, war nun auf Höhe des Schafhirten. Der riss entsetzt die Augen auf, als die Klinge, als sei es nichts als ein Stück Butter, durch Peons Kehlkopf fuhr. Blut spritzte, traf den Hirten und Zibol im Gesicht. Der Wirt stöhnte und knickte in den Knien ein, als ein knackendes Geräusch die Luft zerschnitt. Das Schwert hatte Peons

Halswirbel durchtrennt. Mit einem dumpfen Schlag stürzte der Schädel zu Boden.

Zibol meinte, den zum Schrei geöffneten Mund des Verräters noch atmen zu sehen. Blut schoss in einer Fontäne aus dem offenen Hals. Die Beine des kopflosen Körpers zuckten, der Rumpf neigte sich nach vorne. Das rechte Bein stolperte weiter, das linke schleifte über den Blut besudelten Staub. Die Arme ruderten grotesk in der Luft. Dann sank der Körper in sich zusammen. Einen halben Schritt hinter jenem letzten Platz in der Reihe, an dem Zibol stand.

Ningun wischte sich den Schweiß von der Stirn. Sanft strich ein warmer Lufthauch über die Hügel. Seit dem frühen Morgen war er unterwegs. Die Karren, die seine Habseligkeiten geladen hatten, würden einen anderen Weg nehmen. Den alten Magier zog es in die Berge. Hier wollte er Ruhe suchen nach all den Jahren im Dienst des Königs. Hier wollte er für sich sein, ganz allein, um seine Gedanken zu ordnen, ehe er an jenen Platz ging, an dem er – möge der Tag noch weit entfernt sein – einst begraben sein wollte.

Sein grauer Bart flatterte im sanften Wind, als der den Blick schweifen ließ. Noch einmal erblickten seine Augen Guarda Oscura. Verschwommen thronte die Burg auf einem Hügel am Horizont. Ningun konnte die Rauchschwaden, die aus den Kaminen in Albages in den Himmel stiegen, nur ahnen. Langsam nur kehrte der Alltag wieder ein in das Dorf. Noch immer lag der Schatten des Verrats über den Menschen und jene Männer, die Arbanor in Angst und Schrecken versetzt hatte, weil er ihnen verschwiegen hatte, dass er von Anfang an sie alle weiterleben lassen wollte, gingen noch nicht alle wieder mit erhobenem Haupt durch die Straßen. Doch Ningun wusste, dass das Volk seit Peons Hinrichtung enger zu seinem König stand, als je zuvor.

Ningun hob die Hand und winkte. Der Alte wusste, dass ihn niemand sehen konnte. Dennoch erfüllte dieser letzte stumme Gruß an Arbanor ihn mit Freude. Langsam ging er weiter und überschritt die Kuppe des Hügels. In der Ferne sah er eine Karawane Ochsenkarren, die von den Bergen herab kamen. Die Tiere trotteten gemächlich des Wegs – denn die Wagen, die sie zu ziehen hatten, waren schwer beladen mit Korn und Gemüse. Menoriath und Unir sandten die Waren. Ningun lächelte. Mit solch treuen und mächtigen Freunden wie den Elfen musste er sich um seinen Schützling Arbanor keine großen Sorgen machen. Vielleicht, dachte er im Stillen, würde Godefried das Mittel kennen, um dem alten Ningun einen letzten Wunsch zu erfüllen: eines Tages, so hoffte der Magister, würde ein Schreiben ihn erreichen, in dem Arbanor und Desea ihm die Geburt eines Sohnes verkündeten.

Ningun lächelte. Der sanfte Wind strich über sein Haar, als er über die saftige Wiese ging.

Fünftes Signum

»Die Leiber der Wiederkäuer werden sich aufblähen bis zum Bersten und jedes Vieh, welches Hufe hat, wird in einem elenden Veitstanz zugrunde gehen. Das Federvieh wird taumeln und schwanken, ehe es seinen stinkenden Odem zum letzten Mal aus den schwelenden Schnäbeln speit.«

Aus den Chroniken des Geheimbundes

agister Godefried nickte Desea lächelnd zu. Dann reichte der Heiler der Königin einen kleinen Kelch.

»Trinkt, Majestät!.« Desea hielt die Hände über der Kohlenschale ausgebreitet. Doch die rote Glut vermochte nicht, die Kälte aus ihren Händen zu vertreiben. Leise seufzend griff sie nach dem Becher und leerte ihn in einem Zug. Einen Moment lang gestattete sie sich, an Arbanor zu denken, der im Reich unterwegs war. Je mächtiger der König wurde, desto weiter führten ihn seine Reisen. Längst hatte er die Grenzen Ahendis' gesprengt und Desea fragte sich, wie es ihm wohl in Elerion erging in diesem Moment.

»Pfui, Godefried, es schmeckt scheußlich.« Mühsam rang die Königin sich ein Lächeln ab, als der Magister sie fragend ansah. »Doch wenn es hilft. . . « Desea verstummte und starrte wieder in die Glut. Die flammend roten Kohlebrocken verschwammen vor ihren Augen. Desea blinzelte, doch die Tränen liefen ihr über beide Wangen. Besorgt legte Godefried seiner Königin eine Hand auf die Schulter.

»Hat mein Trank Euch so erschüttert? War das Gebräu zu bitter?«

»Aber nein, Godefried.« Erneut rang die Königin sich ein Lächeln ab. »Wenn das Kraut nur Wirkung zeigt, so will ich es trinken, wie widerlich auch immer der Geschmack hernach in meiner Kehle liegt.«

Godefried seufzte. »Ich weiß, dass die Lestagil-Blume keine Freude für den Gaumen ist. Sicher, das Auge weidet sich an den leuchtenden Blautönen der Blüte, doch welche Kraft die Blätter in den Leib einer Frau zu zaubern vermögen, ist nur wenigen bekannt.«

»Mögest du Recht haben, mein Freund«, flüsterte Desea. Unvermittelt fuhr sie herum und starrte den Kräuterkundigen an. »Aber sieh mich an, Zauberer. Ich bin eine alte Frau. Längst haben die Jahre ihr Zeichen in mein Gesicht gegraben. Und all die Flechtkunst meiner Zofen kann es nicht länger verbergen, dass meine Haare Tag für Tag mehr graue Strähnen bekommen. Nicht mehr lange, und das wird nutzlos sein, trocken wie ein Flusslauf nach einem heißen Sommer.« Desea grub beide Fäuste in ihren Leib.

»Herrin, Geduld, Ihr habt einmal Frucht getragen, so soll es auch ein weiteres Mal geschehen.« Masa hatte sich aus dem Dunkel hinter den Vorhängen geschält und legte zärtlich den Arm um Deseas Schulter.

»Ich bin eine alte Frau, mein Leib ist längst verdorrt und nutzlos. Du aber, die du für mich wie eine Tochter bist, du bist immer noch im vollen Saft und die paar Fältchen um deine strahlenden Augen machen dich nur noch schöner«, ermunterte die alte Amme ihren Schützling. Behutsam führte sie Desea zum Bett und schlug die Vorhänge beiseite.

»Du solltest jetzt ruhen, der Lestagil-Trank macht dich schläfrig«, sagte Masa bestimmt und stopfte die Decken um den zarten Leib der Königin fest. Desea seufzte und schloss die Lider. Zwei dicke Tränen rollten über ihre blassen Wangen.

»Ich werde morgen nach Euch sehen«, sagte Godefried und raffte seine Utensilien zusammen. Desea hörte nicht mehr, wie er und Masa die Tür leise hinter sich zu zogen. Die Königin war in einen traumlosen Schlaf gefallen. Die Hände hielt sie wie zum Schutz über ihren schlanken Leib.

»Und? Was ist?« Gorda sprang aus dem Sessel hoch und ließ die Stickarbeit fallen. Masa und Godefried seufzten stumm. Der Magister wandte sich zum Gehen. Gorda hatte verstanden – noch immer trug die Königin kein neues Leben unter dem Herzen.

»Masa, was kann ich nur tun?«, fragte Gorda und rieb sich mit den Händen über die fröstelnden Arme. Seit fast einem Jahr nun war sie im Dienste am Hof, und die alte Amme, deren Rücken von Tag zu Tag krummer und deren Schritte langsamer und langsamer wurden, würde in wenigen Wochen mit einem Handelszug nach Osten ziehen, um die letzten Jahre an jenem Ort zu verbringen, an dem sie geboren wurde. Dann wäre Gorda allein – allein mit der Verantwortung für Desea und hoffentlich bald für einen kleinen, krähenden Säugling.

»Geduld, Gorda, das ist das Einzige, was wir tun können. Unser Wissen ist längst erschöpft. Es scheint, als ob die Götter Arbanor und sein Geschlecht auf eine harte Probe stellen wollen. Meister Godefried schafft jedes Kraut heran, das er bekommen kann. Überall in Tamar sind seine Späher unterwegs, um Blüten und Kräuter zu sammeln. Die Tränke sind stark in der Wirkung, jedoch, so sagt er, braucht alles seine Zeit.«

»Zeit? Sei ehrlich, Masa, wie viel Zeit hat Desea noch? Sie ist schön, sie ist stolz. Doch sie ist kein junges Mädchen mehr. . .«

»Schweig!«, herrschte die alte Amme Gorda an. »So etwas darfst du nicht einmal denken und ich rate dir, lass dies niemals Desea hören. Unsere Herrin ist stark und kräftig und ihr Leib ist frisch genug, um Arbanors Samen zu empfangen.« Wütend machte Masa, so schnell es ihre schmerzenden Glieder erlaubten, auf der Hacke kehrt.

»Sieh lieber nach deiner Tochter. Wer weiß, was Juela mit dem armen Arrobar anstellt. Erst letzte Woche klagte Tizia, dass Juela die Manieren ihres Sohnes verderbe – und das unter den Augen der Königin, seiner Tante!«

»Aber Masa, ich bitte dich, was ist denn dabei, wenn Juela mit Arrobar in den Wäldern spielt? Es sind Kinder!«

»Kinder, deren Körper längst erwachsen sind. Du solltest deiner Tochter sagen, dass es sich für eine junge Dame nicht schickt, von oben bis unten mit Matsch bespritzt nach Hause zu kommen. Mag auch die Suche nach schmackhaften Pilzen noch so spannend sein.« Masas Ton duldete keinen Widerspruch. Gorda griff sich den Umhang vom Haken neben der Tür und eilte hinaus, um Arrobar und ihre Tochter zu suchen. In diesem Moment wünschte sie, die Alte sei bereits abgereist. So viel Masa auch wusste und sie lehren konnte - die pochenden steifen Glieder hatten aus der einst sanften Amme ein grantiges Weib gemacht.

Wie hunderte Schneeflocken stieb der Schaum aus dem Maul der Kuh, als das Vieh den massigen Kopf schüttelte. Die Flocken spritzen an den eilig aus ungehobelten Holzplatten gezimmerten Verschlag. Das Tier schwang den Schädel hin und her und blähte die Nüstern. Die lange Zunge hing blutrot aus dem Maul. Die Augen hatte das Vieh halb geschlossen. Hinter den Lidern war nur noch das Weiß zu sehen. Mit einem Mal krümmte der Körper der Kuh sich zusammen. Das Tier brüllte auf, als die Krämpfe seinen Leib zu zerquetschen schienen. Cabo wich entsetzt einen Schritt zurück, als das vor Schmerzen wahnsinnige Tier mit den zitternden Läufen austrat. Krachend knallten die Hufe gegen das Holz.

»Man kann durch das Fell hindurch sehen, wie die Muskeln sich darunter verkrampfen.« Cabo riss die Augen auf. In einer Mischung aus Schreck, Ekel und Faszination starrte er auf die tobende Kuh.

»Das ist nun schon die siebte Kuh. Wir werden sie schlachten. Das Tier leidet.«

»Was nützt das? Dich kostet es Kraft und am Ende haben wir nichts davon. Das Fleisch der Tiere schmeckt bitter, und du wirst dich umsonst mit Blut bespritzen. Die krepiert sowieso. Spätestens morgen.« Cabo wandte sich um und sah seinen Knecht an. Der große Bursche zuckte nur mit den Schultern. Er wusste, dass sein Herr keinen Widerspruch duldete. Seit Cabo die Nachfolge seines Vaters Peon als Dorfsprecher angetreten hatte, war aus dem verwöhnten Knaben ein harter Mann geworden. Cabo wusste, dass sein Stand schwer war – der Makel seines Vaters, des Verräters, klebte an ihm wie Pech. Dennoch hatte niemand aus dem Dorf dagegen gestimmt, als er sich um das Amt des Sprechers beworben hatte – zu tief saß bei allen noch der Schreck um Peons blutiges Ende.

Cabo hatte schnell gelernt, seine Gefühle und Gedanken bei sich zu behalten. Mit keiner Miene verriet er den Knechten, wie besorgt ihn der Veitstanz der Viecher machte.

Zuerst standen die Kühe nur träge auf der Weide. Dann versagte nach und nach der Milchfluss, ehe innerhalb weniger Stunden die Bäuche aufquollen, bis sich das Fell über der gedehnten Haut beinahe zum Bersten spannte. Anfangs waren es nur wenige Tiere. Doch bald schon war in jeder Herde des Dorfes eine Kuh betroffen. Dann zwei, dann drei. . . den Bauern blieb nichts anderes übrig, als die kranken Tiere von den gesunden zu trennen und so lange in Verschläge zu sperren, bis der gespenstische Chor schreiender Tiere verstummte.

Cabo wandte sich um und strich den glänzenden Bart glatt, der ihm bis auf die Brust fiel. Seine Hände wurden feucht und da bemerkte er, dass der Schaum aus dem Maul der Kuh in seinen Haaren und auf seinem Wams klebte. Die weißen Flocken stanken, als hätte jemand faulige Eier über Cabo ausgegossen. Der Bauer schüttelte sich – für ein Bad war keine Zeit mehr, längst sollte er bei der Versammlung in der »Weißen Feder« sein, die er selbst am Vortag einberufen hatte.

In der Schankstube hatten sich die Bauern bereits eingefunden. Zibol hastete zwischen den Tischen umher, um jeden so schnell als möglich mit einem Humpen Bier zu versorgen. Als Cabo mit einem kühlen Luftzug die warme Stube betrat, verstummten die Gespräche.

So mancher unter den Männern dachte an Peon. An die Hungersnot. Den verzweifelten Versuch des Dorfsprechers, das Leben seiner Männer zu retten. Cabo, der seinem Vater wie aus dem Gesicht geschnitten war, spürte die Unsicherheit der Männer. Auch er dachte in diesem Augenblick an seinen Vater und dessen grausamen Tod. Doch der junge Mann verscheuchte die Gedanken mit einem Wink zu Zibol. So schnell es dessen massiger Körper erlaubte, hastete der Wirt hinter die Theke. Wenig später saß Cabo mitten unter den Männern und nahm einen tiefen Schluck des kühlen Bieres.

»Männer, keiner ist unter uns, in dessen Stall nicht die Seuche wütet«, begann er seine Rede. Mit ruhigen Worten schilderte Cabo, was ihm Boten aus allen Teilen Tamars zugetragen hatten. Wann immer ein Händler oder fahrender Spielmann in Albages Halt machte, brachte er neben Musik, Gewürzen und allerlei Spezereien auch Nachrichten, Klatsch und Tratsch von jenseits der Berge mit ins Dorf. In den letzten Wochen hatte kaum einer der Wandersleute von etwas anderem berichtet als von den wild gewordenen Viechern, denen der Schaum aus den Mäulern quoll. Milch, die in den Eutern sauer wurde, und Kuhleiber, die sich bis zum schieren Zerbersten aufblähten.

»Die Seuche scheint im Norden ihren Anfang genommen zu haben. Bereits vor Monaten sind da die ersten Tiere verreckt. Aber die Bauern dachten zuerst nicht an eine Seuche und haben das Fleisch, sofern es nicht vom üblen Gestank zersetzt war, als Pökelware verkauft. Mit den Händlern gelangte der Schinken dann weiter ins Land – und die Seuche weiter in die Ställe und auf die Weiden.«

Cabo blickte in die Runde. Die Männer schienen wie gebannt an seinen Lippen zu hängen. Der Dorfsprecher straffte die Schultern. Eine Welle des Stolzes erfasst ihn – sie hören ihm genau so zu wie einst seinem Vater! Cabo spürte, dass die Bauern mit jedem Wort mehr zu Marionetten wurden, die ihm wohl ohne Zögern folgen würden. Vor seinem inneren Auge stieg das Bild des getöteten Vaters auf, dessen längst verstummte Stimme hallte in seinem Kopf wider. Cabos Herz begann zu rasen.

»Was genau die Seuche ausgelöst hat, weiß ich nicht«, kam er den Fragen der Männer zuvor. »Manche Boten sprachen von verdorbenem Futter, andere davon, dass das kalte und nasse Wetter die Tiere geschwächt habe. Doch das halte ich für Unsinn – die meisten Tiere grasen auf den Weiden und sind es gewohnt, auch mal den einen oder anderen Regenschauer aufs Fell zu bekommen.«
Einige der Männer nickten.

»Warum verrecken die Viecher dann?«, rief einer aus dem Dämmerlicht der Schänke. »Mieses Wetter hin oder her, irgendwas muss doch in die Leiber der Kühe gefahren sein!«

»Ich weiß es nicht«, gab Cabo zu. »Aber erinnert euch doch nur an die verdorbenen Ähren. Dort waren es Wesen aus dem Dunkel, die Unheil über uns brachten. Warum sollte nicht auch jetzt ein Zeichen Ankous über uns ergehen?« Ein Raunen ging durch den Raum, als Cabo dies sagte. Die jungen Burschen zogen die Schultern hoch und saßen mit eingezogenem Nacken an den Tischen. Die Älteren rissen vor Schreck die Augen auf.

»Ankou?« Zitternd stellte Zibol einen Krug auf den Tisch. Das Bier schwappte über den Rand und versickerte in den Rissen des groben Holzes.

»Du meinst, das Böse ist noch nicht fertig mit uns?« Die Unterlippe des Wirtes zitterte und seine fettig glänzenden Wangen hatten alle Farbe verloren.

»Was sonst soll es sein, das Tamar derart straft?« Cabo lehnte sich zurück und verschränkte die Arme vor der Brust. »Wären es nur die Kühe, so würde ich selbst sagen, dass das eine Seuche ist, die unter den Rindviechern grassiert. Doch heute Nachmittag kam der Tuchhändler in mein Haus – direkt aus dem Süden. Dort, sagt er, verrecken längst auch Schweine an der Seuche und selbst die Hühner legen nur noch faulig stinkende Eier, ehe sie kreischend und sich krümmend einen jämmerlichen Tod sterben.«

Ungläubig rissen die Männer die Augen auf. Cabo ließ den Blick schweifen. Ihm war, als legte sein toter Vater die Hand auf seine Schulter. Was hätte Peon getan? Eine heiße Welle durchfuhr Cabo. Mit einem Mal sah er so klar wie nie zuvor.

»Wir werden dieses Mal nicht so lange warten, bis unsere Kinder am Hunger sterben. Dieses Mal nicht«, rief er und hieb mit der Faust auf den Tisch. »Morgen früh, gleich nach Sonnenaufgang, erwarte ich jeden von euch auf dem Anger. Gemeinsam werden wir zur Burg gehen und Arbanor einen Besuch abstatten. Dieses Mal soll unser König zeigen, ob er ein guter Herrscher ist. Er soll entscheiden, was zu tun ist!« Die Männer nickten. Dann nahm einer nach dem anderen seinen Humpen in die Hand und schlug ihn als Zeichen der Zustimmung wieder und wieder auf die Tischplatte. Das Bier schwappte in großen Pfützen über die Tische, und die wenigen zögernden Einwände der Älteren verhallten im Gepolter des Beifalls.

Als Cabo und sein Gefolge sich auf den Weg zur Burg machten, war Arbanor längst auf dem Weg zu Menoriath. Vor acht Tagen, mitten in der Nacht, waren der König, Honrado, Alguien und ein Dutzend Soldaten aufgebrochen. Unir und sein Vater wollten dem König entgegenreisen. Auch sie hatten sich bereits auf die Reise begeben von ihrer Heimat in den ausgedehnten Wäldern Elerions.

Niemand sollte von der Abwesenheit des Königs erfahren – zu tief steckte Arbanor noch der Schreck über den Überfall in den Zeiten der Hungersnot in den Knochen. So hatte der König angeordnet, die Flaggen, welche als Zeichen seiner Anwesenheit über den vier Wehrtürmen wehten, nicht abzunehmen – Desea und Tizia hatten strikte Anweisungen, mit niemandem über die Abwesenheit ihrer Männer zu sprechen. Wann immer die Zofen oder Köchinnen Fragen stellten, wichen die Schwestern aus. Hätte das Volk geahnt, wohin der König mit seinem Neffen und den Rittern unterwegs war, die Unruhe wäre tief in die Herzen der Menschen gedrungen. Arbanor versuchte mit seiner heimlichen Abreise, die eigenen Ängste vor den Menschen seines Volkes zu verbergen. Längst war dem König klar, dass das Sterben des Viehs nur ein weiteres Zeichen Ankous sein konnte. Der Dämon bereitete sich auf einen neuen Schlag gegen die Menschen vor – und diese waren hilflos. Ratlos. Arbanor erhoffte sich Hilfe von Menoriath und Unir. In den Wäldern, bei den Elfen, wollte er selbst Kraft schöpfen für die kommende Zeit.

Je näher der Tross dem Reich der Elfen kam, desto leichter wurde Arbanors Herz. Beinahe vergessen war der gestrige Abend: Das zufriedene Schnauben der abgesattelten Rösser, das gleichmäßige Rupfen an den Grashalmen und das kräftige Mahlen des Futters waren seit über einer Stunde das einzige Geräusch. Hinter einer Buschreihe versteckt bereiteten die Soldaten das Lager für die Nacht vor. Mit wenigen Handgriffen hatten die Männer die Zelte aufgebaut und mit schweren Teppichen ausgelegt. Inmitten der kleinen Zeltstadt schichteten zwei Knappen Holz auf. Im kupfernen Kessel würden sie die Kaninchen garen, welche sie auf dem heutigen Ritt mit gezielten Pfeilschüssen erlegt hatten.

Arbanor lehnte am Stamm einer mächtigen Linde. Je weiter sie zum Reich der Elfen vordrangen, desto mächtiger wurden die Bäume. Schon längst waren die Stämme beinahe so groß, dass mehrere Männer sie nicht mehr umfassen konnten, selbst wenn sie sich an den Händen hielten. Träge ließ der König den Blick durch das Blätterdach wandern. Die tief stehende Sonne blitzte zwischen dem dichten Blattwerk hindurch, wann immer der Wind durch die Baumkronen fuhr. Honrado und Alguien lagen ihm gegenüber Schulter an Schulter auf den groben Decken. Arbanor schmunzelte – die Zwillinge hatten beide die Hände auf den Bäuchen gefaltet, die Beine übereinander geschlagen und atmeten im selben Takt. Ein sanftes Piksen in die Rippen weckte Arbanor aus seinen trägen Gedanken.

»Mein Herr, ich muss mit Euch sprechen«, flüsterte Duende. Als der König seinen kleinen Freund träge aus den Augenwinkeln ansah, stemmte der Gnom die Hände in die Hüften.

»Dringend«, setzte Duende hinzu. Seufzend setzte Arbanor sich aufrechter hin. So war er nun Auge in Auge mit dem Zwerg.

»Den ganzen Tag hast du kein Wort gesprochen, hast nur mürrisch im Küchenkarren gehockt und auf deinen Fingern gekaut. Und nun, da ich mich ausruhen will, verlangst du nach einem Gespräch?« Halb im Scherz schüttelte Arbanor den Kopf. Dann gähnte er herzhaft und musste sich das Grinsen verkneifen, als der kleine Mann unruhig von einem Beinchen auf das andere trat.

»Verzeih, Herr, ich... also... es ist so... « Duendes Ohren wechselten binnen Sekunden vom hellen Laubgrün in die tiefdunkle Farbe feuchten Mooses. Hektisch räusperte sich der Zwerg. Als Arbanor ihm aufmunternd auf die schmalen Schultern klopfte, leckte Duende sich über die Lippen und hob erneut zu sprechen an.

»Herr, wisst Ihr, an welcher Stelle wir uns befinden?«

»Ja, Duende, unter einer Linde«, versuchte Arbanor zu scherzen, um die spitzen Ohren seines kleinen Gefährten wieder in ein helles Grün zu verwandeln. Doch der Gnom überhörte den Scherz des Königs und auch seine Ohren blieben dunkel wie die Nacht.

»Nicht weit von hier, vielleicht einen halben Tagesmarsch nach Westen, liegt die große Schlucht. Jene Schlucht, aus der Ankou die Rauchsäulen in den Himmel steigen ließ. Jene Schlucht, bei der Euer Vater, König Arbadil, mich einst entdeckte und mitnahm nach Guarda Oscura.« Arbanor beugte den Rumpf, um Duende, der nun wieder beinahe flüsterte, verstehen zu können.

»Ich kam als Geschenk zu Euch, mein Herr, als Beute. Ich bin nichts weiter als ein Leibeigener, der von seinem eigenen Volk fortgerissen wurde.« Barsch wischte Arbanor durch die Luft. »Willst du mir sagen, dass es dir schlecht geht? Keiner hat solch ein bequemes Leben wie du. Den ganzen Tag kannst du ruhen, essen, spielen, wie es dir beliebt. Du musst nicht hungern und nicht frieren...« Arbanors Augen blitzten, doch als Duende beschwichtigend die Hände hob, verglomm die Glut in seinem Herzen.

»Bitte, Herr, versteht mich nicht falsch, ich bin ein dummer Tropf, der sich nicht auszudrücken versteht.« Betreten senkte Duende den Kopf, so dass die struppigen grauen Haare ihm in die Stirn fielen und die schwarzen Knopfaugen verdeckten.

»Mein Herz ist rein und es gehört Euch vom ersten Augenblick an, da ich euch sah. Damals waren wir ebenbürtig, Ihr, der Prinz, wart nicht höher gewachsen, als ich es bin. Je mehr ihr an Kraft und Größe zulegtet, desto größer wurde meine Ergebenheit Euch gegenüber. Ein Duende lässt niemanden im Stich, niemals.«

»Das stimmt, mein Freund, wann immer ich dich brauchte, warst du an meiner Seite.« Arbanor sah den Zwerg fragend an. »Denkst du, dass ich mit dir nicht zufrieden bin?«

»Ach Herr, Ihr seid nicht mehr der kleine Junge, der einen Spielkameraden braucht. Und längst seid Ihr nicht mehr der ungestüme Prinz, auf den man aufpassen muss, damit er sich in seiner

Wildheit nicht selbst in Gefahr bringt.« Arbanor lachte laut auf, als Duende scheltend den Finger hob und ihm vor der Nase herumfuchtelte.

»Ich hoffe doch sehr, mein Freund, dass ich nun keinerlei Erziehung mehr bedarf?« Duendes Ohren blitzten an den Spitzen hellgrün auf und seine schwarzen Augen sprühten Funken.

»Dazu sage ich besser nichts.« Der Zwerg grinste und Arbanor lachte kehlig. Dann wurde der Kleine mit einem Mal wieder ernst. Stumm legte er seine rechte Hand auf die Brust.

»Mein Herz ruft mich. Ich spüre seit Tagen, dass mein Volk nicht fern ist. Noch nie seit dem Tag, als Euer Vater mich gefangen nahm, habe ich mich mit den Meinen so nah und verbunden gefühlt. Ich weiß einfach, dass das Volk Duendes nicht weit ist. Mein Blut rauscht und mein Herz pocht mit jedem Meter, den wir tiefer ins Gehölz wandern.« Duende holte tief Luft und straffte die schmalen Schultern.

»Du willst mich also verlassen«, sagte Arbanor tonlos, als er begriff, was der Duende ihm sagen wollte.

»Nicht verlassen, niemals würde ich Euch verlassen, immer werde ich an Eurer Seite sein, wenn ihr mich braucht!«, rief der Zwerg und warf sich vor seinem König auf die Knie. Die trockenen Blätter knisterten, als Duende unruhig hin und her rutschte.

»Duende, ich habe dich verstanden. Dein Volk ruft dich. Es ist die Stimme des Blutes, die du vernimmst. Wehre dich nicht dagegen, es würde dir nicht gelingen.« Arbanor schluckte kräftig, um den Kloß in seinem Hals hinunterzudrücken. »Du hast Recht, Duende, stets warst du mir ein treuer Freund. Vielleicht der treueste und ehrlichste überhaupt«, sagte Arbanor mit leiser Stimme und blickte zu den schlafenden Brüdern hinüber. Honrado und Alguien hatten sich auf die rechte Seite gerollt, beide lagen mit angezogenen Knien auf den Decken.

»Sieh die beiden an. Sie sind wie ein Spiegelbild. Der eine ist des anderen Herz und Kopf.« Arbanor deutete auf die schlafenden

Männer. »Oft wünschte ich, ich selbst sei einer der Zwillinge. Zwischen ihnen ist ein Band, das stärker ist als jedes Tau, das von Menschenhand geflochten werden kann. Ich verstehe dich, mein Freund. Es ist dasselbe Band, das dich magisch in den Wald zieht. Dein Volk ist nah – lass die Deinen nicht warten. Sie rufen dich, nur du kannst das hören. Doch dein Herz weiß, was gut ist.« Arbanor verstummte. Mit der Faust wischte er sich hastig über die Augen, um die Tränen vor Duende zu verbergen. Der Zwerg schniefte laut und dicke Tränen rannen über seine runzligen Wangen.

»Du warst nie mein Besitz, kleiner Freund, deshalb kann ich dir auch die Freiheit nicht schenken. Aber nimm dies«, sagte Arbanor. Der König nestelte an seinem Gürtel, dann legte er sein Jagdmesser und den mit dem Drachen geschmückten Lederschaft in die zitternde Hand seines Gefährten. Bei Duende wirkte das aus festem Stahl geschmiedete Messer so groß, als wäre es ein Schwert. »Es ist nur ein kleines Zeichen meiner Dankbarkeit. Ich weiß, dass Geld und Gold einem Duende nichts bedeuten. Doch dieses Messer stammt von meinem Vater. Zeit seines Lebens trug er das Messer bei sich und hat so manchen Braten damit zerlegt.« Wehmütig lächelte der König. »Arbadil hat dich aus den Wäldern geholt – so nimm du nun ein Stück von ihm mit. Ein Stück von mir.« Arbanor stand auf und reichte dem Duende die Hand. Zitternd legte der Zwerg seine kleine Hand in die starke des Königs.

»Lebt wohl, mein Prinz«, flüsterte der Zwerg. »Und wann immer Ihr in Not seid wird mein Herz Euch hören.« Arbanor fiel auf die Knie und drückte den kleinen Körper an sich. Duende schluchzte laut auf und drückte seine tränennassen Wangen an das Wams des Königs.

»Leb wohl, mein Freund«, sagte Arbanor mit belegter Stimme und klopfte dem Zwerg auf die schmalen Schultern. Duende schniefte, als Arbanor ihn sanft von sich stieß.

»Nun lauf schon, noch ist es hell genug. Vergeude die Stunden nicht. Je eher du dich auf den Weg machst, desto schneller wirst du wieder bei deinem Volk sein.« Stumm sah Duende seinen König an. Dann machte er auf der Hacke kehrt und stapfte durch das dichte Buschwerk davon. Seufzend starrte Arbanor auf die zitternden Äste, die sich blitzschnell hinter dem Duende schlossen, als hätte der Wald ihn verschluckt.

»So nachdenklich, Onkel?« Arbanor zuckte zusammen, als Arrobar hinter ihm aus den Büschen sprang. Der König fuhr herum und starrte in die geröteten Wangen seines Neffen. In den Armen hielt der Knabe einen Stapel Feuerholz.

»Mein lieber Vater ist ein Faulpelz.« Arrobar grinste und ließ den Holzstapel aus den Armen gleiten. Krachend knallten die Äste auf den Boden. Alguien fuhr hoch und sah mit schlafverklebten Augen um sich. Honrado reckte sich, gähnte herzhaft und lachte laut auf, als er Arrobar sah, in dessen Locken sich Äste und Blätter verfangen hatten.

»Bruder, dein Sohn bedarf eines Bades«, scherzte Honrado und klopfte sich das Moos vomWams. »Und ich habe Hunger.Wie gut, dass der königliche Neffe sich in denWäldern herumtreibt, um Holz für unser Mahl zu besorgen.« Honrados Blick streifte Arbanor. Der König sah betrübt aus – doch in der Miene des Regenten sah Honrado, dass jetzt nicht die Zeit war, um Fragen zu stellen. Der Ritter wusste, dass er früher oder später erfahren würde, was das Herz des Königs schwer machte. Also straffte Honrado die Schultern, ehe er das Holz aufklaubte.

»Ich werde die Beute meines Neffen zum Koch bringen. Je eher das Feuer glimmt, desto eher werden wir uns die Bäuche füllen können.« Sprach's und machte sich durch das Buschwerk zur kleinen Zeltstadt davon.

»Sag, Alguien, darf ich deinen Sohn zu einer Partie Tamarek verführen?« Arbanor blinzelte dem Freund zu. Der verstand.

»Mein König, zeigt diesem Knaben die List des glücklichen Spielers. Es kann nicht schaden, wenn der Lausebengel eine Lektion bekommt.« Mit den Fingern fuhr Alguien seinem Sohn durch die Locken und knuffte ihn sanft gegen die Schulter.

»Das werden wir ja sehen, Vater, wer hier der bessere Spieler ist.« Trotzig reckte Arrobar das Kinn nach vorne. Er konnte es nicht ausstehen, wenn sein Vater und die Onkel ihn wie ein kleines Kind behandelten. War er nicht längst beinahe so groß gewachsen wie die drei Männer? Hatten sie ihn, Arrobar, Sohn des tapferen Ritters Alguien, etwa nicht mitgenommen auf die Reise zu den Elfen, auf dass er als Mann ihnen zur Seite stand?

Arrobar fühlte, wie das Blut in seinen Muskeln zu wallen begann – und ärgerte sich, als sein Vater ihn nun in die Wange kniff.

»Vertreibt euch die Zeit bis zum Essen mit einem Spiel, ich sehe derweil nach den Pferden. Der morgige Ritt wird keine leichte Strecke, denn sie führt über schmale Pfade steil in die Berge hinein.« Arrobar verdrehte die Augen, als sein Vater davon stapfte. Arbanor wollte den Jungen zurechtweisen, doch dann besann er sich und deutete stattdessen auf den Platz neben sich. Kaum hatte der Junge sich gesetzt, brachte ein Diener das Spielbrett und baute es auf einem klappbaren Reisegestell zwischen den beiden auf. Auf einem hölzernen Tablett standen zwei Becher, gefüllt mit frischem Quellwasser, in dem süße Beeren schwammen.

Arrobar fuchtelte mit seinen schlaksigen Armen, die schneller gewachsen schienen als der Rest des Körpers, durch die Luft, um ein paar Mücken zu verscheuchen. Dann griff der Knabe nach dem Becher und fischte mit den Fingern nach einer Walderdbeere. Schmatzend ließ er sich die süße Frucht auf der Zunge zergehen.

»Stell du die Figuren auf, Neffe«, sagte Arbanor und öffnete das hölzerne Kästchen, in dem auf weichem Samt die weißen und schwarzen Holzfiguren lagen. »Du darfst auch die weißen Figuren nehmen.« Aufmunternd nickte der König seinem Neffen zu.

»Aber Weiß ist die Farbe des Herrschers?« Fragend blickte Arrobar seinen Onkel an. Als der nur nickte und ihm den Holzkasten entgegenstreckte, griff der Junge zu. Schnell hatte er die Figuren auf den Spielpunkten des Tamarek-Brettes verteilt.

»Gut, Onkel, dann zeigen dir die weißen Kämpfer nun, wie eine perfekte Eröffnung aussieht.« Arbanor biss sich auf die

Lippen, um nicht laut aufzulachen – sein Neffe wählte mit großem Bedacht eine der kleineren Figuren und positionierte diese gefährlich nah an seinen schwarzen Spielsteinen.

»Nicht schlecht«, gab Arbanor zu. »Aber nicht gut genug. Um diese Steine im ersten Zug zu schlagen, hättest du eine andere Eröffnung wählen müssen.« Blitzschnell tippte Arbanor gegen Arrobars weißen Angreifer. Die Figur kippte um, und der König besetzte mit seinem schwarzen Spielstein das Feld. Arrobar schnaubte. Der Knabe kniff die Lippen zusammen. Eine steile Falte grub sich in die glatte Stirn ein. Hastig griff Arrobar nach einer weißen Figur, hob diese an, überlegte es sich anders und nahm den Stein in der vordersten Reihe.

»Halt, Neffe, wenn du einmal eine Figur berührt hast, so musst du auch mit dieser ziehen«, ermahnte Arbanor den Jungen.

»Ich habe sie nicht berührt«, presste Arrobar zwischen den Zähnen hindurch.

»Biege die Regeln nicht nach deinem Willen zurecht.« Arbanor lächelte, als er seinen Mitspieler sanft zurechtwies. »Tamarek wird seit Menschengedenken nach denselben Regeln gespielt. Und diese gelten auch für den Neffen des Königs.«

Arrobar biss sich mit den Schneidezähnen auf die Lippen. Als nun Arbanor seinen Spielzug machte und mit der schwarzen Figur gleich zwei weiße Steine vom Feld fegte, sprang der Knabe auf.

»Das ist nicht gerecht, ich wollte diese Figur eben anders positionieren«, rief er.

»Das hast du aber nicht und nun geht dieser Zug an mich.« Arbanor schüttelte den Kopf und bat seinen Neffen mit einer Handbewegung, sich wieder zu setzen. »Lass uns weiterspielen. Wenn du gut nachdenkst, wirst du sehen, wo du stärker aufgestellt bist.« Doch Arrobar stampfte mit dem Fuß auf den Waldboden und verschränkte die Arme.

»So macht das keinen Spaß«, greinte er und zog einen Schmollmund.

»Setz dich wieder und denke nach. Welchen Zug könnte ich als nächstes tun? Überlege dir, was deine Gegner tun könnten. Versetze dich in meine Lage und dann erst ziehe deine Steine.« Arbanor versuchte, dem ungestümen Knaben seine Taktik im Spiel zu erklären. Doch eigentlich meinte er nicht Tamarek – der König sprach über Politik. Ja, Arbanor ahnte, dass Arrobar ihm eines Tages auf den Thron nachfolgen würde. Das Schicksal schien es nicht zu wollen, dass er und Desea dem Volk einen Erben schenkten. Doch das Geschlecht der Könige würde nicht untergehen, wenn er nur seinen Neffen zum würdigen König krönen könnte. Arbanor hatte mit niemandem darüber gesprochen, doch dass Arrobar ihn und die Ritter ins Reich der Elfen begleitete, hatte nicht nur den Zweck, dem Jungen ein Abenteuer zu ermöglichen. Der König wollte seinen Neffen beobachten – stärker und anders, als dies bei den Jagdgesellschaften, Ritterspielen oder gemeinsamen Essen in Guarda Oscura je möglich gewesen wäre.

»Also, mein Junge, nun streng deinen Kopf an. Versuche, die Züge deines Gegners vorauszusehen.« Aufmunternd nickte Arbanor seinem Neffen zu. Arrobar ließ sich ungelenk auf den Boden plumpsen und starrte mit verkniffenen Lippen auf das Spielbrett.

»Woher soll ich denn wissen, welche Figur du als nächstes ziehst, Onkel? Kann ich hellsehen?«

Arbanor lachte. »Das solltest du können, ansonsten wirst du jede Partie verlieren.«

»Mein Vater lässt mich stets gewinnen.« Trotz lag in Arrobars Stimme. »Ein Spiel macht keinen Spaß, wenn man Figur um Figur verliert.« Arrobar verschränkte die Arme und starrte den Onkel herausfordernd an. Arbanor erwiderte den Blick. Minuten lang saßen die beiden sich schweigend gegenüber. Arrobars Unterlippe begann zu zittern und Tränen des Trotzes stiegen dem Knaben in die Augen. Schließlich griff er wahllos nach einem Spielstein und rückte ihn auf dem Brett vor.

»Das war unklug«, sagte Arbanor und kippte mit seinem schwarzen Stein Arrobars Figur vom Brett. »Du hast nicht nachgedacht.« Arrobar schrie auf. Dann fegte er mit einer einzigen Handbewegung das Spielbrett um. In hohem Bogen sausten die Tamarek- Figuren durch die Luft. Arrobar sprang auf und trat mit dem Fuß nach dem Spielbrett. Fassungslos sah der König, wie sein Neffe einen Wutanfall bekam und schreiend und zeternd durch das Buschwerk davonrannte. Arbanors Herz pochte – war das wirklich das Blut eines künftigen Königs, das in Arrobars Adern floss? Arbanor schauderte, als er dem Zetern des Knaben lauschte, das leiser wurde, je weiter Arrobar durch das Unterholz davonrannte. Kalte Finger der Sorge klammerten sich um des Königs Herz – Sorge um die Zukunft seines Volkes. Arbanor griff nach einer weißen und nach einer schwarzen Figur und wog sie in den Händen.

Als Alguien die Äste zurückschlug und durch das Buschwerk trat, brauchte er einen Moment, um zu verstehen, was geschehen war. Als er das auf dem Boden liegende Spielbrett und die verstreuten Steine sah, schüttelte er betreten den Kopf.

»Dieser Junge ist zu verwöhnt«, brummte der Ritter und begann, die Figuren zusammenzuklauben. Arbanor schwieg, während er dem Freund dabei zusah, wie dieser nach und nach die Spielsteine in dem ledernen Beutel verschwinden ließ. Schließlich streckte der König ihm die beiden verbliebenen Figuren entgegen. Wortlos nahm Alguien sie an und warf sie zu den anderen in den Ledersack. Mit einem kräftigen Ruck an der roten Kordel verschloss der Ritter den Beutel. Dann erst ließ er sich neben seinen Freund auf das weiche Moos fallen.

»Tizia ist zu nachsichtig mit Arrobar«, seufzte Alguien, zog die Knie an und legte den Kopf in die verschränkten Arme. »Der Junge wird noch zu einem Weib.« Missmutig schüttelte Alguien den Kopf.

»Er ist ungestüm, weiter nichts«, versuchte Arbanor, seinen Freund zu beruhigen.

»Erinnere dich, wie oft wir gestritten haben als Kinder. Und ich hatte es schwerer als dein Sohn, denn immerhin spielte ich stets gegen doppelte Gegner. Und Zwillinge zu besiegen ist ganz gewiss nicht leicht.« Dankbar grinste Alguien über den Scherz seines Freundes.

»Honrado und ich waren schon immer ein gutes Gespann«, scherzte Alguien. Doch gleich darauf verdunkelte sich die Miene des Ritters wieder. »Aber ich bin nicht zufrieden mit der Entwicklung meines Sohnes. Viel zu oft ist er bei Tzia und Desea. Ich weiß, die beiden lieben ihn, wie das nur Frauen und Mütter können. Aber sie verwöhnen und verhätscheln den Jungen. Und dann erst Masa! Ich kann mich nicht erinnern, dass wir jemals so viele Honigkringel zugesteckt bekamen wie Arrobar jetzt! Dabei sollte er ein Kämpfer werden. Doch das wird er nicht im Gemach der Damen. Auf die Rösser muss er, Schwerter schwingen. . . «

Sanft legte Arbanor eine Hand auf die Schulter Alguiens und unterbrach so dessen Redefluss.

»Ja, die beiden Mütter verwöhnen unseren Arrobar.« Alguien lachte laut auf.

»Wie Recht du hast – Arrobar hat zwei Mütter. Meine schöne Frau und seine liebe Tante.«

»Und er hat zwei Väter«, sagte Arbanor nun mit Nachdruck. Alguien blickte fragend zu ihm auf. »Du bist sein Vater, stolzer Ritter«, sprach der König nun weiter. »Und auch wenn ich nur sein Onkel bin, so fühle ich doch, als sei Arrobar mein eigen Fleisch und Blut. Du weißt, lieber Freund, dass du und Honrado mehr für mich seid als Freunde. Wir sind gemeinsam aufgewachsen, haben dieselben Dinge erlebt. Im Herzen sind wir Brüder. Und so ist dein Sohn auch mein Sohn.« Alguien richtete sich auf und schluckte schwer, als er die Worte des Königs zu begreifen begann.

»Ich habe keinen Erben, Alguien. Mein Sohn wurde mir von Ankou genommen, ehe er leben durfte. Doch Arrobar ist hier. Er lebt. Er ist der einzige seiner Generation, der der Linie des Königs entstammt.« Arbanor schwieg einen Moment. Dann sprang er auf, klopfte sich mit fahrigen Bewegungen das trockene Moos von der Hose und ging einige Schritte auf und ab. Schließlich reichte er Alguien die Hand und half dem Ritter, sich zu erheben. Sekundenlang starrten die Männer sich schweigend in die Augen. So nah waren sie sich – und doch so fern in diesem Moment. In den Herzen der Männer brodelte es und dieses Feuer spiegelte sich in ihren Augen. Jeder wusste vom anderen, was er dachte, ganz so, als seien sie in diesem kurzen Moment ein Herz, ein Gehirn.

»Danke, mein Bruder, dass du mir deinen Sohn überlässt. Dass Arrobar, wenn das Schicksal nichts anderes bereithält, eines fernen Tages den Thron von Ahendis besteigen kann.« Arbanors Augen füllten sich mit Tränen, als er den Freund nun in den Arm schloss. Alguien schwieg. Sanft erst, dann fester, erwiderte er die Umarmung des Königs.

»Dein Sohn ist auch mein Sohn«, sagte Arbanor.

»Dein Sohn ist mein Sohn«, schoss es Alguien durch den Kopf. Vor seinen Augen tauchte Deseas Gesicht auf. Das Lächeln. Das lockige Haar. Wie ein Blitz durchfuhr es sein Herz, als er an die Stunden im Gemach der geliebten Königin dachte.

»Ja, mein Bruder«, flüsterte er schließlich mit heiserer Stimme. »Forme Arrobar, auf dass ein guter Herrscher aus ihm werde.«

»Sollte der Tag kommen, an dem nicht mein Sohn auf den Thron steigt, so sei gewiss, dass Arrobar nichts fürchten muss.« Verstohlen wischte Arbanor sich die Tränen aus den Augen-winkeln, ehe er die Umarmung löste. Stumm nickten die Freunde und Brüder sich zu. Als Honrado durch das Buschwerk trat, fand er seine Freunde nebeneinander auf dem Boden hockend.

»Was starrt ihr hinauf zu den Baumkronen? Es ist zu dunkel, um etwas zu sehen«, rief Honrado und klopfte den beiden auf die Schultern. »Nur nicht so träge, meine Herren, der Braten ist bereit, also kommt und lasst uns essen. Morgen liegt eine schwere Etappe vor uns.«

Sorgen plagten auch Desea. Sie ahnte nichts von den seelischen Nöten Arbanors, doch war ihr seine Sorge angesichts ihres fruchtlosen Leibes nicht entgangen. Doch die Königin hatte wenig Zeit, sich während der Reise ihres Mannes um sich selbst große Gedanken zu machen. Zwar brachten Godefried und Gorda Tag für Tag bittere Säfte und Desea schluckte diese brav – doch die Königin hatte andere Kinder im Kopf als das eigene Ungeborene.

Tag für Tag wurde die Schlange der Frauen länger, welche sich ausgemergelt zur Burg hinaufgeschleppt hatten. Die ersten Weiber pochten schon im Morgengrauen an das Tor und gegen Mittag konnte die Wache kaum Schritt halten mit dem Strom der Weiber, die in den Burghof drängten. Und Tag für Tag ließ Desea sich schon im Morgengrauen einen dünnen Brei reichen, den Gorda mit einigen kräftigenden Kräutern gewürzt hatte. Nach diesem schnellen Mahl schlüpfte Desea in ein einfaches Kleid, ließ sich von den Zofen die langen, glänzenden Haare zu einem schlichten Zopf binden und ging, ganz ohne Schmuck und Juwelen um den schlanken Hals, in den Hof hinaus. Noch einmal glitten ihre Gedanken zu dem Tag zurück, an dem Cabo mit seinen Männern zur Burg gestürmt war.

Hätten die Männer um Cabo geahnt, welchem Schicksal sie entgegen schritten - manch einer hätte auf der Stelle kehrt gemacht und wäre zurückgekehrt in sein Haus. Doch so stürmten sie der Burg entgegen, blind vor Wut, die Cabo geschürt hatte und taub gegen die eigene innere Stimme, die ihnen zuschreien wollte, sich der Treue zu ihrem Herrscher zu entsinnen.

Cabos Reden hatten ihnen vermeintlich Stärke verliehen. Doch gegen die Soldaten Arbanors waren die Aufständischen nichts weiter als ein Haufen schlecht bewaffneter und nicht in der Kampfkunst ausgebildeter Kerle. Die Zeiten, in denen die Wachen so sorglos auf ihrem Posten standen, wie während des Angriffs von Cabos Vater Peon, waren längst vorbei. Diesmal war die Garde auf der Hut und zögerte keinen Augenblick, sich den Angreifern entgegenzuwerfen.

Kaum hatten Cabos Männer die erste Wehrmauer erreicht, als die königlichen Truppen hervorschossen. Die ersten sieben Männer fielen binnen Sekunden.

Cabo, der mit Entsetzen erkannte, dass er gegen die Schwerter nichts würde ausrichten können, begann zu zittern. Duckte sich unter dem Hieb eines Soldaten weg. Das Schwert traf den jungen Gehilfen des Bäckers, der neben ihm stand. Der Knabe fiel so schnell, dass er nicht einmal erschrocken sein konnte. Cabo riss entsetzt die Augen auf. Doch für eine Umkehr war es zu spät... kein Rebell sollte den Abend erleben.

Desea straffte ihre Schultern. Sie verdrängte mühsam die Erinnerung an den neuerlichen Verrat, wußte sie doch, dass es nur ein kleines Häufchen Verblendeter war, für deren Verfehlung nicht die Hungernden im Burghof büßen sollten.

Kaum hatte die Türe sich geöffnet, verstummten die Weiber. Die ausgemergelten Frauen rückten näher zusammen und die

Kinder, welche eben noch vor Hunger gegreint hatten, wurden von ihren Müttern mit in Honig getunkten Tüchern, die sie ihnen in die hungrigen Mäulchen stopften, zur Ruhe gebracht. Desea zerriss es jedes Mal fast das Herz, wenn sie in die tief in den Höhlen liegenden Augen der Frauen blickte. Die dunklen Ränder schienen mit jedem Tag größer zu werden und die einst rosigen Wangen der Bäuerinnen, Schneiderinnen oder einfachen Hausfrauen waren fahl, grau, eingefallen.

»Frauen, ich grüße euch«, rief Desea und rang sich ein aufmunterndes Lächeln ab. »Lasst uns die Sonne genießen, das helle Licht möge uns trösten.« Die Königin nahm all ihre Kraft zusammen, straffte den Rücken und hoffte, mit ihren Worten den Frauen ein wenig Linderung zu verschaffen gegen den nagenden Hunger. Doch Desea wusste, dass die Herzen der Frauen weinten, wenn sie ihre Kinder betrachteten, deren kleine Körper von Tag zu Tag mehr blassen, dürren Skeletten ähnelten.

»Unser König Arbanor entbietet euch seine Grüße«, sprach Desea weiter. Mit keiner Silbe erwähnte sie, dass der Regent nicht in der Burg war. Desea hoffte, es würde keinem auffallen, dass ihre Stimme schwankte, als sie Arbanors Namen nannte. Der geliebte Mann fehlte ihr, sie fühlte sich wie ein halber Mensch – und angesichts des stetig wachsenden Stroms der Hungernder fühlte sie sich schwach und hilflos. Wie gerne hätte sie sich, und sei es nur für einen Moment, in Arbanors starke Arme geschmiegt!

Die Frauen senkten die Köpfe. »Lang lebe der König, hoch lebe Arbanor, hoch lebe Desea!« Eine junge Bäuerin ließ als Erste den Hochruf erschallen. Hunderte Frauen fielen in das Rufen ein. Deseas Augen füllten sich mit Tränen, als sie das Mädchen in der Menge ausmachte. Auf dem Arm trug sie ein Kind und unter dem einfachen Leinenkleid wölbte sich ihr schwangerer Bauch. Dennoch strahlten die Augen der Bäuerin, als sie den Namen ihres Herrschers in die klare Morgenluft hinausrief. Vertrauen erfüllte das Gesicht der Schwangeren und die Hoffnung, dass das Königshaus sie und die Kinder nicht allein lassen würde. Desea schluckte trocken, ehe sie die Frauen mit erhobenen Armen zum Schweigen brachte.

»Frauen von Albages, seht her«, rief die Königin und deutete auf die drei unterschiedlich großen Zinnbecher, die vor ihr auf einem einfachen Tisch standen. »Wir haben aus dem Osten neues Getreide bekommen. Unsere Boten waren bei den Lords nahe Para und Noia. Dort in den natürlichen Höhlen an der Küste, weit über dem Meer, befinden sich große Kornspeicher. Die steinernen Lager fassen mehr Korn, als die Menschen im Osten benötigen, und wie es die Pflicht der Bürger und Lords ist, haben sie uns das überlassen was sie entbehren können.« Jubel brandete auf und erfüllte den Burghof, als Desea nun den größten der drei Becher in die Höhe hob.

»Seht, Frauen, heute wird eine jede von euch zwei Becher voll Korn bekommen. Ausreichend, um eure Kinder von der Marter des Hungers zu befreien.« Desea sah, wie die Schwangere schluchzte und das Gesicht in den struppigen Locken ihres Kindes verbarg. Eine heiße Welle erfasste das Herz der Königin. Strömte durch ihren ganzen Körper und erfasste ihre Zunge. Ohne zu überlegen rief die Königin den Frauen die nächsten Worte zu:

»Und damit ihr einmal ein kleines Fest haben könnt, werden meine Mägde jene Eier, die sie in den Kellern verborgen halten, und den Schinken, der in den Räucherkammern hängt, heute unter euch verteilen.« Die Soldaten rechts und links der Königin ließen sich nichts anmerken, doch Gorda stöhnte auf. Und die Köchin, welche mit zwei Gehilfinnen zur Essensausgabe gekommen war, verdrehte die Augen. Wie sollte sie die Ritter bewirten, wenn das Volk alles, was noch an Speisen in den Vorratskammern war, auffraß? Wie sollte die Königin, die ihrerseits nur noch ein Schatten ihrer selbst war, wieder zu Kräften kommen, wenn sie all jene Zutaten in den hungrigen Rachen des Volkes warf, die ihren schlanken Körper nähren sollten, damit Arbanors Samen sich einnisten konnte? Die Köchin ballte die Fäuste und blitzte Desea von hinten an. Als habe die Königin den Blick gespürt, wandte sie sich um. Lächelnd hielt sie den entsetzten Blicken Gordas und der Köchin stand.

»Ich ahne, was ihr denkt. Aber wie kann ich mich satt essen, wenn mein Volk hungert? Glaubt mir, das zufriedene Strahlen satter Kinder ist mir Nahrung genug.« Gorda öffnete den Mund, um etwas zu erwidern, doch Deseas Blick ließ sie stumm bleiben.

»Ich weiß, was ich tue«, sagte Desea. Dann wandte sie sich wieder den jubelnden Frauen zu, die sich nun dichter an dem kleinen Tisch drängten. Mit einem in den vergangenen Tagen tausendfach geübten Griff nahm die Königin den großen Zinnbecher und tauchte ihn in den neben ihr stehenden Kornsack. Ein altes Weiblein streckte der Königin die Holzschale entgegen. Als Desea den Weizen hineinfüllte, murmelte die Alte Segenswünsche. Dann schlängelte sie sich selig lächelnd zwischen den wartenden Frauen hindurch und machte Platz für die nächste und wieder die nächste, die um das kleine Almosen des Königs bat.

Als Desea am späten Nachmittag mit müden Schritten die Treppe zu den Gemächern hinaufging, wartete Gorda bereits mit einem kräftigen Tee auf die Königin. Ohne sich die Lederschuhe von den Füßen zu streifen, ließ Desea sich auf die mit Lammfellen bedeckte Liege nahe des Kamins fallen. Jetzt, am Ende des Tages, verlor sich die Wärme in den massiven Mauern und machte einer klammen Kälte Platz. Die Königin seufzte wohlig, als Gorda ihr die Schuhe von den Füßen zog und alsdann die schlanken Fesseln mit einer Paste aus Kamille und Minze massierte.

»Ach Gorda, so viele Frauen. . .«, sagte Desea und griff mit einer müden Bewegung nach dem dampfenden Becher. Der scharfe Tee kitzelte ihren Gaumen und rann heiß die Kehle hinunter.

»Tizia ließ mir ausrichten, dass auf den Ländereien kaum noch ein einziges gesundes Milchvieh steht. Und das Federvieh im Dorf ist längst eingegangen. Einzig die Hühner im Verschlag des

Burghofes legen noch Eier. Aber wie lange noch?« Desea stützte sich aufn die Ellbogen und sah die Dienerin lange an. Gorda hielt den Kopf gesenkt und schien ganz versunken darin, die weiße Paste in die milchig schimmernde Haut an Deseas Fußsohlen einzumassieren. Desea schluckte schwer, als ihr Blick über das Gesicht und den Körper der Beginenfrau glitt. Der grobe Kittel lag locker um die einst prallen Brüste. Kein Bauch spannte sich mehr unter der Schürze. Und selbst Gordas rundes Gesicht mit den feisten Wangen, die einst gesund und rot strahlten, war fahl und schmal geworden. Gorda biss sich auf die Lippen, bis sie einen kleinen Tropfen Blut schmeckte. Mit aller Kraft versuchte sie, an Juela zu denken, die in der Küche der Burg gut versorgt wurde. Nie zuvor hatte ihre Tochter so viel Liebe von allen Seiten bekommen – und nie zuvor war der kleine Engel so gut mit Leckereien bedacht worden. Gorda konnte kaum fassen, welche süßen Spezereien die Köchinnen und Mägde aus den Taschen ihrer Schürzen zogen, um sie Juela zuzustecken. Nein, um ihre eigene Tochter brauchte Gorda sich nicht zu sorgen.

»Was hast du denn, Gorda? Bist du so müde, dass du kein Wort sprechen kannst?« Sanft zog Desea die Beine an. Die schlanken Zehen entglitten Gordas geübten Händen. Die Amme ließ die Hände sinken und starrte auf den Cremetiegel. Mit einem Seufzen stopfte sie schließlich den Korkverschluss auf das Gefäß und stand auf.

»Verzeih, Desea, wenn ich dies sage«, begann Gorda. »Dein Herz ist erfüllt von der Sorge um das Volk und die Liebe zu den Kindern des Dorfes. Ich bemerke wohl, mit welcher Hingabe du jedem einzelnen dieser Bälger über das lausverkrustete Haar streichst. Wie du den Säuglingen einen Kuss auf die grindigen Wangen drückst. Sieh dich vor, Desea, es ist nicht gut, wenn eine Frau sich mit kranken und schwachen Kindern umgibt in einer Zeit, da sie selbst erwartet, eine Leibesfrucht auszutragen.« Echte Sorge schwang mit in den Worten der Dienerin. Dennoch schlug Gorda die Hand vor den Mund.

»Entschuldige, ich hätte das nicht sagen sollen«, stammelte die trotz des Hungers immer noch dicke Frau. Hastig eilte Gorda zur Tür. »Ich werde das Mahl aus der Küche holen.«

»Bleib, Gorda.« Desea hatte sich nun aufgesetzt und gab ihrer Dienerin mit einem Wink zu verstehen, dass sie sich neben sie setzen sollte. »Du sprichst wahre Worte, halte sie nicht zurück, sie würden nur dein Herz beschweren. Und ich. . . «, fügte die Königin leise hinzu, ». . . ich bin froh um eine ehrliche Freundin in meiner Nähe. Meine Schwester ist mir so fremd geworden, und wen habe ich denn noch?«

Gorda straffte die Schultern. Die Königin so niedergeschlagen zu sehen, drohte ihr großes Herz zu zerreißen. Eilends ging sie zu Desea und setzte sich. Kaum hörte der massige Rock zu schwingen auf, warf Desea sich der Dienerin an den Busen. Gorda erschrak, als lautes Schluchzen aus Deseas Kehle aufstieg. Sie spürte, wie die Tränen ihre Leinenbluse durchnässten. Ungelenk schloss sie die schluchzende Frau in die Arme und wiegte Desea hin und her, wie sie es bei Juela tat, wenn das Kind weinte.

Desea ließ den Tränen und dem Schluchzen freien Lauf. Minuten – oder waren es Stunden? – saßen die Frauen nebeneinander eng umschlungen. Schließlich wurden die Schluchzer leiser. Desea zog laut schniefend die Nase hoch und richtete sich auf. Die rot verquollenen Augen sahen Gorda flehentlich an. Einsamkeit sprach aus ihnen. Verzweiflung. Und nackte Angst.

»Sei meine Freundin, bitte«, hauchte Desea. Gorda konnte kaum verstehen, was die Königin sagte, denn noch immer stiegen Schluchzer aus Deseas Kehle auf. Die Dienerin nickte stumm und reichte Desea ein Tuch, in das die Königin sich lautstark schnäuzte. Mit zitternden Händen griff Desea nach dem nun erkalteten Tee und nahm einen tiefen Schluck.

»Ich fühle mich oft so allein. So hilflos«, begann Desea schließlich zu sprechen. Die Worte purzelten aus ihrem Mund. Nun war sie nicht die Regentin, die zu einer Dienerin sprach. Jetzt war sie eine Frau, die ihr schweres Herz einer Freundin öffnete. Und Gorda verstand. Nickte. Drückte die Hände der zarten Frau. Strich ihr über das Haar. Und war einfach da.

»In meinen Träumen halte ich meinen Sohn in den Armen, streichle sein weiches Haar, küsse seine rosigen Wangen und spüre den warmen Körper an meiner Brust.« Deseas Augen verschleierten sich. Ein wehmütiges Lächeln zog über ihr Gesicht. »Ich spüre ihn so deutlich, Gorda, dass es mir Morgen für Morgen das Herz zerreißen will, wenn ich erwache und meine Arme sind leer, so leer.« Desea krallte die Finger in ihr Kleid und zerrte am Stoff. »Wie nutzlos dieser Körper ist«, presste sie zwischen den Zähnen hervor.

»Gib die Hoffnung nicht auf, meine Kleine«, flüsterte Gorda. Doch es gelang ihr nicht, die nötige Überzeugung in ihre Stimme zu legen. Fahl kamen die Worte über ihre Lippen – Gorda ahnte, dass alle Versuche Godefrieds, der Königin zu einem fruchtbaren Leib zu verhelfen, nicht helfen könnten. Dennoch nickte sie aufmunternd.

»Ich kenne so viele Frauen, die lange Jahre warten mussten, ehe sie ein Kind bekamen. Hab Geduld.«

»Ach Gorda, wie lieb du bist. Deine Worte trösten mich und gerne würde ich mich an die Hoffnung klammern. Aber tief drinnen weiß ich, dass ich niemals Mutter sein werde.«

»Und ob du Mutter bist, Weib!« Gorda nahm Deseas Gesicht zwischen die starken Hände und drehte es zu sich hin. Eindringlich blickte sie der Regentin in die traurigen Augen. »Du bist Mutter eines ganzen Volkes, und was du Tag für Tag für die hungernden Kinder tust, ist mehr, als manche Mutter zu tun vermag.«

Desea seufzte. »Ja, ich bin die Mutter aller Kinder Tamars. Und doch ist da diese Leere in mir. . . « Desea schmiegte den Kopf in Gordas große, weiche Hände. »Es ist meine Pflicht, für die Kinder des Volkes da zu sein, und diese Pflicht erfülle ich, so gut ich kann. Aber es ist auch meine Pflicht, Arbanor einen Erben zu schenken.«

Die Königin verstummte. Dicke Tränen rannen ihr über die blassen Wangen. Gorda nestelte an ihrer Schürze, fand kein Schnäuztuch und wischte der Freundin schließlich mit dem Zipfel der Schürze über das Gesicht.

»Arbanor ist auch nur ein Mann. Er versucht, es vor mir zu verbergen, doch wann immer Arrobar bei ihm ist, spüre ich, wie sehr er sich einen eigenen Sohn wünscht. Tizia hätte an meiner Stelle sein sollen, so, wie es das Tauftuch vorhergesagt hat.« Ohne Bitterkeit fuhr Desea fort zu sprechen.

»Arbanor könnte längst Vater vieler gesunder Kinder sein. Doch ich bin wie ein ausgetrockneter Teich, in dem kein Leben sein kann.«

Gorda schnappte nach Luft und schüttelte die Königin sanft. »Du hast ein Kind geboren. Ankou hat es euch genommen. Doch wo einmal Leben war, da wird wieder Leben sein.«

»Ach Gorda, wie lieb du bist. Doch glaube mir, ich fühle, dass ich nicht noch einmal Arbanors Samen empfangen werde. So groß meine Hoffnung auch ist und so sehr ich mich bemühe, es zu glauben, ich weiß, tief drinnen, dass es nicht so sein wird.«

Die Beginenfrau nickte. Sie wusste, wovon Desea sprach. Wie oft hatte sie Frauen behandelt, die scheinbar in ihren Körper sehen konnten, als sei er ein geöffnetes Fenster. Die einen wussten, noch ehe die ersten Anzeichen zu spüren waren, dass sie ein Kind erwarteten. Und wieder andere fühlten nichts als eine steinerne Kälte.

»Arbanor hat Geduld mit mir, das schon. Er ist zärtlich, bedrängt mich nicht. Wenn wir beieinander liegen, dann fühle ich mich ganz. Es ist, als wäre Arbanor meine andere Hälfte, als seien unsere Herzen eins. Niemals verlangt er etwas von mir, was ich nicht zu geben bereit wäre. Und dabei will ich ihm alles geben, Gorda, alles, was ich habe.« Desea straffte die Schultern. Dann begann sie in ruhigen Worten vom Abend vor Arbanors Abreise zu erzählen.

Der König war lange nach Sonnenuntergang in das gemeinsame Gemach gekommen. Desea spürte, dass die Anspannung der kommenden Reise ihn unruhig machte. Sie sah es an seinen Schultern, die er beinahe bis zu den Ohren hochgezogen hatte und an seinen Fingern, mit denen er unruhig am Stoff seines Hemdes nestelte. Schweigend trat Desea zu ihrem Mann und blies ihm ihren warmen Atem gegen den Hals. Vorsichtig, als könnte sie etwas zerbrechen, lehnte sie den Kopf gegen seine Schulter. Arbanor legte sanft den Arm um seine Frau, und die Königin spürte, wie er sich ein wenig entspannte. Mit langsamen Bewegungen strich sie Arbanor über den Rücken.

»Gorda hat warmen Wein bereitgestellt, mit kräftigen Gewürzen«, hauchte Desea schließlich und löste sich von Arbanor. Der König grunzte etwas Unverständliches und ließ sich seufzend in den mit einem dicken Lammfell ausgelegten Sessel neben dem Bett fallen. Arbanor streckte die Beine aus und bewegte kreisend die Füße, als habe er am Tage einen langen Marsch zurückgelegt und müsse seine müden Glieder strecken. Desea reichte ihm einen Becher, aus dem würziger Geruch stieg. Vorsichtig pustete sie gegen die Dampfwolke, die aus ihrem Becher stieg, und setzte sich Arbanor gegenüber in den Sessel. Das weiche Fell schien ihren Rücken zu streicheln und als der würzige Wein warm ihre Kehle hinunter rann, seufzte auch Desea. Grinsend sah Arbanor sie über den Rand seines Bechers hinweg an und streckte die Beine noch ein bisschen weiter aus. Dann zwinkerte er mit den Augen. Desea verstand und schob ihre schmalen Füße neben seine.

So saßen sie lange schweigend beieinander. Das leise Knistern aus den Wärmeschalen und das gelegentliche Schlürfen des Paares waren die einzigen Geräusche. Von draußen drang kein Laut in das Gemach und selbst die scharrenden Schritte der Wachhabenden vor der Türe waren heute kaum zu vernehmen.

»Wie lange werden wir einen solchen Moment nicht erleben können?«, flüsterte Desea irgendwann und sah Arbanor voller Sehnsucht an. »Wann wirst du zurück sein?«

»Ich weiß es nicht«, antwortete Arbanor ehrlich. Mit einem kräftigen Schluck leerte er den Becher und stellte ihn auf das kleine Tischchen neben sich. »Aber wenn wir Kinder hätten, dann wären solche ruhigen Momente noch seltener.« Arbanor hatte versucht, ein wenig Ironie in seine Stimme zu legen – doch kaum hatte er die Worte gesprochen, hätte er sich selbst ohrfeigen können. Alle Farbe war mit einem Mal aus Deseas Gesicht gewichen und ihre Hand zitterte so sehr, dass der Becher auf den Boden zu fallen drohte. Doch es war zu spät, Arbanor konnte seine Worte nicht wieder verschlucken und in seinem Herzen verschließen.

Mit Mühe gelang es Desea, den halbvollen Becher abzustellen, ohne den Wein zu verschütten. Aus den Augenwinkeln sah sie die steile Zornesfalte auf Arbanors Stirn. Der König ballte die Hände zu Fäusten, bis die Knöchel weiß hervortraten. Arbanor kochte innerlich vor Wut. Auf sich selbst. Auf seine unbedachte Äußerung, mit der er seine Frau tief verletzt hatte. Doch Desea gelang es in diesem Moment nicht, in das Herz ihres Mannes zu sehen – und so dachte sie, Arbanor mache ihr einen Vorwurf.

»Mein Schoß ist trocken wie eine Wüste, das willst du doch sagen«, presste Desea zwischen den Zähnen hervor. »Das einzige Kind, das ich geboren habe, war missgebildet, ein Monstrum. Und egal, was ich auch tue, welche bitteren Zaubertränke ich auch in mich hineinschütte und welche Kräuter ich in mein Bad schütte, mein Leib bleibt leer. Du hättest Tizia heiraten sollen, ja! Dann wäre Arrobar dein Sohn!« Die letzten Worte kreischte Desea beinahe.

Arbanor hatte seine Frau so noch nie erlebt. Das schöne Gesicht der Königin war zu einer verzweifelten Fratze verzogen. Erschrocken sprang er auf und warf sich gleich darauf vor Desea wieder auf die Knie.

»Das ist nicht wahr und das weißt du«, sagte er mit zitternder Stimme und versuchte, Deseas Gesicht mit seinen Händen zu umschließen. Doch sie stieß ihn mit einer wütenden Bewegung zur Seite und sprang auf.

»Natürlich ist das wahr. Alle reden davon! Denkst du, ich bekomme es nicht mit, dass die Mägde tuscheln, wann immer

Godefried mit einem neuen Kraut ankommt? Na los, verstoße mich, tue, was du tun musst, damit das Geschlecht der Könige nicht stirbt! Ich kann dem Volk keinen Sohn gebären.« Deseas Stimme überschlug sich, ehe sie die Hände vor das Gesicht presste und hemmungslos aufschluchzte.

»Jetzt ist es aber genug«, brüllte Arbanor und sprang auf. »Du weißt ja nicht, was du sagst! Natürlich wünsche ich mir einen Sohn. Aber doch nicht, weil ich um jeden Preis den künftigen König zeugen will! Ich will ein Kind, das du geboren hast, weil ich dich liebe.« Arbanors beinahe gebrüllten Worte erreichten Deseas Ohren, aber nicht ihr wundes Herz.

»Nimm dir eine andere Frau. Eine, die fruchtbar ist. Ist kann dem Volk nicht dienen, mein Leib kann dem Reich keinen König bescheren.« Arbanor ballte die Fäuste.

»Sieh mich an, Weib! Hörst du nicht, was ich dir sage?«

»Du brauchst es nicht zu sagen, ich weiß es auch so. Vielleicht reitest du gar nicht zu Unir, ist es nicht so, dass deine Reise dich zu den Lords führt? Wirst du nicht eine der guten Töchter heimführen als künftige Königin?«

Arbanor klappte fassungslos den Mund auf und dann wieder zu. Desea fuhr herum und Arbanor erschrak, als er das giftige Feuer in ihren Augen lodern sah.

»Wenn ich gehen soll, so sage es. Ich verlange nicht viel, nur ein Auskommen für mich und Gorda.« Desea reckte das zitternde Kinn und stemmte die Hände in die Hüften.

Wie sie so vor ihm stand, zitternd und mit Tränen in den Augen, das Haar zerzaust, erinnerte sie Arbanor an eine Marktfrau, die eben von einem Kunden um den Großteil des Kaufbetrages betrogen wurde. Dennoch strahlte hinter der Verzweiflung Deseas Schönheit und Anmut. Hilflos ließ Arbanor die Arme sinken. Stumm schüttelte er den Kopf.

»Was ist nur in dich gefahren?«, flüsterte er ratlos. »Du bist meine Königin, du und keine andere.« Stumm sah Desea ihn an.

Ihre Brust hob und senkte sich in immer schnelleren Abständen, so heftig atmete sie. Schwindel breitete sich in ihrem Kopf aus, Arbanors Gestalt verschwamm vor ihren Augen.

»Verzeih mir, ich weiß es nicht«, presste sie schließlich hervor. Der Boden begann, sich vor ihren Augen zu wellen, die Dielen drifteten auseinander und ihr war, als müsse sich jeden Moment ein schwarzes Loch auftun, das sie verschlingen würde.

»Hilf mir«, flüsterte Desea. Ihre Knie gaben nach und vor ihren Augen tauchte dunkle Schwärze auf. Deseas Brüste schienen zu bersten und ihr war, als rühre eine Faust in ihren Eingeweiden. Einen Augenblick, bevor die Ohnmacht sie umfing und mitriss in die stille Schwärze, stürzte Arbanor auf sie zu. Seine starken Arme fingen sie auf, seine Hand klopfte sanft gegen ihre blassen Wangen. Dann spürte sie, dass er ihr Wasser über die Stirn goss. Arbanor zitterte so sehr, dass er den Krug kaum halten konnte und statt weniger Tropfen klatschte Desea ein ganzer Schwall eiskalten Wassers ins Gesicht. Die Königin schnappte nach Luft, hustete und dann stieg ein Quaken und Quietschen aus ihrer Kehle. Mit jedem Mal, da der Schluckauf sie schüttelte, kehrte mehr Farbe zurück in ihr Gesicht.

Wie ein nasses Kätzchen schmiegte Desea sich in Arbanors Arme. Er wollte sie küssen, doch kaum hatten seine Lippen die ihren berührt, stieg ein neuerliches Kieksen aus ihrer Kehle. Arbanor grinste und auch Desea spürte, wie das Lachen in ihr hochkroch. Beim nächsten Schluckauf schließlich konnten beide nicht mehr an sich halten. Kichernd tapsten sie, immer noch eng umschlungen, zum Bett. Wenige Augenblicke später schmiegten sich ihre nackten Körper in die kühlen Leinen und das Kieksen aus Deseas Kehle wich mehr und mehr einem lustvollem Stöhnen.

Aufmerksam hatte Gorda der Schilderung ihrer Herrin zugehört. Nun saß die Königin schweigend und in Gedanken versunken da und starrte vor sich hin. Gorda räusperte sich. Sie spürte, dass sie eigentlich schweigen sollte, dennoch brannte ihr eine Frage auf den Lippen. Die Amme nahm all ihren Mut zusammen und bat Desea um Gehör.

»Bitte schildere mir noch einmal ganz genau, wie sich dein Schwindel angefühlt hat. Erinnere dich an alles, bitte.« Fragend sah Desea auf. Ihre Augen waren vom Weinen gerötet und ihr Mund vom Sprechen trocken. Dennoch kam sie der Bitte ihrer treuen Dienerin nach. Je mehr sie erzählte, desto breiter wurde das Grinsen im feisten Gesicht der Beginenfrau.

»Und du willst mir also erzählen, dass dein Leib trocken sei wie die Wüste?« Gorda zog Desea hoch und bat sie, sich auf das Bett zu legen. Dann tastete sie vorsichtig, doch mit kundigen Griffen, den Leib der Königin ab. Desea verdrehte die Augen, als Gorda schließlich mit der Untersuchung fertig war.

»Das hättest du dir sparen können«, murmelte sie und strich das Kleid wieder glatt.

»Du hast Recht, das hätte ich mir sparen können. Denn ich wusste es auch so – du erwartest ein Kind.« Desea riss die Augen auf, als wollte sie Gorda mit Blicken schlagen. »Bitte scherze nicht mit mir! Du weißt so gut wie ich, dass mein Körper Monat für Monat blutete.«

»Das schon, dennoch ist eine Frucht in deinem Leib. Und die will in gar nicht so ferner Zeit geboren werden.« Fassungslos starrte Desea erst Gorda an und dann ihren Bauch. Von einer Wölbung war nichts zu sehen, nur ein wenig spannten die Kleider in der letzten Zeit. Desea hatte dies auf die schlechte Nahrung geschoben, die einzig dazu gut schien, den Hunger zu dämpfen und die Geräusche des hungrigen Magens mit denen des blähenden Verdauungs zu übertönen.

»Und ich sage dir noch eines – du wirst eine Tochter zur Welt bringen.« Desea lachte und weinte auf einmal. Wieder und wieder tasteten ihre Hände nach dem Bauch und je öfter sie ihren Leib berührte, desto praller schien er zu werden.

Die Sonne schob langsam die Schatten beiseite. Durch das dichte Blätterdach blitzten mehr und mehr Lichtstreifen und kitzelten die Soldaten an den Augen. Nach und nach erwachte das Lager. Das Ächzen der noch schlaftrunkenen Männer, die sich aus den groben Decken schälten, unterbrach die Stille des Waldes. Arbanor rieb sich über die Augen und blinzelte in das Blätterdach. Die Äste über ihm schienen vor seinen noch mit Schlaf verklebten Augen zu tanzen und sich zu einem Gesicht zu formen. Deseas Gesicht. Arbanor lächelte, als er an den letzten gemeinsamen Abend dachte. Ihm war, als habe er nicht nur Desea im Arm gehalten, sondern ein zweites Wesen. Hätte er es jemandem erklären sollen, Arbanor hätte es nicht gekonnt. Nicht einmal er selbst konnte dieses Gefühl, diesen Gedanken, richtig fassen. Der König gähnte herzhaft und lauschte auf die lauter werdenden Geräusche. Das Klappern des mächtigen Kessels drang durch das Buschwerk. Nicht mehr lange und der Koch würde ihm eine Schale mit kräftigem Brei reichen.

»Schlafmütze, steh auf«, vernahm er da Arrobars Stimme. Noch ehe er eine Erwiderung brummen konnte, klatschte ihm ein Schwall eiskalten Wassers ins Gesicht.

»Na warte, dir werde ich's zeigen«, rief Arbanor und sprang auf. Arrobar schlug sich kichernd durch die Büsche, doch nach wenigen Metern hatte der König seinen Neffen eingeholt, stoppte ihn mit seinen kräftigen Armen und warf sich den heftig zappelnden Jungen über die Schulter. Das dröhnende Lachen Alguiens begleitete die beiden bis zum kleinen Flusslauf.

»Das kannst du nicht machen, Onkel«, quiekte Arrobar, als Arbanor ihn hochhob und den zappelnden Knaben über das eiskalte Bergwasser hielt.

»Und wie ich das machen kann!« Arbanor grinste. Noch ehe Arrobar ein zweites Mal quieken konnte, saß er schon bis zum Bauch im eiskalten Wasser. Das Zetern des Jungen ging unter im kehligen Lachen Honrados. Der Ritter hatte am Fluss gesessen, seit die ersten schwachen Sonnenstrahlen die Nacht durchbrochen hatten. Honrados Gedanken waren mit dem Wind über das Blätterdach des Waldes geglitten, in eine Region, die nur er selbst kannte. Nun unterbrach das neckische Spiel seines Neffen und des Königs seine Grübeleien.

»Wie gut, dass ihr nun frisch gewaschen seid, dann können wir sofort aufbrechen. Heute liegt eine anstrengende Etappe vor uns.« Grinsend sah Honrado zu, wie Arrobar schnaubte und versuchte, Arbanor mit den Händen nass zu spritzen.

»Richtig, heute müssen die Rösser zeigen, wie gut sie in steilem Gelände zurechtkommen«, rief Arbanor, der bis zu den Knien im eisigen Wasser stand, seinem Freund zu.

»Aber erst muss ich diesem Heißsporn das Blut kühlen.« Der König grinste und tauchte seinen Neffen mit Schwung neben einem Felsen in das knietiefe Wasser. Prustend und schnaubend tauchte Arrobar wieder auf.

»Du bist gemein, Onkel«, greinte der Junge. »Ich habe dich nur ein bisschen nass gespritzt.«

»Arrobar, hör auf zu jammern. Wer mich herausfordert, der hat einen mächtigen Gegner.« Arbanor schüttelte sich vor Lachen, als der Junge auf den mit Algen bewachsenen Flusskieseln ausrutschte und der Länge nach ins Wasser klatschte. Arrobar schlug wütend mit der Faust ins Wasser, als seine beiden Onkel durch das Dickicht zum Lager zurückstapften.

Sein Wams war längst nicht getrocknet, als der Tross sich an diesem Morgen in Bewegung setzte. Je weiter sie zum Reich des großen Unir, Sohn des Menoriath, vordrangen, desto mächtiger wurden die Bäume. Arrobar staunte, wie einst sein Onkel, über die gigantischen Stämme, die breiter waren als manches Haus in Albages. Je weiter sie den Berg hinaufstiegen, desto fröhlicher wurde der König. Arbanor war es, als kehre er nach Hause zurück. Seine Freude, Unir wieder zu sehen, verdrängte seine düsteren Gedanken an Ankou und das fünfte Zeichen. Hier in den Wäldern schienen die jämmerlich verendenden Tiere und der nagende Hunger der Menschen wie ein weit entfernter Traum, wie ein Gespinst aus einer anderen Zeit, einem anderen Leben.

Die Pferde schnaubten und Dampf stieg von den verschwitzten Fellen auf. Der Anstieg war härter und schwerer, als Arbanor ihn in Erinnerung hatte. Dennoch klagte keiner der Soldaten, ein jeder achtete darauf, dass sein Ross im Tritt blieb, dass keines der Tiere mit den Hufen in den überall aus dem Waldboden ragenden Wurzeln hängen blieb.

Einzig Arrobar jammerte dann und wann. Der Hintern des Jungen steckte in der vom unfreiwilligen Bade noch immer feuchten Hose, weswegen die Haut an seinem Hintern mit jedem Mal, da er im Sattel hin und her rutschte, weiter aufscheuerte. Doch keiner der Männer, nicht einmal sein Vater, schenkte dem Knaben Gehör und so gab Arrobar es um die Mittagszeit auf, weiter zu jammern. Auch ihm war mit einem Mal, als nehme ihn ein Zauber gefangen, aller Schmerz schien zu verschwinden, und der Knabe schärfte seine Sinne, lauschte auf die unbekannten Geräusche, spürte dem milden Wind nach, der über seine nackten Arme strich, und sog tief den würzigen, erdigen Geruch des Elfenwaldes ein.
Die Männer ritten ohne Pause, bis die Sonne sich am Horizont zu verneigen schien. Kühles Dämmerlicht verdrängte die goldenen Lichtblitze, die den ganzen Tag über durch das mächtige Blätterdach gefallen waren. Bald waren die Baumstämme, die Arrobar beim Vorbeireiten wie lange gekrümmte Mauern erschienen, nur noch graue Schemen. Der Knabe wollte schon seinem

Onkel zurufen, wann sie denn endlich das Nachtlager errichten würden – da trat eine sehnige Gestalt aus dem Dickicht und hob die Hand. Arrobar erkannte einen Elfensoldaten. Der Köcher mit den Pfeilen baumelte über der rechten Schulter des Elfen und in der linken Hand hielt er seinen Bogen. Arbanor, der an der Spitze des Trosses ritt, hob die Hand und zügelte sein Pferd. Schnaubend kamen die Tiere zum Stehen.

»Sei gegrüßt, König Tamars«, rief der Elfensoldat. Hinter ihm schälten sich drei Dutzend weitere Elfen aus dem Halbdunkel. Sie alle hielten die Bögen in den Händen. Arbobar erschrak zunächst, doch als er in die freundlichen Gesichter der Elfen blickte, entspannte sich der Knabe. Diese Soldaten waren kaum größer als er, dazu sehnig und schmal – einzig die gespitzten Pfeile in den Köchern flössten ihm Respekt ein.

Arbanor sprang behände aus dem Sattel. Honrado und Alguien taten es ihm nach. Sofort nahmen Soldaten des Königs die Zügel der Pferde.

»Ich freue mich, euch zu sehen.« Arbanors kräftige Stimme hallte durch den Wald. Die Elfen nickten stumm und luden die Männer mit einer Handbewegung ein, ihnen zu folgen. Arbanor warf einen Blick über die Schulter und lächelte. Wie er selbst vor vielen Jahren trat nun auch Arrobar zum ersten Mal in das Reich der Elfen ein und staunte über die Wohnbäume, die groß und mächtig im Wald standen. Vorsichtig strich der Knabe im Vorübergehen über eine der zauberhaften Schnitzereien, welche die Stufen eines Baumes zierten. Beinahe wäre Arrobar gestolpert, so rasch glitten seine Augen erst hierhin, dann dorthin.

Nach wenigen Minuten hatten sie ihr Ziel erreicht. Die Elfensoldaten bauten sich in zwei Reihen unter einem Baum auf, dessen Stamm unendlich breit zu sein schien. Arrobar ließ seinen Blick über die tief zerfurchte Rinde gleiten, in der sattgrünes Moos wucherte. Aufmunternd nickte Arbanor seinem Neffen zu und gemeinsam stiegen sie die breiten und bequemen Stufen hinauf, die wie eine Wendeltreppe höher und höher in das Geäst des Baumes führte. Arrobar schwindelte, als er sich vorsichtig über das hölzerne Geländer beugte.

»Keine Angst, es ist ganz leicht«, flüsterte der König dem Jungen zu. Der Knabe bemerkte, dass nur noch wenige behauene Stufen vor ihnen lagen und zögerte.

»Nun geh schon weiter, Sohn«, polterte Alguien und schubste Arrobar mit der Faust spielerisch. Dieser riss die Augen auf und starrte ungläubig seinen Onkel an, welcher nun auf den breiten Ast trat. Kein Geländer schützte ihn und unter Arbanor schien der Waldboden so weit entfernt, dass er einen Sturz kaum überleben könnte. Dennoch bewegte sich der König, als habe er sein Leben lang nichts anderes getan, als in riesenhaften Bäumen umherzuhüpfen.

»Man verlernt es nie!«, jubelte Arbanor und lief schneller. Vorsichtig setzte Arrobar einen Fuß auf den Stamm und machte ein paar unbeholfene Schritte. Der mächtige Stamm schien zu schwanken und vor seinen Augen flirrten die Blätter. Der Junge glitt aus und ruderte hilflos mit den Armen. Da sprang wie aus dem Nichts ein Elf, kaum größer als er selbst, hervor und packte ihn an den Schultern. Mit einem kräftigen Ruck richtete er den Menschensohn wieder auf. Arrobars Knie zitterten.

»Das geschieht nur einmal«, grinste der Elfenjunge und lockerte den Griff um Arrobars Rippen. »Entweder, du fällst hinunter und bist tot, oder du weißt für immer und alle Zeit, wie du deine Füße bewegen musst.« Arrobar war viel zu verdutzt, um eine Antwort zu geben. Sein Vater und Honrado drängten sich an ihm vorbei und stiegen höher in den Baum hinauf. Dort waren die Schlafplätze für die Menschen.

»Komm, lass die Alten sich ausruhen, ich zeige dir besseres als nur ein Schlafnest.« Der Junge zwinkerte mit den grünen Augen. Immer noch sprachlos nickte Arrobar und stolperte ihm hinterher. »Ich bin übrigens Unnam«, sagte der Elf freundlich lächelnd. »Und wenn du zu Atem gekommen bist, dann kannst du mir ja deinen Namen verraten.« Arrobar grinste gequält und bemühte sich, mit seinem neuen Freund Schritt zu halten. Wenig später waren die beiden eingetaucht in eine Welt, die Arrobar so fremd und neu war – und doch so vertraut nach den vielen Erzählungen seines Onkels.

»Das Standbein! Achte auf dein Standbein«, rief Arrobar keuchend. Arbanor und Unir lehnten sich weit über die Brüstung. Von der Plattform im Gipfel des riesenhaften Baumes aus wirkten die Jungen dort unten wie kleine Püppchen, die mit stecknadelgroßen Degen gegeneinander kämpften.

»Achte auf dein Gleichgewicht, sonst hat dein Gegner allzu leichtes Spiel. Dein linker Arm muss hinten sein, so kannst du nicht umfallen«, herrschte Arrobar seinen neuen Freund an. Unnam bemühte sich nach Kräften, die Schläge des Menschenjungen zu parieren. Doch bald hatte Arrobar ihn in die Enge getrieben. Hilflos stand Unnam mit dem Rücken gegen einen Baum. Arrobar lachte laut auf, als er im Spiel die Degenspitze gegen Unnams Brust drückte.

»Jetzt wärst du tot«, triumphierte der Junge. Unnam grinste.

»O nein, mein Freund, vorher hätte ich dich mit Pfeil und Bogen zur Strecke gebracht.« Unir oben auf der Plattform stieß Arbanor in die Seite.

»Erinnerst du dich, mein Freund? Wie wir beide vor vielen Jahren.« Ein Blitzen glitzerte in den Augen des Elfenkönigs.

»Ich denke nicht, dass ich mich mit Pfeil und Bogen ähnlich ungeschickt angestellt habe wie Arrobar«, konterte der König Tamars und zwinkerte Unir zu. »Du hingegen mit dem Schwert... « Unir lachte laut auf, dann drehte er sich um und ging in den Versammlungsraum.

Wie ein Vogelnest schien der Raum zwischen den mächtigen Ästen zu schweben. Das Sonnenlicht fiel durch die Lücken im losen Blätterdach und warf bizarre Lichtspiele auf die Gesichter der beiden Herrscher.

»Es ist gut, dass wir uns einmal alleine unterhalten können«, begann Unir das Gespräch, nachdem die beiden sich auf weichen Moospolstern niedergelassen hatten. Mit einer eleganten Handbewegung reichte er seinem Gast einen Becher mit frisch gepresstem Saft aus süßen Waldbeeren. Arbanor prostete Unir zu.

»Es ist viel zu lange her, seit wir uns das letzte Mal sahen und viel zu viel ist in der Zwischenzeit geschehen.«

»Meine Boten haben mir berichtet, wie es im Reich der Menschen zugeht. Tamar steht vor einer großen Prüfung. Der größten überhaupt, wenn die Zeichen nicht täuschen.« Unir nahm einen großen Schluck des kühlen Saftes und leckte sich über die Lippen. Sein beinahe zartes Gesicht strahlte trotz der sorgenvollen Worte Zuversicht und Stärke aus.

»Das Band, welches unsere Väter geknüpft haben, ist mit dem Tode Menoriaths und Arbadils nicht zerrissen. Längst sind wir Freunde und ich schätze dich mehr, als ich jemals einen anderen Menschen schätzen könnte.« Ernst blickte Unir seinen Freund an. Arbanor senkte den Kopf – selten sprach er mit einem Mann solche Worte. Sicher, Alguien und Honrado waren für ihn wie Brüder – doch bewiesen sie sich die Treue nicht mit Worten, sondern eher mit Taten. Etwas hilflos räusperte der König sich und benetzte seine trockene Kehle mit dem Beerensaft.

»Ankous Machenschaften, sein erneutes Aufbegehren, bleiben auch uns nicht verborgen. Und auch wir sind in Sorge. Denn sollte das Böse erneut die Herrschaft gewinnen, dann könnte die Zeit der Elfen gezählt sein. Mein Vater Menoriath, der einst siegreich aus dem Kampf gegen Ankou hervorging, musste schon damals seine ganze List als Feldherr aufwenden. Ich will euch alle daran erinnern, dass wir es hier mit einem großen und mächtigen Gegner zu tun haben.« Eine Weile schwiegen die Männer. Dann sprach Unir weiter. »Um so manches Wesen wäre es nicht schade. Auf die Orks könnten wir gut verzichten, dringen sie doch immer wieder in unsere Hoheitsgebiete ein und fordern uns zum Kampf heraus. Doch befürchte ich, dass sie nicht dem Hass Ankous erliegen, sondern ihm treue Soldaten sein werden.«

Ein Schaudern überlief Arbanor, als er die Worte des Elfenkönigs hörte. Stunde um Stunde saßen die beiden in ihrem Nest über dem Waldboden. Kaum bemerkten sie, dass das Licht blauer und schwächer wurde. Die Speisen, welche ihnen gereicht wurden, rührten sie kaum an. Wieder und wieder gingen sie die Signen durch.

Welches Zeichen kam von Ankou? Waren es die Rauchsäulen? Arbanors missgebildeter Sohn? War das wirklich Ankou, der sich Kraft holte? Schließlich blieb aber kein Zweifel – die verendenden Tiere waren das fünfte Zeichen. Ankous Zeit nahte.

»Ich sehe keinen Weg, ihn aufzuhalten«, bekannte Arbanor. Hier, im Schutz des Waldes, nur seinem Freund verpflichtet, konnte der König sagen, was ihn seit Monaten belastete. »Wenn Ankou sich Kraft holen will, dann tut er das auch. Wieder und wieder habe ich mit meinen Beratern die Chroniken des Geheimbundes studiert. Alles passt auf eine schreckliche Weise zusammen, und ich mag niemandem in Tamar sagen, welche Übel uns als nächstes drohen könnten.«

Beruhigend legte Unir seine Hand auf Arbanors Schulter. Eine Welle der Kraft und Zuversicht schien den König mit dieser Berührung zu durchströmen, und als er in die klaren, ehrlichen Augen Unirs sah, war ihm, als habe jemand eine große Last von seinen Schultern genommen.

»Du bist nicht allein, Arbanor«, sagte Unir. »Unser Schicksal ist seit Jahren miteinander verknüpft. Wie die Generationen vor uns, so werden auch wir gemeinsam den Kampf gegen das Böse aufnehmen.« Arbanor nickte dankbar, doch als er sah, wie dunkle Sorge Unirs Miene umhüllte, blickte er den Freund erschrocken an.

»Was willst du mir sagen?«, flüsterte Arbanor. Unir senkte den Kopf, nur einen Moment, doch lange genug, dass Arbanor wusste, wie schwer es dem Elfenkönig fiel, die folgenden Worte zu sprechen:

»Achte auf jene, die dir nah sind, Arbanor. Ankou ist näher bei dir, als du denkst.« Eiskalt lief das Schaudern über Arbanors Rücken, und ihm war, als schnüre eine unsichtbare Hand seinen Hals zu und umklammere sein Herz.

Am nächsten Morgen war der Versammlungsraum bis in die hinterste Ecke gefüllt. Unir wirkte frisch und munter, als habe er nicht bis zum Morgengrauen mit Arbanor gemeinsam gegrübelt und geredet. Doch unter den Augen des Herrschers von Tamar lagen dunkle Schatten, und die sonst schneeweißen Augäpfel waren von roten Adern durchzogen.

Unnam und Arrobar hockten sich nebeneinander in die erste Reihe und kicherten. Auch sie waren die halbe Nacht wach gewesen – doch ihre Jugend und Unbekümmertheit sorgte dafür, dass niemand ihnen die nächtlichen Eskapaden ansah. Honrado und Alguien nahmen zwischen den Elfensoldaten Platz. Neben den drahtigen Kämpfern wirkten die Zwillinge in ihren gepanzerten Brustharnischen wie unförmige Riesen. Unir und Arbanor saßen sich gegenüber an der Stirnseite des Raumes. Mit einem Mal erstarb jedes Tuscheln und die Reihen teilten sich in der Mitte. Eine unsichtbare Hand schob den Blättervorhang beiseite und ein alter Elf, dessen graues Haar ihm fast bis zu den Hüften reichte, betrat den Versammlungsraum. Trotz seines Alters ging er mit federnden Schritten, und Alguien starrte wie gebannt auf die kräftigen Muskeln des Alten, der nur mit dem für die Elfen typischen Beinkleid angetan war. In den starken Armen trug der alte Krieger, an dessen unzähligen Narben alle sehen konnten, wie viele Gefechte er bestanden hatte, einen länglichen Gegenstand, der mit einem tiefroten Tuch bedeckt war. Den Menschen stockte der Atem, als sie den Lichtschein sahen, der gleißend weiß unter dem Tuch hervorquoll.

Schweigend verbeugte sich der Bote und legte den Gegenstand auf einen mit kostbaren Miniaturen verzierten Holzblock. Ebenso schweigend zog der Alte sich wieder zurück und verschwand durch den Blättervorhang.

»Askarion«, flüsterte Arrobar und riss Mund und Augen weit auf. Das, was dort vorne unter dem Tuch verborgen lag, konnte nur das magische Schwert sein. Wer es besaß, so hatte ihm sein Onkel erzählt, der habe magische Kräfte. Kein Mensch, kein Drache und kein Ork könne gegen den Führer des Schwertes Askarion siegen. Der Junge hatte die Erzählungen seines Vaters und des Onkels für Märchen gehalten – doch nach der verzauberten Nacht, die er mit Unnam in den Baumwipfeln verbracht hatte, schien Arrobar nichts mehr unmöglich. Staunend blickte der Knabe zu seinem Onkel. Auch Arbanor starrte auf das rote Tuch und die Lichtstreifen, die sich wie schmale Finger in den Raum streckten.

»Seit jeher ist Askarion unsere wirksamste Waffe im Kampf gegen Ankou«, begann Unir schließlich zu sprechen. »Und seit jeher ist es der oberste Herrscher Tamars, der das Schwert führt. Einst war es Menoriath, nun ist die Reihe an einem Menschen.« Arrobar riss die Augen noch weiter auf. Sein Onkel sollte das magische Schwert bekommen? Der Junge konnte kaum glauben, was er sah. Drei Reihen hinter ihm brach seinem Vater der Schweiß aus, und auch Honrado zitterte am ganzen Körper. Die Lichtstrahlen schienen sich weiter und weiter im Raum auszubreiten, als wollten sie jedes Wesen streicheln und damit prüfen. Alguien stöhnte leise auf, Honrado hustete hinter vorgehaltener Hand. Einzig Arbanor nickte stumm, als ahne er, was Unir als nächstes sagen würde.

»Doch Askarion gibt seine Kraft nur demjenigen, der edel ist und reinen Herzens. Und selbst der darf es nicht immer bei sich führen. Askarion ist gemacht für den großen Kampf, der die Welt der Menschen und der Elfen retten soll.« Unir erhob sich und bedeutete Arbanor mit einem Nicken, sich ebenfalls zu erheben. Arrobar stockte der Atem, als Unir nun mit einer raschen Handbewegung das rote Tuch fortzog. Gleißend hell sandte Askarion seine Strahlen in den Raum und blendete die Männer. Blinzelnd versuchte Arrobar, zwischen den Fingern seiner zum Schutz erhobenen Hand hindurch einen Blick auf das magische Schwert zu werfen. Es war noch prachtvoller, als er den Erzählungen nach dachte. Silbern wie das Mondlicht war die Klinge und der Griff leuchtete in allen Farben des Regenbogens.

Das konnte kein menschlicher Schmied gewesen sein, der diese Wunderwaffe geschmiedet hatte!

»Ich frage dich, Arbanor, Herrscher Tamars, bist du bereit, dich der Prüfung Askarions zu unterziehen?«, sagte Unir mit fester Stimme.

»Ich bin bereit«, erwiderte Arbanor und straffte die Schultern. Ernst sah er seinem Freund in die Augen.

»So sei es«, sagte Unir. Als die Anwesenden seine folgenden Worte hörten, stockte ihnen der Atem und so mancher war unter ihnen, dessen Herzschlag für einen Moment aussetzte.

»Höre die Prüfung, die Askarion für dich hat«, sprach Unir. Bei seinen Worten ging ein Zittern durch das Schwert und die roten Steine glühten auf.

»Askarion fordert von dir, ihm das Liebste und Teuerste zu opfern, was du hast.«

Wie ein ganzes Leben kamen Arbanor die Stunden vor, die seit Unirs Richtspruch vergangen waren. Sofort, nachdem der Elfenkönig die Prüfung verkündet hatte, hatten Soldaten das Schwert mit einem Tuch bedeckt und hinausgetragen. Unir hatte seinen Menschenfreund mit einem aufmunternden Nicken bedacht, ehe auch er sich zurückgezogen hatte. Arbanor schien es, als schwanke der Baum, in dessen Wipfel die Versammlungshalle wie ein riesenhaftes Nest thronte. Sein Kopf hatte die Worte Unirs verstanden – doch bis sie zu seinem Herzen drangen, schienen qualvolle Minuten zu vergehen. Arbanor stemmte die Füße gegen den Holzboden und schloss die Augen. Sein Herz raste und die Zunge klebte trocken an seinem Gaumen. Nur mit Mühe gelang es dem Herrscher Tamars, ruhig zu bleiben. Als er endlich wieder die Augen öffnete, war er allein in der Halle.

Arbanor hatte nicht wahrgenommen, wie seine Gefährten, in deren Augen nackte Angst und blankes Entsetzen loderten, von den Soldaten aus dem Raum geführt wurden. Stumm starrte der König auf jenen Block, auf dem bis eben das magische Schwert lag.

Langsam näherte Arbanor sich dem Klotz und ließ die Hände über das unbehauene Holz gleiten, als könne er so die Energie des Schwertes in sich aufsaugen. Tatsächlich meinte er nach wenigen Augenblicken, ein Kribbeln zu spüren. Doch als er die Augen weit aufriss, wurde ihm gewahr, dass es seine Hände waren, die zitterten. Ein eiskalter Schauder durchfuhr ihn. Zitternd sankt Arbanor auf die Knie und stützte die Arme auf den Holzklotz. Sein Blick ging ins Nichts, war leer. So leer, wie sein Kopf, in dem sich kein klarer Gedanke finden lassen wollte. Ihm war, als breite eine schwarze Nacht ihr schweres Tuch über ihn und drücke auf seine Schultern.

Wie lange Arbanor so verharrte, wusste er nicht zu sagen. Irgendwann – waren Stunden vergangen? Minuten? – raschelte es hinter ihm. Langsam wandte der König den Kopf. Im Eingang standen zwei Elfensoldaten. Beide hatten die Köcher, welche sie über denSchultern trugen, mit Pfeilen dicht bestückt. Stumm nickten sie Arbanor zu. Der verstand. Es war Zeit.

Die letzten Sonnenstrahlen des Tages streichelten Unirs lockiges Haar. Der Elfenkönig stand in der Mitte der großen Lichtung. Die Nacht streckte ihre Fühler aus und schubste das Licht beiseite. Nur noch spärlich drang die Sonne durch das dichte Blätterdach und die Fackeln, welche das Rund wie ein Wall aus Feuer umrahmten, ließen die Schatten auf magische Weise tanzen. Die Lichtung war umgeben von dichtem Buschwerk, hinter dem, einer Mauer gleich, die mächtigen Baumstämme in den Himmel ragten.

Arbanor ließ den Blick schweifen. Dicht an dicht stand das Volk der Elfen im Kreis. Die schlanken, trainierten Körper bildeten eine lebendige Mauer, durch die der König Tamars nun schritt. Unir nickte ihm kaum merklich zu. Arbanor konzentrierte sich auf seine Schritte, setzte bedächtig einen Fuß vor den anderen. Weiches Moos bedeckte die Erde wie ein kostbarer Teppich.

Die Soldaten, welche Arbanor zum Turnierplatz eskortiert hatten, reihten sich in die Menge der Elfen ein. Arbanor ging alleine auf Unir zu. Als er nur noch wenige Schritte von seinem Freund entfernt war, ließ der König sich auf die Knie fallen und senkte das Haupt.

»Du bist gekommen, um die Prüfung Askarions anzunehmen«, stellte Unir fest. Ein sanftes Lächeln, nicht mehr als ein Hauch, spielte um seine Lippen.

»Ich bin bereit«, sagte Arbanor. Seine Stimme war rau, belegt, als lasteten schwere Gewichte auf ihm. Unir trat einen Schritt beiseite. Sein Umhang flatterte und Arbanor sah unter den gesenkten Lidern den mit einem roten Tuch bedeckten Holztisch hinter dem Elfenkönig.

Ein Raunen ging durch die Menge, als Unir mit einem heftigen Ruck den Stoff zu Boden riss. Arbanors Herz setzte für einen

Augenblick zu schlagen aus – das Strahlen des Schwertes blendete ihn, schien die ganze Lichtung in ein gleißendes, warmes Weiß zu tauchen. Pulsierend verströmte Askarion sein magisches Licht. Unir deutete mit der Hand auf das Schwert. Mühsam, als seien seine Beine in Blei gegossen, erhob Arbanor sich.

Seine Knie zitterten, als er an den Tisch trat und die Hand nach dem Schwert ausstreckte. Der König kniff die Augen zusammen, um nicht blind zu werden vom gleißenden Schein des Schwertes. Sein Zeigefinger berührte den mit Rubinen verzierten Griff. Und im selben Moment erlosch aller Glanz. Die Lichtung lag wieder im Halbdunkeln da, einzig erleuchtet vom tanzenden Schein der Fackeln und dem letzten Gold der tief stehenden Sonne.

»Askarion ist bereit, dich zu prüfen, König der Menschen Tamars«, unterbrach Unir das Schweigen. »Das Schwert drängt darauf, die Reinheit deines Herzens zu sehen.« Mit einem Nicken gebot Unir Arbanor, das Schwert an sich zu nehmen. Tief sog Arbanor den Atem ein. Die würzige Luft drang in seine Lungen, füllte seinen Geist mit dem warmen Geruch des Waldes. Arbanor nahm den Griff in beide Hände. Kühl und schwer lag das Schwert in seiner Hand. Vorsichtig prüfte der König, wie Askarion zu führen war. Das Schwert war mächtig – und dennoch erstaunlich leicht. Die scharfe Klinge spiegelte den Schein der Fackeln wider. Zischend hieb Arbanor die Waffe durch die Luft.

Es ist das beste Schwert, das ich jemals in Händen hielt, dachte der König. Da ging ein Kribbeln durch seine Hände, pflanzte sich über seine Arme fort und wurde zu einem Brennen in seinem Herzen. Ihm war, als verändere sich der Griff. Der Stahl wurde heiß, schien sich zu biegen. Arbanor erstarrte und war nicht fähig, das Schwert loszulassen – und mochte es auch noch so heiß in seinen Händen glühen. Der König schloss die Augen und spürte in sich hinein. Das Kribbeln wurde zu einem Brummen, zu einem Kreischen.

Arbanor wusste, dass nur er den Gesang Askarions hören konnte. Stumm erwiderte er den Klang mit seinem Herzen. Und im selben Moment fühlte er, wie der Griff sich in seinen Händen bog, sich seinem Körper, seinen Muskeln anpasste. Kerben bildeten sich, die seine Finger aufnahmen, als seien sie einzig für ihn gemacht. Arbanor fühlte, wie er eins wurde mit dem Schwert, wie Askarion ihn in Besitz nahm. Ein leises Brummen, fast ein Schnurren folgte. Dann war der Stahl von einem Augenblick auf den anderen wieder so kühl wie zuvor.

»Askarion dient dem wahren König. Ihm, und nur ihm«, sprach Unir. »Doch ein wahrer König ist reinen Herzens, und er ist bereit, Askarion ein großes Opfer zu bringen.« Die Worte seines Freundes brachten Arbanors Geist mit einem Schlag zurück auf die Lichtung. Unir winkte seinen Männern zu. Die Elfen bildeten eine Gasse. Nacheinander traten Honrado, Alguien und Arrobar auf die Lichtung. Honrado hielt den Blick gesenkt. Arbanor erkannte im Fackelschein, dass jede Farbe aus dem Gesicht des Freundes gewichen war. Kalter Schweiß glänzte auf Honrados Stirn. Alguien trat neben seinen Bruder.

Stolz reckte der Ritter das Kinn. Doch in seinen Augen sah Arbanor die nackte Angst. Und das spürte auch Arrobar, der mit zitternden Knien neben seinen Vater trat. Tränen rannen dem Jungen über die Wangen und Arbanor sah, dass er sich nur schwer auf den Beinen halten konnte.

»Askarion steht dem König Tamars im Kampf gegen Ankou zur Seite.« Unir wandte sich Arbanor zu. »Doch tut das magische Schwert dies nur, wenn der König eine Prüfung bestanden hat. Deine Prüfung, Arbanor, ist so einfach, wie sie schwer ist. Askarion fordert nur eines von dir: Opfere dem Schwert das Wertvollste, was du hast.« Unir deutete auf die Männer und den Jungen, die während seiner Rede noch enger aneinander gerückt waren. Bittere Galle stieg in Arbanor hoch, als er seine Freunde, seine Brüder, und den Knaben sah. Ihn würgte und seine Knie gaben nach. Arbanor sank zu Boden. Seine Knie bohrten sich in das feuchte Moos. Er spürte die Kühle des Bodens, doch sein Körper schien zu glühen. Hilflos sah er Honrado an. Der Freund hatte die Hände zu Fäusten geballt, um nicht zu sehr zu zittern. Todesangst stand ihm ins Gesicht geschrieben. Alguien erwiderte den Blick seines Königs. In seinen Augen glomm ein Feuer, gemacht aus Angst und Liebe. Tränen traten Arbanor in die Augen, als er in den Freunden noch einmal die Jungen sah, die sie einst waren. Arbanor meinte, das glückliche Kichern der Zwillinge zu hören, wenn sie dem alten Ningun einen Streich gespielt hatten. Alguiens Jubeln, wenn er die Freunde bei einem rasanten Ritt überholte. Honrados Glucksen, wenn dieser wieder und wieder gegen ihn beim Tamarek-Spiel gewann. Eine eiskalte Klammer legte sich um Arbanors Herz und drohte, es zu zerdrücken. Dem König stockte der Atem und nur mit großer Mühe gelang es ihm, den Blick zu Arrobar zu wenden.

Der Junge schlotterte am ganzen Körper. Seine blanken Zähne schlugen aufeinander und Tränen rannen dem Knaben über die Wangen. Hilflos griff Arrobar nach der Hand seines Vaters. Arbanor schluchzte auf, als er sah, wie Alguien seinen Sohn beiseite schob.

Er wusste, dass dies hier ein Moment war, den jeder der Männer für sich alleine durchstehen musste. Dennoch zerriss es ihm fast das Herz und am liebsten wäre er zu Arrobar gerannt. Er war doch noch ein Kind! Arbanor war, als sei es gestern gewesen, dass der Junge die ersten tapsigen Schritte gemacht hatte, die ersten Worte gebrabbelt hatte. Der König stöhnte laut auf.

Da ging ein Ruck durch das Schwert. Ein scharfer Wind erfasste die Lichtung und langte mit eisigen Krallen nach den Fackeln. Nach und nach erloschen diese und im selben Moment, da die letzte Lichtquelle ausging, leuchtete Askarion auf. Etwas zwang Arbanor, sich zu erheben. Das Schwert pulsierte in seinen Händen.

»So möge die Prüfung beginnen«, rief Unir und lief an den Rand der Lichtung. Der Elfenkönig gesellte sich zu seinen Männern und seine Gestalt, die Arbanor Halt gegeben hatte, verschwand im Dunkeln und verschmolz mit denen der anderen Elfen.

Arrobar schrie auf. Quiekend, als sei er ein Vieh, das zur Schlachtbank geführt wird, verbarg der Junge sich hinter dem Rücken des Vaters. Alguien erstarrte, als Arbanor, von einer unsichtbaren Macht gelenkt, langsam auf sie zuging. Honrado stöhnte auf und verbarg das Gesicht in den Händen.

»Nein, nein«, schrie alles in Arbanor, als Askarion ihn näher und näher zu den Freunden zog. Doch kein Laut kam über seine Lippen. Sein Körper gehörte ihm nicht mehr.

Askarion dachte für ihn, bewegte ihn, hatte ihn mit seinem gleißenden Strahlen in seinen Bann gezogen. Hilflos steuerte er auf die drei zitternden Gefährten zu.

Als er eine Schwertlänge von ihnen entfernt war, ging ein Zittern durch Arbanors Körper. Sein Kopf ruckte nach hinten, der König verdrehte grotesk die Augen. Die umstehenden Elfen schrien auf, als Arbanor schwankte. Dann schien es, als werfe er das Schwert hin und her. Zischend durchschnitt die glühende Klinge die Luft. Nur Arbanor allein wusste, dass nicht er das Schwert führte. Askarion führte ihn. Und zog ihn hinein in einen Wirbel aus glänzendem Licht. Arbanor drehte sich wie ein Derwisch im Kreis, seine Füße schienen über den Boden zu schweben. Schneller und schneller wurde Askarions Tanz.

Deseas Augen leuchteten aus dem Nichts auf. Eine Woge heißer Liebe durchfuhr den König, als sein Herz die geliebte Gattin erblickte. Sein Vater schien ihm aus weiter Ferne zuzurufen. Arbanor verstand nicht die Worte, doch er spürte die Wärme von Arbadils Geist. Suava streichelte ihrem Sohn über das Haar, Arbanors Mutter flüsterte ihm, der sich wie ein Wahnsinniger drehte und drehte, sanfte Worte ins Ohr.

Brummend und kreischend zugleich drangen Worte an Arbanors Ohren, die mehr Farbe waren als Klang. Die Urväter zerrten an seinem Herzen, schickten ihm Kraft, sogen Askarions Energie in sich auf. Arbanor schrie auf, taumelte. Und blieb von einem Moment auf den anderen stehen.

Die Elfen atmeten auf. Doch schon einen Augenblick später ging wieder ein entsetztes Raunen durch den Wald. Askarion senkte sich, die gleißende Spitze zeigte nun nicht mehr in den dunklen, sternenlosen Himmel. Vibrierend bewegte sich die Spitze und zog Arbanor wie eine Marionette hinter sich her.

Honrado kreischte auf, als das Schwert auf ihn zeigte. Entsetzen stand Arbanor ins Gesicht geschrieben, als Askarion die Brust des Freundes berührte. Honrado schossen die Tränen in die Augen. Mit weit aufgerissenem Mund wartete er auf den endgültigen Schlag. Arbanor presste die Lippen so fest aufeinander, dass sie zwischen seinen Zähnen aufplatzten. Metallisch erfüllte ihn der Geschmack des eigenen Blutes und mit jedem Tropfen, der seine Zunge benetzte, schien etwas mehr an Kraft aus ihm zu weichen. Askarion bohrte sich durch den Stoff von Honrados Hemd. Der spürte, wie die Klinge an seiner Haut ritzte. Honrado öffnete den Mund. Doch kein Schrei drang ihm aus der Kehle. Flehend starrte er den Freund an. Ihre Blicke kreuzten sich und es war ihnen, als schlinge jemand ein Band der Liebe um sie.

Arbanor stolperte rückwärts. Doch er fiel nicht, denn im selben Augenblick wandte sich die Schneide Askarions zu Alguien. Honrado, der eben noch erleichtert geseufzt hatte, hielt erneut die Luft an. Askarions Klinge näherte sich Alguiens Hals. Die Schlagader pulsierte und kalter Schweiß rann dem Ritter über die Stirn. Alguien würgte, unfähig, sich zu bewegen.

»Nein!«, wollte er schreien. Doch seine Gedanken gehorchten ihm nicht. Alguien schloss die Augen und spürte den eisigen Hauch, als die Klinge die Luft durchschnitt. Er hörte das Pfeifen des Schwertes, das sich seinem Hals näherte. Alguiens Knie gaben nach und er sank zu Boden. Als sein Gesicht das kühle Moos berührte, schluchzte er auf – er wurde sich gewahr, dass Askarion sich von ihm abgewandt hatte. Dass Arbanors Liebe zu ihm groß genug war, um das Schwert von ihm zu wenden.

Doch ihm blieb keine Zeit, sich zu freuen. Hastig rappelte Alguien sich hoch – eben noch schnell genug, um zu sehen, dass

Askarion über dem Haupt seines Sohnes kreiste. Alle Farbe war aus Arbanors Gesicht gewichen und nur seine vor Schmerz und Schreck geweiteten Augen waren Zeugnis dafür, dass er noch am Leben war. Der König sah aus wie eine Puppe, die von einer magischen Macht geführt wurde.

Arrobar krümmte sich auf dem Boden. Der Junge winselte wie ein geschlagener Hund. Arrobar vergrub das Gesicht zwischen den Händen, als er sah, wie das Schwert in den Händen seines Onkels nach oben fuhr. Nun war es soweit. Askarion holte sich sein Opfer – das Liebste, was Arbanor hatte. Seinen Nachfolger für jenen Sohn, der ihm nie geboren wurde. Askarion blendete alle, die auf der Lichtung standen.

Arbanors Augen füllten sich mit bitteren Tränen, als er den Jungen vor sich liegen sah. Der König begriff, was geschehen würde. Doch er konnte Askarion nicht lenken. Arbanor schrie um Hilfe. Ein stummer Schrei, der in seinem Herzen widerhallte. Er spürte, wie Askarion seine Arme weiter nach oben riss, um gleich auf den Jungen niederzufahren.

Da war es ihm, als lege sich eine unsichtbare Hand auf seine Schulter. Eine heiße Welle durchfuhr Arbanor und er wusste, dass der Geist Arbadils bei ihm war. Mit einem Mal war der König ganz ruhig. Seine Hände brannten, doch sein Kopf war klar. Arbanor wusste jetzt, was er zu tun hatte. Taumelnd ging er einen Schritt rückwärts. Dann kam ein Schrei aus seiner Kehle, wie ihn noch kein Mensch zuvor gehört hatte. Askarion vibrierte, sauste durch die Luft, auf Arbanors Herz zu.

»Ja!«, brüllte der König. Die gleißende Spitze ritzte an seiner Haut, bohrte sich in sein Fleisch.

»Ja, nimm mich«, schrie Arbanor und schloss die Augen. Er war bereit. Eine eisige Kälte umfing ihn. Arbanor fiel, knallte auf den Boden. Hände krallten nach ihm, zogen an seinen Eingeweiden, schnürten ihm die Luft ab.

»Es ist genug!« Unirs Stimme durchschnitt die Luft. Arbanor zitterte am ganzen Körper, als er vorsichtig die Augen öffnete.

Bleierne Müdigkeit überkam ihn und es kostete ihn alle Kraft, nicht auf der Stelle einzuschlafen. Schluchzend warf Arrobar sich dem Onkel an die Brust. Sanft schob Unir den Jungen beiseite und kniete neben seinen Freund.

»Askarion hat entschieden«, murmelte Unir und half Arbanor sich hochzurappeln. Blut quoll aus der Wunde an der Brust des Königs. Doch Arbanor spürte, dass die Verletzung nicht tief war.

»Du hast ein Herz, das erfüllt ist von der Liebe zu deinem Volk. Und du, Arbanor, König Tamars, bist bereit zu sterben für die Menschen, deren Kaiser du von nun an sein wirst.« Unir umarmte seinen Freund, dessen Knie schon wieder nachgaben.

»Nimm Askarion mit dir, Kaiser Tamars, und kämpfe gegen Ankou.«

Sechstes Signum

»Aus dem Nebel der Nacht wird eine Seuche kommen. Kein Körper ist gegen das Fieber gefeit. Mit kalten Krallen packt das Übel einen nach dem anderen. Und es macht keinen Unterschied, ob es den reichen Mann tötet oder den armen.«

Aus den Chroniken des Geheimbundes

Wie ein Vögelchen, das zu früh aus dem Nest gefallen ist.« Arbanor beugte sich über das winzige Wesen, das zwischen den fest um den kleinen Körper gewickelten Leinentüchern kaum zu erkennen war.

»Sie sieht wunderschön aus«, flüsterte Arbanor. Zitternd fuhr er mit dem Zeigefinger über das winzige Gesicht. Das Kind hatte die Augen geschlossen. Die winzige Nase, kaum größer als der Nagel am kleinen Finger seines Vaters, war blass. Arbanor folgte den blauen Adern entlang der Schläfen.

»Du wirst eine starke Herrscherin über die Ahen sein. Du bist mein Fleisch, mein Blut.« Stolz wallte durch die Adern des Königs, als er seine Tochter betrachtete. Sie schien seinem Vater, ihrem Großvater Arbadil, Herrscher des Reiches Ahendis, König der Ahen, wie aus dem Gesicht geschnitten. Sachte ließ Arbanor seinen Umhang, der von der Reise zerknittert und staubig war, neben dem Weidenkorb auf den Boden gleiten.

»Du kannst deine Tochter ruhig auf den Arm nehmen.« Die Stimme, wie Milch und Honig, ließ Arbanor herumfahren. Desea lächelte ihm müde, aber glücklich zu.

»Du bist wach!«, rief Arbanor und stürzte zum Bett. Deseas Gesicht war beinahe so blass wie die Leinen, auf die sie gebettet lag. Doch um ihre rosa Lippen spielte ein Lächeln, so zufrieden und satt, wie er es noch nie an seiner Königin gesehen hatte. Deseas Wangen überzog eine sanfte Röte und ihre Augen strahlten vom Wissen, vom uralten Wissen der Frau.

»Ich danke dir«, war das Einzige, was Arbanor hervorpressen konnte. Dann kniete er vor dem Bett der Königin nieder und küsste wieder und wieder Deseas Hand.

»Wie schön, dass du da bist«, flüsterte sie und schloss die Augen. Schweißperlen traten auf ihre Stirn, als sie den Druck von Arbanors Hand sanft erwiderte.

»Ich war viel zu lange weg«, murmelte Arbanor.

»Du bist rechtzeitig gekommen. Sieh sie dir an, deine Tochter, ist sie nicht das schönste Kind, das jemals unter der Sonne gesehen wurde?« Stolz schwang in Deseas Stimme mit, aber auch eine Müdigkeit, wie sie nur Frauen kennen, die das Wunder der Geburt mit Tagen und Nächten voller Schmerzen erlebt haben.

Langsam rappelte Arbanor sich auf und trat erneut an den Weidenkorb. Wie ein winziges Vögelchen lag das Mädchen zwischen den Kissen. Arbanor unterdrückte seinen Wunsch nach einem ausgiebigen Bad, um sich den Schweiß der Reise aus den Poren zu waschen. Sachte, als könne er das winzige Wesen zerbrechen, griff er in den Korb. Als er die Kleine hochnahm, grunzte das winzige Wesen leise.

»Sie ist leicht wie eine Feder«, flüsterte Arbanor. Desea lächelte, als sie sah, wie unbeholfen Arbanor den kleinen Körper in den Händen hielt.

»Drück sie ruhig an deine Brust, du kannst sie nicht zerbrechen.«

»Und wie gut sie riecht.« Arbanor senkte den Kopf und rieb seine Nase an der Wange des Mädchens. Die schwarzen Haare, nicht mehr als ein Flaum, kitzelten seine stoppeligen, unrasierten Wangen. Das Kind greinte und riss die Augen auf. Arbanor sah das tiefste und strahlendste Blau, das er jemals erblickt hatte.

»Wie die Wasser des großen Wehirs«, staunte er. Die kleine kommentierte die Worte ihres Vaters auf ihre Weise – mit einem hungrigen Schrei. Sofort öffnete sich die Türe und Gorda eilte in den Raum.

»Zeit für ein üppiges Mahl, Prinzessin«, sagte die Amme und nahm Arbanor mit geübten Griffen das Kind ab.

»Schone dein Weib, mein König«, brummte Gorda. »Sie hat Ruhe verdient.«

»Ach Gorda, lass meinen Mann bei mir und behandle mich nicht, als sei ich aus Wachs«, versuchte Desea zu scherzen. Doch der Schweiß auf ihrer Stirn strafte sie Lügen.

»Nicht lange, nur ein bisschen darfst du bleiben«, sagte die Amme zu Arbanor und ihr Blick duldete keinen Widerspruch. Kaum war sie mit dem schreienden Säugling verschwunden, setzte Arbanor sich auf Deseas Bett. Sachte strich er ihr die glänzenden Locken aus der Stirn.

»Bitte berichte mir, was du erreicht hast auf deiner Reise«, sagte die Königin und nickte ihrem Mann aufmunternd zu. »Du warst so lange fort, du musst eine Menge erlebt haben.«

»Das habe ich, Desea. Doch meine Reise zum großen Wehir wird zum Besten unseres Volkes sein«, sagte Arbanor und goss sich einen Schluck kühlen Saftes in einen zinnernen Becher.

Dann begann er zu erzählen...

Wie ein mächtiger Lindwurm schraubte das Heer sich über die Hügel. Es schien, als folgte dem Knaben, der auf einem ungestümen Rappen vorausritt und stolz die mit dem goldenen Drachen geschmückte Flagge des Königs hielt, ein Moloch aus Staub und Lärm. Arbanor war sich im Klaren darüber, dass er auch mit einer kleineren Truppe den Weg zum großen Wehir hätte antreten können. Doch Honrado und Alguien hatten ihm geraten, so viele Soldaten als möglich zum großen See in der Mitte Eternias mitzunehmen, um gegenüber dem Volk und vor allem gegenüber Ankou zu demonstrieren, wie stark und kampfbereit Tamars Truppen waren. Und so wälzten sich nun beinahe tausend Ritter auf ihren Pferden, noch einmal so viele Soldaten zu Fuß und eine lange Kolonne von Verpflegungskarren über die Berge und durch die Wälder.

Arbanor genoss jeden Tag, den er mit seinen Männern verbringen durfte. Er liebte es, sein Pferd unter sich zu spüren, die kräftigen Muskeln des Schlachtrosses, die unbändige Kraft des Tieres. Arbanor strahlte, wenn der Wind ihm ins Gesicht peitschte, und selbst wenn ein Wolkenbruch in bis auf die Haut durchnässte und er sich kaum am abendlichen Lagerfeuer zu wärmen vermochte, verlor der König seine gute Laune nicht.

Einzig Honrado und Alguien, die treuen Ritter, wussten, was Arbanors Herz mit solcher Freude erfüllte – Königin Desea war guter Hoffnung und ihr prall gewölbter Leib trug die Frucht des Königs. Alguien versuchte, nicht an das Ungeborene zu denken, denn mit jeden Tag, da Deseas Schwangerschaft fortschritt, wurde er mehr und mehr daran erinnert, dass er, Alguien, der Vater dieses Kindes sein sollte. Sein Herz weinte und seine Gedanken glühten vor Liebe zu Desea und vor Verachtung für den Mann, der seinen Samen in ihren wunderbaren Körper gepflanzt hatte. In seinem Kopf vermischte sich in manchen Augenblicken die Erinnerung an Cabos Männer, die alle nicht mehr lebten, und an Afeitar, der sein

Wohl weit weg finden wollte. Afeitar war aufgebrochen zu fernen Ufern... doch was bedeutete all dies, wo er, Alguien, doch so nahe an seinem eigenen Ziel war? Alguien schwieg und träumte. Und er war, wie seine Stellung es gebot, seinem König ein guter Berater. Gemeinsam mit Honrado beugt er sich an jedem Abend, wenn die Soldaten das Lager errichteten, über die Karten und suchte nach dem besten Weg für die Etappe des folgenden Tages.

Alguien kümmerte sich um die Waffen, welche die Soldaten mitführten, und hatte stets ein offenes Ohr, wenn einer der jungen Burschen über eine Blase an den Zehen oder über ein wund gerittenes Hinterteil klagte. Und während Honrado sich im Schein des Feuers über eine Pergamentrolle beugte und mit schnellem Kratzen der Feder die Ereignisse des Tages notierte, scherzte er mit Arbanor und maß sich mit diesem bei einer oder zwei Partien Tamarek.

Arbanor hätte ewig so weiter reiten können. Er wurde eins mit der sich langsam, aber stetig verändernden Landschaft und fühlte sein Herz im gleichen Takt schlagen wie das seines Schlachtrosses, während seine Gedanken denen seiner Männer nah waren wie selten. Arbanor fühlte und wusste, dass er einer von ihnen war, und er war stolz, dass er nicht in einem pompösen Zelt schlief, sondern sein Haupt wie die einfachen Soldaten auf das Moos des Waldes bettete und sich mit der Satteldecke den Leib wärmte.

Und dennoch freute er sich und stimmte in den Jubel aus hunderten Kehlen mit ein, als sie nach Wochen über die Kuppe des nur mit niedrigem, aber saftig grünem Gras bewachsenen Hügels schritten. Tief unter ihnen lag, einem unendlich großen Spiegel gleich, der blaue Wehir. Die bauschigen Wolken spiegelten sich auf der glatten Oberfläche und die schroff abfallenden Felsen, welche hinter dem vermeintlichen Hügel urplötzlich zum Ufer hin abfielen, schienen den größten See Eternias zu umarmen wie eine Mutter ihr Kind.

Arbanor strahlte, als er seinen Blick nach Westen gleiten ließ. Dort, am gegenüberliegenden Ufer, ragten ebenfalls Felsen schroff auf. Arbanor wusste, dass sich zwischen jenen mächtigen Steinen Höhlen verbargen und genau diese waren das Ziel.

Die Mittagshitze brachte die Luft zum Tanzen und Schwirren. Die schwitzenden Rösser trabten dem Wasser entgegen und auch die Soldaten beschleunigten ihren Schritt. Je tiefer sie kamen, desto kühler schien ihnen die Luft. Der Knabe, welcher mit der Flagge den Zug anführte, konnte kaum sein Pferd bremsen, als dieses über das mit runden Kieseln bedeckte Ufer preschte. Dann sprang er aus dem Sattel und im selben Moment, als der Gaul sein Maul in das kühle, erfrischende Nass tauchte, sprang der Junge mitsamt allen Kleidern in den See.

»Eine gute Idee!«, jubelte Arbanor und sprang, ohne sein Pferd zu zügeln, aus dem Sattel. Das Ross preschte in die sanften Wellen. Arbanor streifte hastig seine Stiefel und sein ledernes Wams ab. Sorgsam bettete er Askarion auf einen Felsblock. Das Schwert blitzte in der Sonne und schien mit seinem Herrn um die Wette zu strahlen. Arbanor drehte sich zu seinen Männern um, die unschlüssig am Ufer standen.

»Nun kommt schon, eine kleine Rast wird uns allen gut tun!«, rief der König und stapfte in das Wasser. Das eiskalte Nass ließ ihn schaudern, doch als er aus seinen zu einer Mulde geformten Händen einen kräftigen Schluck trank, schwappte eine Welle des Glücks durch seinen Körper. Lachend und mit Wasser um sich spritzend stiegen die johlenden Männer in den See. Kaum einer nahm sich die Zeit, um sich aller Kleider zu entledigen.

Die jungen Soldaten tauchten einander unter und neckten sich, und als einer direkt neben Arbanor stolperte und platschend ins Wasser krachte, konnte auch der König sich nicht mehr halten. Lachend schnappte er sich den Burschen, zog ihn am Schlafittchen aus dem Wasser und grinste ihn an.

»Ich hoffe, du kämpfst besser, als du schwimmen kannst.« Betreten schaute der Bursche seinen Herrn an. Das Wasser rann ihm über das Gesicht, doch als Arbanor schallend lachte, grinste der Soldat erleichtert. Arbanor gab ihm einen Schubs und der Soldat plumpste zurück ins Wasser.

»Hier kannst du nicht ertrinken, nur sauber werden«, lachte Arbanor.

Zwei Stunden später saß Arbanor wieder im Sattel seines Schlachtrosses. Nach dem erfrischenden Bad und einem kleinen Essen hatten die Truppen sich in der Mittagssonne gewärmt. Nun brachen sie heiter und erfrischt auf, um den See zu umrunden und das felsige Westufer zu erreichen. Dort wurden sie bereits erwartet.

Arbanor hob die Hand vor die Augen, um sie zu beschatten. Gegen die untergehende Sonne wirkten die Felswände wie ein schwarzer Scherenschnitt, der sich gegen den Himmel erhob. Der König kniff die Augen zusammen und ließ seinen Blick über die Steinwände gleiten. Dann, nach langen Minuten, in denen die Soldaten hinter ihm angespannt warteten, sah er den dünnen Riss, der durch den Felsen zu gehen schien – hier war es also, das geheime Tor, das ihn, den König, zum Geheimbund führen würde.

Langsam ritt der König näher und wie auf ein geheimes Zeichen hin glitt der schwere Stein zur Seite. Vor Arbanor und seinen Getreuen tat sich ein Anblick auf, den sie ihr Leben lang nicht vergessen würden: hinter den mächtigen Felsplatten verbarg sich ein von der Natur geschaffener riesiger Krater. Direkt hinter dem Steintor spannte sich eine wohl von der Natur geformte Steinbrücke über eine mächtige Schlucht, welche, einem Burggraben gleich, rings um den Felsenkessel lief. Arbanor stockte der Atem, als er die verborgene Burg des Geheimbundes erblickte.

Gehauen aus demselben Gestein, das überall in den Bergen um den großen Wehir zu finden war, bot allein die sandgelbe Farbe der

Burg Schutz. Die Baumeister hatten ganze Arbeit geleistet – keiner der sieben Türme war höher als die umliegenden Berge und stach so niemals gegen den meist blauen Himmel ab. Die mächtige Mauer, welche die Kammern des Geheimbundes umgab, verschmolz mit der Umgebung. Die gelblichen Steine waren überdies das beste Baumaterial Tamars – fest und doch gut zu behauen, dazu porös genug, um die Hitze des Tages zu speichern und in der Nacht abzugeben. Arbanor seufzte, als er an die oft klammen Kammern in Guarda Oscura dachte. Für einen Moment glitten seine Gedanken fort und er malte sich aus, wie es wäre, eine neue, wohnlichere Burg für sich und Desea zu bauen.

Ein Schlag gegen seine Schulter riss ihn aus seinen Tagträumen. Der König schwankte im Sattel und warf sich, wie er es tausendmal in den Übungen getan hatte, mit dem Oberkörper nach vorne. Arbanor umklammerte den Hals seines Rosses. Die Soldaten hinter ihm schrien auf. Wildes Kampfgeheul mischte sich mit dem Wiehern der Rösser und dem Zischen von Pfeilen, die den Männern um die Köpfe flogen. Arbanor gab seinem Pferd die Sporen. Mit der linken Hand hielt er die Zügel umklammert, mit der rechten zog er das Schwert aus der Scheide. Die Rubine leuchteten auf, schienen zu blinken, als seien sie stumme Mahner für das Übel, das in der Luft lag.

»Orks!« Honrados Schrei gellte durch das Kampfgeschrei. Das Trappeln hunderter Hufe brachte die Erde zum Beben. Gelbgoldener Sand wirbelte auf. Alguien duckte sich über der Mähne seines Rosses und gab dem Tier die Sporen. Schon war er neben Arbanor, gab dessen Ross einen Tritt mit der Stiefelspitze. Keinen Augenblick zu spät: in dem Moment, als das Tier sich erschrocken aufbäumte, sirrten drei Pfeile durch die Luft.

Nur wenige Millimeter unter dem Bauch des Tieres durchschnitten sie jene Stelle, an der Arbanor sich befunden hätte, wäre er nicht von Alguien gerettet worden.

»Danke«, keuchte der König. Doch der Ritter hatte sein Pferd längst gewendet und galoppierte an das Ende der Truppe. Von dort näherte sich eine Hundertschaft von Orks. Die matten Brustpanzer der Gestalten schienen die Sonne zu verschlucken und das animalische Gebrüll aus den Mäulern mischte sich mit dem Schnauben der Wesen. Die Soldaten stellten sich in Formation den anrückenden Orks entgegen. Die Schwerter blitzten, und wurde einer der Männer von einem Pfeil getroffen, rückten die anderen sofort nach, so dass sich die Reihen wie eine undurchdringliche Mauer schlossen.

Arbanor kämpfte auf der anderen Seite. Die Panzer der Rösser klirrten, als die Reiter die Pferde so nah als möglich nebeneinander platzierten. Der König war nun dankbar für die neuen Waffen und die harten und langen Turniere, die seine Männer in den vergangenen Monaten absolviert hatten. Die Klinge Askarions blitzte in der Sonne. Schwer lag der Griff in Arbanors Hand. Vor ihm baute sich ein Ork auf. Das Wesen bleckte die Zähne und zwei Reihen spitzer, gelblicher Beißer kamen zum Vorschein. Der König schauderte, als der Ork ausatmete und ihn eine Welle von Schwefelgeruch traf. Doch kaum hatte der Ork seine Hand gehoben, sauste Askarion nieder und hieb der Bestie den Arm ab. Brüllend torkelte der Getroffene. Arbanor hieb erneut zu. Die Klinge kratzte am Hals und drang dann, als wäre der Ork aus Butter geformt, mühelos durch die schmutzigbraune Haut in das Fleisch ein.

Arbanor sah nicht mehr, wie der Ork zu Boden krachte. Schon hatte er sich umgewandt, hieb auf einen anderen Ork ein. Pfeile surrten um seine Ohren. Der Soldat neben ihm schrie auf, als ein Pfeil in seine Schlagader drang. Fassungslos starrte der Junge seinen König an. Dann brach sein Blick und der Tote rutschte aus dem Sattel des Pferdes.

Arbanor schrie auf. Wut und Hass krochen in ihm hoch, legten sich über die Angst. Mit einem Mal sah er alles klar, war ganz ruhig. Gezielt hieb er auf die Orks ein und parierte die Schläge der stinkenden Wesen, wich den Pfeilen aus, die er aus dem Augenwinkel kommen sah. Ein Ork nach dem anderen stürzte brüllend zu Boden. Bald war die Erde getränkt von Blut. Von menschlichem Blut und dem stinkenden, schwelenden Blut der Orks. Der Knabe, welcher die Standarte trug, verharrte hinter einem Felsen. Seine Knie zitterten und Tränen rannen dem Jungen über die Wangen. Arrobar, der sich hinter seinem Onkel verschanzt hatte, versuchte, so gut es ging, auf die Orks einzuschlagen. Dann und wann gelang ihm ein Treffer, doch kaum hatte er einen Ork zu Boden geschleudert, schien ein neuer aufzutauchen. Arbanor hatte alle Hände voll zu tun, sich und seinen Neffen zu schützen. Als sich zwischen den Reitern eine Lücke auftat, handelte der König blitzschnell. Mit der Spitze des Schwertes Askarion stach er Arrobars Schimmel in die Flanke. Das Tier preschte los, durch die Lücke. Auf Höhe des Felsens, hinter dem sich der Fahnenträger verborgen hielt, stieg der Schimmel hoch. Arrobar rutschte aus dem Sattel und knallte auf den Hintern.

Sofort wandten sich drei Orks um und rasten hinter dem Jungen her. Der Fahnenträger hastete hinter dem Felsen hervor und zerrte Arrobar an den Füßen über den Boden. Die Orks näherten sich und Arbanor, der eben noch auf einen dank eines gezielten Schlages nun einarmigen Ork eingestochen hatte, gab seinem Gaul die Sporen. Ohne auf seine Männer zu achten, galoppierte er zu dem Felsen. Von hinten stach er zwei der Orks nieder. Doch der dritte setzte zu einem gewaltigen Sprung an. Eine Klinge blitzte auf. Arrobar schrie auf. Der Fahnenjunge brüllte. Warf sich auf den Neffen des Königs. Sein Schrei wurde erstickt von seinem eigenen Blut, das ihm aus dem Mund quoll, als der Ork ihm in die Kehle schnitt.

Arbanor jaulte auf. Noch im Ritt sprang er aus dem Sattel. Die Rubine an Askarions Griff blendeten ihn für einen Moment. Der Ork fuhr herum. Sein Harnisch aus grobem Leder war mit Blut bespritzt. Arbanor parierte den ersten Schlag und auch den nächsten. Aus dem Augenwinkel sah er, wie Arrobar sich unter dem toten Fahnenträger hervorschälte und hinter den Felsen schleppte.

Einen winzigen Augenblick nur wandte Arbanor den Blick zu seinem Neffen – aber lange genug, um seine Unachtsamkeit zu büßen. Die Klinge des Orks schnitt ihm in den rechten Oberarm. Heiß zerschnitt der Schmerz seine Gedanken. Ein Zucken ging durch den Körper des Königs. Sein Arm pulsierte – doch anstatt das Schwert nicht mehr halten zu können, schien Askarion ihm Kraft zu geben. Wie von selbst sauste die Klinge durch die Luft und trennte den Kopf des Orks von dessen Körper.

Desea hielt die Hand vor den Mund gepresst, als sie der Schilderung Arbanors folgte. Auch wenn die meisten Soldaten wohlbehalten wieder zurückgekehrt waren, so meinte sie doch, in Arbanors Erzählung ganz nah am Kampfgeschehen zu sein.

»Wie tapfer ihr gekämpft habt«, flüsterte sie. Zärtlich fuhr sie mit den Fingern über Arbanors Arm. Unter dem Hemd spürte sie den Verband, mit dem die Wunde bedeckt worden war.

Arbanor lächelte. »Wir haben es überstanden. Ich weiß nicht mehr, wie, aber irgendwann hatte sich der Kampf in Richtung der Burg des Geheimbundes fortbewegt. Gerade, als ich dachte, die Orks vermehren sich jedes Mal, wenn einer von ihnen getötet wird, da ertönte ein schriller Pfiff. Solch einen Pfiff hatte ich noch nie gehört.« Arbanor schauderte, als er an das Geräusch dachte, welches mit einem Schlag den Kampf beendete.

Arbanors Gedanken glitten zurück zur Schlacht: Wie die Orks, scheinbar von einer geheimen Macht gerufen, sich umwandten und hinter den Hügeln verschwanden. Wie die Soldaten keuchend zurückblieben, die Verwundeten auf dem Schlachtfeld suchten, die Toten zur Burg trugen. Wie die Männer des Geheimbundes erst dann die Zugbrücke über den Burggraben hinab ließen, als der letzte Ork am Horizont verschwunden war.

»Und ich war dankbar, dass Godefried bei uns war«, gestand der König seiner Frau.

»Wir haben ihn gebraucht, diesen Heiler.«

»Ich bin so froh, dass du wieder hier bist, hier bei mir und unserer Tochter.« Desea zitterte als sie daran dachte, dass sie zur Witwe hätte werden können. Ihr schwindelte. Die Kammer begann, sich vor ihren Augen zu drehen. Arbanors Gesicht verschwamm, wurde zu einer Fratze, die in einem Schleier wie aus Milch zu verschwinden schien. Arbanor erschrak, als Desea in die Kissen sank. Schweißperlen traten ihr auf die blasse Stirn und die Brust seiner Frau hob und senkte sich, als sei sie eben von einem schnellen Ritt zurückgekommen.

»Was ist denn? Soll ich Gorda rufen?« Hilflos strich Arbanor seiner Frau über die Wange. Desea schien zu glühen, doch Arbanors Berührung beruhigte sie. Langsam öffnete sie die Augen. Arbanors Gesicht war nun wieder klar und Desea wurde von einer Woge der Liebe erfüllt, als sie in seine Augen sah.

»Nein, es geht schon.« Desea rang sich ein Lächeln ab. »Die Geburt hat meinen Körper doch mehr Kraft gekostet, als ich dachte. Aber es ist gut, wenn du bei mir bist.« Arbanor atmete auf, als seine Frau ihn um einen Schluck Saft bat. Zärtlich stützte er die Wöchnerin und half Desea, den kühlen süßen Saft zu trinken. Seufzend sank sie zurück in das Kissen.

»Erzähle weiter«, bat sie Arbanor und schloss die Augen. Von den Krämpfen, die ihren Leib geschüttelt hatten, sagte sie kein Wort. Und so fuhr der König mit seiner Erzählung fort. Mit jedem Wort, das sich in seinem Mund formte, wurde er weiter zurückgetragen in der Zeit, bis Arbanor meinte, alles noch einmal zu erleben. . .

Im Inneren der Burg herrschte Stille. Das Schweigen der Novizen, die den König und sein müdes, verwundetes Gefolge einließen, lag schwer wie ein samtenes Tuch in der Luft. Nicht einmal der Wind schien Einlass zu begehren in die dicken Mauern, welche den Sitz des Geheimbundes umgaben. Die weißen Gewänder der jungen Männer wirkten wie Wände, die den Männern Tamars den Weg wiesen. Langsam ritt der König durch dieses Spalier. Einzig das Klappern der Hufe war zu hören und Arrobars leises Seufzen, als das schwere Tor sich lautlos hinter der Truppe schloss und sie Einlass gefunden hatten an diesen Ort der Stille, der sie wie ein sicherer Kokon umgab.

Wie auf ein geheimes Zeichen hin traten die Novizen einen Schritt zurück. Die Gewänder raschelten leise. Arbanors Ross schnaubte und der Schaum flog vom Maul des Tieres.

»Ich sehe, Ihr seid erschöpft«, hallte eine Stimme über den Hof. Arbanor kniff die Augen zusammen. Die graue Gestalt auf der obersten Stufe zum Hauptgebäude hob sich kaum gegen die Mauern ab. Erst als der Mann langsam näher kam, erkannte der König ihn.

»Sarvan!«, rief Arbanor und sprang aus dem Sattel. »Wie wohl es tut, Euch zu sehen.« Der König neigte sein Haupt und fiel auf die Knie. Arrobar tat es seinem Onkel nach und auch die Ritter Alguien und Honrado saßen von den Pferden ab. Die Soldaten, von denen sich einige vor Erschöpfung kaum noch auf den Beinen halten konnten, sanken mit einem tiefen, aus hunderten Kehlen brummenden Seufzen ebenfalls auf die Knie.

»Ich hatte große Sorge um Euch«, sagte Sarvan, als er vor Arbanor stand und den König Tamars sanft an der Schulter berührte. »Kommt und stärkt Euch, für alles andere ist immer noch Zeit.« Die dunkle, samtene Stimme des Obersten des Geheimbundes füllte den ganzen Hof aus. Arbanor rappelte sich hoch und strahlte Sarvan an. Die stahlgrauen Augen des Obersten schienen sein Innerstes zu berühren und Arbanor fühlte, wie allein der feste Blick Sarvans seine Kräfte ein Stück weit zurückbrachte.

Nun bemerkte er auch die zweite Gestalt, die aus dem Schatten Sarvans trat. Wie der Oberste des Geheimbundes trug auch der Mann sein Haar offen. Die von leichten grauen Strähnen durchzogenen Haare wallten ihm bis zur Hüfte. Doch anders als Sarvan hatte er einen kurz geschorenen Bart und trug anstelle des grauen Kittels ein moosgrünes Wams.

»Darf ich Euch Atik vorstellen?« Sarvan deutete zu seinem jüngeren Begleiter. Der nickte stumm, als Sarvan weitersprach: »Atik ist seit wenigen Monaten Zweiter des Geheimbundes. Wie Ihr seht, König Arbanor, ist mein Haar grau geworden und meine Gestalt beugt sich unter der Last der Jahre. Ich bin ein alter Mann und es war an der Zeit, einen Nachfolger zu suchen.« Sarvans Augen leuchteten auf, als er seinen von vielen Falten umkränzten Mund zu einem Lächeln schürzte.

»Oh, nein, ich denke noch lange nicht daran, das irdische Leben zu verlassen.« Aufmunternd drückte Sarvan den Arm des Königs. Der streckte Atik die Hand entgegen. Beherzt schlug der Zweite des Geheimbundes ein.

»Willkommen bei uns«, strahlte Atik und wandte sich an Arrobar. »Und du, junger Mann, kommst gleich mit mir. Ich habe genau das Richtige für einen jungen Krieger wie dich.« Fragend sah der Junge von seinem Onkel zu seinem Vater und zurück zu Atik. Alle drei nickten aufmunternd und so stapfte Arrobar, erschöpft und aufgewühlt zugleich vom eben Erlebten, hinter Atik die Treppe hinauf. In der Küche würde den Buben eine fette, heiße Milch erwarten und in der Kammer ein mit heißen Steinen aufgewärmtes Lager aus weichen Daunen.

Als der Junge außer Sicht war, gab Sarvan der Novizen einen Wink. Die einen geleiteten die Soldaten in den hinteren Burghof, die anderen packten die Gäule am Zaumzeug und führten sie in die Ställe. Alguien und Honrado wurden von zwei Novizen, die kurz vor den ersten Weihen standen, in den Palas geleitet. Für die Ritter hatte der Geheimbund komfortable Zimmer im ersten Turm eingerichtet. Stumm gesellten sich zwei Knaben, kaum älter als Arrobar, zu Sarvan.

»Seht es den Jungen nach, wenn sie Euch nicht mit den gebührenden Worten begrüßen«, sagte Sarvan lächelnd zu Arbanor. »Doch diese beiden sind erst seit kurzem im Noviziat und die ersten Wochen sind dem Schweigen gewidmet.« Der König nickte den Knaben aufmunternd zu, worauf der blassere von ihnen den Kopf senkte, so dass ihm die weiße Kapuze bis über die Augen rutschte. Der kleinere starrte Arbanor mit unverhohlener Neugier an und Arbanor spürte, dass der Knabe mit sich kämpfen musste, um nicht den Mund zu öffnen und zu sprechen.

»Wenn meine Begleiter nicht sprechen, so will auch ich stumm bleiben«, sagte Arbanor lächelnd. Dankbar kniff der Kleine die Augen zusammen und eine sanfte Röte schoss ihm in die Wangen.

»Hört gut auf das Schweigen dieses Mannes«, sagte Sarvan zu den Jungen. »Dies wird euch eine Lektion sein, wie ein König schweigt. Nutzt diese Lehre.« Mit strengem Blick sah er auf die Novizen hinab. Dann gab er ihnen einen Wink.

»Begleitet König Arbanor in seine Gemächer.« Und, zu seinem Gast gewandt: »Ruht eine Weile und kommt zu Kräften. Ich lasse einen Novizen schicken, sobald die Versammlung zusammengekommen ist.« Sarvan wandte sich nach links, um in die Studierstuben zu gehen, die sich wie kleine Markthütten an die Burgmauer schmiegten. Durch die winzigen Fenster konnte Arbanor die weißen Kutten der Schreiber erkennen, welche sich über die Tische beugten. Hinter einem Fenster stapelten sich Schriftrollen so hoch, dass kaum ein Lichtstrahl mehr in die Stube dringen konnte. Aus einer schmalen Tür trat ein Novize, der unter der Last der Bücher, die er mit sich trug, beinahe zusammenzubrechen schien. Doch sicher und ohne Zögern fand er seinen Weg zur nächsten Schreibstube, um die in schweres Leder gebundenen Folianten an ihren Platz zu bringen.

Einen Moment genoss Arbanor diese Atmosphäre der Stille, des Wissens und des Lernens. Dann gähnte er herzhaft und stapfte seinen stummen Begleitern hinterher, die Stufen des Palas hinauf und durch lange dunkle Gänge weiter und weiter in die Burg hinein. Es fiel ihm schwer, seine müden Glieder die scheinbar endlose Wendeltreppe hinaufzuhieven. Die Knaben vor ihm kamen kaum ins Schnaufen und als sie Arbanor endlich die Tür zu seiner Kammer in der obersten Turmstube öffneten, konnte der Kleine sich ein Grinsen nicht verkneifen.

»Lach nur über einen alten, schwachen Mann«, sagte Arbanor stumm zu seinem Begleiter und wischte sich den Schweiß von der Stirn. »Als ich so alt war wie du, bin auch ich die Treppen nur so hinauf geflogen.« Als könnte er Arbanors Gedanken tatsächlich verstehen, errötete der Novize. Stumm schlossen sie die Tür zur Kammer und bezogen Posten vor dem königlichen Gemach.

Wenig später, nachdem er seine Kleidung auf den mit Stroh und duftenden Kräutern ausgelegten Boden hatte gleiten lassen, sank Arbanor tief seufzend in einen Badezuber, der mit glattem Leinen ausgekleidet war. Das warme Wasser, auf dessen Oberfläche Kräuter und Blüten schwammen, schien seinen geschundenen Körper zu liebkosen. Arbanor roch den sanften Geruch von Kamille und spürte, wie die Kraft der Heilkräuter seine Wunden spülte und reinigte. Die Anspannung des Kampfes wich von ihm ab, und im warmen Wasser gelang es ihm, seine Glieder zu entspannen. Arbanor lehnte den Kopf an den Rand des Zubers und schloss die Augen.

Wie lange er gedöst hatte, wusste er nicht. Das Wasser im Zuber war inzwischen abgekühlt. Fröstelnd griff der König nach dem Leinentuch, das neben dem Zuber hing, und wickelte sich darin ein. Dann stieg er aus der Wanne und folgte dem Duft nach würzigem Wein und gebratenem Fleisch. Einer der Novizen musste das Mahl in die Kammer gestellt haben, während er schlief. Gierig griff Arbanor nach der Hühnerkeule. Das Fett tropfte in seinen Bart, als er sich schmatzend über die Lippen leckte.

Mit jedem Bissen kehrte mehr Kraft zurück in seinen Körper und der mit ihm fremden Gewürzen vermischte Wein legte sich wie ein Schleier über seine Gedanken, die sich dennoch mit jedem Schluck aufzuklären schienen, als vertrieben die Kräuter den Nebel in seinem Kopf. Als sich schließlich die Tür öffnete und die Novizen ihm stumm zunickten, hatte Arbanor sich bereits wieder angekleidet. Gestärkt und erholt war er nun bereit, der Versammlung des Geheimbundes gegenüberzutreten.

Arbanor reckte sich. Sein Arm, in dessen Kuhle Deseas Kopf ruhte, war eingeschlafen. Sanft hob er das Haupt seiner Gemahlin an, bettete Desea bequem in das Kissen und schüttelte seinen Arm.

»Schmerzt die Wunde?« Deseas Stimme war so leise, dass der König sie kaum verstehen konnte.

»Nein, nicht sehr«, entgegnete Arbanor. Sein Lächeln wurde überschattet von den Sorgen, die sich in sein Gesicht gruben, als er das blasse Gesicht seiner Frau sah. Deseas Atem ging flach, unregelmäßig schnappte sie nach Luft. Die sonst milchweiße Haut war fahl wie Pergamentpapier und die dünnen blauen Adern an ihrem Hals schimmerten durch die Haut. Arbanor sah, wie das Blut pulsierte, wie der Kehlkopf seiner Frau sich bewegte, als sie trocken schluckte. Rasch griff er nach dem Becher und führte ihn der

Kranken an die Lippen. Desea schnaufte schwer, als sie versuchte, sich auf die Ellbogen zu stützen. Arbanor umfasste sie mit der freien Hand. Zärtlich sah er zu, wie sie einige winzige Schlucke trank.

»Bitte erzähle weiter«, flüsterte die Königin, als sie in das Kissen zurücksank. »Deine Worte geben mir Kraft.«

»Solltest du nicht besser ruhen?« Besorgt streichelte Arbanor über Deseas Wangen.

»Ich werde Gorda rufen, damit sie dir einen stärkenden Trank bereitet. Oder Godefried - in seinem Kräuterkasten wird es etwas geben, das gut für dich ist.« Arbanor wollte aufspringen, doch Desea hielt ihn am Ärmel seines Hemdes fest.

»Nein, bleib, es ist nur die Geburt, die mich so schwach und müde macht.« Die blutleeren Lippen verzogen sich zu einem kleinen Lächeln, doch der Schleier über den sonst so klaren Augen strafte sie Lügen.

»Bitte bleib!«, sagte Deseas Blick. Unschlüssig wandte Arbanor den Kopf zur Türe. Doch als die Königin ihre Hand in seine legte, gab er nach.

»Wenn du es wünschst, dann bleibe ich. Doch ich werde nachher Gorda anweisen, dir die notwendige Kräftigung zukommen zu lassen.«

»Erzähle weiter, mein Lieber. Deine Worte sind Balsam für mich. Ich habe dich so lange entbehrt, und mein Herz dürstet nach deinen Worten.« Desea schloss die Augen.

Arbanor legte sich neben seine Frau auf das Bett. Hand in Hand lag das Königspaar da.

Einen Moment lang war nichts zu hören, außer dem Atem der beiden. Arbanor spürte, dass sein und Deseas Herz im selben Takt schlugen. Als sie sanft seine Hand drückte, leicht wie der Flügelschlag eines Spatzen, erzählte er weiter. . .

Arbanors Blick war auf die flatternden Gewänder der Novizen gerichtet, welche ihn zum Versammlungsraum führen sollten. Die Knaben schritten in schnellem Tempo durch die Gänge der Burg, so dass dem König kaum Zeit blieb, sich zu orientieren. Kaum waren sie um eine Ecke gebogen, hasteten die drei eine schmale Stiege hinunter. Weiter durch einen schmalen, fensterlosen Gang, der nur vom fahlen Licht einer kleinen Fackel erhellt wurde. Rechts und links waren zwei Dutzend schmaler Türen, dann gabelte sich der Gang. Die Knaben gingen nach rechts, stiegen eine Treppe hinauf, gleich darauf wieder einige Stufen hinunter.

»Wenn ihr mich jetzt stehen lasst, dann bin ich verloren«, rief Arbanor halb im Scherz. Der Kleinere wandte sich für den Bruchteil einer Sekunde zum König um und grinste schief. Dann hastete er neben seinem Bruder weiter und Arbanor blieb nichts anderes übrig, als der aus raschelnden weißen Stoffbahnen gelegten Spur zu folgen, welche die Novizen auslegten.

Arbanor stolperte. Die Wände aus grobem Stein schienen zu schwanken und der Boden, vor der letzten Biegung noch flach und eben, schien mit einem Mal anzusteigen, um keine drei Schritte weiter wieder abzufallen. Bald bogen sich die Wände scheinbar nach außen, bald wölbten sie sich nach innen und verengten die Gänge so, dass selbst die schlanken Novizen nur noch hintereinander gehen konnten. Der König keuchte und Schweißperlen traten ihm auf die Stirn, als er stolpernd, und sich mit den Händen an den kalten und feuchten Steinen abstützend, hinter den Knaben her hastete. Endlich erkannte er am Ende des Ganges eine in den Stein gehauene Treppe, die nach oben führte. Doch kaum hatte er das

Geländer berührt, stolperte Arbanor erneut. Nur mit Mühe konnte er sich festhalten, sonst wäre er in die Tiefe gestürzt – die Stufen, welche nach oben zu führen schienen, waren so angeordnet, dass niemand sah, dass die Treppe sich steil nach unten schlängelte. Arbanor stöhnte gegen das Dröhnen und Drehen in seinem Kopf an. Sein Blick war auf die wehenden Gewänder geheftet, als er die Treppe mehr hinunterrutschte denn lief.

Nach der letzten Stufe hob Arbanor das Bein zu einem großen Schritt, denn vor ihm tat sich eine kniehohe Erhebung auf. Kaum meinte er, dass sein Schuh den Steinboden berühren müsste, fiel er nach vorne. Der vermeintliche Hügel war eine Vertiefung. Arbanor schrie auf, als er stürzte und sein Knie mit voller Wucht auf die Steine krachte. Einen Moment wurde ihm schwarz vor Augen, doch der brennende Schmerz brachte ihn sofort wieder zur Besinnung.

Die Novizen blieben stehen. Doch sie wandten sich nicht zu dem Gestürzten um. Mühsam rappelte Arbanor sich hoch. Seine Handflächen, mit denen er den Sturz hatte abfangen wollen, brannten. Ein Fluch lag ihm auf den Lippen, doch gerade, als er den Mund öffnen wollte, griff der Kleine nach einem zwischen den Fugen verborgenen Hebel. Die steinerne Wand glitt einen Spalt breit auseinander und nacheinander schlüpften die Jungen hindurch. Arbanor schüttelte den Kopf – doch was blieb ihm anderes übrig, als sich ebenfalls durch die Ritze zu zwängen?

Auf der anderen Seite empfing den König gleißendes Licht. Hunderte von Fackeln und Kerzen erhellten den Saal, der wie ein weißes Meer wirkte. An den vier Wänden hatten sich die Novizen, einer weißen Mauer gleich, in mehreren Reihen hintereinander auf schmale Holzbänke gesetzt. Erstaunt blickte der König seinen beiden Begleitern nach, doch ehe er es sich versah, waren sie in den Reihen verschwunden und ihre Gewänder verschmolzen mit denen der anderen Novizen.

In der Mitte des Raumes lag ein blutroter Teppich, in den der Drache, der überall auf Tamar eine so große Bedeutung besaß, mit goldenen Fäden eingewoben war. An den beiden Längsseiten stand jeweils ein mit rotem Samt ausgeschlagener Stuhl. In einem von beiden saß Sarvan. Lächelnd nickte der Oberste des Geheimbundes seinem Gast zu.

Immer noch schwankend und gegen seinen Schwindel ankämpfend, ging Arbanor an den Novizen vorbei und folgte Atiks Wink. Der junge Mann stand direkt hinter Sarvans Sessel und gebot dem König, sich in den zweiten Stuhl zu setzen.

»Verzeiht, wenn wir Euch verwirrt haben«, sagte Sarvan lächelnd. Arbanor griff sich an die Stirn und wischte den Schweiß ab. Vor seinen Augen tanzten silberne Sternchen durch die Luft und der Boden vor ihm schien noch immer zu schwanken, so dass der gewebte Drache wie lebendig wirkte. Hinter ihm stieg leises Kichern aus den Reihen der Novizen auf, doch Sarvans strenger Blick brachte die jungen Männer auf der Stelle zum Schweigen.

»Es ist gut, dass der König Tamars den Weg zum Geheimbund gefunden hat«, sprach Sarvan weiter. Langsam beruhigte sich das Karussell in Arbanors Kopf und er konnte der Rede des Obersten von Minute zu Minute besser folgen.

»Euer Vater, der große Arbadil, hat Euch ein schweres Erbe hinterlassen. Nein, schüttelt nicht den Kopf, Arbanor. Die Zeiten haben sich geändert. Damals lag die erneute Ankunft Ankous in weiter, weiter Ferne. Ich hätte es erkennen müssen, dass ich mich irrte – doch damals war ich ein junger Mann, und die Zeichen wusste ich nicht zu deuten.« Sarvan zeigte auf den Teppich. Der Drache hatte sich beruhigt und lag nun still und friedlich vor Arbanor auf dem Boden.

»Der Drache ist das Zeichen Tamars. Er zeigt die Stärke und den Mut des Volkes. Und er zeigt auch, dass immer wieder schwarze Zeiten über Tamar hereinbrechen. Wir befinden uns mitten in einer schwarzen Zeit. Und wenn dieser Drache nicht siegt, so wird das Land in Dunkelheit und Kälte versinken und die Menschen werden Hass säen und sich bekriegen.« Arbanor schauderte, als er

429

die Worte des großen Sarvan hörte. Gebannt starrte er auf den greisenhaften Mann, dessen knorriger Finger Muster und Kreise in die Luft malte, während er sprach.

»Ankou sammelt Kraft mit jedem Unheil, das er schickt. Ihr habt die Signen wohl erkannt. Und mit jedem Mal, da er den Menschen zusetzt, nährt er sich weiter an den Tränen und dem Hass in den Herzen. Bis der Tag gekommen ist, da er zuschlagen kann.« Ein Raunen ging durch die Reihen der Novizen und ein Junge stöhnte ängstlich auf. Beschwichtigend hob Sarvan die Arme und auch Atik nickte den Novizen aufmunternd zu.

»Ankou hat Nebel geschickt und die Erde brennen lassen. Er hat deinen ungeborenen Sohn verunstaltet, hat die Ernte verseucht und die Tiere getötet.« Arbanor nickte und wagte es endlich, Sarvan jene Frage zu stellen, die ihm seit Wochen im Herzen loderte:

»Und was wird als nächstes geschehen?« Sarvan schüttelte bekümmert den Kopf, so dass sein langer weißer Bart hin- und herschaukelte.

»Ich weiß es nicht. Niemand weiß das.« Arbanor stöhnte innerlich auf. Der Geheimbund, so hatte er gedacht, müsse über alles Wissen Tamars verfügen. Hier, so hatte er gehofft, würde er Aufschluss erlangen über Ankous Pläne, und mit diesem Wissen würde er sein Volk und seine Soldaten wappnen können gegen das sechste Signum, dessen Erscheinen kurz bevorstehen musste.

»Es tut mir leid«, sagte Sarvan leise. Dann erhob er sich und winkte Arbanor, ihm zu folgen.

»Es gibt viele Möglichkeiten, wie Ankou die Menschen schwächen und sich selbst stärken kann«, erklärte der Oberste, als Atik und Arbanor ihm an den Reihen der Novizen vorbei quer durch den Saal folgten. »Wir wissen aus jenen Schriften, die unsere Ahnen uns bewahrt haben, dass Ankou viele Gesichter hat und viele Fähigkeiten. Einmal ist er selbst als vermeintlicher König erschienen, ein anderes Mal haben giftige Schlangen sich aus den Haaren der schönsten Frauen gebildet. Ankou wurde als Löwe gesehen und als riesiger Feuerball, die Menschen wurden geplagt von Hunger, Kälte oder allzu großer Hitze. Doch noch nie ist ein Zeichen wiedergekehrt. Wir können also nicht einmal ahnen, was Tamar als nächstes bevorsteht.«

Arbanor schluckte trocken, als er Sarvans Worte vernahm. Der wischte mit einer schnellen Handbewegung einen Vorhang, welcher vermeintlich ein Fenster verhängte, beiseite. Dann tastete er an den Steinen entlang, fand die kleine Kuhle, fingerte die Kette aus seinem Gewand und legte das Drachenamulett in die kleine Aussparung. Atik tat es ihm mit seiner Kette gleich und zusammen hatten die Amulette die Kraft, die Steine beiseite zu drücken. Knirschend glitt die Wand auf und ein kalter Luftzug brachte die Flammen der Fackeln zum Flackern.

Arbanor riss die Augen auf. Was er sah, nahm ihm den Atem: vor ihm lag eine scheinbar unendliche Höhle. Wie ein Dom wölbte sie sich in den Fels, breit und hoch. An den Wänden aufgestapelt lagen tausende und abertausende von Schriftrollen. Die einen noch fast weiß und frisch, doch je weiter er Sarvan und Atik in den riesigen Felsendom folgte, desto gelber und brauner wurden die Pergamente.

»Hier ist das gesamte Wissen des Geheimbundes versammelt«, sagte Sarvan nicht ohne Stolz.

»Mein Vater hatte mir davon berichtet, doch den Felsendom mit eigenen Augen zu sehen. . . « Arbanor fehlten die Worte, um seinen aufwallenden Gefühlen Ausdruck zu verleihen. Sarvan nickte verständnisvoll. Auch wenn Arbanor es gewesen war, der das Erbe des Vaters – die Suche nach einem allen Wesen verborgenen Platz – fortgeführt hatte, und auch wenn er es war, der dem Geheimbund den Auftrag zur Sammlung der Schriften gegeben hatte, so war er in diesem Moment doch zum ersten Mal an jenem Ort. Einem Ort, der Kraft und Magie besaß.

»In diesen Regalen und Felsnischen werdet Ihr hoffentlich die Antworten auf alle Fragen finden«, erklärte Sarvan. Sein langes

Gewand raschelte, als er voranschritt. Stumm folgten Arbanor und Atik.

»Auch haben wir die Geschichte unseres Volkes notiert. Das Erste, was unsere Novizen lernen, ist das aufmerksame Hinschauen und Zuhören. Wann immer ein Bote zum großen Wehir kommt, wird jedes Wort, das er uns mitteilen kann, von den Novizen aufgeschrieben.«

Sarvan drehte sich mit einem Ruck zu Arbanor um. »Doch das wahre Werk beginnt in den Schreibstuben. Hier sitzen jene aus unseren Reihen, denen es gegeben ist, wie ein Künstler mit Federkiel und Pergament umzugehen. Nicht alle der jungen Novizen haben die Geduld, die Feder so zu führen, dass die Nachwelt entziffern könnte, was der Schreiber sagen wollte.« Atik grinste, als Sarvan laut auflachte.

»Ich weiß, dass ich in einer alten Wunde rühre, mein König«, sagte der Oberste des Geheimbundes, als Arbanor sich hilflos am Kinn kratzte. »Euer Lehrer Ningun hat vergeblich versucht, Euch den Umgang mit der Feder nahe zu bringen. Das Schwert scheint Euch leichter in der Hand zu liegen als das Schreibgerät.« Arbanor grinste schief, doch schon schritt Sarvan weiter.

»Unter den Schreibern sind einige, leider zu wenige, die das, was die Worte sagen, auch in Bilder fassen können. Wir wissen nicht, ob unsere Sprache sich so bewahren wird, wie wir sie heute sprechen. In den ersten Schriftrollen, tausende von Jahren alt, zu lesen fällt selbst mir schwer. Die Worte klingen so anders, obwohl sie doch dasselbe meinen.«

Atik unterbrach seinen Meister. »Sarvan, Ihr seid der beste Kenner der alten Sprachen und von keinem hätte ich mehr lernen können.« Der Alte blickte Atik mit traurigem Blick an.

»Ja, Atik, schmeichle mir nur, doch mein Geist wird schwächer und ich vergesse vieles, was mir als junger Mann noch so leicht von den Lippen ging.« Sarvan seufzte tief, dann straffte er die Schultern und wischte mit einer fahrigen Bewegung über seinen weißen Bart, als könnte er so das Alter wegstreichen.

»Nun, Majestät, die wichtigste Arbeit ist mit dem Aufschreiben und Zeichnen unserer Geschichte noch nicht getan. Sind die Schriftrollen fertig, so wandern sie eine nach der anderen in die Stuben der Gelehrten. Dort prüfen jene Zöglinge des Geheimbundes, die in den Wissenschaften, der Kunst und Medizin unterrichtet wurden, die Wichtigkeit der Ereignisse und deren Zusammenhänge. In regelmäßigen Konferenzen tragen die Weisen ihre Erkenntnisse zusammen. Dann obliegt es den Kartographen des Tempels, die einzelnen Schriftrollen sowohl nach der Zeit als auch nach den Ereignissen zu ordnen. Sie sind es auch, die schließlich festlegen, an welchem Platz im Felsendom jede einzelne Rolle zu liegen kommt.« Sarvan zuckte mit den Schultern

»Und sie sind auch die Einzigen, die aus der Fülle unseres Wissens jene Bruchstücke zu finden wissen, die sich zum großen Ganzen fügen.« Staunend trat Arbanor an ein hölzernes Regal, das im schlingernden Licht der Fackel zu schwanken schien. Bis unter die Decke des mächtigen Felsendomes waren die Rollen gestapelt. Arbanor erkannte die roten Siegel, betrachtete das Pergament, das an einigen Rollen bereits brüchig geworden war.

»Es scheint wirklich unmöglich zu sein für einen Menschen, hier eine Antwort zu finden.«

»Aber nein, mein König, unmöglich ist es nicht. Doch ein wenig Geduld braucht es schon.« Atik lächelte und als Sarvan ihm aufmunternd zunickte, bat er Arbanor, ihm weiter in den Dom hinein zu folgen. Hinter mächtigen Regalen verborgen tat sich ein schmaler Felsengang vor den Männern auf. Hätte Atik ihn nicht mit sich gezogen, Arbanor hätte die schmale Spalte nicht bemerkt. Die Männer mussten sich, obwohl beide von schlanker Gestalt waren, seitwärts in den Gang zwängen. Langsam rutschten sie voran und Arbanor wagte kaum zu atmen. Immer wieder stieß er mit der Nase gegen den Felsen. Schulter an Schulter tasteten die beiden sich weiter. Schließlich schlüpfte Atik aus dem Gang. Arbanor strauchelte, als ihm plötzlich der Halt der Felswände fehlte.

Der Zweite des Geheimbundes hob die Fackel in die Höhe. Arbanor sah sich erstaunt um. Die Höhle, in der die beiden sich befanden, war kaum größer als ein Badezuber. Die Felsenkuppel wölbte sich nur eine Hand breit über ihren Köpfen und wenn Arbanor die Arme ausstreckte, stieß er mit den Fingern zu beiden Seiten gleichzeitig an den kühlen Fels. Fragend blickte der König auf die hölzerne Truhe mit den glänzenden Beschlägen, welche als einziger Gegenstand in der Höhle war.

»Unsere Kartographen haben jene Schriftrollen zusammengetragen, welche Euch am ehesten nützen werden«, erklärte Atik und wies auf die Truhe. »Macht es Euch bequem, so gut es geht. Ich werde am anderen Ende des Ganges auf Euch warten.« Atik drückte Arbanor die Fackel in die Hand und tastete sich blind durch die Dunkelheit des Ganges.

»Warum bleibst du nicht?«, rief Arbanor dem Mann hinterher.

»Weil dieses Wissen Euch allein dienen soll«, kam wie ein hohles Echo die Antwort aus der Felsspalte. Einen Moment noch lauschte Arbanor den sich entfernenden Schritten Atiks. Dann war es still. Kein Geräusch drang an Arbanors Ohr und die vollkommene Ruhe legte sich wie ein schweres samtenes Tuch auf sein Gemüt.

Rasch sah der König sich um und entdeckte einen kleinen Spalt im Felsen. Dort hinein steckte er die Fackeln. Dann kniete er vor der Truhe nieder. Seine Hände strichen über das glatte Holz und die schimmernden Beschläge, auf denen sich das Licht der Fackel wie in einem trägen Tanz spiegelte.

Vorsichtig langte Arbanor nach der Schließe und schlug den Riegel zurück. Knarrend öffnete sich die Truhe und gab den Blick frei auf zwei Dutzend Schriftrollen. An allen war das rote Wachssiegel erbrochen. Arbanor zögerte. Dann griff er nach der obersten Rolle. Knisternd rollte er das Pergament auf und begann zu lesen. . .

»Hast du gefunden, wonach du gesucht hast?« Arbanor musste sich direkt über Deseas Gesicht beugen, um sie zu verstehen. Die Worte seiner Frau waren kaum mehr als ein Hauch. Erschöpft öffnete Desea die Augen. Fiebriger Glanz verschleierte die sonst so tiefen Seen ihrer Seele. Arbanor erschrak.

»Ja, das habe ich. Ich habe gefunden, was uns eine Antwort auf Ankou sein kann.« Arbanors Hand zitterte, als er Desea über die Wange strich. Ihr Gesicht glühte.

»Ich werde Gorda holen«, murmelte Arbanor und sprang auf. Desea röchelte leise, doch sie brachte keinen Widerspruch hervor. Flatternd schlossen sich ihre Lider. Arbanor hastete zur Türe und riss sie auf.

»Komm rasch«, rief Arbanor. Gorda zuckte zusammen und fuhr herum. In ihren Armen wiegte sie das winzige Bündel Mensch. Bei der heftigen Bewegung der Amme erwachte die kleine Prinzessin. Rejas dünnes Stimmchen schickte Protestschreie in Richtung des Vaters. Doch der hatte keinen Blick für seine Tochter, denn hinter sich vernahm er das Stöhnen der Königin.

Wortlos nickte die Amme der Magd zu, die sich am Kaminfeuer zu schaffen gemacht hatte. Das Mädchen klopfte sich eilig den Ruß von der Schürze und eilte zu Gorda. Die drückte ihr Reja in die Arme und stolperte ins Gemach der Königin. Vorsichtig legte Gorda der stöhnenden Desea die Hand auf die Stirn. Der Schweiß klebte wie eisige Perlen darauf. Doch unter dem feuchten Schimmer glühte die Haut der Königin. Desea hatte den Mund leicht geöffnet. Langsam, viel zu langsam, kamen die Atemstöße.

Gorda hielt das Ohr an Deseas Mund. Ein übler Geruch von faulenden Eiern und Schwefel stieg ihr in die Nase. Vorsichtig schob die Amme den Mund weiter auf und betrachtete die Zunge, die von einem gelblichen Belag bedeckt war.

»Was hat sie nur?« Arbanor konnte die Sorge in seiner Stimme nicht verbergen. Als Gorda sich aufrichtete und ihm zuwandte, erschrak die Amme erneut. Der König schien zu schwanken, nervös pulte er an den Nägeln seiner kräftigen Finger.

»Ich weiß es nicht«, musste Gorda zugeben. »Ich weiß es wirklich nicht.« Ratlos schüttelte sie den Kopf und ließ verzagt die Schultern sinken. Aus dem Vorraum drang das leise Wimmern des Säuglings in die Kammer, unterbrochen vom Singsang der Magd, die das Kind zu beruhigen versuchte.

»Das habe ich noch bei keiner Frau gesehen, die frisch entbunden hat.«

»Aber Frauen fiebern doch oft. . .«, flüsterte Arbanor.

»Dies ist ein anderes Fieber«, erwiderte Gorda tonlos. Wieder beugte sie sich über den glühenden Körper der Königin. Sachte zog sie das Leinen beiseite und tastete mit geübten Griffen den Leib der Kranken ab. Der Bauch, den Desea voller Stolz getragen hatte, sollte nach der Entbindung schlaff sein, bis sich die Haut nach einigen Wochen wieder zu straffen begann. Doch als Gordas Hände über den Bauch tasteten, fühlte sie, wie prall und aufgedunsen der Leib der Königin war. Gorda tastete mit den Fingern nach den Organen. Sie fühlte die noch von der Schwangerschaft gedehnte Gebärmutter. Den Magen, aus dem grummelnde Geräusche drangen, sobald sie den Griff verstärkte.

Der ganze Leib war aufgedunsen und Desea zuckte vor Schmerz. Ein Stöhnen, mehr ein Kreischen, kam aus ihrer Kehle. Ihr Leib bäumte sich auf. Mit einem Satz war Arbanor am Bett seiner Frau. Voller Angst griff er nach den Schultern der sich windenden Kranken und versuchte, Desea an sich zu drücken. Es gelang ihm kaum, denn mit ungeahnter Wucht bäumte sich der schlanke

Körper wieder und wieder auf. Desea warf den Kopf hin und her. Speichel troff aus ihrem Mund, unter den geschlossenen Lidern rollten die Augen wie Murmeln.

»Gorda, so hilf ihr doch!«, rief Arbanor. Der Amme stellten sich die Nackenhaare auf, als sie ihre Herrin sah, die sich wie wild gebärdete. Plötzlich drang ein schriller Schrei wie von einem verwundeten Tier aus Deseas Kehle. Dann erbrach sie sich. Gurgelnd schnappte Desea nach Luft, ehe sie leblos in sich zusammensank. Erschrocken bettete Arbanor ihren Kopf auf das Kissen und sprang auf. Gorda griff nach einem feuchten Tuch und rieb damit über Deseas Gesicht, das wie trockenes Pergament wirkte.

»Geh und hol eine Magd«, presste die Amme hervor. Arbanor nickte und stolperte aus der Kammer. Das Kreischen des Säuglings und die verzweifelten Blicke des Mädchens, das den sich windenden winzigen Körper Rejas kaum festhalten konnte, nahm er nicht war. Als Arbanor den Gang entlang hastete und die Wachen anwies, nach einer Magd zu schicken, quiekte das winzige Bündel Mensch leise auf.

Arbanor gelang es kaum, sich in dem warmen Wasser zu entspannen, welches die Diener in den Zuber gefüllt hatten. Hastig rieb er seinen Körper mit der Bürste ab. Arbanor bemerkte, wie sehr seine Hände zitterten. Beim Gedanken an seine kranke Frau drehte sich ihm der Magen um – nicht aus Ekel, sondern aus echter Sorge. Mit einem lauten Platschen fiel die Bürste ins Wasser. Arbanor fingerte am Boden des mit einem leinenen Tuch ausgelegten Zubers nach der Bürste. An seinen Armen blieben die Kräuter haften, welche die Diener in das Badewasser gegeben hatten.

Schließlich gelang es dem König, die Bürste zu fassen. Wie mechanisch schrubbte er seine Hände und bemerkte dabei weder, dass seine Haut rissig wurde und aufsprang, noch, dass Honrado und Alguien hinter den Wandschirm getreten waren. Erst als der Diener mit gesenktem Kopf an die Wanne trat und Arbanor flüsternd den Besuch ankündigte, merkte dieser auf. Hastig ließ er sich in ein weiches Tuch wickeln und tapste, kleine Pfützen unter den Füßen hinterlassend, zu seinen Freunden.

»Wie geht es Desea?«, fragte Honrado. Sorge war in seinem Gesicht zu lesen.

»Wir haben gehört, sie hat die Geburt nicht gut überstanden?« Alguien reichte seinem Freund das Wams und die Beinlinge. Während der König in die Kleidung schlüpfte, schwieg er. Doch kaum hatte er die Schnüre an seiner Hose festgezurrt, schienen ihm die Beine den Dienst zu versagen. Schwankend schleppte Arbanor sich zu einem Sessel und ließ sich hineinfallen. Mit einem Mal fühlte er, wie die Müdigkeit von ihm Besitz ergriff. Die Anstrengung der Reise, die Sorge um Desea, die Freude über die Geburt seiner Tochter. . . Arbanor war am Ende seiner Kräfte. Nur mit Mühe konnte er die Augen offen halten. Am liebsten hätte er sich in sein Bett verkrochen und sich süßen Träumen hingegeben. Dennoch gelang es ihm, mit schleppender Zunge und in knappen Worten zu schildern, was sich im Gemach der Königin zugetragen hatte.

Als Arbanor erschöpft endete, schwiegen die Zwillinge betreten. Alguien scharrte mit dem rechten Fuß über die Dielen. Erstaunt öffnete der König die Augen – diese Geste konnte nur bedeuten, dass sein Freund verlegen war.

»Was ist geschehen?«, fragte er, als er in die sorgenvollen Gesichter der Ritter blickte. Honrado hob das Kinn und als Arbanor den Blick seines Freundes sah, war er auf einen Schlag wieder hell wach.

»Was wisst ihr?«, fragte er und sprang auf.

»Setz dich, du bist erschöpft«, entgegnete Alguien und fasste Arbanor an den Schultern. Er wollte ihn zurück in den Sessel bugsieren, doch Arbanor riss sich los.

»Es ist das Dorf«, begann Honrado und räusperte sich. »Das, was Desea und wohl der kleinen Prinzessin widerfahren ist, macht sich in Albages breit.« Fragend blickte Arbanor von einem Ritter zum anderen. Schließlich fuhr Alguien fort:

»Tizia ist wohlauf«, sagte er und unterstrich, wie zur eigenen Beruhigung, seine Worte mit ausufernden Gesten. »Wenn man davon absieht, dass sie Arrobar, kaum dass der Junge vom Pferd gestiegen war, in einen Zuber heißen Wassers getränkt, den Buben mit allerlei Suppen abgefüllt und in sein Bett gesteckt hat. Seiner Moral als Kämpfer wird dies nicht zu Gute kommen.« Alguien versuchte zu scherzen, doch Honrado und der König lächelten kaum. Also fuhr er mit seinem Bericht fort.

»Es waren wohl kaum ein paar Tage vergangen seit unserer Abreise, so berichtete Tizia mir, als sie auf dem Markt in Albages eine merkwürdige Szene beobachtete. Mein Weib war mit der ersten Köchin ins Dorf gegangen, um getrockneten Fisch und einige Früchte zu kaufen. Alles war wie immer, bis die Frauen am Stand des Tuchmachers stehen blieben. Tizia war ganz verzaubert von den silberdurchwirkten Bahnen und hat nicht bemerkt, was sich am Stand nebenan, beim Silberschmied abspielte. Als sie au blickte, sah sie, wie der Schmied sich am Boden liegend in seinem eigenen Erbrochenen wand. Die Umstehenden waren entsetzt zurückgewichen. Keiner machte Anstalten, dem armen Manne zu helfen. Der Tuchhändler nahm meiner Frau die Stoffe aus der Hand, riss alles an sich und rannte davon. Die umstehenden Weiber schnappten sich ihre Körbe und machten sich von dannen. Selbst unsere Köchin, ein altes fettes Weib, rannte, so schnell sie mit ihrem dicken Bauch konnte. Mit einem Mal war Tizia ganz allein auf dem Markt. Sie hörte nur noch das Röcheln und Würgen des Schmieds und das Gackern der verlassenen Hühner, die in den

Käfigen an den Viehständen waren. Tizia rief um Hilfe, doch längst waren alle Türen geschlossen. Niemand aus dem ganzen Dorf machte Anstalten, dem Mann zu helfen. Also beugte mein Weib sich zu ihm herab. Sein Gesicht, erzählte sie, war mit Erbrochenem verklebt, das so übel stank, als sei es nicht von dieser Welt. Doch ihr kennt Tizia, wenn sie etwas will, dann bekommt sie es auch.« Alguien grinste gequält.

»Sie lief zum Haus der Gendarmen und ich will nicht wissen, mit welchen Flüchen und Drohungen sie es geschafft hat, doch der General schickte ein halbes Dutzend Soldaten, die den armen Kerl ins Siechenhaus trugen. In der Nacht darauf ist er gestorben, erstickt an seinem eigenen Erbrochenen oder an etwas anderem, das konnte Tizia nicht in Erfahrung bringen. Wohl aber, dass der Schmied nicht der Erste war, den die Krämpfe heimsuchten, und längst nicht der Letzte.« Alguien wischte sich die Schweißperlen von der Stirn.

»Kinder brechen mitten im Spiel zusammen. Alte kauern sich auf die blanke Erde und die letzte Mahlzeit schießt aus ihrem Mund und aus ihrem Gedärm gleichzeitig. Dann folgen Krämpfe und Fieber, und in den meisten Fällen der Tod.« Alguien hatte sich bemüht, seine Schilderung in nüchterne Worte zu fassen. Doch seine Stimme bebte, und seine Augen suchten rastlos Halt und Hilfe bei seinem Zwillingsbruder und dem König.

»Es scheint eine Seuche zu sein, die die Menschen Tamars heimsucht«, schloss er seinen Bericht.

Arbanor kratzte sich am Kinn und schritt mit gesenktem Haupt im Zimmer auf und ab.

»Du sprichst von einer Seuche«, sagte er schließlich. »In der Tat scheinen die Menschen Angst zu haben vor einer Krankheit. Doch ich glaube nicht an simples Siechtum. Ich bin überzeugt, dass Ankou sein sechstes Signum sendet, und dagegen ist wohl kein Kraut gewachsen.« Der König lachte zynisch. »Was tun die Menschen gegen die Krankheit?«

»Das kann dir Godefried besser erklären, ich habe ihn rufen lassen«, beeilte sich Honrado zu sagen. Kaum hatte Arbanor genickt, riss der Ritter die Tür auf. Godefried stürmte herein. Mit einem Blick sah er, dass sein König informiert worden war – die Sorge um sein Volk hatte sich als tiefe Falten um Arbanors Mund und auf seiner Stirn eingegraben.

»Mein König«, sagte der Heiler und verbeugte sich kurz. »Wie kann ich Euch helfen?«

»Wenn du es nicht weißt, wer dann?«, brummte Alguien. Doch Arbanor hob beschwichtigend die Hand und bat seinen Magister, ihm Bericht zu erstatten.

»Die Beginen des Dorfes waren die Ersten gewesen, welche die Menschen zu Hilfe gerufen hatten. Die Frauen deuteten die Symptome der Krankheit – plötzliches und heftiges Erbrechen, Kopfschmerzen, Fieber und wasserfallartige Durchfälle – zunächst als simple Krankheit, die dann und wann über das Volk hereinbricht. Also verabreichten sie den Kranken jene Kräuter, die schon seit Urzeiten Linderung verschaffen: Kamille, ein Sud aus Ingwerwurzeln, Umschläge gegen das Fieber. Erst als die ersten Toten zu beklagen waren, wurde auch den Heilerinnen bewusst, dass sie es hier nicht mit einer gewöhnlichen Krankheit zu tun hatten.

Wir wissen von vielen Kräutern, die wirksam sein können. Doch sind diese schwer zu beschaffen. Ich habe in meinem Arsenal einige Kräuter, wie Kampfer, den Mohn Exevors oder auch die weißen Blumen von Lejano. Was ich an Vorräten hatte, habe ich den Beginen gebracht. Besonders der Kampfer schien, in Verbindung mit reinigendem Wein zu einem Sud gebraut, Wirkung zu zeigen. Das Erbrechen hörte auf – doch nicht lange. Nach einem Tag wurde es heftiger als zuvor. Ohne Kampfer starben die Menschen, nachdem sie Tage lang nur Galle herausgewürgt hatten. Mit Kampfer würgten sie auch – doch zur Galle mischte sich Blut.«

Hilflos hob Godefried die Hände.

»Ich weiß nicht, was ich tun kann«, gab der Magister mit zitternder Stimme zu. »Jede andere Krankheit kann ich mit einem Kraut oder einem Zauber heilen. Doch hier helfen nicht einmal die Rauchsäulen Eternias, der Knochenzauber oder die Runenmagie. Von der großen Heilkunst und der Kraft der Kräuter ganz zu schweigen.«

Arbanor schnappte nach Luft. Die Adern an seinem Hals schwollen an und sein Gesicht verzog sich zu einer roten Fratze, als er losbrüllte:

»Du bist der Magister dieses Landes und willst mir erzählen, dass du kein Mittel kennst gegen diese Seuche?« Die Angst um seine Frau, um seine neu geborene Tochter, mischten sich mit den Anstrengungen der Reise und den schlechten Nachrichten der letzten Stunden. Arbanor konnte gar nicht anders, als der inneren Anspannung mit einem heftigen Brüllen Luft zu machen. Denn je mehr er gehört hatte, desto klarer wurde ihm ein Bild: Ankou schlug zu. Härter und gewaltiger denn je.

Kaum hatte der König die letzten Worte gebrüllt, erschrak er über sich selbst. Alguien und Honrado sahen sich fragend an, Godefried senkte den Kopf und ballte die Hände unbemerkt in den langen Ärmeln seiner Kutte zu Fäusten. Arbanor holte tief Luft.

»Entschuldige, Meister Godefried, das habe ich so nicht gemeint«, beeilte sich Arbanor zu sagen. Er ging einen Schritt auf seinen Magister zu und legte die Hand auf den groben Stoff der schwarzen Kutte des Heilers.

»Schon gut«, presste dieser hervor und hob den Kopf. In den Augen seines Königs las er echtes Bedauern – und die nackte Angst.

»Ich werde mich gleich heute noch zu den Beginen aufmachen. Wer weiß, ob mein Zauber und die alten Kräuter nicht doch ein wirksames Mittel zustande bringen.« Arbanor nickte zu den Worten Godefrieds, doch er erkannte auch, dass der Magister selbst nicht an eine medizinische Lösung zu glauben schien.

»Wir werden alles tun, damit Ankou nicht unser ganzes Volk zu Grunde gehen lässt«, sagte der König. Die Männer nickten stumm. Doch in ihren Blicken war der Zweifel deutlich zu sehen.

Bereits an der Türschwelle schlug Arbanor der gallige Geruch des Erbrochenen entgegen. Er presste die Faust vor den Mund, um nicht selbst zu speien. Mit zitternden Händen drückte er die Klinke herunter. Desea hing in Gordas Armen, während eine Magd seiner Frau die irdene Schüssel vor das Gesicht hielt. Die Königin würgte und hustete, bis ein Schwall galliger Flüssigkeit in die Schüssel klatschte. Dann sank sie ermattet in die Arme der Amme, die ihr mit einem Tuch über den Mund wischte. Arbanor brach kalter Schweiß aus. Erschrocken zog er die Türe zu und hastete an den beiden Wachsoldaten vorbei zurück in sein Schlafgemach. Dort ließ er sich vor seinem Bett auf die Knie sinken und vergrub sein Gesicht in den Händen. Sein Körper bebte, als das Schluchzen langsam aus seiner Kehle drang. Arbanor fühlte die heißen Tränen, die über seine vor die Augen gepressten Hände rannen und sich mit dem galligen Geschmack auf seiner Zunge vermischten.

Er wusste nicht, wie lange er so verharrt hatte. Irgendwann versiegten die Tränen. Seine Knie schmerzten. Arbanor schnäuzte in den Ärmel seines Überrocks, rappelte sich hoch und blieb wie erstarrt stehen. Aus dem hinteren Teil des Zimmers, wo die Waffen in einer mit dem goldenen Drachen von Ahendis beschlagenen Truhe lagen, drang ein gleißend helles Licht. Der König kniff die rot geränderten Augen zusammen und legte sich zum Schutz vor der Helligkeit die Hände vor das Gesicht. Eine heiße Welle durchfuhr seinen Körper. Seine Hände begannen zu kribbeln und ihm war, als kröche ein Ameisenvolk durch seine Adern. Arbanor spürte, wie sein Herz schneller schlug – und doch war er gleichzeitig so ruhig, wie nie zuvor. Langsam ging er auf das Licht zu. Je näher er kam, desto wärmer wurde ihm, ganz so, als breitete jemand eine Felldecke über ihm aus.

Arbanor kniff die Augen zusammen und streckte die Hand aus. Als seine Finger den wabernden Rand des weißen Lichtes berührten, schien die Luft zu zischen. Doch der König erschrak nicht, sondern betrachtete fasziniert, wie das Licht sich vor ihm teilte und die gleißende Wand sich einen Spalt breit öffnete. Arbanor trat näher. Er lächelte, als das wabernde Licht ihn streichelte und schließlich umschloss. Sein Herz pochte wie tausend Trommeln, doch sein Atem ging ruhig. Vorsichtig öffnete er die Augen. Im Inneren des Lichtes war die blendende Helligkeit einem sanften Schimmer gewichen, der seinen Augen schmeichelte. Wie von einer unsichtbaren Macht gelenkt wurde seine rechte Hand zum Boden geführt. Arbanor kniete nieder. Vor seinem Körper teilte sich die Wand aus Licht und langsam tauchte aus dem weißen Nebel Askarion auf.

Arbanor berührte das Schwert mit den Fingerspitzen. Zärtlich strich der König über den Drachen aus Juwelen. Das Schwert vibrierte unter seinen Händen. Das Brummen schwoll an, wurde wieder leiser. Töne formten sich wie eine Musik aus dunklen Höhlen. Im Rhythmus von Arbanors Atem stieg das Brummen an, fiel wieder ab, verwandelte sich in ein Surren. Dann formten sich aus dem Nichts die ersten Worte. Arbanor wusste, dass nicht seine Ohren es waren, die Askarions Stimme vernahmen. Das Schwert sprach zu seinem Herzen und mit seinem Herzen antwortete der König.

»Ankou macht sich bereit. Seid gewappnet, ihr Menschen, das Böse ist stark und mächtig und es wird nicht lange zögern, ehe es euch alle verschlingt.« Die Klinge Askarions vibrierte und schwang hin und her. Arbanor ließ seine Finger über das Stahl gleiten.

»Was kann ich tun, Askarion?«, fragten seine Gedanken. Und das Schwert antwortete ihm:

»Ankou ist hungrig. Ankou ist durstig. Seit Jahrhunderten schlummert er in den Tiefen der Erde. Nun drängt es ihn an die Oberfläche. Gib ihm Nahrung und du gewinnst Zeit.«

»Welche Nahrung? Was will Ankou?«

»Das Blut eines Menschen, Arbanor, einzig das Blut eines Menschen, der Ankou ähnlich ist in Geist und Herz, kann seinen Hunger und Durst ein wenig stillen.«

Arbanor zitterte, als er die Worte des magischen Schwertes in seinem Herzen widerklingen spürte. Seine Kehle war mit einem Mal trocken, als hätte er seit Tagen nichts getrunken. Arbanor räusperte sich, wollte Askarion eine weitere Frage stellen. Doch das Schwert wurde mit einem Mal kalt und klamm. Das Licht, welches Arbanor wie ein schützender Kokon umgeben hatte, wurde schwächer, verblasste ganz. Arbanor fuhr über die Schneide, den mit dem Drachen geschmückten Griff, bis der letzte Lichtschein erloschen war. Dann umfing ihn dunkle Nacht.

Der Flügelschlag des Raben klang wie ein Donnergrollen in Arbanors Ohren. Sein Nacken schmerzte, als er den Kopf zum Fenster wandte. Ihn fröstelte. Vorsichtig versuchte der König, seine schmerzenden steifen Glieder zu bewegen. Der Steinboden seiner Kammer war keine besonders bequeme Bettstatt und Arbanor schalt sich selbst, dass er die Nacht auf dem blanken Boden und nicht in seinem weichen Bett verbracht hatte.

Mühsam rappelte er sich hoch und schlug das rote Tuch über Askarion. Wie aus dichtem Nebel tauchten die Worte des

Schwertes in seinem Bewusstsein auf, wurden mit jedem Atemzug deutlicher und größer. Ein Mensch, von so üblem Wesen wie Ankou selbst, sollte Blutopfer sein, um den Menschen Zeit zu geben, Ankous Hunger zu stillen.

»Solch einen Menschen gibt es nicht«, knurrte Arbanor. Dann schnaubte er laut. Vom Selbstgespräch des Königs aufgeschreckt, hüpfte der Rabe auf der Fensterbank umher.

»Ja, schau nur, du hast solche Probleme nicht«, knurrte Arbanor und trat einen Schritt auf den Vogel zu. Der Rabe krächzte, schüttelte sein Gefieder und legte den Kopf schief.

»Oder kennst du einen Menschen, der böse und gierig ist wie Ankou? Ich nicht, ich wahrlich nicht.« Arbanor schlug mit der flachen Hand auf den Tisch, so dass der Zinnbecher umkippte und klappernd zu Boden fiel. Der Rabe sprang vom Sims, breitete die Flügel aus und ließ sich auf einer Windböe ins Tal treiben. Arbanor sah ihm nach. Wie gerne wäre er dem Vogel gefolgt, frei und ungebunden, losgelöst von allen Sorgen und Problemen. Doch er hatte keine Flügel, ihn würde die Luft nicht tragen. Der König seufzte und ließ sich auf das Bett fallen. Schlafen, wieder einschlafen. Die Augen schließen und vergessen – nichts wünschte er sich in diesem Moment mehr. Doch kaum hatte er die Decke über sich gezogen, schwang die Tür auf und eine Magd brachte eine Schüssel mit heißem Wasser.

»Majestät, Euer Waschwasser«, murmelte das Mädchen. Arbanor erwiderte nichts und war dankbar, als die Schritte in den klappernden Holzpantinen sich Richtung Tür entfernten. Doch kaum war wieder Ruhe in seinem Zimmer eingekehrt, hämmerte es an der Pforte. Arbanor schwieg, presste sich das Kissen auf die Ohren. Doch der Besucher ließ sich nicht abhalten. Unaufgefordert stieß er die Türe auf und stürmte in die Kammer.

»Arbanor, du solltest kommen, Desea. . . « Gorda hatte den Satz noch nicht beendet, als Arbanor aus dem Bett schoss.

»Was ist mit ihr?«, rief er. Verdutzt bemerkte die Amme, dass der König offenbar in seinen Kleidern zu Bett gegangen war. Dunkle Ringe hatten sich unter den sonst so strahlenden Augen Arbanors eingegraben und die Haare standen ihm in allen Richtungen vom Kopf ab.

»Das Fieber ist gestiegen und sie ruft nach dir«, sagte Gorda und hastete hinter Arbanor her, der aus der Kammer stürzte und durch die Gänge zum Gemach seiner Frau rannte.

Keuchend berichtete die mollige Frau, die kaum mit Arbanor Schritt halten konnte, wie Desea sich in der Nacht wieder und wieder erbrochen hatte. Sie gab in kurzen Worten Auskunft über die Tränke und Tinkturen, die Godefried bereitet hatte. Und über das Fieber, das stündlich stieg.

»Sie fragt auch nach der Prinzessin, aber. . . « Gorda unterdrückte ein Schluchzen.

Arbanor blieb vor der Tür zu Deseas Kammern stehen. Die Wachhabenden senkten betreten die Köpfe. Beide waren kaum älter als Arrobar und dem schmächtigeren der beiden rannen Tränen über die flaumigen Wangen. Die Hellebarde in seiner Hand zitterte, als er die Worte der Amme hörte.

»Es tut mir leid, das arme Kind, unsere kleine Reja. . . dieser Durchfall, der schwache Körper und dann das Fieber. . . es tut mir so leid.« Arbanors Knie gaben nach und nur mit Mühe konnte er sich an der Wand festhalten.

»Wann?«, presste er hervor.

»Im Morgengrauen. Reja ist eingeschlafen. Und ich glaube, sie hat gelächelt.« Gordas mächtiger Busen hob und senkte sich heftig, als sie die Faust vor das Gesicht presste. Die Prinzessin war in ihren Armen gestorben. Sie brachte es nicht über das Herz, Arbanor zu sagen, dass das Kind eben nicht friedlich eingeschlafen war. Krämpfe, wie bei einer Tollwut, hatten den winzigen Körper bis zuletzt geschüttelt. Die blauen Augen schienen aus den Höhlen treten zu wollen und als das Röcheln schwächer wurde, hatte Gorda die kleine Reja ans Fenster getragen. Einmal wenigstens sollte die

Prinzessin den Mond und die Sterne sehen, die auch in dieser Nacht zum allnächtlichen Reigen am Himmelszelt standen, als wäre nichts geschehen.

»Weiß Desea es schon?« Stumm schüttelte Gorda den Kopf.

»Dann soll sie es auch nicht erfahren«, sagte Arbanor und wunderte sich selbst, woher er die Kraft in seiner Stimme nahm. Gorda schnäuzte sich in den Zipfel ihrer Schürze. Dann folgte sie dem König in das Gemach.

Die Leiche des Kindes lag in frisches Leinen gehüllt in einem mit Samt ausgeschlagenen Weidenkorb neben dem erloschenen Kamin im Vorzimmer. Arbanor beugte sich über seine Tochter. Zärtlich strich er ihr über die Wangen, die wie feinster Marmor wirkten.

»Schlaf gut, Reja, meine Tochter«, flüsterte er. Dann wandte er sich abrupt um. Aus Deseas Schlafgemach hörte er das Würgen und Husten seiner Frau.

»Ein neuer Anfall!«, rief Gorda, straffte die Schultern und stürzte in die Kammer. Arbanor folgte ihr. Bestialischer Gestank schlug ihm entgegen und er hatte Mühe, sich nicht neben das Bett seiner Frau zu übergeben. Zwei Mägde stützten Desea, deren Leib sich unter Krämpfen wand. Wieder und wieder würgte sie. Galle lief an ihrem Kinn herunter. Gorda packte die Kranke mit ihren starken Armen. Mit der einen Hand stützte sie Deseas schweißnasse Stirn, mit der anderen massierte sie ihr den aufgedunsenen Bauch. Desea keuchte und würgte, dann verkrampften ihre Hände, die Arme, bis sie sich schließlich stöhnend in den Kissen wand.

Hilflos trat Arbanor von einem Bein auf das andere. Den Mägden stand die Angst ins Gesicht geschrieben, als sie mit ungeschickten Bewegungen versuchten, die Kranke mit feuchten Tüchern zu säubern. Gorda drückte ihren Schützling in die Kissen.

»Geh hinaus, ich rufe dich, wenn es vorbei ist«, presste die Amme zwischen den Zähnen hervor. Arbanor gehorchte und stürzte aus der Kammer. Schwer atmend und noch immer gegen den

Würgereiz ankämpfend trat er im Vorraum an das Fenster. Tränen standen in seinen Augen, und den Raben, welcher über den Zinnen seine Runden flog, konnte er nur durch einen Schleier sehen. Er wusste nicht, wie lange er am Fenster gestanden hatte. Waren es Minuten? Stunden? Als Gorda hinter ihn trat und ihm die Hand auf die Schulter legte, fuhr er herum.

»Du kannst jetzt zu ihr gehen«, flüsterte die Amme. Ihre Stimme zitterte und die roten Wangen zeugten vom Kampf, der sich im Krankenlager abgespielt haben musste.

Arbanor sog die frische Luft in seine Lungen, ehe er die Tür zu Deseas Gemach öffnete. Die Mägde hatten Rosenblätter auf dem Boden ausgestreut und in den Kohlebecken glommen Dufthölzer. Der Rauch waberte durch die Kammer und nahm ihm schier den Atem – dennoch lag noch immer der gallige Geruch der Krankheit im Raum.

Leise näherte Arbanor sich dem Bett. Desea schien zwischen den Kissen zu verschwinden. Ihr sonst so rosiges Gesicht hob sich kaum gegen das weiße Leinen ab. Die Frauen hatten ihr das Haar mit moosgrüner Seide aus dem Gesicht gebunden und ein frisches Hemd übergezogen. Ihre Brust hob und senkte sich kaum. Vorsichtig ließ Arbanor sich auf der Bettkante nieder und strich über Deseas Hände, die sie über dem Leib verschränkt hatte. Sie waren eiskalt.

»Du bist da«, flüsterte Desea, als sie die Berührung Arbanors spürte. Langsam öffnete sie die Augen. Arbanor erschrak, als er den fiebrigen Glanz erblickte.

»Sch, sch, nicht sprechen, meine Schöne.« Arbanor legte seinen Zeigefinger auf Deseas trockene Lippen.

»Komm zu mir«, wisperte die Königin. Ein schwaches Lächeln umspielte ihren Mund. Arbanor schlug die Decke ein Stück zurück und legte sich vorsichtig, als könne er seine Frau zerdrücken, zu Desea auf das Bett. Die Hitze ihres Körpers empfing ihn wie warme Glut im Kamin.

»Bleib«, krächzte Desea. Dann schnappte sie nach Luft, Tränen traten ihr aus den Augen und rollten über die Wangen.

»Ich bin da, alles ist gut.«

»Bleib, bitte bleib.« Arbanor konnte kaum verstehen, was Desea sagte, ehe ihr die Augen zufielen und sie in einen unruhigen Schlaf fiel. Arbanor legte seine Arme fest um den fiebrigen Körper, strich seiner Frau die immer noch glänzenden und vollen Haare aus dem Gesicht und legte seine Wange ganz dicht an ihre. Deseas Brust hob und senkte sich, als lägen Mühlsteine auf ihrem Busen. Rasselnd sog sie den Atem ein.

Arbanor wusste nicht, wie lange sie so gelegen hatten. Seine Arme kribbelten, als er sich vorsichtig aufsetzte und den Raben beobachtete, der auf dem Fensterbrett hockte.

»Verschwinde«, knurrte der König. Das Tier legte den Kopf schief, schien sich zu besinnen und flatterte schließlich davon. Neben sich hörte Arbanor, wie Desea schwer schluckte.

»Ich habe Durst«, krächzte sie. Arbanor langte neben sich auf das Tischchen, wo ein Becher mit abgekühltem Tee stand. Mit dem einen Arm stützte er Deseas Kopf, mit der anderen Hand führte er ihr den Becher an die Lippen. Die Kranke nippte an der Flüssigkeit, benetzte ihre Lippen und sank schließlich kraftlos in Arbanors Arm zurück.

»Wo ist Reja?«, fragte sie. Arbanor zuckte zusammen. Eiskalte Krallen schienen nach seinem Herzen zu greifen und die Verzweiflung schnürte ihm den Hals zu.

»Ich möchte unsere Tochter sehen«, sagte Desea, als ihr Mann sich nicht rührte. Arbanor wunderte sich, mit welcher Kraft die kranke Frau gesprochen hatte.

»Es ist doch alles gut mit ihr? Sie ist doch nicht auch krank?« Angst mischte sich in Deseas Blick.

»Nein, nein«, beeilte Arbanor sich zu sagen. Verwundert hörte er sich selbst sprechen: »Ich hole sie«, sagte er und stand auf. »Ich bringe dir dein kleines Mädchen.«

»Warte«, flüsterte Desea und hielt ihn mit dem Blick aus ihren moosgrünen Augen zurück. Arbanor setzte sich auf die Bettkante und ergriff Deseas Hand. Noch immer waren die Finger eiskalt und Arbanor erschrak, als er das Zittern spürte.

»Ich habe keine Angst«, sagte Desea. Jedes Wort bereitete ihr Mühe. Sie konnte nur flüstern, sog nach beinahe jeder Silbe die Luft rasselnd in die Lungen.

»Meine Zeit ist gekommen, doch ich habe keine Angst.« Deseas Pupillen weiteten sich und drängten das satte Grün der Iris zur Seite, als Arbanor sie an sich riss, den kranken Körper an sich presste.

»Du darfst nicht sterben«, heulte er auf. »Du wirst nicht sterben!« Was wie ein Befehl klingen sollte, war nur ein erstickter Schrei. Arbanors Herz raste. Tränen stiegen in seine Augen. An seinem Hals, dort, in der kleinen Kuhle, die Desea so liebte, spürte er den heißen Atem der geliebten Frau.

»Ich liebe dich so sehr«, flüsterte Desea. »Ich liebe dich mehr als mein Leben. Kämpfe für unser Volk, Geliebter, ich kann es nicht mehr. Ankou hat mich als Opfer gewählt, doch ich habe keine Angst. Mein Weg ist dein Weg, Arbanor, Liebster.« Desea hustete. Rasch bettete er ihren Kopf auf das Kissen und strich ihr die Tränen von den Wangen.

»Ich bin so stolz, dass ich dir und dem Volk von Ahendis ein Kind geboren habe«, sagte Desea und lächelte. In ihren Augen glomm ein Fünkchen Freude auf, als sie langsam die Hand hob und Arbanors Wange berührte. »Meine Aufgabe ist getan, geliebter Mann. Wie gerne würde ich bei euch sein, meine Tochter Reja aufwachsen sehen. Doch Ankou will mich und ich werde gerne gehen, wenn es Tamar dient.«

»Sprich nicht so«, flüsterte Arbanor. »Du wirst nicht sterben, ich liebe dich, ich brauche dich!« Desea schloss die Augen, doch nur für einen Moment.

»Vielleicht hat das Schicksal wirklich etwas anderes gewollt, vielleicht sollte Tizia an meiner Stelle sein. Doch ich zahle ihn gern, diesen Preis, für mein Leben an deiner Seite.« Desea schien ganz ruhig zu sein und neue Kraft kehrte in ihre Stimme zurück. Arbanor atmete erleichtert auf, als sie ihn nun mit fester Stimme bat, die kleine Prinzessin zu holen.

»Ich will mein Kind sehen.« Arbanor hastete zur Tür, stürzte in den Vorraum und riss den winzigen leblosen Körper aus dem Korb. Gorda, die sich im hinteren Teil des Zimmers an Umschlägen und Wickeln zu schaffen gemacht hatte, fuhr herum und riss die Augen auf. Als sie das Feuer der Angst in Arbanors Augen lodern sah, begriff sie sofort. Ihr mächtiger Busen bebte, als sie mühsam die Tränen zurückhielt. Gorda presste die Faust auf den Mund, um nicht laut zu schreien. Hilflos sah sie Arbanor nach, der den toten Säugling in das Zimmer der Mutter trug.

»Meine Kleine«, flüsterte Desea, als Arbanor mit dem weißen Bündel an ihr Bett trat. Desea versuchte, die Arme auszustrecken, wie alle Mütter es tun, doch es gelang ihr nicht. Ungeschickt, wie alle jungen Väter, nestelte Arbanor an den Tüchern, die den winzigen Körper umhüllten. Dann legte er das Bündel auf Deseas Brust. Sachte strich er das Leinen zurück, damit die Mutter das Gesicht ihres Kindes sehen konnte.

»Wie friedlich sie schläft«, murmelte Desea. Ihre Augen glühten vor Freude, als sie zärtlich den Blick über das winzige Gesicht schweifen ließ.

»Sie ist so schön wie du«, presste Arbanor unter Tränen hervor.

»Kleine Reja... mein Kind«, flüsterte Desea. »Unser Kind.« Tränen des Glücks rollten ihr über die Wangen. Desea spitzte die Lippen wie zu einem Kuss, doch es gelang ihr nicht, den Kopf zu heben, um die Wange des Kindes zu erreichen. »Wie lieb ich dich habe, wie lieb ich euch habe.« Wie ein sanfter Windhauch kamen die Worte aus Deseas Mund. Ihre Augen fielen zu, die Lider flatterten wie Schmetterlinge. Dann kam ein Rasseln aus ihrer Kehle, ein leises Kieksen. Deseas Körper sackte zusammen, ihr Kopf kippte zur Seite. Um ihren Mund spielte ein seliges Lächeln, als der letzte Atemzug aus ihren Lungen kam.

Arbanor wusste nicht, ob er wachte oder schlief. Ob er weinte oder still vor sich hinbrütete. Er fühlte keinen Hunger. Keinen Durst. Keine Müdigkeit. Da war nur diese Leere. Diese unendliche Schwärze, die sein Herz umklammert hielt wie kalte Krallen.

»Wozu das alles?«, brüllte er die Wände an. Wozu noch regieren? Warum kämpfen? Er hatte doch längst das Liebste verloren. Mit Desea war sein Herz gestorben. Sie, die Liebe seines Lebens, sein Atem, sein Traum, hatten ihn mit in den Tod genommen. Arbanor war leer. Nichts in ihm schien lebendig zu sein. Nichts in ihm schien je wieder leben zu wollen. Tränen quollen aus seinen Augen, doch er wischte sie nicht weg. Die salzige Flüssigkeit rann in seinen Mund, den er zu einem stummen Schrei aufgerissen hatte. Wie ein Embryo rollte er sich zusammen, ballte die Hände zu Fäusten und verkroch sich unter dem Fell in seinem Bett. Doch er fand keine Ruhe, keine Wärme und keinen Trost.

Zitternd stand er auf und schlüpfte in die Lederpantoffeln. Die Wachsoldaten vor seiner Kammer senkten stumm die Köpfe, als er wie ein alter, gebeugter Mann an ihnen vorbeischlurfte.

Als Arbanor in den Gang zum Thronsaal einbog, verstummten die geflüsterten Gespräche der dort Versammelten. Mägde kauerten auf dem Boden, die Zofen hockten, sich an den Händen haltend, auf den harten Stühlen entlang der Wände. Stallburschen scharrten verlegen mit den Füßen. Gorda stand, Juela eng an sich gepresst, vor dem Fenster und starrte in die Nacht hinaus. Sie alle hielten Totenwache für ihre Königin und die kleine Prinzessin, die hinter der großen Türe aufgebahrt lagen.

Stumm öffneten die Wachsoldaten die Türe. Arbanor schlüpfte hinein. Den Schatten, der davonhuschte und sich lautlos hinter einer der Säulen verbarg, bemerkte er nicht. Mitten im Saal, der sonst fröhlichen Festen und großen Banketten als Rahmen diente, war ein Podest aufgebaut worden. Roter Samt bedeckte die Stufen, auf denen weiße Kerzen standen. Das flackernde Licht warf gespenstische Schatten in den Raum.

Langsam näherte sich Arbanor dem Podest. Der süße Duft der weißen Blüten, welche auf dem Boden ausgestreut waren, stieg ihm in die Nase. Vorsichtig, als könnte er eine Schlafende wecken, ging der König die beiden Stufen hinauf. In einem weiß bemalten Sarg, der mit den Zeichen der Macht verziert war, lag Desea.

Arbanor trat an den Sarg und lächelte. Wie schön sie war, wie friedlich sie aussah. Das Licht der Kerzen zauberte lebendige Schatten auf das wächserne Gesicht der Toten und Arbanor meinte beinahe, Desea schliefe nur. Zärtlich strich er ihr über die blasse Wange und erschrak. Sie war eiskalt. Ein Schauder durchfuhr ihn, als er über die geschlossenen Augen seiner Frau strich. Nie wieder würde er sich fallen lassen können in diesen See aus tiefem Grün. Nie wieder würde Desea listig blinzeln, wenn sie ihn necke. Niemals wieder würden diese Lippen zärtlich über seinen Hals fahren, nie wieder diese zarten Hände in seinen liegen. Arbanor stöhnte auf und ließ sich neben dem Sarg auf die Knie fallen. Seine Hände strichen zärtlich über die kalten Finger Deseas. In den Armen der Toten lag, zwischen den weißen Spitzen kaum zu erkennen, der winzige Körper der toten Prinzessin.

Minuten lang verharrte Arbanor regungslos am Sarg, strich Desea über das Haar, dann dem Kindchen über die kalte Wange.

»Meine Frauen, meine geliebten Frauen«, flüsterte er schließlich und rappelte sich hoch. Arbanor straffte die Schultern und trat an das Fußende des Sarges. Lange stand er reglos da. Die Tränen waren versiegt und hatten einer großen Ruhe Platz gemacht. Desea und Reja würden gemeinsam den Weg in die Ewigkeit gehen. Dort, in einer Welt, die den Lebenden verborgen blieb, würde das kleine Mädchen heranwachsen zu einer schönen und starken Frau. Arbanors Tochter würde regieren – auch wenn ihr Königreich niemals für einen lebenden Menschen sichtbar sein würde.

Ein sanfter Geruch nach Buschwindröschen und Veilchen drang in seine Nase. Deseas Duft. Arbanor schloss die Augen und sog die Luft tief in seine Lungen.

»Eines Tages wirst du im Reich der Toten einen duftenden Schleier tragen. Es wird der Tag deiner Hochzeit sein. Deiner Vermählung mit einem Prinzen des Lichts und eure Kinder werden zu Menschen werden und über die Felder Tamars wandeln, meine Tochter«, sagte der König.

»Leb wohl, Desea, und hab Dank für deine Liebe«, flüsterte er dann. »Und leb wohl, Reja...« Ein lautes Poltern ließ Arbanor herumfahren. Ein schwarzer Schatten stürzte hinter einer Säule hervor und riss dabei mit dem dunklen Umhang einen der schweren eisernen Kerzenständer zu Boden.

»Reja ist nicht deine Tochter«, brüllte der Schatten mit einer Stimme, die mehr zu einem Tier denn zu einem Menschen zu gehören schien.

»Wer bist du?«, schrie Arbanor und tastete nach seinem Schwert. Doch seine Hand griff ins Leere. Natürlich trug er keine Waffe, wozu auch in den Räumen seiner Burg?

Der König ballte die Hände zu Fäusten und spannte alle Muskeln an, bereit zum Sprung. Der Schatten schien zu schweben. Dicke schwarze Stoffbahnen waberten um den Körper, der sich langsam auf Arbanor zu bewegte.

»Ich bin es«, sagte die Stimme. Arbanor stellten sich die Nackenhaare auf – was er hörte konnte genau so gut von einem Hund wie von einem Wolf kommen. Und doch schien der Schatten eine menschliche Gestalt zu haben.

»Wer bist du?«, presste Arbanor hervor. Nur mit Mühe konnte er verhindern, dass seine Stimme zitterte.

»Ich bin es, der wahre Vater deiner Tochter, der wahre Mann an Deseas Seite«, sagte das Wesen und lachte. Dunkel, hohl und knarrend stieg das Lachen aus der Kehle des Schattens, waberte durch den Raum, prallte an den Säulen ab und kroch wie Faustschläge in Arbanors Ohren.

»Sie ist mein Weib und Reja meine Tochter«, wollte Arbanor brüllen, doch die plötzliche Angst legte sich wie ein eiserner Ring um seine Kehle und er brachte nur ein heiseres Krächzen hervor.

»Desea hat mich geliebt, nur mich, und ihr Leben war dem meinen geweiht«, rief der Schatten. Arbanor erstarrte.

»Ankou«, presste der König zwischen den zusammengekniffenen Lippen hervor. Der Schatten kicherte blechern, das aus einem Mund drang, den Arbanor hinter der tief ins Gesicht gezogenen Kapuze nicht erkennen konnte.

»Vom ersten Tag an habe ich sie mehr geliebt, als du es jemals konntest. Du warst nur im Stande, ihr ein missgestaltetes Kind zu schenken, ich aber. . .«

»Schweig!«, brüllte Arbanor und sprang vom Podest herunter. Unbändige Wut stieg in ihm hoch. Wie von einem wild gewordenen Drachen getrieben rannte er auf den Schatten zu. Doch der huschte zurück in die Dunkelheit, verbarg sich hinter einer Säule. Arbanor blieb stehen, sah sich im Saal um. Die Kerzen warfen lebendige Schatten in die Dunkelheit, doch ihr Licht reichte längst nicht aus, dass er das schwarze Wesen hätte erkennen können.

Vorsichtig näherte der König sich der nächststehenden Säule. Mit einem Satz sprang er um den Stein herum. Nichts. Hier war keiner. Arbanor schlich zur nächsten Säule und wieder zur nächsten, bis er am Ende des Saales angekommen war,

»Glaubst du wirklich, dass du mich fassen kannst? Mag sein, dass du das in der Vergangenheit glaubtest, doch ich war schon immer stärker.« Die Stimme hallte in dem leeren Saal wieder, prallte von den kühlen Wänden ab und überschlug sich. Arbanor erstarrte und presste den Rücken gegen die Säule. Das konnte nicht sein!

Etwas in der Stimme war ihm bekannt vorgekommen. Zu bekannt. Sein Magen verkrampfte sich und am liebsten hätte er sich auf den Boden erbrochen. Arbanors Knie gaben nach. Zitternd sank er zu Boden.

»Das darf nicht sein, nicht er«, keuchte Arbanor. Seine Gedanken überschlugen sich, wurden zu einem einzigen Knäuel, bis er überhaupt nichts mehr denken konnte und nur noch Angst war.

Hinter ihm, in den Tiefen des Saales, hörte er Stoff rascheln. Das Geräusch drang an seine Ohren, als wäre es lauter als tausend Drachenschwingen. Arbanor kam zur Besinnung und in seinem Kopf lief all das ab, was er je über Kampfkunst gelernt hatte. Blitzschnell entschieden seine Gedanken, was er zu tun hatte. Im Dunkeln tastete er sich zur Wand vor und fuhr hastig mit den Händen über den kühlen Stein. Schließlich stießen seine Finger gegen das Metall. Vorsichtig, um kein Geräusch zu machen, nahm Arbanor den Degen aus der Halterung. Ein stumpfer Schaudegen war besser, als gar keine Waffe, sagte er sich und schlich, den Rücken gegen die Wand gepresst, langsam vorwärts in jene Richtung, in der er den Schatten vermutete.

Die Waffe, welche sonst nur der Verzierung der Wände diente, lag viel zu leicht in seiner Hand. Arbanor wünschte sich, in diesem Moment den festen Stahl Askarions zu fühlen. Doch diesen Kampf würde er ohne das magische Schwert bestreiten müssen.

Meter um Meter schlich der König vorwärts. Seine Augen waren links und rechts zur selben Zeit, starrten in das Dunkel, erfassten alle Säulen. Schweißtropfen traten ihm auf die Stirn, als er so angestrengt ins Dunkel starrte.

»Du Gnom«, brüllte etwas direkt an seinem linken Ohr. Arbanor fuhr herum und hieb mit dem Degen in die Luft. Die Waffe sauste herum, ohne ein Ziel zu treffen. Schon klang blechernes Lachen aus der anderen Richtung an Arbanors Ohr. Wieder fuhr er herum, wieder stach er ins Nichts.

»Wie lächerlich du bist!« Der Schatten kicherte, doch Arbanor ließ sich nicht täuschen. Von vorne drang das Lachen an sein Ohr, doch er wusste, dass er getäuscht wurde. Arbanor fuhr herum, machte eine gewaltigen Satz und stach zu. Stoff riss, der Schatten jaulte auf. Das Echo hatte Arbanor nicht täuschen können.

»Du Hund!«, keuchte der Schatten. Dann traf Klinge auf Klinge. Metallische Schläge vibrierten, erfüllten die Luft. Das Keuchen der Männer, das Rascheln des schweren Stoffes. Metall auf Metall und dann ein Schrei. Ein Gurgeln. Ein Keuchen. Leises Hecheln und Stille. Tödliche Stille.

Arbanor ließ den Degen fallen und riss eine Kerze aus einem der großen Ständer. Hinter der Säule quoll schwarzer Stoff hervor. Arbanor kniete sich neben den Körper, der zuckend auf dem Boden lag. Die Kapuze war dem Wesen ins Gesicht gerutscht. Mit zitternder Hand riss Arbanor den Stoff zurück.

Ihm stockte der Atem. Die Augen grotesk verdreht, nach Luft röchelnd, lag sein Gegner am Boden. Die Kehle war durchtrennt, Blut quoll hervor, dazwischen blubberten kleine Blasen, als der Verletzte nach Luft schnappte.

»Verzeih mir«, flüsterte Arbanor und griff nach der Hand des Sterbenden. Der erwiderte schwach den Druck. Ein Lächeln huschte über sein Gesicht.

Es tut mir leid, formten seine Lippen tonlos, dann brach sein Blick. Das Gurgeln hörte auf.

»Leb wohl, mein Freund, mein Bruder«, flüsterte Arbanor. Dann strich er dem Toten sanft über die Lider und schloss damit für immer Alguiens Augen.

»Ich kann es nicht glauben.« Honrado schlug mit der Faust auf den Tisch. Tränen der Wut traten ihm in die Augen. »Warum er? Warum mein Bruder? Konnte Ankou sich nicht einen anderen aussuchen?« Rastlos ging Honrado im Zimmer auf und ab. Der Schmerz drohte ihm das Herz zu zerreißen. Mit Alguien war die Hälfte seines Lebens gestorben. Was war er noch ohne seinen Zwillingsbruder?

»Ich habe auch keine Antwort«, sagte Arbanor tonlos. Die letzten Tage hatten tiefe Spuren in seinem Antlitz hinterlassen. Arbanor schien über Nacht um Jahre gealtert zu sein. Die Haare hingen ihm strähnig in die Stirn und unter seinen Augen saßen dunkle Ringe. Um seinen Mund hatten sich tiefe Falten eingegraben. Sichtbare Zeichen seiner Trauer. Um Desea. Um seine Tochter. Um den Freund und Bruder, den zu töten er gezwungen wurde. Sichtbare Zeichen auch der Sorge um das Volk Tamars – denn mit dem Blut Alguiens mochte Ankou zwar für das Erste beruhigt worden sein, die Seuche aber wütete noch immer.

Müde schleppte sich Honrado zu Arbanor und setzte sich neben ihn auf die breite Fensterbank. Unten im Tal, verborgen unter einer Decke dichten Nebels, kämpften die Bewohner von Albages den täglichen Kampf gegen die Seuche. Es gab kein Haus mehr, in dem nicht wenigstens ein Kranker zu pflegen war. Kaum eine Familie, die nicht schon ein Grab ausgehoben hatte auf dem Friedfeld hinter den Mauern des Dorfes. Die Beginen hasteten von Haus zu Haus. Verabreichten den Kindern, Frauen und Männern Tränke und Umschläge, welche die Krämpfe und den Durchfall lindern sollten. Doch wen die Seuche einmal in ihren erbarmungslosen Krallen hatte, den ließ sie nicht wieder los. Mit jedem Schwall Erbrochenen husteten die Menschen auch einen Teil ihres Lebens aus. Bis sie schließlich unter Krämpfen den Kampf verloren und hastig von denen, die noch kräftig genug waren, in einer simplen Zeremonie verscharrt wurden in der Erde Tamars.

Arbanors Blick folgte dem Flug eines Raben, der über dem Nebelfeld im Tal seine Runden zog. Seine Gedanken aber wanderten zu Desea und Alguien. Zu Arbadil und Suava. In die Gruft der Könige. Desea hatte ihren Platz neben dem Königspaar gefunden. Und Alguien, sein Freund, sein Bruder, von dessen Herz und Verstand Ankou Besitz ergriffen hatte, ruhte im Nebenraum. Jenem Teil des in den Fels gehauenen Grabes, welcher den besten Rittern vorbehalten war.

Die letzten Worte Alguiens hallten in den Nächten in Arbanors Träumen wider. Wohl hatte er bemerkt, dass sein Freund mehr als Zuneigung für Desea empfand. Dennoch hatte er die Augen davor verschlossen. Wusste er Alguien doch mit der schönen, wenngleich auch spröden Tizia vermählt, die ihm den wunderbaren Sohn Arrobar geschenkt hatte.

Arbanor war sich Deseas Liebe sicher – trotzdem hatte Alguiens dunkles Erscheinen am offenen Sarg der toten Königin einen Stachel in sein Herz gepflanzt. War wirklich er der Vater der toten Prinzessin? Hatte Desea den Liebesschwüren des Ritters nachgegeben? In den Nächten brummten die Gedanken wie ein Schwarm Hornissen durch Arbanors Kopf. Erst wenn der Morgen graute und die Sonne die Nebel vertrieb, fand sein Herz Ruhe. Dann griff der König nach dem Amulett, das er seit Deseas Tod um den Hals trug. Im Inneren verbarg sich eine Strähne ihres Haares. Wann immer Arbanor den Deckel aufschnappen ließ und mit den Fingern über das seidige Haar strich, umfing ihn Deseas Duft und die Geliebte schien ihm mit einem Mal so nah zu sein. Honrado räusperte sich, dann stieß er Arbanor sanft gegen den Arm.

»Es hat geklopft.« Arbanor rieb sich die Augen und vertrieb so das Bild der beiden Särge, die nacheinander in die Felsengruft getragen wurden.

»Verzeih, ich war in Gedanken.« Der König räusperte sich, dann rief er den Besucher herein.

»Tizia«, rief Honrado erstaunt, als die groß gewachsene Frau das Zimmer betrat. Das blasse Gesicht war hinter einem schwarzen Schleier verborgen. Zum Zeichen der Trauer um den Mann und die

Schwester trug Tizia ein nachtschwarzes Kleid aus schwerem Samt. Mit einer eleganten Bewegung schlug sie den Schleier zurück. Honrado und Arbanor erschraken. Dunkle Ringe lagen unter den sonst strahlenden Augen von Alguiens Witwe. Tizias Hände zitterten und als Arbanor ihr einen Platz in einem der Sessel anbot, schüttelte sie nur stumm den Kopf.

»Arrobar ist krank«, presste Tizia hervor. Die sonst so kühle und beherrschte Stimme war voller mütterlicher Sorge um den Sohn.

»Alguiens Blut gegen die Seuche?«, höhnte Tizia und hob trotzig das Kinn. »Mein Mann ist tot, doch Ankou gibt keine Ruhe. Wozu das alles, wenn nun auch mein Sohn sich unter Krämpfen windet und der Tod seine eisigen Krallen nach ihm ausstreckt?« Die letzten Worte schrie Tizia und Honrado gelang es nur mit Mühe, das sich sträubende Weib in einen Sessel zu pressen.

»Nun beruhige dich, Schwägerin, und erzähle der Reihe nach«, sagte Honrado. Er strich der aufgelösten Frau über die Schultern. Aus rot geränderten Augen blickte sie von Honrado zu Arbanor.

»Gestern Abend noch schien Arrobar so gesund und munter zu sein wie immer. Ich hatte Mühe, ihn zum Schlafengehen zu bewegen, so aufgedreht war der Junge. Seit Alguien tot ist. . . « Tizia stockte, dann fing sie sich wieder und sprach weiter. »Seit Arrobars Vater von uns gegangen ist, wird der Junge von Tag zu Tag wilder, ganz so, als wolle er den Herrn im Haus ersetzen.«

»Das ist doch gut, Tizia«, sagte Arbanor und setzte sich in den Sessel neben seiner Schwägerin. »Arrobar ist ein guter Junge und wenn er nur halb so tapfer und mutig ist, wie sein Vater es war, so sehe ich der Zukunft Tamars gelassen entgegen.« Arbanors Worte klangen schlapp, doch kamen sie tief aus seinem Herzen und waren ehrlich gemeint – trotz der bleiernen Müdigkeit, die ihn seit Tagen im Griff hielt.

Dankbar sah Tizia den König an. Doch das Lächeln um ihre Lippen konnte den Stolz nicht verbergen, der sie erfüllte, wenn sie daran dachte, dass ihr Sohn eines Tages der König werden sollte. Für einen winzigen Moment gab sie sich den süßen Machtgedanken hin, dann sprach sie weiter.

»Mitten in der Nacht kam die Zofe und hat mich geweckt. Arrobar wand sich in Krämpfen und spie und spuckte. Es war widerlich.« Tizia zog ein parfümiertes Tüchlein aus dem weiten Ärmel ihres Kleides und tupfte sich damit über Nase und Mund.

»Die ganze Nacht hat der Junge sich erbrochen, und die Krämpfe wurden auch immer schlimmer.«

»Ich werde Godefried zu ihm schicken«, sagte Arbanor und sprang auf. Dann zog er an dem Strang, der durch ein ausgeklügeltes System mit Seilen und Schnüren verbunden war und der eine Glocke in der Kammer Godefrieds zum Läuten brachte. Minuten später war der Magister da. Mit ernstem Gesicht hörte er sich die Schilderung Tizias an.

»Ich werde meine Tasche packen und dann brechen wir sofort auf«, sagte er und machte auf der Hacke kehrt. Er hoffte, dass weder Tizia noch der König bemerkten, wie besorgt ihn die Erkrankung Arrobars machte. Nach den Erzählungen der Mutter hatte die Seuche auch ihn erreicht. Und obwohl Tizia kühl und in knappen Worten berichtete, wusste Godefried, dass der Tod in Gestalt Ankous längst um das Bett Arrobars schlich.

In der Tür wäre Godefried beinahe mit Gorda zusammengestoßen, die ein Tablett mit würzigem Wein balancierte. Hinter ihrem ausladenden Rock kam Juela zum Vorschein, die ein Körbchen mit frischem Gebäck brachte.

»Ich habe gehört, dass du da bist, Tizia«, sagte die Amme und stellte das Tablett ab. Rasch goss sie den warmen Wein in drei Becher und reichte sie den Männern und Tizia.

»Trinkt das, es wird euch gut tun«, sagte Gorda. Seit dem Tode Deseas schlich die Begine wie ein Geist durch die Burg, stets auf der Suche nach einer Aufgabe, nach einem Menschen, den sie pflegen und verwöhnen konnte. Ihre Tochter war längst zu einer jungen

Frau herangewachsen und trieb sich lieber mit den Mägden herum, statt sich von Gorda bemuttern zu lassen. Und Arrobar, den sie am liebsten an ihren großen Busen gepresst und getröstet hätte, verschloss sich zunehmend in sich selbst, je mehr er zum Mann wurde.

»Wie geht es dem jungen Herrn?«, fragte die Amme munter und sah Tizia mit einem Lächeln an. Doch als sie die Tränen in den Augen der stolzen Frau aufsteigen sah, erstarrte ihr mächtiger Körper zur Salzsäule. Tizias Blick sagte alles – Arrobar war gefangen im Griff der Seuche.

»Ich gehe sofort zu ihm«, rief Gorda. Tizia nickte stumm. Sie hatte nicht die Kraft, sich jetzt zu erheben. Der warme Wein und die schweren Gewürze breiteten sich wohlig in ihrem Leib aus und eine bleierne Müdigkeit überfiel sie. Die letzten Stunden hatten an ihren Kräften gezehrt und erst jetzt bemerkte sie, wie müde sie war.

»Ja, geh nur, ich komme bald nach«, murmelte Tizia. Doch Gorda war schon zur Tür hinaus und zerrte die heftig protestierende Juela hinter sich her.

Stunde um Stunde harrten Godefried und Gorda am Bett Arrobars aus. Die Amme umwickelte die Beine des vor Fieber glühenden Kranken mit feuchten Umschlägen, die sie aus Kräutern bereitet hatte. Godefried schabte den Belag von der Zunge, wischte seinen Mund mit Kräutern aus. Doch wieder und wieder würgte Arrobar. Längst war sein Magen leer und nichts als Galle landete in den Schüsseln.

Einige Minuten lang schien der junge Mann zu schlafen. Doch dann griffen Krämpfe nach seinen Muskeln. Von den Beinen an beginnend wanden sie sich den ausgezehrten Körper hinauf, pressten den Magen und die Lungen zusammen und machten erst Halt, wenn Arrobar beinahe keine Luft mehr bekam. Keuchend und hustend lag er dann in den Armen von Gorda, die kaum bemerkte, dass dann und wann Tizia in die Kammer des Sohnes schlich und untätig und nervös von einem Bein auf das andere trat, bis der üble Gestank sie aus der Kammer trieb.

»So kann es nicht weitergehen«, rief Godefried, nachdem im Morgengrauen ein schwerer Anfall den Körper Arrobars geschüttelt hatte und er halb ohnmächtig in den Kissen lag. »All mein Wissen scheint an dieser Seuche abzuprallen.« Wütend warf er den Stößel, mit dem er in einer steinernen Schüssel Kräuter zermalen hatte, in die Ecke.

»Ich kann nichts tun, es macht mich wahnsinnig«, rief der Magister.

»Alguiens Blut gegen die Seuche? Sein Leben für Ankou?«, bellte er und schlug auf den Tisch, so dass die Döschen und Behälter klirrten. »Welch ein Hohn! Sieh dir den Knaben an, wenn es so weitergeht, werden wir nichts weiter für ihn tun können, als ihn zu begraben.« Bei den letzten Worten Godefrieds war Gorda aufgesprungen. Nun fasste sie den Magister am Arm und zog ihn aus der Kammer.

»Wirst du wohl den Mund halten und nicht so vor dem Knaben sprechen?«, zischte sie. Dann knallte die Tür hinter den beiden zu. Draußen im Vorzimmer musste Godefried eine Tirade über sich ergehen lassen, welche die Wachhabenden, wäre nicht die Sorge um den Sohn des Hauses so groß gewesen, sicher zum Lachen gebracht hätte. Wie eine Furie sprach Gorda auf den großen Magister ein, der in sich zusammenfiel und nervös die Hände knetete. Dass ein kleiner Schatten hinter ihnen vorbeihuschte und in die Kammer Arrobars
schlüpfte, bemerkten die beiden nicht.

»Ich werde zurück zur Burg gehen, vielleicht kann ich in meinen Aufzeichnungen doch etwas finden«, sagte Godefried schließlich. Gorda nickte zustimmend und wandte sich um. Ehe sie die Tür zu Arrobars Kammer öffnete, warf sie Godefried noch einen strengen Blick zu. Doch der Magister war längst in Gedanken versunken und ging im Geiste all die Listen mit Kräutern durch. Irgendetwas musste es doch geben, was die Krämpfe heilen konnte!

»Was tust du hier?«, brüllte Gorda und war mit einem Sprung an Arrobars Bett. Juela zuckte zusammen und ließ den Becher, den sie eben noch an Arrobars Lippen geführt hatte, vor Schreck fallen. Mit einem dumpfen Poltern krachte das Gefäß auf die Dielen und zersprang in tausend Scherben. Eine grüne Brühe breitete sich zwischen den Scherben aus, in der winzige grüne Blätter schwammen.

»Was in aller Elfen Namen tust du da?«, kreischte Gorda und fegte Juela mit einem kräftigen Stoß vom Bett. Das Mädchen landete auf dem Boden und begann zu weinen. Arrobar in seinem Bett hustete, Gorda griff nach der Spuckschüssel und hielt sie dem Kranken vor das Gesicht. Doch auf das Würgen folgte kein neuerlicher Schwall Galle, sondern ein herzhaftes Rülpsen. Dann sank Arrobar in das Kissen und schnarchte leise.

»Was hast du ihm gegeben?« Gordas Hände zitterten, als sie ihre Tochter am Ärmel hochriss. Juela schwankte und legte schützend die Hände vor den Kopf, um sich vor den erwarteten Schlägen zu schützen. Doch statt der Fäuste ließ die Mutter wüste Beschimpfungen auf sie herabprasseln.

Als Juela keine Antwort gab, ließ Gorda sich schwerfällig auf die Knie fallen und stippte mit dem Finger in die Brühe, die langsam zwischen den Dielen versickerte. Der Saft schmeckte ein wenig bitter, etwas süß und roch... nach Erdbeeren.

»Was ist das, antworte!«, keifte Gorda. Juela schnäuzte sich in den Zipfel ihrer Schürze und begann stockend zu sprechen.

»Ich wollte doch nur helfen, Mutter, ich habe es nicht böse gemeint«, heulte das Mädchen. »Ich habe nichts anderes gefunden im Hof außer den Erdbeeren. Da habe ich aus den Blättern einen

Tee gekocht, Mutter, verzeih mir, ich wollte nur helfen, wirklich.« Juela heulte auf, doch Gorda hatte keine Zeit, sich um die junge Frau zu kümmern. Arrobar hustete und wieder sprang Gorda an sein Bett, um ihm die Schüssel vorzuhalten. Der Kranke würgte, sein Leib verkrampfte sich. Doch nur für einen Moment, dann war alles vorbei und Arrobar fiel erneut in die Kissen zurück. Ruhig atmend glitt er in einen tiefen Schlaf.

»Erdbeerblätter«, murmelte Gorda und schüttelte den Kopf. »Das ist doch nur etwas für schwangere Weiber«, brummte sie. Juela zuckte zusammen, als ihre Mutter sich blitzschnell umdrehte und einen Sprung auf sie zu machte. Doch anstatt Juela eine saftige Ohrfeige zu verpassen, nahm sie die Tochter in die Arme.

»Mein Kind, wenn du Recht hast, wenn in deinen Adern wirklich das Blut einer Begine, einer Heilerin fließt, dann wird Arrobar wieder gesund. Dann werden die simplen, einfachen, allen bekannten Erdbeerblätter der Seuche den Garaus machen.« Gorda wagte kaum auszusprechen, was sie dachte.

Stunde um Stunde hockten sie und Juela neben Arrobars Bett. Wieder und wieder legten sie dem Schlafenden feuchte Umschläge auf die Stirn, um das Fieber aus seinem Kopf zu ziehen, und wann immer er die Augen einen Spalt breit aufschlug, flößten sie ihm den Sud aus Erdbeerblättern ein, den sie in der Küche hatten zubereiten lassen.

In der zweiten Nacht kam Godefried aus Guarda Oscura zurück. Unter dem Arm trug er einen schweren Folianten, aus dessen Ledereinband einige lose Seiten zu Boden flatterten. Als die Amme ihm erklärte, was sie Arrobar zu trinken gab, ließ der Magister das Buch klatschend zu Boden fallen. Mit der flachen Hand klatschte er sich gegen die Stirn.

»Aber sicher, es ist so einfach! Da muss erst eine junge Dame kommen, um dem großen Magister zu zeigen, welches Kraut er wegen seiner Einfachheit wochenlang übersehen hat!« Juela grinste, als Godefried sie gegen die Schulter knuffte. Dann rollte sie sich im Sessel neben dem Kamin zusammen und kuschelte sich in das weiche Lammfell.

Juela schlief, als Arrobar schließlich erwachte.

»Ich habe Hunger«, krächzte er. Und kaum war Gorda verschwunden, um in der Küche einen Brei zu bereiten, war Godefried schon nach Albages geritten. Am selben Tag noch machten sich die Beginen auf und zogen mit frisch gepflückten Erdbeerblättern von Haus zu Haus. Ankou hatte verloren. Dieses Mal war er zufrieden mit dem Blut eines Menschen. Doch schon bald würde sein Hunger erneut erwachen und dann würde es nicht genügen, mit ein paar simplen Kräutern in den ungleichen Kampf zu ziehen.

Siebentes Signum

»Der, der Euch bislang behütet hat wie seine eigene Brut, wird gegen Euch aufbegehren. Und kein Heer kann diesen Drachen aufhalten. Doch gibt es Hoffnung, denn einzig die Hand eines echten Königs kann Askarion gegen das Monster siegreich erheben.«

Aus den Chroniken des Geheimbundes

Je weiter die Reiter in den Wald vordrangen, desto schweigsamer wurden sie. Einzig das Schnauben der Rösser und das vom mit dichtem Moos bewachsenen Boden gedämpfte Hufgetrappel waren zu hören. Arbanor hielt die Zügel seines Schlachtrosses lose in der linken Hand. Mit der rechten strich er sich die zerzausten Haare aus der Stirn. Der Helm auf seinem Kopf drückte gegen den Schädel, in dem ein dumpfer Schmerz wummerte. Der König seufzte und sah den Ritter, der direkt neben ihm sein Pferd durch das Unterholz lenkte, fragend an.

»Was hältst du von einer kurzen Rast, Honrado?«

»Könnte nicht schaden, mein Hintern fühlt sich an, als ob er zu Haferbrei geworden wäre.« Honrado grinste. Arbanor gab dem Fahnenträger, der die Truppe anführte, mit einem kurzen Pfiff zu verstehen, dass sie rasten würden. Wenig später hatten die Soldaten die Pferde zu einem kleinen Bachlauf geführt. Gierig soffen die Pferde das kühle Bergwasser, ehe die Reiter es ihnen gleichtaten.

Auch König Arbanor und Ritter Honrado knieten auf dem Boden und schöpften mit bloßen Händen das eiskalte Wasser.

Arbanor klatschte sich eine Hand voll Wasser ins Gesicht und prustete. Die Erfrischung war wohltuend – doch konnte sie nicht die Müdigkeit aus seinem Gesicht vertreiben. Seit dem Tode Deseas und Alguiens schien der König um Jahre gealtert zu sein. Tiefe Furchen hatten sich in sein markantes Gesicht gegraben. Erste graue Strähnen stahlen sich in sein Haar und färbten auch den Bart grau. Honrado klopfte dem Freund auf die Schulter und gemeinsam gingen sie zu dem hastig von den Soldaten für ihren König vorbereiteten Rastplatz. Wohlig seufzend ließen die Männer sich auf die ausgebreiteten Decken fallen und streckten die Beine weit von sich.

Nach den ersten Schlucken Bier aus einem mitgeführten Beutel schien wieder Lebenskraft durch die Adern des Königs zu strömen. Arbanor stützte sich auf die Ellbogen und ließ den Blick über die Truppe schweifen. Fast tausend Soldaten marschierten mit ihm gen Osten. Irgendwann morgen, spätestens in zwei Tagen, würden sie auf Unirs Truppen stoßen. Gemeinsam mit den Elfen hätten sie eine Chance, um gegen Ankou zu bestehen.

Arbanors Herz setzte einen Schlag aus, als er an die Gefahren dachte, denen er seine Soldaten würde aussetzen müssen. Die meisten waren junge Burschen, kaum älter als sein Neffe Arrobar, dem er trotz der wütenden Proteste verboten hatte, mit ihnen zu ziehen. Die Soldaten lachten und scherzten. Am Rand einer kleinen Lichtung beobachtete Arbanor, wie ein halbes Dutzend von ihnen sich gegen einen der dicken Baumstämme erleichterte. Helles Lachen drang zu ihm herüber, gemischt mit dem Klappern der Schwerter, die an anderer Stelle des Lagers gereinigt wurden.

»Es sieht aus wie immer hier in den Wäldern«, sagte der König nachdenklich. »Fast möchte ich meinen, alles sei nur ein böser Traum.«

»Ich ahne, wovon du sprichst«, sagte Honrado und nahm einen kräftigen Schluck aus dem Beutel. »Hierher scheint noch nichts von Ankous Zorn gedrungen zu sein.« Arbanor nickte stumm. Seine Gedanken kehrten heim, zurück nach Albages.

Im Dorf lag seit Monaten eine seltsame Ruhe über den Gassen. Die Menschen wagten sich nur vorsichtig aus ihren Häusern. Das Lachen der Kinder, welches sonst wie quirlige Schmetterlinge zwischen den Häusern hin und her gesprungen war, gab es nicht mehr. Denn es gab nach der großen Seuche kaum noch Kinder. Und jene, die nicht von den Krämpfen getötet worden waren, wurden von ihren Müttern in den Häusern behalten. Ganz so, als könnte ihnen zwischen den Mauern nichts geschehen.

Und auch das Geplänkel der Alten war verstummt. Wo sonst die knorrigen Weiblein und die vom Alter gebeugten Männer auf den Bänken vor den Häusern gesessen hatten, ɛalten sich jetzt Katzen in der Sonne. Denn die Alten gab es nicht mehr. Viele waren noch vor den Kindern an der kräftezehrenden Krankheit gestorben.

Der Fluch der Seuche lag noch immer wie ein dunkler Schleier über Albages. Und auch in jenen Dörfern, die der Tross des Königs in den vergangenen Tagen auf dem Weg zum Meer, Richtung Elerion, durchquert hatte, war noch lange nicht an ein normales Leben zu denken. Das Vieh war schwach, die Kornspeicher noch nicht wieder voll gefüllt und diejenigen, denen die Krankheit nichts hatte anhaben können, lenkten ihren Blick wieder und wieder zum Himmel. Richtung Osten.

Dort spielte sich am Horizont ein Schauspiel ab, das Arbanor Schaudern machte. Wie kerzengerade Türme schraubten sich seit fast einem Monat sieben schmale Rauchsäulen in den Himmel. Die grauen Schwaden schienen von keinem Wind durchkämmt zu werden und wenn die Sonne schräg gegen die wie Soldaten aufgereihten Nebeltürme schien, dann wirkten sie undurchlässig, hart wie Stein. Arbanor erinnerte sich an die Erzählungen seines Vaters. Auch er hatte solchen Rauchsäulen gegenübergestanden. Für ihn hatten sie das Ende der guten Zeit Tamars bedeutet. Und den Anfang von Ankous aufkeimender Herrschaft.

In den Blicken der Menschen lagen Faszination und Angst zugleich. Die wenigen Alten, die noch lebten, ließen in ihren Erinnerungen die Zeit von Arbadils Herrschaft wieder auferstehen. Und die Jungen, welche den Beginn der Kämpfe Ankous nicht erlebt hatten, schauderten bei dem Gedanken an das, was ihnen allen womöglich kurz bevorstand. Auch Arbanor konnte seine Unruhe nicht verbergen. Und die einzige Möglichkeit, das wusste er, war der Kampf. Er würde nicht vor Ankou zu Kreuze kriechen. Und selbst wenn der bloße Gedanke an die sieben Rauchsäulen ihn zu lähmen schien – er musste etwas tun. Für sein Volk. Für Desea. Für Arrobar. Und für sein eigenes Herz. Doch allein, auch das wusste Arbanor, würden er und seine Soldaten einen aussichtslosen Kampf ausfechten.

Nur einer konnte ihm helfen – Unir. Der Sohn des großen Menoriath war im selben Moment aufgebrochen wie die Menschentruppe. Bald würden sie sich treffen. Arbanors Herz begann zu rasen bei dem Gedanken, seinen alten Freund endlich wieder zu sehen. Vor Freude. Und auch vor Sorge. Denn dieses Mal war es kein friedlicher Grund, der die so unterschiedlichen Völker zusammenführte.

Arbanor lächelte, als er zu Honrado hinüberblickte. Der hünenhafte Ritter lehnte mit dem Rücken am Stamm des knorrigen Baumes, hatte die Hände vor dem Bauch verschränkt und schnarchte leise. Die Haare waren Honrado ins Gesicht gefallen und verdeckten seine Augen, so dass die markante Nase noch stärker hervorstach als sonst. Im Profil ähnelte er seinem Bruder Alguien. So unterschiedlich die Zwillinge seit dem Tag ihrer Geburt auch waren – Arbanor erkannte in Honrado, der lebendig neben ihm saß, den getöteten Freund. Ein Schaudern überkam ihn, als er an Alguien dachte. Arbanor stöhnte auf.

»Was ist?« Honrado strich sich die strähnigen Haare aus dem Gesicht und sah den König aus verschlafenen Augen an.

»Schon gut«, murmelte Arbanor. Doch der Freund aus Kindertagen ließ sich nicht täuschen.

»Dich beschäftigt doch etwas?«

»Ja, Honrado, du hast Recht«, erwiderte Arbanor und winkte den Ritter näher zu sich. Die Soldaten, welche träge unter den Bäumen lagen oder umherschlenderten, mussten nicht hören, was ihre Führer zu besprechen hatten. Honrado und Arbanor steckten die Köpfe zusammen.

»Ich frage mich«, begann Arbanor, »ob es überhaupt einen Sinn macht. Ich meine: was, wenn wir gen Osten reiten, wo die Vortruppen bereits das schwere Kriegsgerät hingeschafft haben, Ankou aber zeigt sich ganz woanders?«

Honrado schüttelte den Kopf. »Alle Voraussagen wurden geprüft. Von Godefried, vom alten Meister Ningun in seinem Exil, vom Geheimbund und nicht zuletzt warst du selbst in den Felsenkammern und hast die Schriften studiert. Ihr könnt euch nicht irren, Ankou schlug stets im Osten zu.«

»Das mag sein und ich war auch überzeugt davon, dass es das einzig richtige ist, die Schleudern und Soldaten in den Ostgebieten in Position zu bringen. Dennoch drängt mich die Frage, ob Ankou nach so vielen Jahren, in denen er Zeit und Möglichkeiten hatte, sich zu stärken, nicht auch seinen Willen gestärkt hat. Ich meine, er könnte doch ein ganz anderes Ziel haben, als uns auf dem Schlachtfeld zu treffen?«

»Bist du nun der König Tamars oder nicht?« Honrado grinste gequält. Doch aus seinen Augen sprach unverhohlene Neugier, mit der er jedem einzelnen Wort aus dem Munde seines Freundes folgte.

»Scherze nicht, ich meine es ernst«, erwiderte Arbanor fast flüsternd. Neben ihnen gingen drei Soldaten vorbei und grüßten artig, doch kaum waren sie um den mächtigen Baum gebogen, rannten sie los zum kleinen Flusslauf, um sich wie spielende Kinder im Wasser zu vergnügen.

»Ankou wird ahnen, dass wir alle Kräfte bündeln. Muss es ihm nicht auffallen, dass auch die Elfentruppen ihre Heimat verlassen haben?«

Honrado nickte und rieb sich nachdenklich das Kinn. Dann kramte er aus der Satteltasche, welche die Knappen neben den Decken des Königs ausgebreitet hatten, eine Pergamentrolle hervor und breitete sie aus. Mit sauberen Strichen waren die Truppenbewegungen eingezeichnet. Noch einmal gingen der König und der Ritter den Weg durch, den sie bis zum vereinbarten Treffpunkt mit Unir würden nehmen müssen. Ehe sie die Truppen zum Aufbruch riefen, gingen beide noch einmal die Waffenlisten durch.

»Mehr als zweiundvierzig Dutzend Schleudern wurden in den Osten geschafft. Die Ochsenkarren sind vor Wochen aufgebrochen und müssten das Ziel längst erreicht haben«, dachte Arbanor laut nach. Honrado hing mit den Augen an seinen Lippen und schien jedes einzelne Wort in sich aufzusaugen.

»Wir haben Dutzende von Kisten, in welchen die Zutaten für das magische Feuer lagern. Wir haben die besten Bögen, die stärksten Schwerter und wir haben alle Soldaten, die wir nicht zum Schutz der Dörfer und Städte benötigen.« Arbanor wiegte den Kopf hin und her. Auf dem Papier mit den langen Zahlenkolonnen wirkten die Truppen und Waffen gigantisch. Dazu käme noch Unirs Elfenheer. Dennoch blieb ein Rest von Zweifel für den König. Trotz aller Vorbereitungen war ihm mulmig zumute. Und das plötzliche Blitzen in Honrados Augen trug auch nicht zu seiner Beruhigung bei.

Arbanor stockte der Atem, als er als erster über die Hügelkuppe ritt. Das Pferd trat aus dem Schatten der kühlen Bäume. Mit einem leisen Brummen brachte der König das Ross zum Stehen. Vor ihm lag eine weite Ebene, die sich wie ein viel zu groß geratener Teller bis zum Horizont erstreckte. Der Wind blies durch das kniehohe Gras. Arbanors Blick folgte den Spuren der Ochsenkarren, deren Räder einen Weg aus umgeknickten Halmen hinterlassen hatten. Am westlichen Rand der Ebene stieg in kleinen Säulen Rauch aus den feiern. Der König kniff die Augen zusammen. Wie Spielfiguren wirkten die Soldaten, die zwischen den Zelten hin und her liefen. Und die mächtigen Kriegsgeräte sahen von hier oben aus wie Miniaturen.

Doch was wie ein Kindergemälde wirkte, wurde am Horizont zur grausamen Wahrheit. Sieben mächtige Rauchsäulen schraubten sich in den Himmel und bildeten eine graue, für das Auge undurchdringliche Wand. Scharfer Schwefelgeruch lag in der Luft.

Arbanor schluckte und räusperte sich dann. Er konnte kaum den Kloß hinunterwürgen, der seinen Hals beklemmte. Doch dann erinnerte er sich an seinen Vater. Auch er hatte diesen Rauchsäulen gegenüber gestanden. Arbanor grinste, als er an Duende dachte. Immerhin war der kleine Gnom für ihn mit dem Erscheinen der

Rauchsäulen verbunden. Und wenn Duende den Mut gehabt hatte, unter den Menschen zu leben, so würde er, der mächtige Herrscher Tamars, nun angesichts dieses sichtbar gewordenen Signums Ankous ganz gewiss nicht nachgeben.

Honrado rückte mit seinem Pferd näher an Arbanor. Der Ritter atmete schwer und seine Augen schienen wie magisch von den Nebelschwaden angezogen zu werden.

»Auf geht's!«, rief Arbanor und winkte mit der Hand. Schon gab der König seinem Pferd die Sporen. Ihm folgten Honrado und die Soldaten. In gestrecktem Galopp ritt die Truppe auf das Lager zu. Jubel brach bei den Soldaten aus, als sie ihren König erkannten.

Ein paar Stunden Ruhe waren Arbanor und den Soldaten vergönnt. Die zuerst eingetroffenen Regimenter hatten das Lager so weit vorbereitet, dass die Neuankömmlinge nur noch wenig zu tun hatten. Arbanors Zelt, das er sich mit Honrado teilen würde, stand am Rand der Ebene. Die Tücher waren vor dem Eingang zurückgeschlagen und eine sanfte Brise strich in das Zelt. Der König und sein erster Ritter hockten auf den Fellen und ließen den Blick schweifen. Honrado gähnte schläfrig und streckte sich. Da fiel sein Blick auf einen Schatten am Horizont. Dann noch einen und noch einen – über den Rand der Ebene schienen Wesen zu kriechen, vom Lager aus gesehen nicht größer als Ameisen.

Honrado stieß Arbanor an, der mit angezogenen Knien da hockte und, den Kopf in die Armbeuge gelegt, vor sich hin döste.

»Unir!«, rief Arbanor und rappelte sich hoch. Rasch öffnete er den Deckel der Truhe, die an der Zeltwand stand, und griff sich das Fernrohr. Ein Blick durch das Instrument bestätigte seine Vermutung:

»Dort hinten kommen Unir und seine Truppen.« Honrado sprang ebenfalls auf und spähte durch das Fernrohr. Mit gleichmäßigem Schritt, als seien alle Elfenkrieger ein einziges Wesen, kamen die Truppen über die Horizontkuppe gelaufen. Je näher sie kamen, desto weniger ähnelten sie kleinen Ameisen.

Als die Elfen etwa die Mitte der Ebene erreicht hatten, erkannten die Männer im Zelt, dass alle Elfensoldaten prall gefüllte Pfeilköcher auf den Schultern trugen. Ein jeder hatte einen Bogen bei sich. Mit festen Schritten folgten sie ihrem König Unir, der die Truppen mit hoch erhobenem Haupt durch die weite Ebene zum Lager Arbanors führte.

Doch je näher die Elfen kamen, desto deutlicher sah Arbanor, wie unwohl die Soldaten sich fühlten. Für die Wesen des Waldes war es alles andere als angenehm, den Lagerplatz für die kommenden Wochen oder gar Monate auf einer freien Ebene, ohne Bäume oder schützendes Blattwerk zu wissen. Rasch gab der König den Knappen Anweisungen, alles für die Ankunft Unirs und seiner Truppen vorzubereiten. Sein Freund würde neben seinem eigenen Zelt schlafen – unter freiem Himmel. Arbanor wusste, dass Unir ein Fell, welches einst ein lebendiges Tier gewärmt hatte, als Bettstatt ablehnen würde. Also wies er die Soldaten an, so viel Gras wie möglich heranzuschaffen. Als Unir und Arbanor schließlich vor dem Zelt des Königs saßen, waren Elfen und Menschen unter der Anleitung von Honrado gemeinsam damit beschäftigt, für die Neuankömmlinge im südlichen Teil des Lagers einen angenehmen Platz herzurichten. Gesprächsfetzen drangen zu den Herrschern herüber.

»Wann bekommt ihr euren ersten Bogen, Elfensoldat?«

»Ist es nicht grausam, immer in Häusern zu schlafen und den Himmel nicht zu sehen?«

»Wie sehen eure Weiber aus?«

»Sind eure Frauen so zärtlich wie unsere?«

Unir lachte schallend, »Wie gleich und doch ungleich wir uns sind!«

Arbanor grinste. »Die Jungen werden vielleicht auch Freundschaft schließen. Vorausgesetzt, deine Soldaten lassen sie nicht über turmhohe Bäume klettern.«

»Das wirst du mir nie verzeihen, was?« Neckend stieß Unir seinen Freund in die Seite. Arbanor seufzte. Wenn er in das Gesicht des Elfenkönigs sah, schien er in der Zeit zurückzufliegen. Die Jahre hatten Unir nichts anhaben können. Kaum eine Falte war in seinem Gesicht zu sehen und der drahtige muskulöse Körper strahlte dieselbe Kraft aus, die Unir schon als junger Mann besessen hatte. Mit einem Mal fühlte Arbanor sich alt. Schwach. Müde.

»Was ist mit dir? Warum so nachdenklich?« Unir entging keine Regung. »Trauerst du sehr um Desea?«

Arbanor schluckte und nickte. Er brauchte nichts zu sagen. Unir verstand und schwieg. Stumm saßen die Freunde nebeneinander und starrten auf die Ebene. Der Feuerball näherte sich dem Horizont. Das Abendrot tauchte die Landschaft in eine beinahe wohlige Wärme, die direkt ins Herz zu flirren schien. Arbanor folgte mit den Augen dem Weg der untergehenden Sonne. Von Minute zu Minute wurde er ruhiger und ihm war, als schicke der Elfenkönig eine Welle der Kraft und Zuversicht direkt in sein Herz.

Als die Sonne hinter den Hügeln verschwunden war und die Nacht ihre schwarzen Finger ausstreckte, räusperte Unir sich.

»Es ist Zeit, ein wenig zu schlafen.«

»Nanu? So früh schon müde? Du wirst älter, mein Freund, wenn dich jetzt schon das Lager lockt.«

»Bin ich es oder bist es du, der hier mit weißem Haar hockt?« Unir grinste, als Arbanor die Augen verdrehte.

»Nein, Arbanor, wenn es nach mir ginge, so könnten wir noch lange Stunden in Erinnerungen schwelgen. Doch befürchte ich, dass der morgige Tag für dich anstrengend wird.«

Fragend hob Arbanor die Augenbraue. »Du meinst doch nicht etwa, dass Ankou bereits morgen...«

»Nein«, unterbrach ihn Unir. »Ich denke, die große Schlacht wird noch ein paar Tage auf sich warten lassen. Genug Zeit für unsere Männer, sich gemeinsam mit den Waffen zu beschäftigen und eine kluge Strategie auszuarbeiten. Doch will ich dir morgen etwas zeigen und dazu wirst du einen klaren und wachen Verstand brauchen.«

Arbanor kniff die Augen zusammen, doch noch ehe er weiter fragen konnte, war Unir schon aufgesprungen.

»Gedulde dich bis morgen«, rief der Elfenkönig und verschwand in sein Nachtlager unter freiem Himmel.

Kaum hatte die Sonne am nächsten Morgen die ersten Strahlen über den Horizont geschickt und die Schwärze der Nacht ein wenig hinweggekitzelt, hörte Arbanor vor seinem Zelt ein leises Rascheln. Seit über einer Stunde wälzte er sich auf dem Lager hin und her. Die Nacht hatte die von der Sonne verbrannte Luft kaum abkühlen können und Unirs Worte trugen nicht gerade dazu bei, dass Arbanor sich entspannen konnte. Wieder und wieder glitt er in einen unruhigen Schlaf, doch ob er wachte oder träumte, stets war es das eine Bild, an das sich seine einsame Seele klammerte. Desea. Im Traum traf Arbanor die geliebte Frau. Konnte sie riechen, fühlen. In seine Arme schließen. Doch kaum zerrte der Schlaf seine gnädige Decke hinfort, zerplatzte die Erinnerung und tiefe Leere machte sich in seinem Herzen breit.

»Komm schon, Schlafmütze, wir müssen aufbrechen.« Unir schlug die Plane zur Seite und streckte den Kopf in das Zelt. Arbanor rappelte sich hoch. Dankbar griff er nach dem Apfel, den der Freund ihm reichte. Er biss in die knackige Schale und folgte Unir.

»Wo sind die Soldaten?« Erstaunt sah der König sich um. Tiefe Stille lag über dem Lager.

»Wir gehen alleine«, erklärte Unir und schlug den Weg hinab in die Ebene ein. Arbanor folgte ihm seufzend. Natürlich ging Unir zu Fuß – wo auch immer er ihn hinführte, reiten käme für den Elfen niemals in Frage.
»Wohin gehen wir?«, rief Arbanor. Unir, der ein gutes Stück vor ihm ging, blieb stehen und wandte sich um.
»Das wirst du bald sehen. Jetzt aber schweig und folge mir.« Ohne ein weiteres Wort setzte Unir seinen Weg fort. Schweigend, mit unzähligen Fragen im Kopf, stapfte Arbanor hinter dem Freund her. Die Männer durchquerten die Ebene und erklommen die Hügel jenseits des Lagers. Vor ihnen breitete sich ein schier undurchdringlicher Wald aus. Dichtes Buschwerk schmiegte sich an die mächtigen Stämme der Bäume, doch Unir fand mühelos einen Weg durch das Gestrüpp. Als sie weit genug in den Wald vorgedrungen waren, dass die Büsche sie umgaben wie eine grüne Mauer, schälte sich aus der flachen Ebene ein Schatten und folgte der Spur der beiden.

Arbanor konnte nicht sagen, ob der Elf dem Lauf der Sonne, einem magischen Pfad oder schlichtweg seinem Instinkt folgte. Im Wald war es angenehm kühl und Arbanor fühlte sich geborgen im Schoß des satten Grüns. Wie lange sie gegangen waren, konnte er nicht sagen. Irgendwann unterwegs hatte sich sein Magen gemeldet. Unir hatte das leise Brummen mit einem stummen Lächeln quittiert, doch eine Rast legte er nicht ein. Arbanor betrachtete die Blätter der Büsche. Noch nie zuvor hatte er solche Pflanzen gesehen. An den einen wuchsen satt rote Blüten, die aussahen wie winzige Kelche. An anderen prangten blauschwarze Früchte, größer als die Faust eines Mannes.

Beinahe wäre Arbanor gegen Unir geprallt, als dieser unvermittelt stehen blieb.

»Was. . .«, wollte Arbanor fragen, doch die Worte blieben ihm in der Kehle stecken. Staunend riss der König die Augen auf. Das leise Rascheln im Unterholz hinter ihnen nahm keiner von beiden wahr.

»Das!«, sagte Unir und lachte, als er auf den See zeigte. Bis zum Horizont erstreckte sich das stahlblaue Wasser, dessen Oberfläche glatt wie ein Spiegel in der Sonne leuchtete. Am hiesigen Ufer hatten sich zwei Dutzend Elfen ein kleines Lager errichtet. Ein schmaler Steg aus unbehauenen Planken führte in den See hinein – und endete beim mächtigsten Schiff, das der König je gesehen hatte.

»Komm mit«, winkte Unir. Arbanor klappte mit Mühe den Mund wieder zu und folgte seinem Freund den Abhang zum Ufer hinunter. Die Elfen sprangen auf, als sie ihren König erkannten. Unir grüßte jeden persönlich, hatte für jeden ein freundliches Wort. Arbanor nahm kaum wahr, wie ihm ein junger Soldat mit schulterlangem Haar einen Becher kühlen Fruchtsaftes in die Hand drückte. Er konnte seinen Blick nicht vom Schiff auf dem Wasser abwenden. Hastig leerte er den Becher und folgte Unir über den schwankenden Steg.

Vor ihm stieg, beinahe so hoch wie die Mauern von Guarda Oscura, der Schiffsrumpf in den Himmel. Das dunkelbraune Holz glänzte in der Sonne. Träge schlugen die kleinen Wellen gegen den Bug. Arbanor sog die Luft ein und blickte vom Heck zum Bug. Das Schiff maß so viel wie ein Dutzend Kaufmannshäuser in der Länge. Um den Rumpf herum lief auf Höhe der Wasseroberfläche eine Art Balustrade, hinter deren Geländer Arbanor Sitzbänke erkannte. Neben jeder Bank ragte ein massiges, langes Ruder aus dem Rumpf.

»Was ist das?« Arbanor sah Unir fragend an. Der Freund lachte schallend.

»Du siehst aus wie ein kleines Kind, dem die Amme soeben sein erstes Spielzeug geschenkt hat.«

»Unir, was für ein Schiff ist das?«

»Dein Schiff, mein Freund. Du stehst vor Elbarco. Dem schnellsten und größten Schiff, das die Welt je gesehen hat.« Stolz und ein wenig zärtlich klopfte Unir mit der flachen Hand gegen das blank polierte Holz des Rumpfes.

»Mein Schiff?« Arbanor klappte erneut der Mund auf.

»Meinen Männern war es ein wenig zu langweilig.« Unir grinste. »Seit Monaten lagerten sie hier am Ufer und warteten darauf, dass etwas passiert. Da aber Ankou sich offensichtlich Zeit lässt, haben sie die Pläne, die wir seit Jahren in unserer Heimat aufbewahren, kommen lassen und mit dem Bau eines großen Schiffes begonnen.« Arbanor nickte, doch er verstand kein Wort. »Was aber sollen wir Elfen mit einem so großen Schiff? Wir brauchen nur dann ein Gefährt, das uns über die Wasser trägt, wenn wir von Elerion aus nach Eternia reisen. Uns zieht es nur selten über die Meere. Euch Menschen aber sehr oft, und so habe ich meinen Männern das Holz und alles weitere, was sie für den Bau benötigten, überlassen. Für sie war es ein Zeitvertreib, etwas, an dem sie lernen können. Unsere Baumeister haben ihr Handwerk verfeinert und ich«, nun lächelte Unir sein breitestes Lächeln, »habe endlich ein Geschenk für meinen Freund, das ihn sprachlos macht.« Arbanor schüttelte den Kopf und sah ungläubig an dem haushohen Rumpf hinauf.

»Das kann nicht wahr sein«, stammelte er. Unir schlug ihm auf die Schulter.

»Und wie das wahr ist. Komm, folge mir an Deck. Allein ein mächtiger Rumpf und ausreichend Ruderplätze, die das Schiff unabhängig machen von den Winden, machen noch kein gutes Schiff aus.« Unir langte nach der aus Tauen und Stäben gefertigten Leiter, die von der Reling herab hing. Mit behänden Bewegungen erklomm er die schwankende Leiter.

»Komm schon, Arbanor, wer bei uns Elfen in den Bäumen gehen kann, der schafft auch diese Leiter.« Seufzend griff Arbanor nach den Tauen. Seine Muskeln spannten sich an, als er sich Stufe um Stufe hinauf hangelte. Schweiß trat ihm aus allen Poren und die ungewohnte Anstrengung ließ ihn schwer schnaufen. Auf halber Strecke wagte der König den Blick nach unten. Arbanor schwindelte, als er bemerkte, wie hoch über der spiegelnden Wasserfläche er in der Luft hing.

»Ich kann nicht schwimmen«, schoss es ihm durch den Kopf. Seine Hände klammerten sich noch fester um die Taue. Arbanor blickte nach oben und sah, wie Unir sich über die Reling schwang. Wenig später hatte auch er das Ende der Leiter erreicht und wuchtete sich keuchend über die Reling. Unsanft landete er auf den blanken Bohlen.

»Ich sehe schon, beim nächsten Mal wirst du auf anderem Wege an Bord gehen«, scherzte Unir. Arbanor wollte etwas erwidern, doch schon wieder an diesem Tag stockte ihm der Atem. Vor ihm erhoben sich mächtige Säulen, die sich, einem Kreuzgang gleich, einmal rund um das Schiff erstreckten. Die Säulen waren verbunden mit einem schmalen Dach, das wie eine zweite Reling in der Luft zu schweben schien. Unter diesem Wandelgang war der Schiffsboden mit dunklerem Holz ausgelegt und wies so einen Weg zu den beiden Gebäuden, die sich an Bug und Heck des mächtigen Schiffes befanden.

»Das ist eine schwimmende Burg«, murmelte Arbanor und rieb sich über das Gesicht. Dann kniff er die Augen zusammen, doch als er sie öffnete, erwachte er nicht aus einem Traum. Noch immer stand er auf dem Deck, neben ihm Unir, vor ihm das mächtigste Bauwerk der Seemannskunst, das er jemals gesehen hatte.

»Nein, mein Freund, das ist keine schwimmende Burg, du befindest dich an Bord einer schwimmenden Stadt.« Unir winkte Arbanor, ihm zu folgen. Zunächst gingen die Männer zum Heck. Dort stand das kleinere der beiden Gebäude. Die Wände waren aus glattem, glänzendem Holz gefertigt. Eine breite Türe führte in das Innere des Raumes, in dem Tische und Bänke um einen Brunnen herum drapiert waren. Schwere Teppiche, deren gewebte Jagdszenen den Betrachter mitten in einen grünen Wald zu versetzen schienen, zierten die Wände.

»Dies ist ein schöner Speiseraum, nicht wahr?« Unirs Augen blitzten, als Arbanor sich in dem Raum umsah.

»Ich denke, hier kann der König Tamars Gäste empfangen.«

»Unir, wann in aller Drachen Namen haben deine Männer dies alles geschaffen?« Arbanor pfiff anerkennend und strich über das polierte Holz eines Tisches.

»Nun, mein lieber Menschenfreund, das ist wohl der Unterschied zwischen euch und uns Elfen. Wenn wir etwas anfangen, dann bremst uns nichts. Und schließlich hatten die Hand-werker Monate Zeit.« Stumm schüttelte Arbanor den Kopf, dann folgte er Unir hinaus auf Deck. Mit raschen Schritten durchquerte der Elf den Paradeplatz in der Mitte des Schiffes und verschwand im Inneren des Gebäudes am Bug. Filigrane Säulen stützten das Dach und die Türe war ebenso geschwungen wie die Fenster, die sich zu Dutzenden rings um das Haus verteilten.

Die Sonne durchflutete den Raum und brachte die Intarsien, welche die Wände schmückten, zum leuchten. Rings um den Raum, der beinahe so groß war wie der Innenhof von Guarda Oscura, wand sich der Drache. Das Spiel von Licht und Schatten schien das Wesen lebendig werden zu lassen.

»Dieser Tempel wird dem Drachen geweiht«, sagte Unir. Seine Stimme hallte in dem ansonsten komplett leeren Raum wider. »Sobald wir Ankou besiegt haben«, fügte er hinzu.

Arbanor ging einmal im ganzen Saal an den Wänden entlang und strich mit den Händen über die schillernde Drachengestalt. Unir reckte voller Stolz das Kinn.

»Meine Männer haben hier gezeigt, was in ihnen steckt. Nur die besten Schnitzkünstler durften an diesem Teil des Schiffes arbeiten.« Arbanor nickte anerkennend. Als Unir schließlich wieder ins Freie trat fiel es ihm schwer, sich von der hölzernen Gestalt des Drachen zu lösen. Auch ohne Weihe schien der Tempel erfüllt von der Kraft des Drachen.

Schließlich trat Arbanor wieder an Deck und sah eben noch, wie Unirs Schopf hinter einer Säule verschwand und der Elf auf einer Stiege nach unten verschwand. Arbanor folgte dem Freund unter Deck. Gemeinsam stießen sie Türen auf, spähten in die

Kabinen, setzten sich grinsend auf die Betten, stöberten in den noch leeren Truhen und Schränken und streckten die Köpfe durch Bullaugen. Von diesem Platz aus hatte Arbanor einen guten Blick auf das Ufer. Die Elfensoldaten hatten sich in Reih und Glied aufgestellt und schossen Übungspfeile in die Luft. Arbanor folgte mit dem Blick den Geschossen. Er meinte, im Dickicht eine Gestalt zu sehen, doch kaum hatte er die Bewegung im Zwielicht der Büsche ausgemacht, klopfte Unir ihm auf die Schulter. Für einen Moment tauchte die Gestalt Honrados vor Arbanors geistigem Auge auf, doch schnell schob er den Gedanken beiseite. Warum sollte der Freund ihm heimlich folgen? Sicher spielten ihm seine Augen einen Streich. Arbanor wandte sich um und drang gemeinsam mit dem Freund weiter in den Bauch des riesigen Schiffes vor.

Sie durchstreiften die noch leere Vorratskammer, begutachteten die Kombüse und besichtigten die Waffenkammer, in der die Entourage des Königs Schwerter, Schleudern und Munition für ein ganzes Regiment würde mitführen können.

Arbanor schwirrte der Kopf, als er einige Stunden später hinter Unir wieder an Deck kletterte. Die Sonne hatte sich ihren Weg über den Himmel bereits weit gebahnt und näherte sich dem Horizont. Eine zarte Röte kündete den nahen Abend an und Arbanor spürte, wie sein Magen sich meldete. Wie gerne hätte er jetzt eine kräftige Mahlzeit genossen, sich ausgeruht, die Eindrücke des Tages auf sich wirken lassen. Doch Unir schien keinen Hunger und keinen Durst zu verspüren. Rasch verabschiedete sich der Elfenkönig und schon waren die beiden Männer auf dem Rückweg. Stumm gingen sie nebeneinander und Arbanor war so gefangen von seinen Gedanken, dass er nicht bemerkte, wie Unir wieder und wieder lauschend den Kopf hob, als habe er etwas im Unterholz bemerkt.

Als die beiden Könige schließlich kurz nach Einbruch der Nacht im Lager ankamen, war Arbanor zu erschöpft, um Honrado oder einen anderen General zu sprechen. Müde tapste er in sein Zelt, stopfte sich den bereitgestellten kalten Braten in den Mund, spülte mit süßem Wein nach und ließ sich auf die Felldecken fallen. Kaum hatte er die Augen geschlossen, fiel er auch schon in einen tiefen, traumlosen Schlaf.

Das Rascheln der Zeltplane riss Arbanor am nächsten Morgen aus dem Schlaf. Das grelle Licht des Morgens strömte in das Zelt und blendete ihn. Arbanor kniff die Augen zusammen, dann nieste er drei Mal heftig und rappelte sich hoch.

»Guten Morgen.« Honrado hatte sich vor dem Lager des Königs aufgebaut und grinste.

»Das scheint ja ein harter Tag gewesen zu sein, wenn du es nicht einmal schaffst, deine Stiefel abzustreifen.«

Arbanor brummte und langte nach dem Kelch, der auf dem Boden stand. Doch der Wein war längst getrunken.

»Meine Kehle fühlt sich an, als habe jemand einen toten Zwerg darin vergraben.«

»Dann solltest du schnell für Besserung sorgen und dich in deine Kampfkluft werfen. Die Soldaten haben bereits mit den Übungen begonnen«, sagte Honrado und winkte aus dem Zelt. Einen Augenblick später brachte ein junger Soldat, der bei den Köchen zum Dienst eingeteilt war, ein Tablett, auf dem sich Brot, Früchte, getrocknete Würste und verschiedene Karaffen mit Säften türmten.

»Hast du schon gefrühstückt?«, fragte Arbanor und langte nach einem Apfel. Genussvoll biss er hinein und bot Honrado eine Pfefferwurst an.

»Im Gegensatz zu dir, mein König, bin ich schon länger auf den Beinen«, entgegnete der Ritter. Dennoch griff er nach der Spezerei und biss in die knackende Wurst.

»Sag, wo hast du dich gestern versteckt?« Honrado blickte Arbanor fragend an.

»Ich war unterwegs«, entgegnete der ausweichend.

»Das habe ich gemerkt.« Honrado versuchte zu lächeln, doch sein Gesicht wurde von einem schiefen Grinsen überzogen. »Hast du Geheimnisse vor deinem ersten Ritter, deinem Bruder?«

»Nein, Honrado, keine Geheimnisse. Und wenn es etwas zu sagen gibt, dann wirst du der erste sein...« Arbanor sprach nicht weiter, sondern biss erneut in den Apfel und kaute schmatzend.

Während er die Süße der Frucht auf seiner Zunge spürte, schmeckte er gleichzeitig etwas Bitteres, das aus seinem Herzen zu steigen schien. Ihn schauderte. Honrado sah ihn auffordernd an, doch Arbanor brachte kein weiteres Wort über die Lippen. Etwas schien ihm die Zunge zu lähmen. Schließlich sprang er auf, warf den Apfel zurück auf das Tablett und zerrte sich hastig die Kleider vom Leib.

»Ich ziehe mich um, dann komme ich«, sagte er zu Honrado. Der Ritter erhob sich ebenfalls. »Sag den Knappen, sie sollen mein Ross satteln.« Stumm verließ Honrado das Zelt. Arbanor war, als wehte ein kühler Wind durch die Planen. Doch draußen stand die Sonne hoch und schickte warme Strahlen auf die Erde.

Als Arbanor schließlich mit seinem Ross in die Ebene hinabpreschte, waren die Übungskämpfe bereits in vollem Gang. Unir rannte bald hierhin, bald dorthin und erteilte rufend Befehle. Die Soldaten Arbanors hatten sich unter die Elfen gemischt und lachten grölend, als diese ihnen in die Monate lang einstudierten Finten gingen. Zu immer neuen Formationen reihten sich die Soldaten auf, ließen die Schwerter rasseln und schützten die Körper mit den schweren Schilden. Doch auch die Elfen konnten den Soldaten einiges beibringen und bald war es an ihnen, sich lachend auf die Schenkel zu klopfen, als die Männer Arbanors versuchten, mit Pfeil und Bogen umzugehen. Was bei den Elfen so leicht wirkte, trieb den Menschen Schweißperlen auf die Stirn und kaum einem gelang es, mehr als einen verkümmerten kurzen Flug eines Pfeils zu schaffen. Arbanor trieb sein Ross durch die Gruppen der Kämpfer. In ihren Gesichtern sah er Kraft und Stärke, Mut und den Willen zum Sieg. Stolz ließ er den Blick schweifen. Bis zum Horizont hin hatten die Truppen sich ausgebreitet und das Lachen, die Befehle, das metallische Klingen der Schwerter erfüllten die Luft mit einer beinahe magischen Musik.

»Wie wäre es mit einer kleinen Übung?« Arbanor riss den Kopf herum. Neben ihm, auf einem schwitzenden Rappen, saß Honrado, den Helm tief in die Stirn gezogen. »Ein wenig Bewegung würde uns sicher auch nicht schaden.«

»Einverstanden«, rief Arbanor und glitt aus dem Sattel. Dann gab er seinem Ross einen Klaps auf die muskulöse Flanke und das Tier trabte einige Meter zum Rand des Übungsplatzes. Gemeinsam mit Honrados Rappen machte das Pferd sich über die wenigen Grasbüschel her, die noch nicht von den Stiefeln der Soldaten zertreten worden waren. Die umstehenden Soldaten hielten in den Übungskämpfen inne, als sie sahen, wie der König und sein erster Ritter gegenüber in Stellung gingen. Wie auf ein geheimes Zeichen hin bildeten die Männer einen Kreis um die beiden Kämpfer. Arbanor griff nach Askarion. Beinahe lautlos zog er das magische Schwert aus der Scheide. Die Klinge blitzte im Sonnenlicht auf. Honrado tat es ihm nach und zog seine Waffe.

»Los geht's«, rief Honrado. Arbanor grinste und atmete tief ein. Die kühle Luft drang in seine Lungen, füllte seinen Körper und schien sämtliche Muskeln zu erreichen. Vorsichtig umkreisten sich die Kämpfer und mit jedem Schritt, den Arbanor auf Honrado zuging spürte der König, wie seine Konzentration anstieg. Tausende Male schon hatte er gegen den Freund gekämpft. Als Jungen hatten sie hölzerne Schwerter, mit denen sie einander nicht viel mehr beibringen konnten, als blaue Flecken. Später dann, als die Zwillinge und er alt genug waren, ließen sie stumpfe Waffen gegeneinander klingen.

Arbanor wusste genau, welchen Schlag Honrado wohl zuerst setzen würde, wie er die Angriffe parieren und wie er sich mit flinken Schritten in Deckung bringen konnte. Selbst wenn sie mit scharfen Waffen kämpften – beide waren doch so umsichtig, dass der andere nicht verletzt werden konnte. Dennoch strengte Arbanor sich an, als sei dies ein echter Kampf und behielt den Freund im Auge und wartete darauf, dass Honrado als erster Angriff.

Doch der ließ sich Zeit. Grinsend umkreiste er den König. Seine Schuhe schabten über den trockenen Boden. Wie von weit her drang das Kampfgeheul der Soldaten zu den Männern, die, eingeschlossen im Kreis der Zuschauer, sich mit einem Mal wie auf einer stillen Insel wähnten.

Arbanor kniff die Augen zusammen, als ihm Schweißtropfen über die Stirn rannen. Ein Augenblick der Unachtsamkeit, den Honrado erkannte. Mit einem gewaltigen Satz sprang er auf den König zu. Die Klinge seines Schwertes fuhr schneidend durch die Luft. Ein Raunen ging durch die Reihen der Soldaten. Blitzschnell parierte Arbanor den Schlag. Krachend trafen die Klingen aufeinander. Arbanor umfasste den Griff Askarions mit beiden Händen, drückte Honrados Waffe nach oben weg und gewann so den Platz, um drei Schritte zur Seite zu springen. Der Ritter wirbelte herum, holte aus zum nächsten Schlag.

»Nana, mein Freund, nicht so stürmisch!« Lachend parierte Arbanor. Honrado grinste und tänzelte vor dem König auf und ab.

»Bist ein wenig aus der Übung?« Keuchend lachte Honrado, ehe er erneut das Schwert durch die Luft sausen ließ.

»Von wegen aus der Übung«, knurrte Arbanor. Minuten lang fochten die Männer einen stummen Kampf aus. Die Zuschauer sahen gebannt zu, wie zwei der besten Kämpfer aller Zeiten einander wieder und wieder in Bedrängnis brachten, wie sie sich abschätzten, blitzschnell reagierten und so den Kampf scheinbar endlos würden fortführen können.

»Du hast gut gelernt«, presste Arbanor schwer atmend hervor, als Honrado mit einer halben Drehung auf ihn zu sprang und gleichzeitig sein Schwert in Richtung Arbanors Herzen stieß.

»Aber nicht gut genug«, rief Arbanor, drückte im selben Atemzug mit Askarions Klinge das Schwert Honrados von seinem Körper weg und versetzte Honrado entgegen dessen eigener Drehrichtung einen Stoß, so dass der Ritter stolperte und krachend auf den Boden fiel. Mit einem Satz war Arbanor über ihm und presste die Spitze des Schwertes an Honrados Kehle.

»Gewonnen!«, rief Arbanor. Doch das Siegeslachen blieb ihm im Halse stecken. Honrados Gesicht verzog sich zu einer Grimasse. Die Glieder des Freundes zuckten und stöhnend warf der Ritter sich hin und her. Ein Aufschrei ging durch die Reihen der Zuschauer, als Arbanor entsetzt zurücksprang. Gurgelnde Laute drangen aus Honrados Kehle. Sein Mund verzog sich, die eben noch von der Anstrengung rote Haut wurde grau und ledern. Zwischen den Lippen pressten sich faulende, schmutziggelbe und spitze Zähne hervor. Honrados Hände krümmten sich unter unmenschlichen Schmerzen, als die Finger sich nach innen bogen, Klauen aus den Kuppen schossen und der Rücken Honrados sich krümmte. Das Hemd des Ritters riss auf und dunklegrüne Haut kam zum Vorschein.

»Nein!«, brüllte Arbanor, doch da sprang das Wesen schon auf die Beine und fletschte die Zähne. Die giftigen Augen schienen zu sprühen, als der Ork fauchend auf Arbanor zu sprang. Entsetzt wichen die Soldaten zurück und stoben in alle Richtungen auseinander.

Doch kaum hatten sie sich einige Meter entfernt, drang über den Hügel am Rand der Ebene bestialisches Geschrei. Die Erde schien zu beben, als tausende von Orks über die Kuppe preschten, die Zähne fletschten und die ersten Soldaten geköpft zu Boden fielen.

»Ankou«, presste Arbanor hervor. Die Klinge seines Schwertes vibrierte, als habe Askarion ein eigenes Leben. Der Ork, Honrado, brüllte aus tiefster Kehle. Fauliger Atem schlug Arbanor entgegen. Blitzschnell bückte das Monster sich und hob das Schwert auf.

»Stirb!«, brüllte Honrado und stürzte auf Arbanor zu. Entsetzt wich der König zurück, doch Askarion selbst riss seinen Arm nach oben, so dass er den heftigen Schlag Honrados parieren konnte. Wütend heulte der Ork auf und drosch wie von Sinnen auf Arbanor ein. Entsetzt sah der König, wie mehr und mehr Orks auf das Schlachtfeld stürmten und sich brüllend auf die Soldaten stürzten. Die wehrten sich, so gut sie konnten, doch wieder und wieder ging einer der jungen Männer tödlich getroffen zu Boden. Bald schon erfüllte der Geruch des Blutes und des Todes die Luft, Elfen und Menschen lagen sterbend nebeneinander. Im Gewühl erkannte Arbanor für einen Moment Unir, der einem Ork das Schwert ins Herz rammte, sich blitzschnell herumwarf und einem weiteren Monster den Kopf abschlug.

»Stirb, Hundesohn«, brüllte Honrado wieder und ging erneut auf Arbanor los. Der gewann langsam seine Fassung wieder und je länger der Kampf dauerte, desto mehr war er selbst es, der das Schwert führte,. Dennoch spürte Arbanor die magische Kraft Askarions. Die Waffe lenkte seine Schläge, gab ihm zusätzliche Kraft und schien vorauszuahnen, wohin Honrado seine heftigen Hiebe platzieren würde.

Arbanor strauchelte, als er gegen das Bein eines toten Elfen stieß. Mit einem Satz sprang er über den Leichnam und prallte rückwärts gegen den stinkenden Rücken eines Orks.

Arbanor spannte alle Muskeln an, drehte sich in der Luft und hieb dem Ork den Kopf ab. Wie durch Butter glitt Askarion durch den Hals des Wesen und der Soldat, der eben noch verzweifelt gegen das Monster gekämpft hatte, warf Arbanor einen gehetzten, aber dankbaren Blick zu.

»Du wirst nicht gewinnen, dieses Mal nicht«, brüllte Honrado mit einer Stimme, die Arbanor völlig fremd war. »Ankou wird siegen, Ankou wird herrschen!« Dann sprang der Ork auf Arbanor zu und holte, das Schwert mit beiden Fäusten packend, zum Schlag aus. Die Klinge pfiff schneidend durch die Luft und Arbanor sah den schmalen Schatten, der sich seinem Haupt näherte. Mit seiner ganzen Kraft warf er sich zu Boden, machte eine Rolle rückwärts und sprang eben noch rechtzeitig auf, um Honrados Schlag abzuwehren. Der brüllte auf und rammte seine Waffe gerade aus. Arbanor sprang zur Seite, doch die Klinge traf seinen linken Arm. Heiß durchfuhr der Schmerz seine Muskeln. Blut troff aus der Wunde und einen Moment lang blieb dem König die Luft weg. Der Ork grinste hämisch und gurgelte unverständliche Laute. Stolz reckte Ankou das hässliche Kinn. In diesem Moment fuhr ein Blitz durch Arbanors Körper. Askarion leuchtete flammend hell auf und schoss auf Honrado zu. Entsetzt wich der Ork zurück, stolperte, fing sich für einen Moment und fiel dann zu Boden. Im Fall verlor der Ork das Schwert. Quiekend wand das Wesen sich auf der mit dem Blut der toten Soldaten getränkten Erde. Mit einem Satz war der König über Ankou. Askarion lenkte seinen Lauf, fuhr hinauf in die Luft und senkte sich kraftvoll auf Ankous Herz.

»Nein!«, brüllte Arbanor. Mit all seiner Kraft stemmte er sich gegen Askarion. Das Schwert zitterte in seiner Hand, näherte sich weiter dem Herzen des Monsters. Doch Arbanor gab nicht nach.

»Ich werde meinen Freund nicht töten«, brüllte der König. Im selben Moment erlosch Askarions Glut, das Schwert ging kraftlos auf den Körper des am Boden liegenden Wesens nieder. Arbanor schloss die Augen. Sein Herz klopfte, als wolle es zerbersten. Erst das leise Wimmern brachte ihn zur Besinnung. Vor ihm auf dem Boden lag Honrado, der sich wie ein Säugling zusammengekrümmt hatte und haltlos heulte.

»Verzeih mir«, presste Honrado unter Tränen hervor. Keuchend ließ Arbanor sich neben dem Freund auf die Knie fallen und strich Honrado die verschwitzten Haare aus dem Gesicht.

»Verzeih mir, bitte, verzeih mir«, wimmerte der Ritter. Arbanor wollte etwas sagen, doch da traf ihn ein Schlag gegen die Schulter.

Der König sprang auf und half einem seiner Soldaten, einen Ork in Schach zu halten. Arbanor blieb keine Zeit, um über das eben Erlebte nachzudenken. Aus den Augenwinkeln sah er, wie vier Soldaten sich durch die Reihen der Kämpfer schlugen, um Honrado abzuführen. Der folgte ihnen stumm, mit gesenktem Haupt.

Stunde um Stunde kämpfte er neben den Elfen und seinen eigenen Truppen gegen die Orks, deren Strom über den Hügel nicht abzureißen schien. Die wütenden Wesen waren stark und ausgeruht, doch den geübten Kämpfern unterlegen. Was die Orks an Kraft hatten, glichen die Menschen und Elfen mit Klugheit aus. Ein Ork nach dem anderen stürzte zu Boden. Geköpft von den Schwertern Tamars, durchbohrt von den Lanzen der Soldaten, hingestreckt durch die mächtigen Pfeile der Elfen.

Bald war kaum ein Fleckchen Erde mehr zu sehen und die Soldaten stiegen über die toten Körper der Orks, als wären sie Steine. Die Stiefel der Kämpfer steckten bis zum Schaft in blutiger Erde, die sich mit dem Schweiß und den Tränen der verwundeten und sterbenden Soldaten mischte.

Fauchend sprang ein Ork auf Arbanor zu. Der König roch den schwefeligen Atem, als das Vieh seine schwarzen Zähne bleckte. Aus dem Maul des Orks tropfte Blut und seine spitze Zunge schnellte durch die Luft, als er sich mit einem wilden Schrei vorwärts bewegte. Arbanor machte einen Ausfallschritt, strauchelte, als er auf dem Rücken eines toten Soldaten auszurutschen drohte, konnte sich fangen und ließ Askarions Klinge, die benetzt war vom Blut dutzender Orks, durch die Luft sausen. Der Ork vor ihm schien zu grinsen. Arbanor zielte auf den Kopf den Ungeheuers – doch in dem Moment, als er die Klinge gegen den Hals des Orks schlagen wollte, drehte das Vieh sich um und rannte davon. Arbanor stutzte. Mit einem Sprung setzte er dem Ork nach. Da sah er, dass alle Orks, die noch nicht verwundet oder tot waren, den Rückzug antraten. Sie alle rannten in westlicher Richtung über das

Schlachtfeld und sprangen über die toten Leiber. Keuchend, die Ratlosigkeit im Blick, sahen Arbanor und seine Männer den Gegnern nach, die nun der tief stehenden Sonne entgegen rannten und die Hügel erklommen. Je weiter die Orks fort waren, desto stiller wurde es auf dem Schlachtfeld. Selbst die Schreie der Verwundeten schienen leiser zu werden.

Arbanor kniete neben einem Jungen nieder, der, das Gesicht nach unten, im Schlamm lag und wimmerte. Vorsichtig drehte der König den geschundenen Körper um. Arbanor musste einen Schrei unterdrücken, als der Arm, an dem er den Soldaten gepackt hatte, aus dem Ärmel glitt und ein zuckender Stumpen rohen Fleisches in die Luft ragte.

»Mein König«, wimmerte der Bursche. Der Armstummel bewegte sich, als er nach Arbanors Hemd greifen wollte. Doch nur die linke Hand erreichte ihr Ziel.

»Mein Arm!« Der Soldat kreischte, doch Arbanor presste ihm die Hand auf den Mund.

»Es ist gut, alles wird gut«, flüsterte Arbanor, wie er es so oft von Masa und von seiner Mutter gehört hatte, wenn er sich bei den wilden Spielen mit den Zwillingen das Knie aufgeschürft hatte. »Alles wird gut.« Der Soldat stöhnte und starrte mit Entsetzen auf den Stummel an seiner Schulter, aus dem pulsierend das Blut schoss.

»Ich sterbe.« Mit einem Mal wurde der junge Mann ganz ruhig und Arbanor meinte, ein kleines Lächeln in seinem Gesicht zu erkennen.

»Wie heißt du?«, fragte Arbanor.

»Jasop, ich bin Jasop, der Sohn des Gürtelmachers.«

»Hör zu, Jasop, unsere Heiler sind kluge Männer und sie. . . « Ein heiseres Lachen aus der Kehle des Verwundeten ließ Arbanor verstummen.

»Mein Vater sagte stets, ich hätte ungeschickte Hände, die zu nichts nütze wären.« Gequält grinste der Junge. »Nun brauche ich mir darum keine Gedanken mehr zu machen.«

»Still, sei doch still und rede keinen Unsinn«, entgegnete Arbanor. Mit flackerndem Blick sah er sich auf dem Schlachtfeld um. Die Heiler hatten eben damit begonnen, die Verwundeten mit Tragbahren vom Feld zu schaffen. Bis sie sich zu ihm und Jasop vorgearbeitet hätten würde es noch dauern.

»Gleich kommt Hilfe«, sagte Arbanor und wischte dem Jungen mit dem Ärmel seines Hemdes den Schweiß von der Stirn. Die Brust des Verwundeten hob und senkte sich in schnellem Rhythmus.

»Mein König«, flüsterte der Soldat, »ich habe mein Bestes getan.«

»Ich weiß, mein Sohn«, erwiderte Arbanor und starrte auf Jasops Gesicht. Der Bart hatte kaum zu spießen begonnen und die blassen Wangen waren noch so rund und prall wie die eines kleinen Buben.

Plötzlich krümmte Jasop sich zusammen, schrie auf. Der Armstummel fuchtelte grotesk und nutzlos durch die Luft. Arbanor riss sich einen Stoffstreifen aus dem Hemd und wickelte ihn um das abgerissene Glied. Sofort war das Leinen mit Blut getränkt.

»Sag meiner Mutter, dass ich sie liebe«, sagte Jasop. Dann krümmte er sich erneut zusammen und ein hechelnder, verzweifelter Husten schüttelte den Körper. Arbanor presste mit seiner ganzen Kraft auf die blutende Wunde.

»Das kannst du ihr bald selbst sagen«, brüllte der König. »Selbst wirst du es ihr sagen, hörst du?« Doch der Soldat erwiderte nichts. Sein Blick glitt davon, ein letztes Mal hob und senkte sich seine Brust und mit einem leisen Wimmern blies er den Lebenshauch aus.

Arbanor schlug wütend auf die Erde, so dass Blut und Matsch aufspritzten.

»Dummer Junge, du solltest nicht sterben«, flüsterte er dann und rappelte sich mühsam auf. Tränen rannen ihm über die Wangen, als er sich auf dem Schlachtfeld umsah. Stöhnend lagen die Verwundeten auf der Erde. Vor ihm zuckte ein verletzter Ork und schien dabei zu lachen. Arbanor war mit einem Sprung bei dem Monster und hieb ihm mit einem gezielten Schlag den Kopf vollends vom Leib.

Ein Zischen ließ Arbanor herum fahren. Schützend legte er die Hände vor die Augen. Die tief stehende Sonne blendete ihn. Rot hing der Feuerball am Horizont. Die untergehende Sonne tauchte das Schlachtfeld in ein so warmes und beinahe zärtliches Rot, dass der König sich abwenden musste. »Welch ein Hohn«, dachte Arbanor zornig und wandte der Sonne den Rücken zu. Doch das letzte Licht der goldenen Scheibe zeigte ihm ein Schauspiel das ihn schaudern ließ: Im Osten schraubten sich Nebelsäulen in den Himmel. Sieben an der Zahl.

»Es ist noch nicht vorbei.« Arbanor fuhr herum, als Unir ihm die Hand auf die Schulter legte. Die Haare klebten dem Elfen auf der vom Schweiß nassen Stirn und der Köcher, am Morgen noch prall gefüllt mit Pfeilen, hing nun leer über Unirs Schulter.

»Nein, es ist noch nicht vorbei.« Arbanor ließ die Schultern hängen. Mit einem Mal überkam ihn eine bleierne Müdigkeit. Seine Muskeln schienen schwerer als Mühlsteine zu sein und selbst das Atmen machte ihm Mühe.

»Lass uns zum Lager gehen.« Aufmunternd nickte Unir seinem Freund zu. »Die Heiler kümmern sich um die Verletzten. Wir aber haben eine andere Mission.« Zwei steile Falten gruben sich in Unirs sonst so glatte Stirn.

»Honrado«, flüsterte Arbanor. Unir nickte stumm und wandte den Blick ab, als er die wütende Trauer und das gleichzeitige Entsetzen im Antlitz des Königs sah.

Honrado kauerte wimmernd in einem eisernen Käfig. Die Gitterstäbe ließen ihm nicht einmal genug Platz, um sich auszustrecken oder gar aufzurichten. Die Soldaten hatten ihm die Kleider vom Leib gerissen und nur die schmutzigen, blutigen Beinlinge waren ihm geblieben. Handgelenke und Fußknöchel steckten in ehernen Ringen, die mit schweren Ketten an den Eisenstangen befestigt waren. Rings um den Käfig stand ein Dutzend Soldaten, die Lanzen im Anschlag und bereit, bei jeder noch so kleinen Regung des Ritters zuzustoßen.

Auf einen Wink Unirs hin traten die Elfen einen Schritt zurück und ließen die Bögen sinken. Auch Arbanor nickte seinen Soldaten zu. Der König sah die fragenden Blicke seiner Männer, die beinahe einer Forderung glichen. Dennoch gehorchten die Soldaten dem stummen Befehl und ließen die Lanzen sinken.

Langsam näherte Arbanor sich dem Käfig. Sein Magen krampfte sich zusammen, als er den geschundenen Rücken seines Freundes sah. Tiefe Striemen hatten sich in das Fleisch gegraben. Das Blut an den Rändern der Wunden begann langsam zu trocknen.

»Warum?« Es war mehr ein Flüstern, denn eine Frage. Nur ein Wort – warum? Honrado fuhr in seinem Käfig herum. Aus weit aufgerissenen Augen, die tief in den Höhlen lagen, starrte er seinen Freund an. Dann ließ der Ritter den Kopf sinken. Seine Muskeln bebten und sein Kinn zitterte.

»Warum?« Noch einmal stellte Arbanor jene eine Frage, die sein Herz zu einem Bleiklumpen werden ließ. Honrado hielt den Blick gesenkt. Unmerklich schüttelte er den Kopf.

»Ich weiß es nicht«, krächzte er schließlich so leise, dass Arbanor meinte, der Wind trage ihm die Worte zu.

»Lasst ihn da raus.« Arbanor blickte mit versteinerter Miene zu den Soldaten. Entsetzt riss einer der Burschen die Augen auf. Unir holte tief Luft.

»Arbanor, lasse dich nicht täuschen«, warnte er. »Was du siehst, ist die Gestalt deines Freundes. Doch was steckt hinter der

Schale? Wer oder was verbirgt sich im Herzen Honrados?« Fragend wandte Arbanor sich zum König der Elfen um.

»Ich habe meinen Männern den Befehl gegeben, meinen Freund aus diesem Käfig zu lassen«, sagte er tonlos. Doch Unir wich nicht zurück.

»Ich warne dich, Arbanor, die Gestalt kann uns täuschen. Willst du Ankou wirklich hier, mitten im Lager der Soldaten, frei lassen? Weißt du ganz bestimmt, dass er nicht mehr in Honrados Körper steckt?« Arbanor reckte das Kinn und wollte etwas erwidern. In diesem Moment begann Honrado zu stöhnen. Speichel troff ihm aus dem Mund, der sich zu einer Fratze verzerrte. Die Glieder des Ritters verkrampften sich und er wälzte sich unter Schmerzen im Käfig hin und her. Dumpfes Grollen drang aus seiner Brust und sein Atem, der stoßweise zwischen den spitzen Zähnen hervor kam, stank nach Schwefel.

»Du hast Recht!«, brüllte Arbanor und sprang zur Seite, als die Elfen und die Soldaten Tamars auf den Käfig zusprangen. Pfeil- und Lanzenspitzen richteten sich auf den Gefangenen, der sich zuckend an den Stäben des Gitters festhielt. In Honrados Augen glomm grünes Feuer auf. Dann brüllte er wie ein Vieh auf der Schlachtbank, warf den Kopf zurück und riss das Maul auf.

»Lass uns gehen«, sagte Unir und wandte sich ab. Arbanor sah traurig auf seinen Freund. Noch einmal brüllte er, dann sackte er zusammen und blieb hechelnd liegen. Sein Gesicht war verzerrt, doch trug es wieder die Züge eines Menschen.

Ratlos starrte Arbanor auf seinen ohnmächtigen Freund. Und fühlte sich mit einem Mal genau so schwach und hilflos wie das Wesen, das, umzingelt von den Soldaten, im Käfig lag.

»Godefried muss helfen«, flüsterte er. Dann folgte er Unir zu den Zelten, in denen die Verwundeten versorgt wurden. Gemeinsam schritten die Könige von einem zum anderen. Trösteten einen Knaben, dessen Arm von einem Ork zerfetzt worden war. Hörten einem Soldaten zu, der weinend auf dem mit Stroh bedeckten Boden lag, die Spitze einer Lanze noch im Bauch. Und lobten die Kämpfer für ihren Mut, den sie in der Schlacht bewiesen hatten.

Drei Tage nach dem großen Kampf, als das Blut auf dem Schlachtfeld längst getrocknet war, erreichte Godefried mit seinem Trupp, der bereits auf dem Weg nach Elerion gewesen war, das Lager. Der Bote, welcher ihm entgegen geritten war, hatte viel erzählt von dem Gräuel – doch als Godefried nun mit eigenen Augen sah, was geschehen war, stockte dem Heiler der Atem. Das Stöhnen und Wimmern der Verwundeten flirrte durch die Luft und die aufgeworfene Erde am Rande der Ebene zeugte davon, wieviele Kameraden die Soldaten begraben hatten.

Arbanor, Unir und ihre Männer lagen noch immer in Lauerstellung. Die sieben Rauchsäulen stiegen in den Himmel und bildeten einen unheimlichen Kontrast zum Himmel, der so blau war, als sei nie etwas Böses geschehen. Zwar hatte sich kein Ork mehr blicken lassen, doch war sich keiner der Männer sicher, ob Ankou nicht noch einmal einen Angriff wagen würde.

Andererseits hockte Honrado im Käfig. Die meiste Zeit starrte er stumm vor sich hin. Das Wasser und das Brot, das die Soldaten ihm in den Käfig schoben, rührte er kaum an. Immer wieder wurde sein Körper von heftigen Krämpfen geschüttelt. Dann brüllte und keifte Honrado. Grüne Flammen schienen aus seinen Augen zu schießen, sein Mund verzerrte sich zum widerwärtigen Maul und die Hände wurden zu Klauen. Doch niemals war die Verwandlung komplett, immer blieb etwas Menschliches in der Gestalt der Ritters. Doch stets saugten die Anfälle alle Energie aus dem Körper des Ritters und endeten immer in einer Ohnmacht, aus der Honrado erschöpft und stöhnend erwachte.

Nachdem Unir und Arbanor dem Magister berichtet hatten, was vorgefallen war, machte Godefried sich sofort auf den Weg zum Käfig. Honrado lag auf dem Boden, eingerollt wie ein Säugling. Das Haar fiel ihm verzaust und strähnig in die Stirn und in seinem Bart klebten Blut und Erde.

»Wir müssen warten, bis er zu sich kommt. Sorgt dafür, dass er eine kräftige Brühe bekommt und ordentlich Wein. Er wird seine ganze Kraft benötigen«, befahl Godefried den Soldaten.

»Was hast du vor?«, fragte Arbanor.

»Heute, zur Mitte der Nacht, werden wir Ankou aus diesem Leib jagen«, antwortete Godefried.

Arbanor wollte ihn fragen, wie genau das von statten gehen sollte, doch Godefried war schon an ihm vorbei gehastet. Voller Konzentration murmelte der Magister Formeln vor sich hin. Er würde jede Minute benötigen, die ihm bis Mitternacht blieb.

Rastlos ging Arbanor zwischen den Zeltreihen entlang. Godefried hatte sich bei den Heilern einquartiert. Der König schmunzelte als er sah, wie einer der Gehilfen das Bettzeug jener vier Heiler, die sich ein Zelt geteilt hatten, in ein anderes Zelt schleppte, damit der große Godefried sein eigenes bekäme.

»Beeil dich, schaff das alles fort«, hörte Arbanor Godefried rufen. Dann scheppterte etwas Metallisches und Arbanor hörte, wie Glas zerbrach. Leise schimpfend machte der Magister sich weiter ans Werk.

Arbanor würde ihn nicht stören. Gerne wäre er zu Honrados Käfig gegangen, doch ihm war klar, dass dort zwar der Leib seines Freundes war, nicht aber dessen Herz und dessen Seele. In den wenigen und kurzen wachen Momenten, die Honrado hatte, war er ohnehin zu schwach, um zu reden. Arbanor wandte sich nach links und grüßte hier und dort die Soldaten, sah zu, wie sie die Waffen reinigten oder sich mit Liegestützen und der einen oder anderen Partie Tamarek die Zeit vertrieben.

Dann ließ der König seinen Blick über die Ebene schweifen. Dort hatten die Elfen Aufstellung genommen. Zu immer neuen Formationen rückten ihre schlanken Körper auseinander und wieder zusammen, als ziehe ein unsichtbarer Puppenspieler die Fäden.

Unir stand leicht abseits und rief seinen Männern Befehle zu. Blitzschnell, so dass Arbanor es von seinem Posten aus gar nicht sehen konnte, zogen die Elfen die Pfeile und feuerten sie in Richtung der Strohballen, welche ihnen und Tamars Soldaten als Übungsziele dienten.

Gerne wäre auch Arbanor so konzentriert bei der Sache – doch er ahnte, dass er die Zeit bis Mitternacht weder mit Übungskämpfen noch mit dem Studium der Kriegskarten würde verbringen können. Seufzend machte er kehrt und ging zu seinem Zelt.

Als Unir schließlich die Plane beiseite schob, stand der runde Mond voll und satt am Himmel. Die blassgelbe Scheibe tauchte das Zeltlager in ein fahles Licht und die Könige konnten auf Fackeln verzichten, als sie mit einer kleinen Entourage loszogen. Bald stießen die anderen Heiler zu der kleinen Gruppe, die sich vom Lager entfernte und ein Stück weit in die Hügel stieg. Hier, zwischen den nackten Felsen, tat sich eine um die andere Felsspalte auf. Mit sicherem Tritt gingen die Soldaten voran und blieben schließlich am Eingang einer Felsspalte stehen, die gerade hoch genug war, dass ein Mann sich gebückt hindurchzwängen konnte.

Unir trat als erster hinein, ihm folgte Arbanor. Zunächst liefen sie gebückt durch einen schmalen, kurzen Gang, an dessen Ende flackernder Fackelschein zu erkennen war. In dem beinahe kreisrunden Höhlengewölbe steckten sieben Fackeln zwischen den Felsspalten.

Arbanor, Unir und die fünf Heiler griffen jeder nach einer und gingen dann weiter durch den einzigen Spalt, den sie entdecken konnten. Dahinter verbarg sich ein gekrümmter Weg, der offenbar vor Urzeiten vom Wasser in den Fels geschliffen worden war. Der Weg führte steil abwärts und mehr als einmal rutschten die Männer auf dem feuchten glatten Steinboden aus. Nach einigen Minuten verjüngte sich der Gang erneut und die Männer zwängen sich durch eine weitere Felsspalte.

Arbanor fand sich in einer Höhle wieder, die größer war als der Empfangssaal auf Guarda Oscura. Die Wände waren ebenso glatt geschliffen wie die des Ganges und der König vermutete, dass hier einst ein unterirdischer See gewesen sein mochte. Entlang der Wände hatten Soldaten Aufstellung genommen. Immer ein Elf stand neben einem Menschen, so dass in regelmäßigen Abständen Pfeile und Lanzenspitzen auf den Körper zeigten, der auf einem steinernen Altar in der Mitte der Höhle angekettet war. Am Kopfende des Altars stand Godefried.

Der Magister nickte stumm, als die Könige und die Heiler eintrafen. Godefried hatte sich in einen schneeweißen Umhang gehüllt und als er nun die Kapuze aus dem Gesicht schob, sah Arbanor, dass der Heiler sein Gesicht mit Kohle geschwärzt und bemalt hatte.

Auf der Stirn und den Wangen des Magister prangte der Drache Tamars. Das Wappentier, welches einst die Flaggen des Reiches Ahendis zierte, war längst zum Zeichen der gesamten Welt Tamar geworden, wie auch Arbanor der Herrscher über alle Menschen geworden war.

»Bitte bildet einen Kreis um Honrado.« Mit ruhiger, aber sehr bestimmter Stimme sagte Godefried den Männern, was sie zu tun hatten. Arbanor nahm den Platz gegenüber dem Magister, an den Füßen seines Freundes, ein. Im Schein der Fackeln wirkte Honrados Gesicht wie das eines schlafenden Säuglings. Die Augen waren geschlossen und Arbanor schien es, als umspiele ein seliges

Lächeln den Mund des Ritters. Wären nicht die Striemen auf der Haut und die Ketten gewesen, hätte man meinen können, Honrado habe sich zu einem kurzen Nickerchen hingelegt.

»Was gleich geschehen wird, wird unsere ganze Kraft erfordern. Wir müssen stark sein und keiner, absolut keiner von euch, darf seinen Platz verlassen. Egal, was geschieht.«

Eindringlich blickte Godefried von einem Mann zum nächsten. Unir straffte die Schultern. Die Heiler nickten ergeben. Wahrscheinlich ahnten sie, welche Kraft Godefried zu entfesseln gedachte. Arbanor holte tief Atem, um das mulmige Gefühl, das ihn beschlich, in sein Innerstes zurückzudrängen. Seine Hand zitterte unmerklich.

»Ein Mensch allein kann dem hier nicht Stand halten. Und auch Ihr, die Ihr die klügsten und besten Männer Tamars seid, werdet nicht stark genug sein.« Ein Raunen ging durch die Reihen der Sieben, als Godefried hinter sich griff.

»In diesem Kelch, gefertigt aus dem Gold der östlichen Minen, steckt jene Kraft, die uns helfen wird, Ankou die Stirn zu bieten.« Godefried nahm einen tiefen Schluck aus dem Kelch, ehe er ihn an den Mann zu seiner Rechten reichte. Reihum tranken die Männer von dem Gebräu. Arbanor musste den Husten unterdrücken, als die bittere Flüssigkeit seinen Gaumen berührte. Als habe er eine lodernde Flamme geschluckt, begannen seine Eingeweide zu brennen und tausend Ameisen schienen durch seine Blutbahnen zu rasen. Ihn schwindelte, als er den Kelch an Unir weiterreichte.

Als Godefried schließlich den Kelch wieder in seinen Händen hielt, stellte er das Gefäß rechts neben Honrados Kopf. Der Schlafende stöhnte leise auf und ein schwaches Zucken ging durch seinen Körper.

»Lasst uns beginnen«, sagte Godefried und hob beide Arme, so dass die weiten Ärmel seines Umhangs wirkten wie große weiße Schwingen.

»Hagab! Hanes! Hargol!«, rief Godefried, schloss die Augen und warf den Kopf in den Nacken. Die uralten Beschwörungsformeln hallten an den feuchten Wänden der Höhle wider. Godefried wiegte seinen Körper vor und zurück und murmelte erst, dann brüllte er die magischen Worte.

»Hagab, Hanes, Hargol! Abaddon, achortal, beliar, zeige dich, Ankou.« Nach und nach fielen die Männer in den Singsang des Heilers ein und als Arbanor die Worte gegen die Wände brüllte, den Blick fest auf seinen Freund gerichtet, spürte er das Feuer, das von seinem Innersten Besitz ergriff. Ihm war, als zerreiße eine unsichtbare Kraft ihn in zwei Hälften. Arbanor schwankte, keuchte, doch ohne Unterlass rief er die magischen Worte.

Honrado auf dem Tisch begann zu stöhnen. Schweißperlen traten auf seine Stirn und die Augäpfel rollten wie wild hinter den geschlossenen Lidern hin und her.

»Dagon elul, dagon elul«, rief Godefried, als Honrados Mund sich zu einer Fratze verzerrte und sich spitze, gelbe Zähne zwischen seinen Lippen nach vorne schoben. Der Angekettete verkrampfte sich, wollte sich aufbäumen, doch die ehernen Ketten drückten ihn auf den steinernen Altar nieder.

»Hagab, Hanes, Hargol! Abaddon, achortal, beliar, zeige dich, Ankou.« Wieder und wieder sprachen die Könige und die Heiler den Bannspruch, während Godefried, die Hände zur Felsenkuppel gereckt, alle magischen Sprüche rief, deren er hatte habhaft werden können in den Schriften. Bald waren alle Männer schweißgebadet. Arbanor klebte die Zunge am trockenen Gaumen, doch er sprach weiter. Und weiter. Und weiter. Honrados Bauch schien sich aufzublähen und wie aus dem Nichts stieg schwefeliger gelber Nebel neben dem Altar auf.

»Gabbata! Ankou, hadad rimmon, hadad rimmon!« Honrado kreischte, als Godefried ihm die Hand auf die Stirn legte. Wie ein irre gewordenes Vieh, das von der Tollwut besessen war, wand er sich auf dem Altar. Schaum trat aus seinem Mund und sein Atem kam in kurzen Stößen aus seinem Maul. Der Schwefeldampf brannte den Männern in den Augen und in den Mündern. Unir hustete und auch Arbanor hatte größte Mühe, nicht die Hand vor das Gesicht zu schlagen. Um nicht länger die üble Luft in seine Lungen saugen, um nicht länger den entsetzlichen Anblick des wild schreienden Honrados ertragen zu müssen.

»Horeb!«, brüllte Godefried. Ein eisiger Wind fuhr durch den Höhlentempel. Die Flammen der Fackeln zitterten und alle, bis auf drei, gingen aus. Die Soldaten, welche am Rand postiert waren, drückten sich so nahe gegen die Wand, wie sie konnten. Ein junger Bursche wimmerte, doch ging sein Jammern unter im bestialischen Gebrüll Honrados.

Der Ritter, oder das Monster, bäumte sich auf, zerrte an den Ketten, wand sich auf dem Steinbrett. Plötzlich riss Honrado die Augen auf. Arbanor schrie, als er die grünen Flammen sah, die aus den Pupillen schossen. Das böse Feuer züngelte einen Moment ziellos durch die Luft, dann schossen die grünen Flammen wie Blitze auf Godefried zu.

»Horeb, Ankou«, brüllte der Magister und ballte die Hände zu Fäusten. Die Flammen stießen gegen seinen Leib. Godefried schwankte, keuchte.

»Horeb!«, rief er noch einmal. In dem Moment ließen die Flammen von ihm ab.

Godefried sank zur Erde, doch Arbanor sah nicht mehr, wie er sich am Altar festhalten wollte. Schon hatten die Flammen ihn erreicht. Ein nie gekannter Schmerz durchzuckte ihn. Sein Herz schien zu brennen und seine Lungen füllten sich mit heißem Dampf. Arbanor meinte, seine Augen würden ihm aus den Höhlen fallen, so stark wummerte der Schmerz in seinem Schädel.

Grün. Da war nichts, als ein gleißendes Grün. Arbanor schwankte, seine Knie knickten ein. Hart ließ er sich auf den Boden fallen. Gerade, als er meinte, der Schmerz würde ihn zerreißen, sah er sie. Desea. Umgeben von einem weißen Licht schien sie direkt vor ihm zu stehen. Ihn anzulächeln. Arbanors Herz machte einen Satz.

»Horeb!«, presste er hervor und, als der flammende Schmerz ein wenig nachließ, noch einmal: »Horeb!«

Als seien sie nie da gewesen, erloschen die Flammen. Mühsam rappelte Arbanor sich hoch. Unir griff ihm unter die Arme. Godefried zog sich langsam am Altar hoch. Die Heiler husteten, stützten einander und durch die Reihen der Soldaten ging ein erleichtertes Raunen.

»Was starrst du mich so an?« Honrados heisere Stimme durchschnitt die atemlose Stille. »Und warum liege ich hier?« Fragend blickte der Ritter erst Arbanor, dann Unir an.

»Du bist wieder da«, seufzte der König. Mit einem Kopfnicken bedeutete Godefried den Soldaten, die Lanzen und Bögen sinken zu lassen.

»Bindet ihn los«, sagte Godefried. Sein Gesicht war blass und er zitterte am ganzen Körper wie nach einem tagelangen Marsch. Erschöpft strich der Magister dem Ritter die verschwitzten Haare aus der Stirn.

»Honrado, du bist Ankou los. Doch er wird wiederkommen.« Godefried schwankte vor Erschöpfung, als er sich umwandte und stumm durch den Gang die Höhle verließ.

Arbanor blieb wie angewurzelt in der Tür zu seiner Kammer stehen. Die Rückreise vom Schlachtfeld schien seine Sinne getrübt zu haben und die Sorge um den noch schwachen, aber wieder friedlichen Honrado hatten an seiner Seele genagt. Jetzt, zurück in Guarda Oscura, hatte er eigentlich nur den einen Wunsch: ein heißes Bad und ein langer, erquickender Schlaf in seinem weichen Bett. Doch was er sah, ließ ihn schaudern:

Mitten auf seiner Schlafstatt lag ein Weib. Die durchscheinenden Vorhänge, welche vom Himmel des Bettes hingen, flatterten gemächlich im lauen Frühlingswind, der durch die Fenster in die Kammer strömte.

Arbanor rieb sich die Augen, um den Spuk zu vertreiben. Desea war tot, nichts und niemand konnte sie zurückbringen. Doch als er näher ans Bett trat, war das Weib noch immer da. Die goldenen Locken lagen ausgebreitet auf dem Kissen und der schmale Körper zeichnete sich unter der Decke ab. Die Frau hatte ihm den Rücken zugewandt und atmete gleichmäßig im Schlaf.

»Desea«, flüsterte Arbanor. Tränen stiegen in seine Augen und sein Herz pochte laut in seiner Brust. Lange stand er da, betrachtete das goldene Haar, die schmale Hand, die auf der Decke lag.

Wieder schloss er die Augen. Dann setzte er sich vorsichtig auf die Bettkante. Die Frau seufzte leise. Vorsichtig, als könne das Trugbild vor seinen Augen verschwinden, berührte Arbanor das Haar. Weich glitten die Locken durch seine Hand. Tief sog der König den frischen Duft des Frauenkörpers in seine Lungen. Dann kroch er ganz ins Bett, vorsichtig legte er seine Wange an die weichen Locken.

Kaum hatte sein Kopf das Kissen berührt, fielen ihm die Augen zu und der König versank in einen tiefen Schlaf, in dessen Träumen er Desea in den Armen hielt.

Der warme Frauenkörper schmiegte sich eng an seine Brust. Der Schlaf lag wie ein feiner Nebelschleier über seinen Sinnen. Arbanor hielt die Augen geschlossen und spürte seinem Herzschlag nach. Sein Atem ging ruhig, zufrieden. Träumen, nur weiterträumen wollte er. Doch die Sonne, die in das Zimmer fiel, kitzelte sein Gesicht. Arbanor rümpfte die Nase und schlug die Augen auf.

»Du?« Entsetzt fuhr der König auf. Die Frau neben ihm grunzte leise, bevor sie die Augen öffnete.

»Guten Morgen, mein Lieber.«

»Was tust du in meinem Bett?« Ungläubig starrte Arbanor in das verschlafene Gesicht von Tizia. Die Schwester seiner toten Frau rieb sich über die Augen. Ein Lächeln umspielte ihr Gesicht.

»Ich hatte gestern nicht den Eindruck, als ob es dich stört, mich hier zu haben.« Tizia zwinkerte Arbanor zu. Der König stöhnte und schwang die Beine aus dem Bett.

»Bist du von allen guten Geistern verlassen?«, brummte er, als er aus dem Bett sprang. Kopfschüttelnd ging er zur Waschschüssel, leerte Wasser aus dem Krug hinein und klatschte sich die feuchten Hände ins Gesicht, als könne er so das Weib aus seiner Kammer und aus seinen Gedanken vertreiben. Tizia hinter ihm seufzte und schlang die Decke fester um ihren Körper.

»Erinnerst du dich nicht mehr an den Schleier? Wir waren und sind vom Schicksal füreinander bestimmt. Zwar hat es einen Umweg genommen, doch nun bist du frei und ich auch.« Tizia giggelte, als Arbanor herumfuhr und sie aus weit aufgerissenen Augen anstarrte.

»Du bist nicht bei Sinnen«, sagte Arbanor. Dann holte er tief Luft. »Du solltest gehen. Und zwar schnell«, presste er hervor. Tizia schüttelte lächelnd den Kopf und schlug die Decke zurück. Ihr schlanker Körper war von einem beinahe durchsichtigen Seidenstoff bedeckt. Arbanor schloss die Augen, als Tizia den Stoff so zurecht zog, dass die Spitzen ihrer immer noch prallen Brüste unter den Spitzen hervorlugten. Seufzend kletterte sie aus dem Bett und reckte den Hals. Dessen feine Falten verrieten, dass sie längst kein junges Mädchen mehr war.

»Ich bewundere dich, Arbanor. Noch immer trauerst du um meine Schwester. Ich auch, glaube mir das. Und das ist auch der

Grund, warum ich hier bin – um Deseas Willen.« Arbanor ballte die Fäuste.

»Beschmutze nicht ihren Namen!«

»Bitte schrei mich nicht an, sondern höre mir zu.« Tizia legte so viel Nachdruck in ihre Stimme, wie ihr möglich war. Sie riss den Morgenmantel von der Stuhllehne und warf sich den grünen Samt über.

»Das ist Deseas Mantel.« Arbanor stöhnte, doch Tizia hob drohend die Hand.

»Du wirst dich jetzt setzen und mich anhören.« Ein Lächeln umspielte ihr Gesicht, doch die barsche Stimme strafte dies Lügen.

»Ich nehme an, du wirst nicht eher Ruhe geben, ehe du mir nicht deine verqueren Ideen geschildert hast?« Tizia lachte glukksend. Arbanor ließ sich schwer seufzend in einen Sessel fallen. »Ich will keinen Skandal. Du wirst meine Kammer verlassen, sobald du mir gesagt hast, was zu sagen du begehrst.«

Tizia nickte lächelnd und setzte sich dem König gegenüber.

»Das Volk ist unruhig und voller Sorge«, begann Tizia.

»Das ist mir nichts Neues«, schnaubte Arbanor. »Neu wäre mir aber, dass dich die Belange des Volkes interessieren. Verzeih, Schwägerin, aber bislang habe ich dich als ein Weib kennengelernt, dem schöne Stoffe und Juwelen sehr viel näher sind als das Befinden des Volkes.« Tizia tat, als habe sie Arbanors letzte Worte nicht gehört.

»Wann immer ich in deiner Abwesenheit in Guarda Oscura war, habe ich den Marktweibern sehr aufmerksam zugehört. Einem König mag diese Art Gespräch fremd sein oder gar lächerlich vorkommen, ich aber weiß, wie viel Wahres im Getratsche steckt.«

»Ach Tizia, bitte komm zur Sache.« Arbanor griff ungehalten nach einem Becher Milch, der vom Vorabend noch auf dem kleinen Tischchen stand. Angewidert spuckte er die sauer gewordene Milch zurück in den Becher und rammte stattdessen seine Zähne in einen säuerlichen grünen Apfel.

»Die Leute machen sich Sorgen um den König.« Tizia fixierte Arbanor, der schmatzend kaute. »Sie sagen, du hast keinen Nachfolger. Sie sagen auch, dass die Zukunft Tamars in tausend Scherben liegt, wenn Ankou dich besiegt. Wer soll dann über das Land regieren?« Arbanor lachte schallend, so dass kleine Apfelstückchen aus seinem Mund flogen.

»Das also ist die Politik, die du betreibst?«

»Lach nur, aber es ist Ernst.« Tizia verschränkte empört die Arme vor der Brust. »Du hast keinen Sohn. Niemand wäre da, um nach deinem Tod den Thron zu besteigen.« Arbanors Lachen gefror zu einer Maske.

»Sei still und mische dich nicht ein«, fauchte er. Doch Tizia hob abwehrend die Hände.

»Arbanor, du bist kein junger Mann mehr. Sicher würdest du wieder ein Weib finden, ein junges Weib, das bereit ist, dir Kinder zu gebären. Doch was ist, wenn auch die nächste Königin ohne Kinder bleibt? Das Geschlecht der Könige steht auf dem Spiel und du hast nichts weiter im Sinn, als hier einen Apfel zu essen und mich dumm anzugrinsen?« Tizia sprang auf und stampfte auf den Boden, so dass ihr üppiger Busen unter dem schweren Samt wogte.

»Was soll ich tun? Dich sofort besteigen? Verzeih, liebe Schwägerin, aber weder steht mir der Sinn danach, noch glaube ich, dass dein vertrocknender Körper einen Thronfolger hervorbringen kann.« Die Schamesröte schoss Tizia ins Gesicht und ihre Augen wurden wässrig. Dennoch hielt sie den Schrei, der in ihrer Kehle aufstieg, zurück. Stattdessen antwortete sie ganz kühl:

»Diese Arbeit hat Alguien längst getan. Und ich vermute, er tat es besser, als du es könntest.« Giftige Blitze schossen aus ihren Augen, doch Arbanor hielt dem Blick der Furie stand.

»Arrobar ist der Sohn, den du brauchst. Er allein kann dein Nachfolger werden, denn er wurde gezeugt von deinem Freund, der dir wie ein Bruder war und geboren von jener Frau, die das Schicksal des Schleiers für dich vorgesehen hatte.« Tizia hob das

Kinn und funkelte Arbanor an. Der sog die Luft in die Lungen und schloss für einen Moment die Augen. Als ihm klar wurde, was Tizia im Schilde führte, stieg ein hysterisches Lachen in ihm auf. Doch statt eines befreienden Gelächters schickte sein Herz seine Gedanken auf eine Reise, die ihn schwindlig machte. Erstaunt über sich selbst hörte er die eigenen Worte, ganz so, als stünde er neben seinem eigenen Körper und sehe sich dabei zu, wie er über ein Schicksal bestimmte, das er so niemals gewollt hatte.

»In einem, aber nur in einem Punkt hast du Recht, Schwägerin. Arrobar ist der Sohn, den Desea und ich nie hatten.« Als er den triumphierenden Blick in Tizias Gesicht sah, hieb er mit der Faust auf den Tisch, so dass der Becher umkippte, am Boden zerplatzte und die saure Milch zwischen den Bodendielen versickerte.

»Aber du bist weder mein Weib, noch wirst du jemals Königin sein.« Tizia klappte den Mund auf und wieder zu. Dann rümpfte sie die Nase und sagte so leise, dass Arbanor es kaum verstehen konnte:

»Du willst meinen Sohn zum König machen. Gut. Tue das. Denn du weißt so gut wie ich, dass dir keine andere Wahl bleibt. Aber sei dir sicher, Arrobar wird niemals den Thron besteigen, wenn seine Mutter nicht als Königin hier einzieht.« Dann machte sie auf der Hacke kehrt und rauschte aus dem Zimmer.

Arbanor war sprachlos zurückgeblieben. Doch je besser er sich von den Strapazen des Kampfes erholte, je mehr er erfuhr von der Unsicherheit des Volkes und dessen Sehnsucht nach Bestand im Herrscherhaus, desto klarer wurde ihm, dass Tizia nicht ganz Unrecht hatte mit dem, was sie verlangte. Arrobar musste sein Nachfolger werden – und war der Junge es nicht seit langem in Arbanors Herzen? Der Knabe war klug und stark wie sein Vater, der geliebte Freund. Er war groß gewachsen und der schon jetzt muskulöse Körper ließ ahnen, welch guter Kämpfer Arrobar als Mann dereinst sein würde. Dennoch war der Knabe einfühlsam und hellhörig – Arbanor war sich sicher, dass Desea, die den Jungen geliebt hatte wie einen eigenen Sohn, ihm all dies mitgegeben hatte. Kurz: Arrobars Wesen war das eines Königs.

Tag für Tag erschien Tizia in der Burg. Unter immer neuen Vorwänden schlich sie sich in Arbanors Gemächer. Mal brachte sie ihm gezuckerte Früchte, ein anderes Mal kostbare Stoffe, aus denen die Schneider ihm neue Hemden und Beinkleider nähten. Niemals sprach Tizia ihren Schwager auf jenen Morgen an – doch ihr Blick, mit dem sie ihm Tag für Tag direkt ins Herz zu blicken schien, legte sich wie eine Schlinge um ihn. Arbanor ahnte, dass er keine Wahl hatte. Und dennoch sträubte sich sein Innerstes dagegen, Tizia an jenen Platz zu lassen, der auf immer und ewig Desea gehören würde. In sein Herz käme die Schwägerin ohnehin niemals, noch immer war Arbanors Seele erfüllt von der Liebe zu seiner verstorbenen Frau. Und auch auf den Thron würde er Tizia niemals heben. In ihrem Herzen wucherten Eitelkeit und Gier – nicht aber die Liebe, die eine Königin mit ihrem Volk verbinden könnte.

Sieben Wochen nach seiner Rückkehr, als Tizia mit seltenen Beeren im Korb in seine Kammer trat, hatte Arbanor seinen Entschluss getroffen.

»Höre zu, Schwägerin, lass uns dieses Spiel beenden. Deine Geschenke will ich nicht und die Dienerschaft zerreißt sich ohnehin schon das Maul.« Tizia lächelte süffisant und steckte sich eine der süßen Beeren in den Mund. »So bist du also zur Vernunft gekommen?«

»Ich war nie wirr«, knurrte Arbanor. »Doch heute sehe ich klarer denn je.« Arbanor deutete auf die unzähligen Pergamentrollen, auf denen Lageberichte und Landkarten verzeichnet waren. Das Papier stapelte sich auf seinem Tisch, lag auf dem Boden und bedeckte die meisten der Stühle, die um den wuchtigen Schreibtisch drapiert waren.

»Die Lage ist Ernst. Ankou mag die Schlacht auf dem großen Feld aufgegeben haben, doch die Boten der Lords schicken Tag für Tag Berichte über neue Nebelsäulen und zusätzliche Qualen des

Volkes. Hunger und Krankheit sind noch längst nicht ausgerottet und die Unsicherheit über den Fortbestand des Königshauses ist, da muss ich dir zustimmen, sicher nicht förderlich in diesen Zeiten.« Tizia riss triumphierend die Augen auf, doch Arbanors Blick ließ das Lächeln um ihre schmalen Lippen erstarren.

»Ich werde Arrobar als meinen Nachfolger erziehen«, sagte Arbanor. Tizia jubelte innerlich und in Arbanor verkrampfte sich alles, als er den gierigen Blick der Schwägerin sah.

»Und auch du sollst leben wie eine Königin.« Nun jubelte Tizia und stürzte auf Arbanor zu, wollte ihm um den Hals fallen. Doch der König drückte sie von sich weg.

»Das Leben einer Königin sollst du führen. Auf Guarda Oscura leben sollst du auch. Aber niemals, hörst du, niemals mehr wirst du meine Gemächer betreten.« Entsetzt wich Tizia einen Schritt zurück. Die Knie schienen ihr wegzuknicken, doch bald schon hatte sie sich wieder gefangen.

»Wann wird die Hochzeit sein?«

»Es gibt kein Fest, Tizia. Godefried soll die Trauung vollziehen. Keine Feier, keine Gäste.« Enttäuscht schob Tizia die Lippen vor.

»Im Südflügel stehen Räume frei. Dort kannst du dich einrichten. Lade Gäste ein, benenne Hofdamen, behänge dich mit Juwelen. Aber nie, niemals, wirst du in mein Gemach kommen. Wagst du es dennoch, so lasse ich dich in den Turm verbannen.« Tizia schluckte hart. Der scheinbare Triumph schmeckte bitter. Sie ahnte, dass die Krone schwer auf ihr Haupt drücken würde. Dennoch nickte sie.

»Um meines Sohnes Willen«, flüsterte sie. Gier blitzte in ihren Augen auf. »Und als Brautpfand sollen die wertvollsten Rubine dienen, die deine Schatzkammer hergibt.« Arbanor schnaubte verächtlich.

»Nimm dir, was du willst und behänge dich, bis du die Last nicht mehr tragen kannst.«

»Keine Sorge, mein König, ich werde mich mit dem zufrieden geben, was mir zusteht. Nun aber verzeih, wenn ich dich verlasse, ich muss mit Arrobar gemeinsam unsere neuen Räume besichtigen.«

»Nein, Tizia, das wirst du alleine tun. Arrobar wird nicht länger dein Sohn sein. Von heute an ist er der Sohn seines Volkes.«

Honrado hatte sich seit Wochen nicht mehr außerhalb seiner Gemächer blicken lassen. Selbst an der schlichten Zeremonie, die Tizia offiziell zur Königin machte, nahm der Ritter nicht teil. Stunde um Stunde hockte er, die Schreibfeder in der Hand, an seinem Tisch. Pergament um Pergament füllte sich mit seiner unruhigen schwungvollen Schrift und er legte die Feder nur beiseite, um hastig zu essen oder ein paar Stunden in einen unruhigen Schlaf zu versinken. Arbanor wusste nicht, wie oft er Honrado schon dazu gedrängt hatte, endlich sein Schweigen zu brechen, wieder zu seinem Freund zu werden, die Vergangenheit ruhen zu lassen. Doch der Ritter sah durch ihn hindurch, schien ihn nicht wahrzunehmen und tauchte, sobald Arbanor sich leise umwandte, wieder hinab in seine eigene Welt.

Umso froher war Arbanor, dass Arrobar nun Tag und Nacht bei ihm war. Die Spiele mit dem jungen Mann lenkten ihn ab und wenn er seine Gedanken vor dem Prinzen ausbreitete, hörte der ihm aufmerksam zu und gab mehr als einmal einen Ratschlag, der Arbanor verblüffte, so klug und weise kamen die Worte aus dem Mund des jungen Mannes. Seine Mutter schien Arrobar nicht zu vermissen und die anfänglichen Briefe, mit denen Tizia die beiden traktiert hatte, waren immer spärlicher eingetroffen. Nur einmal waren

Nachrichten direkt aus den Gemächern der Königin zu Arbanor gedrungen. Gorda war wutschnaubend in sein Studierzimmer gepoltert.

»Verzeiht, Majestät«, hatte die Amme gehechelt und war vor Arbanor in einen ungelenken Knicks gefallen. »Aber ich halte das nicht länger aus.« Gorda hatte sich die Haare gerauft und die Tränen rollten ihr über die Wangen.

»Was ist geschehen?«

»Arbanor, Tizia ist eine Furie. Verzeiht mir, wenn ich mich so weit über mein Amt als Zofe und Amme erhebe. Ihr wisst, dass ich stets gerne und voller Stolz an Eurem Hof gedient habe. Doch nun...« Gorda schluchzte und presste die Faust vor den Mund. Ihr dickliches Kinn zuckte, als sie das Schluchzen unterdrückte.

»Nichts kann Tizia befriedigen. Tag und Nacht sind die Mägde und Zofen für sie da. Zwei Mal am Tag bereiten wir ihr ein Bad. Drei Mal am Tag, manches Mal auch ein viertes Mal, wird sie vollständig neu eingekleidet. Kein Kleid trägt sie zwei Mal und jedes Mal muss die Frisur noch aufwändiger, der Schmuck noch glänzender sein.«

»Nun, Gorda, die Eitelkeit einer Frau kann ja wohl kaum der Grund sein, warum eine Dienerin in das Zimmer des Königs platzt?« Arbanor versuchte, einen strengen Blick aufzusetzen, doch Gorda entging das Grinsen nicht.

»Macht Euch nicht lustig«, presste sie hervor. »Mit Nichtigkeiten würde ich euch nicht belästigen. Doch was nun geschehen ist, geht zu weit. Juela bemüht sich nach Kräften, der Königin zu Diensten zu sein. Sie ist zwar eine schöne junge Frau, doch im Herzen immer noch ein Kind und kann mit ihrem zarten Körper kaum die schweren Wassereimer schleppen. Ihre Pflichten erfüllt sie aber stets.« Stolz lag in Gordas Blick, als sie von ihrer Tochter berichtete.

»Das einzige Vergnügen meines Mädchens besteht darin, dann und wann Godefried im Kräutergarten oder in seinem Laboratorium zur Hand zu gehen.«

»Ich habe schon gehört, dass Juela eine gute Schülerin ist und Godefried sagte, sie schicke sich an, eine Heilerin zu werden.«

»Ja, Juela hat die Gabe. Desea hat sie auch stets unterstützt und gewähren lassen. . . « Gorda brach ab, als sie die Trauer in Arbanors Augen aufblitzen sah. Schnell sprach sie weiter.

»Tizia aber will es nicht dulden, dass Juela bei Godefried die Heilkunst studiert. Solche Studien, behauptet sie, seien etwas für Männer und Juela solle nicht mehr tun als eine einfache Magd auch.« Gorda biss sich auf die Lippen, um die Wut im Zaum zu halten, die sich Luft verschaffen wollte.

»Gorda, du und Juela lebt in Guarda Oscura. Hier habt ihr euer Auskommen. Ich weiß wohl, was du für Desea getan hast.« Beruhigend legte Arbanor der Amme die Hand auf die Schulter. »Niemand hält euch hier. Ich verstehe, dass Frauen wie ihr nicht leben könnt unter dem Joch, das Tizia euch auferlegt. Gegen sie kann ich nichts tun.« Arbanor lächelte gequält und erkannte in Gordas Blick, dass auch sie die wahren Gründe der Heirat längst durchschaut hatte.

»Nimm deine Tochter und gehe, wohin euer Herz euch führt. Ich werde euch mit einem Schreiben ausstatten, das euch überall empfehlen wird. Und du weißt längst, dass du bei mir mehr verdient hast, als du jemals wirst ausgeben können. Du wirst ein sorgenfreies Leben führen. Juela, da bin ich mir sicher, wird als Heilerin noch von sich reden machen, wenn sie nicht vorher von einem jungen Burschen geheiratet wird.« Sprachlos sah Gorda Arbanor an. Ihr mächtiger Busen vibrierte, als sie ein Schluchzen unterdrückte. Dann sank sie vor Arbanor auf die Knie.

»Lange lebe unser König, lang lebe Arbanor«, rief sie.

Tizia hatte den Weggang der erfahrenen Gorda und ihrer schönen Tochter in keinem der Schreiben erwähnt, in denen sie Arbanor und ihrem Sohn von den neuesten Kleidern berichtete und dem Klatsch und Tratsch, den die Hofdamen ihr zutrugen. Nichtssagendes Geplänkel, das die beiden genau so überlasen, wie die flammenden Worte, mit denen sie die beiden ihrer Liebe versicherte.

Arbanor und Arrobar zog es viel eher hinaus in die Wälder. Für den Prinzen, diesen ungestümen jungen Mann, schien alles ein großes Abenteuer zu sein – doch Arbanor wusste, dass die unbeschwerte Zeit nicht lange dauern konnte. Zu deutlich waren die Zeichen, dass Ankou nicht besiegt, sondern nur aufgehalten war.

Umso mehr genoss es der König, mit seinem jungen Gefährten durch die Wälder zu streifen und Arrobar auch all das beizubringen, was ein König neben der Strategie der Kriegsführung, der Waffenkunde und der Geschichte Tamars wissen musste.

»Wir sollten uns allmählich nach einem Nachtlager umschauen«, rief Arbanor dem Prinzen zu. Arrobar preschte auf seinem kräftigen Schimmel den Hügel hinauf und Arbanor hatte Mühe, ihm zu folgen. Mit einem Jubelschrei gab Arrobar dem Ross die Sporen und setzte über einen umgestürzten Baumstumpf hinweg. Die Begleitsoldaten trieben ihre Pferde an, um den König und seinen jungen Freund nicht aus den Augen zu verlieren.

Mehr als einmal waren die beiden denWachen davon geritten, und in den vergangenen drei Tagen, die der Ausflug nun schon dauerte, hatten die Soldaten mehr als einmal geglaubt, ihre Köpfe würden rollen – denn sie hatten über mehrere Stunden kein Lebenszeichen von den beiden gefunden.

»Arrobar, zügle dein Pferd«, brüllte Arbanor und riss an den Zügeln. Schnaubend blieb der Rappe stehen. Die Flanken des Tieres bebten und das Fell glänzte vom Schweiß.

»Wieso denn, Onkel? Ich bin nicht müde!«, rief Arrobar. Widerwillig brachte er sein Pferd zum Stehen, wendete und trabte gemütlich zu Arbanor zurück.

»Du magst noch nicht müde sein, mein Junge, die Soldaten aber sind es.«

»Und was geht mich das an? Onkel, hinter der Kuppe liegt ein Stamm neben dem nächsten. Wahrscheinlich hat ein Sturm diesen Sprungparcours geschaffen.« Voller Begeisterung zeigte der Prinz zum Horizont.

»Hast du nicht gehört, was ich gesagt habe?«

»Doch Onkel, ich komme ja schon«, murrte Arrobar.

»Weißt du, mein Junge, als Führer der Truppen muss der König wissen, dass seine Männer eine Rast brauchen, noch ehe sie selbst es ahnen. Sicher würden die Soldaten dir noch über Stunden folgen. Keiner würde murren, so wie du jetzt. Doch was ist, wenn wir hinter dem Hügel in einen Hinterhalt reiten? Dann hast du eine Truppe müder Kämpfer dabei, die zu schwach sind, um das Schwert zu führen.«

»Ja, Onkel«, murrte Arrobar. Er ahnte, dass der König Recht hatte, und dennoch. . .ein wilder Ritt wäre ihm jetzt tausend Mal lieber, als mit den Soldaten gemeinsam das Nachtlager aufzuschlagen und sich ruhig zu verhalten.

Arbanor grinste, als er die missmutige Miene seines Neffen sah. Wie gut er sich daran erinnerte, was ihm als Knaben und jungem Mann alles durch den Kopf ging, wenn Arbadil und er durch die Wälder gezogen waren – war er selbst nicht auch ein Heißsporn gewesen, den nichts bremsen konnte?

»Komm, Arrobar, heute überlasse ich es dir, einen guten Lagerplatz zu finden«, munterte Arbanor den Prinzen auf. »Du weißt doch, worauf du achten musst?«

»Ja, Onkel. Wir brauchen Wasser und eine geschützte Stelle. Am besten ist ein Platz, in dessen Nähe ein Ausguck liegt, so dass die Wachen immer einen Überblick haben.«

»Genau, du hast ja doch etwas in deinem Kopf behalten.« Arbanor lachte laut auf, als Arrobar die Augen verdrehte. Mit einem Wink gab der König den Männern, die nun zu ihnen aufgeschlossen hatten, zu verstehen, dass ab hier Arrobar das Kommando übernahm. Im gestreckten Galopp jagte Arrobar sein Pferd über den Hügel. Doch anstatt, wie Arbanor befürchtet hatte, doch den einen oder anderen Sprung über die umgestürzten Baumstämme zu wagen, die zu hunderten am Boden lagen, wandte der Prinz sein Ross nach Osten und ritt geradewegs auf ein kleines Waldstück zu.

Wenig später hatten sie auf dem von Arrobar ausgewählten Platz ein kleines Lager errichtet. Während die Pferde gierig das kühle Quellwasser aus dem schmalen Bachlauf soffen, errichtete Arrobar mit den Soldaten gemeinsam einen schlichten Unterschlupf.

Arbanor sah begeistert zu, wie sein Neffe mit Lederbändern geschickt hantierte, um die frisch geschlagenen und sehr biegsamen Weidenzweige zu einem Gerüst zusammenzubinden. Kurz beobachtete er die Soldaten dabei, wie sie dicht belaubte Äste an den Zweigen festbanden, doch schon bald hatte Arrobar begriffen und unter seinen Händen entstand in Windeseile ein Dach, das den gröbsten Regen abhalten würde.

»Sehr gut, Arrobar«, sagte Arbanor, als er sich auf der Decke im Unterschlupf niederließ. »Nun fehlt uns nur noch eines.« Ratlos sah Arrobar seinen Onkel an.

»Wir haben Wasser, wir haben einen Unterschlupf, die Soldaten machen ein Feuer und die Wachen habe ich postiert.« Arrobar kratzte sich am Kopf und dachte einen Moment nach. Dann erhellte sich seine Miene.

»Wir brauchen etwas zu essen!«, rief er und fuhr sich mit den Händen über den Bauch. »Natürlich, da drin knurrt es, als ob ein ganzes Rudel Orks darin säße.«

»Dann sollten wir dafür sorgen, dass deine Orks nicht verhungern.« Grinsend erhob Arbanor sich und drückte seinem Neffen Pfeil und Bogen in die Hand.

»Wir wollen doch mal sehen, ob wir für die Männer nicht einen saftigen Braten erlegen können.«

Jubelnd folgte der junge Mann ihm durch das Unterholz. Je weiter die beiden in den Wald vordrangen, desto weniger sprachen sie. Arrobar blieb hinter seinem Onkel und Arbanor machte ihn dann und wann auf umgeknickte Zweige, niedergetretene Grasbüschel und andere Spuren aufmerksam. Je weiter die beiden sich vom Lager entfernten, desto dichter wurde das Buschwerk und desto aufgeregter wurde Arrobar. An der Anspannung seines Onkels konnte der Junge merken, dass es nicht mehr lange dauern konnte, bis sie ein Tier aufgespürt hatten. Und tatsächlich: mit einem Mal blieb Arbanor stehen und hob die Hand.

Arrobar wagte kaum zu atmen, als der König vorsichtig ein paar Äste zur Seite bog. Der Junge lugte durch den Busch und sah den stolzen Hirsch, der mitten auf einer kleinen Lichtung stand. Die Strahlen der tief stehenden Sonne schienen sein glänzendes Fell zu liebkosen. Gemächlich wiegte das Tier den Kopf hin und her und das prachtvolle Geweih, an dem Arrobar acht Enden zählte, schwang durch die Luft wie die Masten eines Schiffes bei niedrigem Seegang.

Arrobar befeuchtete seinen Zeigefinger und hielt ihn in die Luft. Der Wind stand günstig – das Tier konnte sie nicht wittern. Arrobar sah schon den knusprigen Braten vor sich und wie er die Zähne in die saftige Keule hieb.

Mit einem Kopfnicken bedeutete Arbanor seinem Neffen, neben ihn zu treten. Nickend gab er ihm zu verstehen, dass er dieses Mal die Beute würde erlegen dürfen. Arrobar schluckte und sein Herz begann zu rasen. In seinem Kopf hallten all die Worte wider, die er jemals über die Jagd gehört hatte. Ängstlich riss er die Augen auf, als alles, was er zu wissen geglaubt hatte, in seinem Kopf zu einem einzigen vibrierenden Brei verschmolz.

Aufmunternd klopfte Arbanor ihm auf die Schulter. Langsam griff Arrobar hinter sich und zog den Bogen von seiner Schulter. Mit einem Mal schien ihm die Waffe, gefertigt von Unirs Männern, schwer wie Blei. Dennoch schaffte er es, einen Pfeil aus dem

Köcher zu nehmen. Noch einmal atmete der junge Prinz tief ein und spannte dann den Bogen.

Sein Blick folgte dem Schaft des Pfeils, glitt über dessen Spitze und traf schließlich auf den Hirsch. Das Tier wackelte träge mit den Ohren und blinzelte ins nirgendwo der letzten warmen Sonnenstrahlen. Arrobars Knie zitterten. Arbanor trat hinter seinen Neffen, legte ihm beide Hände auf die Schultern. Augenblicklich ließ das Zittern nach und Arrobar bemerkte, über sich selbst erstaunt, dass seine Hände vollkommen ruhig waren. Noch einmal holte er tief Luft, zog im selben Moment die Sehne straff. Dann atmete er aus und als keine Luft mehr in seinen Lungen war, ließ er den Pfeil los.

Zischend schoss das Geschoss davon und traf mit einem dumpfen Geräusch auf die Brust des Hirsches. Das Tier quiekte kurz, bäumte sich auf und rannte dann durch das Unterholz davon.

»Ein guter Schuss, mein Junge.« Arbanor strahlte, als er in Arrobars vor Aufregung gerötetes Gesicht sah. »Der Hirsch wird nicht weit kommen, ich wette, du hast sein Herz getroffen.« Arrobar lachte erleichtert auf. Dann sprang er durch die Büsche, hechtete über die Lichtung und folgte der Blutspur und den abgebrochenen Ästen, die der Hirsch hinterlassen hatte. Arbanor folgte ihm mit gemächlichen Schritten. Das Abendessen für die kleine Truppe war gesichert.

Im Schlendern riss Arbanor ein paar Heidelbeeren ab, die wild im Wald wuchsen. Die blauen Früchte knackten leise, als er sie zerbiss. Arbanor seufzte und lächelte vor sich hin. Wie lange hatte er solche unbeschwerten Stunden vermisst!

Doch kaum hatte er diesen Gedanken in seinem Kopf formuliert, durchdrang ein schriller Schrei die Stille des Waldes.

»Hilfe! Onkel, hilf mir!« Arbanor rannte los, als er die verzweifelten Rufe seines Neffen erkannte. Die niedrigen Äste schlugen ihm gegen das Gesicht und zerkratzten die Haut. Arbanor stolperte über Wurzeln und folgte schwer schnaufend dem schmalen Pfad, den Arrobar getreten hatte.

»Wo bist du?«, keuchte Arbanor. Hilflos sah er sich um. An einem Baumstamm sah er frisches Blut, das vom angeschossenen Hirsch stammen musste. Doch von Arrobar fehlte jede Spur. Fast schien es, als sei er vom Erdboden verschluckt worden.
»Hier bin ich, hier oben.« Arrobars Stimme klang jämmerlich. Arbanor blickte nach oben – und da hing sein Neffe, gefangen in einem Netz, das unter der mächtigen Baumkrone hin und her schwang.
»Wie bist du da hinauf gekommen?«
»Ich weiß es nicht, auf einmal hat es sich zugezogen und schon ging es nach oben.« Arrobar keuchte. Die Stricke des Netzes schnitten in seine Haut und sein linker Arm war zwischen die Maschen gerutscht. Die Schnüre drückten schmerzhaft gegen die Muskeln.
»Hol mich hier runter!« Wäre Arbanor kein so erfahrener Kämpfer, er hätte sich auf den Boden geworfen und schallend gelacht. Doch in seinem Magen kroch das alt bekannte Kribbeln auf. Seine Hand zuckte automatisch nach dem Schwert. Wie immer seit dem großen Kampf trug er Askarion stets mit sich. Die Klinge vibrierte nicht – also waren wenigstens keine Orks in der Nähe.
»Sei still, das ist eine Falle«, zischte Arbanor. Sofort hörte das Keuchen in der Baumkrone auf. Vorsichtig versuchte Arrobar, sich in eine bequemere Position zu bringen. Von seinem Hängeplatz aus sah er, wie sein Onkel sich langsam vorantastete und zwischen den Büschen verschwand. Der Prinz seufzte und wünschte sich, dass alles nur ein Traum wäre. Alles wollte er sein – nur nicht die Mahlzeit eines Waldwesens, das sich von Menschenblut ernährt. Oder ein künftiger König, der in dieser misslichen Lage von seinen eigenen Soldaten befreit werden musste. . . welche Schmach!
Arbanor bog vorsichtig Ast um Ast zur Seite. Mit der Spitze des Schwertes tastete er auf den Boden und tat erst dann den nächsten Schritt wenn er sicher war, dass er nicht in eine weitere Falle treten würde. Lautlos bahnte er sich seinen Weg durch das Unterholz.

Sein Kopf schwirrte und sein Herz pochte so stark, dass er meinte, der Widerhall müsse durch den ganzen Wald schallen.

An einem mächtigen Baumstamm blieb er kurz stehen und blickte in die Baumkrone. Zwischen dem dichten Blattwerk erkannte er, dass die Sonne sehr tief stand. Bald würde die Nacht hereinbrechen und im Dunkeln wäre es beinahe unmöglich, den Kampf gegen wen oder was auch immer aufzunehmen. Einen Moment lang überlegte der König, ob er zurück zum Lager eilen und Verstärkung holen sollte. Doch der Weg würde ihn zu viel Zeit kosten. Also schlich Arbanor weiter. Nur mit Mühe konnte er einen Schrei unterdrücken, als er hinter einem breiten Busch hervortrat und unvermittelt am Rande eines Abgrundes stand. Arbanor schwankte und trat einen kleinen Schritt zurück, um nicht in die Tiefe zu fallen. Dann straffte er die Schultern und ging vorsichtig nach vorne.

Was er sah, ließ ihn schaudern – der Boden der Schlucht war nicht zu sehen, der ganze Canyon war mit grauem dichten Nebel gefüllt. Schwefeliger Geruch stieg ihm in die Nase und trieb ihm die Tränen in die Augen.

»Ankou«, sagte Arbanor tonlos und richtete sich auf, beide Hände fest um Askarions Griff geschlungen.

Erst war es nur ein leises Rauschen, doch es schwoll rasch an. Die Luft begann zu vibrieren und noch ehe Arbanor den Drachen sehen konnte, hörte er das Zischen seiner Schwingen und das Züngeln des fliegenden Monsters. Arbanor blieb kaum die Zeit zu begreifen, da tauchte über der Schlucht schon der riesenhafte Körper des Drachen auf.

Mit den gezackten Flügeln wirbelte das Tier die Luft auf, so dass Arbanor meinte, er stehe mitten in einem Sturm. Aus dem Maul des Drachen züngelte seine gespaltene Zunge und die Augen, denen einer Echse gleich, schienen grüne Funken zu speien.

Der Drache flog direkt auf Arbanor zu. Der König warf sich auf den Boden und als das Tier direkt über ihm war, sah er die scharfen Krallen an dessen Tatzen und die schweren, starken Schuppen, die das Tier wie ein Panzer umgaben.

Kaum hatte der Drache kehrt gemacht und zum neuerlichen Sturzflug angesetzt, war Arbanor schon wieder auf den Beinen. Der Drache schnaubte, sauste zu Arbanor hinab. Mit beiden Händen umklammerte dieser das Schwert. Die Bestie ließ ihre Krallen durch die Luft sausen, doch Arbanor duckte sich nach rechts weg. In derselben Bewegung gelang es ihm, mit dem Schwert zuzustoßen. Doch Askarion prallte an den Schuppen ab.

Wieder und wieder setzte der Drache zum Angriff an. Arbanor schwitzte und seine Arme zitterten. Wieder und wieder schlug er mit seiner ganzen Kraft nach dem Drachen, doch das Schwert drang nicht durch den dichten Panzer. Nur hier und da brach ein Stück einer Schuppe ab und fiel wie ein Stein zu Boden.

»Hab ich doch gewusst, dass es nur einer aus der königlichen Sippe sein kann, der hier an der Schlucht für Unruhe sorgt.« Arbanor fuhr herum, als er die ihm so wohl vertraute Stimme hörte.

»Duende, was machst du hier?«, rief der König erstaunt. Der Zwerg grinste hinter seinem struppigen Bart.

»Mein Volk lebt hier, schon vergessen?« Duendes Augen strahlten, als er auf Arbanor zusprang. Doch noch ehe die beiden sich in die Arme fallen konnten, schoss der Drache erneut vom Himmel herab. Duende sprang nach links, Arbanor nach rechts. Grüne Funken sprühten aus den Augen der Bestie, die nun einen Schwall heißer Luft aus den Nüstern blies. Arbanor schrie auf und hieb blind zu. Dieses Mal krachte keine Schuppe auf dem Boden – Askarion ritzte in die Haut des Drachen, direkt über dessen rechtem Auge. Die Echse schrie auf und stieg blitzschnell in den Himmel.

»Dich kann man nicht alleine lassen, was?« Duende grinste. »Ich habe geahnt, dass du hier bist, als ich Guarda Oscura brennen sah.«

»Die Burg brennt?« Entsetzt sah Arbanor von Duende zu dem Drachen, der sich nun hoch in die Luft schraubte.

»Dein feiner Freund hier hat ein bisschen zu viel Feuer gespuckt«, sagte Duende und zeigte in den Himmel. Auch er ließ den Drachen nicht aus den Augen. »Erst hat er sich einen Bauern vom Feld als kleine Mahlzeit geholt und als die Menschen aus Albages in die Burg gerannt sind, um Schutz zu suchen, hat das hungrige Tier zugeschlagen.«

»Und ich bin nicht dort«, rief Arbanor. Die Verzweiflung stand ihm ins Gesicht geschrieben.

»Das ist wohl auch besser so«, knurrte der Zwerg.

»Wie viele leben noch?«, fragte er. Duende zuckte traurig mit den Schultern

»Ich weiß es nicht. Die meisten hat er sich gepackt, als sie auf dem Weg zur Burg waren.« Duende überlegte einen Moment, ob er seinem König von den zerfetzten Leibern erzählen sollte und von den Müttern, die verzweifelt mit ansehen mussten, wie der Drache ihnen die Kinder aus den Armen riss und noch in der Luft mit einem einzigen Bissen verschlang. Doch die Trauer und das Entsetzen in Arbanors Gesicht ließen ihn schweigen.

Hoch über ihnen drehte der Drache einen weiteren Kreis. Dann setzte er erneut zum Sturzflug an.

»Eine gute Nachricht habe ich«, brüllte Duende. »Dein neues Weib hat sich auf und davon gemacht.«

»Das sieht ihr ähnlich«, knurrte Arbanor in dem Moment, als der Drache mit weit aufgerissenem Maul auf ihn zuschoss. Arbanor stellte sich breitbeinig hin und packte das Schwert mit beiden Händen. Einen winzigen Moment lang sahen die beiden sich in die Augen. Arbanor wurde geblendet vom giftigen Grün, doch Askarion fand seinen Weg alleine. Unterhalb des Kiefers glitt die Klinge zwischen die Schuppenreihen und riss einen tiefen Spalt in die schwarze Haut des Drachen. Das Tier brüllte, taumelte in der Luft und gerade, als Arbanor meinte, das Vieh würde in die Schlucht stürzen, schlug der Drache fester mit den Schwingen und stieg erneut nach oben.

»Und Honrado?«, keuchte Arbanor. Duende hatte sich unter einem vorspringenden Felsen in Schutz gebracht.

»Er ist in der Burg, er führt die Kämpfer an«, rief er, doch die Worte blieben ihm im Mund stecken. Aus der Schlucht stieg eine mächtige Nebelwand auf und umhüllte Arbanor, bis er fast nicht mehr zu sehen war.

Der König schrie auf, als der kalte Nebel seine Haut berührte. Sein Körper fühlte sich an, als wäre er in eisiges Wasser gefallen. Von einem Augenblick zum nächsten fror er entsetzlich und seine Muskeln wurden lahm. Aus dem Nichts drang ein bestialisches Lachen an seine Ohren.

»Ankou«, wollte er brüllen, doch die eisige Kälte lähmte seine Zunge. Er wusste auch so, wer nach seiner Seele griff.

»Achtung, duck dich«, hörte er Duende rufen. Arbanor sah den Schatten, doch seine Beine wollten ihm nicht gehorchen. Wie festgenagelt stand er da und sah, wie der Drache über den Nebel hinweg zu ihm hinabtauchte. Arbanor riss die Augen auf. Er sah den Drachenkopf, die wütenden Augen des Tieres – doch im nächsten Moment verwandelte sich die Bestie vor Arbanors innerem Auge in das Antlitz Deseas. Mit einem Mal war der König so ruhig, wie nie zuvor in seinem Leben. Und als die kräftigen Pranken sein Wams aufschlitzten und die Haut auf seiner Brust zerfetzten, blieb Arbanor völlig stumm.

Triumphierend kreischte der Drache auf und stieg erneut in den Himmel.

Mit einem Schlag lichtete sich der Nebel. Eine heiße Welle erfasste Arbanor und der Schmerz schlug unvermittelt und mit ganzer Kraft zu. Blut schoss aus der Wunde und Arbanors Knie begannen zu zittern. Dann gaben seine Beine nach und er fiel auf den Boden.

»Desea«, flüsterte er, dann wurde ihm schwarz vor Augen. Doch die Ohnmacht war nicht von langer Dauer. Einen Augenblick später spürte Arbanor, wie Duende ihm gegen die Wangen klatschte.

»Bleib wach, hörst du?«, brüllte sein kleiner Freund. Müde schlug Arbanor die Augen auf. Ein Lächeln huschte über sein Gesicht, als er die vertrauten Augen sah.

»Na bitte, da bist du ja wieder«, keuchte der Zwerg. Mit aller Kraft riss er ein Stück Stoff aus dem Hemd des Königs und stopfte es als Verband gegen die Wunde, aus der pulsierend das Blut quoll.

»Arrobar, du musst Arrobar helfen«, sagte Arbanor voller Sorge um seinen Neffen.

»Meine Leute haben ihn schon aus seinem Hochsitz geholt.« Duende mühte sich ein Grinsen ab. »Der Prinz hat es geschafft, den Hirsch zu treffen, auf den wir es seit Tagen anlegen. Doch anstatt das Tier in unsere Netzfalle zu treiben, tritt er selbst hinein. Wahrlich, ich ahne, dass er ein König ganz nach deinem Blut wird.« Arbanor lachte leise, doch der Schmerz saß wie ein loderndes Feuer in seiner Brust.

»Meine Männer werden gleich hier sein und helfen«, sagte Duende und sah sich suchend um. Doch nichts rührte sich im dichten Unterholz.

Der Nebel aus der Schlucht streckte wie ein vielgliedriges Wesen seine Tentakeln über den Rand. Arbanor wollte sich aufrichten, doch der Schmerz ließ ihn aufschreien. Im selben Moment sah er, wie der Schatten des Drachen größer und größer wurde. Mit ungeahnter Wucht stieß er vom Himmel herab.

»Vorsicht, Duende«, brüllte der König und wollte nach Askarion greifen. Doch sein Arm wollte ihm nicht gehorchen. Blitzschnell langte Duende nach dem Griff des pulsierenden Schwertes. Die Rubine leuchteten auf, als der Zwerg die schwere Waffe hoch wuchtete. Zitternd streckte Arbanor seine rechte Hand aus. Duende hielt den Griff umklammert und mit zitternden Fingern lenkte der König das Schwert.

Schnaubend sauste der Drache nieder. Arbanor spürte den heißen Atem der Bestie. Mit weit aufgerissenen Augen starrte er in das Maul des Drachen, auf hunderte spitzer Zähne, zwischen denen gierig die Zunge in die Luft schnellte. Das Vieh brüllte – und im selben Augenblick glitt die Klinge Askarions, gehalten von Duende und geführt von Arbanor, König Tamars, zwischen die Schuppen und drang in die Kehle des Tieres ein.

Der Drachen schleuderte durch die Luft und gurgelnd schoss das Blut aus seinem Maul und dem gewaltigen Loch in seinem Hals. Der Drache trudelte, dann kippte er zur Seite und verschwand in der Schlucht. Der Nebel schien aufzuspritzen und in dem Moment, als Arbanor den dumpfen Aufprall des gewaltigen Körpers hörte, ging ein Beben durch die Erde.

Duende kippte um, ließ das Schwert los. Arbanor fühlte sich wie auf hoher See, als die Erdstöße in grollenden Wellen unter ihm dahinsausten. Steine und Felsen brachen vom Rand der Schlucht ab, fielen hinein. Der Nebel stob auf – und dann war es mit einem Mal vollkommen still.

Arbanor stöhnte, und Duende rappelte sich mühsam auf. Die Sonne schickte einige letzte Strahlen auf die Lichtung. Arbanor wandte den Kopf zur Schlucht, doch dort, wo eben noch ein tiefer Schlund war, sah er nichts weiter als eine weite Ebene.

»Es ist vorbei«, flüsterte er. Tränen traten ihm in die Augen, als die Angst ihn wie eine Flutwelle überrollte. Erst jetzt wurde ihm bewusst, was eben geschehen war.

»Es ist vorbei. Ankou hat verloren«, murmelte Arbanor. Seine Hand tastete nach Askarion. Duende half ihm, das magische Schwert zu sich zu ziehen.

»Danke, dass du mir das Leben gerettet hast.« Arbanor lächelte Duende an.

»An dieser Schlucht war es, wo dein Vater mich dereinst gefangen und zu dir gebracht hat, so ist es nur wohl und billig, dass ich nun seinem Sohn an diesem Ort beistehe«, antwortete Duende. In seinen Augen schimmerten Tränen.

Arbanor hustete und Duende sah entsetzt, wie ein kleiner blutiger Faden aus dem Mundwinkel des Königs quoll und ihm über das Kinn lief.

»Sprich nicht, ich gehe meine Männer holen«, sagte Duende.

»Nein, bleib hier. Sie werden uns schon finden.« Arbanor keuchte und seine Brust hob und senkte sich in raschem Rhythmus.

»Du stinkst gar nicht?« Arbanor mühte sich ein Grinsen ab, als er die Nase rümpfte.

»Ein wenig habe ich bei euch Menschen gelernt.« Duende verdrehte die Augen. »Aber glaube ja nicht, dass wir Zwerge uns wie ihr ständig die Haut im Wasser einweichen.«

»Das sehe ich, dein Bart starrt vor Dreck.« Arbanor wollte lachen, doch stattdessen schnürte ihm ein heftiger Husten den Atem ab.

»Warte, ich stütze deinen Kopf.« Duende sauste davon und war wenige Augenblicke später mit einem Bündel weichen Grases wieder zurück. Vorsichtig stopfte er das Gras unter Arbanors Kopf.

»Wie gut das riecht«, flüsterte der König. »Ein wenig nach Buschwindröschen.« Ein Lächeln stahl sich in sein Gesicht. Buschwindröschen. Ihr frischer Duft. Desea.

»Duende, siehst du sie auch?«

»Wen?« Der Zwerg blickte sich um, doch außer der saftigen grünen Wiese an Stelle der Schlucht und dem dichten Unterholz hinter sich konnte er nichts erkennen. Die tief stehende Sonne warf lange Schatten und der Wind strich sanft über die sattgrüne Wiese.

»Hier ist niemand.«

»Desea, doch, sie ist hier«, flüsterte Arbanor. Dann zuckte er zusammen und seine Hände verkrampften sich über dem Verband auf seiner Brust, der längst mit tief rotem Blut voll gesogen war.

»Siehst du, wie schön sie ist?« Arbanors Augen strahlten, als er seinen Blick in den Himmel richtete. »Sie hat mich nie verlassen.«

»Arbanor, was sprichst du da? Sei doch still, schone deine Kraft.« Duende legte seine ganze Verzweiflung in seine Worte. Doch Arbanor winkte müde ab.

»Schweigen kann ich noch lange. Hör zu, mein Freund, Tamars Zukunft liegt in deinen Händen.« Duende schnaubte. Doch als er die Tränen sah, die Arbanor über die Wangen rollten, schwieg er betreten. Angst umklammerte sein kleines Herz und seine Lippen bebten, als er sich näher über den Freund beugte.

»Geh und bringe Arrobar nach Hause. Und sorge dafür, dass Honrado ihm ein Vater und Freund ist, so wie ich ein Vater für den Jungen und ein Freund für Honrado gewesen bin.« Arbanor keuchte. Als er sich mit der Zunge über die Lippen leckte und den metallischen Geschmack des eigenen Blutes wahrnahm, schluckte er trocken. Schweiß brach ihm aus allen Poren und er fror erbärmlich.

»Was redest du für einen Unsinn, du selbst wirst Arrobar nach Hause bringen«, krächzte Duende.

»Nach Hause«, flüsterte Arbanor. Seine Lider begannen zu flattern und die Pupillen erweiterten sich, bis nur noch schwarze Punkte in seinen Augen zu sehen waren.

»Desea«, flüsterte Arbanor. »Tamar ist gerettet.« Ein Lächeln umzuckte seinen Mund.

»Tamar«, sagte Arbanor. Dann schloss er die Augen. Seine rechte Hand rutschte zur Seite und das letzte, was er spürte, war der pulsierende Griff Askarions.

Schweigend und mit hängenden Köpfen machten sich die Soldaten, deren einzige Aufgabe darin bestehen sollte, den König und den Prinzen zur Jagd zu begleiten, auf den Heimweg nach Albages. Arrobar auf seinem Schimmel führte den kleinen Tross an. In einem der niedergebrannten Weiler entlang des Weges hatten die Männer alles Notwendige entdeckt, um eine notdürftige Kutsche zu zimmern. Auf der Pritsche des Wagens hockte Duende, der unablässig mit einem feuchten Lappen über Arbanors heiße Stirn strich.

»Du hast mich zu Tode erschreckt«, tadelte Duende seinen Herrn, als dieser seine glänzenden Augen für einen Moment öffnete. »Ich dachte, du bist tot.«

»So schnell stirbt ein König wie ich nicht«, wollte Arbanor entgegnen, doch statt Worten kam nur ein Krächzen aus seiner trockenen Kehle. Sein Körper schmerzte, als habe jemand eine brennende Fackel in seine Eingeweide gesteckt und wieder und wieder verschwamm das Gesicht Duendes vor seinen Augen. Dankbar ließ der König sich von einer neuerlichen Ohnmacht davontragen.

Arrobar war beinahe froh, seinen Onkel so geschwächt zu wissen – Arbanor hätte es wohl kaum ertragen, sein Land derart zerstört zu sehen. Wohin sie auch kamen lagen die Dörfer in Schutt und Asche und die wenigen Menschen, die wie von Sinnen zwischen den Ruinen hin und her wankten, schienen nicht mehr von dieser Welt zu sein. Die Felder lagen trocken und dürr da. Die Kadaver der Kühe, welche noch vor wenigen Tagen auf saftigen Wiesen gegrast hatten, blähten sich verfaulend in der stechenden Sonne auf. Überall kündeten Rauchschwaden von der Verwüstung, welche der Drache über die Menschen gebracht hatte. Arrobar schüttelte sich – es war kaum vorstellbar, dass hier noch vor wenigen Tagen das Leben geblüht hatte. . . geschweige denn jemals wieder würde blühen können.

Arrobar traten Tränen in die Augen, als er Albages erblickte. Am Horizont, dort wo Guarda Oscura die Geschicke des Volkes beschattet hatte, stieg Rauch auf. Die hohen Türme, welche sich sonst vom Himmel abgehoben hatten, waren nicht mehr da.

»Hoh!« Arrobar zügelte sein Pferd. Die Männer, welche mit Entsetzen auf die Ruinen blickten, senkten betreten die Köpfe. Duende unterdrückte einen Schrei und bedeckte sogleich Arbanors Augen mit dem feuchten Lappen. Um nichts in der Welt sollte der König sehen, was aus seinem Land, aus seiner Heimat geworden war.

»Hier ist kein Platz für uns«, flüsterte Arrobar. »Diese Erde ist verseucht von Ankou. Alles stinkt nach Schwefel, die Felder sind zerstört... hier haben die längste Zeit Menschen gelebt.« Arrobar sprach leise, fast tonlos. Doch einer der Soldaten hörte seine Worte und schluchzte laut auf.

»Herr, was sollen wir tun?«

»Hier können wir nichts mehr ausrichten«, sagte Arrobar und riss die Zügel herum. »Unsere Aufgabe ist es, das Leben des Königs zu retten. Denn nur Arbanor, der Drachenkönig, kann unser Reich zu seiner einstigen Blüte zurück führen.«

Noch nie hatten die Soldaten den Prinzen mit solcher Bestimmtheit sprechen hören. Und selbst diejenigen, die am liebsten losgestürmt wären, um nach ihren Familien und Häusern zu sehen, wandten sich wortlos um und folgten Arrobar, der den kleinen Tross in Richtung Küste führen wollte. Dort, so hoffte Arrobar, würde er ein Schiff finden, welches ihn und den König in ein sicheres Land brachte. Einen Moment lang überlegte der Prinz, ob es wohl das Beste sei, Arbanor zu Godefried oder zu dessen Volk der Heiler zu bringen. So in seine Gedanken versunken hörte er erst das leise Murmeln nicht.

»Arrobar, was tust du?« Arbanor versuchte, sich aufzurichten. Das feuchte Tuch von seinen Augen zu reißen. Doch Duende hielt den Lappen fest.

»Wo führst du uns hin?«, fragte Arbanor noch einmal. Arrobar zügelte sein Pferd. Erneut kam der kleine Tross zum Stehen.

»Wir sollten versuchen, die Küste zu erreichen«, sagte der Prinz. »Von dort aus können wir mit dem Schiff...«

»Ich werde nicht fliehen!«, rief Arbanor und unterdrückte einen Hustenreiz. Dann zerrte er das Tuch von seinen Augen. Einen Moment lang war er geblendet – doch dann sah er, was mit der Burg, mit dem Volk, mit seiner Heimat geschehen war.

»Bring mich nach Hause.« Arbanor schloss erschöpft die Augen. Doch seine Worte ließen keinen Zweifel – der König hatte befohlen. Arrobar schluckte schwer an einer Erwiderung, doch dann gab er widerwillig den Männern das Zeichen zur Umkehr. Schweigend machten sie sich auf den Weg zur Burg.

Brandgeruch lag in der Luft und je näher sie Guarda Oscura kamen, desto deutlicher wurde das Ausmaß der Zerstörung. Die einst mächtige und blühende Burg wirkte wie ein Schutthaufen, kaum ein Stein war auf dem anderen geblieben. Die äußere Wehrmauer war bis auf wenige Mauersteine eingestürzt. Arrobar hatte Mühe, einen Weg über die Trümmer zu finden. Wieder und wieder wischte er sich über die Augen – doch es war kein Trugbild.

Guarda Oscura lag in Schutt und Asche. Von den Wehrtürmen waren nur ein paar Steine aufeinander geblieben. Wie abgerissene Stummel duckten sich die Ruinen gegen den Hügel.

Duendes Ohren wurden fahl, als sie den Burghof erreichten. Dort, wo der junge Arbanor einst auf dem Kampfplatz geübt hatte, lagen verbrannte Balken wild durcheinander. Der Brunnen schien das einzige zu sein, was noch heil geblieben war – die Küchengebäude sahen aus wie zahnlose Monster, deren hohle Augen, die einst Fenster waren, vor denen Kästen mit duftenden Kräutern hingen, sie stumm anstarrten. Auf der breiten Treppe, welche zum Palast führte, lagen verkohlte Stühle. Wind kam auf und zerrte an einem zerfetzten Stück Samt, das einmal ein Kleid oder ein Umhang gewesen sein mochte.

Unheimliche Ruhe lag über den Ruinen. Arrobar stieg aus dem Sattel und drückte einem der Soldaten die Zügel in die Hand.

»Sieh zu, dass du einen Platz findest, an dem du die Rösser unterstellen kannst«, befahl er und ging zum Karren, auf dem sein Onkel lag. Arbanor öffnete mühsam die Augen und ließ den Blick schweifen. Seine Miene verriet nichts von der Wut, die ihn ergriff, als er die Trümmer sah.

»Hilf mir auf«, sagte Arbanor. Der Schmerz fuhr in seinen Körper wie glühendes Eisen, als er sich auf Arrobar und einen der Soldaten stützte. Schritt für Schritt gingen die drei den anderen voran langsam die Treppe hinauf. Oben angekommen wandte Arbanor den Kopf. Auf den Zinnen der inneren Mauer sah er einen kleinen, schwarzen Schatten.

Der Rabe krächzte scheppernd, als lache er über den König, der sich wie ein alter Mann die Treppen hinauf helfen lassen musste. Dann breitete der Vogel die Flügel aus und flog hinab ins Tal.

Als Arbanor durch das Portal trat, versagten seine Beine ihm den Dienst. Scharf sog er die Luft ein, als er die Schäden sah – die kostbaren Wandbehänge lagen zerrissen auf dem Boden. Die meisten Fackeln schien jemand mitsamt den schweren Eisenhaltern aus den Wänden gerissen zu haben. Mitten im Raum lag eine Lache getrockneten Blutes wie ein Teppich. Arrobar unterdrückte nur mit Mühe den Würgereiz. Doch Arbanor, der große König, straffte die Schultern. Mit einem Mal sah er völlig klar. So wunderte es ihn auch nicht, dass Ningun aus dem Portal des Thronsaales trat.

»Mein König!«, rief der Magister. So schnell seine alten Beinchen es ihm erlaubten kam er auf die Ankömmlinge zu. Sein langer weißer Bart bebte, als er seinen krummen Rücken vor Arbanor beugte.

»Ningun!« Fragend sah Arbanor seinen einstigen Lehrer an. »Wie kommst du hierher?«

»Nirgendwo im Land blieb verborgen, was geschah. Nicht einmal in meinem so bequemen und ruhigen Zuhause.« Ningun lächelte schief, so dass sein ohnehin zerfurchtes Gesicht noch mehr dem einer alten Schildkröte glich. »Mag ich auch noch so alt und schwach sein, mein Wissen ist noch wach wie am ersten Tag.« Der Alte tippte sich mit dem Zeigefinger an die Stirn.

»Ich denke, Ningun, wir werden dein Wissen gut gebrauchen können«, antwortete Arrobar anstelle des Königs, der nun vor Schmerz aufstöhnte.

»Rasch, bringe ihn hier hinein«, sagte der Heiler und deutete auf den Thronsaal. »Es ist der einzige Raum, der noch bewohnbar ist. Und außerdem habe ich noch eine Überraschung für euch.« Ningun zwinkerte und schlurfte dann voraus in den Saal.

Die einst mit prachtvollen Teppichen geschmückten Wände wirkten kahl. Die Fenster waren mit groben Leinentüchern notdürftig verhängt worden. Das Podest, auf welchem der Thron des Drachenkönigs gestanden hatte, war von Ruß geschwärzt. Nur noch ein paar jämmerliche Fetzen waren vom samtenen Baldachin geblieben. Arbanor wandte den Kopf ab. Mochte Ankou auch seinen Thron zerstört haben, noch war er, Arbanor, der Herrscher des Reiches.

Zwei Gestalten hockten um eine Feuerschale. Als sie Ninguns Schritte vernahmen wandten sie die Köpfe. Beide schlugen die Hände vor den Mund, als sie sahen, wer herein kam.

»Arbanor!« Die alte Gorda jubelte. Tränen traten ihr in die Augen, als sie sich, so schnell es ihr müde gewordener Körper zuließ, aufrappelte. Und auch die zweite Frau begann zu weinen. Und gleichzeitig zu lachen.

»Juela!« Arrobars Herz klopfte wie wild, als er das müde, aber schöne Gesicht der jungen Frau erblickte. Juela sprang auf und war noch vor ihrer Mutter bei den Ankömmlingen.

»Mein König«, flüsterte sie und machte einen ungeschickten Knicks vor dem Herrscher. Doch kaum hatte Arbanor ihr mit einem leichten Wink zu verstehen gegeben, dass sie sich erheben solle, begann sie zu strahlen. Arrobar war, als gehe die Sonne auf in dem zerstörten Thronsaal. Seine Augen fanden die von Juela. Mit Blicken liebkosten sie sich und einen Moment lang war da nichts weiter, als das Erkennen und Verstehen der beiden.

Arbanor räusperte sich. Juela schlug die Augen nieder und Arrobar errötete leicht. Dann half er dem Onkel zu der Bettstatt, welche aus Fellen und Strohballen nahe des Kamins errichtet war. Sachte ließen er und der Soldat den König auf das Lager gleiten.

Gorda hastete hinzu und stopfte Arbanor ein Kissen unter das Haupt. Dann scheuchte sie die Männer fort.

Zärtlich bedeckte sie den König mit weichen Fellen. Tupfte ihm den Schweiß von der Stirn und flößte ihm frisches Quellwasser ein. Arbanor seufzte dankbar. Ehe er in einen tiefen und erschöpften Schlaf fiel, sah er, wie Duende grinste: Juela und Arrobar hatten sich in den hinteren Teil des Saales verzogen und steckten wie einst als Kinder die Köpfe zusammen.

Ningun keuchte und hustete, als er gegen Abend mit einem Beutel über dem gebeugten Rücken an das Lager des Königs trat. Arbanor warf im Schlaf den Kopf hin und her. Der Magister ahnte, welche Träume den verletzten König plagten. Gorda, die vier der letzten Hühner, die sie einfangen konnte, gerupft und ausgenommen hatte, überprüfte ein letztes Mal den Geschmack der Hühnerbrühe, welche sie zur Stärkung des Königs und der Soldaten bereitet hatte. Dann gesellte sie sich zu Ningun an das Lager.

»Viel ist nicht mehr da«, knarzte der Alte und kramte einige getrocknete Kräuter, eine Schale mit einem großen Sprung darin und einen Stößel, dessen Griff abgebrochen war, aus dem Beutel. Gorda schnupperte an den bläulich schimmernden Blättern und nickte zufrieden.

»Du hast die wichtigsten Mittel gefunden«, lobte sie den Magister. Ningun griff derweil noch einmal in den Beutel und beförderte einen Tiegel hervor. Vorsichtig stippte er seinen krummen Ziegefinger in die Paste und roch daran.

»Nicht mehr ganz frisch, aber besser als nichts«, brummte er. Vorsichtig schlug er die Felle zurück. Gorda hatte die Wunde mit

Leinen abgedeckt. Als Ningun den Verband Lage für Lage abnahm, stöhnte Arbanor leise. Doch der Schlaf hielt ihn gnädig in seinen Armen und so spürte der König keinen unnötigen Schmerz, als Ningun die Heilpaste auf die Ränder der Wunde strich.

»Bereite einen Sud aus den Kräutern«, befahl der Heiler. Gorda hastete zum Kamin, wo ein kupferner Kessel hing. Schon bald erfüllte würziger Kräuterduft den Thronsaal.

Arbanor wusste nicht, ob er wachte oder träumte. Bittere Flüssigkeit rann durch seine Kehle. Sein Leib schmerzte und pochte. Wie von weiter Ferne her drangen Geräusche und Bilder zu ihm. Gorda, die sich über ihn beugte, einen Holzlöffel an seine Lippen führte. Ningun, der sich an seiner Verletzung zu schaffen machte. Juela, die sich an Arrobar drückte und ihn aus sorgenvollen Augen ansah. Der Neffe, welcher wieder und wieder zwischen dem König und Juela hin und herblickte. Duende, dessen fahlgrüne Ohren vor seinen Augen verschwommen. Wieder und wieder fielen Arbanor die Augen zu. Waren es Tage? Stunden? Arbanor wusste es nicht. Dankbar ließ er sich von der samtenen Schwärze der Ohnmacht davontragen.

Das Erdbeben überrollte die Getreuen des Drachenkönigs ohne Vorwarnung. Zuerst war es nur ein dumpfes Grollen, das aus der Tiefe unter der Burg kam. Wie Wellen, die durch das mächtige

Gestein des Hügels wogten, kam das Grollen näher und näher. Der Kupferkessel am Kamin begann zu schwanken. Juela schrie auf und warf sich in Arrobars Arme.

Der Boden begann zu schwanken. Erst ganz leicht, dann immer stärker. Die Feuerschale neben Arbanors Bettstatt kippte um und die glühenden Kohlen rollten über den Boden. Ningun, der sich eben über den Verletzten gebeugt hatte, fiel nach hinten. Der Heiler unterdrückte einen Schrei als er das krachende Geräusch seines brechenden Beines hörte. Duende quiekte und war mit einem Satz unter den Felldecken verschwunden.

Arbanor schlug die Augen auf. Ihm war, als trage eine mächtige Welle ihn davon. Sein ganzer Körper bebte und ein Brummen und Tosen wie von tausenden Pferdehufen dröhnte in seinen Ohren. Auf der schwankenden Bettstatt versuchte er, sich aufzurappeln.

Arbanor verspürte keinen Schmerz mehr. Doch sein Körper war schwach. Halb liegend, halb sitzend starrte er auf das Geschehen. Arbanor überkam ein Schauder, als das Licht, welches durch die Fenster fiel, schwächer und schwächer wurde. Die Gestalten seiner Getreuen wurden zu grauen Schatten, waren dann nur noch Schemen.

»Und die Welt wird sich verdunkeln. . .«, murmelte der König jene Worte, die ihm aus den Aufzeichnungen des Geheimbundes so bekannt waren. ». . . und Tamar wird versinken in ewiger Nacht...«

Duende öffnete den Mund zu einem lautlosen Schrei als er begriff, was geschah. Es war, als sei mit einem Schlag, mitten am helllichten Tag, die tiefste Nacht hereingebrochen.

Arbanor wischte sich mit der Hand über die fiebrig glänzende Stirn. Er wusste nicht, ob er wachte oder träumte. Ob er schlief oder ob das Fieber seinen Geist verwirrte. Und so sah er den Raben, der sich krächzend auf der Fensterbank niederließ, eher erstaunt, denn erschrocken an.

Juela war die erste, die begriff. »Der Vogel. Haltet ihn auf«, rief sie und stieß Arrobar in die Seite. »Verscheuch ihn!«

»Aber warum?«, stammelte der Prinz. Fragend blickte er von Juela zu Arbanor, doch noch ehe einer von beiden antworten konnte spreizte der Rabe die Flügel und ließ sich in den Saal gleiten. Juela schlug die Hand vor den Mund und Gorda, die weise Beginenfrau, barg das Gesicht in den Händen.

Noch immer regungslos folgte Arbanor mit den Augen dem Flug des Tieres. Die schwarzen Federn glänzten im Schein der Fackeln, welche den ansonsten nachtdunklen Raum erhellten. Majestätisch flog der Rabe einen weiten Bogen, durchmaß im Flug einmal den ganzen Saal. Dann stieß er, einem Adler gleich, von der Decke herab und zu Boden.

»Nein«, flüsterte Duende. Er hatte begriffen – doch sein Herr, der große Drachenkönig, schien wie hypnotisiert von dem Vogel zu sein. Arbanor rührte sich nicht und als dichter, beinahe schwarzer Nebel vom Steinboden aufstieg, sah der König dem Schauspiel regungslos zu.

Der Vogel tauchte hinab in den Nebel, dessen Schwaden dichter und dichter waberten. Die Gardisten sprangen auf und zogen ihre Schwerter. Mit wenigen Sätzen waren sie in der Mitte des Thronsaales, die Waffen im Anschlag und bereit, jeden Moment zuzustoßen.

Mit einem Mal wurde es eisig kalt im Saal. Durch Arbanor ging ein Ruck und er schob Duende zur Seite, doch der Zwerg klammerte sich an seiner Brust fest und machte es dem König noch schwerer, sich aufzurichten.

Arbanor rief nach Arrobar, doch das Tosen aus der Tiefe wurde lauter und lauter, übertönte seine Stimme. Arbanor rief nach seinen Soldaten - doch kein einziger rührte sich. Und auch sein Ruf nach Arrobar und Ningun, nach Juela und Gorda verhallte ungehört. Alle Menschen waren so, wie sie eben standen, in den Bewegungen erstarrt.

Mit Grausen sah Arbanor den frostigen Glanz von kaltem Eis, der sich über die Männer gelegt hatte. Arbanor unterdrückte einen Aufschrei – die Soldaten würden ihm nicht helfen können.

Die wabernden Schwaden ballten sich zusammen, wurden dichter. Duende schrie und klammerte sich an Arbanor, als sich aus dem Nebel die Gestalt eines Mannes formte. Ein Kopf wurde sichtbar, das Gesicht noch verborgen im nebligen Grau. Dann zwei starke Arme, ein muskulöser Körper. Die Beine.

»Du bist ein toter Mann, Arbanor«, brüllte der Kerl. Die letzten Nebelfetzen stoben auseinander. Schaum quoll dem Nebelmann aus dem weit aufgerissenen Mund und blieb im ungepflegten Bart hängen. Das verfilzte Haar stob ihm wild um den Kopf, als er auf die Bettstatt zu rannte, auf welcher Arbanor nun halb saß, halb lag und nach Askarion griff.

Einen Moment lang wunderte sich der König, warum Ankou keine Armee schickte, sondern nur diesen einen Kämpfer. Doch der brüllte ihm selbst die Antwort entgegen:

»Nur du und ich, Arbanor, Mann gegen Mann!«

Arbanor stockte der Atem – in jenem Moment, als seine Hand den so vertrauten Griff Askarions berührte, erkannte er seinen Gegner.

»Alguien!«, stammelte der König tonlos. »Aber. . .«

». . . ich soll tot sein? Natürlich denkst du das, an eben dieser Stelle war es, an der ich den Atem aushauchte. Aber wie du siehst bin ich hier!« Ein irres Lachen stieg aus Alguiens Kehle. Arbanor sah die fiebrig glänzenden Augen des Freundes, in denen Hass blitzte – aber kein Leben mehr. Ihn schauderte und würgte es.

Unfähig, sich zu rühren, starrte der König auf Alguien, der mit einem gewaltigen Satz direkt vor seine Bettstatt kam. Aus dem Mund des Angreifers pfiff stoßweise ein eiskalter Atem, so kalt, dass Arbanor noch mehr schauderte. Mit dem Fuß trat er gegen Ninguns steifen Leib. Verächtlich spuckte Alguien auf seinen alten Lehrmeister.

»Wie kann es sein, dass du lebst?«, presste der König hervor. Duende, der sich hinter seinem Rücken verkrochen hatte, stemmte sich mit aller Kraft gegen seinen Herrn, so dass dieser nun beinahe aufrecht saß.

»Du hast nichts gelernt, nichts begriffen.« Höhnisch lachte Alguien auf. »Die Macht Ankous ist größer, als du armer Mensch es dir in deinen kühnsten Träumen auch nur ausmalen kannst. Ankou und ich, wir sind vom selben Blut, er war es, der mir seinen Atem einhauchte, als du, mein Freund, als selbst mein Bruder Honrado und mein Weib mich für tot hielten, aufgegeben hatten.« Alguien spie die Worte förmlich vor Arbanor hin.

»Magst Du nicht auch diese Dunkelheit da draußen? Sieh aus dem Fenster und weide dich am Anblick des Feuers, das die Vulkane in den Himmel stoßen! Und war es nicht wunderschön, wie wir die Felder zerstört haben? Ach, und welches Vergnügen, die fetten dummen Menschen hungern zu sehen. Hast Du die prallen Weiber gesehen, wie ihnen die Röcke um die dürren Beine schlackerten?« Alguien warf den Kopf in den Nacken und brüllte ein heiseres, gemeines Lachen heraus. »Oh ja, Ankou ist ein guter Lehrmeister, besser als der hier auf dem Boden!« Wieder trat er gegen Ninguns Körper.

»Alguien, komm zu dir«, rief Duende hinter Arbanors Rücken hervor. »Siehst du nicht, dass dies hier dein Freund ist, unser aller König?«

»Ach, sieh an, der unnütze Winzling ist auch noch da«, spottete Alguien. Rasch duckte Duende sich wieder hinter Arbanors Rücken. »Es wäre an der Zeit, diesen wasserscheuen Duende ein für alle Mal in den Brunnen zu werfen, meinst du nicht?«

»Wage es nicht!«, presste Arbanor hervor.

»Sonst?« Alguien rümpfte die Nase.

Statt einer Antwort tastete Arbanor neben sich. Und dann ging alles blitzschnell. Der König schwang Askarion über dem Kopf und Alguien trat, wie er es vorausgesehen hatte, einen Schritt nach vorne. Mit seiner ganzen Kraft holte Arbanor aus und zielte auf Alguiens Kopf. Doch der sprang zur Seite. Eiskalter Atem streifte Arbanors Gesicht, als sein Angreifer sich ihm gleich darauf keuchend wieder näherte. Stahl krachte auf Stahl, Alguien sprang vor und zurück und Arbanor, der noch immer von Duende gestützt wurde, versuchte, so gut es ging, sich weiter aufzurappeln. Doch die schmerzende Wunde und die Kraftlosigkeit seiner Glieder ließen ihm keine Wahl. . . Arbanor konnte nicht aufstehen.

Alguien grinste hämisch und trat einen Schritt zurück. »Wie schade, Arbanor, dass wir nicht wie in früheren Zeiten kämpfen können. Die Kraft Ankous gegen einen Krüppel einzusetzen ist fad.«

»Was willst du?«, presste Arbanor hervor. Hinter dem struppigen Bart erkannte er die geliebten Züge seines Freundes – doch die toten, kalten Augen ließen ihn schaudern.

»Dein Herz, mein Freund, weiter nichts.« Alguien lächelte süffisant. Dann ließ er das Schwert langsam zu Boden gleiten.

Arbanor lockerte den Griff um Askarion als er sah, wie Alguien die leeren Handflächen von sich streckte und die Arme weit ausbreitete.

»Oder glaubst du, Ankou schickt mich von so weit her, um einen kleinen Übungskampf zu machen?« Kaum hatte der König sich sicher gefühlt, blitzte erneut Triumph in den Augen seines Widersachers auf. So schnell, dass Arbanor es kaum sehen konnte, riss Alguien die Arme nach unten und zog aus einer kleinen Lederscheide an seinem Gürtel ein Messer.

Blitzschnell war Alguien über ihm. Wie ein schwarzer Schatten drückte der Kämpfer ihn nieder. Duende quiekte verzweifelt, als er unter dem Gewicht der beiden Männer beinahe zerquetscht wurde. Alguiens Gesicht war nur noch eine Hand breit von dem Arbanors entfernt. Der eiskalte Atem, den der Kämpfer ihm entgegen blies, brannte in Arbanors Lunge. Er rang nach Luft und starrte voller Entsetzen in Alguiens leblose Augen.

Ein Brodeln und Gurgeln stieg aus der Kehle des Kämpfers auf und wurde in Alguiens Mund zu einem wütenden Schrei. Metall blitzte auf, Fäuste flogen durch die Luft, Arbanor keuchte, zitterte – und war mit einem Mal völlig ruhig.

Er sah, wie Alguien das Messer in seine Brust rammte. Sah, wie Blut hervorquoll aus seinem geschundenen Leib. Sah, wie das Messer die Haut weiter aufritzte.

»Dein Herz will ich, das Herz Tamars und seines elenden Volkes«, brüllte Alguien.

»Und was ich alleine nicht geschafft habe, das vollende ich nun mit Ankous Hilfe!«

Arbanors Blick brach. Er sah nicht mehr, wie Alguien mit Blut verschmierten Händen nach Askarion griff. Sah nicht mehr, wie Duende sich wimmernd wand, als Ankous Gehilfe ihn krallte und mit Urgewalt gegen die Wand schleuderte. Wie seine Gefährten langsam zu sich kamen und ungläubig auf den Schatten eines Kämpfers starrten, der über die Wände glitt, ehe er im Nichts verschwand. Der König nahm nicht mehr wahr, wie die Erde erneut und noch heftiger zu Beben begann und der ganze Kontinent ins Schwanken geriet, ehe hunderte Krater sich auftaten und glühendes Feuer in den Himmel spien.

Arbanor streckte seine Hände aus. Er war leicht. Frei. Schwerelos. Und nur ein paar Schritte entfernt von ihm stand sie. Desea. Ihre moosgrünen Augen lockten ihn, als sie die Arme ausbreitete.

»Endlich, mein Lieber«, flüsterte die Königin. »Endlich kehrst du heim.« Arbanor sprang auf sie zu. Riss sie an sich und vergrub sein Gesicht in Deseas duftendem Haar.

»Ich habe dich so vermisst«, schluchzte er und küsste sie sanft auf den Hals. Der Duft von Buschwindröschen stieg ihm in die Nase und als Desea zärtlich nach seiner Hand griff sah er über ihre

Schulter hinweg den kleinen Jungen und das Mädchen, die Hand in Hand auf ihn zu rannten. Der König lachte, als er die weichen Kinderkörper in die Arme schloss. Glücklich lächelnd sah er sich um. Desea kam langsam näher und deutete zum Horizont. Arbanor kniff die Augen zusammen. Die Menschen, die er sah, wirkten für ihn wie Spielzeug. Da war Ningun, der sich auf Gorda stützte. Er sah Soldaten, die einen Sarg trugen. Arbanor erkannte die Gruft der Könige. Sah Arbadils Sarkophag und den seiner Mutter.

Desea legte ihm die Hand auf die Schulter, als die Soldaten den Sarg, der mit einer an den Rändern verkohlten Flagge Tamars bedeckt war, in die Gruft trugen. Arrobar folgte dem Sarg. Juela, die neben ihm ging, schluchzte und verbarg das Gesicht in den Händen.

Fragend sah Arbanor seine Frau an. Deseas Augen leuchteten. Er verlor sich in dem tiefen, endlosen Grün. Aus den Augenwinkeln sah er, wie die kleine Gruppe wieder aus der Gruft trat und die Soldaten die schwere Steinplatte vor die Öffnung schoben. Der Junge zupfte ihn am Ärmel und zeigte nach Westen. Flammen stiegen auf und Arbanor sah, wie Bauern und Handwerker mit Äxten und Beilen in der Hand hinter einem Lord aus den Ostgebieten her gingen. Am Horizont wälzte sich ein Zug unter der Flagge eines anderen Lords über die Hügel.

Arbanor schüttelte den Kopf. Noch einmal ließ er den Blick schweifen. Sah, wie Arrobar und Juela sich auf einen Schimmel schwangen. Wie der Prinz mit stolzer Haltung gen Süden davon preschte.

»Komm«, flüsterte Desea und griff nach seiner Hand. »Gehen wir nach Hause.«

Epilog

Leise raschelnd glitt das Pergament zu Boden. Pergalbs Hand lag schlaff auf seinem Schoß. Den Kopf hatte der Chronist an die Truhe gelehnt. Knurrendes Schnarchen drang aus seiner Kehle.

»He, du da unten!« Pergalb öffnete mühsam die müden, rot geschwollenen Augen. Sein Kopf schwirrte und die Stimme drang zu ihm wie durch einen dichten Nebel.

»Hörst du mich?« Noch einmal rief die Stimme, deren Echo an den Wänden des Felsendomes widerhallte. Pergalb räusperte sich. Seine Zunge klebte an seinem trockenen Gaumen.

»Hier bin ich«, krächzte er schließlich.

»Das sehe ich, aber wie kommst du in dieses Loch?« Pergalb rappelte sich schwerfällig hoch. Seine alten Glieder schmerzten und knackten wie eine morsch gewordene Türe. Die feuchte Kälte des Höhlentempels hielt seine Gelenke umklammert und machte ihm mit einem Schlag bewusst, dass er ein alter Mann war, den die Gicht Stück für Stück zerfraß.

»Die Frage ist nicht, wie ich hier hineinkomme«, brüllte Pergalb. »Die Frage ist, wie ich wieder hinaus komme!« Giggelndes Lachen perlte vom Oberlicht in die Höhle hinab.

»Du bist einer vom Volk der Duendes«, stellte Pergalb fest.

»Richtig, mein Freund.« Der kleine Mann spuckte von oben in die Höhle. Es dauerte nur einen Augenblick, bis der Speichel leise neben Pergalbs Sandalen auf den Steinboden klatschte.

»Du sitzt gar nicht so weit unten, alter Mann.« Pergalb konnte förmlich hören, wie der Zwerg grinste. Dessen Gesicht konnte Pergalb zwar nicht erkennen, aber er wusste auch so, dass der Zwerg das größte Vergnügen an seiner misslichen Lage hatte.

»Wie wäre es, wenn du ein Seil holst?«, rief Pergalb ärgerlich.

»Und wenn ich ein Seil finde, wie soll ich dich Klotz nach oben ziehen?«

Pergalb verdrehte die Augen. »Duendes sind niemals allein. Also geh und hol deine Männer!«

»Und warum sollte ich das tun?«

»Weil ich sonst«, brummte Pergalb mit drohender Stimme, »deinen Hals packe, dich in Seifenlauge tauche und dann für alle Zeit in einem Glas auf meinem Regal lagere.«

Der Duende quiekte vor Vergnügen. »Huuuu, jetzt habe ich aber Angst!«

Pergalb schüttelte wütend den Kopf. »Na schön, du solltest mir helfen, damit ich euch ein gebratenes Schwein bringen lasse.«

»So?«

»Zwei Schweine?«

»So, so.«

»Also gut: drei Schweine?« Der Duende spuckte noch einmal in die Tiefe.

»Drei Schweine und eben so viele Fässer Wein.«

»Erpresser.«

»Nein, mein Freund, nur ein Geschäftsmann.« Der Zwerg lachte schallend, dann machte er sich davon, um Hilfe zu holen.

Pergalb stöhnte leise und ging zurück zur Truhe. Seine Knie schienen aus den Gelenken zu springen, als er sich mühsam niederkniete. Mit seinen krummen Gichtfingern begann er, die Pergamentrollen Stück für Stück zurück in die von einem Brand in fernen Zeiten rußgeschwärzte Truhe zu legen. Mit jedem Blatt, das er in die Hand nahm, tauchten die Bilder wieder in seinem Kopf auf. Arbadil. Arbanor. Die schöne Desea und die sanfte Suava. Ankou. Die Nebelsäulen. Der Drache und Askarion, das längst verschollene magische Schwert. Ganz oben in die Truhe legte er jene Schriftrolle, die Arrobars Geschichte enthielt.

Der Prinz und die wenigen Getreuen, welche Arbanor in der Gruft der Könige zu Grabe getragen hatten, waren noch am selben Tage aufgebrochen. Dunkelheit und Kälte begleitete sie auf ihrem Weg zur Küste, wo das legendäre Schiff Unirs sie aufgenommen hatte. Noch nach Tagen auf dem offenen Meer konnten sie am Horizont die Feuerfontänen sehen, welche ihr Heimatland zerfraßen. Doch Arrobar und Juela erreichten ein rettendes Ufer und selbst die alte Gruesa und Ningun wagten einen Neubeginn.

Den Beginn jener neuen Zeit, in der Kriege und Missgunst die Welt beherrschen – aber auch jene Zeit, in der sich alles neu formte.

Mit einem Mal durchzuckte Pergalb eine heiße Welle. Nun wusste er, was er zu tun hatte: das letzte Stück seines Lebensweges würde dem Weg des großen Arbanor folgen.

Hier in seinen Händen hielt er die Karten, welche nachzeichneten, wie die Welt zur Zeit des großen Kaiser ausgesehen hatte. Pergalb würde das mächtige Schwert finden. . . die Karten hatten ihm mit einem Schlag gezeigt, warum seine Suche bislang nicht von Erfolg gekrönt war: die Kontinente und Länder waren nicht mehr dieselben, wie zu Arbanors Lebzeiten.

Pergalb lächelte, als er über das Holz der Truhe strich. Ruß schwärzte seine krummen Finger und schien seine Haut bis in sein Innerstes zu durchdringen. Der Gelehrte sah mit einem mal völlig klar: diese eine Truhe war nur der Anfang. Hier, im weit verzweigten Geflecht der Höhlen, würde er die sagenumwobene Bibliothek des Geheimbundes finden. Selbst wenn ein Feuer gewütet hatte –

Pergalb war sich sicher, dass die Schriften der Urväter nicht verloren waren. Die Geschichte des Volkes würde neu geschrieben werden.

»Alleine kann ich diese Aufgabe nicht bewältigen«, stöhnte er, als er sich langsam und mit knackenden Gelenken aufrichtete. So wach sein Geist auch war, Pergalb war ein alter Mann.

Doch dort draußen, irgendwo in Tamar, lebte jener Sohn, den er einst mit der Zwergin Enana gezeugt hatte. Sein Samen, das Vermächtnis Pergalbs, war in ihrem Leib gekeimt, als sie sich aus den Augen verloren hatten. Pergalb spürte, dass es nun an der Zeit war, den Sohn zu finden. Nun wäre es an Mensachero, das Wissen des Geheimbundes zu bergen und für alle Zeiten für das Volk Tamars zu bewahren.

Handelnde Personen

Arbanor	König des Reiches Ahendis und legendärer erster Kaiser der Welt Tamar
Arbadil	Vater Arbanors
Suava	die Mutter des Kaisers
Masa	die Amme
Kaja	Kammerfrau und wenig begabte Seherin
Desea	Arbanors große Liebe und Königin an seiner Seite
Tizia	Deseas Schwester
Lopaz	Mutter von Desea und Tizia
Tasnar	Vater der schönen Töchter, von Beruf Steinmetz
Arrobar	Sohn von Tizia und Alguien
Reja	Tochter von Desea und Arbanor
Afeitar	Rittmeister am Hofe Arbadils
Ningun	Diener des Königs und Magier
Godefried von Meinhelm	Nachfolger Ninguns, Heilkundiger aus einem fernen Land
Gorrion (genannt "der Spatz")	kleinwüchsiger Diener
Honrado und Alguien	die Zwillinge wachsen gemeinsam mit Arbanor auf
Gruesa	Mutter der Zwillinge
Ertzain	Vater der Zwillinge
Duende	Waldwichtel, der vom König gefangen genommen wird
Peon	Sprecher des Dorfes Albages
Cabo	Sohn Peons
Menoriath	König der Elfen
Unir	Sohn Menoriaths
Gorda	Beginenfrau und Hebamme
Juela	Gordas uneheliche Tochter
Zibol	Wirt in der "Weißen Feder" in Albages
Sarvan	Oberster des Geheimbundes
Atik	Zweiter des Geheimbundes

Danksagungen

Die Geschichte Tamars ist zu mir gekommen. Ich habe sie nicht gesucht, sie hat mich gefunden. Einen Löwenanteil daran, dass Arbanor und ich zusammengefunden haben, tragen die Büchereulen, das schönste Literaturforum der Welt. In den Wäldern der Elfen habe ich Euch gerne ein kleines Denkmal errichtet.

Martin Wolf, der seit weit über 10 Jahren in Tamar zu Hause ist, hat von Anfang an an das Buch geglaubt und lange Durststrecken mit großem Verständnis ertragen. Danke dafür!

Falk Krause ist "das unerbittliche Adlerauge". Danke Dir für Deine Kritik und all Dein Insiderwissen, ohne das ich in der wunderbaren Welt von Tamar gescheitert wäre.

Danke an Yves für die wunderbare Gestaltung des Buches von Außen und Danke an Jens für das so schöne Innenleben.

Danke vor allem meinen subversiven Freundinnen Jutta Mülich und Monika Detering. Euer Zuspruch und Eure Ratschläge waren und sind unverzichtbar.

Danke an Wolfgang Kirschner, der bei allem, was ich schreibe, auf dem "Sound" des Textes besteht und mich unermüdlich mit überlebenswichtigen Ingwerpralinen versorgt. Ich gelobe feierlich, dass ich von nun an immer, wenn ich auf "17" bin, an den "16." denke!

Ein besonderer Dank gilt Erkan Mete, dem Meister der Kampfkunst und Kenner aller Waffen, für seine Ratschläge betreffend korrekter Schläge (auf dem Papier!).

Ein tiefer Hofknicks geht an die Gewandschneiderin Sigrun Behr, die mir ein Kleid auf den Leib geschneidert hat, das einmalig ist. Neugierig? Ich trage es bei allen Lesungen!

Last, but not least: Danke an meinen Mann, der sich gemeinsam mit mir auf das Abenteuer einer Reise nach Tamar eingelassen hat und der unsere Zwerge während des Schreibens mehr als einmal alleine in Schach halten musste, damit die Mutter nicht zum Drachen wird…

Silke Porath

Silke Porath, Jahrgang 1971, lebt und arbeitet als Autorin, freie Schreibtrainerin und Journalistin mit Mann und zwei Kindern im schwäbischen Spaichingen. Ihr Roman "Gottes Weber - Das Leben des heiligen Antonio Maria Claret" (erschienen 2006) wurde Anfang 2008 in Spanien übersetzt und veröffentlicht.

Silke Porath, von der bereits mehrere Romane und Sachbücher, u.a. zum Thema Todesstrafe, erschienen sind, wurde für ihre Arbeiten mehrfach ausgezeichnet: beim Internationalen Brecht-Forum Berlin, beim Little PEN / Museum Herzer und bei der FAW. "Arbanor - Die Legende das Drachenkönigs" ist Poraths erster Fantasyroman. Band zwei und drei sind allerdings schon im Kopf der Autorin.

...die Geschichte von Tamar geht weiter...
...auf Deinem Computer...

Tales of Tamar

ist ein rundenbasiertes
massive multiplayer
Online-Strategie-Rollenspiel

Spiel-Clients verfügbar für Windows®, Mac OS®, Amiga OS® und Linux®*

jetzt kostenlos testen unter www.tamar.net

published by
Eternity Entertainment Software

*zum Zeitpunkt des Drucks war der Client für MacOS® im Beta-Stadium und der Client für Linux® in Vorbereitung

Weitere Titel aus dem Verlagsprogramm

Schattenjagd
Verfluchte Amulette

Volker C. Dützer

Mystery-Thriller

ISBN: 9-783-941105-01-0
Preis: € 12,90,-

Julie
Mittsommernacht in Tallyn

Luka Porter

Fantasy-Roman

ISBN: 9-783-941105-00-3
Preis: € 12,90,-